ASSIM COMEÇA O MAL

A marca FSC® é a garantia de que a madeira utilizada na fabricação do papel deste livro provém de florestas que foram gerenciadas de maneira ambientalmente correta, socialmente justa e economicamente viável, além de outras fontes de origem controlada.

JAVIER MARÍAS

Assim começa o mal

Tradução
Eduardo Brandão

COMPANHIA DAS LETRAS

Copyright © 2014 by Javier Marías

Edição original, Alfaguara (Santillana Ediciones Generales, S. L.), Madri, 2014
(Casanovas & Lynch Agência Literária S. L.)

*Grafia atualizada segundo o Acordo Ortográfico da Língua
Portuguesa de 1990, que entrou em vigor no Brasil em 2009.*

Título original
Así empieza lo malo

Capa
Raul Loureiro

Foto de capa
© 2010 Tamara Art Heritage/ Licenciado por
AUTVIS, Brasil, 2015. Heritage/ Keystone Brasil

Preparação
Raquel Toledo

Revisão
Ana Maria Barbosa
Angela das Neves

Dados Internacionais de Catalogação na Publicação (CIP)
(Câmara Brasileira do Livro, SP, Brasil)

Marías, Javier
    Assim começa o mal / Javier Marías ; tradução Eduardo Bran-
dão. — 1ª ed. — São Paulo : Companhia das Letras, 2015.

    Título original: Así empieza lo malo.
    ISBN 978-85-359-2636-1

    1. Ficção espanhola I. Título.

15-07276   CDD-863

Índice para catálogo sistemático:
1. Ficção : Literatura espanhola 863

[2015]
Todos os direitos desta edição reservados à
EDITORA SCHWARCZ S.A.
Rua Bandeira Paulista, 702, cj. 32
04532-002 — São Paulo — SP
Telefone: (11) 3707-3500
Fax: (11) 3707-3501
www.companhiadasletras.com.br
www.blogdacompanhia.com.br

A Tano Díaz Yanes,
depois de quarenta e cinco anos de amizade,
por sempre me jogar uma capa
quando o touro parte para cima de mim.

E a Carme López Mercader,
que inverossimilmente não se cansou
de me ouvir. Ainda não.

I.

Não faz muito tempo que aquela história aconteceu — menos do que costuma durar uma vida, e quão pouco é uma vida quando ela já está terminada e já se pode contá-la em poucas frases e só ficam na memória cinzas que se soltam à menor sacudida e voam à menor lufada —, e no entanto hoje ela seria impossível. Refiro-me sobretudo ao que aconteceu com eles, com Eduardo Muriel e sua mulher, Beatriz Noguera, quando eram jovens, e não tanto ao que aconteceu comigo e com eles quando eu era jovem e o casamento deles uma longa e indissolúvel desdita. Este último, sim, continuaria sendo possível: o que aconteceu comigo, já que também agora acontece, ou talvez seja a mesma coisa que não termina. E igualmente poderia ser, acredito, o que aconteceu com Van Vechten e outros fatos daquela época. Deve ter havido Van Vechtens em todos os tempos e não cessarão e continuarão existindo, a índole dos personagens não muda nunca, ou assim parece, os da realidade e os da ficção, sua gêmea, se repetem ao longo dos séculos como se as duas esferas carecessem de imaginação ou não tivessem escapatória (ambas obra dos vivos, afinal de contas, talvez entre os mortos haja mais inventividade), às vezes dá a sensação de desfrutarmos um só espetáculo e um só relato, como as crianças pequeninas. Com suas infinitas variantes, que os disfarçam de antiquados ou novos, mas que são na essência sempre os mesmos. Também deve ter existido, portanto, Eduardos Muriel e Beatrizes Noguera em todos os tempos, para não falarmos nos comparsas; e Juanes de Vere aos montes, assim me chamava e assim me chamo, Juan Vere ou Juan de Vere, conforme quem diga ou pense meu nome. Minha figura não tem nada de original.

Na época ainda não existia divórcio, muito menos se podia esperar que viesse a existir um dia quando Muriel e sua mulher se casaram, uns vinte anos antes de eu me imiscuir em suas vidas, ou melhor, foram eles que atravessaram a minha, apenas a de um principiante, como se diz. Mas desde o momento em que você está no mundo começam a lhe acontecer coisas. Sua frágil roda incorpora você com ceticismo e tédio e o arrasta sem a menor vontade, pois é velha e triturou muitas vidas sem pressa à luz da sua vigia folgazã; a lua fria que cochila e observa com uma só pálpebra entreaberta conhece as histórias antes mesmo de acontecerem. E basta prestar atenção em alguém — ou lhe lançar um olhar indolente —, e esse alguém não poderá mais escapar, mesmo que se esconda e permaneça quieto e calado e não tome iniciativas nem faça nada. Mesmo que ele queira se escafeder, já o terão visto, como um vulto distante no oceano, que não se pode ignorar, do qual é preciso se esquivar ou se aproximar; ele conta para os outros, e os outros contam com ele, até que desaparece. Também não foi essa minha circunstância, afinal. Não fui nem um pouco passivo, nem fingi ser uma miragem, não tentei me fazer invisível.

Sempre me perguntei como é que as pessoas se atreviam a contrair matrimônio — e se atreveram séculos a fio — quando isso tinha um caráter definitivo; em especial as mulheres, para as quais era mais difícil encontrar desafogos ou tinham de se esmerar o dobro ou o triplo para ocultá-los, o quíntuplo se voltavam desses desafogos com um novo ser, e então tinham de mascará-lo antes mesmo que se configurasse nele um rosto e pudesse trazê-lo à terra: desde o instante da sua concepção, ou da sua detecção, ou do seu pressentimento — não vamos dizer desde o seu anúncio —, e transformado em impostor durante sua existência inteira, muitas vezes sem que ele jamais soubesse da sua impostura ou da sua procedência bastarda, nem mesmo quando era um velho e estava a ponto de não ser mais detectado por ninguém. É incontável o número de criaturas que tomaram por pai quem não era o seu, e por irmãos quem o era pela metade, e foram para a tumba com a crença e o erro intactos, ou é o engano a que as submeteram as impávidas mães desde o nascimento. Ao contrário das doenças e das dívidas — as outras duas coisas que em espanhol mais se "contraem", as três compartilham o verbo como se todas fossem mau prognóstico ou mau agouro, ou em todo caso trabalhosas —, para o casamento era certo que não havia cura nem remédio nem saldo. Ou só os trazia a morte de um dos cônjuges, às vezes longamente ansiada em silêncio e menos vezes procurada ou induzida ou buscada, em geral ainda mais em silêncio, ou seria, melhor dizendo, em indizível segredo. Ou a morte dos dois, claro, e então já não havia mais nada, só os ignorantes filhos que tiveram, se havia e sobreviviam, e uma breve recordação. Ou talvez uma história, ocasionalmente. Uma história sutil e quase nunca contada, como não se costuma contar as histórias da vida íntima — tantas mães impávidas até o último alento, e também tantas não mães —; ou talvez sim, mas em sussurros, para que não sejam por completo como se não tivessem sido, nem fiquem no mudo travesseiro no qual, em prantos, afundou o rosto, nem tão só à vista do sonolento olho entreaberto da lua sentinela e fria.

Eduardo Muriel tinha um bigode fino, como se o tivesse deixado crescer quando o ator Errol Flynn era uma referência e depois tivesse esquecido de mudá-lo ou espessá-lo, um desses homens de hábitos fixos no que diz respeito a seu aspecto, dos que não se dão conta de que o tempo passa e as modas mudam nem de que estão envelhecendo — é como se isso não lhes dissesse respeito e o descartassem, e se sentissem a salvo do transcurso —, e até certo ponto têm razão de não se preocupar nem dar importância: por não condizer com a sua idade, a mantêm sob controle; não cedendo a ela no aspecto externo, acabam por não assumi-la, e assim os anos, temerosos — se avalentoam com quase todo mundo —, os rondam e rodeiam, mas não se atrevem a se apossar deles, não se assentam em seu espírito e tampouco invadem sua aparência, sobre a qual vão apenas lançando um lentíssimo granizo ou penumbra. Era alto, bem mais que a média de seus companheiros de geração, a seguinte à de meu pai, se é que não a mesma, ainda. Era forte e estilizado por isso ao primeiro olhar, embora sua figura não fosse ortodoxamente viril:

era um tanto estreito de ombros para a sua estatura, o que fazia parecer que o abdome se alargava apesar de não ter nenhuma gordura nessa zona nem inconvenientes cadeiras protuberantes, e dali surgiam umas pernas compridas que ele não sabia onde colocar quando estava sentado: cruzava-as (e era o que preferia fazer com elas, entre tudo), o pé da que ficava em cima alcançava o chão naturalmente, o que algumas mulheres orgulhosas de suas panturrilhas — não desejam mostrar uma pendente, nem engrossada ou deformada pelo joelho que a sustenta — conseguem mediante artificialidade e escorço, e com ajuda de seus saltos altos. Por essa estreiteza dos ombros, Muriel costumava usar paletó com ombreiras bem disfarçadas, acho, ou então o alfaiate as confeccionava com ligeira forma de trapézio invertido (ainda nos anos 70 e 80 do século passado ia ao alfaiate ou o recebia em sua casa, quando isso já era incomum). Tinha um nariz bem reto, sem sombra de curvatura apesar de seu bom tamanho, e no cabelo denso, penteado com água e repartido, como certamente sua mãe o penteara desde criança — e ele não via razão para infringir aquele antigo ditame —, brilhavam alguns fios brancos dispersos pelo castanho-escuro dominante. O bigode fino pouco atenuava o espontâneo e luminoso e juvenil do seu sorriso. Esforçava-se para refreá-lo ou guardá-lo, mas com frequência não conseguia. Havia um fundo de jovialidade em seu caráter, ou um passado que emergia sem que tivesse de lançar a sonda em grandes profundidades. Não obstante, também não o convocava em águas muito superficiais: nelas flutuava certa amargura imposta ou deliberada, da qual não devia se sentir causador, mas, no máximo, vítima.

Porém o que mais chamava a atenção de quem o via pela primeira vez ao vivo ou numa foto frontal na imprensa, muito escassas, era o tapa-olho que exibia em sua vista direita, uma venda de caolho das mais clássicas, teatrais ou até cinematográficas, negra e avultada e bem cingida por um elástico fino da mesma cor que cruzava em diagonal a sua testa, e se ajustava sob o lóbulo da orelha esquerda. Sempre me perguntei por que esses tapa-olhos têm curvatura, não os que se limitam a tapar, de pano, mas os que ficam inamovíveis e como que encaixados e são de não sei que material rígido e compacto. (Parecia baquelite, e dava vontade de tamborilar nele com o rosado das unhas para saber como era o tato, o que nunca ousei averiguar com o do meu empregador, lógico; soube em compensação, isso sim, como soava, pois às vezes, quando estava nervoso ou se irritava, e também quando parava para pensar antes de soltar uma frase ou uma fala, com o polegar sob a axila como se fosse o diminuto bastão de um militar ou de um cavaleiro passando em revista suas tropas ou suas cavalgaduras, Muriel fazia exatamente isso, tamborilava no tapa-olho duro com o branco ou com o filete das unhas da mão livre, como se invocasse em seu auxílio o globo ocular inexistente ou que não servia, devia gostar do som, e de fato era agradável, cric-cric-cric; no entanto, dava um certo arrepio vê-lo chamar assim por seu olho ausente, até você se acostumar com esse gesto.) Talvez aquele volume buscasse produzir a impressão de que debaixo há um olho, embora talvez não haja, e sim uma órbita vazia, um oco, uma fundura, um afundamento. Talvez esses tapa-olhos sejam convexos precisamente para desmentir a concavidade horrenda que ocultam em alguns casos; quem sabe não estão recheados com uma esfera acabada de vidro brando ou de mármore, com sua pupila e sua íris pintados com realismo ocioso, perfeitos, que nunca hão de se ver, envolta em negro, ou que só seu dono verá, terminado o dia, ao destapá-la cansado diante do espelho, e quem sabe tirá-la.

E se isso inevitavelmente chamava a atenção, não atraía menos o olho útil e descoberto, o esquerdo, de um azul escuro e intenso, como de mar vespertino ou quase já anoitecido, e que, por ser somente um, parecia captar tudo e se dar conta de tudo, como se houvessem concentrado nele as capacidades próprias e as do outro, invisível e cego, ou como se a natureza quisesse compensar isso com um suplemento de penetração pela perda do seu par. Tantas eram a força e a rapidez desse olho que eu, gradativa e dissimuladamente, tentava me situar às vezes fora do seu alcance para que não me ferisse com seu olhar agudo, até Muriel me admoestar: "Fique um pouco à direita, aí você quase sai do meu campo de visão e me obriga a me contorcer, lembre--se que ele é mais limitado que o seu". E a princípio, quando minha vista não sabia onde pousar, minha atenção dividida entre o olho vivo e marítimo e o tapa-olho morto e magnético, não via inconveniente em me chamar a atenção: "Juan, estou te falando com o olho que enxerga, não com o defunto, de modo que faça o favor de me ouvir e não se distraia com o que não solta palavra". Muriel fazia aberta referência à sua visão dividida, ao contrário dos que estendem um incômodo véu de silêncio sobre qualquer defeito ou deficiência que possua, por mais visíveis e grandiosos que sejam: há manetas desde a altura do ombro que nunca reconhecem as dificuldades impostas pela manifesta falta de um membro e quase pretendem jogar malabares; pernetas que empreendem com uma muleta a escalada do Annapurna; cegos que continuamente vão ao cinema e criam alvoroço nos trechos sem diálogos, nos mais visuais, queixando-se de que está fora de foco; inválidos em cadeiras de rodas que fingem desconhecer esse veículo e se empenham em subir degraus desdenhando as numerosas rampas que lhes oferecem hoje em toda parte; carecas sem um fio de cabelo que fazem gestos de estarem se despenteando brutalmente, a imaginária cabeleira se endemoninhando, quando começa uma ventania. (Isso é com eles, são livres, não pretendo criticá-los.)

Mas da primeira vez que lhe perguntei o que havia acontecido, como o olho calado havia emudecido, me respondeu, cortante como era certas vezes com a gente que o impacientava e raramente comigo, a quem costumava tratar com benevolência e afeto: "Vamos ver se nos entendemos: não tenho você aqui para que me faça perguntas sobre questões que não lhe dizem respeito".

Nesse princípio não era muito o que me dizia respeito, se bem que isso logo tenha mudado, basta ter alguém disponível, à mão, à espera, para lhe ir confiando ou criando tarefas; e "aqui" significava na casa dele, de modo que após certo tempo passou a equivaler vagamente a "do meu lado", quando tive de acompanhá-lo em uma ou outra viagem, ou visitá-lo num set, ou quando decidiu me incluir em jantares e carteados entre amigos, mais para fazer número do que outra coisa, creio, e para ele ter uma testemunha admirativa a mais. Quando estava em uma maré mais sociável, o que por sorte não era raro — ou haveria que dizer menos melancólica ou mesmo misantrópicas, ia com regularidade de um extremo a outro, como se seu ânimo vivesse num balanço geralmente pausado que às vezes se acelerava de repente diante da mulher, por causas que não me explicava e deviam ser muito distantes —, gostava de ter público e ser ouvido, ou mesmo que o incentivassem um pouco.

Em sua casa era frequente, quando nos reuníamos de manhã para que me desse instruções se houvesse e, se não, para que discursasse um instante, encontrá-lo caído de barriga para cima no chão da sala ou do estúdio adjacente (as duas peças separadas por uma porta de folhas corrediças que quase sempre estavam abertas, logo as peças permaneciam unidas de fato, formando um espaço amplo e único). Talvez optasse por isso tendo em vista suas dificuldades para posicionar as pernas sentado e se sentia mais à vontade assim, de comprido sem impedimentos nem limites, tanto no tapete do salão como no assoalho de tábua corrida do escritório. Claro que quando deitava no chão não vestia seus paletós, que muito se amarrotariam, mas camisa com colete ou suéter de gola em v por cima e, isso sim, sempre gravata, na sua idade devia lhe parecer imprescindível essa peça, pelo menos estando na cidade, apesar de, naqueles anos, as normas indumentárias já terem ido pelos ares. Da primeira vez que o vi desse modo — estirado como uma cortesã oitocentista ou como um atropelado contemporâneo — foi uma surpresa e me alarmei, acreditando que tivesse sofrido um AVC ou que houvesse desmaiado, ou tropeçado, caído e não conseguisse se levantar.

— O que foi, d. Eduardo? Sente-se mal? Quer que o ajude? Escorregou? — Me aproximei solícito, as mãos estendidas para levantá-lo. Depois de um leve esforço (ele insistia para que eu o tratasse de você), tínhamos combinado que eu o trataria de senhor sem o "dom" antes, mas me custava muito não o antepor, saía naturalmente e me escapava.

— Que besteira — me respondeu do chão, sem esboçar a menor intenção de se endireitar nem se envergonhar com a minha presença; olhou para as minhas mãos salvadoras como se fossem duas moscas que esvoaçavam e o perturbavam. — Não vê que estou fumando tranquilo? Eia! — E brandiu no alto, diante de mim, um cachimbo bem agarrado pelo fornilho. Fumava principalmente cigarro, e esses só fora de casa, mas nela os alternava com cachimbo, como se quisesse completar um quadro que de resto poucos de nós víamos (tampouco o exibia nas festas ocasionais que dava, a maioria improvisadas), devia querer completá-lo para si mesmo: tapa-olho, cachimbo, bigode fino, colete às vezes, era como se, inconscientemente, tivesse ficado colado à imagem dos galãs de sua infância e adolescência, nos anos 30 e 40, não só à de Errol Flynn (por antonomásia e com quem compartilhava o sorriso fulgente), mas à de atores muito mais nebulosos, como Ronald Colman, Robert Donat, Basil Rathbone — e mesmo David Niven e Robert Taylor, que duraram mais tempo —, tinha um ar de todos eles, apesar de entre si serem diferentes. E, como era espanhol, em certos momentos recordava os mais morenos, embora mais diferenciados e exóticos Gilbert Roland e César Romero, principalmente o primeiro, cujo nariz era grande e sem curva, como o seu.

— E o que faz estirado no chão, se é que posso saber? Não é que o reprove, Deus me livre, mas fiquei curioso. Só quero entender seus costumes. Caso isso seja um costume.

Fez um resignado gesto de impaciência, como se minha estranheza lhe fosse sabida e já tivesse dado as mesmas explicações anteriormente a outros.

— Não é nada demais. Faço isso sempre. Não há nada a ser compreendido e, sim, é um costume meu. Será que a gente não pode ficar estirado sem ter acontecido nada, só por gosto? E por conveniência.

— Claro que sim, d. Eduardo, só faltava essa, o senhor pode fazer equilibrismos se lhe der na veneta. Até com pratos chineses. — Enfiei esse comentário com aleivosia, para deixar claro que sua postura não era tão normal quanto ele pretendia, não num homem maduro, e pai de família ainda por cima, pois andar pelo chão é próprio de crianças e nenéns, e ele tinha três em casa. Também não tinha certeza de que aquilo que me veio à mente se chamava pratos chineses, giram vários ao mesmo tempo na ponta de diversas varas flexíveis, compridas e finas, cada uma apoiada na polpa de um dedo, creio, não tenho a menor ideia de como se consegue nem com que propósito. Deve ter me entendido, em todo caso. — Mas o senhor tem aqui dois sofás — acrescentei, e apontei para trás, para o salão, ele estava caído no escritório. — Não teria me alarmado nem um pouco se o encontrasse num deles, inclusive dormindo ou em transe. Mas no chão, com toda a poeira... Não é o que se espera, desculpe.

— Em transe? Eu, em transe? Como em transe? — Isso parece tê-lo ofendido, mas lhe despontou meio sorriso, como se também houvesse achado graça.

— É, bem, era uma forma de falar. Matutando. Em meditação. Ou hipnotizado.

— Eu, hipnotizado? Por quem? Como hipnotizado? — E agora não pôde reprimir um fugaz sorriso aberto. — Quer dizer auto-hipnotizado? Eu, a mim mesmo? De manhã? À *quoi bon?* — arrematou em francês, não eram raras as breves incursões nessa língua entre os membros instruídos da sua geração e das precedentes, a segunda que haviam aprendido, em geral. Sim, desde bem cedo me dei conta de que as minhas gozações não eram mal recebidas, quase nunca ele as cortava de pronto, mas tendia a acompanhá-las um pouco, se não se demorava mais não era por falta de vontade, mas só para que eu não tomasse liberdades muito rapidamente com ele, uma cautela desnecessária, eu o admirava e respeitava demais. Parou depois do francesismo. Levantou o cachimbo úmido de novo para dar ênfase às suas palavras: — O chão é o lugar mais estável, firme e modesto que existe, com melhor perspectiva do céu ou do teto e onde melhor se pensa. E neste não há sinal de poeira — pontuou. — Acostume-se a me ver aqui, porque daqui não se pode ir mais para baixo, o que é uma vantagem na hora de tomar decisões, deveríamos tomá-las a partir das piores hipóteses, se é que não do desespero e sua acompanhante habitual, a vileza, assim não amoleceríamos nem reconheceríamos um equívoco. Não se preocupe e sente-se, vou te ditar uma coisa ou duas. E deixe de lado de uma vez por todas o "dom", não é a primeira vez que digo. "D. Eduardo" — imitou minha voz, e era um grande imitador — me envelhece e me soa a Galdós, que não suporto com duas exceções, e isso numa obra tão abusiva o converte num déspota. Vamos, anote.

— Vai me ditar daí? Daí de baixo?

— Sim, daqui, qual o problema? Por acaso minha voz não chega até você? Não me diga que tenho de te levar ao otorrino, seria um péssimo indício na sua idade. Quantos anos acha que tem? Quinze? — Também era dado a gozações e ao exagero.

— Vinte e três. Sim, claro que sua voz chega até mim. É potente e viril, como o senhor sabe. — Eu não as iniciava apenas: toda vez que Muriel me fazia uma piada, eu a devolvia, ou pelo menos lhe respondia no mesmo tom de troça. Tornou a sorrir sem querer, mais com o olho do que com os lábios. — Mas não verei o seu rosto se eu me sentar no meu lugar. Ficarei de costas para o senhor, uma descortesia, não? — Eu costumava ocupar uma poltrona em frente à dele quando despachávamos, com sua mesa de trabalho setecentista de permeio, e ele estava estendido perto do limiar do salão, mais além dessa minha poltrona.

— Pois vire a poltrona, coloque-a voltada para mim. Grande coisa, que problema! Nem se estivesse aparafusada no chão.

Ele tinha razão, assim fiz. Agora ele ficava literalmente a meus pés, em sentido perpendicular a eles; como composição era excêntrica, o chefe horizontal no chão e o secretário — ou o que quer que eu fosse — a um palmo de lhe dar um pontapé ao menor movimento involuntário e brusco ou mal medido de suas pernas, nas costelas ou nos quadris. Me preparei para escrever na minha caderneta (depois passava as cartas numa máquina velha que ele tinha me emprestado, ainda funcionava bem, e lhe dava para rever e assinar).

Mas Muriel não começou de imediato. Sua expressão de pouco antes, mais para o afável, dissimuladamente risonha, havia sido substituída por uma de abstração ou de elucidação, ou por uma dessas coisas pesadas que você vai adiando porque não deseja enfrentá-las nem mergulhar nelas e que, portanto, sempre voltam, recorrentes e, a cada investida, são mais profundas por não terem desaparecido durante o período em que você as manteve sob controle ou afastadas do pensamento, mas porque, por assim dizer, cresceram em ausência e não pararam de espreitar o ânimo, sub-reptícia ou subterraneamente, como se fossem o preâmbulo de um abandono amoroso que você acabará consumando, mas que ainda não consegue sequer imaginar: essas ondas de frieza e irritação e saciedade dirigidas a um ser muito querido que vêm, se entretêm um pouco e se vão, e toda vez que se vão você deseja crer que sua visita foi uma fantasmagoria — produto do mal-estar consigo mesmo, ou de um descontentamento geral, ou mesmo das contrariedades ou do calor — e que não voltarão mais. Só para descobrir na próxima vez que cada nova onda é mais pegajosa e traz consigo uma duração maior e envenena e abruma o espírito e o faz duvidar e se amaldiçoar um pouco mais. Demora a se perfilar esse sentimento de desafeição, e ainda mais a se formular na mente ("Acho que não a aguento mais, vou fechar a porta para ela, tem de ser assim"), e quando a consciência por fim o assume, ainda lhe resta um bom caminho a percorrer antes de ser verbalizado e exposto à pessoa que sofrerá o abandono e que não suspeita dele nem o prefigura — porque tampouco nós, os abandonadores, o fazemos, enganosos, covardes, dilatórios, morosos, pretendemos coisas impossíveis: eludir a culpa, evitar o dano —, e a quem caberá enlanguescer incredulamente por ele e quem sabe morrer em sua palidez.

Muriel apoiou as mãos no peito, uma delas com o punho cerrado porque segurava o cachimbo que tinha se apagado e não se deu ao trabalho de tornar a acender. Em vez de começar a ditar, como me disse que faria, manteve-se em silêncio por uns minutos enquanto eu olhava para ele intrigado, caneta em riste, até que temi que a ponta secasse e voltei a pôr a tampa. De um instante para o outro, parecia ter se esquecido daquilo de que se propunha cuidar, como se lhe houvesse ocorrido um pensamento, um assunto, um já manuseado dilema que tivesse varrido os demais, embora não a mim como possível conselheiro casual ou mero ouvinte de suas inquietações: do chão me lançava olhares dubitativos ou quase furtivos, dava a impressão de ter algo na ponta da língua — duas ou três vezes abriu a boca e tomou fôlego, tornou a fechá-la — que não se decidia a deixar sair, isto é, a me fazer ouvir; de que estivesse dirimindo sobre a conveniência de me fazer partícipe de uma questão que o desassossegava ou perturbava, ou mesmo o queimasse por dentro. Limpou a garganta uma vez, outra. As palavras lutavam para abrir passagem, eram contidas por um ato de prudência, de vontade de manter sigilo ou pelo menos de discrição, como se o assunto fosse delicado e não devesse transpirar, talvez nem se expressar, o expresso se instala no ar e é difícil fazê-lo retroceder. Esperei sem dizer nada nem insistir nem instá-lo a falar. Esperei com confiança e paciência porque já então sabia — isso se aprende rápido, na infância — que o que alguém está muito tentado a soltar, ou contar, ou perguntar, ou propor, quase sempre acaba brotando, acaba surgindo como se nenhuma força — nenhuma violência exercida sobre si mesmo, nem tampouco raciocínio — jamais fosse capaz de freá-lo, as batalhas contra nossa exaltada língua nós perdemos em quase todas as ocasiões. (Ou é furiosa a língua, ditatorial.)

— Você é de outra geração e vai encarar a coisa de maneira diferente — principiou por fim Muriel, ainda com cuidado e precaução. — Você que é jovem, você que é de outra geração — repetiu, acreditando assim ganhar tempo para ainda poder se interromper e falar —, o que faria se chegassem a você notícias de que um amigo de meia vida…? — Fez uma pausa, como se fosse descartar o que dissera e iniciar outra formulação. — Como dizer, como te explicar… Que um amigo de muitos anos nem sempre foi o que é agora? Não é como você o conheceu ou como você sempre acreditou que era?

Era evidente que ainda se debatia, pela sequência de perguntas vazias e confusas. Muriel não costumava ser confuso, ao contrário, gabava-se de ser preciso, se bem que às vezes, em sua busca, tendesse a divagar. De acordo com o que eu respondesse podia-se deixar de lado ("É a mesma coisa, deixemos seguir", ou "Deixe, deixe, esqueça", ou até "Não, é melhor que você não se meta nisso, não é da sua incumbência nem é agradável; além do mais, você não tiraria as minhas dúvidas nem iria entendê-las"). Assim, primeiro optei por continuar aguardando e fazer cara de enorme atenção, como se estivesse em suspenso, pendente da sua consulta e não houvesse na minha vida nenhum interesse maior; e não acrescentando ele mais nada — ficando desconcertado com a confusão de seu próprio discurso —, compreendi que me cabia lhe dar apoio verbal e, antes que sua língua se enrolasse, me atrevi a responder:

— A que se refere, a uma traição? A uma traição ao senhor?

Vi que ele não era capaz de permitir o equívoco, embora ainda fosse um equívoco sobre uma bruma ou uma treva ou sobre um nada, e imaginei que não teria outro remédio senão continuar, pelo menos um pouco.

Levou o cachimbo à boca. Mordeu-o e, então, falou entre os dentes, como se preferisse que eu não o ouvisse com muita nitidez. Talvez como se o que dizia fosse apenas conversa-fiada.

— Não. É esse o problema. Caso se tratasse disso eu saberia como enfrentar, como abordar a situação. Se me dissesse respeito diretamente, não hesitaria em ir ter com ele e tentar pôr as coisas em pratos limpos. Ou em ferrar com ele, se o caso fosse imperdoável e se confirmasse, um *casus belli*. Mas não é isso, em absoluto. Essas notícias não me dizem respeito, não têm nada a ver comigo nem com nossa amizade. Não a afetam e, no entanto... — Não concluiu a frase, tornou a se fechar em copas, custava-lhe admitir o que supunha.

Não acreditei no que respondi em seguida, mas pensei ou intuí que serviria para lhe puxar pela língua: quando começam a nos contar ou nos insinuar algo — algo delicado ou escabroso ou proibido, que presumimos grave e que o narrador não está confiante que quer nos contar —, nos dedicamos a puxar pela língua. É quase uma reação reflexa, agimos assim mais do que qualquer coisa pelo que antigamente se chamava *sport*.

— Por que não ignora então? Por que não deixa para lá? Podem ser notícias falsas, ou calúnias, ou podem ser equivocadas. Afinal de contas, se não lhe dizem respeito, não sei, não faça disso um assunto seu e pronto. Bom, também pode indagá-lo sobre o assunto. Que ele as confirme ou desminta, não? Se são tão amigos, ele lhe dirá a verdade. Ou não?

Muriel tirou o cachimbo da boca e levou a mão livre à bochecha, eu não saberia dizer o que se apoiava em quê, é difícil reconhecer isso em quem está caído no chão. Desviou o olho sagaz para mim, até agora estivera perdido nas alturas, no teto, nas prateleiras mais altas da biblioteca, num quadro de Francesco Casanova pendurado numa parede do estúdio, estava muito satisfeito em possuir um quadro do irmão mais moço do famoso Giacomo e pintor favorito de Catarina, a Grande, conforme me explicou mais de uma vez ("Da Rússia", ressaltava como se duvidasse de meus conhecimentos históricos, não sem razão). Olhou para mim tratando de averiguar minha boa vontade ou meu grau de ingenuidade, se queria de verdade apresentar soluções ou se estava apenas sendo solícito; ou talvez fofoqueiro, pior ainda. Deve ter dado sua aprovação provisória à minha atitude, porque ao fim de vários segundos inquisitivos que me deixaram nervoso e durante os quais eu mesmo me senti tentado a me examinar, me respondeu:

— Ou não. Ninguém confessa algo assim de cara, todo mundo o negaria a quem quer que fosse, a um amigo, a um inimigo, a um desconhecido, a um juiz, e nem é preciso dizer a sua mulher e a seus filhos. O que ele me diria se eu lhe perguntasse? Que eu estava louco? Por quem o tomava, se o conhecia tão mal assim? Que eram falsos rumores, ou um sujo acerto de contas de alguém despeitado e malicioso que lhe guardava um rancor implacável, desses que nunca caducam? Não. Exigiria saber de mim quem me havia contado semelhante história. E decerto eu teria de me despedir da sua amizade, só que por iniciativa dele e não minha. O decepcionado passaria a ser ele. Ele se faria de ultrajado. Ou se sentiria justamente ultrajado se tudo não passasse de uma falsidade. — Deteve-se por um instante, talvez para imaginar a cena absurda, o pedido de sinceridade. — Não seja simples, Juan. Há muitas ocasiões em que só cabe um "não" e em que esse "não" está incapacitado para aclarar o que for, é imprestável. É o que se responderia, tanto se correspondesse à verdade, como se não. Um "sim" às vezes é útil. Quase nunca um "não" quando se trata de algo feio ou vergonhoso, ou de conseguir um propósito a qualquer custo, ou de salvar a pele. Não vale nada em si mesmo. Aceitá-lo depende de um ato de fé, e a fé é coisa nossa, não de quem responde "não". E, além do mais, a fé é volúvel e frágil: cambaleia, se recupera, se fortalece, se abala. E se perde. Crer nunca é de se fiar.

"Que diabo terão lhe contado sobre o que disse ou fez esse tal amigo obscuro ou de repente obscurecido?", me perguntei, pensei. "Depois de meia vida de claridade." Ou talvez eu não tenha pensado isso, é que rememoro assim agora, quando já não sou jovem e tenho mais ou menos a idade de Muriel à época, ou até a tenha superado, é impossível recuperar a bisonhice dos anos bisonhos, depois de percorrer vários outros caminhos, não é possível não entender o que em outra época não se entendia uma vez que se entendeu, a ignorância não volta nem mesmo para relatar o período em que se gozou ou se foi vítima dela, se engana quem conta algo fazendo uma cara de inocência, impostando a de seus tempos de infância ou adolescência ou juventude, quem afirma adotar o olhar — é gelo, olho cristalizado — da criança que já não é, como falseia o velho que rememora a partir da sua maturidade e não da senilidade que domina toda a sua visão do mundo e o conhecimento das pessoas e de si mesmo, e como enganaram os mortos — se pudessem falar ou sussurrar — situando-se na perspectiva dos vivos néscios e inacabados que foram e fingindo ainda não ter assomado ao trânsito e à metamorfose, e não estar no fim do que foram capazes de fazer e dizer, uma vez que fizeram e disseram tudo e não há possibilidade de surpresa nem de emenda nem de improvisação, a conta está encerrada e ninguém irá reabri-la... "Referiu-se ao ocorrido chamando de 'algo assim, ninguém confessa algo assim', muito turvas devem ser, muita mancha hão de ter as notícias que lhe chegaram, de que índole serão. 'Alguém despeitado e malicioso', disse também, e isso associei inevitavelmente a uma mulher, embora os termos fossem aplicáveis a um homem, acredito, por que não, e no entanto, ao ouvi-los, imaginei na hora uma mulher como origem da informação... Está hesitando entre se vai me contar ou não de que se trata, do que se inteirou sem querer. Teme que, se me confidencia isso, tudo parecerá mais real ou mais certo, quanto mais o ventilar, mais certificado de existência lhe outorgará, mais estará condenando seu amigo, e o natural é que prefira não o fazer. Tampouco pode descartar sem mais o que ouviu e que talvez o atormente e inquiete tanto que não suporta mais guardá-lo para si, que lhe ronda o pensamento o dia todo e lhe cola à noite, mas não sabe com quem falar sobre sem lhe conferir com isso maior relevo, sem revesti-lo de maior gravidade. Talvez me veja como o mais desimportante de seus conhecidos, precisamente por minha juventude, minha pouca experiência e minha capacidade nula para agir em seu mundo de adultos plenos. E se por acaso me escapasse a língua, minha voz carece de peso e de crédito. Terá escolhido a mim por isso, por minha insignificância", pensei. "Contar a mim é o mais parecido com não contar a ninguém. Vai se sentir mais seguro do que com qualquer outra pessoa, a mim ele pode despedir e perder de vista, pode quase me apagar, serei um vazio mais cedo ou mais tarde. Logo, também posso indagar, ou aprofundar, ou tentar saber. Eu não tenho ressonância nem trago consequências."

— Não saberia lhe dar uma opinião, d. Eduardo, Eduardo — me corrigi logo e a mim mesmo soei desrespeitoso e estrídulo —, se não me explicar um pouco mais. O senhor me perguntou o que eu faria. Se ignoro qual é o assunto, mal posso lhe responder. E se me diz que indo falar com seu amigo não haveria forma de averiguar a verdade, que ele negaria algo assim e que além do mais esse "Não" seria imprestável para o senhor... Pois não sei o que eu poderia fazer. Apertar quem lhe contou a história, tentar que se desdissesse, que a retirasse? Isso não parece provável, não?, que alguém dê para trás uma vez que já revelou algo feio que deixa o outro em tão má situação. Investigar através de terceiros, comprovar a veracidade? O senhor deve saber se isso é factível, muitas vezes não é. De modo que imagino que tudo depende do que seja esse algo, de até que ponto o senhor pode conviver com essa amizade e aguentar sua sombra. Já lhe disse, cabe também esquecer, suprimir, deixar seguir. Quando é totalmente impossível saber a verdade, acredito que então temos a liberdade de decidir que o é.

O olho marítimo me fitou de outra maneira, com curiosidade, talvez com uma pitada de suspicácia, como se Muriel não houvesse esperado de mim uma consideração tão pragmática, pressupõe-se que a juventude tenha veemência e certo grau de intransigência, aversão à incerteza e às composições, um elemento de fanatismo em sua busca de qualquer verdade, por pequena e circunstancial que seja.

— Sempre é impossível, na realidade. Nunca se pode saber — me respondeu. — A verdade é uma categoria... — Interrompeu-se, estava pensando no que dizia e dizendo ao mesmo tempo, não era uma frase que já tivesse elaborado antes; ou, ao contrário, a estava rememorando como se fosse uma citação. — A verdade é uma categoria que a gente suspende enquanto vive. — Ficou ponderando-a por uns segundos, olhando para o teto, como se a visse aparecer nele tal como as palavras e nomes que os antigos professores escreviam lentamente no quadro-negro. — Enquanto vive — repetiu. — Sim, é ilusório ir atrás dela, uma perda de tempo e uma fonte de conflitos, uma estupidez. E no entanto não podemos deixar de fazê-lo. Ou, melhor, não podemos evitar nos perguntar por ela, ao ter a certeza de que existe, de que se acha num lugar e num tempo a que não podemos ter acesso. Sei que o mais provável é que nunca se saiba com certeza se esse amigo fez ou não o que agora me contaram. Mas também sei que de duas, ou melhor, de três coisas; uma: ou fez ou não fez ou a coisa foi mais ou menos, não tão preta quanto me pintaram nem tão branca quanto ele me relataria. Que eu esteja condenado a não averiguá-la não significa que não haja uma verdade. O pior é que a esta altura até mesmo o interessado pode desconhecê-la. Quando passaram muitos anos, ou mesmo nem tantos, a gente conta os fatos como convém e chega a acreditar na sua própria versão, na sua distorção. Com frequência chega a apagá-los, afugenta-os, sopra-os como a uma pena — fez o gesto dos dedos como se segurasse uma, não soprou —, se convence de que não ocorreram ou de que sua parte neles foi diferente do que foi. Há casos de sincero esquecimento ou de honrada tergiversação, nos quais quem mente não mente, ou não mente de forma consciente. Às vezes, nem mesmo o autor de um feito é capaz de tirar nossas dúvidas; apenas já não está facultado a contar a verdade. Conseguiu que ela se esfumaçasse para ele, não a recorda, confunde-a ou a ignora diretamente. E não obstante ela existe, isso não impede que ela exista. Algo aconteceu ou não aconteceu, e se aconteceu foi de determinada maneira, foi assim que teve lugar. Preste atenção nessa expressão, "ter lugar", que utilizamos como sinônimo de ocorrer, de acontecer. É curiosamente adequada e precisa, porque é isso que se dá com a verdade, que tem um lugar e nele fica; e tem um tempo e nele também fica. Fica enclausurada neles e não há forma de reabri-los, não podemos viajar a um ou a outro para dar uma olhada em seu conteúdo. Só nos restam palpites e aproximações, nada mais que circundá-la e tentar discerni-la à distância ou através de véus e névoas, em vão, é uma tolice desperdiçar a vida nisso. E mesmo assim, e mesmo assim...

Tossiu, me pareceu uma tosse nervosa, de impotência e inquietude. Soergueu-se e virou-se um pouco para pegar os fósforos no bolso da calça e acender o cachimbo, com o cotovelo apoiado no chão. Aproveitou para pegar também uma antiga caixinha de remédios feita de prata com uma bússola incrustada na tampa, olhava fixamente para ela, aprisionada em seu vidro, quando se punha pensativo em excesso, quando não sabia como continuar ou se continuava, quando hesitava e tornava a hesitar, como se esperasse que a agulha o orientasse, abandonasse o norte algumas vezes. Tive a sensação de que não só hesitava em me revelar o suposto delito ou a baixeza ou a mesquinhez do seu amigo (por ora sabia que não era uma traição), mas também em me encarregar de algo relacionado a isso, talvez uma missão, uma espionagem, uma investigação; se me faria intervir sem dados, ou inclusive com eles. E no entanto foi essa a sensação que tive, de que o que mais lhe custava era se decidir a me envolver em algo sujo, desagradável, ruim, e de que esse possível envolvimento em que estava tentado a me lançar ia mais além de me converter em mero ouvinte ou talvez confidente, de me tornar partícipe de fatos, ou antes, de uma suspeita e um rumor. Era como se soubesse que, se me pusesse a par, depois também teria de me dirigir ou me encaminhar, me dar uma ordem ou me pedir um favor.

— E mesmo assim o quê? — Eu não sabia como fazer para que ele começasse, só mostrar meu interesse e minha disponibilidade. Nisso sim, me dou conta agora, estava um estorvo da minha juventude, porque não há nada tão simples quanto fazer alguém soltar a língua, não há praticamente ninguém que não anseie por falar.

Muriel por fim se levantou do chão, fez isso com agilidade e sem esforço, e começou a passear ao meu redor com suas passadas largas, caminhava pelo salão e pelo escritório bordeando a mesa, eu ia girando o pescoço para não perdê-lo de vista, numa mão o cachimbo, na outra a caixinha de remédios, que agora ele não parava de passar pelo queixo, como se não estivesse barbeado, mas com um cavanhaque, e o ajeitasse, ainda bem que não era isso, os indivíduos com semelhante tipo de barba não costumam ser dignos de confiança. Também escrutava de vez em quando a bússola. A mim fazia rir, vê-lo com o olho pregado naquela miniatura, acho que a ele também e que em parte a usava como elemento de comicidade, nessa ocasião para reduzir perante mim o efeito de vacilação e angústia que suas circunvoluções transmitiam.

— Mesmo assim, mesmo assim — repetiu, respondeu — não me resta alternativa senão tentar me aproximar, senão procurar dissipar alguma névoa ou tirar algum véu, senão desperdiçar um pouco de vida. Às vezes basta levantar uma só camada, ou mesmo fazer menção de, para justificar a tomada de uma decisão: para decidir, como você disse, o que é a verdade e ater-se a ela a partir de então e para sempre. Depois de uma tentativa, por mais cética e superficial que seja, você pode desconsiderar o que lhe contaram, como você me sugeriu desde o início, ou então acreditar e deixar minguar uma amizade, pô-la entre parênteses ou lhe dar um fim definitivo. Antes não. Temos de possuir, temos de obter algum indício que nos sirva de guia, por mais falso ou errôneo que seja. Precisamos encontrar por nossos próprios meios uma orientação — e tocou com a boquilha o vidro da bússola —, uma intuição que nos permita dizer a nós mesmos: "Bah, isso é mentira", ou "Ai, isso deve ser verdade". — Deteve-se em suas palavras e me olhou de repente com infinita pena, mas eu não soube se a pena era dele ou se a sentia por mim, pelo muito que me faltava descobrir e percorrer. Eu mesmo olho assim agora para os jovens, quando os vejo com problemas e desconcertados ou desenganados, também quando os vejo com ilusões e projetos, e cruzo os dedos para que tudo lhes corra bem, um gesto supersticioso e inútil, um gesto de resignação. É um olhar paternalista, que não percebe as diferenças de cada um e que há gerações mais desembaraçadas que outras; a minha, acredito, era mais que a de Muriel, e sem dúvida tinha menos escrúpulos, sob nossos diferentes disfarces idealistas. — Numa oportunidade acreditei sem mais no que me foi dito — prosseguiu com aquele olhar de aflição. — Hesitei, mas logo descartei a dúvida, ao pensar que não me mentiriam sobre algo tão vital. Não só para outras pessoas, no fundo dá na mesma para todo mundo, mas também para quem dizia essa mentira ou verdade. Descarta-se que alguém vá prejudicar a si mesmo, não? Você ainda deve descartar na sua idade, não? Vinte e três. Eu pelo menos levei muito tempo para aprender que isso também não se pode descartar, que nunca se pode descartar nada, na realidade. As pessoas fazem cálculos insólitos e com frequência estão dispostas a se arriscar. A maioria é acometida por um estranho otimismo, pensa que se safará, que as coisas mudarão ou que a sorte os abençoará; que o prejuízo que se causam será compensado em fartura por algum benefício maior e que ninguém ficará sabendo de nada, do que disseram ou fizeram para alcançar seus propósitos, para reter alguém, para arruinar outro, para mandar um terceiro para a prisão ou para o paredão, para tirar proveito e se enriquecer, para deitar-se com uma mulher. E talvez não lhes falte razão, o mais provável é que saibamos muito pouco do que aconteceu, a maior parte nunca vem à luz. De modo que naquela vez não questionei o que me disseram, aceitei, agi em consequência e me ative a isso, e isso arrasou uma ou duas vidas, talvez três conforme se considere, talvez mais se contados os descendentes, indivíduos aos que nem cabia ter nascido e outros a que se impossibilitou de nascer no lugar deles. — Recomeçou seus passeios depois desse *excursus*, sempre com o cachimbo numa mão e na outra a bússola, e acrescentou: — Sim, algum tempo, com esse amigo, vou ter de perder.

Não entendi muita coisa do que me dizia. Agora circunvagava outra história, aludia à outra, passada ou remota e também não a relatava. Mas por fim me ocorreu uma pergunta que talvez o animasse a entrar no assunto. Havia mencionado a possibilidade de pôr um fim drástico à sua amizade, se assim indicassem suas leves e vindouras pesquisas ou seus palpites ou sua intuição. Se o que chegou a ele não lhe dizia respeito pessoalmente nem tinha a ver com ele, só uma coisa, naqueles tempos e em nosso país, poderia ser tão objetivamente inaceitável a ponto de ele pensar em encerrar por isso uma prolongada relação de meia vida. Naqueles dias, naqueles anos, começava-se a contar em particular coisas distantes que muitos espanhóis tinham se visto obrigados a calar em público por décadas a fio e mal haviam sussurrado de quando em quando em família, e com intervalos de silêncio cada vez maiores, como se além de mantê-las proibidas as houvessem procurado confinar na esfera dos pesadelos, e que assim se perdessem na tolerável bruma do que poderia ou não ter ocorrido. Isso acontece com o que envergonha, com as humilhações sofridas e com os acatamentos impostos. Ninguém gostava de rememorar que tinha sido vencido ou que tinha sido uma vítima, que foram cometidas injustiças ou atos de crueldade com ele e com os seus, que tivera de se render e ser reconhecido pela outra parte para sobreviver, que tinha delatado companheiros para obter as graças do novo poder sanhudo e perseguidor incansável dos derrotados, ou que tinha sido enterrado em vida tratando de chamar o mínimo possível a atenção, que havia levado uma existência acovardada e submissa e tinha se dobrado às exigências dementes do regime vencedor; que, apesar do dano causado, na sua própria pele ou na de seus pais ou irmãos, havia tentado abraçá-lo, exaltá-lo, fazer parte de suas estruturas e medrar sob seu escudo. Hoje se contam numerosas histórias fictícias de irremíveis e de resistentes passivos ou ativos, mas o certo é que a maioria dos verdadeiros — não muitos, e não duraram — foi fuzilada ou encarcerada nos primeiros anos depois da guerra, ou se exilou, ou foi expurgada e sofreu represálias e foi impedida de exercer suas profissões: houve homens de idade ou maduros que passaram o resto dos dias vendo como suas viúvas e filhas saíam para buscar o que comer — suas mulheres já como viúvas —, enquanto eles, mal barbeados, pré-cadavéricos — engenheiros, médicos, advogados, arquitetos, catedráticos, cientistas, um ou outro militar leal que se salvou —, olhavam pela janela e se esforçavam para não pensar. Ao cabo de pouco tempo o grosso da população foi entusiasticamente franquista, ou o foi mansamente, por temor. Muitos dos que haviam detestado e padecido suas forças foram se convencendo de que era melhor assim e de que tinham vivido e inclusive combatido no erro. Nunca se viu tanta virada de casaca, uma virada maciça. A Guerra Civil terminou em 1939 e, diga-se o que for agora, nem nos anos 40 nem nos 50, nem por conseguinte nos 60 mais brandos, nem quase tampouco nos 70 até a morte do ditador, as pessoas ansiavam por contar sua versão, quero dizer, a que teriam sido impedidas de contar. Os ganhadores a tinham relatado até a saciedade, a princípio, e continuaram, mas com tantas mentiras e grandiloquência, com tantas ocultações, calúnias e parcialidade, que o relato não podia satisfazê-los e, sim, esgotar-se por repetição, e a partir de certo momento o deram por sabido e aproveitaram para se aplicar em esquecer os mais tenebrosos aspectos da sua atuação, seus crimes mais supérfluos. Impor uma história já não contenta mais a longo prazo, no fim é como se só a pessoa a contasse para si mesma, e isso não tem graça: se não se vê referendada a não ser pelos correligionários e pelos acólitos e pelos temerosos servos, é como jogar xadrez sem adversário. E os que haviam perdido preferiram não recordar as atrocidades, nem as suas nem as alheias maiores — mais duradouras e mais bestiais, mais gratuitas —, menos ainda transmiti-las a seus filhos (quem vai querer contar episódios e cenas em que aparece tão mal), para quem desejavam apenas que não se passasse a mesma coisa e que tivessem a bênção de uma vida tediosa e sem sobressaltos, ainda que submissa e sem liberdade. Sem ela se pode viver, da liberdade se pode prescindir. De fato, é a primeira coisa de que os cidadãos com medo estão dispostos a prescindir. Tanto que muitas vezes exigem perdê-la, que a tirem, não tornar a vê-la nem pintada, nunca mais, e assim proclamam para quem vai tirá-la, e depois votam nele.

— É coisa da guerra, d. Eduardo, Eduardo? Algo que seu amigo fez na época e que o senhor não sabia e agora lhe vieram com o relato? É isso? — E ainda me atrevi a precisar mais, ou era acossá-lo para que se explicasse de uma vez. — O senhor participou de alguma matança? Se dedicou a dar passeios? — Muitos jovens de hoje não conhecem mais o termo, mas minha geração ainda estava bem acostumada a ele, tínhamos ouvido de nossos pais e avós como parte de seu vocabulário normal, e rara era a família sem algum "passeado" ao longo dos três anos de guerra: dar um passeio com alguém era ir buscá-lo em casa de noite ou de madrugada ou mesmo em pleno dia, agarrá-lo à força e enfiá-lo num automóvel com um grupo de homens, levá-lo aos arredores da cidade, a um descampado ou até aos muros do cemitério, ali lhe dar um tiro na têmpora ou na nuca e deixar seu cadáver à porta da sua morada vindoura ou atirá-lo na sarjeta com dois pontapés, esta última alternativa, a mais frequente; em Madri ou em Sevilha, na zona republicana e na franquista, certos meses se recolhiam pela manhã numerosos corpos nas estradas, como se fossem desperdícios incoerentes para os garis, pesados, difíceis de manejar e com expressão. — Era falangista, dos de pistola na cinta? Ou miliciano, dos de escopeta no ombro? Delatou mal tendo acabado a guerra, denunciou conhecidos e os mandou ao paredão? Teve algum cargo de carniceiro, matou muito ou mandou matar? O que é que lhe contaram, que tem tanta dificuldade em dizer?

Agora as coisas haviam mudado um pouco nesse sentido, no de contar; não muito, na realidade. Governava Adolfo Suárez, o primeiro presidente saído de eleições depois de um período de quarenta anos, Franco estava morto havia quatro ou cinco anos. Por um lado, logo havia sido desprezado e visto como um ser antediluviano, aos seis meses a gente mais dada a refletir ficava pasma com que tivesse transcorrido tão pouco tempo, porque se tinha a sensação de que seu desaparecimento havia sido há séculos. Não era apenas uma parte do país que a tinha ansiado e esperado e antecipado tanto, e que em muitos aspectos — nos possíveis — a sociedade havia começado a atuar desde muito antes como se já tivesse ocorrido, mas que com incrível velocidade se fez patente, até para seus partidários, o clamoroso anacronismo que era e o quanto sobravam ele, sua ditadura e sua Igreja, à qual havia entregado poder e benefícios ilimitados. Por outro lado, no entanto, sabia-se que seu regime tinha se retirado de maneira inverossímil sem reclamar (na época se disse que havia feito haraquiri), obedecendo à vontade do rei, e que por isso a democracia nos havia sido outorgada. Não a tínhamos implantado, claro, porque nem sequer teria estado a nosso alcance tentá-lo sem um novo e desproporcional derramamento de sangue híbrido e confuso, e de final certo e desastroso; contudo, isso sim, liberdades sem mais tardar nos animamos a pedir mais. Mas naqueles anos éramos conscientes de que tudo estava por um fio, de que o concedido é sempre revogável, de que os suicidados podiam pensar melhor e decidir ressuscitar e voltar, de que tinham de seu lado a maior parte de um exército ainda franquista até a medula e que este continuava de posse das únicas armas da nação.

Uma das condições para aquela outorga e aquele haraquiri tão surpreendentes tinha sido, numa frase: "Ninguém peça a ninguém para prestar contas". Nem dos já muito distantes desmandos e crimes da guerra, cometidos por ambos os lados no front e na retaguarda, nem dos infinitamente mais próximos da ditadura, cometidos por um só em sua imensa retaguarda punitiva e rancorosa ao longo de trinta e seis anos de carta branca para seus esbirros e de mortificação e silêncio para os demais. Embora não fosse equitativa — já haviam sido cobradas todas as contas dos perdedores com acréscimos, reais e imaginários —, todo mundo aceitou a condição, não só porque era a única forma de que a transição de um sistema a outro se desenrolasse mais ou menos em paz, mas porque os mais prejudicados não tinham alternativa, não estavam em condições de exigir. A promessa de um país normal, com eleições a cada quatro anos, com todos os partidos legalizados e uma nova Constituição aprovada pela maioria, sem censura — com divórcio em breve, era de se supor —, com sindicatos e liberdade de expressão e de imprensa, sem bispos intervindo nas leis, pôde muito mais que a velha busca de desagravo ou que a ânsia de reparação. Tudo isso havia sido tão adiado e se depositava tão pouca fé em sua chegada, que tinha se esfarrapado no trajeto sem fim que não avança da espera que não espera nada. Os mortos estavam mortos e não iam voltar; os que haviam cumprido anos de prisão injusta tinham perdido esses anos e não iam recuperá-los; os submissos deixariam de sê-lo; os presos políticos seriam anistiados e sairiam à rua com seus antecedentes apagados; os exilados poderiam envelhecer e morrer aqui; já não se poderia deter nem condenar ninguém com arbitrariedade; os tiranos poderiam ser castigados ao não se votar neles, depondo-os assim de seus cargos e privando-os de seus privilégios, ou pelo menos de alguns deles. O futuro era tão tentador que valia a pena sepultar o passado, o antigo e o recente, sobretudo se esse passado ameaçava estropiar aquele futuro tão bom em comparação. Muita gente hoje esqueceu ou ignora isso porque não lembra ou nem sequer concebe o que é uma ditadura, em que consiste, mas, vindo da que vínhamos, aquele horizonte nos parecia um sonho a que nos custava dar crédito, e a sensação predominante era de alívio e de sermos, na verdade, afortunados: íamos nos livrar de um regime totalitário sem passar por outra carnificina, e poderíamos enfim contar a primeira, a que, esta sim, teve lugar, como foi na realidade.

E assim se fez, começou-se a contar em linhas gerais, historicamente, mas não tanto nos detalhes, pessoal ou individualmente. A condição tinha sido aceita e foi cumprida com todo rigor, talvez com exagero. Não se tentou levar ninguém a juízo, em virtude da anistia geral decretada, e isso com toda certeza nos salvou de enfrentamentos, de penosas e intermináveis acusações e do sempre possível retorno dos haraquirizados, embora a cada dia os relegasse um pouco mais num território fantasmal do qual, quando o relegado quer se dar conta, já é impossível sair. Era impensável que naqueles anos, portanto, se denunciasse alguém pelo que havia feito durante a ditadura ou a guerra. Que não se prestasse contas à justiça também implicava um pacto social, era como dizer uns aos outros: "Assim está bom, deixemos estar. Se para que o país seja normal e não voltemos a nos matar é necessário que ninguém pague, rasguemos as faturas e comecemos de novo. O preço é assumível, porque afinal teremos em troca, se não o país que gostaríamos de ter, um que se parecerá com ele. Ou procuraremos isso, sem violência, sem proibições e sem nos levantarmos em armas contra o que se consiga com lisura". Foram anos de otimismo e generosidade e ilusão, e a mim não resta dúvida de que foi então o melhor que se pôde acordar.

Mas aconteceu algo estranho: aquele pacto social se internalizou de tal maneira que a condição estabelecida acabou se consumando com um excesso de escrúpulos e se fez excessiva ao contar. Uma coisa acertada e sensata era que não nos engalfinhássemos nos tribunais, que estes não se enchessem de causas dolorosas que teriam impedido a convivência e nos teriam levado a terminar muito mal. Outra, que não pudéssemos saber, que não pudéssemos contar. E no entanto a maioria da gente optou por isso, por continuar calada, em público, é claro, mas quase sempre também em privado. Além do mais, ainda havia algum estoicismo, algum pudor, não tinham chegado os tempos — ainda perduram — em que todo mundo viu as vantagens de figurar como vítima e se dedicou a se queixar e tirar proveito de seus sofrimentos ou dos de seus antepassados de classe ou sexo, ideologia ou região, fossem reais ou imaginários. Havia um sentido da elegância que desaconselhava fazer alarde dos padecimentos e das perseguições, e convidava os mais prejudicados a manter silêncio. Essa atitude só foi alterada quando alguns indivíduos notáveis que haviam apoiado Franco num ou noutro período — no princípio, quando a repressão era mais feroz, ou no meio ou no fim — forçaram a sua sorte e, não contentes com a impunidade, com que nem sequer os criticassem e os deixassem viver em paz com suas prebendas intactas, começaram a forjar para si biografias ilusórias, a posar de democratas desde a época ateniense e a proclamar que seu antifranquismo vinha de longe, quando não desde sempre. Ampararam-se na ignorância dos mais jovens — na ignorância geral — e na discrição daqueles que tinham a mesma idade que eles e que mais sabiam. Um romancista declarava num jornal que o início da guerra o havia pilhado na Galícia, zona franquista, e que por isso não tivera outro remédio senão combater com o exército de lá, mas que, se o houvesse pilhado em Madri, teria podido defender a República, seu grande desejo de então. Os que o conheciam sabiam que justamente esse havia sido o caso, que a guerra o havia surpreendido em Madri e que havia feito o indizível para escapar da capital e chegar à Galícia, para ali se unir à parte que agora renegava com a maior tranquilidade. Um historiador se jactava de seus "anos de exílio em Paris", quando esses anos ele havia passado nada menos que com um cargo na embaixada espanhola, representando Franco, claro. Outro intelectual também se permitia trazer à baila seu "exílio forçoso", o qual havia consistido num lucrativo contrato com uma universidade americana para dar uns cursos nos comparativamente plácidos anos 60 —, depois de ter se beneficiado, nos anteriores, mais duros, dos numerosos favores com que o regime o havia recompensado por sua condição de falangista, adepto e adulador. E assim muitíssimos casos mais.

Essas falsas afirmações e negações, essas invenções e presunções foram irritantes para quem tinha se oposto de verdade ou havia se recusado a colaborar, para quem tinha passado um mau bocado durante décadas e estava mais ou menos a par do papel desempenhado por cada um. Ou seja, para a pouca gente com conhecimento e memória a quem não se podia enganar. A maioria, sim, se podia, e de fato se enganou, porque ninguém enviava uma carta à imprensa ou à televisão desmentindo aqueles figurões que, em vez de se darem por satisfeitos por quão bem tinham se saído depois da instauração da democracia, não tinham escrúpulos em forjar fábulas e pendurar no peito inexistentes medalhas, em se criar um pedigree conveniente. Os indivíduos sabedores estavam acostumados a perder e calar. Para eles pesava em excesso a condição aceitada, o pacto social alcançado; pesavam também o menosprezo à revanche e a aversão a delatar. Assim, deixaram correr as mentiras dos antigos franquistas e se continuou sem contar nada pessoal em público, ou quase só se ouviram as falácias desses descarados. Tanto eles se encorajaram, todavia, e tão longe foram em sua desfaçatez, que pouco a pouco isso levou um número cada vez maior de gente informada a reagir em privado — quanto comedimento e paciência existiram, quanto continua existindo hoje — e a contar o que sabiam, o que haviam feito ou dito ou escrito uns e outros, quais haviam sido os comportamentos durante a guerra e a ditadura, que agora milhares de pessoas, ou até centenas de milhares, se esmeravam por esconder, embelezar ou eliminar. Eram muitas se apoiando para que não triunfasse o trabalho de dissimulação e ornamentação: eu te avalizo e tu me avalizas, eu calo por ti e tu calas por mim, eu te adorno e tu a mim. E pensei que algum murmúrio desse tipo, de parte dos que resistiam à farsa e relatavam a verdade — atenuado, discreto, dito apenas em família ou em reuniões e jantares de amigos, ou na intimidade ainda maior do travesseiro —, era o que haveria chegado recentemente aos ouvidos de Muriel.

Enquanto eu o submetia a meu breve interrogatório, Muriel continuara passeando, me lançando de vez em quando olhares sem significado, de mero controle ou atenção, que me levaram a deduzir que não prestara nenhuma. Parou quando eu parei. Então me encarou com uma expressão sóbria e grave que eu não soube decifrar. Talvez o tenha incomodado que eu fizesse tantas perguntas diretas, que com elas o impelisse a me contar quando ainda não havia resolvido se me contava ou não. Guardou a caixinha-bússola e com a mão livre buscou a gravata sob o suéter e a esticou, devia estar amarrotada ou ter subido durante o tempo que permanecera deitado no chão. Endireitou também o nó, mas, por não ter um espelho em frente, não acertou, e o nó ficou de lado. Indiquei-lhe isso fazendo com os dedos um gesto para a minha esquerda, ele entendeu e conseguiu centralizá-lo. Foi até um dos sofás, sentou-se, cruzou as pernas e me respondeu:

— Quase tudo tem a ver com a guerra, Juan, de um modo ou de outro. Tomara que eu chegue a ver o dia em que isso não seja assim, temo que não verei. Nem mesmo acredito que você irá vê-lo, com seus muitos anos a menos, e embora o que tenha acontecido à época te soe quase tão distante quanto a Guerra de Cuba ou as Guerras Carlistas ou até a invasão napoleônica. Se assim for, você se engana, logo verá. Você vai continuar ouvindo falar da insuportável guerra mais tempo do que imagina. Principalmente da boca dos que não a viveram, que serão os que mais a necessitam: para dar um sentido à sua existência; para que se enfureçam; para que tenham piedade; para terem uma missão; para se convencerem de que pertencem ao lado ideal; para buscarem vingança retrospectiva e abstrata que chamarão de justiça, quando póstuma ela não existe; para se comoverem e comoverem outros e fazê-los lacrimejar; para escreverem livros ou rodarem filmes e ganharem dinheiro com isso; para obterem prestígio; para tirarem proveito sentimental dos coitados que morreram; para imaginarem suas agruras e suas agonias que ninguém pode conhecer, ainda que as tenha ouvido contar de primeira mão; para se dizerem seus herdeiros. Uma guerra assim é um estigma que não desaparece num século nem em dois, porque contém tudo e afeta e envilece a totalidade. Contém tudo de pior. Foi como retirar a máscara de civilização que as nações apresentáveis usam, bem presa como este tapa-olho — e tocou o seu, de caolho —, e que lhes permite fingir. Fingir é essencial para conviver, para prosperar e progredir, e aqui não há fingimento possível depois de ver nossas verdadeiras caras de facínoras, depois do que aconteceu. Tardará uma infinidade para esquecer como somos, ou como podemos ser, e além do mais com facilidade, nos basta um só palito de fósforo. Essa guerra se apaziguará em alguns períodos, como começa a acontecer agora, mas será como uma dessas brigas entre famílias que se perpetuam ao longo de gerações, e você vê os tataranetos de uma odiando os da outra sem ter a menor ideia do motivo; só porque lhes inculcaram esse ódio desde o nascimento, suficiente para que esses tataranetos já tenham causado danos uns aos outros e vejam em suas ações a corroboração do que lhes anunciaram: "Ah, nossos avós já não nos avisaram, viram que tinham razão?", e retomem tudo de novo. O dano ocasionado por Franco e os seus é literalmente inconcebível para qualquer um de nós: pelos que iniciaram essa guerra sem necessidade, com deliberado exagero, como mera empresa de extermínio, e além do mais se sentiram tão à vontade nela que não quiseram nunca lhe pôr fim. Claro que também os agredidos logo se associaram ao exagero. Mas não foi só o que fizeram, e sim a maldição que lançaram sobre este país. E, ao contrário de Hitler, nem eram conscientes de que a lançavam, aqueles lerdos. Não mediram as consequências, não era essa sua intenção. E, em compensação, em compensação, quem sabe quanto tempo mais vai durar... — Muriel se interrompeu e ficou absorto, olhando de novo para as alturas, talvez para o quadro de Casanova irmão. Mas era como se seu único olho contemplasse, em vez dos ginetes que representava (talvez uma cena de mano-bras, pacificamente militar, perdoem a contradição), um futuro lentíssimo, quase imobilizado, de imperceptíveis avanços e retro-cessos. É esse precisamente o efeito que produzem as melhores pinturas, que apesar de tudo não se movem nem um pouco, sua ação jamais prossegue nem volta atrás.

Não soube se com aquela peroração tentava não me respon-der e abandonar o assunto ou o quê. Mas então por que o havia puxado e não me havia perguntado nada, me questionei. Tentei mais, me prometi que seria a última vez, pelo menos aquela manhã. Ele não tardaria a ir para o escritório, passava lá um bom tempo até a hora do almoço, no início não me levava, depois sim, em certas ocasiões. Às vezes almoçava fora, com outras pessoas, e não voltava até o meio da tarde. Às vezes não reaparecia duran-te todo o expediente e voltava de noite, quando sua mulher, Bea-triz, já tinha ido para a cama. Se isso acontecesse vários dias seguidos, durante esses dias se viam no café da manhã e nada mais. Tudo isso quando ele não estava de viagem ou filmando, claro.

— Mas então, o caso do seu amigo tem a ver com a guerra ou não? Não respondeu a isso, Eduardo. Ou não sei se o que me disse significa que sim ou que não. Seja como for, e se não for mais explícito, continuo sem poder ajudá-lo.

Sorriu com seu sorriso luminoso, sorriu também com o olho, que pousou de novo em mim com simpatia e apreço, o apreço divertido com que muitos adultos olham para as crianças ou se dirigem a elas.

— Já chego, que pressa você tem, seu impaciente, vou chegar lá. Não, não se trata de nenhuma das coisas que você enumerou. Que eu saiba, não matou ninguém nem participou de passeios nem enviou ninguém à morte, entre outras razões porque quase não tinha idade para isso entre 1936 e 1939, a não ser que tivesse sido um prodígio de maldade precoce, e é verdade que alguns assim foram. Não é muitos anos mais velho que eu. Também não delatou nem denunciou ninguém. Está justamente relacionado a isso, a que não delatou nem denunciou ninguém, ao que parece. Com certeza, a fama de ter se portado muito bem durante o pós-guerra sempre lhe acompanhou, de ter dado uma mão aos que mais necessitavam, quero dizer, por motivos políticos. Um homem inatacável, nesse sentido, pelo menos nesse. Foi essa a sua reputação.

Não me escapou a expressão "pelo menos nesse", como se seu amigo não tivesse sido tão inatacável em outros sentidos, o que, pensando bem, não tinha nada de peculiar, há muitos sentidos na vida de cada um de nós e em algum temos que falhar. Também não me escapou o mais estranho, o que de pior tinha entendido, e não deixei passar:

— Bem, não sei. Não compreendo como o problema pode estar relacionado ao fato de seu amigo não ter delatado nem denunciado ninguém, o senhor disse isso, não? E isso seria bom, não? E se o que lhe contaram não implica crimes nem o afeta diretamente, porque não é uma traição ao senhor, um dia o senhor me conta se quiser, mas me custa imaginar a que diabos se refere ao falar "algo assim". Algo que o senhor não pode ignorar sem mais nem menos como sendo falatório e que qualquer um negaria a qualquer um: "a um amigo, a um inimigo, a uma amante, a um desconhecido, a um juiz, e nem é preciso dizer a sua mulher e a seus filhos". São suas palavras de há pouco. Não creia que não presto atenção. Está vendo que sim.

Ele passou a mão pelas faces e pelo queixo, como se verificasse se estava bem barbeado. Depois esfregou várias vezes com o indicador o nariz grande, reto, era também como o de um ator de televisão da minha infância, Richard Boone, que também usava um bigode fino, talvez fosse mais parecido com este do que com qualquer outro anterior. Depois tamborilou com as unhas suavemente em seu tapa-olho abaulado, com certeza estava a ponto de tomar uma decisão, talvez só no que dizia respeito a mim, não à questão.

— Olhe — disse. — Lamento ter te intrigado em vão, mas por ora você vai ter que aguentar. Ainda não sei o que fazer com essa história. De fato, ela me machuca muito. Tanto que não me atrevo a divulgá-la. Não creio que deva, ainda não. E se a contar a alguém, a quem for, a você, eu a estarei espalhando, e depois não há mais forma de segurar nem frear o que se lança ao vento. Pode ser que mais para a frente, conforme o que eu decidir (será logo, não se preocupe, num sentido ou noutro), eu tenha de te fazer uma solicitação e precise da sua participação como pião; ou mais que isso: como bispo ou até como cavalo, não sei se você sabe que o cavalo é a peça mais imprevisível do xadrez, capaz de saltar as barreiras de oito maneiras distintas. Também é possível que te peça para esquecer esta conversa, como se não a houvéssemos tido. Mas não quero te deixar totalmente às cegas e, além disso, como é possível que você acabe encontrando esse amigo em alguma oportunidade, não é demais que dê uma averiguada nele e saiba que se trata dele, veremos que efeito produz, a gente já não enxerga nada de significativo nas pessoas que conhecemos há séculos. Ele se chama Jorge Van Vechten e é médico. Dr. Van Vechten.

Não pude evitar interrompê-lo, todos pulamos como uma mola quando não entendemos uma palavra ou um nome. Agora sei muito bem como se escreve, mas quando ouvi esse sobrenome (Muriel o pronunciou "Van Vekten", como faziam o próprio Van Vechten e quantos o conheciam, embora mais tarde me disseram que na Holanda e em Flandres o chamariam "Fan Ferten" ou algo assim), não fui capaz de captá-lo de primeira nem de representá-lo escrito.

— Van quê? É holandês?

— Não, é tão espanhol como você e eu. — E me soletrou a parte obscura do nome. — Mas é de remota origem flamenga, claro, como o pintor Carlos de Haes, você sabe, e o outro pintor, Van Loo, não tenho certeza se ele não era francês, de ascendência holandesa em todo caso, ou Antonio Moro, que na realidade era Mor, andaram todos por aqui ou aqui ficaram; ou como o militar e marinheiro Juan Van Halen e não sei se o marquês de Morbecq, conhece o marquês de Morbecq? Tem uma coleção de *Quixotes* de tirar o fôlego, o professor Rico a queria para si. Houve uns tantos na Espanha. Sua família, a de Van Vechten, provinha de Arévalo, em Ávila, se bem me lembro, uma vez me explicou, onde ao que parece há muitos louros de olhos azuis porque foi um desses lugares, de Castela e da Andaluzia, que se repovoaram com flamengos e alemães e suíços, não sei direito se no tempo de Felipe IV ou de Carlos III ou talvez dos dois. Bom, pouco importa. A esta altura é tão espanhol quanto Lorca. Ou quanto Manolete. Ou quanto Lola Flores. Ou quanto o próprio professor Rico, camba. — Sorriu. Fez mais graça a si mesmo que a mim. O professor Rico eu não conhecia mais que de nome. Fez uma pausa e me perguntou: — Então, posso contar com a sua ajuda, se precisar? Como infiltrado, por assim dizer? Ou prefere não se meter em nada que não sejam suas obrigações estritas? Aliás, nunca as definimos, de modo que muito estritas não podem ser.

Não era só porque me caía como uma luva, com meus estudos quase recém-terminados, ganhar o dinheiro que Muriel me pagava mensalmente, mas tive a sorte de que através de meus pais me houvesse chegado tão depressa um emprego, por mais peculiar e transitório que pudesse ser. A maioria dos jovens de então — agora já não é assim — assinava embaixo do que meu pai costumava dizer: "Não há trabalho ruim enquanto não houver outro melhor". Era também porque Eduardo Muriel tinha me transformado, desde o início, numa dessas pessoas que você admira sem reservas, com cuja companhia aproveita e aprende e às quais deseja deleitar-se. Ou ainda mais, das quais você anseia pela estima e a aprovação. Como a de um bom professor quando se está no colégio ou na universidade (bom, na minha faculdade todos foram horrendos com uma única exceção), ou a de um mestre se você é um discípulo, ou a de um sábio se você é um ignorante que pretende não o ser tanto, nem que seja apenas por proximidade e exposição ao saber. Naquela época eu teria feito qualquer coisa que me pedisse, eu estava a seu serviço e além do mais de bom grado, com uma crescente lealdade e a caminho de ter uma relação incondicional. Muriel nem sequer tinha por costume dar ordens, ou só no que se refere a questões menores e práticas. Quando algo saía do habitual, como naquela ocasião, consultava, perguntava, era delicado, não impunha. Claro que era persuasivo: depois de me submeter a intriga, de despertar e

51

aguçar minha curiosidade (e devia estar sabendo que tudo o que lhe dizia respeito me interessava, como acontece com o admirador próximo), saberia sem dúvida que eu iria aonde me mandasse, investigaria o que me encarregasse e estivesse a meu alcance, faria amizade com o indivíduo mais desagradável ou mais vil.

— Estou à sua disposição, d. Eduardo, Eduardo, no que lhe puder ser útil. O senhor dirá, quando quiser e quando lhe convier. Esperarei suas indicações. Se eu cruzar com o dr. Van Vechten, quer que lhe transmita minhas impressões?

— Não. Se cruzar com ele, o que é bem possível, eu te pergunto. Não me importune por iniciativa própria, sim? — Tornou a ficar calado. Pensei que ia dar por encerrada a conversa e que deixaria qualquer ditado para outro momento; que se levantaria, vestiria um paletó e iria para o escritório, onde costumava ficar sozinho em sua sala, assim eu acreditava, ou no máximo com uma espécie de telefonista e contadora e representante e guardiã das chaves, uma mulher que não vinha todos os dias, mas só quando dava na telha dela, ou Muriel a convocava expressamente. Mas disse algo mais: — Escute, Juan. Faz um tempo, quando citou minhas palavras e se vangloriou da sua boa memória, você disse: "a um amigo, a um inimigo, a uma amante, a um desconhecido…". Tenho certeza de que eu não mencionei uma amante, de onde tirou isso? O que te fez imaginar que meu amigo teria uma amante? Na verdade mencionei mulher e filhos, isso sim.

— Ah, não sei, d. Eduardo, para mim era maneira de falar. Nem mesmo entendi que o senhor estivesse se referindo concretamente a um amigo seu ao dizer isso, mas a uma pessoa qualquer com algo feio a esconder. E, bom, todo mundo tem amantes, não? Temporárias, pelo menos, por períodos, não? Como ainda não há divórcio… Quando for aprovado, o senhor vai ver. E, enfim, enquanto suportarem… Uma amante é alguém próximo, a quem também se quer causar boa impressão e de quem portanto se ocultariam ou se negariam as coisas que nos deixassem em maus lençóis. Mas, bem, desculpe se citei com inexatidão e por presunção.

Sorriu com ironia, ou se divertindo.

— Ah é? Todo mundo tem amantes? Me parece que por ora você viveu menos a vida do que leu romances e viu filmes, o que pode saber? Mas não importa, era só que isso tinha chamado a minha atenção. — Num segundo recuperou a seriedade, ou a preocupação, ou a angústia, ou o pesar, ou até um pouco da refreada ou adiada raiva, adiada talvez até a confirmação. E acrescentou: — Você vai ver, e isso é a última coisa que te conto por hoje dessa história chata e desprezível que melhor teria sido eu não ouvir: o que me chegou do meu amigo Van Vechten não tem a ver com mortes, como te disse, ou não com mortes acontecidas, efetivas, nenhuma em seu ter ou em seu deve, não sei o que valeria aqui. Não é tão grave. Mas em certo sentido é mais decepcionante, mais desalentador, mais idiota e pior. Mais destemperado. — Tinha ainda buscado outro adjetivo, mais conclusivo e abrangente, e só tinha encontrado esse, como que sem querer. Ele mesmo pareceu se surpreender com a escolha. Sacudiu a cabeça como se seu pensamento lhe causasse arrepios. — Os benefícios e favores alcançados não emboscarão sua memória nem remorderão a consciência nem terão deixado vestígio, por não haver nada irremediável metido nisso, por ser possível apagar tudo e parecer que não aconteceu. De modo que estará tranquilo a esse respeito, se é que isso aconteceu mesmo. O que me impede de pôr um ponto final nesse assunto, negar todo crédito a ele e até ouvi-lo é que, segundo essa informação, o doutor teria se comportado de maneira indecente com uma mulher, ou com mais de uma talvez. Pode me chamar de antiquado ou do que tiver vontade, mas para mim isso é imperdoável, é o pior. — Fez uma breve pausa, levantou-se, olhou para mim com seu olho marinho como se eu fosse transparente ou me houvesse consumido à primeira olhada e tivesse de ir mais além, em busca de algo mais resistente à tenebrosidade da sua visão; com seu olho azul tão colérico que me deu momentâneo medo, não por mim, mas de vê-lo assim escurecido e com absoluta falta de piedade; apontou para mim com a boquilha do cachimbo como se eu fosse Van Vechten e aquele um instrumento acusador, ou talvez a faca com a que se está cortando uma fruta e que ainda não será utilizada para outra coisa. — Entende? É o mais baixo que se pode cair.

II.

Aquelas afirmações me deixaram pasmo. Não é que não estivessem em consonância com o caráter geral que eu atribuía a Muriel e que me havia cativado desde o início, desde que me submetera a um pequeno exame antes de me contratar ou nem sequer foi isso: foi uma conversa com umas tantas perguntas, foi ver se eu lhe agradava. Em suas investigações, em suas conversas, em suas atitudes com a maioria das pessoas, me parecia um dos homens mais corretos, gentis e justos que eu havia conhecido e que viria a conhecer. Havia nele inclusive um elemento de ingenuidade — de inocência quase — impróprio em quem já ronda os cinquenta, viajou bastante e nunca ficou totalmente parado, fez uma obra admirável e também teve de se rebaixar sem drama — isto é, se prestou conformado — a fazer outra até desprezível, pelo menos de seu ponto de vista ("A que trabalhos baixos a gente pode se ver reduzido: é preciso estar preparado para isso, Juan", me disse uma vez); de quem suportou produtores — bandoleiros em maior ou menor grau — e atores e atrizes de cinema — pueris e maliciosos ou, o que dá na mesma, inclementes e desalmados quase sem exceção, ou era o que ele contava —; de quem passava temporadas imerso no pragmático mundo da publicidade para ganhar dinheiro abundante e rápido que lhe permitisse manter mais ou menos intacta a velha fortuna familiar, e dedicava boa parte do tempo a buscar financiamentos exóticos para os projetos que mais lhe interessavam, e portanto se relacionar com indivíduos brutais, no melhor dos casos astutos e traiçoeiros, que viviam no território dos negócios — isto é, no único território universal e real — e com os quais pouco ou nada tinha a ver: muitas vezes tinha de almoçar ou jantar ou ir a boates ou beber com promotores imobiliários grossos e secretários de Estado ignorantes, com presidentes de clubes de futebol gritalhões e insípidos empresários de produtos lácteos, com excitados sapateiros de Elda, conserveiros de bonitos e amêijoas de Villagarcía de Arosa ou *jamoneros* de Salamanca — a ideia do cinema, mais que o próprio cinema, enlouquece muita gente —, e até com criadores de touros bravios, todos os quais desejava convencer a investir, na realidade engabelá-los, e ele próprio reconhecia que para essa tarefa não era especialmente dotado, embora alguma coisa houvesse aprendido com os anos. Também recebia e entretinha de vez em quando estrangeiros que passavam por Madri e cuja intenção de beliscar na indústria do cinema e aportar fundos para algum filme lhe havia sido soprada por alguém do meio: desde linces ou hienas veteranos do ofício, semiaposentados e que não se curavam do vírus, até quase fascistas patrocinadores da Fórmula 1; desde industriais tabagistas alemães de veia artística até duvidosos construtores italianos (se é que a união desses três vocábulos não é uma redundância dupla); desde fabricantes de uísque escocês que não sabiam o que fazer com seus excedentes monetários e desejavam agradar a uma esposa mitômana que ansiava por contratar ou jantar com Sean Connery no final do arrevesado trajeto, até o representante do conselheiro do secretário de algum sheik árabe pretensioso (a caminho de Marbella, se os três vocábulos anteriores não tornam a constituir redundância, embora simples).

Dessas noitadas e encontros eu voltava esgotado e escaldado a maioria das vezes, e com as mãos um pouco cheias. "É preciso falar com quinze pessoas para que uma te dê um cheque ou te faça uma promessa promissora ou quase crível", se lamentava. "Depois tenho de ver se os cheques têm fundos ou as promessas são lembradas. Já é muito se assim for e te dão desculpas esfarrapadas, em princípio não se pode esperar que sejam cumpridas." Às vezes voltava comicamente humilhado e frustrado, quero dizer que tentava tornar cômico o relato: uma vez digeridas, via o lado engraçado das suas frustrações e humilhações, tinha senso de humor e capacidade de suportar golpes. Para causar boa impressão — já disse que eu era um tanto ingênuo: para deslumbrá-la —, quis posar de intelectual e soltar um pedantismo histórico sobre a Segunda Guerra Mundial diante da refinada e sagaz proprietária de um empório de prêt-à-porter que tinha se dignado recebê-lo em seu escritório, mas antes de terminar seu primeiro parágrafo (é verdade que com frases subordinadas), ela o havia interrompido com um sorriso simpático porém taxativo: "Isso é irrelevante e meu tempo não é como este chiclete". Muriel tinha ficado desconcertado (além de já a estar admirando abobado; era uma mulher atraente, elegante e educada, e bem vestida, como devia de ser), porque ali não havia nenhum chiclete nem à vista nem ao olfato, nem mesmo um pacotinho em cima da mesa ou o mais leve aroma de menta ou morango. Claro que aquele escritório estava tão agradável e fortemente perfumado que nenhum outro odor teria sobrevivido nele, de fato Muriel se sentiu desde o primeiro instante como que flutuando e sem vontade, embriagado e até narcotizado. "Que chiclete? De que está falando?", tinha perguntado a ela com curiosa sinceridade. "Este, ora, qualquer um. Chiclete", e em seguida tirara um da boca com o polegar e o indicador — meu chefe não havia percebido que ela estivera mascando um, era distinta e culta, deve tê-lo mantido prensado contra o palato ou uma gengiva o tempo todo — e o havia esticado uns dois palmos, como se fosse uma língua infinita; Muriel achou que ia grudá-lo no nariz, de tanto que se aproximou dele, e jogou a cara para trás apesar do gesto grosseiramente sensual, que de modo algum lhe desagradava a posteriori, ao recordá-lo, até me pareceu que lhe excitava a mente e que se arrependia de ter se afastado em vez de ter se unido à goma rosa, ou, o que dá na mesma, à sua saliva. "Viu como dá de si?", acrescentou a dona do empório, chamada Cecilia Alemany, tinha feito fortuna em alguns anos, não tinha nem trinta e cinco. "Pois meu tempo não. De modo que, bom homem, diga o que interessa e abreviemos", e voltou a enrolar a substância abundante e flexível mediante um só golpe de língua, com grandes velocidade e perícia, com certeza também fazia bolas e valia a pena vê-las, uma artista. Muriel confessava que a ameaça chicletosa o havia deixado balbuciante e perturbado, quase desconexo de palavra, e que o resto da sua exposição (já sem se permitir subordinadas) havia sido uma incoerência atrás da outra, uma porcaria. Isso sim, sua admiração por Cecilia Alemany não havia feito mais que crescer, agora a considerava um ás dos negócios que não consentia bobagens nem tolerava tagarelas, e além do mais uma semideusa, apesar de saber que nunca poderia lhe arrancar um tostão para nenhum projeto, barato ou caro, e que diante dela havia ficado pouco menor que um parasita. O que mais o havia humilhado — e fascinado, contudo — não era que ela tivesse cortado pela raiz seu preâmbulo intelectual e erudito, mas que o tivesse chamado de "bom homem", como se fosse um labrego com o qual cruzasse numa trilha dos campos. Cada vez que ela aparecia na tevê ou num jornal, ele a contemplava com arroubo, desenhava-se um sorriso em seu rosto, ouvia-a falar até o fim ou lia a notícia inteira e murmurava: "Cecilia Alemany, que mulher insigne. Quisera fosse objeto da sua estima, e não do seu mais profundo desprezo. Claro que quase nenhum humano seria merecedor de outra coisa, e me incluo em primeiro lugar: tive uma rara oportunidade e a desperdicei, como um matuto, um cretino".

Muriel era em geral bem-humorado, quando não atravessava suas fases sombrias, dessas ninguém se livra, ou também melancólicas ou misantrópicas, como já disse. Costumava atender discretamente (a sós, mas eu entrava e saía, andava perto e alerta) os que vinham com uma petição ou um problema, e não eram pouquíssimos naqueles anos dubitativos; ouvia-os, divertia-se com as solicitações estapafúrdias e se interessava por todas, até pelas que se poderia pensar que iriam aborrecê-lo; sentia curiosidade pelas histórias, creio, ainda que fossem naturalistas. Eu o vi emprestar ou dar uma quantia pequena ou um pouco maior de dinheiro para amizades em apuros ou para técnicos ou atores que haviam trabalhado com ele em algum filme e que passavam por um prolongado mau bocado — ou até a uma ou duas viúvas, que nunca tinha visto; mas é que o mundo produz viúvas num ritmo demasiado intenso e para a maioria delas nenhum dinheiro é pouco. Fazia-o quase às escondidas com todos (ao se despedir e apertar-lhes a mão punha nelas um cheque ou umas notas, ou no dia seguinte lhes enviava uma transferência), mas foram várias as vezes em que sua ação fugiu dos meus olhos. Os empréstimos dava por perdidos. Uma noite, tomando um drinque no Chicote, os dois sozinhos, ele me disse: "Você não deve emprestar mais dinheiro do que estaria disposto a obsequiar a quem lhe dá a facada. Por isso convém medir bem as quantidades e calibrar quanto gosta de cada um ou quanto dó lhe inspira, para depois esquentar a cabeça. Se o reembolsam, sopa no mel; se não, já contava com isso".

Sou da crença de que o pudor e o tato o levavam a encobrir sua extrema bondade de fundo (disso não há que fazer alarde, contra o que estes tempos de agora sustentam), sem falar na sua sentimentalidade notável e que ele acreditava oculta, da qual sem dúvida se envergonhava e tentava se safar mostrando-se em ocasiões abrupto ou sarcástico, com inegáveis habilidade e talento, mas com convicção escassa, era como se tomasse consciência do que lhe correspondia e tivesse de ativar uma mola para acioná-lo. Era como se decidisse agir depois de uma pausa quase imperceptível; como se não faltasse nunca uma mínima voluntariedade — algo de interpretação, algo fictício — em suas intemperanças e impertinências. Talvez a única pessoa com a qual não se produzia essa transição, o mais das vezes, não sempre; talvez a única ante a qual estava normalmente ativado o mecanismo antipático e áspero — o mecanismo frio —, era sua pobre mulher Beatriz Noguera, ou assim eu a via, pobre mulher infeliz, amorosa e dolente, pobre-diabo.

Por isso aquelas afirmações me deixaram atônito: "Para mim isso é imperdoável, é o pior. Entende? É o mais baixo que se pode cair", e com elas havia encerrado a conversa — suas aflições — por aquele dia e muitos mais. O que havia merecido opiniões tão negativas e drásticas e não lhe deixava esquecer a inquietante informação sobre Van Vechten era que ele "teria se comportado de maneira indecente com uma mulher, ou com mais de uma talvez". Conhecidas as suas ideias, vistos os seus costumes e alguns de seus filmes — principalmente os que havia rodado com dupla versão na época da censura, uma para o mercado interno e a outra para o mercado externo, ou no próprio exterior —, me parecia impossível que houvesse empregado o adjetivo "indecente" num sentido sexual, quero dizer, de condenação ou reprovação de qualquer atividade dessa índole segundo uma perspectiva moralista ou religiosa (esta última era inimaginável). Apesar da intrínseca ambiguidade do termo, ao ouvi-lo eu o havia entendido sem hesitação como sinônimo de "infame", "canalha" ou "vil", de modo algum "pecaminoso" ou "obsceno". E era paradoxal e chocante que considerasse isso tão execrável — havia notado a ênfase na circunstância de que a vítima fosse mulher, ou mais de uma — quem podia ser encantador com frequência e com quase todo mundo que não lhe parecesse, logo de cara, pomposo ou imbecil, salvo justamente com uma mulher, a dele, Beatriz Noguera, a que tinha e tivera mais à mão durante uma parte considerável de seus dias, por mais que se ausentasse e tenha se ausentado sempre com suas filmagens e suas locações, suas ocasionais peregrinações em busca de fundos e suas visitas a atores e atrizes que tinha de adular para que participassem dos seus filmes, se bem que tenha existido um período em que eram eles que se mostravam lisonjeiros com Muriel e ansiavam participar de seus projetos, pelo menos os espanhóis e um ou outro europeu, e até uns poucos americanos inconformistas ou artísticos (tudo o que tivesse assinatura europeia era, então, considerado artístico). Isso havia durado cinco ou seis anos, o tempo em que um cineasta fica na moda pode ser muito breve, em muitos casos é efêmero, uma leve brisa que quase nunca volta.

Quando vim a conhecer e conviver com o casal, ele já não se ausentava tanto, trabalhava menos que em épocas passadas. Conservava seu prestígio, e o fato de ter rodado alguns longas-metragens nos Estados Unidos, com produção americana e artistas célebres, lhe conferiu uma aura quase mítica num país tão palerma quanto o nosso. Ele se aproveitava disso na medida do possível — assim como de sua figura fugidia ou de seu relativo mistério —, mas não se enganava a respeito. "Sou mais ou menos como Sarita Montiel", dizia, "que se beneficiou largamente das suas três ou quatro aparições hollywoodianas e de ter compartilhado a tela, numa delas, com Gary Cooper e Burt Lancaster. Nas outras não teve tanta sorte: Rod Steiger, com seu Oscar e tudo, não lhe adiantou muito, por ser antipático, histriônico e pouco querido, e o próprio Mario Lanza, nada, porque morreu logo depois e ninguém mais sabe quem foi ou se lembra, nem mesmo sua voz famosa se ouve. De modo que dependo em boa medida não só do que fizer a partir de agora, como qualquer um, mas das carreiras futuras, alheias a mim, distantes, dos que atuaram lá comigo ou, o que é pior, de seu destino na caprichosa memória da gente. Nunca se sabe quem vai ser recordado neste meu mundo e em todos; já não digo daqui a uma década ou em um quinquênio, mas depois de amanhã ou amanhã mesmo. Ou quem não deixará o menor rastro, por mais rutilante que seja hoje sua trajetória, como dizem a televisão e as revistas. Quem mais brilha agora pode não ter pisado na terra depois de uns tantos anos. E é certo que cairão no esquecimento os detestados, a não ser que tenham feito muito mal e as pessoas também os odeiem retrospectivamente depois da sua retirada ou sua morte".

Com Beatriz Noguera podia chegar a ser grosseiro e mal-intencionado, até cruel e odioso, em princípio verbalmente. Podia ser detestável. Eu tinha visto casais que se espicaçavam com frequência, às vezes sem querer, sem afinco, incapazes de remediar, quem não conheceu isso. Pessoas que se eternizam juntas por mero costume, porque uma faz parte da existência da outra tanto quanto o ar que respiram, ou pelo menos como a cidade em que habitam e que jamais projetariam abandonar por mais insuportável que tenha se tornado para elas. Cada cônjuge tem o mesmo valor que a vista oferecida pela sala ou pelo quarto da casa em que vivem: estão aí e já não são bons nem ruins, chatos nem agradáveis, deprimentes nem estimulantes, benéficos nem prejudiciais. São o que há — são o envoltório, a palidez cotidiana, o entorno —, não se questiona a eles por isso nem se considera a possibilidade de prescindir de sua respiração ou de seu murmúrio permanente e próximo, nem de fazê-los mudar ou melhorar os termos da nossa relação com eles. São dados como certos, são algo com que se convive de maneira excessivamente natural, sem que nunca medeie um ato volitivo de continuar em sua companhia nem se insinue uma ideia de cessação ou reversibilidade ou supressão, como se nada disso nos coubesse e nos fosse sorteado de maneira igual ou parecida que nos ocorre nascer em um país ou no seio de uma família, ter esses pais ou esses irmãos. Entre essas pessoas se perde a consciência de que um dia houve uma escolha, ou pelo menos uma escolha parcial ou aparente — tingida amiúde de conformismo —, e que a presença do outro poderia acabar sem muitas complicações, salvo se se optasse pela via violenta, claro, e então as complicações seriam infinitas ou nenhuma, conforme a astúcia com que se eliminasse o estorvo, ou é tão só o cenário que cansa. Não fosse assim, as complicações existiriam mas não seriam muitas, principalmente havendo uma lei do divórcio, como existe agora na Espanha há mais de trinta anos. Algumas cenas melodramáticas, contudo, são mais ou menos inevitáveis.

Não era o caso de Eduardo Muriel e Beatriz Noguera, o da agressividade malemolente e perfunctória, para dizê-lo com pedantismo. Havia por parte dele uma aversão arraigada e profunda ao mesmo tempo que palpitante e viva, não rotineira, uma espécie de vontade de castigo frequente, estranhamente não constante. Era como se se esforçasse para ter presente (ativado o mecanismo gélido) o que devia lhe mostrar desconsideração e repúdio e desprezo, frisar o castigo e o peso que representava para ele mantê-la a seu lado, maltratá-la e até injuriá-la, certamente minar-lhe o ânimo e criar-lhe inseguranças ou desolações com respeito à sua personalidade, a seus afazeres e a seu físico, e sem dúvida o conseguia, na realidade isso está ao alcance de qualquer um, até do mais idiota, o mais fácil do mundo é destruir e causar dano, para isso não se precisa de sagacidade nem de agudeza e menos ainda de inteligência, um boboca sempre pode fazer um esperto em pedacinhos, e ainda por cima Muriel estava entre os segundos. Basta ter má índole, má-fé, má ideia; os mais brutos e mais tapados possuem tudo isso a rodo. Às vezes eu tinha a sensação de que Muriel, em algum momento da sua vida de casado, havia decidido dedicar-se a uma vingança que nunca caducaria ou se saciaria, e me interrogava sobre os possíveis motivos, pela falta imperdoável em que Beatriz Noguera havia incorrido. Não a dava por certa, no entanto. Na época eu já sabia que os personagens mais ferozes contam muito com a perplexidade dos outros, com essa desculpa: suas acometidas parecem tão desproporcionais que não poucos, em vez de julgá-los severamente e tentar aplacá-los ou fazê-los desistir, se limitam a dar de ombros e se perguntar que mal tão grave o objeto da ferocidade deles lhes terá causado, e acabam por concluir, ainda que o ignorem, que "deve ter sido algo muito terrível ou não se explica tamanha animosidade; estará justificada com isso, por o que quer que seja". O feroz trata de fazer que não se averigue nem venha à luz o que é esse "o que quer que seja", o misterioso álibi que se supõe que ele tenha e que até certo ponto o protege e de forma incongruente lhe livra a cara.

De modo que me alarmava o que eu via e ouvia, porque me levava a pensar que quando não houvesse testemunhas a irritação aumentaria, subiriam o tom das frases ferinas e talvez abundassem palavras grosseiras, que Muriel não prodigalizava diante de mim, nem mesmo quando estávamos entre seus amigos. Eu confiava no fato de que nunca passaram disso, que ele nunca levantara a mão contra ela (era menos temível que uma ou outra vez ela lhe desse um tapa na cara, vontade não devia faltar), e era minha crença que isso não acontecia. Também era meu desejo, logo minha crença era condicionada e não servia em absoluto para me tranquilizar. Nos primeiros tempos, não ousava perguntar a Muriel a que obedecia aquele tratamento despeitoso, rude e cortante, já tinha me avisado numa ocasião que não me pagava para que lhe fizesse perguntas sobre o que não me dizia respeito, e isso porque eu tinha me interessado por algo muito menos delicado do que a infeliz relação com sua cônjuge, o emudecimento de seu olho calado. E naqueles primeiros tempos estive pouco ou nada a sós com Beatriz, ela me via à distância como um mero apêndice de seu marido, o que não se pode dizer que eu não fosse. Não obstante, sem dúvida pela minha juventude, ela me olhava com simpatia. Além do mais, eu era solícito e atento, como me educaram a ser com todas as mulheres (logo de saída) e de modo algum eu contagiava — teria sido despropositado, isso também — ter os maus modos do meu chefe com ela. Ao contrário, eu procurava neutralizá-los na medida do possível, sem sair das minhas atribuições nem me meter onde não era chamado. Quero dizer que me punha de pé quando Beatriz aparecia, sem falta, embora Muriel nunca me imitasse nisso, a verdade é que entre casais seria uma chatice manter esse costume; eu a cumprimentava com uma leve inclinação como se estivéssemos no século anterior, sorria com espontaneidade, sem me forçar, e lhe dava a entender, com minha atitude afável, que estava à sua disposição se pudesse lhe servir em algo. Afinal era mulher do meu empregador, a quem além disso eu admirava. Como tal, merecia meu máximo respeito e só me cabia mostrar-lhe isso, fossem quais fossem as querelas entre eles. E com toda certeza Muriel teria me dado uma bronca se houvesse observado a menor negligência em meu trato com sua esposa. Também havia momentos em que se dirigia a ela ou a escutava com deferência, interesse e até afeto, convém incluir esse ponto. A mim não custava nada, já disse. Na verdade, eu simpatizava com Beatriz Noguera, simpatizei com ela desde o primeiro instante.

Não menos que com seu marido, o que é dizer muito; é claro que de outra forma, sua vida era triturada pela débil roda do mundo com mais parcimônia que a dele ou a minha, e eu imaginava que a contemplação delas devia fazer bocejar demais a indiferente vigia de todas elas. Mas, quem sabe, essa lua às vezes prenderá sua atenção, como nós, que escrevemos, prendemos (ainda que apenas memórias privadas ou diários ou cartas, sem ansiar por quem as leia ou, se acaso, um único destinatário) nas pessoas que se acabarão em si mesmas, nas quais se vê logo de cara que não deixarão marcas nem rastros e mal serão recordadas quando desaparecerem (serão como neve que cai e não se solidifica, como lagartixa que trepa numa parede ensolarada no verão, como o que escreveu formosamente há mil anos uma professora no quadro-negro e ela mesma apagou ao terminar a aula, ou o próximo que veio ocupar a sala). Aquelas cujas histórias nem mesmo seus afins rememorarão. Decerto, essa vigia está farta de espiar com meio olho os combates e os tumultos cujo desperdício e desenlace já prevê, de ouvir a vociferação e sentir vergonha dos pavoneios, de assistir às tragédias procuradas e quase sempre evitáveis da maioria dessas criaturas, das quais, desde tempos imemoriais, se encomendou fosse testemunha muda, imparcial e inútil ao cair da tarde e durante as noites. Sim, pode ser que prenda sua atenção para se distrair — para variar de tédio, para fugir do que lhe impõem as monótonas massas —, nesses seres que parecem andar na ponta dos pés e já estar de passagem ou de modo precário na vida enquanto a vivem, sabedora de que alguns deles como que se ocultam e guardam histórias mais curiosas ou interessantes, mais civis, mais nítidas que os escandalosos e os exibicionistas que cobrem e atordoam a maior parte do globo e o esgotam com seus trejeitos.

Por certo tempo pensei que a sentinela noturna observaria sobretudo o que Shakespeare chamou de "uma cama aflita", ou "dissaborosa", ou "desconsolada": *a woeful bed*", como a da jovem princesa viúva, seu marido assassinado em Tewkesbury por um "humor irado" que beneficiou quem o tinha. Com a diferença de que Muriel vivia e, quando estava em Madri, compartilhava a casa com Beatriz. O que não compartilhavam era o quarto, cada um tinha o seu, e logo compreendi que o dele era vedado a ela, trancado a sete chaves dia e noite, noite após noite e dia após dia.

Houve uma semana ou mais de muito trabalho, com preparação e tradução febris de um roteiro apressado para apresentá-lo a Towers (eu era licenciado em filologia inglesa), e Muriel decidiu que eu ficaria dormindo lá, para ajudá-lo até as tantas e recomeçar sem dilação a tarefa de manhã cedo. Foi a primeira vez que pernoitei em seu vasto apartamento (depois vieram outras), um quinto do começo da Calle Velázquez, com vista lateral, das sacadas, para o Retiro, antigo e ainda não dividido para fazer vários apartamentos menores, como foi a norma em Madri e outras cidades desde que as famílias abastadas ou meramente burguesas deixaram de ser numerosas e se prescindiu do serviço doméstico fixo; os Muriel ainda conservavam uma empregada que havia sido aia dos seus filhos quando eram menores. O compridíssimo corredor tinha forma de U, embora não parecesse — e sim de J —, se você parava na cozinha, onde dava a impressão de acabar o espaço ali onde a curva do J termina. Justo antes se achava o quarto dessa empregada que se encarregava de toda a intendência com eficácia, uma mulher que não se sabia se impassível ou pasma — mas talvez fossem os disfarces que sua discrição adotava —, de idade provavelmente indefinida desde a sua juventude mais viçosa (estranho esse adjetivo aplicado a ela, inclusive retrospectiva e imaginativamente), e batizada com o impróprio nome de Flavia, como se fosse uma romana. No entanto, uma porta branca fechada, no fundo da cozinha, dava lugar a um inesperado prolongamento da residência, e esta, por sua vez, passados um quarto exíguo e um banheiro diminuto com chuveiro em cima de uma cuba (essa invenção idiota e incômoda que não dá para entender como esteve na moda), tornava a dar no corredor por um vão sobrante e sem uso, através de uma portinha lateral arqueada e baixa, como para crianças ou anões, e assim se descobria seu comprimento maior e sua forma de U definitiva. Nessa *chambre de bonne* em que cabiam pouco mais que uma cama e uma cadeira — sem dúvida a da criada de outros tempos, a de Flavia deve ter sido a da cozinheira, com mais autoridade tradicionalmente —, fui alojado naqueles dias, como se estivesse num minúsculo apartamento independente, quase isolado do resto da casa, se se pensasse que só era possível chegar a ele pelo fundo da cozinha. Não era exatamente assim, pois, como disse, por aquela portinha de gnomos, em teoria não utilizável — não tinha maçaneta por fora, mas por dentro, isto é, podia-se abrir de dentro, porém estava condenada do lado do corredor, sem iluminação naquele trecho esquecido —, você se encontrava no final do U e, portanto, embora em considerável distância da parte nobre e dos quartos principais, no espaço comum em que desembocavam todos ou a maioria.

Foi na segunda noite que dormi ali que reparei naquele vão sem uso, contíguo ao meu cubículo e separado dele por outra porta reduzida — mas não tão pigmeia — em que na primeira noite nem tinha reparado, de tão cansado que tinha chegado à cama. Nessa segunda, porém, talvez excitado pelo ritmo frenético de trabalho e pelas irreflexões daquele roteiro improvisado e escrito às carreiras, me senti tão desperto que me joguei na colcha sem me despir, disposto a fumar, a ler e a matar o tempo. Olhei em volta sem ver por um bom momento, até me dar conta de que o que eu havia tomado distraidamente por um armário embutido e laqueado de branco não o era. Abri essa primeira porta e dei com algo estreito que podia ter servido de quarto de despejo, mas que estava vazio e limpo, e em seguida com a portinha que já então supus me levaria de volta ao corredor. Abri-a por sua vez e, mal o fiz, descobri seu mecanismo de saída sem entrada e compreendi que não podia fechá-la às minhas costas se quisesse voltar pelo mesmo caminho, sem dar a volta pela cozinha. E foi ao me agachar e sair — ainda não tinha me endireitado de todo — que vi ao longe uma tênue luz acesa e a figura de Beatriz Noguera de camisola dando passos curtos pelo corredor — ou não: eram passeios e passos normais, curto era o trecho que percorriam —, na altura do quarto do marido, ou por assim dizer, em torno deste, rondando-o. Tive o primeiro impulso de retroceder até o meu quarto, mas em vez disso me acocorei e fiquei observando, depois me dei conta de que era quase impossível que ela me distinguisse: eu estava agachado à distância e às escuras, e ninguém contaria com que se abrisse aquela portinha, fechada havia séculos certamente. Beatriz não voltaria a vista para onde eu me encontrava, não só porque naqueles momentos não se lembrasse de que alguém ocupava excepcionalmente a zona desterrada, mas porque parecia ter os cinco sentidos focados no que fazia, que não era mais do que fumar — segurava na mão o cigarro e na outra o maço e um cinzeiro — e caminhar junto da porta fechada, como quem espera a chegada de alguém que se atrasa.

Não usava penhoar nem nada, só sua camisola bastante curta que deixava as pernas fortes descobertas até a metade da coxa, e a princípio achei que ia descalça, seus passos ou não faziam ruído ou eram tão leves que até podiam ser atribuídos às inquietudes de todo assoalho de madeira antigo, um pouco à maneira dos barcos de outrora, embora muito menos porque não dançam nem viajam. A camisola era branca ou cru, de seda, e ou era um pouco transparente ou, conforme incidia a luz acesa — um discreto aplique do corredor —, revelava além da conta, permitindo-me vê-la quase nua porém tapada, com roupa suficiente no corpo, que talvez seja a forma mais atraente de ver a nudez de um corpo atraente, porque não deixa de existir nessa visão um elemento adivinhatório, de sub-repção ou de roubo. (Falei "além da conta" porque calhou de existir uma testemunha, mas ela não deve ter previsto que existiria, ou então só outra, diferente dessa, para quem sua indumentária, por azar, não teria nada de revelador nem seria novidade.) Devo reconhecer que foi essa a principal razão para que eu permanecesse ali a contemplá-la, eu ainda estava numa idade em que qualquer captura de uma imagem proibida é sentida como um troféu e a entesoura na retina por dias ou semanas ou meses, se é que não para sempre, por meios misteriosos. Ainda guardo a de Beatriz Noguera naquela noite: pude vislumbrar — ou foi mais — que sob aquela camisola não havia nada, nem mesmo a menor peça íntima, que muitas mulheres conservam durante o sono, talvez como proteção supersticiosa, talvez para não correr o risco de manchar os lençóis com umidades involuntárias. Vi-a de costas na maior parte do tempo, porque de vez em quando interrompia seu passeio e ficava parada em frente à porta de Muriel, como se estivesse tentada a chamá-lo com os nós dos dedos e não se decidisse ou não se atrevesse. Devia ser vinte anos mais velha do que eu, e até então eu tinha olhado para ela com apreço distante, crescente dó e — como me expressar sem mal-entendidos — uma vaga admiração sexual tão amortecida e latente que na realidade era apenas retórica: como pertencente a outra existência hipotética minha, a outro eu que em caso algum ia se dar, nem sequer no terreno da imaginação (a vida real nos ocupa tanto que não nos dá tempo de elaborar uma imaginária, paralela). A gente sabe que olhares pode se permitir e também quais não nos convêm por idade, posição ou hierarquia, e não é nada difícil renunciar a eles desde o primeiro instante, descartá-los mais que reprimi-los, este último verbo seria inexato. Diante da mulher de um irmão ou de um superior ou de um amigo a gente adota desde o início olhos velados ou neutros, e os adota sem esforço e como por mandado, salvo em casos muito chamativos e enormemente infrequentes, a lascívia despertada há de ser irrefreável, explosiva, um turbilhão. Se além do mais essa mulher é muito mais velha, a tarefa se vê facilitada pela própria falta de costume: aos vinte e três anos a gente está acostumado a se interessar pelas que têm, no máximo, dez a mais ou cinco a menos — com ressalvas —, e a correr os olhos pelas outras como se fossem árvores ou móveis ou pinturas, quem sabe. Assim eu havia olhado até aquela noite para Beatriz Noguera como um quadro que suscita um desejo débil e efêmero, que além do mais resulta de consumação impossível: a mulher que se observa está num outro plano, calada e imóvel até a eternidade, aprisionada; só possui um gesto e um ângulo e uma expressão, por mais que nos desafiem suas pupilas de frente, e sua carne é sem textura nem estremecimento, invariável; carece de volume ou o que nos atrai é ilusório e, se o retrato é antigo, provavelmente está morta. A gente a contempla uns momentos, pensa fugazmente no que poderia ser caso tivesse coincidido com ela no tempo e no espaço, depois se afasta sem se lamentar e se esquece.

A essa ordem pertencia a vaga admiração sexual, quase inconsciente, que havia sentido por ela. Por ser a mulher de Muriel e pelos anos que nos separavam, eu a considerava, nesse campo da luxúria, alguém com quem eu já não coincidia no tempo nem no espaço, como se eu vivesse na dimensão real e presente e ela apenas na das representações pretéritas e inanimadas. E todos os pensamentos que passavam por minha cabeça — mas nem sequer eram pensamentos, e sim clarões mentais que não admitiam estas palavras que agora presto à distância de minha idade madura — se davam em tempo condicional ou quimérico, se é que se davam: "Se eu fosse Muriel, não a trataria assim, gostaria de corresponder a suas eventuais carícias intencionadas, que ele tanto repele, e me aproximar" ou "Quando jovem, deve ter sido muito tentadora, entendo que Muriel a quisesse a seu lado de noite ou de dia, com certeza eu também quereria. Nem que fosse apenas pela carnalidade, o que já é bastante no casamento. Mas eu não fui Muriel então, nem o sou agora".

E assim, naquela noite Beatriz Noguera não apareceu a mim como pretérita nem inanimada, nem sequer como representação, apesar de seus passeios e sua espera e suas hesitações terem tido a meus olhos ocultos algo de encenação, era como assistir, à espreita, a um pequeno espetáculo de voluptuosidade (aquela camisola que deixava ver tanto) ou a um ofegante monólogo sem palavras. Até que as teve. Beatriz, depois de consumir dois cigarros, se decidiu enfim a bater timidamente na porta do marido com um só nó, o do dedo médio. Foi uma batida bem leve, como o de uma menina que acode várias vezes ao quarto dos pais por medo e teme não ser bem-vinda, por assustadiça e reiterativa e pesada, ou até mesmo receber uma reprimenda.

— Eduardo. — Foi quase um fio de voz. Não houve resposta, e me ocorreu que Beatriz poderia ter escolhido uma noite ruim para a sua investida; Muriel devia estar cansado de tanto trabalho, talvez já estivesse dormindo e, se não, com a cabeça absorta naquele roteiro urgente em que não confiava. — Eduardo — repetiu com voz um pouco mais alta, e se inclinou um pouco, como para comprovar que havia luz no quarto, pela fresta debaixo da porta. (Ao se inclinar — foram só cinco segundos, contei-os para melhor apreendê-los: um, dois, três, quatro; e cinco — suas nádegas ficaram ainda mais em evidência, e já eram apreciáveis quando andava pela casa vestida e erguida: arredondadas ou com ampla curva, altas e firmes — ou "durinhas", para utilizar uma palavra de que se abusou para a carne que tenta —, ao contrário do que Muriel julgava ou dizia para diminuí-la e vexá-la, eu o tinha ouvido chamá-la de "gorda" e um ou outro termo mais ofensivo; e também, ao se inclinar, subiu mais um centímetro a roupa já curta e me ofereceu maior visão da parte posterior de suas coxas robustas — quero dizer sem pano em cima —, embora não tanta para que também aparecesse o início dessas nádegas, para isso teria de ter se inclinado mais, se agachado como para pegar uma coisa no chão.) Muriel apagou-a logo, mas já era tarde demais para fingir o sono ou o encerramento da vigília, isso se depreendeu do que sua mulher lhe disse em seguida: — Eduardo, estou vendo a luz acesa, sei que está acordado. Eduardo, abra por favor um instante. Por favor, abra, será só um segundo, prometo. — E tornou a bater com o nó do dedo, agora com mais atrevimento. Continuou a se fazer silêncio do outro lado. Então, ela colou o ouvido, como se quisesse certificar-se de que seu marido não havia adormecido, às vezes precisamos verificar o que sabemos de sobra, ou que alguém nos confirme, é próprio das pessoas que já não confiam totalmente em seus sentidos; talvez, pensei, por estarem repetindo a mesma coisa há muitos anos, noite após noite, e não distinguirem o anteontem do ontem ou do hoje ou do amanhã. Pensei exatamente antes, juro, de que uma inesperada resposta (eu teria apostado na impenetrabilidade continuada, embora como forma de dissuasão seja muito lenta) me desse a entender que era isso mesmo, que Beatriz tentava aquela visita possivelmente frustrada cada *conticinium*, como os romanos chamavam a hora em que tudo estava quieto e calado, já não existe em nossas cidades noturnas, talvez por isso a palavra tenha perecido ou enlanguesça em nossos dicionários.

— Realmente não te aborrece montar sempre o mesmo número para mim? Quantas noites mais te restam? Tenho de dormir, estou muito cansado. Corremos contra o tempo, Juan e eu, você sabe. — Ouvi a voz paciente, mais que irritada, de Muriel através da porta. Apesar de não ter falado alto, é certo que nenhum dos dois desejava que ninguém mais na casa se inteirasse daquela troca de palavras, em princípio. Também podia ser que todo mundo na rua estivesse sabendo, se a cena fosse costumeira, e já não se desse a menor bola. A menção a meu nome me sobressaltou, embora não tivesse nada de particular. Afinal de contas, estava espiando; os espiados se referirem ao espião faz este se sentir mais exposto, é uma coisa irracional, reflexo, passageiro por sorte.

— Não quero que falemos de nada, Eduardo. Não vou te importunar. Não vou te ocupar, prometo. Só quero te dar um abraço, faz séculos que não te abraço. Isso me tranquilizaria. Só aspiro a um pouco de normalidade antes de dormir. Para poder dormir. Por favor, abra para mim. — Disse aquilo com compostura, com candura.

"É uma armadilha", pensei. "Ele não sabe que ela está aqui fora sem penhoar nem nada. Nada por cima da camisola, nada debaixo. Ou se sabe e lhe dá na mesma, já não tem efeito." Ocorreu-me que seria difícil prestar-se a um abraço naquela figura voluptuosa e não se demorar, baixar e passear as mãos, ficar nisso. "Mas, claro, não sou Muriel", tornei a me dizer. "Para ele é uma visão muito antiga, para mim porém é muito nova. O tato lhe será indiferente ou até tedioso ou desagradável, eu me proíbo a imaginá-lo."

Não houve resposta imediata. Pensei se Muriel estaria pensando em ceder ao pedido, nem que fosse para que o assédio acabasse mais rápido. Passados uns segundos disse e, na medida em que podia captá-lo, o tom me pareceu de gozação:

— Eh, já me dei em mim mesmo um abraço. Considere recebido o seu e vá se deitar, anda.

Não estava irritado ou ainda não, era uma das suas saídas humorísticas. E essa última palavra, "anda", havia soado compreensiva, carinhosa até, como se a dissesse um sofrido pai a uma filha excessivamente apreensiva ou nervosa. Afinal, ele era mais velho que ela, seis ou sete ou oito anos, não sei, uma diferença habitual entre os casais de então, de agora, mas por fim tudo conta na relação entre os indivíduos, também quem é mais veterano no mundo, quem está nele há mais tempo (e esse se mostra indefectivelmente paternalista), seja qual for a índole da relação entre eles.

— Não diga besteira, Eduardo. Deixe que eu dê. Estou muito inquieta, não consigo dormir. — E ao mesmo tempo que dizia isso (a primeira frase), Beatriz Noguera riu brevemente; apesar da gozação de que era objeto, achou graça na resposta do marido. Talvez fosse essa a sua maldição, seu grande problema, e um dos motivos de que continuasse gostando tanto dele: achava graça nele e sem dúvida achava desde sempre. É muito difícil não continuar apaixonado ou preso a quem cai em nossas graças e que também nos faz graça, embora agora nos maltrate com frequência; o mais árduo é renunciar a rir em companhia quando você encontra com quem rir e decidiu manter uma relação incondicional com essa pessoa. (Quando você guarda a nítida lembrança do riso comum e o renova vez ou outra, ainda que isso aconteça muito de vez em quando e os intervalos sejam longos e amargos.) É o vínculo que mais une depois do sexo quando se faz urgente e antes dele quando vai se amansando.

— Garanto que me dei um com muito mimo e ternura — respondeu Muriel, ainda com vontade de brincar. — Agora seria redundante um em você. — Mas seu tom de voz mudou de repente, como se, de um momento para o outro, tivesse se cansado ou lhe tivesse vindo de repente à memória uma afronta ou um rancor, e acrescentou com secura: — Vá embora e me deixe em paz; não te bastam Roy, Rico e os outros? Não te falta distração para vir me encher o saco todas as noites. Faz anos que você conhece o resultado. Faz anos que te deixei claros os termos. Que chata você é. Que insuportável. Não sei como você suporta a si mesma aí fora, insistindo e rogando. Você já tem idade, nem que estivesse sempre no cio.

Sem dúvida Beatriz Noguera carecia de dignidade e de orgulho, devia tê-los abandonado havia muito, provavelmente não contava com ambos desde aqueles anos a que Muriel se referia. Nem sentia falta deles ou se propunha a recuperá-los, estavam ausentes da sua vida, ou pelo menos da sua vida conjugal. Porque não soltou um palavrão nem se moveu, não se afastou, não deu um passo nem foi para o seu quarto, como teria feito quase qualquer pessoa diante de uma repulsa tão ofensiva e categórica.

— Que empenho você tem e que cômodo é para você sua convicção — respondeu —, assim você se sente sem responsabilidades nem dúvidas. Você sabe que não há Rico nem Roy nem nenhum outro, saio com eles por aí e te convém que me distraiam, porque com você não posso contar para nada, ou só quando te convém manter as aparências e não aparecer onde não deve com uma das suas atrizes. Bom, ou o que sejam. — Não disse aquilo com acrimônia nem censura, mas como se procurasse ser persuasiva, e além disso acrescentou em seguida, voltando à sua linha de antes: — Só você me interessa e amo você, como preciso te dizer, por mais que você me afugente. E não venho todas as noites, não exagere. Por que não haveria de experimentar, de tentar? Não me custa. Antes não era assim. Eu não te cansei, e não é que tenhamos nos enlanguescido propriamente. Você interrompeu tudo de repente, por algo já tão antigo e tolo. Por mais decisão que se tome, não se deixa de se desejar e de se gostar de um dia para o outro, isso não acontece. O mais que quisesse todo mundo, nos pouparíamos mil problemas e dramas. Se você me visse agora... Anda, abra um instante e olhe para mim. Me dê um abraço. E depois vá embora, se puder.

O tom ainda era precavido, assim foi inclusive nessas últimas frases que encerravam certo desafio, embora tivessem sido pronunciadas com modéstia, mais para Beatriz se dar ânimo do que para Muriel as acolher. Mesmo assim me chamou a atenção que estivesse armada de coragem e ilusão para dizê-las, levando em conta como ele chegava a ser desagradável com os comentários sobre o físico dela ou insultos: "Vamos ver se você emagrece de uma vez, até parece o sino de El Álamo", soltava sem a menor razão. Ou: "Você me lembra cada vez mais Shelley Winters; não de cara, isso é outra coisa, mas no resto parece uma cópia; com uma peruca loura e curta, e para tomadas de um quarto, de costas, poderiam te contratar para dublê dela". Recorria com frequência a semelhanças cinematográficas, colocando as mãos como se fizesse um enquadramento, deformação profissional com toda certeza. Ela as suportava na esportiva às vezes — outras, via-se que ficava afetada, à beira das lágrimas — e não se intimidava, conhecia bem as suas referências: "Pois não estaria mal, se ela se casou com dois atores tidos como meio bonitões, Vittorio Gassman e Tony Franciosa", respondia. Beatriz Noguera não tinha nada a ver com a excelente e desengonçada e coitada da Winters — larga quando jovem, quando madura grossa, quase sempre em papéis dignos de comiseração ou patéticos — nem com nenhum sino. Para início de conversa era muito alta, quase tanto quanto seu marido, e de salto alto ficava maior. Também era grande de constituição e de ossos, o que freava a solidariedade de outras mulheres e a compaixão dos homens, era difícil imaginar que alguém de aspecto tão saudável e poderoso necessitasse de qualquer sorte de proteção ou consolo. Quanto à sua suposta gordura e suas formas, elas correspondiam, de fato, muito mais às de Senta Berger — guardadas as devidas proporções; e Beatriz havia sido mãe —, uma atriz austríaca que havia chegado ao auge na década que terminava e na precedente, talvez mais por seus olhos esverdeados e seu busto saliente do que por seu talento interpretativo, se bem que tampouco estragasse filmes. Talvez os atuais jovens, mais parcimoniosos, considerassem excessivos essas formas e esses peitos, mas naquele tempo eram apenas exuberantes e deixavam imóveis os espectadores, inclusive eu e meus amigos, jovens ou garotos em suas melhores épocas. Mas, para quem possui esse tipo de carne (à beira do estalido, digamos; não da roupa que a cobre, claro, mas da própria carne que enche a pele sem nenhuma dobra), é difícil estar segura de que não é excessivo e aceitá-lo cabalmente e sem se complexar, se a pessoa mais próxima e quem se almeja agradar a está machucando com comparações denegridoras e às vezes não carentes de engenho — deste é impossível se defender sem cair no ridículo —, quando não com injúrias cruas. (Os elogios e galanteios procedentes de outros deixam de contar, não remediam nem ajudam, e se eliminam mal são pronunciados.) Assim, supus que para dizer o que dissera ("Se você me visse agora. Olhe para mim. E depois vá embora, se puder"), Beatriz devia ter se admirado um bom momento em frente ao espelho com sua camisola leve, de todos os ângulos; devia ter se sugestionado e convencido da sua aparência desejável, talvez tomado coragem com uma ou duas doses; tinha de ter se armado de presunção, até se dar o visto de o.k. Faltava força de vontade para isso, no seu caso, ou muita paixão ou necessidade, ambas essas coisas distorcem as percepções e o entendimento e costumam levar a cometer erros no cálculo das probabilidades. Eu teria jurado que tinha todas a seu favor, em tese. Ainda não estava muito distante da minha meninice e ao me comprazer com sua figura me lembrei do velho galanteio infantil e levemente grosseiro, "maciça" (hoje totalmente fora de moda, além de mal considerado) e me ocorreu que na realidade era bastante preciso e bem apropriado.

Muriel demorou para voltar a falar, um pouco. Me perguntei se estaria considerando a possibilidade de abrir a porta. Como espectador eu preferia que aparecesse para eu assistir a mais representação, quando a gente começa a olhar e ouvir anseia que tudo continue. É um vício instantâneo, se a curiosidade é despertada, um veneno mais irresistível e forte do que o de agir e participar. Se alguém faz isso, tem de decidir e inventar, é trabalhoso, e depende desse alguém pôr fim a uma conversa ou a uma cena, adquire responsabilidades; se contempla, se dá tudo como resolvido, como num romance ou num filme, só aguarda que o mostrem ou contem os fatos que não aconteceram, às vezes alguém se interessa enormemente por eles e não há quem se mova do sofá ou da poltrona, amaldiçoaria quem tentasse fazê-lo. Só que naquela noite eles aconteciam, apesar da irrealidade do corredor na penumbra, também entrava alguma claridade da rua, indireta, pálida luz dos postes ou da vigilante lua que se colava nas residências e se refletia ainda mais pálida no assoalho encerado, sobre ela os pés que pareciam descalços de uma mulher alta e ansiosa e bem fornida, de quarenta anos ou talvez mais alguns já na época, que chamava e esperava humildemente à porta do marido implorando um pouco de sexo ou um pouco de afeto, não sabia, ou talvez fossem ambas as coisas ou para ela eram indistinguíveis, não sabia, pensei que a qualquer momento poderia perder o arrojo e se envergonhar, sentir-se feia e lastimosa e gorda, pensei que se ele abrisse era possível que parecesse a

Beatriz que estava descoberta e exposta demais com suas abundantes formas, veladas tão somente pela sucinta peça que teria escolhido depois de experimentar o resto das suas peças noturnas, que se visse como uma mendiga descarada e se cobrisse com os braços num ímpeto de pudor, ao ter por fim sua oportunidade, ao se saber por fim vista como desejava. Teria feito isso sem dúvida se houvesse percebido minha presença e meus olhos admirados que não perdiam um só detalhe — não se atreveram a ser cobiçosos, creio, na medida em que isso se controla. O que eu tinha visto e ouvido era suficiente para preferir que a cena não fosse cortada, ou ainda não, queria pelo menos ver se Muriel amoleceria ou manteria a porta como uma parede, como se não existisse e aquilo fosse uma parede contínua, embora fina, porque sua voz havia chegado a mim com sua contenção e tudo. Vi que Beatriz se inclinou um pouco de novo para observar a fresta inferior — maior proeminência das nádegas e mais coxas de novo, minha vista aguçada — e se lhe escapou um "Ah" de expectativa ou de triunfo ou alívio. Deduzi que a luz de Muriel tinha se acendido e então acreditei sentir seus passos, talvez por mera antecipação, como no cinema. Ou talvez tenha se levantado e se aproximava da porta, para ver sua mulher agora como ela tinha pedido e depois ir embora ou não ir, se pudesse.

Não foi tão imediato quanto eu esperava. Deve ter preparado o imprescindível ou algo mais, posto seu comprido robe escuro, azul-marinho, e refrescado a boca, ou quem sabe urinado, tanto ele como Beatriz tinham pequenos banheiros particulares com acesso pelos respectivos quartos. Talvez já houvesse tirado o tapa-olho para dormir e tido de colocá-lo e ajustá-lo novamente ao espelho, porque quando por fim apareceu, o trazia posto como sempre, para minha decepção em parte, estava certo de que veria o que se ocultava sob ele, ainda que com pouca luz e à distância; diante da sua mulher não havia razão para que tapasse o olho, ela deve tê-lo visto muitas vezes, ou o que desse olho restava, pelo menos antes que ele interrompesse tudo de repente sem que ela o tivesse cansado e nenhum dos dois tivesse enlanguescido, segundo o que Beatriz tinha lhe dito e que não tinha por que não ser certo, para eles não havia testemunhas e quando não há não se mente sobre o ocorrido entre os interlocutores, ou não em princípio, a não ser que você o faça sem saber direito o que está fazendo, porque conseguiu se contar a única versão dos

85

fatos que lhe é suportável, por exemplo: "É impossível eu acreditar que você não queira mais me comer. Foi uma coisa que você disse contra seus instintos, que você se impôs e cumpre rigorosamente porque se sente refém das suas palavras. Um dia desses você não as levará em conta, se rebelará e as dará por não pronunciadas, numa noite qualquer de insatisfação e saudade. Esta noite mesma ou, se não, amanhã e se não depois de amanhã, e eu estarei aqui para te ajudar a apagá-las".

Muriel abriu a porta com um movimento rápido mas sem ruído, quase que com uma violência muda e medida para que tudo continuasse transcorrendo em surdina e nada quebrasse o silêncio da casa, da cidade, do universo, como se não estivesse disposto a que aquela cena ou rusga doméstica perturbasse, minimamente que fosse, a casa, a cidade e o universo. Talvez fosse verdade o que ele tinha dito e que a ela havia parecido exagerado: que Beatriz batia todas as noites na sua porta vindo da sua cama desgostosa, e nesse caso os dois eram peritos em manter seus diálogos quase em sussurros e temperar sua irritação, de maneira que não incomodassem nem acordassem ninguém. Talvez também para que a história deles fosse uma história tênue e nunca contada, como não costumam se contar as da vida íntima, e assim só ficasse à vista do sonolento olho entreaberto. Mas a esse olho haviam acrescentado aquela noite os meus, sonolentos mas bem abertos, e de modo algum frios.

Muriel apareceu no umbral iluminado pela luz do seu quarto, que de fato havia acendido, cansado de aguentar aquela conversa. Seu robe escuro contrastava com seu pijama branco, do qual se viam a gola e a parte inferior das pernas, até metade da panturrilha a outra vestimenta a cobria, era um robe de corte elegante. Não tivera tempo de se despentear com o travesseiro, seu aspecto era o habitual, salvo pelas roupas de noite. Olhou Beatriz com seu único olho, cruzou os braços com um gesto severo e a olhou como um professor encara uma aluna flagrada em falta tão grave que todas as virtudes dela — só saltava à vista a exuberância, nesse caso — ficaram anuladas pela reprovação; como se a indignação transformasse num segundo a apreciação obrigatória em desagrado. (Bom, com aquela camisola a mim parecia obrigatória.) Na medida em que pude perceber esses matizes, tive a impressão de que em seu olho havia fastio, desprezo e cólera, e talvez algo dessa vergonha alheia e próxima que contribui para enfurecer e não apieda. Sua voz soou gelada, metálica, dentro do que era um sussurro.

— Algo tão antigo e tolo? — disse, fazendo eco às palavras dela. — Algo tão tolo? Como se atreve a classificar assim, ainda mais a essa altura, depois do que nos trouxe e continua a trazer. Uma travessura, não é? Um pequeno truque, não? E no amor vale tudo, que graça, que astúcia! — Pôs as mãos nos ombros dela como se fosse sacudi-la, temo que lhe desse um empurrão e a jogasse de costas, ela poderia bater na parede do corredor ou com a nuca no assoalho se caísse, um mau golpe e a mulher estaria morta, qualquer um morre em qualquer instante. Em Muriel havia um ânimo de violência evidente, fiquei com medo de que lhe escapassem as mãos, a mão. — Você nunca vai se dar conta, não é? Nunca vai compreender o que fez, para você não tem importância, não teve então nem terá por mais que você viva, tomara não se eternize, tomara dure pouco. Que burro fui ao te amar todos esses anos, o mais que pude, enquanto não soube de nada. É como se eu tivesse amado um melão, uma melancia, uma alcachofra. — Me surpreendeu aquela comparação, me deu esperança de que Muriel havia recuperado o humor, embora fosse o humor ultrajante que tantas vezes usava com ela. Se "melão" significa às vezes "bobo" ou "néscio", não é o caso de "melancia" nem de "alcachofra", pensei que não tinha podido evitar a piada de assimilá-la a outras frutas, ou o que quer que seja a alcachofra.

Em compensação me alarmei ao ver que ele passava as mãos dos ombros ao pescoço (pescoço comprido de mulher alta, pescoço sem rugas, ainda liso), aí é fácil começar a apertar e dois ou três minutos depois acabou-se tudo, a pessoa irritante ou odiada já não existe e não tem remédio, a língua que diz e fere calou e talvez saia pela boca, imóvel e engordada e arroxeada, assim se vê em alguns filmes depois de um estrangulamento, não sei se com base real ou se é um efeito para que o espectador se aterrorize pensando que, além de bater as botas, poderia ficar com aspecto tão grotesco, os olhos desorbitados e arregalados, como se fossem de porcelana pintada, ou como ovos. — Bom, o que quer que eu olhe? A camisola? O que acontece, você comprou ou te deram de presente? Não seja ridícula, já te vi bastante, guarde-a para seus amantes sem critério, para esse par de assanhados, e não a desperdice comigo. Já estou olhando para você, e daí? Sebo, sempre sebo, para mim você não é mais do que isso. — E roçou o pano fino com a ponta dos dedos de baixo para cima, um gesto de desprezo, como se lhe repugnasse tocar a ambos, o pano e ela. "Como pode dizer uma coisa dessas?", pensei. "Está louco ou mente de propósito? E como pode convencê-la, se é que consegue convencê-la? Sebo é a última palavra que poderia se aplicar a ela." Esse movimento de Muriel, por sorte, em todo caso, levou suas mãos para outra zona, se afastaram do pescoço e não temi mais que se fechassem e o apertassem, de fato ele as fez descer e inesperadamente depois daquele gesto de arrepiar, plantou-as nos peitos para manuseá-los com celeridade e grosseria, não havia nada de carícia naquilo, menos ainda de erotismo, é bem verdade que isso a meus olhos, quem sabe o que uma pessoa sente nos roçamentos e nos contatos, costuma ser imprevisível e você faz descobertas estranhas ao tocar ou ser tocado, quando alguém roça uma coxa por acidente (a saia um pouco levantada) e vê que a coxa não se retira nem se afasta, basta isso para que lhe ocorra tocar de novo e agora não mais por acidente, e sim por ânsia de comprovação e curiosidade e repentino desejo com o qual não havia contado, o desejo não premeditado pelo qual tantas belezas acabam enganchadas em homens horríveis ou que em princípio detestavam, as peles são traiçoeiras, a carne é desconcertante. Firmes como deviam ser aqueles seios de Beatriz Noguera, Muriel quase os espremeu, amassou-os sem dissimulação, foi isso, como faria um importuno no metrô, impaciente e impune, dos que esperam estar perto de uma estação para lançar suas garras por segundos intermináveis e sair depois como uma bala quando as portas se abrem. A atitude era vexatória, negligente, desconsiderada, me perguntei o que lhe teria custado abraçá-la em vez disso, era o que ela havia pedido, nada mais, até o momento. "Mas ninguém toca o que lhe repele", pensei, "nem mesmo dessa maneira desdenhosa, maquinal, como se fosse insignificante o corpo apalpado. Não se põe as mãos num seio se ele não desperta minimamente um pouco de prazer. E no entanto vai repeli-la e despachá-la depois disso, tenho certeza, não vai lhe consentir ter nem um pingo de razão, embora talvez tenha. Vai ir contra sua própria lascívia, disfarça esta de coisa à toa para depois poder refreá-la. Não pôde evitar ceder a ela um instante (essa roupa que cobre e mostra), mas vestindo-a de desinteresse, de desprezo, como se o incitasse tão só à ofensa e aos maus modos e à desfaçatez." E ainda baixou mais uma mão, a mão esquerda segurou o sexo dela por cima da camisola que não supunha barreira (por baixo, nada, eu tinha visto), não o acariciou nem o pressionou nem, claro, introduziu um dedo nem dois, nada disso: limitou-se a segurá-lo como quem pega um punhado de terra ou um maço de relva ou agarra uma pluma no ar ou empunha o cabo de um pebolim ou de uma frigideira, algo assim, algo fútil, indiferente e sem consequências, que se esquece na mesma hora, pois poderia não ter feito e tudo continuaria igual. — Viu — disse Muriel enquanto a agarrava ou a subjugava. — Olho para você como você queria, estou olhando. E não só isso, eu te toco, já sentiu. E aí? Você sabe que não provoca nada em mim, que não me interessa nesse aspecto e sempre será assim. Como se eu tocasse um travesseiro, como se visse um elefante. Saco de farinha, saco de carne. — Não podia perder a oportunidade de ser ofensivo. Ela se deixou segurar daquela maneira abrupta e indelicada, não tentou oferecer resistência nem se safou das suas mãos nem deu um passo atrás. Me pareceu que, apesar da grosseria do manuseio, talvez tenha tido a inclinação de se atirar em seus braços, e com os seus lhe rodear o pescoço; mas se assim se deu, lhe faltou coragem, ou certamente não teve tempo, foi tudo muito rápido e sujo. — Anda, volte para a cama. Caia fora, você não perdeu nada aqui, aqui não tem nada a fazer. Quantas noites mais terei que te dizer isso. Diabos, quando você vai se convencer de que isso é sério e definitivo, até o dia em que você morrer ou morrer eu. Espero que seja eu a te carregar num caixão, ninguém me garante que você não se esfregaria no meu cadáver ainda quente ou já frio, para você não faria diferença. Meu Deus, é como se você não registrasse as coisas, como se há anos você não tivesse memória nem de ontem, como se cada noite você apagasse o dia anterior. Quando vai desistir?

Tirou as mãos de repente com um gesto de estremecimento, provavelmente exagerado, erguendo-as como as de um cirurgião e sacudindo-as um par de vezes no alto como se um líquido tivesse caído nelas e precisasse arejá-las com urgência. Afastou-as como quem realizou uma penosa tarefa, como quem tocou algo viscoso, como quem tira uma espada de um corpo depois de cravar-lhe uma estocada até a empunhadura, a contragosto, por ter sido desafiado, por ter se visto envolvido num duelo e não ter outra opção. E, depois do gesto, enfiou-as nos bolsos do robe e estufou o peito e se estirou. Parecia um sumo sacerdote ou um Drácula ou um Fu Manchu, com sua túnica ou sua capa escura chegando quase até os pés, seu olho tapado de preto que parecia olhar com ainda maior severidade e nojo que o olho que tinha a cor do mar entardecido ou noturno e que, sim, era capaz de discernir, como se os dois juntos atravessassem Beatriz com uma mescla de ferocidade e rubor. E, ao soltá-la, ela se descabelou e de repente a vi — foi um momento — como ele a via ou dizia vê-la: uma mulher sem atrativos, cabisbaixa, desenxabida, já não ereta e forte, envergonhada talvez de sua roupa sucinta, como se as suas proeminências e curvas tivessem se achatado e aplanado, ou esvaziado de repente, e sua firmeza tivesse se afrouxado; uma pobrezinha desarvorada pela decepção e diminuída pela humilhação, quase um despojo, uma mulher arrasada e vencida que não chegou a se cobrir com os braços — isso teria sido demasiado patético, demasiada rendição, depois de ter desejado se exibir com um resto de desafio conclamado a duras penas, só um resto — mas era certo que ansiava retroceder e voltar correndo a seu quarto, escapar e sumir dali.

"Como nos muda a reação adversa", pensei, ou penso que pensei sem as palavras precisas, ao me lembrar agora em outra idade. "Quanto nos arrasa a denegação e quanto poder acumula aquele a quem o demos, na realidade ninguém pode tomá-lo se não o entregamos ou conferimos antes, se não estamos dispostos a adorá-lo ou temê-lo, se não aspiramos a ser querido por ele ou à sua constante aprovação, qualquer ambição desse tipo é um sinal de fatuidade, e é a fatuidade que nos enfraquece e nos deixa indefesos: enquanto não se vê satisfeita ou cumulada, inicia nossa destruição e se aplica a ela dia após dia e hora após hora, e é tão natural que isso aconteça, que a insatisfação predomine e reine desde o princípio, se não desde os primeiros passos, se não antes ou depois... Por que haveria de gostar de nós aquele que apontamos com o dedo trêmulo? Por que justamente ele, como se tivesse de nos obedecer? Ou por que haveria de nos desejar aquele que nos perturba ou excita e por cujos ossos e carne morremos? Para que tanta causalidade? E quando ocorre, para que tanta duração? Por que algo tão frágil e tão preso com alfinetes, a mais esquisita conjunção, há de perseverar? O amor correspondido, a lascívia recíproca, o enfebrecimento mútuo, os olhos e as bocas que se perseguem simultaneamente e os pescoços que se estiram para divisar o eleito entre a multidão, os sexos que procuram se juntar uma e outra vez e o estranho gosto pela repetição, voltar ao mesmo corpo e regressar e tornar... O normal é que quase ninguém combine, e se existem tantos casais supostamente amorosos é em parte por imitação e sobretudo por convenção, ou porque aquele que apontou com o dedo impôs sua vontade, persuadiu, conduziu, empurrou, obrigou o outro a fazer o que não sabe se quer e a percorrer um caminho pelo qual não teria se aventurado sem pressão nem insistência nem guia, e esse outro membro do casal, o lisonjeado, o cortejado, o que se adentrou em sua nuvem, se deixou levar. Mas isso não tem por que persistir, o encantamento e a nebulosidade terminam, o seduzido se cansa ou acorda, e então ao que obriga cabe se desesperar e sentir pânico e viver em suspense, voltar a trabalhar se ainda lhe restam forças, montar guarda à porta e rogar e implorar noite após noite e ficar à mercê daquele. Nada expõe nem escraviza tanto quanto pretender conservar aquele que escolhemos e que, inverossimilmente, acudiu ao chamado do nosso dedo trêmulo, como se realizasse um milagre ou se nossa designação fosse lei, isso que não tem motivo para acontecer nunca, jamais..."

Beatriz Noguera logo se refez, não demorou; voltou a se engrandecer e adquirir suas formas, era como se por uns instantes as houvesse perdido inexplicavelmente ou elas tivessem fugido. Ergueu-se de novo, levantou a cabeça, recuperou sua chamativa corporeidade, encarou Muriel de frente. Eu não podia ver bem o seu rosto, pensei que seria difícil que não lhe tivessem saltado lágrimas ao ouvir as palavras do marido — "Espero ser eu a te enterrar, te ver sem vida, morrer em sua palidez" —, mas se assim foi não soluçou nem gemeu, talvez, isso sim, tivesse mais memória do que a que lhe atribuía Muriel e já nada a feria em excesso, talvez suas espreitas noturnas não se devessem ao imediato esquecimento do ocorrido ontem ou anteontem, porém à sua fé inquebrantável em derrubar toda resistência, em esgotar o mais recalcitrante, se conseguisse não ceder em suas tentativas, não se retirar nem abandonar o campo nem desmaiar. Mas as palavras que a rondavam ou que ela havia retido eram outras, as que mais dano lhe tinham causado, era de se supor, porque foi a essas que respondeu:

— Não, você não foi burro. Não, foi ao contrário: você fez bem em gostar de mim por todos esses anos que passaram, por todos esses anos... Certamente nunca fez nada melhor.

Então me convenci de que seus olhos tinham se umedecido, porque somos muitos os homens que não sabemos impedir de nos apiedar do pranto silencioso de uma mulher, mesmo que falso, fingido, forçado, mesmo que o chame um pensamento que desconhecemos e que talvez não nos diga respeito de forma alguma e esteja relacionado a outro homem, um rival, um que ela já perdeu faz tempo ou que acaba de perder, sem que nem sequer tenhamos tido notícia dele. Mesmo que desconfiemos de que não o tenhamos ocasionado, esse chorar nos abranda e nos dá pena e sentimos que não nos cabe fazê-lo cessar. Não pude me explicar a reação de Muriel de outro modo.

— Isso eu te concedo — disse a ela. — Mais uma razão para que você tenha a convicção de ter tirado a minha vida. Uma dimensão da minha vida. Por isso não posso te perdoar. — Disse aquilo em tom suave, quase de deploração, nada a ver com o tom azedo e insultante que havia empregado até então. Como se naquela altura lhe desse explicações, pesarosas ademais, pela primeiríssima vez. — Se você não tivesse me dito nada — acrescentou —, se tivesse continuado a me enganar. Quando se leva a cabo um engano, deve-se sustentá-lo até o fim. Que sentido existe em tirar do engano um dia, contar de repente a verdade? Isso é pior ainda, porque desmente todo o ocorrido, ou o invalida, você tem que voltar a contar o vivido, ou negá-lo. E no entanto não viveu outra coisa: viveu o que viveu. E o que você faz então com isso? Apagar o que viveu, cancelar em retrospecto o que sentiu e acreditou? Isso não é possível, mas tampouco o é conservá-lo intacto, como se tudo tivesse sido de verdade, uma vez que sabe que não foi. Não pode deixar para lá, mas tampouco pode renunciar aos anos que foram como foram, já não podem ser de outro modo, e deles ficará sempre um resto, uma recordação, nem que seja fantasmagórica, algo que ocorreu e que não ocorreu. E onde você põe isso, o que ocorreu e não ocorreu? Ai, que idiota você foi, Beatriz. Não uma vez, mas duas.

Sim, agora havia um tom de lamento, já não era de desprezo nem de agressividade, talvez um pouco de rancor. Beatriz Noguera se transportou de imediato a esse mesmo tom, talvez com astúcia, talvez com sinceridade.

— Sinto muito, meu amor, sinto ter te magoado. Quisera que o tempo pudesse retroceder — disse, sem especificar se desejava sua marcha a ré até o tempo do engano, qualquer que tivesse sido, ou até o do desengano. Se desejava não ter incorrido no primeiro ou no segundo. E depois das barbaridades que ele tinha soltado, ainda teve a fleuma de chamá-lo assim: chamou-o de "meu amor", eu ouvi.

Então Muriel, sem dúvida vendo as lágrimas lentas que eu não via, se inclinou um pouco e a abraçou, lhe deu o abraço que ela tinha pedido e que ele tanto negou. Suponho que ela não soube se conter: lançou imediatamente os braços em sua direção e apertou-o contra seu peito tentador; e não só: apertou seu abdome contra o dele, suas coxas contra as dele, todo o seu corpo abundante e firme o encobriu, ela se colou toda a ele como se lhe urgisse reviver algo remoto e que quase havia descartado. Senti ligeira inveja dele, apesar de que em seu gesto eu não tenha percebido nada de sexual; houve, apesar dos pesares, creio, quando a manuseou. No dela, em compensação, percebi sim, foi instantâneo, era evidente, e sem dúvida por isso durou tão pouco o contato, ele a apartou com decisão, deve ter notado o mesmo que eu, só que muito mais; e lhe pareceu abusivo e não quis admiti--lo, ou talvez temeu o contágio, temeu que ela lhe transmitisse sua sensualidade, ou seria luxúria, ou incontrolável adoração. Muriel tornou a lhe pôr a mão no ombro e assim a manteve à distância, um gesto autoritário, um gesto de Fu Manchu.

— Anda, vá embora. Tenho que dormir e você também. E lembre-se que Juan está em casa, pode nos ouvir.

Voltei a me sobressaltar ao ouvir meu nome, inserido além do mais na situação que se desenrolava, um xereta, um espião. Estava havia um bom tempo agachado, com vontade de me levantar, quando o fizesse notaria as pernas e os pés adormecidos, provavelmente. Mas o pânico de ser descoberto me ajudou a não me mover um milímetro, a aguentar inaudível e indetectável no escuro, a evitar que a madeira rangesse por uma oscilação minha.

— Eduardo, Eduardo — disse ela, e lhe pôs uma mão no braço distanciador, apoiou-a e o esfregou com um misto de afeto desmedido e apreensão. Era desajeitada, inoportuna. Só disse isso, mas soou a insistência que não seria bem recebida. E não foi.

— Falei para você ir embora, sua baleia, me deixe em paz de uma vez. — Não foi só o vocábulo de mau gosto, inadequado, injurioso, minador. O tom voltou a ser desabrido, denegridor, beirou o irascível. — Já abri para você, já te dei um abraço. Com você não tem jeito. Você não sabe quando parar. Sempre quer mais e é incapaz de distinguir. Já chega. Vá embora de uma vez, logo, e não volte mais aqui.

Deu um passo atrás e fechou a porta, com calma mas rapidez. Ouvi o trinco. Beatriz ficou uns momentos olhando para ela, como havia feito no começo. Havia deixado o maço de cigarros e o cinzeiro no chão. Pegou-os e agora sim vi o início das nádegas quando a camisola subiu mais. Ou pode ser que tenha imaginado isso — a vontade — e que não tenha sido assim. Tirou outro cigarro e o acendeu. Ficou ali fumando um pouco mais, estava se refazendo, sua respiração se acalmou. Deu uns passos outra vez, até aqui, até ali, não soube se estava desconcertada ou se tornava a rondar, se ainda não queria abandonar o lugar de que era a vigia noturna. Seu rosto estava melhor. Algumas lágrimas, sim, como eu tinha suposto, mas a expressão não era desconsolada, havia nela um quê de alívio ou um quê de serenidade, não sei. Talvez um quê de conformismo, como se lhe coubesse esse pensamento que sempre dá alento: "Veremos". Então se encaminhou para o seu quarto sem pressa, com o cigarro pelo meio numa mão e o maço e o cinzeiro na outra, de sua incursão não havia rastro. Retirava-se para a sua cama aflita como todas as noites, mas dessa vez, ao contrário de outras, certamente levava um pequeno butim, uma sensação. As sensações são instáveis, se transformam na recordação, variam e dançam, podem prevalecer sobre o que se disse e ouviu, sobre a rejeição ou a aceitação. Às vezes as sensações fazem desistir, às vezes dão ânimo para voltar a tentar.

III.

Os Muriel, como as pessoas os chamavam e os conheciam, davam jantares e pequenas festas, e esse devia ser um dos resultados do pacto diurno pelo qual haviam acordado conviver. Não eram muitos, mas também não eram fora do comum. Os primeiros eram menos frequentes e de maior compromisso, quero dizer, quando se organizavam com tempo e não se improvisavam, outra coisa eram essas em que alguém de mais ou menos confiança — ou várias pessoas — estendiam uma visita ou ficavam para compartilhar a mesa. Mas de quando em quando havia um produtor profissional ou amador — e sua mulher ou amante — que era preciso receber, ou um empresário — e sua mulher — a quem se tratava de persuadir a investir dinheiro num projeto, ou um embaixador ou adido cultural — e suas mulheres — aos que convinha bajular, essa mania espanhola de tingir os negócios com um simulacro de incipiente amizade: havia de explorar qualquer possível via de financiamento, e Muriel sabia por experiência própria que os estrangeiros, quando prometiam dar uma mão ou interceder, eram muito mais confiáveis que aqueles de nossa nacionalidade, dados a se pavonear um instante, a ser gratuita e incompreensivelmente boquirrotos nesse instante e desaparecer depois sem o menor proveito nem explicação. Não em vão ele havia conseguido fazer muitos de seus filmes fora ou em regime de coprodução, os bons e os regulares e fracos, os que ele inventava e os que não e, claro, os disparates que lhe havia encomendado o prolífico Towers no fim dos anos 60 e início dos 70, embora a maioria tenha sido dirigida por Jesús Franco ou Jess Frank, o favorito de Towers na Espanha e com o qual Muriel tinha uma amizade intermitente e superficial. Podia-se dizer que tinham lhe passado ou ele tinha herdado alguns projetos — dois ou três — de que Franco não dava conta, coisa difícil de imaginar porque ele costumava dar conta do que lhe punham nas mãos; corria a lenda de que havia sido capaz de rodar três filmes de uma vez, dois com os mesmos atores sem que eles percebessem que estavam trabalhando dobrado por um pagamento simples, e outro com elenco diferente e em outro lugar, um homem ubíquo, incansável, sobrenatural.

Toda essa gente (não Towers, nem Franco) eu conheci em recepções e jantares, em estreias, em galas, em coquetéis, em mesas de carteado e farras e até numa roda ocasional, do mesmo modo que os políticos inexperientes daqueles anos, um dos quais, deveras ilustre, também conseguiu convidar à sua casa uma vez. Muriel não só caía no gosto logo de cara, mas sabia ser simpático e ameno e levemente enigmático — atenuava ao máximo seu lado amargo ou misantrópico, recorria a seu fundo de jovialidade —, e não costumava se limitar ao papo social, tinha fama de afugentar o tédio em qualquer noitada de que participasse, naquela época ainda se apreciava que nelas se levantassem questões mais ou menos teóricas ou abstratas que dessem ensejo a disquisições, embora fossem conversa para depois da refeição. Possuía, além disso, aquela faculdade de ser impertinente sem que ninguém ficasse zangado nem o levasse muito em conta, ou tão só os néscios solenes; ele mesmo tinha consciência de que em boa medida reclamavam sua presença em reuniões e saraus para ouvir dele alguma insolência bem-humorada, para ver como tirava sarro de algum metido ou pomposo, cada um vende ou aluga o que tem, suas graças, e mais vale que acabe aceitando ou sabendo disso, não há ninguém que se desenvolva em sociedade sem que cumpra certa função de bufão, e nisso se inclui até o banqueiro e o rei, que, além de se fazerem de bobos como os outros, ainda pagam os rega-bofes, todo mundo bufão de todo mundo, inclusive os que acreditam ter escolhido e contratado a diversão. A outra razão pela qual Muriel era solicitado não era muito mais airosa, mas ele não via inconveniente em tirar proveito dela: seu prestígio cada vez mais antigo; ele sabia que ainda pegava bem dizer: "Recebemos Muriel no jantar outra noite", ou "Muriel nos convidou para uma das suas festas íntimas", e em seus momentos mais pessimistas se perguntava quanto duraria ainda o enfeite, fazia cinco ou seis anos que não estreava um filme com verdadeiro sucesso de crítica e de público, e isso no cinema é e era uma eternidade. Quando alguém passa a ser apenas seu sobrenome, esse alguém costuma considerar um triunfo — sobretudo na França, onde é uma marca de unicidade —, mas na realidade é uma despersonalização, uma coisificação, uma comercialização, uma condecoração barata que outros podem pendurar no pescoço em troca de pouco: de agrados, de um pequeno investimento ou de vagas promessas, nada mais. Na Espanha, curiosamente, estima-se ainda mais passar a ser apenas o nome de batismo, algo ao alcance de quatro ou cinco ou seis: "Federico" é García Lorca sem sombra de dúvida, assim como "Rubén" é Rubén Darío, "Juan Ramón" é o prêmio Nobel Jiménez, "Ramón" é Gómez de la Serna, "Mossèn Cinto" é Verdaguer e "Garcilaso", cinco séculos atrás, é Garcilaso de la Vega, faz tempo que a lista não aumenta, talvez para entrar nela seja necessário também um sobrenome comprido demais ou comum demais ou que se preste a confusão (a existência de Lope de Vega deve ter ajudado os três, a "Garcilaso", "Lope" e ao "Inca Garcilaso", que é assim chamado tão absurdamente, para diferenciá-lo de seu xará), e talvez uma pitada de afeto pseudopopular que convide à familiaridade.

Dessas "festas de íntimos", que ocorriam no aniversário de Muriel e no dia do santo de seu nome, ou que às vezes eram improvisadas para entreter uma visita ou comemorar uma notícia promissora com excessiva antecipação, participavam algumas pessoas quase fixas, e outras variavam de acordo com a oportunidade. Entre os visitantes costumeiros se encontravam Rico e Roy, a que Muriel tinha atribuído relações carnais com sua desdenhada mulher na noite da minha primeira espionagem, apesar de ela as ter negado com naturalidade. Rico era o professor Francisco Rico, muito mais famoso hoje do que naquele tempo, mas já então notório, quando ainda não havia completado a quarentena e no entanto carregava nos ombros uma biblioteca (quero dizer, de sua autoria ou criação) e fazia uma fulgurante carreira como erudito, estudioso, desfazedor de erros, luminar ou privilegiado crânio, aperfeiçoado pedante (fazia do pedantismo uma arte), maquinador vocacional e, evidentemente, egrégio e temido professor (com certeza era catedrático quando o conheci; mais ainda, devia sê-lo desde a puberdade, dada a sua espantosa precocidade geral). Embora vivesse e ensinasse em Barcelona ou nos arredores, viajava muito por toda a Europa para intrigar (a América não o atraía, por ser um continente sem Idade Média nem Renascimento) e vinha com frequência a Madri fazer turvos e desastrosos negócios (Deus não o havia chamado por esse caminho que ele se empenhava em transitar), estabelecer relações diplomáticas em diferentes âmbitos pelo que pudesse aparecer, sem descuidar da política e trabalhar sua candidatura para a Real Academia Española, a qual, no fundo, provavelmente desprezava mas na qual ainda assim queria entrar. É certo que só estava disposto a permanecer fora daqueles lugares em que para entrar não dependesse de outros mas apenas de si, do mesmo modo que sair daqueles cujas portas já se estivessem aberto de par em par, se possível com pedidos para que não atravessasse o umbral. Também vinha para seu espairecimento, claro, e não cabia duvidar de seu carinho — quase adoração — por Muriel. Era evidente que com ele se dava incrivelmente bem, que se divertia, que o admirava, talvez não tanto por seu cinema — Rico não dava bola para o cinema, uma arte inventada tarde demais, no que para ele era um século de decadência abominável — quanto por sua personalidade e por uma afinidade de caráteres que os levava a se estimularem mutuamente e a simpatizarem: os dois, cada qual a seu modo, tendiam a ser arrogantes e insolentes e possuíam um senso agudo do humor que nem todo mundo sabia captar. Tanta era a veneração do professor por Muriel que quase a estendia aos que o rodeavam, como se a proximidade e a aceitação do mestre já os dotasse de coragem, e a mim parecia que era por esse motivo — pelo menos em princípio — que se prestava a servir de *chevalier servant* de Beatriz Noguera e a acompanhá-la com frequência ao teatro, a um museu, a um concerto e até nas compras, durante suas estadas em Madri. E embora fosse um homem lascivo e trouxesse isso pintado no rosto sem se dar conta de que mostrava essa veemência que em algumas mulheres — não há termo médio — provoca considerável repulsão e em outras considerável atração, creio que os enormes respeito e afeto que sentia por Muriel o teriam impedido de se aproximar da sua esposa, fossem quais fossem as relações entre o casal, com outra intenção senão comprazê-la, lhe ser agradável e prestimoso, como extremo gesto de deferência a ele por pessoa interposta principal. Era bem possível que Rico e Beatriz, além disso, se dessem muito bem e houvessem desenvolvido sua própria e inestimável amizade; também que os olhos do professor fossem de vez em quando em busca das formas sugestivas dela (ele era dos que apreciavam a carne e tinha asco dos ossos, como eu, apesar da nossa diferença de idade), e quem sabe se um roçar acidental dos dedos em alguma ocasião, quando ela experimentava um vestido numa loja e o convidava a tocar no pano, ou ao protegê--la dos carros acelerados logo antes de atravessar uma rua — uma mão no ombro, no braço, na cintura —, coisas assim. Nada mais, porém, era o que eu pensava. Beatriz, por outro lado, era três ou quatro anos mais velha do que ele, o suficiente para levar com ironia qualquer possível insinuação ou assédio da parte dele, se preferisse não considerá-los, tirar-lhes a importância e deixá-los perderem-se.

Notava-se a lascividade de Rico — não, era apenas forte sexualidade — na boca mole ou de borracha, que fumava cigarros sem parar, no olhar oblíquo através de óculos um pouco grandes que o faziam parecer aplicado e inócuo somente em primeiríssima instância, inclusive na prematura calva arejada com uma elegância e uma altivez impróprias a quem sofre de calvície quando ainda não deveria sofrer: costuma ser motivo de complexo e até de rancor universal, e ele se desenvolvia, em troca, com loquacidade, alegria e notável *sans-façon*, se não como um donjuán ou um homem muito bem-parecido e adornado por um fascinante topete que atraísse como um ímã (sua calva era como um aríete, na verdade, com as conotações que se queiram imaginar). Uma vez, na casa de Muriel, ele se atreveu a dar em cima de uma moça com quem eu saía na época — bom, na realidade, eu alternava com várias e era alternado por elas, como correspondia à nossa idade — e que havia passado para me pegar no fim do meu expediente. Claro que seu método principal de conquista consistia sempre em impressionar com seus conhecimentos enciclopédicos, e isso o levava a não se comedir direito em certas ocasiões: a uma jovem de vinte e um anos — salvo exceções cheias de curiosidade — não podia deixar de aborrecer ou alarmar e de parecer grego seu extravagante saber, do qual quis se mostrar à custa do meu sobrenome.

— Venha cá, jovem De Vere. — Assim me chamavam às vezes tanto Muriel como seus achegados, por imitação ou impregnação. O professor Rico me tratava com simpatia e benevolência por minha proximidade com Muriel, mas também com displicência por minha juventude, afinal de contas ele era quinze anos mais velho do que eu e devia me ver como via um dos seus alunos, que desprezava, humilhava e aterrorizava com grande prazer e bastante humor, coisa que suas vítimas, no entanto, não costumavam perceber, demonstrando assim o escasso acume ou sacação (era aficionado de misturar cultismos com expressões de gíria e até soezes, para que não se acreditasse que vivia inteiramente no limbo de seus séculos idos). Do mesmo modo, aliás, que seus auxiliares de cátedra, a maioria de seus colegas ou supostos pares e quase todo ser sobre a terra: uma pessoa contemporânea, por norma, merecia pouco respeito de sua parte e, por definição, era defeituosa. Suponho que lamentava também ser contemporâneo de si mesmo e de tantos ignorantes e idiotas que sulcavam o mundo com alaridos e sem contenção da sua idiotice, assim disse uma vez. Essa deploração não fez mais que aumentar com o passar das décadas, como é natural, ainda o vejo de tanto em tanto. — Sente-se um momento, jovem De Vere, tenho de interrogá-lo. E traga sua amiga também, ou vai passá-la de contrabando por aqui? Apresente-a a nós. — Assim fiz, chamava-se ou se fazia chamar de Bettina e trabalhava de noite num bar, eu a conhecera lá; era uma garota espevitada e risonha e vestia umas saias meio curtas: não demais, mas ficavam espetaculares nela quando sentava, e isso, sem dúvida, o professor havia antecipado com seu olho veloz só ao vê-la de pé. — Vamos ver, que tipo de sobrenome é esse, De Vere? — E fez com a mão um gesto cético. — Embora se pronuncie sem nenhuma dificuldade e não choque vê-lo escrito, é muito pouco espanhol, se é que o é em absoluto. Isso é francês em remota origem. — E o disse com acento francês e repetiu, "De-Verr, De-Verr", ressaltando o *r* gutural. — Mas os De Vere mais famosos se encontram na Inglaterra, pelo que sei, e sei pacas: "De-Víah, De-Víah". — Ele gostava de se ouvir: agora pronunciou mais ou menos à inglesa e com decidida afetação, era admirável, não tinha o menor temor de cair no ridículo nunca e portanto não caía jamais, mesmo se pisasse na beira; não ligava para quem quer que fossem seus interlocutores ou ouvintes, falar para uma congregação de luminares internacionais ou para uma jovenzinha desconhecida, ele se sentia sempre superior e dominador (salvo no caso de Muriel). — Na verdade é o sobrenome dos condes de Oxford, e remonta aos tempos de Guilherme, o Conquistador, século XI, caso você não saiba, hoje não se pode dar por certo que se saiba o mais elementar. — Claro, eu sabia, havia estudado história da Inglaterra na faculdade, mas não ia interrompê-lo por isso. — Faz pouco, um aluno meu estava convencido de que a Revolução Francesa foi um levante contra Napoleão. Haja paciência, *ça suffit* — acrescentou em francês. De vez em quando Rico soltava onomatopeias ininteligíveis e estranhas (para chamá-las de algum modo), de sua própria lavra e a modo de preâmbulo ou colofão, talvez fosse sua maneira de evitar os "bem" e os "então" e os "enfim", que deviam ser vulgares para ele. — Svástire — disse ele, ou assim acreditei entender, e continuou: — O mais antigo De Vere de que se tem conhecimento, me parece, e se me parece assim será, se chamava Aubrey, que nada mais é que Albericus deformado (e tome insuspeito latinório), e esse nome de batismo se repetiu várias vezes ao longo da história. Houve também um Robert, um Francis, um Horace e um ou dois John, de modo que você coincidiria ou, melhor dizendo, copiaria certo número de sujeitos de passadas épocas, muito mais nobres do que você. — Dirigia-se verbalmente a mim, mas falava torcido na direção de Bettina, para cujas coxas lançava olhares enviesados e até mais além; ela não havia cruzado as pernas e portanto a saia estreita e esticada permitia vislumbrar algo entre elas; o fundo da calcinha imagino, se bem que aquela jovem nem sempre usava calcinha, como tantas coetâneas suas: coisas daqueles anos de libertação e das consequentes ânsias de provocação. Ela notava as olhadas míopes e se deixava contemplar, parecia ouvir Rico com extrema atenção, mas podia também se tratar de estupor. — Tem mais, há um colega anglo-saxão que começa a sustentar, ainda em segredo até publicar seu estudo (não deve valer um tostão furado, mas problema dele), que o corpus de textos que nos chegou como William Shakespeare — nada menos que isso ele disse, "o corpus de textos" — se deve na realidade a um De Vere — havia ficado satisfeito com sua destreza fonética e voltou a pronunciar "De-Víah" com grande deleite e exagero, soou quase como um impropério ou uma ânsia de vômito: — Edward, décimo sétimo conde de Oxford, camareiro-mor, embaixador, indivíduo extravagante, encrenqueiro e de certo talento; soldado, duelista, maquinador frustrado do assassinato de Sidney, autor de poemas e introdutor da luva perfumada e bordada na corte de Elizabeth I. Vocês não têm a menor ideia de quem é Sidney, mas tanto faz, então fiquem sabendo — repensou um segundo. Era falso, porque não havíamos ficado sabendo de nada com essa simples menção. A história da luva me deixou perplexo, mas talvez fosse uma isca que ele não havia atirado por acaso. — Luvas perfumadas? Nunca vi uma — interveio Bettina, a quem não devia interessar muito o tema mas a quem o professor parecia ter cativado com sua torrente de saberes inúteis (inúteis para a maioria da humanidade, não para ele). — Como fazem para que conserve o aroma?

— Você deve querer dizer como faziam, hoje não se perde tempo com essas delicadezas. Mais tarde te explico, *rica* — respondeu o professor. Me chocou que a chamasse de *"rica"* chamando-se ele Rico, a não ser que fosse um apelativo profético: a frase soou um pouco como se a convidasse por baixo do pano a um encontro posterior. Mas já estava embalado e queria dizer tudo sobre aquele De Vere. Tornou a se dirigir a mim sem deixar de olhar de esguelha para ela. — Você sabe que há numerosas teorias sobre a inexistência de Shakespeare, cada qual mais insólita, na verdade é toda uma indústria. Ou melhor, sobre o fato de que seu nome fosse utilizado como pseudônimo ou talvez como testa de ferro para esse conjunto literário incomparável, para o qual os críticos cretinos não veem explicação humana. Normal, se medidos com a bitola da sua própria infecundidade. Há quem sustente que Marlowe não foi apunhalado aos vinte e nove anos numa rixa tabernária, mas que encenou e fingiu sua morte para escapar de seus inimigos e continuar escrevendo com o nome de Shakespeare; há quem defenda que o verdadeiro autor da sua obra foi Bacon e quem diga que foi Heywood ou Fletcher, ou vários em comandita; outros apelam para Kyd ou Middleton, outros para Webster ou Beaumont, ou mesmo Rowley, Chettle,

Lord Brooke, e até Florio ou Fludd, tudo absurdo, tudo ridículo. — Eu tinha ouvido em minhas aulas alguns desses nomes, a maior parte não. Fiquei admirado com seus conhecimentos, era como um dicionário biográfico ambulante, mas também pensei que podiam ser figuras inventadas, perante a ignorância pode se inventar. — Frushta — serviu-lhe de breve pausa outra das suas onomatopeias originais. — Agora vem esse convencido que acha poder provar que detrás de Shakespeare se escondia Edward de Vere, ele me confiou isso num congresso com extrema confidencialidade, recomendando-me que guardasse segredo. Por vários anos, imagine. Mas eu não tive receio de espalhar o boato, seja para que o desmintam antes do seu grande parto, seja para que se adiantem a ele e arrebentem com seu achado, meus colegas carecem de escrúpulos, roubam ideias sem cessar e não vou com a cara desse sujeito. — "Não é preciso que jure", pensei escandalizado. — Ele se atreveu a me contestar sobre um detalhe do *Lazarillo* numa comunicação. Diante de pouco público, é verdade, mas a mim. Um anglo-saxão sobre o *Lazarillo*, a mim — repetiu. — Hoje qualquer descamisado é convidado a um simpósio e lhe permitem dissertar sobre o caralho que cismarem. Qualquer jagodes.

— O que é jagodes? — interveio de novo Bettina. A palavra já era bastante antiquada para que pudesse tê-la ouvido ou lido alguma vez.

— Isso também eu te conto, *rica* — Rico insistiu suspeitosamente no apelativo assimilador ou enganador. Era preciso ficar de olho naquele careca, era capaz de roubar a garota dos outros bem no nariz deles. Mas continuava sem acreditar que se aproveitasse da sua proximidade com Beatriz, por mais que ela se divertisse com ele. Falasse o que falasse, e embora não se entendesse a metade do que dizia, sabia reter a atenção, com certeza era um professor magnético, um mesmerizador de alunos (asnos ou águias, tanto faz). De fato, vi que Muriel e Beatriz, que estavam em outras partes do apartamento, tinham assomado à porta do salão ao ouvi-lo perorar e o escutavam com um sorriso, era raro que os dois sorrissem ao mesmo tempo. Levaram o indicador aos lábios ao mesmo tempo, como se fossem um casal que se entendia tão bem a ponto de se sincronizarem, para que eu não dissesse nada nem o interrompesse. Mas foi o próprio Rico que de repente se estranhou e desconcertou. — Por que caralho estou falando disso? — perguntou. — Como é que cheguei a esse impostor?

— Por meu sobrenome, professor — respondi.

— Ah, sim, é verdade. Me explique essa farsa de se chamar De Vere — e tornou a lhe escapar "De-Víah", havia se aficionado a essa pronúncia, que lhe saía como uma explosão.

— Não há mistério, professor, e de fato é uma farsa, muito perspicaz, embora já antiga. Pelo visto o sobrenome original era Vera, muito mais comum. Na minha família houve certos delírios de grandeza ou originalidade. Um bisavô ou tataravô mudou-o para Vere por capricho, com uma só letra já se distinguia. E creio que foi meu avô que se pôs esse "de". Meu pai gosta e o conservou, também tem seus delírios e deve lhe parecer mais de acordo com sua profissão, na qual se usa e abusa dos nomes sonoros. Não sabe como ficará contente ao saber que atrás de Shakespeare se ocultava um De Vere — pronunciei à espanhola, como é natural, era meu sobrenome da vida toda —, embora não tenhamos nada de "víah" — não pude me conter e me brotou como um rugido, ainda mais exagerado que o dele; Rico sacou a paródia e me olhou torto. — Vai se gabar, contar em toda parte e contribuir como ninguém para espalhar o boato. Esse seu colega anglo-saxão está ferrado. A notícia alcançará em pouco tempo meia humanidade.

Mas isso pareceu contrariar o professor.

— A profissão do seu pai. É diplomata, não?

— Sim. De carreira, não político.

— Deve conhecer muita gente em toda parte, não?

— Bom, bastante, sim. Sabe, foi de um lado para o outro.

— E onde está servindo agora? Espero que em Argel.

Não entendi por que dizia isso.

— É cônsul em Frankfurt — respondi. — Por quê?

O professor matutou e enquanto o fazia murmurou coisas como um possesso, a toda velocidade, não precisamente destinadas a mim.

— Civilizado demais. Aeroporto de conexão. Negócios a rodo. Não me agrada, não me agrada. Visitantes aos montes. A *Buchmesse* todos os anos. Dinheiro chama. Muitos cultos por ali. *Buchmesse* — repetiu, como se fosse uma das suas onomatopeias. Depois intercalou uma autêntica, soou como uma interjeição: — Áfguebar. Melhor que não. Enviará uma circular. A todas as delegações do mundo. O mundo é vasto. Nacionais e estrangeiras. Multiplicação. Demasiados países. Telegramas. Melhor que não. Então me enforquem. — E em seguida tornou a se dirigir a mim: — Ouça, jovem De Vere ou De Vera, cuidado. Imagine se fica como verdade o que não pode ser mais do que patranha. Esse indivíduo será incapaz de demonstrá-lo, por mais que tenha pesquisado e se aprofundado, por mais papel que encha e por mais que tenha forçado e retorcido os dados para que casem com sua teoria. Não se deve sair cada um com a sua. De modo que te peço discrição, é melhor que não digas nada a ninguém, não vá o tiro me sair pela culatra com esse seu pai fofoqueiro. Só faltaria que começasse a ser um lugar-comum a ideia de que Shakespeare foi apenas um ator e não escreveu uma só linha e de que tudo foi obra de Edward de Vere. Se o fulano publica um livro com isso, cinquenta especialistas ficarão sabendo, quarenta e cinco dos quais não darão a mínima e os outros cinco, depois de ler uma página ou outra, o fulminarão com má-fé, só de sacanagem (assim é o domínio da erudição). Se a imprensa fizesse eco, muito mais gente ficaria sabendo, mas se esqueceria em um mês. Já o rumor... É o que dura, é o irrefreável e que não cede, é a única coisa eficaz. Só faltava brindar a esse imbecil o trunfo do rumor. Já disse o próprio em pessoa — E o professor se pôs a recitar de memória, com voz vibrante e subitamente impostada e um braço rígido estendido (não à maneira romana ou fascista, por sorte, só procurava ser teatral e eloquente, mas o braço não se mexia): — "Abri vossos ouvidos; por que qual de vós tapará o orifício que escuta quando fala o sonoro Rumor? Eu, desde o oriente ao encurvado oeste, com o vento como meu cavalo de posta ainda exponho os atos iniciados nesta bola terrestre. Cavalgam nas minhas línguas as incessantes calúnias, que pronuncio em todos os idiomas, enchendo de falsas notícias os ouvidos dos homens". — Rico havia tomado impulso e não dava sinal de parar tão cedo, aquilo não era um parêntese nem mera glosa. Absorto, talvez entusiasmado, continuou declamando sua ladainha como se nada mais que aquele texto antigo existisse na sala ou no universo, e sem dúvida o texto era comprido. — "E quem, senão o Rumor, quem, senão somente eu, faz se congregarem os temerosos enquanto o ano grávido parece prenhe da severa guerra tirânica?" — Olhei para Bettina, que ouvia boquiaberta aquelas palavras que mal devia entender. Toquei-a na coxa tão espreitada por Rico (agora não mais, a poesia afugenta a luxúria ou a suspende) e saiu de seu transe, me devolveu o olhar como se acabasse de despertar bruscamente. Deu-se conta de que tínhamos de ir embora, ela tinha passado para me pegar a caminho de um par de festas. Olhei para Muriel e Beatriz, que observavam Rico com simpatia e divertimento, era indubitável que os dois lhe professavam afeto e que em alguns momentos surgia entre eles certa cumplicidade ou riso comum que talvez proviesse da sua juventude. Fizeram-nos um gesto de que tínhamos toda liberdade, de que se saíssemos o recitador não daria por nossa ausência. E, de fato, nos levantamos e deixamos a sala com discrição sem que o professor nem sequer percebesse, sua mente sequestrada por sua invasiva memória, seu braço ao alto, mumificado. Deviam lhe ser comuns esses acessos de literatura oral. Ao abrir a porta da residência, ainda soava sua voz palpitante ao longe, agora só para ele mesmo e o casal amigo espectador: — "Chegam os correios exaustos, e nenhum deles traz outras novas além das que ouviram de mim...".

Se me lembro e posso reproduzir os versos, ou uma versão aproximada, é porque poucos dias depois Muriel me enviou à Bourguignon para escolher e encomendar flores para uma atriz, e ao sair senti curiosidade: me meti na biblioteca do Instituto Britânico da Calle Almagro, bem ao lado da floricultura, e ali os rastreei em seu idioma original. Como supunha, eram de Shakespeare (ou de Edward de Vere), não foi difícil descobrir em que obra ele havia adotado a voz do ruidoso Rumor. O que não pude encontrar, mais adiante, foi uma tradução para o espanhol que correspondesse à que o professor havia proferido, de modo que me perguntei se seria de sua lavra, apesar de o inglês não ser a língua que ele dominava melhor. Não soava de todo mal, de qualquer forma. Em nenhuma das existentes (e havia várias, agora mais ainda) apareciam "o ano grávido" nem o "encurvado oeste"; retive esses dois adjetivos ou imagens, me chamaram a atenção. Da próxima vez que vier terei de interrogar Paco* a esse respeito — assim ele me

---

* Apelido de Francisco. [Esta e as demais notas são do tradutor.]

obriga a chamá-lo há anos contra a minha vontade, e se empenha em me chamar de "meu Juan", não mais de "jovem De Vere". Alega razões que não posso discutir: passou muito tempo, não sou jovem, já não vivem Muriel nem Beatriz, que iniciaram e ampliaram nossos apelidos, e nos une um ser "de antes" (assim, não devemos nos mostrar irônicos nem precisamos de formalidades), termos nos conhecido numa época que começa a ser tão remota como então o era a Segunda Guerra Mundial, com a acrescida perplexidade de que não a tínhamos vivido e que estava engolida pela ficção, diferente de 1980, para nós é uma data próxima e fixada na realidade. Sim, nos une algo preocupante e triste e que ao mesmo tempo reconforta: ser sobreviventes, isto é, já ter sobrevivido a muitos amigos, dos quais constituímos o intermitente rastro e a breve recordação que se transmite em sussurros por certo tempo de prorrogação, cada vez mais silenciosos.

Em honra ao professor Rico devo mencionar certas coisas. Uns três meses depois daquela ocasião, quanto eu já não frequentava de maneira alguma Bettina (nada durava naqueles dias de efervescência), os vi juntos uma manhã na Academia de Belas-Artes de San Fernando, no começo da Calle de Alcalá, os dois diante de um quadro de Mengs, que, se bem me lembro, retratava de corpo inteiro uma dama oitocentista com um gorro na cabeça, uma máscara na mão e um papagaio pousado no ombro. Muriel tinha me mandado comprar, no Serviço de Calcografia do museu, uma gravura de Fortuny ("O título é *Meditação*, não se engane", indicou) na qual queria se inspirar para um dos planos de um filme: um homem de sobrecasaca, calção justo e meias, os dedos no queixo e apoiado num muro com a cabeça tão inclinada que o comprido chapéu — um bicorne — tapava totalmente seu rosto, não dava para ver um só traço, nem portanto se verá jamais. Depois de conseguir a lâmina, fui dar uma olhada nas pinturas desse museu discreto e pouco visitado (*O sonho do cavalheiro*, a melhor), e os vi a certa distância, preferi não me aproximar nem cumprimentar; não creio que ele tivesse se sentido incomodado, antes triunfante, mas ela talvez sim. Rico lhe dava explicações (provavelmente prolixas) e Bettina, sem afastar nem um segundo seus bonitos olhos do quadro, o escutava com devoção, algo surpreendente numa moça que, quando tive mais contato com ela, pulava muito rápido de uma coisa a outra e não se concentrava em nenhuma. Sem dúvida mérito do professor Magneto, que enquanto falava passava repetidamente a mão pelas costas e a cintura dela, de cima para baixo (imagino que pretendiam ser carícias, mas havia um elemento de lascívia satisfeita e talvez novamente despertada), e inclusive a aventurava pelo início da pronunciada curva inferior (quem sabe coberta apenas por uma saia leve), sem que ela fizesse o menor gesto ou movimento para esquivá-la, era evidente que o erudito já conhecia o terreno sem nenhum tecido intermediário; não descartei que teriam se levantado juntos num hotel e que, não querendo se livrar dela com excessivas pressa e brusquidão, e na falta de outras ideias com que a distrair, Rico teria optado por instruí-la e aperfeiçoá-la sem maior propósito, só por fazê-lo, era difícil para ele prescindir de sua propensão pedante e didática, fossem quais fossem sua companhia e suas circunstâncias. Até entre os lençóis devia lecionar, ou de roupão. Perguntei-me sem afinco quando teria pedido o telefone dela e como a teria contatado. Assombrei-me com quanto eram capazes de conseguir alguns olhares apreciativos e oblíquos e alguns versos recitados de cor. Sempre me pareceu admirável sua voluntariosidade.

Para comprovar sua precisão ou o quão verídicas eram suas informações, tive de esperar dez ou doze anos, em compensação. Foi por volta de 1991, quando um dia vi na livraria Miessner, ou na Buchholz, um volume em inglês cujo título esqueci, mas em que figurava o nome de Edward de Vere, que o subtítulo o descrevia como "lorde camareiro-mor, décimo sétimo conde de Oxford e poeta e dramaturgo William Shakespeare", dando por certo que os dois eram a mesma pessoa. Como se isso não bastasse, uma das frases do anúncio rezava: "Uma história fascinante do homem que foi Shakespeare". Folheei-o um pouco e me pareceu uma obra de ficção, de modo que não comprei, nos romances há demasiada arbitrariedade e mistura, e aquela recendia claramente a pastiche culteranista e douto. Ignoro se era a esse texto que Rico tinha se referido anos antes (o autor era um professor universitário anglo-saxão, isso sim), mas em todo caso me agradou descobrir que não havia sido invenção nem fantasia dele a identificação das duas celebridades elisabetanas, por parte de algum scholar pirado ou desejoso de notoriedade. Claro que ele e meu pai, que proclamou aquilo aos quatro ventos, tinham dado essa ideia a mais de um e a mais de dez. Mas fique isso registrado para fazer justiça ao professor.

De Edward de Vere eu tinha chegado a saber algo mais, porque aproveitei aquela outra visita à biblioteca do Britânico, poucos dias depois, para consultar, além dos jactanciosos versos do Rumor, o monumental *Dictionary of National Biography* de Oxford e procurar nele aquele nobre díscolo e maquinador, morto havia quase quatrocentos anos e que curiosamente compartilhava o sobrenome comigo (não deixava de ser o meu, ainda que se tratasse, na origem, de uma fabricação ou adulteração) e o nome de batismo com Muriel. Li por inteiro seu longo verbete para ver se pelo menos havia conhecido Shakespeare e, se não me falha a memória, ali não se mencionava nenhum encontro ou vinculação entre eles. Houve, no entanto, uma frase em que me detive e anotei em minha caderneta, que ainda conservo; não porque me remetesse a algo meu, claro, mas porque imaginei ver um ligeiro paralelismo com a singular situação existente entre Muriel e Beatriz. Segundo a extensa nota biográfica, De Vere tinha se casado com Anne, filha mais velha do tesoureiro de Elizabeth I, Lord Burghley, e a própria rainha havia assistido à cerimônia, "celebrada com muita pompa" quando a noiva tinha apenas quinze anos e o conde, seis a mais. Quando ele voltou de um périplo italiano, contava essa nota, produziu-se um distanciamento temporal da sua mulher. No dia 29 de março de 1576, cinco anos depois da boda, seu sogro, Lord Burghley, havia feito a seguinte anotação em seu *Diário*, referindo-se a De Vere: "Viu-se incitado por certas pessoas lascivas a se tornar um estranho para sua mulher". A biografia não entrava em detalhes e saltava pudicamente a questão: "Embora a desavença tenha se sanado, suas relações domésticas não foram muito cordiais a partir de então". Essa esposa, Anne, havia morrido muitos anos mais tarde, após uma reconciliação da qual nasceram três filhas (havia uma primogênita anterior ao distanciamento), e posteriormente ele havia contraído novas núpcias com uma tal de Elizabeth Trentham, antes das quais havia tido como amante outra Anne, Anne Vavasour, que tinha lhe dado um bastardo. Ocorreu-me que talvez era esse o problema de Muriel: que Beatriz Noguera não tenha morrido quando talvez lhe coubesse, ou quando a ele teria sido conveniente. O divórcio era esperado em breve na Espanha, e de fato acabaria sendo aprovado em meados de 1981, mas ainda não existia quando comecei a servir Muriel, nem chegou a existir durante a totalidade de seu casamento. E ao longo dos séculos, num país tão anômalo que obrigou a viver juntos os que se eram indiferentes ou tinham chegado a se detestar, uma infinidade de cônjuges ansiou por longos anos em silêncio o falecimento do outro, ou inclusive procuraram ou induziram ou foram atrás disso, em geral mais em silêncio ainda, ou melhor, em indizível segredo.

Não me lembro de todos esses dados e nomes daquela leitura apressada e distante: agora voltei a consultar, na internet, o verbete do *Dictionary of National Biography* relativo ao décimo sétimo conde de Oxford, para descobrir que já não é bem o mesmo dos velhos volumes de papel. O atual é mais ligeiro e superficial, menos pudico, mais fuxiqueiro e mais explícito. Nele se diz algo que se calava no antigo, mas que me passou pela mente não ao ler sobre De Vere, que na realidade não me importava nem um pouco (mera curiosidade momentânea suscitada por Rico, o intrigante), mas ao pensar em Muriel e nos possíveis porquês de seu repúdio terminante a Beatriz. Uma das razões mais clássicas para que um marido vede seu quarto para sempre e maltrate verbalmente a uma esposa a quem desejou, convencido de que nunca será o bastante e de que tem direito e justificativa, é que essa mulher tenha feito passar o filho de outro homem por seu. Ao longo da história não foram poucos os bastardos entregues em adoção ou enviados bem longe ou a quem se deu puro e simples sumiço, castigando assim a mulher adúltera com a maior crueldade: uma vez que têm a criatura (e às vezes antes também), para elas passa para segundo plano quem foi o genitor; só anseiam permanecer junto do berço, costumam querer mais a essa criatura do que a si mesmas e já nada mais importa: é então que se tornam impávidas. A primeira noite que vi Beatriz Noguera suplicar em frente à porta de Muriel, ele respondeu assim aos seus protestos: "Algo tão antigo e tolo? Algo tão tolo? Como se atreve a qualificá-lo assim, ainda mais a esta altura, depois do que nos trouxe e continua a trazer. Uma travessura, não é? Um pequeno truque, não? E no amor vale tudo, que graça, que astúcia!". Sua voz havia vibrado com tonalidade metálica, um sussurro gelado de indignação. E mais adiante a tinha recriminado: "Se você não tivesse me dito nada, se tivesse continuado a me enganar. Quando se leva a cabo um engano, deve-se sustentá-lo até o fim. Que sentido existe em tirar do engano um dia, contar de repente a verdade? Isso é pior ainda". Pensei que podia estar se referindo a algo assim, a que um dos filhos não fosse dele e ele não soubesse até ser tarde demais para retirar dele todo o afeto depositado ao longo dos anos, e ainda mais para fazê-lo desaparecer. E o pior seria que ela lhe houvesse revelado desnecessariamente, fora de hora, que um dia o tirasse do engano, porque isso "desmente todo o ocorrido, ou o invalida, você tem que voltar a contar o vivido, ou negá-lo", tinha lhe dito, e havia acrescentado: "E no entanto não viveu outra coisa: viveu o que viveu. E o que você faz então com isso? Apagar o que viveu, cancelar em retrospecto o que sentiu e acreditou? Isso não é possível, mas tampouco o é conservá-lo intacto, como se tudo tivesse sido de verdade, uma vez que sabe que não foi". E havia concluído com este lamento ou admoestação: "Ai, que idiota você foi, Beatriz. Não uma vez, mas duas". A primeira foi o engano, pensei; a segunda, a admissão dele. Podia ser.

Na nova nota biográfica de Edward de Vere se explicava que, enquanto ele viajava pelo continente em 1575 (Paris, Estrasburgo, Siena, Milão, Pádua, Veneza), sua mulher deu à luz uma filha, a primogênita, cuja paternidade ele se negou a reconhecer. (Deve ter sido de birra, porque partira da Inglaterra em fevereiro e a menina nasceu em julho; a não ser que não houvesse mantido relações com Anne desde muito antes da partida, como era evidente que Muriel não mantinha com Beatriz desde sabe lá quando.) Não parece, porém, que fosse essa a causa do distanciamento, pelo menos não a única: depois de ser assaltado por piratas ao atravessar de volta o canal, dirigiu-se a Londres numa chalana fluvial para evitar se encontrar com a mulher em Gravesend. Talvez fosse por causa do nascimento da sua suposta filha em sua ausência e da consequente irritação ou desconfiança, ou talvez pela companhia um tanto caprichosa e excêntrica que trazia consigo: segundo o agora fofoqueiro *Dictionary*, "um menino cantor veneziano chamado Orazio Cogno" (para alguém de língua espanhola o sobrenome era uma piada de mau gosto, acusatória e brutal*) "e recordações de uma cortesã veneziana chamada Virginia Padoana" (o que também parecia uma piada, não sei se patronímica, toponímica ou metonímica, ou nenhuma das três). Deviam ser essas as "pessoas lascivas" a que havia aludido em seu *Diário* o estupefato sogro e mentor, Lord Burghley, "aparentemente incapaz de conceber que seu genro preferisse a contiguidade do menino cantor, que manteve confinado por onze meses em seus aposentos londrinos, dando margem a suspeitas de pederastia". As quais, diga-se de passagem (e a menos que o menino se limitasse a cantar para ele, em particular, solos sem acompanhamento de coro), não seriam de estranhar. Nesse item não podia haver paralelismo algum com Muriel, que se deixava levar de mulher em mulher bem crescida, pelo que eu observava e sabia, e se digo que se deixava levar é porque nunca o vi fazer esforços para conquistar nenhuma, mas parecia aceitar distraidamente ser seduzido sem consequências e de quando em quando pelas mais decididas, veleidosas ou utilitárias, como quem não quer a coisa ou não se dá conta ou nem sequer se inteira. Uma vez uma atriz famosa queixou-se dolorida num arroubo de humilhada sinceridade: "Pode acreditar", me confessou, "que depois de irmos para a cama uma noite continuou me tratando como se não tivéssemos ido, até que tive de informá-lo de que sim. 'Ah, é?', me disse. 'Mantivemos relações carnais? É mesmo? Você e eu? Pois é uma página em branco, novidade para mim.' É verdade que havia bebido bastante, mas caramba, não ter lhe deixado nem meia lembrança da trepada… Nunca me senti tão ofendida na minha vida. Imagine que deselegância para uma mulher tão cobiçada quanto eu". Assim disse, "cobiçada", um verbo pouco frequente nesse terreno, já na época e agora mais.

---

* *Coño*, babaca, em seus vários sentidos, inclusive de genitália feminina.

O novo verbete do *DNB* acrescentou ao que eu já sabia outro dado inútil tantíssimos anos depois: mencionava as tentativas de um par de eruditos de atribuir as obras de Shakespeare a De Vere e as desautorizava com displicência ("carecem de mérito", decretava). O que chamava a atenção era que a mais antiga ele datava de 1920, a cargo de um tal de Thomas Looney (outro sobrenome acusatório em si, já que *"loony"* significa "lunático" em inglês e se pronuncia exatamente igual). De modo que aquele colega detestado por Rico não era nem sequer pioneiro, nem sequer original. Suponho que o professor gostará de sabê-lo, mesmo que talvez já não se lembre de nada disso.

Eduardo Muriel e Beatriz Noguera tinham três filhos, duas meninas e um menino, caçula, e a partir do momento em que me passou pela cabeça a ideia de uma falsa paternidade, comecei a prestar atenção no rosto, nos gestos e no porte deles com um extemporâneo olhar detetivesco, tentando descobrir claros vestígios de Muriel, ou a absoluta ausência de semelhança e até de reminiscência ou afinidade com ele. A tarefa era inútil, porque mal me encontrava com eles: estavam no colégio a maior parte do tempo que eu permanecia na casa, ou se não em seus quartos, Beatriz e Flavia velavam para que quase não fizessem incursões nas áreas do pai, que os tratava com afeto indubitável mas distraído, um pouco como convidados, ou hóspedes fixos de um mesmo hotel. Mas é que além do mais os três se pareciam tanto com a mãe que era como se os tivesse concebido sozinha, sem intervenção varonil. A mais velha, chamada Susana, tinha quinze anos quando a conheci, era uma cópia de Beatriz em suas fotos mais juvenis: havia algumas emolduradas à vista de todos, uma do seu casamento com Muriel, na qual devia ter uns vinte e dois ou vinte e três anos e que certamente se achava exposta por exigência ou imposição dela (para ele devia ser uma recordação amarga, aquela vinculação), e um retrato — não era claro para mim se anterior ou posterior — em que se podia ver ela com um chapeuzinho pequeno e sem abas, próprio do fim dos anos 50 e começo dos 60, segurando nos braços um neném que no início eu não sabia quem era: uma criança de uns dois anos, de traços finos, muito bonita, com olhos atentos desviados para a esquerda (Beatriz estava à sua direita), um casaquinho de pele talvez exagerado para o frio de Madri e uma espécie de touca ninja branca, coroada por uma grande borla, que cobria boa parte dos seus cabelos, as orelhas e o pescoço mas não a cara, cujo ovalado sobressaía por inteiro. Ela também não olhava para a criança, segurava-a com expressão perdida, como se estivesse pensando em algo agradável alheio à ocasião, que, apesar do fundo escuro que não dava pista, me pareceu uma cerimônia eclesiástica, um batismo ou algo assim. Beatriz estava mais magra porém perfeitamente reconhecível, ao contrário das invectivas de seu marido, não tinha mudado muito: as sobrancelhas longas e bem desenhadas, os cílios bastante densos mas não curvados nem ondulados, o nariz reto com a ponta levemente erguida que a dotava de suma graça, os lábios carnudos e largos entre os quais apareciam — um meio sorriso sonhador — os dentes ligeiramente separados que lhes davam um ar leve e involuntariamente sensual que contrastava com o conjunto de seu rosto pueril, tanto nas fotos como na realidade. (Bom, era uma dessas bocas que levam muitos homens a imaginar, no ato, cenas inopinadas e impróprias, muitas vezes contra seus respeitosos esforços por suprimi-las pela raiz.) De fato, as feições de Beatriz (ou o que lhes transmitia seu espírito, quando esse espírito se animava de vez em quando e saía da sua languidez ou prostração) não acabavam de se compadecer de seu corpo rotundo, era como se elas pedissem um tronco, um abdome e pernas menos fortes, mais tênues, e suas formas insolentes uma cara menos inocente e ingênua. Na foto do casamento, em que olhava para a câmara e sorria sem reservas, com euforia patente ou talvez triunfalismo, seus traços eram decididamente infantis, como se se tratasse de uma menininha disfarçada de noiva; embora, neste caso, prematuramente desenvolvida. Muriel, por sua vez, já com a venda no olho tanto tempo atrás, se mostrava, se não sombrio nem grave, pelo menos anuviado, como um homem convencido da grande responsabilidade que adquiria. Embora se visse que era moço, dava a impressão de ser um adulto veterano, em comparação com ela. Ela ainda brincava de contrair matrimônio, ele levava a sério e o contraía de verdade, como se estivesse consciente da validez desse verbo para as obrigações, as dívidas, as responsabilidades e as enfermidades. E não era só que fosse uns anos mais velho, não era tão simples. Era alguém que já conhecia a renúncia, ou que estava a par de que o amor sempre chega fora de hora ao seu encontro com as pessoas, como me disse com melancolia que havia lido certa vez.

Na primogênita, Susana, já se adivinhavam com nitidez (ou era manifestação) a mesma expressão cândida da mãe, que ambas conservariam com intermitências até a velhice (não há vida sem intermitências, nem caráter que não traia a si mesmo alguma vez) e o corpo intimidativo, explosivo, que por assim dizer já começava a brotar, não sabia se com antecipação ou não, nem estava disposto a me fazer nenhuma pergunta a esse respeito: se me refreava qualquer complacência ante a visão de Beatriz, eu simplesmente me proibia de tê-las diante de sua promissora filha adolescente, visão que de resto era sempre fugaz. No campo da luxúria, aquela mocinha batia ainda menos comigo, no tempo e no espaço; era ainda mais uma pintura, uma representação inanimada, porém não pretérita mas vindoura, não terminada de se moldar. Com a segunda filha, não havia nem mesmo perigo de um olhar se desviar: Alicia tinha doze anos quando entrei na casa, embora a semelhança com sua mãe e sua irmã fosse se incrementando sem sombra de dúvida com a idade. Quanto ao menino, Tomás, de oito, seu rosto também era uma cópia acabada do de Beatriz. Os três como miniaturas dela, em distintos tamanhos, está claro. Impossível portanto rastrear neles traços de Muriel, nem, é claro, de qualquer outro, se é que outro varão havia participado da geração de algum deles.

Nem sua infelicidade nem suas ocupações impediam Beatriz Noguera de se portar como boa mãe, acredito. Embora não vivesse só para os filhos e delegasse bastante a Flavia, sempre estava disponível para atendê-los, ouvi-los e consolá-los quando a requisitavam, na medida em que podia estar uma mulher que não descartava morrer por sua própria mão, conforme descobri mais para a frente. Era extremamente afetuosa, e ao vê-la abraçar e acariciar seus filhos dava para imaginar o tipo de carinho, quente e delicado ao mesmo tempo, que poderia ter dado a Muriel se ele consentisse, ou que talvez lhe dera em outros tempos não esquecidos e invocados por ela. Mas, quem sabe como ato reflexo — o do cachorro repreendido —, quem sabe influenciada e complexada pelas rejeições do marido, não se dedicava nem se prodigalizava aos filhos, a não ser que eles a solicitassem. Era como se sua existência inteira ou sua passagem pelo mundo tivessem se tingido de timidez ou de contenção, quem sabe se desde o início ou se a partir de determinado momento. Quando uma pessoa é repudiada pelo principal objeto do seu amor, é fácil que se instale nela a sensação geral de estar sobrando; que a manifestação de seu afeto possa resultar agoniante ou indesejada, que a qualidade deste se rebaixe e que portanto não deva nunca se impor sem convite prévio. Por isso me dava um pouco de pena ver como esperava um sinal dos filhos antes de se atrever a aconchegá-los ou mimá-los. Os dois menores, para sua sorte, ainda buscavam o último tipo com naturalidade e regularidade, e ela aproveitava e desfrutava as ocasiões com o rosto iluminado pelo contentamento e ao mesmo tempo o olhar levemente apreensivo e perdido, como se antecipasse no horizonte a caducidade dessas efusões — as crianças crescem e se desprendem e se tornam ariscas por muitos anos, e quando por fim regressam já não são os mesmos — e fosse se despedindo delas com uma porção da sua mente, fatalista e incontrolável. A mais velha já não buscava isso, se reservava mais, embora seu temperamento confiante e ingênuo a induzisse a desenvolver com a mãe certo senso de camaradagem, uma ou outra vez me chegava o murmúrio de suas conversas e risos, que no entanto não duravam muito, conversas superficiais e risos breves, ligados a alguma história recente ou a questões cotidianas práticas. Às vezes me parecia que Beatriz andava pela casa sempre à mão, por assim dizer, aguardando que alguém a chamasse ou se aproximasse dela e pedisse por sua companhia ou seu conselho ou sua mediação ou sua ajuda, ou pedindo autorização, com seus olhos cautelosos, para dar beijos e abraços.

Não era uma mulher ociosa, como se poderia inferir desse retrato, e ganhava seu modesto dinheiro, em comparação com o que Muriel trazia (certamente, além de modesto, era desnecessário para a casa e encontrava outros destinos). Pelas manhãs dava aulas de inglês a crianças de um colégio, três dias por semana, e algumas aulas particulares, em domicílio, duas tardes, ou essa era a versão que circulava. Não creio que houvesse estudado essa língua de maneira sistemática, mas, nascida em Madri no fim da guerra, tinha sido levada bem pequenina para os Estados Unidos e havia vivido lá parte da sua infância, da sua adolescência e da sua juventude primeira, alternando os períodos naquele país com estadas na Espanha, aqui sob a tutela de uns tios em bons termos com o regime e em fraternidade com uns primos. Por preguiça não era totalmente bilíngue, mas quase. Seu pai, que não tinha se feito notar durante a Guerra Civil e em princípio não fora perseguido pelos franquistas (embora qualquer um pudesse tê-lo sido de um dia para o outro nos anos 30 e 40 e até nos 50, bastava uma inimizade na vizinhança, um velho desdém ou ofensa a um vitorioso ou uma denúncia caprichosa e falsa, a população procurava se valorizar perante as autoridades), havia decidido e conseguido se exilar por uns meses antes da tomada da capital pelas tropas franquistas. De convicções temperadamente republicanas ou laicas, consciente do que podia ser o país em mãos dos sublevados (mãos livres sem nenhum freio), fora invadido pelo desagrado e pelo medo, se não pelo asco e o pânico, e havia aproveitado sua solidão repentina para ir à França com a filha, em meio às dificuldades habituais e com risco para a criança tão pequena. Dali, Ernesto Noguera tinha conseguido viajar para o México com apoio do Ministério do Exterior dessa nação generosa (suavizou a queda de tantos caídos de então), na qual havia permanecido cerca de um ano até que, não sei se através do poeta Salinas ou do poeta Guillén ou dos dois, que havia conhecido e admirado em Madri, ou da própria Justina Ruiz de Conde, obteve um cargo de professor de espanhol no Wellesley College de Massachusetts ou em Smith ou em Tufts ou em Lesley ou em outro centro da zona de Boston (talvez tenha passado por todos, sabe-se lá a ordem), mais estável e mais bem pago do que os trabalhos esporádicos que o inseguro mundo editorial lhe ofereceria num México infestado de concorrentes compatriotas. Tinha licenciatura em filosofia e letras, tirada justo antes de estourar a guerra, e na Espanha havia ensinado numa academia de idiomas e traduzido livros do alemão e do inglês, obras de Joseph Roth e Arthur Schnitzler, de H. G. Wells, Bernard Shaw e Bertrand Russell, entre outros. Sabia bem essa última língua, embora não a tivesse falado muito nem portanto se livrado do sotaque espanhol em seus longos anos norte-americanos, segundo sua filha.

O que chamei de sua solidão repentina nunca esteve totalmente claro para ela. A versão que lhe chegou na infância era que sua mãe havia morrido pouco depois de dar à luz em meio a um bombardeio e ao cair um obus no prédio que tinha aberto um enorme buraco no apartamento contíguo, tiveram sorte apesar dos pesares. Quando ela perguntava, o pai não era nada rigoroso com os detalhes, variava o relato e até se contradizia, como se houvesse inventado aquela história e suas circunstâncias e não tivesse se incomodado muito com estabelecer a mentira em sua imaginação nem em sua memória. Falava pouco da sua mulher e com leve desapego e escassa saudade, quando falava; não era um desses viúvos temporãos arrasados por sua perda e aos quais custa uma infinidade para erguer a cabeça. Recorria a baby-sitters, saía nos fins de semana, ia a Boston e voltava tarde. Sem dúvida adorava a filha e cuidava dela, mas com uma espécie de negligência congênita, afinal de contas era um homem sozinho, bastante jovem e atrapalhado, decerto distraído por sua própria juventude. Por isso a mandava com relativa facilidade para os tios, que lhe pagaram mais de uma passagem de navio: quase todos os verões e algum ano escolar completo Beatriz passou na Espanha, e durante essas estadias fora ouvindo aqui e ali comentários ou insinuações — feitos de propósito ou escapados dos lábios de seus parentes paternos, os únicos existentes e visíveis; pareciam ressentidos com o irmão e o cunhado aqueles lábios — que a tinham levado a pensar que talvez a mãe não havia morrido, mas que das duas uma: ou havia abandonado o marido pouco depois de ela nascer, e não tinha querido ficar com a cria de um homem de quem guardara demasiado rancor ou que a repelia; ou então, por diferenças políticas, naquela época insuperáveis, tinha se ne-

130

gado a acompanhá-lo em sua peregrinação no exílio, sem exigir que a filha permanecesse a seus cuidados na Espanha. Em todo caso teria renunciado a ela, ou Noguera a teria tomado ou confiscado dela. Só muito mais tarde é que Beatriz se atreveu a perguntar abertamente, de fato foi pouco antes do seu casamento, nunca teve pressa. Há questões em que é preferível manter uma suspeita não urgente, suportável, a perseguir uma certeza decepcionante ou ingrata, que obriga você a viver e se contar algo diferente do que viveu desde o início, como Muriel mais ou menos dissera, na hipótese de que seja factível anular o já vivido, ou substituí-lo. Pode ser que nem sequer seja possível anular ou substituir o que se acreditou, caso tenha se acreditado por muito tempo.

Nem é preciso dizer que a maioria desses dados eu averiguei com Muriel ou com Beatriz e mais tarde com terceiros, alguns inclusive vim a saber agora graças à internet e à sua informação sem reservas, por mais que muitas vezes seja inexata (por exemplo, as traduções do pai). O caso é que ela falava inglês quase como uma nativa, embora os muitos anos quase sem sair da Espanha tivessem enferrujado um pouco a pronúncia e piorado a sintaxe (cometia erros), e que isso lhe servia para não ser uma simples dona de casa e ganhar alguma coisa. Mas também não era mulher inativa ou lânguida quando não dava suas aulas, parecia querer combater sua infelicidade profunda, pelo menos encher seus dias, pelo menos de vez em quando. As manhãs e tardes que tinha livres costumava sair sem dar grandes explicações e sem que Muriel as pedisse, não teria sentido dado seu distanciamento. Às vezes Rico vinha buscá-la, quando estava em Madri, às vezes era Roy ou alguma amiga, tinha várias, mas duas preferidas, que a mim não eram inteiramente agradáveis. Em todo caso, procurava estar de volta na hora do jantar dos filhos, quando não antes, caso fosse necessária para ajudá-los com os deveres ou para lhes contar suas agruras, principalmente os dois menores (agruras escolares, entenda-se, das que ainda se contam sem reservas).

Já nos períodos mais melancólicos, se refugiava em seu canto e era possível ouvi-la praticar mal o piano, com verdadeira preguiça ou falta de vontade, até o ponto em que o que mais nos chegava era na realidade o tique-taque do metrônomo, em funcionamento por longos lapsos sem que uma só nota ou acorde soassem, como se fosse uma perpétua ameaça ou uma representação do tempo de seus pensamentos ou do insistente compasso de seus sofrimentos, talvez fosse uma forma de dizer a Muriel que sua vida estava indo sem a sua companhia e sem recuperar o seu afeto, de lhe fazer notar sua ausência segundo por segundo ou, no mínimo, creio, quarenta vezes por minuto. Isso me deixava nervoso, às vezes eu me perguntava se Beatriz havia perdido os sentidos e estaria caída junto ao piano — inclusive se teria morrido —, tão prolongados eram os intervalos sem música alguma ou sem seu simulacro, enquanto o pêndulo oscilava e batia de um lado para o outro, indiferente à sorte de quem o punha em movimento. Nunca soube quanto dura a corda desses aparelhos, em todo caso tinha a impressão de que, quando acabava a que dera no seu, Beatriz devia ativá-lo novamente sem demora, aquele tique-taque me parecia eterno algumas manhãs ou tardes, era como se Beatriz nos sublinhasse com ele que estava ali a pouca distância e assim nos impusesse sua presença invisível, como se pretendesse que não nos esquecêssemos dela nem por um instante, por mais distraídos ou atarefados que nos encontrássemos. Mas Muriel estava acostumado ou não cedia à inquietude que aquele ruído rítmico produzia, incansável, monótono, para mim havia nele um elemento agourento, de insatisfeita espera ou advertência. Em alguns momentos era como se eu visse Bea-

133

triz tamborilando com os dedos interminavelmente, a ponto de explodir ou de agredir alguém ou de destroçar o piano ou de cometer uma loucura, para empregar esse eufemismo clássico com o qual se evita designar o suicídio. Ele, no entanto, continuava conversando ou perorando ou ditando, como se aquilo não existisse, imune ao lembrete obsessivo. Nessas ocasiões eu pensava que ele havia conseguido apagá-la da face da terra, embora a tivesse ali diariamente, tão perto, e trocasse com ela palavras domésticas meio amáveis e até lhe dedicasse algum sorriso inconsciente de quando em quando, como um reflexo automático da simpatia pretérita de um tempo distante ou como o palidíssimo espectro de um falecido desejo, é difícil manter o cenho franzido diante de uma pessoa sem nunca se dar descanso.

Um dia me atrevi a expressar minha apreensão, enquanto o metrônomo batia por mais de meia hora sem que uma só nota do instrumento o temperasse.

— Desculpe, Eduardo — falei —, não sei se percebeu que faz um instante que não ouvimos música, e o pêndulo não para. Será que não aconteceu alguma coisa com sua mulher? Vai ver se sente mal ou desmaiou. Quero dizer. É estranho, não?

— Não — ele respondeu. — Ela toma seu tempo, se abstrai, dorme sentada. Enquanto estiver lá, não tem com que se preocupar. Outra coisa é quando sai sozinha por aí.

— O que quer dizer? Que é para se preocupar então?

— Não necessariamente — respondeu, e passou a outro assunto ou retomou o que tínhamos em mãos. Ficou claro para mim que não tinha intenção de se espraiar nem de acrescentar mais nada, isso é certo. De modo que não insisti, e aceitei a convenção de que enquanto ouvíssemos o tique-taque tudo estava em ordem, mais ou menos, ou Beatriz sã e salva, o que não era a mesma coisa que estar sossegada e em juízo.

Os períodos ativos eram mais frequentes, refiro-me aos dela, por sorte. Não sei direito por que — talvez por aquele comentário do seu marido; ou se sei, não quero contar ou ainda não, mais para a frente veremos —, quando Muriel estava fora, buscando locações externas ou viajando à caça de financiamentos ou rodando o único filme seu que foi feito enquanto estive às suas ordens, aquele projeto alimentício com o produtor inglês Towers quando voltou a tentar sua sorte na Espanha depois de suas fitas de Fu Manchu e de Drácula e de Sumuru e do Marquês de Sade nos anos 60 e 70, quase sempre com Jesús Franco ou Jess Frank como diretor e o próprio Muriel em alguma suplência (mas este se envolvia tanto como se ele é que tivesse tido a ideia, e se convencia de que sua mão e seu olho acabariam criando uma obra pessoal e bastante artística); enquanto ele se ausentava uma ou outra semana, digo, e eu não tivesse outro trabalho senão confeccionar para ele exaustivas listas cronológicas de autores para pôr em ordem sua gigantesca biblioteca e tarefas do gênero (conheci poucos homens mais lidos), dei de seguir sua mulher quando saía sozinha. Não quando a acompanhavam desde a porta de casa, claro, Rico ou Roy ou suas amigas um tanto encrenqueiras. Sabia que então iam ao cinema ou ao teatro ou fazer compras ou a um concerto ou a um museu, ou até a alguma conferência ou sarau antiquado (Beatriz adorava o escritor Juan Benet, amigo de Rico, que além do mais achava sumamente atraente), na volta costumava comentar suas atividades e até a me contar algum caso. Rico reclamava bastante quando a levava ao cinema, mas para agradar remotamente a Muriel agradava a ela. Roy era muito mais dócil e, assim como o professor, não era descartável como possível amante de ninguém, tampouco da própria Beatriz, sequer em tese (um tipo perigoso, embora enganassem seu aspecto *savant* e sua dissuasória atitude displicente, que estendia às mulheres a que pretendia ou fingia pretender, gostava do jogo de se medir e se pôr à prova, creio, para depois deixar com frequência a história dar em nada, uma vez comprovado que podia ter ganhado totalmente), era visto como inofensivo, um rematado *cicisbeo*, para utilizar o antigo vocábulo italiano que designava os acompanhantes meramente serviçais, em princípio carnívoros, das casadas desatendidas, das viúvas com alta posição e até de algumas solteiras com timidez social.

Ele possuía um escritório de despachante herdado do pai, que funcionava quase sozinho e ao qual quase não dedicava tempo, passava por lá um instante pela manhã para cumprimentar algum cliente rabugento, supervisionar o trabalho de seus empregados e fingir que dava instruções. Sua verdadeira paixão era o cinema, e sua admiração por Muriel, infinita. Havia investido modestas somas nas produções (a fundo perdido, por se sentir partícipe do que para ele sempre seria algo grandioso) e escrito um par de monografias breves sobre a obra de Muriel, publicadas em editoras de curto alcance, e com esse pretexto tinha se aproximado outrora do *maestro*, como o chamava com frequência, ao referir-se a ele e também usando o vocativo, como se fosse um regente de orquestra ou um matador de touros, os únicos que na Espanha merecem esse apelido sem que soe adulador ou afetado.* Muriel o havia acolhido e aberto as portas (naquela casa havia umas tantas pessoas que se apresentavam sem se anunciar ou avisando em cima da hora, não era raro encontrá-las por ali, faziam parte do cenário, e além do mais existia liberdade para lhes adiar a entrada ou despedi-las pura e simplesmente quando eram inoportunas) em grande medida por simpatia e em menor por condescendência e pena: Roy devia ter uma vida tão vazia e era tão entusiasta que o *maestro* lhe permitia enchê-la um pouco com as sobras da sua, recolhidas por Roy com avareza. Para ele

---

* *Maestro* designa tanto maestro (regente) como mestre (professor).

era um acontecimento cada visita que nos fazia (digo "nos" porque eu sim acabei sendo parte da paisagem, me cabia frequentemente abrir a porta e portanto permitir ou negar o ingresso aos que chegavam), ainda mais quando encontrava algum diretor, ator ou atriz semicélebres, era mitômano. Sentava-se à parte, sem intervir nas conversas, fazia-se discreto, invisível, um vulto, algumas pessoas achavam que era uma espécie de homem de confiança silencioso e literalmente na sombra, que tinha de ser testemunha de certas reuniões e encontros, nem sempre o próprio Muriel o apresentava a todo mundo. Desfrutava cada momento, cada contato passageiro com quem quer que fosse (até comigo), sobretudo com alguém famoso, e uma vez ficou petrificado e sem fala (mas depois começou a tremer) quando se encontrou na sala com Jack Palance, o malvado de *Os brutos também amam* e de tantos filmes inesquecíveis, com o qual Muriel havia feito amizade quando Palance rodou uma adaptação demencial da *Justine* de Sade na Espanha, sempre sob a batuta (é um modo de dizer) dos prolíficos e desaforados Frank e Towers, assim como *O ouro maldito de Las Vegas* de Isasi-Isasmendi. Palance havia estudado um pouco em Stanford, gravado um disco de canções country, pintava, escrevia poemas, possuía mais inquietudes artísticas do que se intuiria vendo-o como Átila, um gladiador cruel ou um assassino impetuoso ou frio; considerava Muriel um intelectual e era esse aspecto dele que mais respeitava e mais o interessava. Quando Roy entrou, se levantou, era um cavalheiro, e, como Roy era de baixa estatura e ele altíssimo, teve de se inclinar muito para lhe apertar a mão, quase pareceu que lhe fazia uma reverência. Perdeu um pouco o equilíbrio e para recuperá-lo apoiou a outra manzorra no ombro do homenzinho. Não conseguindo isso de imediato, não teve mais remédio que transformar o gesto num abraço desajeitado, mas, talvez temendo esmagá-lo sob seu peso, se refez com agilidade e o levantou no ar como se fosse um boneco. Durante um par de segundos se ofereceu à nossa vista aquela imagem que Muriel e eu recordaríamos: Roy nos braços de Jack Palance, com os pés longe do chão e a cara contra o seu peito. Palance soltou uma gargalhada e o devolveu à terra com garbo, como se depositasse uma bailarina que houvesse segurado no alto. "Sinto muito, foi culpa minha", ele disse, "eu devia poder diminuir de tamanho quando estou no Sul da Europa." E tornou a rir mostrando seus dentes miúdos. Roy não entendeu, só conseguiu balbuciar num suposto inglês algo que terminava em *"meet you"*, alisou o paletó e os cabelos e foi para seu canto observá-lo com avidez, se não com enlevo, sem ousar pronunciar mais uma palavra em todo o tempo que permaneceu ali apagado, trêmulo de emoção e como se fosse um espectador no escuro de um cinema. Tenho certeza de que aquela noite redigiu uma longa anotação (como tantos infelizes e solitários, mantinha um diário) na qual, além de consignar o pouco que terá entendido da conversa em inglês, provavelmente escreveria com pontos de exclamação alguma puerilidade do seguinte estilo: "Essa mesma mão que ora empunha a pena apertou hoje a de Jack Palance! Até me levantou nos braços, o grande pistoleiro!". Do ator, por sinal, encontrei em fins dos anos 90 um livro intitulado *The Forest of Love: A Love Story in Blank Verse*, também ilustrado por ele. Assim como seu disco de country tem canções bonitas, e a voz é original e agradável (e uma das letras começa dizendo com notável humor: "Sou o cara mais mau que já existiu, cuspo quando outros choram"), em memória daquela tarde e por admiração incondicional ao ator e também por mitomania, de seu verso livre não me atrevo a dizer nada.

Assim, pois, para Alberto Augusto Roy era um prazer e uma honra estar disponível para a mulher do *maestro*, e ela recorria a ele, imagino, quando não tinha outra companhia mais lúcida ou amena. Roy era baixote, como já disse (ficava a uma distância gritante de Beatriz quando ela calçava salto alto, e isso acontecia na maioria das vezes), porém não era fracote, mas robusto, bem--proporcionado em seu tamanho, e suas feições eram agradáveis caso se fizesse abstração dos grandes óculos com armação de tartaruga clara que diminuíam seus olhos esverdeados, tapavam e uniformizavam seu rosto, um míope considerável; também lhe davam um ar levemente professoral que não conseguia combinar com sua tez muito morena, da mesma cor de seus lábios grossos, meio mouros, como se ambas as coisas, tez e lábios, formassem um *continuum* de tonalidades e tivessem ficado expostas por igual a um sol perpétuo e poderoso desde o nascimento. De tempos em tempos — arroubos de coquetismo errados — deixava crescer bastante o cabelo, e então o engomava para trás e fazia ou lhe saíam uns cachos impudicos sob a nuca; perdia o ar professoral só por isso e adquiria um ar metade de aspirante a almofadinha antiquado e gordurento, metade de raro cantor de flamenco de cangalhas. Até que Muriel lhe dava um toque, agitando o dedo médio com o qual lhe assinalava o lugar, como se fosse o cano de um revólver: "Alberto Augusto, voltou a crescer essa escarola que te deixa parecido com um gângster meridional de pouca monta ou um ex-franquista saudoso. Sabe lá o que vão pensar de mim se nos virem juntos". Roy levava a mão ao cangote, alarmado; acariciava os cachinhos como se se despedindo deles e logo ia ao cabeleireiro cortá-los e desengomar o cabelo. Qualquer coisa, menos Muriel reprová-lo em algo.

Parecia estar sempre contente, ou era dessas pessoas que, precisamente por terem uma vida vazia, encontram com facilidade motivos para se iludir diariamente, quero dizer que passam de um dia ao outro com leveza, apoiados em pequenas promessas, modestas, que elas transformam em expectativas enormes (no fundo, pensando bem, é o que todos nós fazemos, vida com ou sem demandas), da estreia de um bom filme — em seu caso — a um jantar com um amigo célebre numa data próxima ou — em seu caso — com um primo malaguenho que vinha todo mês ou todo mês e meio, Baringo Roy seu sobrenome e também como estranhamente ele o chamava, a quem admirava por sua agitada atividade sexual e suas proezas nesse campo, às vezes ele as contava para nós (Rico lhe soltava a língua com malícia) e todas soavam como invencionices, mas ele acreditava piamente nelas — não ia renunciar a um estímulo, muito menos a uma fantasia — e se assombrava, e com deleite se escandalizava. E, claro, era vital que frequentasse o círculo de Muriel, para dar a isso um nome, e embora não fosse em absoluto constituído como tal, mas como casual amálgama. Muriel tinha algo de muito bom, generoso e facilitador: não se opunha nem impedia que as pessoas a seu redor fizessem amizade entre si ou estabelecessem vínculos à margem dele. Não era afetado pelo senso de propriedade nem de precedência, nem receava o que se preparava fora de sua vigilância. Ao contrário de outros indivíduos aglutinadores que querem controlar e supervisionar os contatos dos achegados que se conheceram por seu intermédio e se manter a par de qualquer aliança ou aproximação ou encontro que se produza entre eles, ele os deixava agir com liberdade e até se mostrava satisfeito com a simpatia entre uns e outros e que desenvolvessem suas próprias relações. E, em consonância com isso, tampouco punha nenhum reparo a que cada um tivesse com Beatriz a relação que preferisse e a que ela se prestasse; ao contrário, abençoava todas essas relações, segundo creio, e é certo que isso o aliviava. Assim, apesar de serem tão diferentes e até opostos, Rico e Roy, por exemplo, professavam-se simpatia, divertiam-se mutuamente, compartiam e se faziam gozações, o mesmo se dava para cada um deles com os demais assíduos da casa, em maior ou menor grau e salvo exceção sempre de regra.

Isso me incluía, assim como ao dr. Van Vechten e àquelas duas amigas principais de Beatriz que me deixavam nervoso, mas ao resto nem tanto ou de modo nenhum. Até desconfiei de alguma promiscuidade — real ou só hipotética ou só iminente — entre uma ou outra e alguns de nossos visitantes habituais, talvez não nas costas de Beatriz (me pareciam que as três se contavam tudo, em demasia), mas nas de Muriel sim, é provável, o qual dava a impressão inicial de não ficar sabendo de nada, mais por opção do que por incapacidade ou despiste, como se houvesse decidido há tempos que para ele fossem na verdade alheios os imbróglios alheios e as paixões alheias que os causavam, as paixonites e as desconfianças e as suscetibilidades; como se houvesse resolvido que já eram bastantes as suas passadas, que nem sempre desaparecem quando cessam, mas se acumulam e garantem seu peso pelo resto da vida.

Uma dessas duas amigas era, além disso, concunhada, viúva de um irmão mais velho de Muriel, que tinha morrido oito anos antes num desastre de automóvel perto de Ávila, em pleno inverno nevado e em circunstâncias para ela não muito lisonjeiras: encontraram-se dois cadáveres, o dele e de uma francesa bonita, loura e mais moça, que ninguém da família sabia quem era, ou assim disseram todos os membros, inclusive Muriel. Não parecia uma profissional, em todo caso, pela roupa de qualidade que vestia (a não ser que fosse de altíssimo *standing* e de gosto educado) e que mal a cobria: estava desabotoado o casaco do elegante tailleur — à vista, um sutiã insuficiente — e a saia na altura do umbigo, apesar da baixa temperatura; isso podia ter sido efeito da batida contra um caminhão que vinha em sentido contrário, que o casal invadiu numa ultrapassagem imprudente e atabalhoada, mas era casualidade demais o homem estar, por sua vez, com a calça aberta — a braguilha e também os botões. Foi inevitável pensar que aquelas trabalhosas operações de desabotoamento tenham sido a causa principal do choque, sobretudo se cada um tinha se encarregado da abotoadura do outro, isso forçosamente distrai da estrada e pode criar a ilusão — a perspectiva do gozo — de se sentir invulnerável. Tudo isso foi Muriel que me contou mais tarde, num dia de bate-papo — sem prevenção e com liberalidade ele ia me soltando informações dispersas sobre a sua vida, como quem não quer nada nem dá muita importância à coisa, mas em compensação se fazia reservado e em guarda quando lhe perguntava algo concreto, como aquela vez com seu tapa-olho —, para me explicar a birra que sua cunhada Gloria tinha por ele.

Ela não tinha ficado quieta durante seu luto; havia levado a cabo suas pesquisas, decerto com o concurso de um detetive ocioso, e descobriu que a francesa havia feito alguns papeizinhos em filmes do seu país, em 99 *mulheres* dos onipresentes Franco e Towers (deve ter havido muita condescendência para reunir tantas, se é que o conteúdo se adequava ao título) e em westerns spaghetti rodados na Espanha, e que tinha se submetido a testes para obter um papel mais substancial num projeto de Muriel. E embora tivesse sido rejeitada, Gloria deu de suspeitar que seu cunhado sabia quem ela era, ao contrário do que tinha dito, e não só isso, mas que provavelmente a tinha apresentado ao irmão, ou pouco menos que oferecido ou talvez passado adiante. Ou que, no mais leve dos casos, o teria avisado do lugar e da hora em que se efetuava a seleção de atraentes jovens coadjuvantes, para que desse uma olhada nas candidatas e depois se arranjasse com elas. Muriel jurava não se lembrar dessa francesa ("Como vou reter o rosto dos que se candidatam a um trabalho e são descartados?") nem tampouco se, por acaso, seu irmão Roberto tinha ido vê-lo no estúdio no dia daqueles testes e lá tinha encontrado a pobre defunta decotada. A questão era que Gloria o culpava em medida desmedida das duas desgraças (e não estava muito claro qual lamentava mais nem qual a torturava mais): da infidelidade do marido — passageira ou definitiva, impossível saber — e portanto do desastre e da perda. "Você e seus filmes e suas atrizes", havia lhe lançado na cara em mais de uma ocasião. "Roberto morria de inveja e assim, literalmente, morreu, ainda por cima como um pobre coitado." Muriel não costumava lhe responder, a fim de não arrumar sarna para se coçar, apesar da irritação que lhe causava. No fundo agradecia que Gloria se abstivesse de expressar, pelo menos diante dele, o ridículo que não poucas noites devia atormentá-la, por acréscimo: por trás de sua inegável mundanidade, era uma mulher de convicções religiosas elementares, como tantas senhoras elegantes e frívolas e bastante cultas, na Espanha você tem essas surpresas inclusive agora; não exibia isso; tinha consciência de que isso pertencia ao âmbito mais privado, mas não há dúvidas de que também pensava com horror que Roberto tinha morrido em pecado mortal ou quase, além de como um pobre coitado. Muriel estava convencido de que ela se perguntava muitas vezes até onde tinha chegado o casal do carro antes de se estatelar, e devia reconfortá-la um pouco a ideia de que ele não podia ter ejaculado ao volante, de que não tivera tempo para tal. Isso Muriel imaginava com um breve riso amargo. Ou é que alguém tinha lhe falado das insônias da sua cunhada, casuístico-espirituais.

Havia porém algo mais que aumentava aquela birra: na atitude dele em relação a Beatriz — quem sabia desde quando: "Eu não te cansei, e não é que tenhamos nos enlanguescido propriamente" —, Gloria via, sem dúvida, uma prolongação ou repetição ou variante da que seu marido talvez tenha dispensado a ela nos últimos tempos da sua existência. Isso a levava a sentir, ou antes a manifestar, uma solidariedade aparatosa e deleitosa em relação a sua concunhada e amiga, talvez mais da boca para fora do que sincera, pois Beatriz, como eu disse, por seu aspecto demasiado curvilíneo e viçoso, quase não suscitava solidariedade entre as do seu sexo nem compaixão entre os do oposto; a considerar cada desplante ou repúdio de Muriel — dos que com toda certeza era logo informada —, ou cada devaneio seu que transpirasse ou se propalasse, como uma ofensa pessoal e uma traição a ela mesma; e até a verificar a maldade genética daqueles dois irmãos, ou a crueldade pelo menos. Assim Muriel interpretava, e o certo é que, quando eu ouvia pedaços de conversas entre as duas mulheres (ou as três, se estava presente a outra amiga insigne, Marcela), enquanto meu chefe se achava fora e eu trabalhava em suas listas cronológicas de autores, procurando e completando datas de nascimento e de morte, ou na tradução para o inglês de um roteiro ou de uma sinopse, ou pesquisando dados para ele, ou no que quer que fosse, o que chegava a mim eram vozes e frases hostis e incitadoras, que só podiam contribuir para que o sangue de Beatriz fervesse, tais quais "Não sei como você lhe permite tanto", "Ele faz isso de zombaria, para te humilhar e te deixar arrasada", "Não entendo como não quebrou a cara dele nesse instante" ou "Ameace-o a sério com o divórcio, que vai sair um ano destes, já estão demorando para aprová-lo". Eu me lembro que uma vez ouvi a resposta de Beatriz a essa última, e para ouvir melhor, curioso, ergui a vista do que me ocupava. Eu estava na minha área, a de Muriel, e elas na de Beatriz, portas abertas como se eu não existisse ou não constasse, o som da minha máquina garantia minha desatenção, suponho. Às vezes, eu me sentia como um criado antigo, dos que assistiam a tudo e se calavam enquanto acontecia, equiparados a verdadeiras estátuas na confiada imaginação de seus amos, que mais tarde tinham surpresas fatais ao descobrir a língua dessas estátuas.

"Sim, está para sair desde 1977, mas não sai, com esses seus padrecos e esses seus políticos empenhados em que continue proibido. E, além do mais, não sei que ameaça seria essa, pois ele o deve estar desejando. Já posso ir me prepararando, enquanto não é aprovado, para ficar com as crianças e perdê-lo para sempre. É o que pode acontecer. E aí, sim, não haverá mais esperança."

Era difícil, contudo, que Beatriz se sublevasse ou que seu sangue fervesse. Sempre parecia mais triste do que enfurecida, mais aflita do que indignada, pelo menos quando estava com ele, também quando era ele o tema das suas conversas. Tinha calma e tinha resistência, não tanto porque aspirasse que sua paciência mudasse o comportamento de Muriel quanto porque estivesse segura de que o contrário o agravaria. Já que gritar, se enraivecer, se rebelar, devolver-lhe os insultos e armar bafafás o carregaria de razão e o levaria a aumentar sua sanha, e conseguiria que nem sequer coubesse nele um momentâneo tom suave, quase de lamentação, pesaroso, nem palavras como as que lhe surgiram quando o empregou diante dos meus ouvidos: "Isso eu te permito". Não sei, era como se Beatriz gostasse tanto de Muriel e se sentisse tão em dívida antiga, que lhe custava enfrentá-lo e também acabar com ele pelas costas, ela se desafogava contando e se queixando, não precisava soltar veneno nem se deixar tomar pela raiva. Assim, quando não estava em sua companhia nem falava dele, Beatriz não ficava quieta como uma vítima lamentosa. Logo levava sua vida independente e à parte, como se não desse importância a seu marido ou houvesse renunciado formalmente a ele.

"Não é bem assim", respondeu Gloria, "lhe custaria os olhos da cara e ele pensaria dez vezes antes de pedi-lo. Não sabemos como será a lei, mas com certeza o cônjuge com menos dinheiro será beneficiado. Ainda mais se os filhos ficam com a mulher." Dava por certo que todas as mulheres ganhavam menos e que os filhos ficariam com elas, era assim na maioria dos casos por volta de 1980, como é também agora com exceções, pouco mudou. — "Ele não tem nenhuma relação estável, pelo que sabemos. Nenhuma mulher que o pressione a se casar com ela. E além do mais você o vê se casando de novo? Eu não, esse homem não aguentaria ninguém novo por perto, e uma esposa recente é sempre ciumenta e pegajosa, ele não ia suportar alguém o cobrando de suas andanças e insistindo em participar das suas viagens. No fundo, está bem assim, por mais desprezo que ele tenha por você e por mais que não consiga nem te ver. Ameace-o com o divórcio que vai sair e verá como ele se assusta. Verá como ele se modera e mete suas impertinências no saco, pelo menos as mais brutais, às vezes me custa acreditar que ele te diga o que te diz, mas claro, você não vai inventar isso. E tem mais, espero que, quando chegar a lei, cumpra a ameaça. Você não tem por que sofrer isso tudo, está muito além do tolerável por qualquer pessoa. E não te faltará quem te abrigue."

Notei certa má intenção nesse último verbo, "abrigar", como se Beatriz, ao se divorciar, fosse cair irremediavelmente no vazio ou nas intempéries e necessitasse de outro homem para lhe amortecer o nada ou o frio. Mas Beatriz deixou passar de boca fechada, devia estar acostumada às sorridentes mordiscadas das suas amigas.

"Não sei como você me aconselha a que me divorcie, além do mais com toda pressa, assim que aprovarem. Você, tão católica de coração."

"Sim, sou católica de coração, mas vamos e venhamos", respondeu Gloria, "de pele nem tanto, você sabe. E também não é o caso de se deixar levar no bico. Não são apenas os agnósticos e os ateus que vão aproveitá-lo. Você acha que não recorrerão a ele muitos dos que agora se opõem? Estes o combatem porque lhes cabe, mas todos sabemos que Deus é interpretável e que entende a todos nós se nos explicamos devidamente e lhe apresentamos boas razões. Cada qual se acertará com ele, não tenha dúvida. Afinal de contas é o que fazemos a vida toda: pactos e composições, regateios e compensações. Deus está farto de admiti-los, pelo menos com os que conhece bem."

"Assim, como se fosse um quitandeiro louco para vender sua mercadoria", disse Beatriz, e riu um pouco. "Não me diga que você teria se divorciado de Roberto, porque não acredito."

"Bom, bom. Por desgraça não precisei pensar nisso, quisera eu ele estivesse vivo. Mas sim, com certeza. Se houvesse continuado do mesmo jeito que nos últimos tempos, eu teria me sentido autorizada. A culpa teria sido dele, não minha. E também a iniciativa, e isso é da maior importância. Embora tivesse sido eu a iniciar os trâmites legais, ele teria começado. Não que eu não tivesse dado a ele nenhuma oportunidade, viu? Mas olhe: só com a história de Ávila podia ter bastado, se a coisa tivesse sido séria. Isso nunca vou saber, é uma maldição, você nem imagina. Não ter ideia se a morte de seu marido foi por um amor desses do mal, desses que te substituem, ou por uma aventura tresloucada e sem importância. Pode ser que não tornasse a vê-la. Que nem voltasse a se lembrar dela. Que chatice." Assim costumava se referir à morte de seu marido e às circunstâncias que a envolviam, tudo englobado na "história de Ávila". E acrescentou: "Como a culpa é de Eduardo, no seu caso, e não sua. Sua história veio depois, você não ia ficar de braços cruzados para sempre".

Fez-se um longo silêncio, como se Beatriz estivesse pensando ou hesitando. Eu estava sem bater à máquina havia um instante, temi que reparassem nisso e se calassem por prudência, imaginando que sem meu ruído suas vozes me chegariam nítidas. Datilografei um pouco para lhes infundir confiança, ainda que a nível subconsciente, como ainda se dizia então. Deviam ter se esquecido de que eu estava em casa, tanto fazia.

"É curioso", disse por fim Beatriz Noguera. "É curioso que, para mim que não sou crente, o vínculo seja mais forte do que para você, que é, à sua maneira relativa e pouco rígida, que bom para você. Eu não poderia me divorciar, nem mesmo me separar por iniciativa própria, atribuir a origem de tudo a ele não me adiantaria, porque eu é que daria os passos e poria em marcha. Outra coisa seria que Eduardo o fizesse, que remédio, caberia a mim aguentar. Mas para mim dá na mesma o que ele me faz ou me deixe de fazer, o que me diz e que me evite, notar que a minha simples imagem o irrita quando não o enche de desespero e de cólera, porque houve um tempo em que as coisas não foram assim, e enquanto eu guardar essa lembrança conservarei também a esperança de que voltem a ser como foram, e aliás foram estáveis. Bom, não me dá na mesma, é evidente, passo muito mal com isso e me sinto cada vez mais desanimada, todas as noites vou para a minha cama angustiada e mal durmo; mas nem por isso vou deixá-lo. A gente não apaga a memória a seu gosto e, enquanto a tem, a pessoa com quem compartilhou as boas épocas continua sendo a mais próxima delas, a que as encarna. Ela é sua representação e seu testemunho, não sei se me entende, e a única capaz de trazê-las de volta, a única com possibilidade de devolvê-las a mim. Eu não quereria uma vida nova com outro homem. Quero a que tive durante muitos anos com o mesmo homem. Não quero me esquecer nem superá-lo, nem refazer nada, como se diz, mas continuar no mesmo, a prolongação do que houve. Nunca estive insatisfeita, nunca necessitei de mudanças, nunca fui das que se aborrecem e requerem movimento, variedade, brigas e reconciliações, euforias e sobressaltos. Eu podia ter permanecido eternamente no que tinha. Tem gente contente e conformada, que só aspira a que cada dia seja igual ao anterior e ao próximo. Eu era dessas. Até que tudo desandou. Se eu me afastasse dele, se saísse de casa ou o pusesse na rua, renunciaria na verdade ao que quero, e essa seria minha condenação definitiva. Seria o ponto final."

"Mas esse homem não existe mais, Beatriz, você está cansada de saber. É um absurdo você sofrer assim todos os dias e sem fim, confiando no regresso de quem nunca vai voltar. Por que haveria de fazê-lo? De quem desapareceu, está morto, tão morto quanto meu marido, embora ande por aí tão tranquilo e podemos ver e ouvir. O homem que hoje vive com você é um fantasma, um usurpador, um ladrão de corpos como os daquele filme. Pelo menos com relação a você ele o é. Pode ser que sobreviva com outros, mas isso não te diz respeito nem te consola, no máximo ressalta que desertou de você, como se só para você ele houvesse decidido morrer ou se matar e, pior ainda, talvez não para os outros. Que sentido tem continuar ao lado dele. É como viver com o avesso daquele, com seu contrário. Como se diz isso, com seu dublê. Longe do que você diz, não imagino maior suplício".

Gloria não utilizou essas palavras, claro, mas é assim que me lembro agora, ao fim de tanto tempo, do sentido do que disse.

Beatriz ficou outra vez calada, como se meditasse de verdade sobre o que sua amiga lhe havia exposto. Costumava ouvir bem, ela, ao contrário da maioria, que costuma guardar um silêncio impaciente por mera civilidade (os que conseguem guardá-lo) enquanto seus interlocutores falam, à espera somente de soltar sua parte. Ela não, ela prestava atenção e se concentrava, refletia sobre o que ouvia. Depois respondia ou não respondia.

"Sim, tem razão, é como você diz; no superficial, em aparência", respondeu ao cabo de alguns segundos. "Mas, justamente pelo que disse, você deve levar em conta o seguinte: o mais parecido com o homem que segundo você já morreu continua sendo ele, ou seu usurpador, ou seu fantasma. Ao contrário do que aconteceu com Roberto, que já não pode se lembrar de nada, a memória daquele homem protetor, afetuoso e alegre há de estar naquele que se mostra odioso comigo faz anos. Nesse que entra e sai, nesse que se levanta e se deita nesta casa quando não está viajando ou em interminável farra, sabe-se lá. No que me lança grosserias e não suporta nem que eu encoste nele, e portanto nunca se deita na minha cama nem consente que eu o visite na dele. Dá na mesma. Se aquele homem de que tenho tanta saudade está em algum lugar, é dentro dele, e não em algum outro. O que não tem sentido é que me afaste dele, embora ele seja apenas sua própria sombra. Que me importam os outros. Prefiro a palidez desse morto à cor do mundo inteiro. Prefiro permanecer e morrer em sua palidez a viver à luz de todos os vivos."

Claro, ela também não empregou essas palavras, mas foi esse, sem sombra de dúvidas, o sentido do que disse, enquanto eu mantinha o pescoço erguido como um animal que escuta, a vista levantada do meu trabalho.

IV.

Eu não seguia Beatriz Noguera quando ela saía com essas pessoas do seu círculo, nem tampouco, como é natural, quando pegava a moto de Muriel e nela se mandava sabe-se lá para onde, uma vez comentou que simplesmente gostava de deixar Madri para trás e acreditar (foi o que disse, "acreditar", como se fosse consciente da ilusão) que podia ir a qualquer lugar que quisesse, e sentir o vento forte no rosto pelas estradas flanqueadas de árvores, secundárias e com pouco movimento. Duas vezes disse que estivera em El Escorial (a uns cinquenta quilômetros), e sei que um ou outro domingo ia ao Hipódromo com seu binóculo no bolso (apenas oito quilômetros) e ali passava a tarde, vendo as seis corridas ou pelo menos as quatro principais. Eu estranhava que não levasse companhia a um recinto tão social, ou talvez a encontrasse naquelas velhas tribunas de 1941, devidas ao engenheiro Eduardo Torroja e declaradas naquelas datas tardias Monumento Histórico Artístico: num par de ocasiões contou histórias do filósofo Savater, grande aficionado, que ela conhecia e que lhe dava conselhos para suas parcas apostas, ao que parece bastante acertados, era um entendido, ajudava-a a voltar para casa contente com seus modestos ganhos. Pelo visto, ele não perdia um domingo de corridas, quando não estava de viagem, ia com seu filho muito novo e um irmão. Ou podia ser que ela pegasse no caminho um acompanhante — outro motoqueiro, por exemplo — e que fossem juntos até La Zarzuela sem que eu pudesse ver de quem se tratava. Com frequência eu adiantava o trabalho no apartamento de Muriel aos domingos, sua biblioteca era uma mina para a gente se instruir sobre qualquer época e assunto que um roteiro ou um vago projeto em gestação exigissem; acabei entrando e saindo de lá quando achava oportuno, quase como se fosse mais um morador da casa (de fato, me deram a chave); mas carecia de meios para seguir uma Harley-Davidson.

Muriel havia comprado uma delas havia poucos anos, modelo Electra Glide clássica ou ultraclássica, não sei, me disse ele todo prosa da primeira vez que me mostrou: "Olhe que portento". O filme *Easy Rider* já estava um pouco distante, mas outra novidade posterior o havia divertido, muito menos famosa, *Electra Glide in Blue*, a azul era a que usavam os policiais de tráfego americanos, com a qual faziam barbaridades no dito filme, creio. Ele, por certo, via cinema bom, regular e ruim, e de tudo tirava ensinamentos: "O bom incita a emulá-lo, mas coíbe; o ruim dá boas ideias e desfaçatez para pô-las em prática". Pareceu-me tão enlouquecido ao dirigir a sua moto (talvez não fosse o mais indicado para um indivíduo com um olho só), que, depois de um dia em que me levou de passeio pela cidade a toda, decidi nunca mais repetir a experiência. Não a utilizava muito, contudo, passada a febre da novidade e o capricho, era Beatriz que mais fazia uso dela, mas tampouco em excesso, só para suas excursões esporádicas e inicialmente solitárias, me era impossível saber se em El Escorial ou em outros lugares se reunia com alguém, assim como seu cunhado Roberto tinha ido morrer perto de Ávila com uma desconhecida para todo mundo. (Nunca se tem ciência certa de com quem alguém vai ou vai morrer.) Enfiava uns jeans e punha o capacete, tirava a Harley da garagem e da sacada eu a via se afastar a toda velocidade, sua figura grande parecia mais miúda no lombo daquela enorme cavalgadura que a mim se mostrava coalhada de canos, e ao mesmo tempo mais segura de si e menos frágil, eu pensava que aquela imagem seria atraente para qualquer homem e que ela estaria a par disso — uma mulher corpulenta montada em algo potente é todo um clássico erótico, e de fato via cabeças se virarem na rua desde que montava —, mas Muriel não estava ali para contemplá-la.

Assim, me deu de segui-la quando saía por conta própria e a pé em algumas tardes em que não dava aulas particulares em domicílio, teoricamente. Eu a ouvia se arrumar, da minha área, cantarolando sem se dar conta de que assim fazia, uma coisa chamativa, pois costumava estar séria, se não triste, quando se encontrava a sós, e minha presença lhe foi quase invisível por bastante tempo — olhava para mim com simpatia e era amável comigo, mas no geral quase não reparava em mim —, até que deixou de sê-lo. Quando já ouvia o ruído de seus saltos mais finos pela casa (a última peça que punha, e cada sapato soa diferente, para o ouvido atento), eu sabia que estava a ponto de sair. Eu esperava um minuto depois de a porta fechar e descia atrás com cautela, conseguia divisá-la não muito distante da entrada e dava início a minha perseguição, sua estampa era alta e vistosa o bastante para que não escapasse a meus olhos entre os transeuntes. Parava de vez em quando para olhar uma vitrine ou num sinal vermelho, ou pouco mais, andava decidida e a bom passo, até com garbo apesar da sua elevada estatura, durante aqueles passeios comprovei que sabia calçar saltos de mais de sete centímetros sem titubear nem tropeçar e sem que as pernas desviassem, bem aprumada e bem reta; também pude contemplar à saciedade o vaivém da saia, um vaivém já pouco frequente hoje em dia, a maioria das mulheres esqueceu como se caminha com graça, que não é a mesma coisa que rebolando, ou não necessariamente. Toda a sua carne era tão abundante e firme, de costas — que é como se apresenta alguém que se vai seguindo com insistência —, que nenhum tecido a dissimulava ou apaziguava totalmente, você tinha a sensação de estar apreciando não apenas as vigorosas panturrilhas descobertas, mas também coxas e nádegas salientes, embora estivessem cobertas. Muriel a considerava gorda por isso. Ou talvez apenas a chamava assim.

Da primeira vez que a segui foi a um lugar estranho na Calle de Serrano, no começo da sua parte alta com palacetes antigos e pouquíssimo comércio, e a vi desaparecer pelo portão de um deles. Quando me aproximei, depois de três minutos de precaução, descobri que não era uma casa particular de ricaços, mas uma espécie de santuário chamado Nossa Senhora de Darmstadt, assim se lia no letreiro formado com azulejos. Avancei, ainda da rua vi um pequeno pátio bem cuidado e breves escadas duplas pelas quais se subia a um jardim elevado e amplo e a uns edifícios baixos — dois andares — de aspecto acolhedor, com janelas quadriculadas por listões de madeira laqueada de branco, como se fossem janelas estrangeiras setentrionais; tanto o jardim como os edifícios se distinguiam de baixo; tudo exalava certo ar de colégio fino, mas não se ouvia nenhuma voz, nenhum ruído. No patiozinho de entrada, à direita, via-se uma edícula em que se anunciava "Informação", aquele era um lugar aberto ao público; à esquerda havia outra guarita gêmea, com um cartaz em que se lia "Sala Padre Gustavo Hörbiger", também em azulejos brancos com letras azuis, tal como a etiqueta central indicadora, "Vinde e vereis", não sei por que as religiões têm o mal-educado costume de tutear todo mundo, inclusive os desconhecidos. Apesar de ser livre o acesso, a princípio não me atrevi a adentrar, ela poderia me ver de onde quer que tivesse se enfiado. Não havia movimento nem atividade, não parecia haver alguém, o local de informações verifiquei que estava vazio, não havia ali quem as proporcionasse, pelo menos não naquele instante. Eu me aborrecia na calçada, de modo que resolvi me arriscar e entrei devagar, com algo semelhante ao sigilo, embora fosse visível de qualquer ponto, tudo aquilo estava descoberto. Ninguém saiu no meu encalço, então entrei e subi as escadas breves e dei uma olhada no jardim bem cuidado, no fundo do qual havia uma feia capela de cor densa com telhado de ardósia exageradamente bicudo e uma única e diminuta vidraça na fachada, muito alta, já próxima do sucinto campanário, pouca luz devia entrar ali, a construção tinha algo de bunker e, ao mesmo tempo, um pouco de conto de fadas, um pouco alemã, como os nomes daquela Virgem — Darmstadt fica no estado de Hesse, perto de Frankfurt e não longe de Heidelberg — e daquele "padre" de que haviam hispanizado o de batismo. A capela estava fechada, e bem fechada, na porta havia uma folha, protegida por um vidro, que dizia: "Santuário Cidade de Madri Nossa Senhora de Darmstadt. Aberto todos os dias das oito da manhã às dez da noite", o que de saída era falso, deviam ser umas cinco da tarde. Em seguida, figurava um horário de "Eucaristias", e depois se anunciava não lembro que missa especial de "renovação de alianças", que tinha lugar "no dia 18 de cada mês" às oito e meia da noite, com a lua já no céu ou se aproximando, dependendo da estação. "Algo portentoso deve ter acontecido com essa gente no dia 18 de algum mês de algum ano", pensei inutilmente. "Vai ver que a Virgem apareceu em massa a todos os habitantes de Darmstadt, sem exceção." O que me pareceu mais estranho foi que no jardim, além de vasos com plantas e canteiros com flores, à sombra das várias árvores altas havia bancos para sentar e também mesinhas redondas e cadeiras com braços, todas elas brancas, umas tantas colocadas e outras empilhadas como quando fecham os terraços dos cafés, como se ali se pudesse servir bebidas ou lanches ou aperitivos ou se realizassem reuniões festivas. "Talvez para quando há batizados e casamentos no bunker", tornei a pensar ociosamente.

Não sei muito bem por que — talvez porque as paredes dos edifícios baixos eram adornadas com hera e se via o gramado impecável —, o ambiente do lugar me lembrou vagamente o da casa em que esteve e não esteve Cary Grant sequestrado uma tarde em *Intriga internacional*, e ao mesmo tempo, por serem muito diferentes e de países distintos — mas os autores com estilo deixam em tudo sua marca e unificam o divergente —, ao da área pela qual se aventurava James Stewart em Londres procurando um tal de Ambrose Chappell em *O homem que sabia demais*, eu acabava de ver ambos num ciclo Hitchcock da Filmoteca, a que Muriel tinha me arrastado sem esforço, dizia que tinha de assistir sem cessar aos filmes dele porque toda vez se descobria e se aprendia algo de novo, despercebido nas anteriores. Tive a momentânea sensação de que poderiam aparecer no jardim o refinado James Mason e o execrável Martin Landau, ou sair do santuário um grupo de taxidermistas irados ou a atriz caolha Brenda Banzie, Muriel conhecia todos os atores coadjuvantes ("A gente nunca sabe se terá que utilizá-los") e me assinalava seus nomes e me ensinava a distingui-los. Ocorreu-me que, tal como Brenda, a caolha no filme, que se escondia na Ambrose Chapel ou Capela de Santo Ambrósio — e daí a confusão com o taxidermista Chappell —, Beatriz podia ter se introduzido no santuário assim que entrou e passado o ferrolho por dentro. De maneira que, com todo cuidado, ousei me aproximar por uma lateral, na qual havia uma vidraça bem maior e mais baixa do que a da fachada, e espiar o interior tanto quanto possível, tratando que dele não se visse a minha silhueta. Mas não havia ninguém, o lugar estava deserto e na verdade era bastante escuro e despojado, demais para um templo meridional católico, o alemão prevalecia.

A curiosidade me incitava além da conta, e ela nos faz perder a cautela. Mais ainda quando a gente se acostuma a observar cenas e a ouvir conversas sem ser percebido, e é isso que acaba fazendo aquele que vive ou trabalha na casa alheia. Por sinal, é difícil detectá-lo, ele sempre tem a desculpa do acaso, do sem querer, da coincidência, ele anda por aí e os outros se esquecem de que por aí ele anda. Mas eu me dava conta também de que estava desenvolvendo de maneira ativa esse hábito e tomando gosto por ele, o hábito da espionagem e do voyeurismo, como preferir chamá-lo, o segundo não passa de um termo pretensioso para designar o primeiro. Alguma culpa Muriel tinha, eu dizia para meu desencargo nas escassas vezes que me pesava a consciência, muito de leve: em certo sentido, ele tinha me instado a exercer essa função, a ficar de olho no dr. Van Vechten e ver que efeito ele me produzia, e a guardar minhas impressões à espera de que ele as solicitasse; e já disse que naquela época levaria até o fim qualquer coisa que me pedisse, minha intenção era agradá-lo ao máximo. Eu tinha observado suas instruções plenamente até aquele momento: claro que havia topado com o dr. Van Vechten, como Muriel havia previsto, e tinha ficado de olho nele no mais estrito silêncio ("Não me importune por iniciativa própria, sim?", foi sua advertência), enquanto ele não me perguntasse nada, se simpatizara ou não com ele ou o que dele achava, ou então me mandasse apagar aquela conversa, "como se não a houvéssemos tido". Se ainda não falei de Jorge Van Vechten, quase tão assíduo da casa quanto Rico e Roy, Gloria e Marcela e algum outro é porque meu chefe ainda não tinha me indicado que caminho seguir, mas já, já falarei dele.

Não me explicava como Beatriz podia ter desaparecido tão depressa, como não existia rastro dela, nem de ninguém, na verdade. O santuário era um lugar evidentemente habitado, cuidado e venerado, mas naquele momento parecia abandonado até pela alma mais devota ou fanática de Nossa Senhora. "Deve ser coincidência, devem ter ido todos ao mesmo tempo realizar algum afazer ou tomar chá", pensei incoerentemente, como se estivesse na Inglaterra, enquanto passeava pelo jardim com despreocupação cada vez maior e me aproximava, na verdade me colava, aos edifícios baixos tentando ver algo pelas janelas do andar térreo que ficava à minha altura, assomando meio olho, por assim dizer. Não vi ninguém, e isso porque os circundei quase por inteiro, uma parede ficava protegida, não havia espaço, o recinto acabava nela desse lado. Assim, voltei a me afastar e me coloquei diante de uma lateral da capela para ter a perspectiva do andar superior, o segundo. De início também não vi ninguém, espichei o pescoço. Até que de repente um ombro se jogou para trás, se achegou a uma janela ou foi empurrado para ela, e apareceu portanto em meu campo visual por um instante. Espichei mais o pescoço, quis ser mais alto, me pus na ponta dos pés, desejei ter uma escada, olhei ao meu redor, no jardim não tinha nenhuma, considerei trepar numa cadeira ou numa mesinha, não ganharia muito e teria de transportá-las até onde me encontrava, hesitei, não me mexi, permaneci no meu lugar, talvez tenha me sentido paralisado.

Da primeira vez foi apenas um instante, o dorso foi visto e não visto, mas já acreditei reconhecer o de Beatriz naquele flash, não em vão eu a tinha contemplado um bom tempo durante minha perseguição. Mantive a vista fixa naquele ponto, naquele requadro, e não demorou para reaparecer aquele dorso, e de fato era como se a pessoa a quem pertencia fosse lançada contra o vidro com certa agressividade, leve violência. Se assim era, o que de modo algum eu conseguia ver era quem a jogava para trás, quem empurrava. Me alarmei, temi que alguém a estivesse maltratando, fazendo mal, ocorreu-me até a descabelada ideia de que tentavam defenestrá-la através dos listões brancos e do vidro, sempre podem ceder, sempre podem se quebrar em pedacinhos, um corpo atravessa vidros se for arrojado com força e se os vidros forem finos. "Uma árvore", pensei, "vou subir numa árvore", elas estavam ali, muito mais próximas do que as mesas e cadeiras. Eu era muito ágil na época, e isso estava a meu alcance, trepar pelo tronco, me agarrar num galho baixo e daí galgar até a copa, até o mais alto. Mas temia perder alguma coisa enquanto subia, me dei conta de que era incapaz de desviar o olhar um segundo, via as costas de Beatriz se chocarem seguidamente contra a janela, aderir a ela ao máximo e depois se afastar um pouco, agora não escapava mais do meu campo de visão, como se não lhe deixassem saída nem lhe permitissem avançar dois passos. "Talvez estejam batendo nela", pensei, "ou estejam lhe dando empurrões, e a cada um deles a atiram contra esse obstáculo, têm-na acuada, encurralada como um pugilista." Estive a ponto de gritar e me revelar com isso, também não sei se teriam me ouvido. Subir para ajudá-la era outra possibilidade, salvá-la do que fosse, mas ignorava por qual porta (havia várias) eu deveria me meter para chegar àquela peça e se estaria aberta.

Fui vítima de minha ingenuidade, para perdê-la são necessários muito mais anos do que eu tinha, se é que alguma vez nós, os espíritos mais confiantes, a perdemos de todo. Logo compreendi o que estava acontecendo: alguém — um homem — a estava comendo ou se esfregava nela e a apertava preparado para fazê-lo, de pé, sem prolegômenos, vestida, sem lhe tirar talvez nenhuma roupa, com celeridade ou talvez do jeito que dava, como se diz, e, é claro, dispunham de muito pouco tempo antes de os responsáveis pelo templo voltarem. Aproveitavam aquele momento em que sabiam que ficava deserto por algum motivo, por costume. Eu via as costas de Beatriz só da cintura para cima ou nem mesmo tanto, a parte superior do tórax e sua nuca oitocentista, seu cabelo preso aquele dia. O indivíduo que a apertava ou a acometia — não gosto desse verbo, mas pode ser o adequado — estava mais distante da janela, como é de se esperar, e além disso ela o tapava com sua compleição bem fornida, era um tanto larga de ombros, menos do que de cadeiras, por sorte. Ele me resultava invisível, um fantasma, nada dele aparecia, nem um fio de cabelo. E já não me sobrou nenhuma dúvida do que acontecia quando Beatriz se virou de repente — de maneira brusca: ou a viraram — e se inclinou para a frente, e me pareceu que suas mãos se apoiavam na parte inferior da moldura, ou não sei se o nome é alfeizar, ou se a agarravam. Em vez das suas costas e da sua nuca vi seu rosto, agora só seu rosto e o pescoço, e do seu corpo nada, e tive um enorme sobressalto: assim como eu a divisava de baixo, ela me divisaria de cima. Me escondi correndo atrás de uma árvore — dois pulos — e dali continuei a observar. A precaução foi supérflua, pelo menos em primeiríssima instância, porque Beatriz tinha os olhos fechados com força, não olhava para fora nem para lugar nenhum, estava absorta em si mesma, supus, e em suas sensações. Imaginei que o homem, ao virá-la, teria levantado sua saia — já não haveria vaivém, ou seria de outra classe — e tinha abaixado suas meias e a calcinha até metade da coxa para penetrá-la com a comodidade imprescindível, dado o relativo incômodo da posição vertical de ambos, sobretudo dele, ela teria se encurvado.

Tomou-me o pudor, apesar de eu me sentir bem seguro atrás da árvore, aparecia justo o necessário, meia pupila de novo. Já não era que me afligisse ser visto, mas que me pesavam na consciência tanto a espionagem como ver o que agora via: a cara de Beatriz durante o que me parecia um orgasmo, ou mais de um, ou sei lá eu, um pré-orgasmo, nunca soube diferenciá-los bem, as mulheres tendem à concatenação e não costumam ser nítidas, dizem também que elas fingem que é uma maravilha, e ainda por cima ali se me apresentavam nada mais que as feições isoladas, grudadas no vidro, como um estranho retrato com os olhos bem apertados, mal existem olhos assim na história da pintura — quando se pinta ou se desenha alguém dormindo ou um morto, as pálpebras não fazem pressão e estão em paz —, não podia observar a possível aceleração de seus movimentos nem a provável agitação ou tremor de seus membros, nem, claro, ouvir nada, nem um gemido nem um arquejo nem uma palavra, se é que ela pronunciava uma — não parecia —, nessas circunstâncias tem quem fale, instigue, ou até solte obscenidades pouco críveis arriscando-se a cair no ridículo ou a provocar a repulsão, como se encenassem para sua única testemunha ou para si mesmos, e uns poucos fazem piadas, e tem os que se concentram e se calam. Também há quem feche os olhos com muita força para se ajudar a imaginar que estão com outra pessoa que não a que os abraça ou sujeita e cavuca, me perguntei se seria esse o caso, se Beatriz fantasiaria naqueles instantes com Muriel, o esquivo, ou se teria bem clara e presente a identidade do indivíduo com quem se acoplava ou juntava, nada haveria entre seus sexos, não se tomavam precauções na época, ainda não se conhecia a aids na Espanha, nem sequer no mundo, talvez.

Sim, senti vergonha, mas olhei e olhei o rosto através da janela, em certos momentos quase esmagado contra ela — um pouco de bafo —, às vezes é difícil distinguir a que corresponde a expressão de uma mulher que estão comendo, o sujeito supõe que é de prazer, mas pode se assemelhar à de dor (o sujeito para e esquadrinha e pergunta: "Tudo bem? Estou te machucando?"), ou até ao desespero ou profundo sofrimento ou amargura, em certas ocasiões suspeitei que uma mulher estava comigo nessa situação tão íntima só para atenuar sua tristeza, ou para se vingar de alguém sem que o outro saiba (pensando curiosamente "Se ele soubesse" em vez de "Quando ficar sabendo": como se nunca fosse lhe contar), ou para paliar por um instante a solidão da sua cama aflita, ou até para se rebaixar conscientemente em sua imaginação e sentir-se viscosa e suja e traiçoeira, momentânea e ilusoriamente, dura muito pouco essa sensação de lama, se dilui bem depressa, no dia seguinte já não sobra nem rastro e você está tão limpo quanto antes, a limpeza é persistente, quase tudo pode ser lavado. Às vezes desconfiei de que eu era apenas um mecanismo, uma peça, um instrumento. A expressão de Beatriz podia responder a qualquer coisa e eu não estava com ela, não cabia a mim me deter e perguntar: "Tudo bem? Estou te machucando?". Porque não era eu quem a machucava, se é que a estavam machucando.

"E se a estiverem estuprando? E se estiver sob ameaça, do tipo que for? E se estiver cedendo, e se estiver submetida a uma chantagem?", me ocorreu pensar sem dar o menor crédito a esses pensamentos, foi como brincar de pensá-los. Mas contribuíram para que me vencesse o desejo de averiguar a identidade do indivíduo, de ver sua cara conhecida ou desconhecida. Não acreditava de forma alguma que fosse o *cicisbeo* Roy, se bem que Muriel — certamente para mortificá-la e por caçoada — o tenha dado por amante certo de Beatriz na noite da paciente espera e dos pedidos diante da porta, e nada é descartável sob o distraído sol nem muito menos sob a vigilante lua; Rico também podia ser, ele sim, era improvável mas não impossível, em alguns terrenos não seria escrupuloso, em outros sim, há muitos homens como ele, que o são no da amizade e, em compensação, não no das mulheres, o conflito os abrasa quando se apresenta a oportunidade de se deitar com a mulher de um amigo, não aguentam muito tempo se abrasando. Mas nesse caso eu supunha que prevaleceria a lealdade a Muriel — talvez lealdade indesejada, talvez este preferisse que Beatriz tivesse seus entretenimentos plenos e não lhe enchesse o saco —, eu já disse quanta veneração lhe professava. Além do mais, era apaixonadíssimo por sua esposa que não vinha a Madri, talvez jamais fosse adúltero, salvo em comprazida hipótese, como se fantasiasse com um passeio e uma conversa com Petrarca.

"Por que aqui, neste lugar inadequado e estranho, dedicado ao culto, um santuário?", me perguntei em seguida. "Embora não estejam na capela, o que seria profanação ou sacrilégio, imagino, ou ambas as coisas. Por que com celeridade e vestidos, ou pelo menos ela vestida? Também não o imagino, seja ele quem for, completamente nu enquanto Beatriz conserva sua roupa, não creio que tenha se despojado totalmente nem de uma só peça de roupa; meias e calcinha abaixadas, não despidas, seria contraste demais. Por que a essa hora anódina em que nada estimula e tudo custa um pouco de esforço? Por que não se encontram na casa dele, ou alugam um quarto de hotel, por que se arriscar a serem descobertos por um jardineiro, um zelador, um empregado ou, pior ainda, um padre ou uma freira ou um paroquiano fervoroso? Por aqui deve haver uns tantos, quando Nossa Senhora não está abandonada." O lugar recendia a extrema direita, muito ativa naqueles anos, e raivosa; ela havia estado no poder por trinta e sete anos e até fazia só cinco, todos conhecíamos muito bem essa praga, na verdade era inconfundível, continua sendo ainda agora, três décadas mais tarde, para os que vivemos afogados por ela: nós a captamos na hora, num local, num salão ou num recinto, num civil, homem ou mulher, num bispo, num político que se finge de democrata e se ufana por ter sido votado, uma parte da Espanha federá assim eternamente. "Beatriz não é religiosa, que diabo está fazendo aqui? Claro que não veio exatamente para pôr uma vela, no máximo para que pusessem uma nela." Eu me surpreendi com esse pensamento grosseiro ou péssimo jogo de palavras, não é do meu estilo, nem o era na época, às vezes cedemos à facilidade e à grosseria, a mente nos escapa mais do que a língua. Não é grave, se nos dermos conta e pararmos, também não o é muito se não, no final das contas, ouvirem nossas associações, nosso vaguejar, nossos desdéns e maldições. Também me espantou minha falta de respeito a ela: talvez houvesse decepção — tanto amor por seu marido e faz isso, como se as duas coisas tivessem relação —, ou um inconsciente despeito platônico; ou é impossível senti-lo por quem você vê nessa lide. "Vou subir nessa árvore", passei rapidamente ao lado prático, "antes que acabem e vão embora, ou vá ela, que foi quem fez a visita, a que foi ao encontro. Se não, não saberei quem é, não verei esse tipo."

De modo que comecei a subir, não me custou alcançar com a mão um galho, do qual me transportei para um mais elevado e depois para outro, até ficar na altura da janela ou até um pouco acima, nem precisei me elevar até a copa, não me saía mal naquela época nas piruetas e nas semiacrobacias, me plantei ali em questão de um minuto ou menos. Instalei-me no galho eleito, agachado, cuidando que a folhagem me tapasse. Mas ainda não via o indivíduo, ele também devia ter se encurvado, continuava oculto detrás da cara de Beatriz, grudada ou bem perto do vidro, ela não abriu os olhos em nenhum instante. Agora eu podia interpretar melhor sua expressão, estando de frente, se é que há algo interpretável numa mulher nesse transe, tudo são conjecturas. Seu rosto estava mais atraente que de costume, a pele mais lisa e rejuvenescida, os lábios mais carnudos ou grossos, como se invadissem zonas alheias, e mais porosos e esfumados, mais vermelhos, entreabertos para deixar escapar os arquejos, pode ser que também um gemido educado (gritos não, era certo), as pestanas mais compridas ou mais visíveis ao ocupar o lugar do olhar sem trégua, era notável que nem uma vez houvesse descolado as pálpebras, como se não quisesse verificar onde se encontrava. Vi mulheres não muito bonitas ficarem belíssimas nessa situação de meio esquecimento, não dura mais do que a trepada, seja mal dito e às claras. Mas me pareceu que não lhe importava muito o sujeito com que estava, que esse era rotineiro, ou nem isso, talvez somente funcional, como já disse que me senti às vezes, provavelmente todos os homens e mulheres experimentaram essa sensação, e quem não a aceita, vai fundo, também não é nenhum drama e até pode ser vantajoso, conforme o caso. "O cara aguenta bem", eu me disse, "entre umas coisas e outras já está metendo faz tempo", e me deu um pouco de inveja, eu ainda era muito moço para sempre saber me adequar, me conter. Isso eu aprendi um pouco mais tarde, com a prática e o distanciamento e a visão de imagens errantes.

Foi só pensar nisso, e ele parou ou terminou, e então o vi enfim emergir, separar-se de Beatriz e se endireitar, lançar-se para trás dois ou três passos e ficar de pé, ele era muito alto, ereto, com sua dentadura sorridente e grande e seus olhos azuis satisfeitos, não com uma satisfação sexual, como seria lógico, porém mental, isso sim, como se estivesse pensando "Uau" ou "Viu só" ou — ainda mais pueril — "Meti até o fim", ou algo mais amplo, "Continuo causando estragos e a conta segue aumentando"; como se não lhe comprouvesse tanto o gozo físico que obtivera quanto a consciência do que havia feito em lugar impróprio, fora de hora e com mulher casada, com a mulher de um amigo, embora esse amigo não quisesse tocá-la nem muito menos adentrar onde ele havia cavucado e penetrado. Vestia um jaleco branco de médico, como correspondia a seu título; eu nunca o tinha visto com ele, naturalmente. Estava aberto e, debaixo, sua roupa normal, gravata sobre camisa de tom cru, o paletó ele devia ter tirado. O dr. Van Vechten despenteara bastante o cabelo louro, tinha-o tirado do lugar com os empurrões rítmicos, estava quase desgrenhado e caído em franja, quando o usava repartido na lateral bem-feito, avultava-se compacto e alto, dando de longe a impressão de trazer equilibrando, em vez de cabelo, um pão na cabeça, tinha a mesma cor das cascas claras. Logo o alisou um pouco com a mão, enquanto Beatriz se afastava da janela e abria por fim os olhos — mas não deve ter me visto, não só pela minha camuflagem entre os galhos, mas porque não deve ter visto nada, o olhar turvo e perdido, como se saísse de um sonho ou de uma introspecção ou de uma sesta involuntária — e se afastava com passo titubeante e lento para o fundo da peça, as coxas talvez adormecidas pela postura, decerto ia ao banheiro, ele lhe cederia a preferência para se recompor. De Van Vechten só o torso era visível, da cintura para cima, supus que todo o abdome teria guardado nas calças, embora ainda não teria se lavado, talvez tivesse gaze à mão e se virado com ela, isso não entrava em meu campo visual. Eu o vi meio que se sentar numa mesa e acender um cigarro. Mantinha seu grande sorriso perene, sabia da sua dentadura deslumbrante, chamativa como a de um ator estrangeiro, era um de seus principais ativos e não seria capaz de apagá-lo quase nunca, devia estar demasiado acostumado a trazê-lo sempre posto para as pessoas, deduzi que o trazia petrificado e que talvez não significasse nada, ao contrário do que eu tinha pensado, eu o tomara por uma pessoa exageradamente cordial, confiante. Me pareceu até que se ria por pura ufania, apenas para se dizer o que acabava de acontecer havia um instante. Há homens que computam cada encontro sexual como uma condecoração ou como um triunfo, apesar de serem adultos ou até maduros. É coisa mais própria de jovens, da idade em que ainda não teve muitos, mas há varões que conservam esse espírito medalhístico a vida toda.

Passado alguns minutos Beatriz voltou, como não tinha se despido, não deve ter tido muito que fazer no banheiro. Ele aproveitou para entrar um momento, durante o qual ela esticou a saia como pôde, retocou o cabelo com os dedos e pegou a bolsa, como se não visse motivo para se demorar ali e sem delonga fosse sair. Trepada dada, visita acabada, me pareceu que era uma situação dessas: pouco que falar antes, e depois nada. Ele deve ter gritado "Espera" do banheiro, e ela deixou a bolsa de novo, em cima da mesa, e apoiou um punho na cadeira, leve gesto de impaciência. Quando ele reapareceu, já bem penteado — sua baguete habitual coroando-lhe o crânio —, disse alguma coisa a ela se aproximando bem, quase no ouvido. Beatriz negou com a cabeça, com certa seriedade, com ênfase. Claro, ela não parecia uma amante feliz, nem carinhosa nem mesmo contente, me perguntei quanto tempo levariam aqueles dois se vendo assim, inclusive se seria a primeira vez, que quase sempre é um tanto dubitativa e arisca — ronda-a o arrependimento imediato —; por cálculo de probabilidades considerei isso totalmente impossível: teria sido muita casualidade que a primeira vez que eu a seguia também fosse a inaugural de uma relação dessa índole, e além do mais com o dr. Van Vechten precisamente, com o homem do qual Muriel suspeitava torpezas passadas e no qual tinha me solicitado ficar de olho. O médico fez um carinho em Beatriz, na face, e ela afastou o rosto. "Não, sem carinhos", pode ter lhe dito enquanto esquivava a gentileza da mão enorme. (E no mesmo instante me veio esta frase em francês, como se a houvesse lido em algum lugar: "*Non, pas de caresses*".) Mas eu não ouvia nada.

— Filho, o que está fazendo aí em cima? Vai quebrar a crisma.

Isso eu ouvi na mesma hora, uma voz desagradável que vinha de baixo, fazia séculos que não ouvia a expressão "quebrar a crisma", só os velhos a utilizavam, e de fato era uma freira velha que a tinha empregado. Eu a tinha a meus pés, quer dizer aos pés da árvore, e então me dei conta do absurdo da minha situação e do meu proceder: como é que estava ali encarapitado, difícil de justificar, os jovens se comportam como excêntricos e fazem coisas inexplicáveis, não me ocorria outra desculpa, era muito pobre. A freira vestia hábito azul e usava uma dessas toucas ou coifas esvoaçantes ou aladas, não sei o nome, lembram um pássaro de origami e também uma leve embarcação a vela, não se viam com frequência na Espanha, talvez mais na França e na Itália. Aí acabava minha espionagem, em todo caso, e também pensei que mais me valia sair daquele recinto voando antes que Beatriz se despedisse e descesse, ai se eu me encontrasse com ela no jardim ou no patiozinho de entrada, convinha que eu chegasse à rua o mais depressa possível e me afastasse. Enquanto descia, pensei como fazer para que aquela freira não me detivesse, não me pedisse demasiadas explicações de quem eu era, por que tinha entrado, por que tinha subido num galho tão alto. Quando cheguei ao chão me veio a ideia de me fingir ofendido, para desviar a atenção da minha presença e colocação anômalas:

— Faça o favor de não me chamar de "filho", madre — disse a ela com um tom um tanto severo e desenvolto —, porque não sou seu filho, é melhor para nós assim. A senhora não deve tomar tanta confiança com o primeiro que passa. — Era uma completa sandice repreendê-la por me chamar de "filho" e ao mesmo tempo a chamar de "madre". Mas eu sabia que isso agrada e abranda as religiosas de certa idade (que talvez sejam madres superioras), assim como os párocos se derretem quando são chamados de "padres", ao que aspiram: muita pretensão de todos eles.

Ficou levemente desconcertada e olhou com curiosidade para mim. Tinha sobrancelhas pontudas.

— Está bem, filho — insistiu sem se dar conta. — Não leve a mal, é o costume. Aos jovens que vêm aqui não incomoda. Você eu não conheço. Mas o que fazia trepado ali? Podia ter se esbarrondado.

Estranhei o termo tão coloquial, também fazia muito tempo que não ouvia a palavra. A freira devia ser de um povoado ou de cidade pequena. Vacilei um instante, tinha de me apressar. Respondi com a primeira imbecilidade que me ocorreu.

— Queria ver se lá do alto me aparecia Nossa Senhora. De Darmstadt — especifiquei, como se fosse necessário. — Sei que prodigalizou visões.

Não tinha a menor ideia, mas dei por certo: não há Virgem com santuário que não tenha aparecido várias vezes suspensa no ar ou sobre as águas ou em cima de uma pedra ou até na copa de uma árvore (foi aí onde eu tinha estado ou quase, afinal). Assim apontam o terreno em que devem lhes erigir um templo, essa é a fama. E também se corporificam em distintos lugares para conseguir aqui uma basílica, ali uma ermida, mais além um nicho, não se satisfazem com nada.

— Não aparece assim, sem mais nem menos, à vontade do crente. Seria ostentoso. E estaríamos medrados. — Não conhecia essa última expressão. Soava muito antiquada, mas deduzi seu significado. Definitivamente aquela freira vinha de algum lugar retirado, ou não sei, da Idade Média.

— Entendo. É recatada. Como tem de ser. E de fato, estaríamos medrados, a senhora disse — repeti a frase como se para mim fosse de uso corrente e eu soubesse perfeitamente seu sentido. Olhei para a escada dupla, pela qual supunha que Beatriz teria que descer a caminho da saída. De onde eu estava só uma era visível, a outra ficava oculta; esperava que Beatriz descesse por essa, não me veria, do mesmo modo que eu não via seus degraus. Ou que Van Vechten a houvesse retido um pouco mais. Em todo caso, tinha de cair fora dali o mais depressa possível. — Bem, madre, agora estou com pressa. Desculpe minha reação, minha ignorância, o susto e os aborrecimentos. Foi um prazer conhecê-la.

Beijei sua mão como se ela fosse um cardeal ou um bispo, eu carecia de prática no trato com os eclesiásticos, mas havia observado que em alguns se estampa um beijo em seus grossos anéis roxos, por certo ostentosos, não merecia menos a freira de tempo e lugar remotos, havia sido indulgente apesar da sua voz desagradável. Em poucas passadas me encontrei na porta. Olhei para um lado e para o outro, não vi mais ninguém, por sorte, e confiei que nem Beatriz nem Van Vechten tinham se aproximado da janela nos poucos minutos da minha conversa ao pé da árvore. Afastei-me do portal, saí andando com presteza, e não tinha dado vinte passos quando freei seco ao divisar Beatriz à distância, o vaivém de sua saia era inconfundível, se bem que agora me parecesse mais rígido, a roupa tinha se amarrotado um pouco, por força. Tinha sido rápida, não havia permitido a Van Vechten carícias nem palavras (*"Non, pas de mots"*, assim poderia tê-lo interrompido, se tivesse sido num livro), tinha saído despercebida enquanto eu ainda falava com a anciã. Dispunha-se a entrar no Museu Lázaro Galdiano, que ficava perto, atravessando uma rua larga, na outra calçada. Ali já não fui atrás dela, não acreditava que nesse edifício a esperasse um segundo amante.

Mas pensei, sim, que podia haver um segundo em outra das minhas perseguições, dias mais tarde, durante a mesma ausência a Madri de seu marido. Naquela ocasião, Beatriz também saiu a pé e numa hora parecida. Caminhou um instante pela própria Calle Velázquez em que vivia, ou quase vivíamos, eu passava na casa cada vez mais tempo, não sei se por vontade ou distração; ao chegar à Lista (os madrilenhos de então ainda chamávamos assim a que se conhece oficialmente como José Ortega y Gasset e como tal figura nos mapas e guias; de fato ainda a chamamos ao modo antigo), virou à direita e percorreu um pequeno trecho, até a Plaza del Marqués de Salamanca. Vi-a entrar num dos altíssimos pórticos dessa praça. Deixei passar alguns minutos antes de me aproximar para ver as plaquetas metálicas — umas tantas, em geral douradas — que instalam nas laterais, para que se possam ver da rua sem dificuldade, ou para que se anunciem com discrição as empresas que têm sede no edifício ou profissionais liberais de certo prestígio ou renome, ou os que aspiram a sê-lo e tentam a sorte e se antecipam. Havia sete naquele pórtico: três eram cifradas para mim, "Meridianos", "22B BS" e "Gekoski", deviam ser empresas. Também seria "Marius Kociejowski. Viagens ao Oriente Médio", mas pelo menos indicava sua dedicação (ampla mas específica, achei que não se trataria de uma simples agência), pareceu-me uma coincidência chamativa que tivessem dois sobrenomes mais ou menos poloneses, assim me soavam, não havia tantos em Madri como uma década e pouco mais tarde, após a queda da Cortina de Ferro, e os que vieram por causa disso não costumavam ser empresários. Também o era sem dúvida "Deverne Films", mas esta era diáfana, era o nome de uma distribuidora cinematográfica muito poderosa e ativa, também proprietária de numerosas salas de cinema, quem não tinha visto como prolegômenos aquela enorme legenda que ocupava a tela e rezava: "Deverne Films apresenta". Lembrei-me que Muriel tinha acertos com essa família, como provavelmente todos os diretores. Aliás, eu o tinha acompanhado fazia uns meses a uma reunião numa cafeteria com o fundador e um de seus filhos que ainda não chegara aos trinta e já participava do negócio. A distribuidora intervinha na produção de filmes, antecipava dinheiro para possibilitar a realização e assegurar a sua exibição desde o início, se o produto final lhe interessasse, ou então receber pela cessão a outra companhia. As duas placas restantes eram mais anódinas, por assim dizer, de profissionais liberais: "Juan Mollá. Advogado", lia-se numa, e a última era igualmente parcimoniosa: "Dr. Carlos Arranz. Consultório médico".

Atravessei a Calle Príncipe de Vergara e esperei em frente a uma loja chamada La Continental, de decoração, móveis, louça, toda classe de coisas para o lar, de bom gosto. (Ou assim creio: não estou certo de que existia na época e, claro, já não existe agora; no entanto foi essa loja que me ficou na memória, não sei por qual razão passei mais tarde longos momentos com minha mulher ali, escolhendo artigos para o nosso apartamento e dando olhadas rememorativas, sem querer, para o número 2 da praça.) Eu poderia entrar nela para me distrair, não perder de vista o pórtico e me inteirar da saída de Beatriz, eu desejava saber pelo menos quanto tempo ela permaneceria ali dentro, embora para nenhuma atividade é necessário muito, a duração dos encontros na realidade indica pouco. Não pude deixar de especular enquanto aguardava: não acreditava que tivesse ido ao advogado nem ao médico, se bem que nada era descartável. A do 22B BS me fez desconfiar de que fosse uma agência de detetives; depois de remoer um pouco o estranho nome, foi impossível não a relacionar com o 22B Baker Street, onde moravam e recebiam seus casos Sherlock Holmes e o dr. Watson. Esses profissionais sim eu achava que Beatriz podia ter ido ver, as pessoas desditadas muitas vezes se empenham em averiguar a magnitude da sua desdita, ou em investigar vidas alheias para se distrair das suas. Claro que podia estar visitando Gekoski ou Meridianos, fossem o que fossem, ou Marius K com suas viagens, ou também alguém que não exibisse placa do lado de fora do edifício. Mas me inclinei pela Deverne Films, afinal de contas pertenciam ao mesmo ramo de seu marido e era fácil que os conhecesse. Eu não havia prestado muita atenção na conversa naquela cafeteria, mas me lembrava da muito boa presença do filho do fundador, Miguel Deverne era o nome daquele jovem, não era muito mais velho que eu, porém trajava paletó e gravata com surpreendente naturalidade e até ostentava abotoaduras, algo para mim muito antiquado. Era um homem bastante cordial, de riso pronto e sonoro, atraente para qualquer mulher, até para uma de quarenta anos feitos, sobretudo se seu marido a magoava e frustrava fazia tempo com seus repúdios.

A visão de Beatriz com Van Vechten, dias antes, tinha me revelado uma nova dimensão sua, ativa, ou tinha me envolvido ou contaminado a sua pessoa, por assim dizer (a verdade é que eu não tinha visto nada, apenas sua cara com os olhos fechados), e isso me levava a imaginá-la na mesma atitude continuamente, o que era bastante inadequado e injusto, na casa seu comportamento diurno era discreto e, às vezes, até reduzido — em presença de Muriel sobretudo, como se lhe pedisse perdão por sua existência —, ele tinha conseguido encolhê-la, diminuí-la apesar da sua robustez e estatura, fazê-la sentir que estava sobrando, como uma imposição do costume ou de um compromisso muito antigo, que precisamente por ser tão velho já não se questionava; também em minha presença dava a impressão de se desculpar um pouco, durante meses não se atrevia a entabular muita conversa comigo por eu pertencer claramente à órbita de seu marido e ela ter tanta apreensão a ele, se não mesmo medo. Assim, imaginei que, estivesse com quem estivesse na Plaza del Marqués de Salamanca, o encontro seria de natureza sexual, por mais que eu me dissesse, ao mesmo tempo, que não tinha por que ser desse jeito, que podia muito bem ter marcado hora com o advogado Mollá para prevenir um possível divórcio quando o divórcio fosse aprovado; ou com o médico Arranz por qualquer preocupação ou sintoma ou hipocondria, e além do mais era possível que esse doutor fosse um psiquiatra ou psicólogo, a placa não mencionava especialidade nenhuma e não teria sido estranho que Beatriz se submetesse a sessões para se desafogar e suportar melhor sua dor; podia pedir uma investigação particular acerca de algum acontecimento ou indivíduo do presente ou do passado (talvez lhe interessasse aprofundar a origem de seu infortúnio), ou planejar uma viagem ao Egito ou à Síria; podia interceder por Muriel, procurar favorecer um projeto dele, pendente de um ou dois fios, perante a família de distribuidores; podia fazer negócios com Gekoski, o nome me pareceu verossímil para uma casa de leilões obscuros, por exemplo, ou para uma loja de empenho de objetos valiosos, se é que ainda existiam. E não obstante essas racionalizações, ainda assim eu a imaginava em situação similar à que havia compartilhado com Van Vechten. Até me ocorreu, em minha divagação, que podia se prostituir para beneficiar o marido — a incondicionalidade não elude o paradoxo e, portanto, é capaz de tudo, como diz a palavra — e se oferecer ao fundador Deverne, que devia andar pela casa dos sessenta ou mais e a quem sem dúvida não dava asco.

"Sua cama está desconsolada", pensei, "por isso Beatriz visita outras, ou nem mesmo faz uso de camas, e assim não se arrisca a notar o contraste com a dela, para a qual volta todas as noites, sozinha e fria. Não fica quieta nem se conforma, procura incursões e aventuras. Desejaria tê-las com Muriel, mas na falta dele não enlanguesce nem sempre se consome em casa, em suas épocas mais animadas busca substitutivos como quase todo mundo, são pouquíssimos os que conseguem o que anseiam, ou se alcançam não conservam por muito tempo, sabe lá quanto tempo o teve." Nós nos esforçamos para conquistar as coisas sem pensar, nesse afã, que jamais estarão seguras, que raramente perseveram e são sempre suscetíveis de perda, nada está ganho eternamente, amiúde travamos batalhas ou urdimos maquinações ou mentimos, incorremos em baixezas ou cometemos traições ou propiciamos crimes sem lembrar que o que obtivermos pode não ser duradouro (é um velhíssimo defeito de todos ver como final o presente e esquecer que ele é transitório, forçosa e desesperadoramente), e que as batalhas e maquinações, as mentiras e baixezas e traições e crimes nos parecerão vãos, uma vez anulado ou esgotado seu efeito ou, pior, supérfluos: nada teria sido diferente se nos houvéssemos poupado de cometê-los, quanto denodo inservível, que malbarato e desperdício. Nós nos guiamos pela malvada pressa e nos entregamos à venenosa impaciência, como ouvi Muriel dizer certa feita, sem saber se ele citava alguém. Não conseguimos ver além do amanhã e o vemos como o fim do tempo, tal como se fôssemos crianças pequenas, que creem que a momentânea ausência da mãe é definitiva e irreversível, um abandono em regra; que se têm fome ou sede e não as remediam de imediato padecerão delas para sempre; que se têm algum arranhão essa dor não acabará nunca, nem sequer adivinham a crosta; que se sentem proteção e abrigo isso não terá variações o resto da vida, o qual só concebem de dia em dia ou de hora em hora ou de cinco em cinco minutos. Não mudamos muito, nesse aspecto, quando somos adultos, nem quando somos velhos e esse resto se encurta. O passado não conta, é tempo expirado e negado, é tempo de erro ou de ingenuidade ou insipiência e acaba sendo tempo digno de lástima, o que o invalida e envolve é em última instância esta ideia: "Quão pouco sabíamos, que tolos fomos, que inocentes, ignorávamos o que nos aguardava e agora estamos a par". E nesse saber de agora somos incapazes de levar em conta que amanhã saberemos uma outra coisa, diferente, e o hoje nos parecerá tão tolo quanto o ontem e o anteontem e quanto o dia em que nos lançaram no mundo, ou talvez tenha sido no meio da noite sob essa lua desdenhosa e farta. Vamos de engano em engano e não nos enganamos a esse respeito, e mesmo assim, a cada instante, damos o último por certo.

Esperei, esperei e foi muito longa para mim a espera. Entrei e saí da loja diversas vezes, inspecionei-a sem comprar nada, evitando como pude as solícitas atendentes ("Não, obrigado, estou dando uma olhada, volto quando decidir"). Olhava para uma janela ou outra do edifício da praça, não via ninguém em nenhuma, impossível descobrir o andar a que Beatriz tinha ido. Senti-me tentado a entrar no prédio e perguntar ao porteiro, mas seria impertinente e ele teria me respondido mal-educado e com uma firme intimidade: "E o que você tem com isso, cara, por que quer saber? Não é seu problema com quem essa senhora visita, quem te mandou? Vou avisar imediatamente o sr. Gekoski, o dr. Arranz, os srs. Deverne, para que tomem medidas e fiquem sabendo da sua intromissão". Ameaçando-me com um nome, teria me dado a resposta. Continuei esperando, e quanto mais tempo passava, mais probabilidades via de que o encontro de Beatriz fosse carnal, e ao cabo de uns segundos opinava o contrário, demora-se mais a falar do que a dar uma trepada preestabelecida, falando de novo mal e para melhor nos entendermos.

Passou quase uma hora até ela reaparecer, com qual deles teria estado e o que teria feito. Não apreciei variação nem na sua atitude nem no seu aspecto, em primeira instância; talvez sim na sua expressão, que me pareceu — como dizer — desalinhavada ou apagada, como se uma parte do rosto refletisse intensidade e outra fastio, como se acabasse de experimentar algo audacioso mas desagradável. Começou a refazer o caminho que tinha feito desde a sua casa. Ainda a segui à distância, para ver aonde ia, até que se meteu numa loja de roupa fina da Calle Ortega y Gasset, antes Lista. E foi nesse trecho que percebi que exibia um considerável desfiamento numa meia, quase um rasgo, e que a parte posterior da saia se negava a descer totalmente até sua altura inicial, enganchada no estropício, apesar dos intentos dela para baixá-la enquanto caminhava. Basta roçar em algo para que se produza um desfiamento, eu bem sei e bem sabia, mas para mim foi uma confirmação das minhas suposições de então: com quem quisera que tivesse se deitado — é uma forma de dizer, sempre há espaldares e paredes e mesas para se apoiar —, esse homem havia sido menos cuidadoso do que Van Vechten; ficando de roupa, ela pode se sujar ou se rasgar. Quando saiu da loja havia mudado de meia e o vaivém da sua saia era o adequado, sem encontrar mais nenhum obstáculo. Devia tê-las comprado ali mesmo, para isso havia entrado.

Ninguém me mandava, ao contrário do que teria acreditado o porteiro se eu o tivesse inquirido sobre a destinação de Beatriz Noguera naquele prédio e sobre quem visitara. Não, ninguém tinha me mandado ir atrás dela quando saía sozinha, e naqueles dias eu mesmo não sabia direito por que o fazia, ou não precisava me dizer ou não queria reconhecer por quê, apesar do meu caráter meditativo. É uma das vantagens da juventude: você se permite agir muito mais por impulso e ziguezagueando, sente-se original — ainda que resulte não sê-lo, e sim, na realidade, apenas corriqueiro — ao tomar decisões esquisitas de supetão, pensa que não lhe vão mal certas doses de extravagância ou irresponsabilidade ou até de falsa loucura, ou é que, isso sim, são tempos de consentir nela — na loucura esporádica, embora esse coquetismo sempre implique algum risco — sem que isso quase não tenha consequências nem nunca nos faça deslizar para uma mais séria e constante; e no entanto se está perto das idades infantil e adolescente em que a imagem que se tem de si próprio é a de um personagem de romance ou de quadrinhos ou de cinema e tente emular alguns, consciente ou inconscientemente, talvez eu imitasse agora criaturas de Hitchcock, sugestionado por aquele ciclo a que Muriel tinha me levado sem que eu resistisse, em absoluto, nesses filmes há longos trechos em que ninguém abre a boca e não há nem o mais leve diálogo, nos quais só se vê gente indo de um lado para o outro, e no entanto o espectador olha para a tela imantado, com crescente questionamento e enorme angústia sem que para isso exista, às vezes, a menor justificação objetiva. É a simples observação que nos cria angústia e dúvida. Basta pousar a vista em alguém para que comecemos a nos fazer perguntas e temer por seu destino.

Com isso eu explicava meu comportamento: mera curiosidade, estava intrigado, também sentia certa angústia pela sorte de Beatriz e pela índole de suas companhias; ou vai ver que era porque, apesar da minha juventude e da liberdade geral daquela época, me assustavam suas visitas de caso pensado, das que Muriel nada sabia. Ele não daria a mínima, em todo caso, ou até gostaria de sabê-las. Embora ela fosse muitos anos mais velha que eu, minha atitude estava tingida por um estranho e respeitoso desejo de protegê-la, ainda que apenas como acompanhante ignorado e como testemunha invisível: tingida de paternalismo incongruente. Como se ela também fosse um personagem, esses nós escrutamos com inquietação e medo quando conseguem ter importância para nós, nesse campo da ficção não é infrequente que uma criança vele por um adulto, desde sua poltrona no escuro ou desde seus olhos sobressaltados ao virar as páginas com respiração contida. Nesse terreno não há mais velhos ou mais moços, não há idades. Nós nos angustiamos pelos que são mais fortes, mais sábios, mais destros, mais velhos e experientes, e a criança, que ainda não distingue nitidamente em sua elementaridade, anseia ou se esforça por avisar quem não pode ouvi-la, de que o estão enganando ou de que um perigo o espreita; ela viu isso, já que é a testemunha eleita (ensimesmado em sua contemplação ou em sua leitura, crê ser a única, na verdade). E havia em Beatriz algo de aparente desorientação, de desvalimento não ressaltado nem do qual ela tirasse proveito, eu já disse que simpatizava com ela e que ela me inspirava pena — "pobre mulher infeliz, amorosa e dolente; ou até pobre alma, pobre-diabo" —, e ela o fazia sem se propor. Se eu tivesse percebido isso como tática para andar pelo mundo, para atrair a benevolência deste e obter vantagens, nunca teria cuidado dela dessa maneira passiva, distante e calada — se bem que "cuidar" não seja o verbo adequado —, mas ela teria me causado um pouco de irritação e receio. Não gosto das vítimas que têm excessiva consciência de sua condição.

Foi dias depois de Muriel voltar daquela ausência que por fim me fez a encomenda. Uma manhã em que não havia ninguém mais em casa, fomos para o salão contíguo ao escritório e ele fechou a porta, nem sempre observava esse costume. Depois estirou-se no chão com naturalidade, que grande ele era, como em outras ocasiões, servindo-lhe um antebraço de travesseiro para a nuca: cheguei a pensar que era uma forma de evitar me olhar de frente, de manter o olhar perdido nas alturas, no teto, na parte mais alta da biblioteca, no quadro de Casanova irmão, uma forma de dizer as coisas sem dizê-las por completo, de aparentar falar sozinho ou de deixar que eu recolhesse suas frases — suas indicações, suas digressões, suas confidências, suas suaves ordens — do ar, não diretamente de sua pupila e de seus lábios. Me pareceu que dirigia a vista para o óleo representando um exótico ginete de bigode de pontas caídas e um esquisito gorro ou chapéu emplumado, vestido de vermelho e meio virado, o olho direito fixo em Catarina, a Grande, da Rússia, ou em qualquer outro espectador para sempre, só esse, o esquerdo quase escondido ou talvez sem visão — o pouco que dele aparecia diriam defeituoso, entreaberto; ou talvez mal pintado —, podia ser um caolho como Muriel que teria ficado assim numa batalha, era um soldado, Muriel não, às vezes desconfiava que ele usava o tapa-olho para se parecer com John Ford, Raoul Walsh, André de Toth, Nicholas Ray e não sei se Fritz Lang, diretores que ele admirava e que o haviam iluminado, estranha praga entre indivíduos cujo trabalho dependia em grande medida de seu olhar. Mais ao fundo viam-se outros seis ginetes todos se afastando com seus cavalos, todos de costas e com chapéus de aba mais larga ou mais normais, eram vagamente velazquenhos, o que não é o caso do primeiro plano, que apontava o olho para trás ao contrário dos outros, como se quisesse reter, antes de ir, a imagem dos mortos que teria causado, como se fosse ele o único a atender ao mudo pedido destes, que em todas as guerras parecem murmurar de seus corpos imóveis como as figuras de um quadro: "Lembre-se de nós. Pelo menos de mim. Lembre-se de mim".

Muriel tirou do bolso sua caixinha de remédios com uma bússola e pôs-se a olhar para a agulha, apontada para o norte.

— Lembra o que te contei do dr. Van Vechten? — me perguntou sem preâmbulo.

Creio que fiquei vermelho — foi muito breve, um instante, não deve ter notado — ao ouvi-lo mencionar o nome que eu nem tinha entendido meses antes. Agora era diferente. Não só o conhecia e havia estado com ele em reuniões, jantares e jogatinas, em grupo, como estava a par de algo íntimo, que além do mais concernia a Beatriz, para dizer com delicadeza. Desde a cena parcial a que eu havia assistido no santuário de Darmstadt temia que Muriel tornasse a falar sobre o médico algum dia. Não sabia se deveria informá-lo, nesse caso, do que havia presenciado em cima de uma árvore ou se convinha calar; dependeria do que me perguntasse ou solicitasse, então decidiria, eu dizia a mim mesmo, desejoso de não ter que decidir nada.

— Sim. Bem, na realidade o senhor mal me contou, mostrou-se indeciso, lembra? Anunciou, mais do que contou. Expôs suas dúvidas. E também me advertiu de que talvez me pedisse para esquecer a conversa, o que contornou, o anunciado. Foi o que fiz mais ou menos até agora. — Refresquei sua memória acerca dessa possibilidade com a esperança de que ele se inclinasse por ela, embora não fosse ser assim, era evidente. Tudo o que era relacionado a Van Vechten me incomodava desde aquela tarde, eu pensava que quando o visse de novo tenderia a evitá-lo. — Mas é claro que me lembro. Ninguém esquece porque quer, tampouco.

— Bem, Juan. Eu te anunciei uma possível encomenda. Pois é a seguinte — continuou, olhando ainda para o teto ou para o quadro: — quero que faça amizade com Van Vechten. Mais, quero que o transforme num companheiro de farra, que o incorpore quanto puder às suas correrias e saídas noturnas. Você sai por aí muitas noites, não?, vai a discotecas, a shows, a bares, a tal de *movida*, não é? Convide-o a ir com você. Embora seja muito mais velho, vontade não lhe faltará, garanto. Agradecerá por contar com um guia. Apresente-o a amigas ou conhecidas, a moças jovens ou de qualquer idade, todas servem, e preste atenção em seu comportamento com elas, com as mulheres em geral. Ganhe a confiança dele. Fale com ele da sua vida sexual. Conte sua promiscuidade, seus sucessos (você deve ter sucesso, não?), das suas façanhas nesse campo, e se não são muitas, invente-as. Exiba-se. Bote banca. Ponha-lhe água na boca. Ele foi jovem numa época mais difícil, de possibilidades infinitamente menores. Ao ver como hoje é fácil, praguejará por não ter nascido um par de décadas mais tarde. Não tenha medo de ser vulgar ao se referir às mulheres, ou até depreciativo. Quanto mais, melhor: exagere. Puxe-o pela língua e observe-o. A intenção é que ele se anime a fazer confidências, por sua vez, tanto de agora como do passado, de seus anos mais gloriosos. Sempre foi muito mulherengo, ainda é, você deve ter notado. Com bastante sucesso, pode acreditar. Mas lhe coube viver num tempo em que elas se faziam muito de rogadas, neste país mais que em outros. Mais que isso, a maioria era encouraçada, blindada, era preciso recorrer a promessas e ardis. Vamos ver se ele te conta do passado, o que mais me interessa está no passado. Não há nada como alardear façanhas próprias para fazer que o outro conte as suas, ainda que sejam muito antigas, nunca falha. Trate de ver como ele estabelece relação com as mulheres, como é em ação, como tenta ganhá-las, e ele tentará ganhá-las com frequência, pode estar certo. Agora que lhe deve ser mais difícil, até onde chega. Mostre-se canalha e sem escrúpulos, vamos ver como ele reage, se é compreensivo ou até simpático a isso, se te estimula ou te desaprova. Vamos ver o que te conta e que impressão te causa. Vamos ver se você tira alguma coisa a limpo para mim.

— A limpo o quê, Eduardo? Não consigo entender. Que o doutor é propenso a dar em cima das mulheres, salta à vista, na menor ocasião e até se não parece havê-la. Ele sonda por sondar, isso sim, as que valem alguma coisa, seus olhos não vão atrás das feias, nem atrás das assexuadas, embora também não seja muito rígido. Isso qualquer um vê, que é um gavião à caça, também deve ficar de mãos-bobas, suponho, quando não há testemunhas. Comparado a ele, o professor Rico é um herbívoro, um respeitoso, um delicado, para mencionar outro amigo seu que tem as antenas bem ajustadas. Um contemplativo. Isso o senhor, que conhece o doutor há meia vida, sabe melhor do que eu. Mas não sei o que quer que eu pergunte ou arranque dele. É difícil puxar a língua de alguém, se você ignora o que esse alguém deve te contar. Não pode me orientar um pouco mais, especificar o que anda procurando?

Muriel tamborilou com as unhas em seu tapa-olho avultado,

de baquelite ou do que fosse, cric-cric-cric, um som agradável, o tato invejável. Depois virou para mim seu olho azul-escuro e intenso, com rapidez, com aquela penetração de que era capaz, intimidadora às vezes, como se com ela compensasse a imutável opacidade do outro. Até então não havia me dirigido a vista. Pareceu pensar na resposta por uns segundos, estava tentado a me satisfazer. Por fim bufou. Talvez com contrariedade, por se ver obrigado a me negar os dados, a ajuda, ou talvez impacientado com minha imperfeita memória.

— Não, não devo. Te disse da outra vez: se começo a falar das minhas suspeitas, se começo a revelar a história que me chegou e que pode ou não ser verdadeira, talvez cometa uma injustiça irreparável. E o doutor é um grande amigo, não se esqueça, que eu não queria prejudicar sem motivo. Ou então, sem um vislumbre de certeza, permita a contradição dos termos; sem mais indícios. A mim, ele não ia contar nada de que tivesse de se envergonhar muito, já te expliquei; outras coisas sim, de umas tantas estou sabendo que são para se valorizar; mas não isso. Porque comigo se envergonharia. Ele me conhece bem, sabe que sou o oposto de um puritano e nada estrito, mas certa classe de indecências eu não admito. — Lembrei-me que ele havia empregado o adjetivo correspondente quando havia sido mais explícito, da vez anterior: "Segundo essa informação", tinha dito, "o doutor teria se comportado de maneira indecente com uma mulher, ou com mais de uma talvez. Para mim isso é imperdoável, é o pior. Entende? É o mais baixo que se pode cair". — Com você seria diferente, dê corda a ele. A você ele poderia contar. Você ele mal conhece. — Calou-se. Olhou para mim com mais intensidade ainda e com algo semelhante à curiosidade, como se de repente me visse pela primeira vez ou se desse conta do que não demorou a acrescentar: — Nem eu sei como você é. — Depois desviou o olho, voltou a fixá-lo no teto ou no quadro e a acariciar o queixo com a caixinha de prata, esticado em todo o seu comprimento. O que disse em seguida saiu num tom indolente, como se fosse uma obviedade e estivesse de sobra: — Nem você, tampouco. Você ainda não está totalmente feito.

Para ele seria uma obviedade, para mim foi uma surpresa e até um motivo de desassossego. Provavelmente ninguém nunca esteja feito por completo, ainda menos os jovens, e é normal que nós, mais velhos, os vejamos assim, incompletos, indecisos, confusos, tanto quanto um quadro inacabado ou como um romance escrito ou lido pela metade — a diferença não é grande —, em que ainda pode acontecer qualquer coisa ou nem tanto — mas muitas —, pode morrer um personagem ou outro, ou pode não morrer nenhum; ou até algum talvez se mate e então sim estará totalmente feito, ou assim aparecerá ante os olhos do autor ou do leitor severos; o que se relata nele pode interessar sobremaneira ou em absoluto, nada, e então a virada de cada página se transforma num suplício de que o indicador se cansa e já não repete o gesto, não espera a última folha depois da qual não há mais remédio, por isso o dedo quer, pelo contrário, continuar indefinidamente nesse mundo e com essa gente inventada. O mesmo acontece com as pessoas em seu itinerário, há vidas que não suscitam curiosidade e assistir a elas dá enorme preguiça, apesar de estarem cheias de vicissitudes, e há outras que inexplicavelmente hipnotizam, embora não pareça estar acontecendo nada muito chamativo com elas, ou o melhor nos permanece oculto e sejam só suposições.

Mas cada indivíduo acredita estar totalmente feito em cada fase da sua existência e acredita ter determinado caráter sujeito apenas a variações menores, e se considera propenso a certas ações e imune a outras, quando o que é certo é que quando criança ou jovem a maioria de nós ainda não se submeteu a provas, não nos vimos em encruzilhadas nem sequer em dilemas. Sim, talvez nunca nos formemos de todo, mas vamos nos configurando e nos forjando sem nos darmos conta desde que nos avistam no oceano como um ponto diminuto que se transformará mais tarde num vulto de quem será preciso se esquivar ou se aproximar, à medida que passam os anos e nos envolvem os acontecimentos, à medida que fazemos ou descartamos opções ou deixamos que os outros (ou o ar) se encarreguem disso por nós. Tanto faz quem decida, tudo é desagradavelmente irreversível e nesse sentido tudo acaba nivelado: o proposital e o involuntário, o acidental e o maquinado, o impulsivo e o premeditado, e a quem importam afinal os porquês e ainda mais os propósitos.

Agora olho para minhas filhas jovens e não as vejo forjadas o bastante, como é natural na idade que têm; mas elas se julgarão totalmente formadas, como seres quase inamovíveis, assim como eu me considerava aos meus vinte e três anos e antes sempre me havia considerado, suponho, a gente presta pouca atenção em suas mudanças, se esquece de como era e as esquece depois de passar por elas. Tinha terminado os estudos com boas notas e sem tropeços; eu havia conseguido logo um emprego, embora com a mediação de meus pais graças a seu antigo conhecimento de Muriel, e além do mais às ordens de uma pessoa notável, que eu admirava sem reservas e cujos beneplácito e confiança contribuíam para que me iluminasse uma luz muito favorável a meus próprios olhos, não podia deixar de me sentir orgulhoso, pensar que meu chefe havia visto algo em mim, que no mínimo ele fora com a minha cara, para me contratar e me manter, às vezes eu tinha a sensação lisonjeira de que ele nem sempre se lembrava de meus laços familiares, de como havia chegado a ele, de que era filho de seus velhos amigos de juventude, os De Vere pelos quais ele jamais havia perdido o afeto mas depois havia se relacionado com eles muito mais por carta e de quando em quando, meus pais sempre distantes por esses mundos e eu poucas vezes com eles. Eu tinha lido muito e visto muita pintura, e mais cinema ainda; possuía numerosos conhecimentos — era sem dúvida um jovem pedante, mas refreava isso onde não era para sê-lo, por exemplo quando saía de noite com minhas amizades ou com garotas —; falava bem uma língua estrangeira e outra aceitavelmente, e sabia que dispunha um léxico amplo na minha, o que me permitia participar sem estridências das conversas de Muriel e seu círculo, gente de idade e saber superiores (pelo menos em tese), embora nessas oportunidades tendesse a ouvir e não intervir em demasia, e suas conversas muitas vezes descessem de qualquer altura e discorressem por terrenos bem rasos entre risadas; havia passado temporadas em outros países, quando meus pais me incorporavam a suas prolongadas e variadas estadias diplomáticas, em geral preferiam que eu permanecesse em Madri e cursasse com continuidade o mesmo colégio, queriam que eu adquirisse raízes sólidas, ou era esse o pretexto para me deixarem durante as aulas, e inclusive quando não tinha mais aulas, aos cuidados de meus tios Julia e Luis, achavam bom que eu crescesse junto com meus primos Luis e Julia, filhos deles, que para mim foram como meios-irmãos, já que irmãos eu não tive. Nunca ninguém me controlou muito de perto, e a maior parte do tempo — exceto quando meus pais vinham de visita ou de férias, e nessas nem sempre vinham, muitas vezes aproveitavam delas para viajar por aí por conta própria — eu dispunha só para mim da casa paterna sob o olhar negligente de diversas aias ou amas de chaves ou como quiserem chamá-las, que não duravam o suficiente para sentir grande carinho por mim nem exercer sobre mim uma autoridade verdadeira. Estive desde adolescente acostumado a não prestar muitas contas a ninguém, a voltar tarde para casa e escolher onde dormia, se na minha casa ou na de meus tios, ou em nenhuma das duas certas noites: isso já em minha primeira juventude, desde que comecei a ser universitário, aos dezessete anos digamos.

Aos meus vinte e três anos, mantinha esse regime ou um ainda mais autônomo: o apartamento paterno só para mim, com um fundo de assistentes mutáveis que me deixavam comida na geladeira e limpavam, que não me viam muito e que eu via ainda menos. Meus pais não eram tão endinheirados — tampouco passavam por algum apuro, claro, mas viviam bastante ao sabor dos dias — quanto superficiais e despreocupados. Apesar de seus vagos delírios de originalidade ou grandeza, a carreira diplomática de meu progenitor não havia sido fulgurante, seu maior êxito era o consulado em Frankfurt e lhe chegava um pouco tarde, mas conservava um otimismo juvenil enquistado, próprio dos espíritos frívolos, e compartilhava isso com minha mãe. Com frequência tive a sensação de estar levemente de sobra em suas vidas, ou não tanto: de ser um velho conhecido deles pelo qual velavam à distância, sem fervor e sem apreensão mas com um carinho inegável; comportavam-se como um casal sem filhos, ou como se eles fossem mais meus tios ou padrinhos; nunca me queixei, os dois eram leves e encantadores, ou vai ver que a todos nos parecem normais o mundo e a situação que ao nascer encontramos, sejam quais forem. Não podia contar, de todas as formas, com a perspectiva de uma herança suficiente (o apartamento sim, era comprado), daí que tivesse consciência precoce de que eu teria de ganhar a vida como qualquer um apesar de meus privilégios de infância e adolescência; daí meu contentamento por ter um emprego e uma renda, ainda que provisórios, ignorava a que me dedicaria quando Muriel prescindisse de meus serviços, e isso aconteceria algum dia, claro. Mas por ora não sentia necessidade de me emancipar, pois já fazia muito tempo que eu vivia com total independência, talvez desde cedo demais, e talvez por isso ia ficando cada vez mais horas na casa de Muriel, na qual finalmente havia uma família, companhia que ia e vinha, entrava e saía, e até ia ficando algumas noites naquele quarto distante, depois da cozinha, que até certo ponto já era o meu, o uso nos converte em donos tácitos enquanto não nos for retirado e proibido expressamente, há quem chegue a um lugar de passagem e depois não há jeito de se livrar da pessoa, e ela permanece ali meia vida. Nunca se deve deixar ninguém entrar, nem um só dia, a não ser que se esteja disposto a que fique para sempre.

Em todo caso eu me tinha por plenamente formado, feito por completo, e acreditava conhecer meu caráter em linhas gerais. Não sabia onde havia aprendido certas normas e condutas pelas quais procurava me reger (sem dúvida não com meus pais, que careciam delas ou as iam variando a cada temporada, é o que dá ser diplomata), embora sem solenidade nem trejeitos, nunca suportei os indivíduos admoestatórios e empolados, os recriminadores, os que ditam pautas gerais em vez de guardá-las para si mesmos sem se empenhar em exportá-las. Talvez as tenha aprendido direto dos filmes, dos romances, dos quadrinhos, até pouco tempo atrás as crianças e os jovens se adestravam neles, por falta de modelos nítidos na realidade (e na vida real nada é muito nítido: nem dá para contar), sobretudo quando essas obras narrativas eram perturbadoras e ambíguas, e não simplezas edificantes. Eu me considerava bastante respeitoso e leal e com escrúpulos, capaz de calar o que me confiavam se me pediam que calasse, de manter algo em segredo; meu principal temor era desapontar quem eu gostava ou admirava. Muriel contava entre os segundos desde o princípio e pouco a pouco entre os primeiros — mas não, a verdade é que foi muito rápido: — com o trato você vai indefectivelmente criando afeto por quem não pretende prejudicar (quase não há meio-termo, a indiferença praticamente não existe, ainda que muita gente se esforce por alcançá-la); e é isso o que me acontecia com ele e, claro, com Beatriz Noguera e com os rebentos deles, especialmente com a mais velha, com Susana, por sua semelhança com a mãe e sua boa-fé e sua simpatia; e também com Flavia e Rico e Roy, e com Gloria e Marcela apesar de terem me deixado nervoso e irritado e eu as visse danosas à sua amiga. E até com Van Vechten antes daquela tarde no santuário de Darmstadt, aí eu tinha ficado com ele entalado sem razão objetiva, não era problema meu o que Beatriz fazia, para não falar no que o médico fazia, assunto deles. Uma das normas que eu tentava seguir era esta, aproximadamente: julgar o menos possível e não me imiscuir nas vidas alheias, menos ainda intervir nelas. Meu anseio teria sido não diferenciar nenhum vulto no oceano e não ter que decidir nada a seu respeito. Mas isso é impossível, até porque a gente também é um vulto de que os demais se afastam, ou rumam em nossa em direção, ou com quem tropeçam.

V.

Por isso eu não gostava da índole da tarefa de que Muriel tinha me encarregado, não gostava dela em si. Ao dr. Van Vechten eu tinha retirado parte do apreço superficial que adquirira por ele, uma coisa tão arbitrária quanto a outra, a gente se permite a arbitrariedade mais absoluta com quem somente se cruza, com quem considera provisório e circunstancial, e não escolheu, com quem são ramificações ou herança de outros, o mau é que se esses outros nos são importantes, a gente se sente na obrigação de aceitá-las e até de cuidar delas e protegê-las, essas heranças, ainda mais se o transmissor não morreu e pode comprovar se o comprazemos ou não, agradecer-nos ou censurar-nos por isso com seu olho rápido, e em todo caso anotá-lo. Às vezes alguém a quem queremos bem nos diz isso explicitamente ("Trate essa pessoa como a mim mesmo, como se fosse eu; dê-lhe o que ela pede e ajude-a em tudo"), às vezes nem sequer é preciso e nos adiantamos mentalmente ("Escuto o sinal. Entendo, e não farei mais perguntas"). Se somos incondicionais a um amor, ou a um amigo, ou a um mestre, tendemos a acolher todos os que os rodeiam, nem falemos nos que lhes são essenciais: os filhos imbecis, as mulheres exigentes ou venenosas, os maridos chatos ou mesmo despóticos, as amizades dúbias ou desagradáveis, os colegas inescrupulosos de que dependem, aqueles em quem não vemos coisa boa nem achamos a menor graça e que nos levam a nos perguntar de onde procede a estima que lhes professam esses seres por cuja aprovação nos desdobramos: que passado os une, que sofrimento compartido, que vivências comuns, que saberes secretos ou que motivos de vergonha; que estranha nostalgia invencível. Tentamos nos mostrar amáveis e gratos e inteligentes, e receber um tapinha nos ombros — de nosso amor um beijo ou o que costuma segui-lo, ou pelo menos um olhar que nos prolongue um pouco mais a esperança —, e não entendemos que haja indivíduos estridentes ou tapados ou deficientes ou muito limitados que, a nossos olhos, sem merecimento algum obtêm grátis o que a nós custa tanta inventividade e tanta garra e tanto alerta. A única resposta é com frequência que essa gente vem de antes, que nos precede há muito na vida do amor ou do amigo ou mestre; que ignoramos o que se forjou entre eles e provavelmente ignoraremos sempre; que percorreram um largo caminho juntos, quem sabe se sujando na lama sem que estivéssemos ali para acompanhá-los, nem para presenciá-lo. À vida das pessoas sempre chegamos tarde.

Van Vechten era para mim um desses indivíduos, até certo ponto, não inteiramente. Claro não era nenhum bobo, mas lhe faltavam a profundidade e a sagacidade de Rico e também sua comicidade só em parte voluntária, a devoção e o conhecimento exaustivo da obra de Muriel que Roy possuía e que tornavam compreensível a paciência do meu chefe com ele e que o protegesse sob seu manto, o engenho ou a bondade de outros. Naquela altura, Van Vechten era um pediatra reconhecido com consultório particular de grande sucesso no bairro de Salamanca, que também fazia as vezes de médico de cabeceira ou de plantão da família Muriel e algumas outras prestigiosas ou próximas (quero dizer que, ao ser o doutor mais amigo e mais à mão, por comodidade e confiança o chamavam para qualquer coisa em primeira instância, solicitavam sua opinião mesmo que o problema não tivesse nada a ver com sua especialidade e acometesse um adulto; depois ele indicava o que fazer ou a quem se dirigir, se fosse o caso, nas escassas ocasiões em que achava recomendável uma consulta indicava um especialista do faraônico hospital, inaugurado em 1968 com grande alarde, do qual havia sido nomeado chefe do serviço de pediatria). Como muitos da sua profissão, gostava de se enturmar com o mundo intelectual e com o do espetáculo, tradicionalmente esquerdistas, ou pelo menos antifranquistas, e neles era bem recebido — entre outros motivos, suponho: sua influência entre eles e seu dinheiro, temo —, porque nos anos difíceis da ditadura, que haviam sido a maioria e se fizeram intermináveis, tinha se portado muito bem com os perseguidos e retaliados, apesar de ter militado durante a guerra no lado franquista e estar em bons termos com o regime e ter feito carreira em parte graças a isso. Sua filiação inicial havia ficado diluída se não esquecida e mais tarde ignorada pelas gerações mais jovens, como aconteceu com a de tantos que souberam se afastar ou dissimular bem cedo, ou navegar em duas águas e mostrar-se generosos e compreensivos com os perdedores da contenda: pessoas sinceras às vezes, e partidárias da concórdia (esta sim, controlada por elas); em outras, com capacidade de antecipação a longo prazo e mais oportunistas. Estas últimas sempre foram conscientes de que até numa situação de absoluto domínio dos vencedores e esmagamento do contrário ou de seus dispersos e maltratados restos, lhes convinha estar em bons termos com todo mundo ou tê-los meio em dívida, ou pelo menos não ser percebidas como acérrimas inimigas por ninguém. Esse tipo de gente sabe que não há resto que mais cedo ou mais tarde não se reagrupe e se recupere um tanto, não se reorganize um pouco e reconquiste os espaços que o tirano desdenhe e deixe livres, mais do que nada por não lhe ocorrer o que fazer com eles: na Espanha, por exemplo, os da cultura e das artes. Van Vechten havia sido dos sinceros, ou era essa sua grande fama. Contava-se que já nos anos 40 e 50, quando a repressão ainda era minuciosa e hiperativa e ele podia ter se prejudicado por causa de suas caridades políticas, tinha se prestado a visitar em domicílio, sem cobrar nada, os filhos doentes de indivíduos que haviam sido purgados e proibidos de exercer suas profissões e, portanto, condenados a carecer de rendimentos ou a tirá-los de onde não lhes cabia, se é que podiam ou sabiam (um eminente botânico acabou virando jardineiro, e um catedrático, às escondidas, acabou numa modesta academia de idiomas); a que suas mulheres e filhas mais crescidas se oferecessem como costureiras ou faxineiras nas casas endinheiradas dos que os subjugavam ou de contraventores que se aproveitavam de todos. Van Vechten havia sido reconciliador ou magnânimo e compassivo, como um ou outro colega seu, e tinha acudido pontualmente para curar as gripes e as cólicas e os sarampos, as caxumbas e as varicelas, inclusive as meningites e outras doenças mais graves, daquelas crianças proscritas. Havia aliviado e salvado pequenas vidas pelas quais não poderiam lhe ter pagado, ou muito dificilmente, com endividamento insaldável e insolvência. Tinha criado para si uma reputação de homem bom e afável, civilizado e solidário, e com o transcorrer do tempo — parcimonioso nas ditaduras e que tudo transforma em lenda, amiúde embelezada, ainda mais se o interessado contribui para propagá-la — as pessoas democráticas e cultas haviam passado a considerá-lo um dos seus, omitindo o quanto havia prosperado sob o regime ou atribuindo isso tão somente à sua extraordinária competência profissional, à sua habilidade para se dar bem com todo mundo e se desenvolver em qualquer ambiente, e a um pouco da imprescindível sorte que acompanha todo êxito. Daí que tivesse uma aura de esquerdista moderado e teórico mas também semi-heroico, de alguém que nas épocas mais duras tinha dado uma mão e corrido certos riscos para ajudar os que, sendo valiosos e úteis, haviam sido lançados ao ostracismo e às intempéries.

Ninguém dava relevância ao fato de que terminara seus estudos de medicina com apenas vinte anos em 1940, primeiro ano da vitória, havendo mediado uma guerra de três durante a qual as universidades permaneceram fechadas; a que, com vinte e três (minha juvenil idade de então) fora nomeado médico adjunto de pediatria do Hospital de San Carlos; ou que aos trinta e um pôde abrir um consultório da sua especialidade, de sucesso e renome imediatos, na ainda reluzente Clínica Ruber, fundada em 1942 pelos mui franquistas e espertos doutores e empresários Ruiz e Bergaz, que uniram as primeiras letras de seus sobrenomes para batizá-la de maneira absurda, ou vai ver que se desconhecia tudo isso, como nos anos da Transição se quis desconhecer tantos passados de indivíduos opostos ao regime — a partir de algum instante mais precoce ou mais tardio do tempo parcimonioso — aos quais se atribuiu uma trajetória impecável, sobretudo se eram gente desenvolta e notável, nem digamos que vociferantes. Ninguém se dedica a rastrear os passos nem as origens dos que aprecia e respeita, ainda menos se lhes guarda gratidão. A ninguém chamava a atenção, tampouco, que Van Vechten sempre gozara de prestígio, fama e dinheiro. Supunha-se que os havia ganhado por seu próprio esforço, com suas capacidades, sua dedicação e seu esforço.

Está claro que eu não sabia nada disso tudo quando Muriel me fez sua encomenda. Só da boa fama do médico e de seus serviços desinteressadamente prestados aos que careciam de meios por represália política, essa era a *vox populi* e isso contava qualquer um a quem se perguntasse. Mas não era difícil averiguar os dados da sua biografia e da sua carreira: ninguém se dava ao trabalho de consultá-los apesar de estar bem à vista, apareciam em enciclopédias espanholas, por exemplo na Durban, e até na edição mais recente da *Who's Who in Europe* que encontrei na biblioteca britânica da Calle Almagro; surpreendeu-me vê-lo aí, na época eu ignorava que costuma haver certos atalhos para que quem estiver muito empenhado consiga figurar em quase qualquer índice de personalidades. Foi devido ao encargo que me preocupei em examinar exatamente aquele para quem tinha de armar uma cilada, procurando acumular razões. Era isso que não me agradava na estranha missão de levá-lo por aí de farra e observá-lo, com vistas a informar a Muriel seu comportamento, em particular com as mulheres. Embora tenha ficado um pouco atravessado na minha garganta (a verdade é que desde o primeiro instante eu podia ter dado uma informação muito concreta a meu chefe sobre como, onde e com quem Van Vechten trepava, pelo menos uma tarde, mas justamente essa eu havia decidido calar, ou reservá-la por ora); embora tivessem vindo a Muriel com uma história feia, antiga, e agora ele abrigasse sobre o doutor graves suspeitas que faziam perigar sua amizade e o desassossegavam; embora eu descobrisse prontamente que as conexões do doutor com o franquismo não deveriam ser nulas no passado remoto ou talvez não tão remoto (talvez meramente passivas, isso sim, ou de consentimento: que remédio para a maioria dos que não renunciaram a prosperar ou a se enriquecer ao longo de quarenta anos, era necessária muita inteireza para abandonar toda esperança), me desagradava a ideia de enganar alguém desde o início, de brindá-lo com uma camaradagem que de modo algum era iniciativa minha — por que cargas-d'água eu proporia a um homem de uns sessenta anos, conquanto aparentasse dez a menos, me acompanhar em minhas noitadas — e que estava maculada de falsidade de cima a baixo. Não só por ser fingida, mas porque além disso ocultava um propósito, uma ânsia de desmascaramento, a colocação de chamarizes para tentá-lo.

Percebi quão incômodo é ser espião, por melhores que sejam as intenções, e aqui eu nem estava tão a par dessas intenções, me limitava a cumprir instruções. Há algo vil, há algo sujo em se fazer passar pelo que não se é, em se conduzir sorrateiramente, em ganhar a confiança de outro tão somente para traí-la, ainda que esse outro seja um malvado, um inimigo, um assassino. É nisso que consiste a tarefa dos arapongas, dos infiltrados, dos agentes encobertos ou duplos que povoam todas as esferas do mundo, até as mais inócuas; dos policiais que às vezes passam anos metidos numa organização terrorista ou numa máfia, por exemplo, como se fossem mais um do bando. Precisam estar muito convencidos da nobreza final da sua representação, devem ter presente cada dia, ao se levantar e ao se deitar, que graças à sua impostura vidas serão salvas ou crimes evitados. E no entanto, pensava, eu não poderia ser um deles. Talvez seja uma questão de treinamento, de adestramento e de se acostumar, e de alimentar o ódio prévio; de desenvolver o senso de retidão e indignação, severidade e indiferença e dureza, de renunciar a todo escrúpulo em relação àqueles que se têm por perto, de modificar e neutralizar a consciência. Mas eu imaginava que teria me sentido mal ao notar o meu crescente afeto pelo criminoso ou o fanático, o paulatino abandono de suas desconfianças e o aumento de suas confidências, a sincera simpatia que iriam tendo por mim, sua possível incondicionalidade a longo prazo, se é que tudo isso pode ter vez entre eles, suponho que sim, que os sentimentos de lealdade e amizade estão ao alcance de qualquer um, até de uma besta impiedosa e maligna. Quem não tem uma fraqueza, um amor, uma filha, um colega, um camarada?

Não me custou nada persuadir Van Vechten (esse verbo nem sequer é adequado). Até certo ponto foi um jogo de crianças, e a criança era ele, isso contribuiu para pesar na minha consciência. Naqueles anos de permissividade e liberdades que já vinham durando uns tantos, desde bem antes da morte de Franco, não era raro que os homens das gerações anteriores vissem os jovens com espanto e inveja e imaginassem que levávamos uma vida desenfreada, à qual tinham aspirado em vão em seus tempos mais oprimidos e estritos. Numa ocasião, num carteado a que Muriel me incorporou com gente da sua idade ou pouco mais velha (participavam dela um toureiro e um ator, eu me lembro, tipos a quem, no final das contas, não haviam precisamente faltado chances para certa promiscuidade folclórica ou corporativa, em ambos os casos já antiquada), a curiosidade se centrou em mim por uns minutos, por ser jovem. Descobri que, como me achavam bem-apessoado, com uma ingenuidade enternecedora eles davam por certo que eu devia passar as noites trepando de cama em cama — foi essa a expressão que utilizaram —, tanto quanto eu desejasse. E o mais ingênuo ou o mais libidinoso, o mais curioso de todos foi justamente Van Vechten, que, aproveitando a espontaneidade que às vezes gostava de exibir — só às vezes —, culminou o breve interrogatório ou a exposição de sonhos maduros me perguntando sem rodeios:

— Escute aqui, jovem De Vere. — Assim Muriel me apresentava e assim me chamavam inicialmente seus amigos. — Desembuche: você que é bonitão, cá entre nós: nestes tempos que correm, com as mulheres liberadas, quantas você come por mês, mais ou menos? Um bom mês. Não deve parar, imagino. — E se dispôs a esperar minha resposta com um olhar lascivo, os olhos de antemão cobiçosos e admirados, eu podia ter dado qualquer cifra e ele a teria engolido com entusiasmo. Eles imaginavam um mundo que não existia ou só entre os caçadores mais ativos e afortunados, como os de qualquer outra época, só que com mais facilidades: um mundo sem restrições nem travas morais nem de nenhum outro caráter, uma espécie de neopaganismo de filme escandaloso com intenções artísticas, o cinema europeu teve uma praga naqueles anos, e esses homens iam vê-los, não os de Jess Franco, e sim os mais famosos e os que ofereciam melhor álibi. Além do mais, ainda não havia aids, eu já disse, ou se desconhecia sua existência, de modo que o temor e as precauções estavam ausentes. Foi um período privilegiado nesse campo, como não tornou a ocorrer até agora.

Eu tinha certa dificuldade para falar dessas questões, mais ainda de bancar o mulherengo, não era meu estilo. Notei que a verdade — bem normal, bem modesta, mas não me queixava em absoluto disso — teria sido decepcionante para eles, em particular para Van Vechten, o mais febril, o mais ansioso, o que mais tinha ilusões. Suas fantasias me pareciam deprimentes, de velha guarda, um tanto patéticas, não muito distintas das dos adolescentes que se reúnem em torno do mais avançado, que afirma já ter tido experiências sexuais e que se dispõe a relatá-las em detalhe, no pátio do colégio, a um público crédulo por ser ignorante, que espera embustes e exageros ou que os exige, porque sem eles não há narração que mereça ser ouvida. Suas fantasias me davam um pouco de pena, ou era desgosto. Estavam presentes duas mulheres, amantes ou amigas ou, mais propriamente, ex-amantes do ator ou do toureiro ou de ambos, que não jogavam cartas mas faziam companhia e decoravam e entretinham uma a outra, os olhos de Van Vechten iam atrás delas de vez em quando, vestiam saias estreitas e mostravam bastante as pernas realçadas por saltos altos. Vi que deixavam de conversar entre si esperando minha resposta, o que me deu ainda mais incômodo do que se só estivessem presentes homens, falamos com mais liberdade e acreditamos nos expor menos ao ridículo nas reuniões exclusivamente masculinas. Hesitei. Depois me lembrei que a muitas mulheres não produz má impressão que um homem ou um jovem tenha aventuras múltiplas dessa índole. Ao contrário, apreciam imaginativamente e ficam intrigadas, até implica um estímulo para que elas mesmas se transformem em aventuras deles, já ou no futuro, como se anotassem em sua memória: "Esse cara é sexuado e agrada a muitas, convém contar com ele e não descartá-lo". Vi que Muriel também aguardava minha resposta. Não teria partido dele me perguntar (não singrava esses mares), mas já que outro o fez, esperava que eu proporcionasse satisfação e diversão a seus amigos, como se fosse responsabilidade dele, já que ele me havia trazido. E assim se atreveu a dizer, quando meu silêncio se fez um pouco demorado, criando mais expectativa que a devida:

— Que foi, o gato comeu sua língua, Juan? Está muito pudico. Vamos, não me deixe mal e responda ao doutor, que quer saber como vocês, jovens sem restrições de hoje em dia, aproveitam a vida.

Decidi mentir, entre umas coisas e outras. Deixar com água na boca os homens maduros, que era o que desejavam: se espantar e se amaldiçoar terem nascido antes da hora. Atiçar a imaginação das duas mulheres, que deviam ter trinta e poucos anos e me veriam como um menino quase incansável e talvez um furioso nas camas. Agradar meu chefe, que tinha me julgado digno de estar ali, com os mais velhos. Tratava-se, no fim, de aproveitar bem uma ocasião festiva.

— Num bom mês, como o senhor diz, doutor — falei por fim (apesar de seus protestos eu o chamava de senhor e "doutor", de início, depois não houve meio, quando começou a vir comigo a lugares a que nunca teria ido sozinho) —, pego umas sete ou oito, não menos. Num mês fraco, três ou quatro. — E creio que me ruborizei diante daqueles que me viam, mais por meu descaramento na falácia do que por qualquer outro motivo. Com certeza eles pensaram que eu me avermelhava por me confessar tão ávido.

Produziu-se certa agitação ao meu redor, um ou outro assobio de estupefação, me vi protagonista um instante. O toureiro e o ator devem ter se sentido diminuídos em seus gloriosos passados de *castigadores*. Muriel me pareceu entre surpreso e satisfeito ("Tantas, hein?", escapou-lhe paternalmente). As mulheres se olharam com o rabo dos olhos, arquearam as sobrancelhas, descruzaram e tornaram a cruzar as pernas, as duas ao mesmo tempo (um relâmpago de coxas), como se fosse uma coreografia ensaiada ou como se fossem gêmeas. Os olhos de Van Vechten quase saltaram das órbitas e ele puxou a gravata repetidas vezes para baixo e depois o nó para cima a fim de ajustá-lo, era um gesto que fazia quando se agitava ou se excitava ante uma perspectiva ou promessa. O mais notável foi que ninguém se mostrou cético, na verdade não conheciam o mundo, por mais veteranos que fossem, ou só conheciam o da sua juventude, o único que chegamos a apreender naturalmente e sem esforço: já em vida experimentamos um pouco o que acontecerá quando morrermos, quando o tempo nos deixar para trás numa velocidade inconcebível e nos tornar passado remoto e nos assimilar às antiguidades. Já em vida nos damos conta de que é impossível acompanhar sua passagem, ficamos defasados enquanto perdemos energia e começamos a nos cansar de tanta mudança e nos dizemos: "A minha época chega até aqui, no que vier depois já não entro; o próximo já não é meu; no máximo, dissimularei o melhor que puder e vou me tornando um anacronismo e já estou demorando". A coisa teria sido muito pouco distinta se o professor Rico estivesse presente. Não porque ele conhecesse mais o mundo, em absoluto, mas porque não teria se permitido impressionar diante de testemunhas e teria soltado um comentário depreciativo: "Bagatelas", ou "Insignificante", ou até "A isso você chama um bom mês, jovem De Vere? Eu te imaginava mais apto e exímio". Mas ele não estava em Madri aquela noite, de modo que ninguém diminuiu o impacto da minha fanfarronice, e Van Vechten, o mais propenso a crer nela e atiçado por sua dimensão, tentou me arrancar mais detalhes, com a aquiescência dos demais como ruído de fundo.

— Anda, conta, conta — disse o doutor animadíssimo, como se outra festa começasse. — Idades? Locais? Cenários? Onde você as pega? — A simples expressão "pegar" delatava qual era sua concepção desses encontros, o mundo antigo a que pertencia. — Você se limita às da sua idade, ou até onde não as vê como senhoras? Deve ter suas fronteiras, suponho. Quem ainda pode escolher estabelece as suas, eu, pelo menos, na sua idade estabelecia. — Lançou um olhar rápido às duas mulheres, algo dançou na ponta da sua língua, temi o pior, uma vingança mesquinha porque não lhe davam a menor bola, não lhe olhavam, não lhe respondiam. Temi que acrescentasse algo como: "Estas duas damas tão bonitas, para não ir mais longe, antes teriam me parecido velhas e agora, em compensação, eu as comeria". Por sorte não aludiu a elas, mas a olhada já resultou inconveniente e grosseira naquele contexto. Aquelas duas ex-amantes do ator ou toureiro eram bem bonitas, uma num estilo um tanto cru, a outra mais delicada. Não mereciam que ninguém as menosprezasse, nem mesmo hipotética, nem retrospectivamente. A elas não passou despercebida a olhada de relance de Van Vechten e o que ela significava. Lançaram-se um novo pestanejar como para confirmar que haviam entendido a mesma coisa, tornaram a descruzar e cruzar as pernas, agora não com aprovação ao jovem, mas incomodadas com o homem outonal. O doutor era com frequência impertinente, e expansivo, e pouco consciente da sua idade porque não a levava pintada no rosto ainda liso nem no corpo ainda ágil; e, por sua falta de tato, era obrigatório dar a ele um bom desconto.

Eu não estava disposto a continuar pelo caminho que ele me propunha. Uma coisa era levá-los na conversa em alguns números, numas frases, de piada ou para não os decepcionar, outra continuar fazendo isso em descrições e relatos, isto é, continuadamente e com inevitável jactância, embora fosse inventada. Havia algo antipático ou malsão em seu interrogatório, tão fora do tom jovial ou jocoso; uma falta de respeito para com as mulheres que, apesar de arquiconhecida e vigente em muitos âmbitos da vida espanhola e não espanhola, de então e também de agora, não deixava de me incomodar. Não é que eu não pudesse incorrer nela às vezes, até certo ponto (também não vou dar uma de ter sido sempre cavalheiresco), mas a dele era excessiva, roçava a humilhação ou, antes, propendia a ela. Ter filhas não cura o homem desse desdém involuntário ou mimético que muitos herdamos. No caso do doutor havia deliberação: ele tinha filhos e filhas, pelo que soube mais tarde, e nem por isso havia melhorado.

Me desculpei com um sorriso:

— Não, doutor, não creia. O senhor devia ser mais bem-apessoado que eu. Eu só pego o que posso, como quase todo mundo. O que não lhes disse é com quantas tento, e se fizer o cômputo geral, colho muito mais fracassos do que sucessos.

O ator, o toureiro, Muriel e um outro riram da minha tirada, que também era um embuste, eu não era dos que andavam por aí dando em cima de mulheres a torto e a direito. Os dois primeiros devem ter se sentido um tanto aliviados, pensando que nada nunca muda tanto assim e que em nenhuma época há sucesso que se alcance sem arte e sorte e esforço. Van Vechten não riu, ou se o fez foi com atraso, por imitação involuntária do resto. Olhou para mim como se eu lhe ocultasse dados úteis, como se lhe escamoteasse as histórias que ele tinha se preparado para ouvir com deleite, talvez com desejo de aprender sobre o mundo novo que não estava muito a seu alcance. Concentrou-se na partida de pôquer com um gesto de pueril ressentimento.

Ao cabo de alguns instantes, uma das mulheres quis ir embora, a noitada já dera o que tinha que dar. Eram quase três (esses carteados começavam depois da ceia, por volta da meia-noite, naqueles anos a gente de toda idade virava a noite e em Madri sempre se dormiu o mínimo) e alguém devia acompanhá-la, mas o toureiro e o ator (viera com um dos dois, ou com ambos) ainda não estavam interessados em levantar acampamento, preferiam se recuperar de perdas ou sair um pouco mais ricos e vitoriosos.

— O rapaz te leva de táxi — disse o primeiro —, ele não participa da mesa. — E tirou uma nota do bolso e a passou a mim, para o gasto, eu a peguei para não deixá-lo com a mão congelada no ar, uma deselegância. De fato, eu mal jogava, tinham me aberto um lugar para cinco ou seis mãos num momento de descanso e más cartas e mau humor de Muriel, como seu substituto. Nem havia apostado dinheiro meu, só dele, e tinha mudado sua sorte, isso o havia animado a voltar ao seu lugar.

— Anda, deixe para mim agora, gracinha, para ver se pego

a sua maré — tinha me dito, dando um tapinha carinhoso na cadeira, para que a cedesse. Achei simpático ele ter me chamado de "gracinha", havia recuperado o humor, só se chama assim a quem se tem simpatia ou afeto sinceros, e costuma ser reservado às crianças. Ou se costumava, é mais um termo em desuso, como a maioria, nossas línguas vão se reduzindo preguiçosamente. — Se ela durar, te dou uma porcentagem do que ganharei. Uns cinco por cento, não se empolgue — acrescentou gozador.

A mulher e eu tivemos que andar um bom pedaço em busca de um táxi, eu devia ter pedido um por telefone, mas ela ficara impaciente demais para esperar que chegasse, urgiu-lhe sair de lá desde que decidiu ir embora. Não passavam, nem ocupados nem livres, pela zona residencial em que estávamos, mais ou menos El Viso ou arredores, com suas casas e hoteizinhos, nem um só comércio ou cinema a iluminavam, nem um bar nem um restaurante, e além do mais era tarde, os postes de luz espaçados. Era uma noite de primavera, quase verão, ela não trazia nenhum agasalho, só sua saia e uma blusa com decote em V justa e quase sem mangas, o braço quase todo descoberto, e nada de meias, sem dúvida não havia contado ter de andar nem vinte passos, ou só os que separassem a casa de um automóvel, o do ator ou o do toureiro. O salto alto a fazia avançar um pouco devagar e eu tinha de me adequar a seu ritmo, mas caminhava bem, procurando manter um discreto remelexo. Fez-me pensar que não lhe era indiferente o modo como eu a via, que aspirava a me agradar, embora isso não significasse muita coisa, há gente que necessita agradar quem está diante de si, seja o monstro do inferno ou uma vara de porcos, se vai pelos campos. Era a que eu defini como de estilo mais delicado, o que só quer dizer que o era mais que sua companheira, não que o fosse per se. Para isso lhe sobravam curvas pronunciadas (não que minha vista me possibilitasse reparar nisso) e os brincos de amplíssimo aro, e sua saia era um tanto curta até para a moda descarada de então, permitia apreciar quase por inteiro suas coxas morenas, ela toda era morena, não devia poupar a piscina municipal ou de amigos abastados quando fazia bom tempo. Perguntei como se chamava (não nos haviam apresentado formalmente), respondeu que Celita e se interessou por sua vez pelo meu nome, ninguém tinha se referido a mim senão como "jovem De Vere" ou "o rapaz" ou "bonitão" e até mesmo "este garoto" ao longo da noitada.

— Conhece bem esse dr. Jorge? — Talvez fosse incapaz de reter o sobrenome Van Vechten ou não tinha vontade de dizê-lo.

— Não muito. Só de reuniões como esta, coisa assim. Só em grupo.

— É meio porco. — Disse isso com segurança, sem esperar corroboração minha. Mas não sabia se pelo que ela acabava de ouvir, por suas inquisições sobre as minhas andanças, ou porque tivesse tido contato com ele e estivesse a par de suas maneiras ou de suas manias.

— Por que diz isso? Por sua insistência? Ou saiu com ele e ele te fez alguma coisa?

— Não, eu com ele não saio nem para remar no lago do Retiro, que é cheio de gente. Mas uma vez ele me viu como médico, eu tinha uns problemas e Rafael me mandou ao seu consultório para que desse uma olhada. — Rafael era o toureiro, o *maestro* Rafael Viana. — Sei que é especialista em crianças, mas como era amigo, que me olhasse para ver se tinha algo errado.

— E o que aconteceu? Você tinha alguma coisa?

— Não, disse que não era nada, que logo passaria, e teve razão, porque aqueles problemas não voltaram. Olhe, como médico deve ser bom, é famoso. Porém me pareceu que me tocava demais da conta, isso a gente logo percebe. Me mandou deitar numa maca e me despir um pouco, até aí normal, tudo bem. Mas depois, tome "Está doendo aqui?", "Aqui sente pressão?", "E agora?" e "E se aperto mais o que acontece?". Não sei, muito tempo e um pouco longe de onde eu tinha as pontadas. E "Relaxe o estômago", e muito rondar o abdome, como se seus dedos fossem para onde não deviam, e muito roçar os peitos com a manga do jaleco e com o pulso, como se fosse acidental. Mas quase nenhum roçar é sem querer, disso sabemos todos, a mulher quase sempre se dá conta do tato, quer dizer daquilo em que ela toca e do que a toca, e se não se afasta é que tudo bem. Não falo de outras coisas, mas do roçar, do contato. Eu me encolhia tanto quanto podia, mas ele nada, não parava. Não passou disso a coisa, mas a verdade é que até saí me sentindo mal. Não do mal--estar que eu tinha, sabe? Este sumiu como por um passe de mágica quando me disse que não tinha por que me preocupar — "A mão do médico que tranquiliza e faz passar", pensei, "e sua palavra como um bálsamo" —, mas da sensação de bolinagem dissimulada. Creio que não se atreveu a mais por eu vir da parte de Rafael, por medo de que eu pudesse contar a ele e ele se zangasse, porque senão...

— Senão o quê? Teria se mostrado abusado, a fim de forçar as coisas? Não sei, os médicos tocam. É fácil interpretá-los mal. Nos Estados Unidos qualquer suscetível lhes move uma ação pela primeira maluquice que lhe passar pela cabeça. Acho que a maioria deles está tão acostumada que não sente nada, é como se tocassem cortiça. Quero dizer, quanto aos pacientes.

— Eu sei o que senti e não sou uma medrosa nem uma histérica. Sei o que digo. — Não soou ofendida, mas esclarecedora. — Mas não, não violento, não acho que seja um desses, conheci um ou outro. Pesado, sabe, dos que se controlam mas não inteiramente. Não sei, torpe, mau-caráter, como se acumulasse sensações e as guardasse para depois, não sei se me entende. Ou como se não quisesse nada, mas experimenta uma vez e mais outra para ver se consegue algo, para ver se cola. Acreditando que, sem querer, vai acabar te excitando, te roça aqui, te apalpa ali, ou que você vai ir cedendo para não criar uma situação incômoda. Há homens que se aproveitam das mulheres tímidas, ou das bem mocinhas, ou das educadas, das que têm horror ao enfrentamento. Inclusive a dar uma negativa clara. Elas existem, mesmo que você não creia. As que acabam permitindo muito, só para não fazer feio ou não fazer uma cena.

— É? Hoje em dia? Isso soa a romance do século XVIII ou XIX. E além do mais rural, com fidalgos e camponesas.

Não pareceu que meu involuntário pedantismo a tivesse irritado. Com certeza ela tinha mais estudo do que eu havia suposto em primeira instância.

— Soa a Dickens e esses romancistas? Não sei a que soa, mas te garanto que isso ainda existe, e muito. Pedem a você e você cede. Insistem com você e você cede. Lisonjeiam você, não vou dizer que não, isso também conta e às vezes convence. Resumindo, não é que te agrada muito, mas quase te custa menos ceder do que negar. Não é meu caso, viu, mas acontece com muitas.

— Ah é? — Pensei no toureiro, que teria uns vinte anos mais que ela. — Você só vai com quem te agrada, é isso mesmo? Com quem te agradou antes que te fizessem notar que você é que agradava a eles? Às vezes a gente presta atenção em alguém só porque esse alguém prestou atenção na gente. Às vezes só consideramos quem já nos considerou. Não é nada raro que o olhar do outro condicione o nosso em relação a este outro.

Sorriu e respondeu apenas à pergunta inicial, o resto deve ter lhe parecido lero-lero.

— Mais ou menos. Sempre há uma exceção. Com certeza você também as teve, com alguma moça muito carinhosa ou muito entusiasmada, a quem te dava um sei lá o quê rejeitar. Anda, confesse, que não devem te faltar pretendentes. — E cutucou levemente meu cotovelo com o seu, o gesto nada teve de vulgar, enquanto caminhávamos lado a lado pelas ruas vazias ou às vezes agarrava o meu braço para manter melhor o balançado, nossos passos se faziam ouvir demasiadamente, os dela mais com seus saltos altos (o som de uma promessa). A cada pisada seus brincos bailavam com graça, mais cedo ou mais tarde os tiraria com pesar, supus, se demorássemos muito mais para encontrar um táxi, tanto vaivém deveria incomodá-la.

Levei aquilo como uma amabilidade simpática, não como uma cantada. Era dez anos mais velha do que eu, ou até mais. Podia se permitir me tratar como uma irmã mais velha improvisada, algo assim. Sabia bastante, mas não o bastante. Ou tinha se esquecido como muitos jovens são, à força de frequentar gente mais velha, como o ator ou o *maestro*. Devia ter esquecido que para a maioria uma relação sexual ainda é um milagre, um presente (ou era, em 1980), a não ser que a mulher em questão nos repugne ou nos dê arrepios, esteja descartada desde a primeira vista, seja uma gorda intolerável e mole ou um espantalho irrecuperável. Quando jovem a gente é muito pouco recatado, quase nada escrupuloso, ainda impera o traço grosso, nesse terreno e em outros. A gente não dá as costas para quase nenhuma oportunidade razoável, principalmente se não é preciso se dar a nenhum trabalho. Os jovens são com frequência desalmados, eu me refiro aos rapazes, nesse campo. No mínimo aproveitadores. Eu era assim, não vou negar, e fui por uns anos. A consideração se aprende, assim como a conveniência de não forjar laços tão facilmente. Parece que não, mas sempre há mais laços do que acreditamos, mesmo que só se estabeleça numa noite de farra e cheguemos a esquecer o nome da pessoa com o passar do tempo, e até da sua existência, e quase do fato. Mas na realidade a gente nunca esquece com quem esteve, se torna a encontrá-la, apesar de paradoxalmente não guardar imagens, isto é, recordação. Há como um registro mental, está anotado esse dado, que reaparece no mesmo instante ao ver o rosto novamente, ou às vezes ao ouvir o nome se o rosto já mudou muito. A gente sabe, sabe que teve essa experiência, que enganou essa mulher em outra vida, com outro eu do qual, no entanto, tem registro, mais que memória. É assim, tem pouco sentido a gente saber de algo de que não se lembra.

Ia responder à Celia, "Sim, é verdade, aconteceu comigo, o que me leva a desconfiar que com alguma mulher pode ter acontecido a mesma coisa que comigo, e a ideia não é agradável. Mas o que se há de fazer, a gente também não penetra nos pensamentos de ninguém; e é melhor assim, ou não daríamos nem um passo, nunca roçaríamos uma mão". Ia lhe responder algo parecido quando vimos um táxi livre, uma luz verde a muita distância, e começamos a agitar o braço como desterrados ou náufragos, os pés dela deviam doer, com grande dignidade não se queixava, nem lhe ocorreu tirar os sapatos em nenhum momento, nem mesmo já dentro do carro. Deixei-a entrar primeiro, ainda não havia aprendido que num carro o homem deve entrar antes, principalmente se a mulher está de saia, e ainda mais se esta é curta e justa. Ao sentar-se, ela ainda pareceu mais sumária, parecia que não estava de saia (mas estava, e essa era a graça), meus olhos me escaparam de esguelha em direção às suas coxas queimadas, lisas, compactas, eu as tinha perdido, aquele tempo todo caminhando a seu lado. Perguntei onde morava, respondeu que na Calle Watteau e iniciou uma explicação complicada, eu não tinha a menor ideia de onde ficava nem de que esse pintor contasse com uma rua em Madri. Ao taxista também não dizia nada, puxou o guia em busca do mapa, ela soletrou ("Pô, põem cada nome às vezes", amaldiçoou o homem, quando por fim soube do *w* e do resto), acabou de lhe dar umas indicações a que não prestei atenção e arrancamos. Logo me vi em zonas que desconhecia totalmente, como se me houvesse transportado a outra cidade, o taxímetro subia depressa. "Ainda bem que Viana me deu algum", pensei. "Se não, ficaria duro."

Não continuamos a conversa anterior, havia ficado para trás. Perguntei em que trabalhava.

— Num Ministério — me disse sucintamente. — Sou funcionária pública.

— Não diga! — Creio que soube dissimular certa surpresa e, para remediar, acrescentei: — De alto nível?

— Bom. — Ela sorriu. Fez uma pausa. — Não, baixo.

Não puxei mais conversa, estava pensando em outra coisa, uma dessas que induzem você a permanecer lacônico, a conter um pouco a respiração e a prestar toda a atenção nelas enquanto se prolongam. Celia não tinha se enfiado até o fundo do banco (talvez por desleixo momentâneo ou preguiça, talvez pela saia), tinha parado quase na metade deste (ou nem tanto), e não tive outro remédio senão sentar pegado a ela, de modo que sua coxa direita roçava claramente a minha esquerda ou, mais que roçar, uma se apertava contra a outra. Era óbvio que a ela isso não importunava (teria deslizado mais para lá, dispunha de espaço). Talvez estivesse cansada demais para reparar nesse detalhe ou não lhe desse bola, me via quase como um guri e nem lhe passava pela cabeça se incansável ou furioso, não me levava em conta. Eu também não me afastei. Não tinha muita margem, mas alguma tinha, ou podia ter lhe pedido que chegasse um pouco para lá e me desse mais espaço. De maneira nenhuma. Não queria lhe pedir. Não era carne contra carne, e sim carne contra pano, mas dava no mesmo, eu a notava e notava a densidade e o calor dessa carne, e preferia continuar notando. Me perguntei se ela me notaria ou nem isso. Fazia apenas uns minutos tinha falado dessa questão a propósito de Van Vechten, dissera: "Mas quase nenhum roçar é sem querer, disso sabemos todos, a mulher quase sempre se dá conta do tato". De que mais eu necessitava? E no entanto necessitava mais, sim: até os jovens que os outros veem bem-apessoados são inseguros, e até os atrevidos são tímidos. Havia a ressalva desse "quase", ela podia considerar que precisamente nosso roçar no táxi era sem querer, e esta podia ser a vez excepcional em que ela não se dava conta do tato. Havia acrescentado: "A mulher se dá conta daquilo em que ela toca e do que a toca, e se não se afasta é que tudo bem". E se ela estivesse tentando ver se era eu que me afastava, eu o tocado, ou se "tudo bem" aquele contato com sua coxa insistente? Eu não me encolhia nem me retirava nem retrocedia, é claro. Ela também não, mas o outro nunca está claro, é sempre obscuro, até nossa mulher e nossos filhos são opacos, e de fato ninguém se mete nos pensamentos de ninguém e às vezes os outros nem pensando estão, só reagem, só agem ou respondem a estímulos, passando por cima do cérebro ou não fazendo caso dele ou pulando-o, não lhe dando tempo de se exprimir nem de se formular, eu nunca contei com essa sorte, deve ser mais sorte do que desgraça, provavelmente.

E não tendo contado com ela nem mesmo na minha juventude, optei por algo voluntário e meio calculado, mas que ainda me salvaguardava, que não me dissiparia a dúvida mas a abrandaria. Ofereci-lhe um cigarro, não o quis naquele instante, apesar de fumar. Acendi o meu, contra a minha tendência — sempre fumo com a canhota —, segurei o cigarro entre o indicador e o médio e deixei cair a outra mão, com o isqueiro nela, sobre a coxa resplandecente sob os postes de luz como clarões ou sob a intermitente lua. Não a palma, claro, isso teria sido um descaramento, mas o dorso. E não plenamente, é óbvio, e sim mais à beira, ou digamos no canto, inicialmente, e depois um pouco mais, como se a mão se fosse vencendo por si mesma, ou como se fosse inclinada pelos sacolejos ocasionais ou pela velocidade do taxista quando pegava sinais verdes. Parece uma besteira, uma mão é uma mão, mas há uma enorme diferença entre o dorso e a palma, a palma é que apalpa e acaricia e fala e costuma ser deliberada, e o dorso finge e cala.

Não moveu a coxa, não a afastou nem um milímetro, não evitou nem repeliu aquele novo contato, o que seria bem fácil, havia espaço à sua esquerda; agora era carne contra carne, embora ainda precavidas, quase quietas, ainda com a máscara da casualidade. Me atrevi a mexer minimamente esse dorso durante o que restou do trajeto, como se aquilo se devesse ao ligeiro balanceio do carro nas curvas, ao virar nas esquinas ou circundar rotundas, em Madri há muitas por toda parte. Não falamos. Não falamos. Não falamos. Quanto mais se demora a falar mais difícil parece tornar a fazê-lo, e não é verdade, basta abrir a boca e dizer uma só sílaba ou duas com sentido: "Sim", ou "Não", ou "Quê", ou "Como"; ou "Venha", ou "Vai", ou "Mais", ou "Nada". Ou talvez "Quer", em seguida vêm mais, sempre. Mas não a abrimos enquanto estivemos rodando, nem foi mais preciso guiar o taxista, já tinha feito seu itinerário o homem. Quando acabei o cigarro, apaguei-o no cinzeiro ao meu lado, mas minha mão esquerda continuou onde estava, agarrando o isqueiro como se fosse um talismã ou uma relíquia, isso me permitia manter o dorso sobre a sua perna, o dorso que a cada pequena virada acariciava um pouco como se não o fizesse. Não houve oposição, não houve esquiva, Celia não se incomodou nem a mudar de postura. "E agora", pensei "quando pararmos? Vamos nos despedir sem mais, dois beijos no rosto? É o natural, só andamos um trecho juntos, só isso, um minúsculo episódio noturno — e há tantas noites nestes anos — que nem lembraremos. Descerei do carro, para que ela saia por onde entrou, sempre é perigoso fazê-lo pela porta da esquerda, e seria feio eu não acompanhá-la até a entrada, depois de toda essa excursão e tantas voltas, não tenho a menor ideia de onde estamos. Até que esteja sã e salva, e mesmo assim não estaria, ouvi falar de assaltos a mulheres no elevador, quando já se acreditavam seguras, tipos que se eternizam ali esperando-as, se estão a par de suas noitadas, ou que surgem do escuro e se enfiam antes que as portas se fechem, e elas sejam pegas tão perto de seus lares, de suas camas acolhedoras ou desconsoladas. Talvez subir com ela, depositá-la em seu apartamento, me fazer de um cavalheiro, dos que quase não existem mais e assim me aproximar o máximo possível de seus lençóis, parece uma besteira, mas a proximidade facilita e dá ideias, e inclusive tenta quem se considerava imune, quem havia descartado tudo desde o início, quem de repente muda e sucumbe ao argumento mais fraco e decisivo: 'Por que não?', se diz. 'Se me proponho fazê-lo, será como se não tivesse acontecido'."

A Calle Watteau era curta e estreita, mais uma afronta ao pintor francês do que uma honra. Descobri com surpresa que a paralela imediata se chamava Juan de Vera, quase meu nome, ou o que lhe caberia ter sido, me pareceu um sinal e um estímulo, me perguntei quem diabo seria. Mais importante do que Watteau para a prefeitura, em todo caso, e mais ou menos como a Batalla de Belchite, de que a Watteau era uma travessa. Eu não conhecia nenhuma delas, mas havia reconhecido a zona de repente, tardiamente, me ocorreu que pode ser que o taxista nos houvesse feito dar voltas e mais voltas e Celia havia deixado ou o havia induzido a isso com suas instruções, para encompridar a viagem e me calibrar sem pressa. Estávamos a dois passos do Paseo de las Delicias, de um lado, de outro do Museo del Ferrocarril, de outro, não muito longe do rio. Quase em frente a onde Celia morava havia um Complexo Penitenciário Feminino, assim dizia o letreiro, confiei em que não fosse funcionária do departamento de prisões, do Ministério do Interior, supunha, de repente passou por minha cabeça essa triste e desestimulante ideia. Olhei os muros e as janelas sem luz, todas altas. As reclusas deviam dormir profundamente fazia horas, sem nenhuma tentação ou só em sonhos ou sabe lá, para elas todas as noites daqueles anos febris deviam ser iguais. Era inevitável que talvez sentissem o cheiro umas das outras, cheiros fortes às vezes, eu sentia o cheiro de Celia de perto, e seu cheiro era suave, inclusive depois da caminhada que nos tinha sufocado um pouco e deve ter feito seus pés não muito pequenos doerem. O carro parou. Permiti de propósito (me fiz de distraído, desorientado) que o taxista parasse o taxímetro, subisse a bandeira, fingi me lamentar.

— Ai, o senhor subiu a bandeira — falei. Podia tê-lo avisado de que continuaria, desde muito antes, tinha me abstido. Teria de me levar para casa, ele ou outro, isso era certo.

— Como não me disse nada... Então vamos prosseguir? Baixo de novo ou faço um cálculo?

Não foi preciso que respondesse, que hesitasse, que tergiversasse, que interrogasse Celia com um olhar, que morresse um instante na minha palidez e viesse à luz minhas expectativas de palavra. Tive a sensação de ter sido salvo pelo gongo, como se dizia antigamente, quando ainda havia boxe e ele não era condenado.

— Quer subir um instante? — me perguntou Celia. Perguntou com naturalidade, ou mais que isso, com certeza inequívoca. Tratava-se de subir e ponto, não para tomar um drinque nem por termos nos simpatizado enormemente nem para não interromper a animada conversa que não mantínhamos. Ela era uns dez anos mais velha que eu, deve lhe ter sido óbvio desde o primeiro minuto até o último, também agora. Talvez minha falsa jactância ao responder a Van Vechten tenha surtido um efeito intrigante, apesar de ser imediatamente desmentida por mim mesmo, em parte. Há fanfarronices e brincadeiras que despertam a curiosidade porque nunca há certeza absoluta do que é uma fanfarronice ou uma piada. E se coubessem dúvidas de se a pergunta dela assim era, de se a tinha feito da boca para fora e por cortesia, ou para me testar, ela a repetiu como afirmação: — Sim, quer subir. Então venha, vamos. — Não respondi logo, não fiz nada no ato. Vamos, o que está esperando? Pague a corrida. Abriu a porta e desceu pelo seu lado. Não havia separado a coxa até então, no mesmo instante senti falta. Ainda calculei se o dinheiro me bastaria para outro táxi mais tarde ou na manhã seguinte, cálculos e temores de jovens, sempre com dinheiro curto. Bom, de manhã eu podia pegar um ônibus ou o metrô, e além do mais pouco importava. Nessa idade você vai onde quer que seja e volta andando quilômetros, e atravessa a cidade inteira, e fica atolado no lugar mais remoto, de madrugada, ante a perspectiva ou a mera possibilidade de uma trepada que possa valer a pena e se lembrar, é pão, pão, queijo, queijo, assim; isso se cura com os anos na maioria dos casos, a partir dos trinta e cinco, por aí, você fica mais cauteloso e mais indolente, começa a ter preguiça de acordar em cama alheia e ter que tomar o café com uma sombra piorada, despenteada, sem maquiagem, dá preguiça se despir a altas horas e, mesmo que não seja necessário, dá preguiça misturar-se e estabelecer esse vínculo que talvez o outro não esqueça, ou não tão imediatamente quanto você mesmo. Também leva em conta suas lealdades, em relação à pessoa que o espera em casa ou está viajando e em relação aos parceiros ignorantes ou ausentes das mulheres que você talvez nunca tenha visto; você aprende a se pôr no lugar de qualquer um, inclusive de um imbecil desconhecido (quase todos os maridos parecem imbecis do ponto de vista do amante, por fugaz e ocasional que este seja, assim como todos os amantes se tornam uns cretinos na imaginação dos maridos, embora não saibam quem são nem estejam seguros da sua existência). Mas nada disso vale aos vinte e três anos, muito pelo contrário. É então que você é capaz de enganar, de empregar ardis e convencer com sofismas e consumar felonias, de apostar na baixa e de se humilhar com um propósito e procurar dar muita pena, de se fingir atormentado ou doente, de mentir a uma mulher e de trair um amigo, de cometer baixezas das quais irá se envergonhar, ou que tentará não se lembrar para ter a ilusão de que não ocorreram ou de que quem as cometeu está sepultado: "Esse já não é mais quem sou, esse era uma criança, e o que as crianças fazem não conta. O verdadeiro cômputo se inicia hoje, ou talvez amanhã". As pessoas estendem à vontade o que consideram sua idade irresponsável.

Paguei o taxista e saí pelo meu lado. O carro saiu de entre nós, desapareceu num segundo, e ficamos os dois na diminuta Calle Watteau, separados pelo espaço que o veículo ocupava. Não prestei atenção no edifício nem na entrada nem em nada, disso não conservo lembrança. Só tinha olhos para Celia, que pela primeira vez em muito tempo contemplei com um pouco de distância, seus saltos altos, sua figura completa, em nenhum momento os havia tirado. A saia havia ficado um tanto subida e amarrotada durante o trajeto. Estendeu-me a mão, mudou de ideia, me deu o braço e fomos caminhando até a entrada. Talvez para ela também fosse um acontecimento, chegar em casa com uma pessoa jovem. Não, na realidade não acreditava nisso, ela podia levar até lá quantos jovens quisesse, uns são impacientes e ansiosos, outros são tímidos e agradecidos, e outros são insaciáveis. Provavelmente eu ainda tinha algo das três categorias. Não pude evitar que nos olhássemos por um instante com olhos de espectador ou de colecionador, com os olhos da imaginação, que são os que melhor retêm uma cena e depois melhor se lembram. E não pude evitar de pensar que se o dr. Van Vechten nos tivesse visto, teria feito uma marca na minha coronha e se sentido orgulhoso de mim. E teria me odiado.

Mas eu não sabia então que se curasse alguma coisa com os anos, nem que se aplacasse, nem que alguém pudesse se tornar cauteloso e indolente, nem que se levassem em conta as lealdades e estas atuassem como peneira e guia e freio, e além do mais não me faltavam exemplos de que não era assim para muitos, de que há pessoas maduras que nunca cedem e que são sempre insaciáveis e ansiosas, pelo menos mentalmente, quero dizer: é como se devessem continuar atuando tão só para satisfazer à mente tirânica que não descansa nem conhece pausa, acostumada demais a si mesma durante anos demais — a juventude e a plenitude são muito longas, as fronteiras de seu fim são difusas —, independente das necessidades e vicissitudes e capacidades do corpo, que ela enxerga cada vez mais como um instrumento irritante do qual há que requerer maior esforço; acostumada a se encarregar de certas contagens irrenunciáveis — com quantas mulheres fui para cama este ano, por exemplo; sem pagar, com quantas — ou estando ocupada com fantasias futuras —, quem será o próximo homem que me preencherá esse vazio, por exemplo; me basta que haja mais um, para ficar com ele e depois não farei mais perguntas. (Do mesmo modo que há anciãos que parecem moderados e se tornam inofensivos, e cujas mentes indecifráveis ou voláteis ou ausentes — ninguém se mete nos pensamentos de ninguém — talvez maquinem sem cessar vilezas e acumulem má-fé com quantos estejam ao seu redor. As mentes enganadas são as que nunca se rendem, as que se sentem iguais desde sempre e não veem motivos para mudança. E se acaso conseguem olhar para trás com distanciamento, é só para pensar: "Minha culpa passou. Os anos a diluíram, estou limpo. Já posso começar outra conta, embora também seja conta de culpas. Mas será outra, será nova, será diferente e mais curta, porque já não me resta todo o tempo".)

Eu via como Beatriz não renunciava a isso, ou, eu imaginava, era a isso que em parte correspondiam suas visitas vespertinas, apesar de, intuídas de fora, parecessem pautadas e rotineiras e de modo algum esperançosas, e apesar de saber que no fundo para ela o próximo homem era o de toda a vida, o mais antigo, que ela não descartava ("Só você me interessa e amo você, como preciso te dizer, por mais que você me afugente"), que se voltara contra ela e se tornara humilhante. Em dias de mau humor ou de excessivas contrariedades com Towers, Muriel não só a chamava de "baleia" e "saco de farinha" e "ser paquidérmico" e "bola de sebo" e "vaca gorda", não só a comparava com o sino de El Álamo ou com a diligência de *No tempo das diligências* ou a achava parecida com Shelley Winters em seus anos mais gordos ou com "a giganta de Baudelaire" (alusão que então me escapava), como a assimilava a atores obesos ("Só te falta um bigodinho para ficar igual ao Oliver Hardy", ou "Espero que não percas cabelo, ou te confundiria com Zero Mostel, se lembra? Foi comparsa suorento do nosso amigo Palance"), sabendo que ela captava todas as referências cinematográficas, mais que eu mesmo. Seus insultos eram tão injustificados e desproporcionais, na realidade tão disparatados e mal-intencionados e absurdos — roçavam quase o humorístico —, que talvez por isso mesmo não a magoavam tanto — pode ser que até a fizessem rir, no mais recôndito do seu foro interior —, embora sem dúvida fossem desagradáveis de ouvir e lhe minassem o ânimo e lhe criassem inseguranças terríveis, às vezes eu me perguntava como não desfalecia completamente e abandonava suas expedições noturnas até a porta do quarto do marido, é possível que se refizesse dos repúdios e recobrasse confiança em seus encontros com Van Vechten naquele quadro ultrarreligioso e com quem quer que fosse o indivíduo da Plaza del Marqués de Salamanca num quadro laico (pois ambas as visitas se repetiram), e quem sabe se com alguém mais em El Escorial ou em outro lugar a que tivesse de se deslocar de moto. E talvez ela adivinhasse o que não podia saber, mas eu sim sabia: embora Muriel lhe soltasse essas grosserias na cara, nunca se referia a ela em tais termos em sua ausência, quero dizer que diante de nenhuma outra pessoa falava de Beatriz como "barril de *amontillado*" nem como "Charles Laughton", era sempre "Beatriz" ou "minha mulher" diante de terceiros, e "mamãe" ou "a mãe de vocês" diante dos filhos, e "a senhora" ou "Beatriz" diante de Flavia, e tomava o maior cuidado para que os apelativos desagradáveis não tivessem testemunhas, eu incluído em princípio, só que diante de mim lhe escapavam injúrias (cheguei a ser tão como o ar...), e além do mais eu espionava, e ouvia o que não devia, isso me parecia uma frágil mostra de respeito de sua parte, ou talvez um frágil resto de afeto que na pré-história tenha tido por ela: que em presença dos demais se abstivesse de injuriá-la brutalmente.

Tampouco via Muriel, perto dos cinquenta ou neles, renunciar por inteiro a suas efusões com mulheres, se cabia essa palavra. Ele nunca parecia desejoso nem à caça de ninguém, passava por distraído ou o era nesse terreno, e mantinha uma atitude negligente e contemplativa. Dava a impressão de se surpreender quando se descobria apetecendo uma bela arrivista ou uma sedutora de estirpe. Nessas ocasiões, no entanto, não parava de pensar se as pretendentes queriam conseguir alguma coisa com ele — um papelzinho num filme, a simples intimidade com seu nome — nem as evitava quando isso era evidente. Deixava-se aparentemente conduzir e manipular, mas depois costumava se mostrar desinteressado e impávido ou nem sequer se lembrava — uma ou outra vez disse isso, e já falei de um caso — ter compartilhado a cama com quem desejava frequentá-la de novo a partir de então — com ele lá, entenda-se — ou se atrevia a lhe reclamar um pequeno favor. Se ele não havia oferecido nada, em nada se sentia obrigado, era um problema delas onde tinham querido se meter sem que ninguém lhes propusesse. Nunca o vi se relacionando a sério com nenhuma, o máximo a que se prestava era reiterar várias saídas com alguma mulher concreta que lhe caísse no gosto e de quem gostasse, quando mais não fosse como acompanhantes em estreias e coquetéis, saídas superficiais, em geral com mais gente, grupais, me parecia que ele devia se aborrecer jantando com elas a sós, ou conversando depois de seus desabafos de colcha que imaginava um tanto maquinais, mais higiênicos do que doentios e, claro, não apaixonados. Claro que lhe provocavam bocejos jovens ou semijovens, arrivistas ou de estirpe, que não tivessem a menor ideia de quem era Zero Mostel ou Andy Devine ou Eugene Pallette ou Sydney Greenstreet, para mencionar outros atores gordos com os quais em dias de ira ou de zombaria excessivas poderia ter comparado Beatriz Noguera, nem claro o poeta Baudelaire com a giganta ou sem ela. Quanto às que verdadeiramente admirava ou lhe interessavam ou o fascinavam, as Cecilias Alemany, em compensação, não só eram escassas como não costumava gozar de oportunidades com elas, pertenciam a outros âmbitos nos quais ele era um mísero ou, na melhor das hipóteses, um artista curioso que podia dar algum brilho lateral ou alguma amenidade a um jantar. E talvez se permitisse elogiá-las e anunciar que as adoraria justamente por serem quimeras. Às vezes me ocorria que Muriel tivera em sua vida uma ou duas ou três mulheres tão importantes e inteligentes, às quais teria se entregado sem reservas, tão cabais que lhe custava muito não levar na brincadeira quase qualquer outra que dele se aproximasse. Eu estava convencido de que uma das duas ou três — se é que haviam sido duas ou três — seria a Beatriz de outros tempos, a que havia vivido na América e com a qual tinha se casado, a voluntariosa, otimista, risonha que ainda era procurada, que ainda não estava semitranstornada nem era insistentemente desdita. Ou, como dizer, errante.

O professor Rico era bem mais moço que Muriel e ainda não havia chegado à idade em que nada se cura, embora estivesse se aproximando. Apesar de já beirar os quarenta, continuava sendo pueril e verbalmente insolente e peremptório e presumido, e nisso consistiam em grande parte suas consideráveis graça e encanto (para quem os visse, claro, havia gente que o detestava), que lhe proporcionavam não poucas conquistas, pelo menos teóricas ou hipotéticas, como creio ter explicado. Podia ser dos que fizessem aquele tipo de contagem a que me referi antes ("Com quantas"), só que ele devia fazer mentalmente uma marca na coronha mal via a sedução "feita" ou certa, mal se certificava de que, como às vezes afirmava com comovedora alegria — não, com ufania — "esta mulher pode ser minha na hora que eu quiser, é manifesto e indubitável", razão pela qual nem sempre via a necessidade de levar a cabo a sedução, ou de "lhe dar o tiro de misericórdia", expressão mais de Van Vechten que dele, esta última.

Não, não me parecia que tivesse passado por completo a

vontade de quase ninguém ao meu redor — talvez devido ao período novo, agitado —, muito menos do renomado pediatra, o mais velho de todos, teria uns dez a mais que Muriel e uns vinte que Beatriz e Rico, e de mim quase o dobro desses. E embora já tenha dito que aparentava uns cinquenta e se conservava desenrugado e ágil, não deixava de ser incompreensível e incoerente que eu o convidasse a sair por aí comigo e com minhas amizades. Não me custou persuadi-lo, porém, não se fez de rogado nem resistiu nem demonstrou nenhum melindre, brinquedo de criança, condições favoráveis. Sua avidez era de tal calibre; tão agudo seu pesar por estar perdendo uma época permissiva e fácil; tão pungente seu desespero ao imaginar o que lhe escapava por uma boba incompatibilidade de datas (e isso é algo que enquanto nos resta vida acreditamos possível remediar, se não reverter), que na realidade viu o céu aberto quando o animei a frequentar em minha companhia casas de drinques primeiro, depois também discotecas e salas de música ao vivo. Ali havia gente de idades variadas, as pessoas conversavam apesar dos decibéis e às vezes ficavam sentadas, ele podia não se sentir muito deslocado, sobretudo porque alguns locais eram velhíssimos conhecidos seus que haviam voltado a ficar na moda com um público entusiasta e novo, em geral ignorante do passado e com características quase opostas aos de seus diversos tempos antediluvianos. Creio que era o caso do El Sol, na Calle de Jardines, ou um pouco mais tarde o do Cock, na de la Reina, ou claro o do Chicote, na Gran Vía, que estava de pé desde antes da Guerra Civil, se não me engano, e sobre o qual inevitavelmente havia escrito Hemingway em suas reportagens e romances mais turísticos. Depois, durante o pós-guerra, havia sido local tomado por putas de relativa categoria que guardavam certo decoro, por toureiros, atores, cantores, jogadores de futebol, atrizes e por altos funcionários franquistas, empresários partidários do regime e de vez em quando um ou outro ministro farrista, as primeiras buscavam principalmente os três últimos grupos e estes, aquelas, assim ficava fácil para ambos e se encontravam ali sem mais rodeios. Eu me perguntava se Van Vechten não teria sido assíduo do lugar naquela época eterna, quando oficialmente estava em bons termos com os vencedores da contenda (bom, nos anos 40, ele era um deles, sempre se esquecia disso) e se beneficiava com seus contatos; se é que não tinha acompanhado líderes e emergentes para tomar os famosos coquetéis do Chicote e dar uma olhada nos tamboretes do bar onde costumavam se aboletar as mulheres desacompanhadas pondo-se de meio perfil (para não oferecer exclusivamente uma monótona visão de bundas) e fingindo conversar umas com as outras, até serem convidadas a se juntar a uma mesa. Por volta dos anos 80 ainda se via alguma distraída e mais velha, que talvez, ao observar o lugar novamente após um longo período de decadência, se atrevia a ocupar seu tamborete giratório de antanho crendo que por milagre haviam retornado os tempos de glória e tinha se revertido o calendário. De fato uma dessas veteranas se aproximou uma vez da nossa mesa, ficou olhando fixamente para Van Vechten e lhe disse com simpatia:

— Eu te conheço, não é? Com estes olhos tão azuis e este cabelo tão louro. Não ficou grisalho e conserva todo ele. Não mudou nada.

Mas Van Vechten, sem nervosismo, com uma expressão sincera de surpresa e sem dúvida com más intenções, lhe respondeu de sua cadeira:

— Não, senhora. Deve estar me confundindo com meu pai, com o qual pareço. Não vê que a gente que frequenta o local agora — fez uma pausa impiedosa, olhando para mim e meu grupo com satisfação e arrogância, como se dele fosse parte — é toda bem jovem?

Era tudo menos inibido o dr. Jorge Van Vechten, a tal ponto que meus temores iniciais resultaram, mais que infundados, ridículos: de que considerasse suspeita e imprópria minha amigável sugestão de se agregar de vez em quando às minhas saídas noturnas. Mas Muriel o conhecia de sobra, por isso deve ter me dado o dever sem nenhuma apreensão, sabendo que nada que supusesse diversão e lisonja pareceria a Van Vechten gratuito ou imerecido. Eu tinha acreditado de início que se tratava de um cálculo equivocado do meu chefe, uma falta de senso de realidade, de que parecia com frequência sofrer. Não era tanto assim, porém, pouco a pouco observei que quase nada do essencial lhe escapava, nem das pessoas nem das situações; que por trás do seu aspecto distraído, se não absorto, em certas ocasiões, ele registrava e se dava conta de muito mais do que aparentava. Quando não conseguia decifrá-lo, eu não imaginava de modo algum que devia estar planejando mentalmente, quero dizer, bolando planos de filmes e movimentos de câmara futuros, e era possível que assim fosse, mas nem por isso jamais perdia de vista a história que estivessem contando ou que relatassem a ele, ou a ideia que o inquietava. Tinha um estilo bem reconhecível, mas não era um simples estilista, ainda menos um esteta, nem em seu cinema nem na vida. Gostava de fingir que se inteirava pouco sobre o que acontecia a seu redor e preferia calar o que percebia. Creio que percebia muito e que se inteirava de quase tudo.

Van Vechten tinha de fato uns olhos tão azuis e um cabelo tão louro que costumavam ser lembrados num país em que a gente com essas cores abunda muito mais do que se crê e se concede, mas em tons mais impuros ou mesclados que os dele: os olhos claros são aqui, com frequência, acinzentados ou verdes ou reminiscentes de diferentes licores ou de um azul bastante escuro, como o único de Muriel que enxergava, e o louro dos cabelos raramente é nórdico ou descorado. Ele parecia na verdade um estrangeiro, como se seus numerosos antepassados de Arévalo tivessem ido cada vez mais para a Holanda quando chegava a vez de contraírem matrimônio. Por isso ele era inconfundível, a veterana puta do Chicote com certeza não tinha se equivocado, embora para mim ele não correspondesse em nada ao tipo clássico do pegador de putas. Conservava um olhar juvenil e brilhante — a intensidade, sim, era meridional, logo podia se fazer obscena e ofensiva —; seus traços eram muito corretos para não dizer graciosos (quando jovem não devia se queixar), sorria com uma dentadura deslumbrante e de aparência muito saudável — incisivos grandes e retangulares —, a mandíbula era muito forte e o rosto de formato quase quadrado; a única coisa que o enfeava um pouco eram um nariz e umas orelhas ligeiramente pontudos, como de duende, e uma pequena protuberância no queixo, não chegava a ser de bruxa. Uma vez eu disse a Muriel que Van Vechten era parecido com um ator coadjuvante americano, quase episódico, que interveio em mil filmes, mas do qual poucos souberam um dia o nome: "Robert J. Wilke", soltei com meu juvenil pedantismo desejoso de conquistar méritos, e ele assentiu rapidamente: "Um dos três pistoleiros que ficam esperando o trem durante quase todo *Matar ou morrer*", replicou, ele sabia tudo. "Tem razão. Muito bem observado. Além do mais, é curioso: além de participar de infinitos westerns, acho que apareceu mais de uma vez com jaleco de médico." Foi assim que eu já vira, por aqueles dias, Van Vechten comendo Beatriz no santuário de Darmstadt, os dois de pé e vestidos. Mas Muriel não sabia que eu guardava essa imagem do doutor, de jaleco aberto.

Naquelas feições se adivinhava um caráter triunfador e expansivo, do mesmo modo que em sua maneira de andar pelo mundo: com grande segurança, com uma simpatia demasiado estável para não ser um pouco artificial — talvez a que convinha a um pediatra que devia infundir confiança em mães e filhos —, com jovialidade inegável e um sorriso acolhedor e perene, um homem que contava piadas leves ou pesadas dependendo em companhia de quem estivesse e fazia gracejos com facilidade, com prontidão excessiva — como se fossem seu cartão de visita —, um tipo de humor gracioso que no entanto a mim parecia antiquado (mas talvez isso fosse normal, no calendário nos separavam muitos anos) e que talvez por isso eu associava injustamente à longa época franquista que a toda velocidade se tornava distante de nós, afinal tudo havia caído ou ocorrido nessa época, quanta coisa não teria sido idêntica sob outra classe de regime? Desde criança alguém deve ter lhe aconselhado: "Com esses dentes bonitos que você tem, sorria sempre, Jorgito, seja ou não oportuno; isso te fará ganhar apoiadores incondicionais, e também vontades; isso te aplanará o caminho". Era muito alto, tanto quanto Muriel ou mais, e notavelmente corpulento. Por isso era propenso, creio, a dar tapinhas nas costas, a agarrar as pessoas pelo braço e puxá-las ou sacudi-las amistosamente em meio a gargalhadas mecânicas, tinha força, sem dúvida podia machucar caso se propusesse, fez isso um pouco comigo algumas vezes ao me obsequiar com empurrões de afeto ou me plantar uma de suas manzorras no ombro, era como se caíssem a pique de uma altura considerável e em seguida apertassem com suposto carinho mas como garras, na mesma hora você queria tirá-las de cima de você, safar-se do peso e da tenaz.

Ao lado da sua espontaneidade, notava-se nele algo voraz e inquietante, como se nada lhe agradasse inteiramente nem lhe bastasse, como se fosse um desses indivíduos que sempre querem mais e que chega um momento em que não sabem o que querer: é difícil aumentar o êxito profissional, o dinheiro, o apreço dos que se relacionam com eles, o poder e a influência em seu âmbito. Olham ao seu redor, movimentam-se em busca de objetivos novos e não os encontram, de modo que desconhecem como canalizar a ambição e a energia que se negam a deixar de rondá-los, a atenuar o cerco, a levantar acampamento. Até certo ponto pode-se dizer que a idade os trai, que não lhes proporciona seus ensinamentos normais nem os aplaca, não os suaviza nem os torna mais lentos nem mansos, respeita demasiadamente sua personalidade e não se atreve com eles, ou não se incomoda em contentá-los, ainda menos em conformá-los. Assim, eles se transformam em pessoas quase sem consciência da passagem do tempo por elas e o sentem como uma espécie de eternidade invariável na qual se instalam a vida inteira e que não é previsível que desapareça nem mude seu passo, que se afaste deles nem os abandone: são seus reféns, ou suas vítimas gratas; cabe assinalar em favor deles que o tempo lhes é desleal, se recusa em parte a cumprir sua missão: limita-se a miná-los pouco a pouco, mas — como dizer — sem avisá-los. São indivíduos que, se lhes anunciassem uma doença mortal e um breve fim, reagiriam com tamanha incredulidade ou ceticismo — com tanta arrogância, na verdade — que responderiam desta maneira, mais ou menos:

"Ah, olhe, não sei o que te dizer. Neste momento seria ruim, para mim, morrer. Ando com muitos afazeres, não contava com isso, não estava em meus planos próximos. Se não se incomoda, vamos deixar isso para mais tarde". (E no fundo é compreensível, pois, com exceção dos suicidas e dos já muito cansados, quem não quer deixar para mais tarde, por mais tarde que se apresente o agora?) Muriel nunca teria respondido isso, no entanto, apesar de compartilhar com Van Vechten certa imunidade ao transcurso, como contei no início, em quem os anos tampouco lançaram mais que um lento nevisco ou penumbra sobre seu aspecto. Mas nele, ao contrário de seu amigo, não havia voracidade nem desassossego nem insatisfações difusas, senão certo imobilismo e pausa e calma: simplesmente não levava em conta a passagem do tempo, como se fosse algo tão conhecido que não valia a pena dedicar um só minuto a lamentá-lo nem a ponderá-lo. Ou como se já houvesse acontecido com ele no passado tudo o que era fundamental.

Nada podia calhar melhor ao doutor, que procurava um modo de empregar sua permanente cupidez sem alvo nem rumo claros, do que a minha sugestão, ou o que ele viu como minhas tentações: aparecer com um guia ou um iniciado na vida juvenil e desenfreada de então. Na realidade, eu não lhe era tão necessário, a época era tão efervescente que tudo parecia repentinamente permitido e normal em contraste com as plúmbeas décadas de Franco, embora já desde um quinquênio antes do desaparecimento físico deste houvessem fenecido esses tempos, ou lhe houvessem dado com decisão as costas. A gente de qualquer idade se sentiu livre para frequentar qualquer lugar, qualquer ambiente, como se todo mundo estreasse novos costumes, ou talvez nova juventude. Os que não muito antes, em virtude da sua idade, não se teriam sentido "autorizados" a sair várias noites por semana até as tantas, agora tinham a sensação de que nada os impedia, e ainda mais, de que o burburinho e a agitação gerais os intimavam a fazê-lo e a se aventurar onde não lhes correspondia, por idade ou por posição ou por sua trajetória de dignidade e compostura observadas por um longo tempo. Mas com todas aquelas facilidades e estímulos, não era a mesma coisa contar com um vintão autêntico que o introduzisse nos lugares da moda, que o apresentasse e o misturasse com suas amizades e, por assim expressar, outorgasse permissão para se dirigir a qualquer moça do círculo em suposta igualdade de condições e para fingir fazer parte de uma espécie de turma privilegiada. Foi um período em que em Madri quase ninguém dormia, porque depois das noites de farra, salvo os estudantes e os artistas e os vagos profissionais liberais, não havia noctâmbulo que, inverossimilmente e bem cedo, não se encontrasse na manhã seguinte em seu posto de trabalho. Eu entre eles, e também Van Vechten, que não faltou nenhuma vez às suas consultas, assim como Muriel e Rico e Roy, e Beatriz e Gloria quando varavam a noite, todos varavam de vez em quando, ninguém era capaz de se furtar inteiramente à ebulição noturna daqueles anos anômalos, festivos apesar dos tormentos políticos e das incertezas de toda índole, se tinha algum dinheiro e mesmo se fosse muito desditado. Naquele tempo, não eram raros os congestionamentos de trânsito, em muitas zonas, no meio da madrugada de uma quarta, de uma segunda e até de uma triste terça. Deve ter pestanejado alguma noite o sonolento olho obrigado por nossa lua sentinela e fria.

Faço certa confusão com os locais de 1980, e os de um pouco antes e um pouco depois, mas creio ter levado Van Vechten, além dos já mencionados, ao Dickens, ao El Café, ao Rock-Ola, a diversos terraços de Recoletos e ao Universal (a este provavelmente não, me parece que foi posterior), e a umas tantas discotecas em que, claro, passei muitos momentos ao longo daqueles anos, em sua companhia ou não, quem consegue se lembrar, como a Pachá e a Joy Eslava e outras cujo nome me escapa, uma perto do rio (Riviera?) e outra próxima da estação de Chamartín, e outra na Calle Hortaleza e mais outra para os lados da Fortuny ou Jenner ou Marqués de Riscal (Archy, talvez?), os tempos e as pessoas se superpõem na minha memória, o álcool não ajuda a distinguir, a cocaína sim enquanto seu efeito dura, mas a posteriori não, era oferecida de vez em quando e se tomava para alongar as noitadas e continuar falando aos berros em luta perdida contra o estrondo. Não posso ter ido a tantos lugares com o doutor, foi um período breve, me afastei dele quando cumpri minha missão. Tenho certeza, isso sim, de que o levei a uma boate renovada e modernizada (assim havia sido batizada em suas antiquadas origens) chamada Pintor Goya, na rua de mesmo nome, isto é, Goya.

Seus olhos ao mesmo tempo gélidos e devoradores iam, como na noite do carteado em que buscavam Celia e sua amiga, atrás das mulheres de quase qualquer idade (os locais eram bastante "intergeracionais" naquela época, dentro dos limites razoáveis), e até dos travestis que começavam a se arriscar, provocadores e descarados na Castellana, altura da Hermanos Bécquer, e que depois foram se estendendo e tomando conta do território adjacente. Sempre estranhei que se tornassem moda e que seus clientes fossem sobretudo heterossexuais, muito pai de família, ao que parece: por mais bem-sucedidos que fossem como mulheres, era preciso levar a cabo um processo mental, um autoengano, de difícil compreensão para mim, que convencesse alguém de que eles de fato o eram, quero dizer mulheres, e de que no meio de uma lide não iam aparecer de nenhum lado órgãos genitais inadequados e dissuasórios. O dr. Van Vechten, eu me lembro, não estava disposto a acreditar que se tratasse de homens hormonados, ou operados, ou meio a meio, quando os víamos de seu chamativo carro. Olhava-os de esguelha enquanto dirigia e fazia que se virava para mim ou para minhas amizades.

— Mas o que estão dizendo? Como é que são homens? Está claríssimo que são mulheres, sei do que estou falando. Olhem que peitos, olhem que pernas. Estão querendo me gozar. — E sorria, meio divertido e meio desconcertado, com seu sorriso favorecedor.

— Altas demais, a maioria, eram tão altas assim quando você era jovem? — eu replicava. Ele tinha logo me obrigado a tratá-lo de você. — Fortes demais muitas pernas. Duros demais muitos peitos. Um pouco grandes as mãos de algumas. A maioria não calça menos de trinta e nove. Mas, acima de tudo, têm gogó, olhe bem.

— Como vou enxergar isso a esta distância e a esta velocidade? — Na compridíssima reta da Castellana podia-se andar como um bólido nas horas tardias, se bem que ele reduzia a marcha ao se aproximar da zona dos travestis, no mínimo lhe causavam grande perplexidade. — Daqui não vejo um só gogó. Que besteira estão dizendo, são mulheres indiscutíveis, e bem espetaculares. A raça melhorou, por isso são altas. Ou podem ser estrangeiras, havia uma mulata de tirar o fôlego. Vocês estão loucos. Querem me enlouquecer. — Aí quase não se notava que pertencesse a uma geração muito distante. Também em suas expressões vetustas, uma ou outra lhe escapavam: ninguém da minha idade teria dito "de tirar o fôlego".

— Bom, vá uma noite com uma. É só parar o carro e pegá-la. Se não se limitar a uma chupetinha, vai comprovar facilmente. Também não vai te custar muito dinheiro, pelo que sei. Depois você me conta. Do susto, quero dizer.

Eu sabia que cobravam barato por um amigo transitório de então, Comendador, cinco ou seis anos mais velho que eu, que dera de contratar os serviços deles de vez em quando. Sempre havia sido heterossexual, era mesmo e tinha uma namorada de que indiscutivelmente gostava. Tratou de me relatar detalhes daqueles encontros ambíguos, mas eu o fiz parar seco, preferi não ouvi-los. Ele os via como mulheres atraentes, isso era certo, e também estava a par de que não o eram. Tudo isso era estranho para mim.

Van Vechten ficava calado uns instantes (houve mais de uma conversa parecida com a que acabo de me referir), como se hesitasse. Olhava para as calçadas, depois para a frente, voltava a olhar para as aparentes mulheres de saias e shorts curtíssimos e os peitos quase descobertos, apreciava-as com rigor. O curioso é que a dúvida parecia se dever a outra questão, não ao problema do sexo indeciso ou enganador.

— Não, não, nem pensar, nunca na vida paguei — dizia por fim, descartando a possibilidade. — E a esta altura não vou estrear. Devia ser verdade, e de fato não era dado a putas, pelo que vi. Talvez nunca tivera necessidade, talvez sua altura e seu cabelo amarelo-pálido, seus dentes cativantes e seus olhos azuis tão claros que adquiriam uma qualidade aquosa a certas luzes houvessem bastado para esfumar ou esconder um elemento repelente que eu percebia nele — não sei defini-lo, uma mescla de soberba, simpatia realçada e jocosa e falta de piedade; e tudo isso se pintava no rosto, vagaroso como é — e que do meu ponto de vista não podia passar despercebido pelas mulheres, as de seu presente e as de seu passado, era algo intrínseco e não coisa da idade. Claro que me enganei nisso com frequência e assisti a enamoramentos de mulheres notáveis, à sua absoluta entrega ou rendição a tipos verdadeiramente nauseabundos, e ele tampouco chegava a tanto. E ainda que agora não lhe sobrasse o menor rastro de juventude, já disse que se conservava mais do que bem. Isso não era explicação suficiente, no entanto, para que algumas das minhas conhecidas ou amigas não só não o esquivassem ou omitissem nas saídas noturnas em grupo, mas lhe dessem trela com prazer, às vezes levemente apartadas do resto, quero dizer que não é que falassem com todos e também o incluíssem — afinal ele estava ali e tinha minha carta de apresentação —, mas podia acontecer que falassem apenas com ele. Seriam as piadas e brincadeiras antiquadas que encadeava quando lhe propunham, me perguntava eu ao vê-las, seriam seu ressaibo antigo e sua capacidade de adulação, os jovens são tão sensíveis a isso que com frequência basta lhes administrar umas boas doses de lisonja para deles conseguir muito, quase em qualquer terreno.

Eu observava Van Vechten sem cessar, meu encargo era

243

esse, em parte, e eu queria ser útil a Muriel, e duas ou três vezes eu o vi se encaminhar com uma jovem para o toalete do local em que estávamos. Computava mentalmente o tempo durante o qual se ausentavam, não me pareceu que em cada ocasião tivessem mais do que para cheirar uma carreirinha, algo assim (a cocaína não corria solta como anos depois, mas se começava a tê-la e a perder o medo dela, e Van Vechten tinha muito dinheiro, podia comprá-la como chamariz e para se fazer passar por um de nós, isto é, para adular), nem mesmo para uma chupetinha rápida. Eu empregava esse termo e outros ainda mais grosseiros com ele. Não saíam espontaneamente (sempre fui bastante educado), mas era o que Muriel tinha me ordenado, junto com outras indicações que me custavam ainda mais seguir: "Exiba-se. Bote banca. Não tenha medo de ser vulgar ao se referir às mulheres, ou até depreciativo. Quanto mais, melhor: exagere. Mostre-se canalha e sem escrúpulos, vamos ver como ele reage, se é compreensivo ou até simpático a isso, se te estimula ou te desaprova". Tudo isso me era desconhecido ou contrário, mas me violentei e assim fiz, como se fosse o ator de um filme que Muriel dirigia à distância e às cegas e ao qual — me dava frustração e pena eu não vir a interpretar o papel — não cabia felicitar e aplaudir. Em pouco tempo não tive mais dificuldade de me vangloriar de supostas proezas que não havia levado a cabo, de falar das mulheres coisificando-as, como se fossem impessoais, intercambiáveis, objetos, melões, alcachofras, melancias, sacos de farinha ou sacos de carne. No início, de me ouvir com tanta falta de escrúpulos, Van Vechten me fitava com os olhos semicerrados — assim, ficavam glaciais — e me ouvia entre condescendente e surpreso, como se já houvesse captado meu caráter respeitoso anteriormente e minha atitude não batesse com a ideia que tinha feito de mim em casa de Muriel, nos jantares e nas esporádicas saídas e carteados, ao ver eu me relacionar com Beatriz e seus filhos e com Flavia, com a qual costumava ser cortês, e até com as insidiosas Marcela e Gloria, pelas quais procurava não mostrar a antipatia que por elas sentia. Mas logo a gente se acostuma a tudo e toda ideia pode ser substituída. Suponho que deu por certo que eu fingia no meu posto de trabalho e que minha verdadeira face era a que aparecia quando saía livre e solto por aí, e não demorou a ir se adaptando ao meu linguajar menosprezível e lascivo e a meu comportamento depredador. Embora a palavra "comportamento" seja inexata: eu continuava agindo com minhas amigas e meus casos e com as novas (sempre se conhecia gente na acolhedora noite daqueles anos) como era próprio a mim — outra coisa teria deixado as primeiras e as segundas atônitas —, mas depois me referia a todas como um desalmado e relatava a Van Vechten aventuras e lances um tanto perversos que às vezes não haviam ocorrido ou que, se haviam, não tinham se desenrolado com tanto utilitarismo e aproveitamento, tanta mentira e desafeto ou engano de minha parte como eu contava a ele depois. Pior que meu comportamento era a narração desdenhosa e de má índole dele. Levei em conta o conselho de Muriel: "Não há nada como alardear façanhas próprias para fazer com que o outro conte as suas, ainda que sejam muito antigas, nunca falha". Sim, Muriel tinha razão, isso raramente falha.

VI.

Há os que se alegram com o engano e a astúcia e a simulação, e têm enorme paciência para tecer sua rede. São capazes de viver o longo presente com um olho posto num futuro impreciso que não se sabe quando vai chegar, ou quando eles vão decidir que se cumpra e por fim se faça presente, e portanto passado muito pouco depois. Às vezes estendem ou adiam o momento da vingança, caso seja isso o que buscam, ou da consecução, se seu empenho é alcançar um objetivo, ou da absoluta maturação de seu plano, se foi um plano que urdiram; e às vezes esperam tanto que nada chega a se realizar e tudo apodrece em sua imaginação. Há os que operam de maneira contínua em segredo e na ocultação, e também têm paciência para não desmontar nunca a rede. Estranhamente, não se cansam disso nem sentem falta do diáfano, do simples e do límpido, das cartas na mesa e do olhar de frente, e de poder dizer: "Quero isso e vou atrás. Não quero mais te confundir nem te enganar. Menti e fingi para você e continuo a fazer isso há muito tempo, quase desde que te conheci. Foi necessário ou me vi obrigado, obedecia a ordens ou disso dependeu minha felicidade, ou assim acreditei. Fui fraco ou fui fiel a outros, tive medo de te perder até a eternidade ou me persuadiram a agir assim. Você era muito importante para mim ou me era totalmente indiferente, te enganei contra a minha vontade e contra a minha consciência ou não me custou absolutamente nada, para mim você era tudo ou não era ninguém, tanto faz, tanto faz agora. Eu me sinto mal e estou exausto. Dá um trabalho infinito silenciar o certo ou contar embustes, mantê-los é uma tarefa titânica e mais ainda recordar quais são. O medo de meter os pés pelas mãos, de me contradizer sem me dar conta, de ser pilhado numa contradição, de me desdizer sem querer, me força a nunca baixar a guarda e é esgotante para mim. Minha culpa se atenuou, já não é tão grande que me impeça a tentativa, de modo que vou lhe dizer o que há. Afinal de contas, minha mentira remonta a muito tempo, as coisas são como foram e não tem mais volta nem tempo para voltar. A essa altura, a verdade é inexistente e foi substituída, só conta a que vivemos a partir da sua superação. Pode ser que aquele engano distante tenha se transformado na verdade. Nada vai mudar muito porque agora você sabe o que um dia foi. Já não é. E eu tenho que descansar".

Sim, há afortunados que nunca sentem a tentação de dizer isso, de retificar e confessar. Não sou um deles, e é uma pena, porque em compensação pertenço aos que guardam algum segredo que nunca poderão contar a quem vive e ainda menos a quem já morreu, a gente se convence de que esse segredo é pequeno, de que importa pouco e em nada afeta nossa vida, são coisas que passam, de juventude, coisas que se faz sem pensar e que no fundo carecem de significância, e que falta faz sabê-las? E no entanto não houve dia em que não tenha me lembrado disso, do que fiz e aconteceu em minha juventude. Na verdade, não é grave, não foi, suponho que não prejudiquei ninguém. Mas é melhor que por via das dúvidas eu continue calando, para nosso bem, pelo meu, talvez o das minhas filhas e sobretudo o da minha mulher. E quando aqui o disser (mas aqui não é a realidade), todos vocês terão de guardá-lo e calar também, não poderão ir por aí revelando-o desde o oriente ao encurvado oeste, com o vento como cavalo de posta, como se houvesse passado a ser algo insignificante que lhes pertencesse e fossem, cada um de vocês, uma língua sobre a qual cavalga o rumor. Nem uma palavra disso vocês mencionarão, por favor, se outros lhes pedirem para ouvir minha história. Só o fariam para se entreter ou para acumular dados inúteis, que esqueceriam mal os tivesse espalhado indiferentemente, mais além e um pouco mais.

Incomodava-me não agir direto, agir em segredo e esperar. Gostaria de dizer a Van Vechten atrás do que eu andava — embora eu não soubesse muito bem, pelos escrúpulos de Muriel — e pôr fim o mais cedo possível à pantomima e à sua companhia, safar-me da sua presença que em conjunto me desagradava ou começou logo a me desagradar. Não é que o homem não fosse simpático ou procurasse ser, agradava à maioria das minhas amizades apesar da enorme diferença de idade, foi mais bem recebido do que eu esperava. No início, quando apareci com ele, o olharam como se fosse um marciano, mas em pouco tempo conseguiu se mimetizar bastante — até onde dava, é claro — e não ser percebido como um intruso absoluto ou um estorvo ou um guardião. Fazia a sua parte, era festivo e lisonjeiro, dava conselhos a quem lhe pedia, era inevitável que meus conhecidos o vissem como uma pessoa experiente, e além disso o consultavam sobre seus mal-estares e apreensões, em qualquer meio um médico leva vantagem, tem muita coisa a seu favor. Pagava numerosas rodadas, e isso sempre ajuda na aceitação, e no fim da noite — se aguentava até o fim, algumas vezes, como é de se entender, se cansava quando os jovens ainda tinham muito gás — nos deixava a todos em casa com seu carro espetacular como se de repente tivéssemos chofer, e isso era muito cômodo, uma bênção, economizávamos um táxi caro ou uma dura caminhada sob os efeitos de qualquer excesso. Para se dar a semelhante trabalho, Van Vechten pretextava que não podia permitir que as moças voltassem sozinhas a altas horas, tinha-se de acompanhar as damas, havia sido educado assim, devíamos nos aproveitar da sua antiguidade.

Observei que quase nunca fazia o percurso mais lógico, que não nos levava na ordem mais adequada e que lhe evitaria dar voltas ou percorrer desnecessárias distâncias, mas que sempre procurava deixar uma garota para a última parada, isto é, ficar a sós com ela no automóvel depois de perder os outros de vista. Com quase todas eu tinha intimidade para perguntar, entre risos e como de piada: "Que tal a outra noite com o doutor? Era evidente que queria ficar com você sem testemunhas, e me pareceu que você não repugnava a ideia". Eu sabia que um homem mais velho teria em princípio dificuldade para conseguir qualquer coisa de uma jovem, mas também sempre soube que a muitas delas — pelo menos enquanto percorrem a noite, noite após noite, e é uma época que atravessam tantas — impressiona a riqueza ou sua aparência ou seus símbolos, e segurança, e que o indivíduo experiente costuma deslumbrá-las com facilidade, sobretudo se além disso se aprecia os agrados, antes de conseguir alguma coisa e também depois. Há jovens que se sentem enaltecidas se notam que por elas se interessa um homem de muito mais idade, e mais ainda ao se descobrirem capazes de lhe proporcionar um incomparável prazer, é o que ele lhes diz: "Nunca na vida, me ouça bem, nunca, e olhe que na minha idade conheci muitas mulheres...". Aprendi logo a não descartar nada, as conjunções mais inverossímeis podem ocorrer. Olhando da maturidade, causa vergonha reconhecer quão simples se torna às vezes enganar a juventude.

Toda vez que fiz a uma amiga ou a uma conhecida ou a uma ex-namorada essa pergunta ou outra similar (namorada no sentido mais amplo da palavra, que incluía as de uma só vez), dei de cara com um silêncio meio pesado e um rápido desvio da conversa, como se tivesse acontecido algo ao fim do trajeto e preferissem não falar disso, ou quisessem esquecê-lo. De modo que perguntei a ele:

— Como foi aquela noite com a Maru? Saltava aos olhos que você queria ficar a sós com ela. Quantas voltas você deu para deixá-la por último.

Foi a primeira vez que lhe perguntei abertamente. Van Vechten sorriu sem se abalar, como alguém que se diverte ao ser pego, ou que vê suas manobras apreciadas, embora fosse daquelas mais comuns. Ou que agradece a oportunidade de se gabar.

— Deu para notar tanto assim?

— Bom, não sei se os outros, estavam todos de porre. Eu já tinha percebido isso duas ou três noites. Não se preocupe, não te farei passar vergonha mencionando isso quando você nos levar. Não vou te gozar por isso. Se o faço, adeus. As meninas ficariam cismadas e se sentiriam embaraçadas, não aceitariam mais ficar para o fim. Mas me diga, como foi? Bom, e as outras vezes? Consegue alguma coisa?

Nesse primeiro interrogatório não aproveitou inteiramente a oportunidade para se gabar. Eu ainda não tinha ganhado sua cumplicidade, o doutor ainda ignorava ("Jorge", como me instava a chamá-lo, sobretudo em presença dos demais) até que ponto eu era como ele ou não, se ele era como podia ser. Mostrou-se um tanto reticente em me contar, responder, o fez vagamente.

— Bom, certas noites sim, outras não. Mas não se comportam mal essas suas meninas, que sorte você tem. Considerando a minha idade e a delas, o fato é que não posso me queixar.

— Eu poderia te orientar e te aconselhar. Não que você precise, imagino, você na certa as vê chegar antes que elas saibam que estão indo. Mas umas são mais putas que outras, como em todo grupo, como em toda parte. — Eu nunca tinha utilizado essa expressão para qualificar a conduta de uma, mas Muriel tinha me recomendado ser grosseiro e depreciativo, e assim induzir Van Vechten a sê-lo também, de novo, se ele o era ou podia ser. Tinha toda pinta de que poderia ser. E quase não há homem que não saiba sê-lo, se lhe propuserem. Eu sabia, embora em geral não fosse.

Passados uns dias, eu me jactei diante dele de conquistas imaginárias com recém-conhecidas, as que se supõe têm mais mérito e dão mais inveja: uma garota de que eu tinha me aproximado havia acabado chupando meu pau num canto escuro do espaço La Riviera, ou como se chamasse, que tinha locais ao ar livre e alguma vegetação; eu tinha paquerado no Café del Pintor Goya a filha de um ministro, que era gostosíssima e que todo mundo conhecia por ambas as razões, por ser filha de quem era e por ser um avião, tinha levado ela para minha casa e a comido duas vezes. O léxico era este ou pior, claro. Nada disso aconteceu, mas eu disse que havia acontecido em noites em que ele não saíra, o homem nem sempre se juntava a nós, não podia manter nosso suposto ritmo, quando mais não fosse por suas obrigações familiares e profissionais. Se digo "suposto" é porque, durante aquele período, muitas das noites em que não o levava eu não ia a lugar nenhum, ficava em casa, ou até tarde na de Muriel mesmo que ele não estivesse (começou a rodar o único filme que coincidiu com a minha época, produzido por Harry Alan Towers e em cujo roteiro eu tinha lhe dado uma mão), trabalhando em suas exaustivas listas de autores ou em qualquer outra minúcia, fazendo companhia discreta a Beatriz e aos filhos, ouvindo-a tocar piano um pouco, faltava-lhe constância, se cansava logo. Por então, tinha ficado patente para mim que os encontros ocasionais entre ela e Van Vechten eram meramente utilitários para ambas as partes. Em seu caso, visto o que se viu, não ia desdenhar uma trepada de vez em quando com uma mulher quase vinte anos mais moça que ele, o mundo das que tinham menos de trinta e cinco acabava de se abrir para ele.

O doutor mordeu a isca, animou-se a especificar que não ia fazer por menos apesar da idade. Tinha rasgos de juvenilismo impróprios, de incorrigível imaturidade.

— Pois a Maru me chupou o pau no carro, em frente ao portão da casa dos pais, quando a levei outra noite. Que acha?

Soltei um assobio de admiração, não só para aplaudi-lo, é verdade também que fiquei surpreso. Sua conquista, no entanto, podia ser tão imaginária quanto as minhas. Mas me pareceu que não, que era real.

— É mesmo? Tanto assim? Eu não teria imaginado, sinceramente. Como conseguiu? Olhe, não é para te diminuir, você já sabe que tem uma pinta e tanto, como de ator americano ou inglês. Mas, claro, você poderia ser pai dela, se não mais, e me desculpe, mas não me parece que a coisa pudesse ser assim com ela. Eu tinha imaginado que no máximo ela teria deixado você a tocar nos seios, ou teria se prestado a mostrá-los sem tocar, e por insistência sua. Desculpe se te ofendo, mas me entenda, você tem sim poder de persuasão. Como foi? Me conte, você lhe ofereceu alguma coisa em troca? Assistência médica vitalícia? Propôs-se a ausculá-la e o assunto se desenvolveu?

Meu tom era leve, de gozação misturada com espanto. Desde a noite do carteado com Celia eu me atrevia a brincar um pouco com ele, depois daquelas perguntas diretas a que ele me havia submetido. Talvez tivesse me excedido dessa vez. Notei que de saída não achava graça na minha reação, como se lhe sobreviesse a ideia de que eu o julgava incapacitado a seduzir por si mesmo. Seus olhos se esfriaram e endureceram, desapareceu seu sorriso retangular que havia mantido enquanto espetava no peito sua pequena medalha competitiva, enquanto me fazia sua revelação. Era um desses indivíduos que, por aparentar muito menos idade do que têm, acabam acreditando que na realidade não mudaram nada desde a juventude. Bom, se não são bobos, só acreditam nisso por breves instantes e a sós, e sabem que sim; e Van Vechten não era bobo. Orgulhava-se de seu excelente aspecto e se aproveitava dele, mas não era um simples fátuo nem ficava cego diante do espelho, ou talvez seu espelho fosse uma mulher que ele via de manhã diariamente, muito mais deteriorada do que ele e que lhe recordava sua verdadeira idade. Não levava a quase nenhum lugar sua esposa. Talvez suas vidas fluíssem tão separadas como as de Muriel e Beatriz, ou mais, talvez só aguardassem que chegasse logo de uma maldita vez o divórcio na Espanha. Eram incontáveis os casais que o esperavam com impaciência ou desespero. Por mais de quatro décadas casamentos espantosos tiveram que se aguentar. Bom, estavam havia séculos se aguentando, a breve trégua dos anos 30 mal contou.

Ao cabo de alguns segundos seu olhar se suavizou e ele recobrou o sorriso, seu encanto e sua arma principal. E, mais que isso, riu das minhas ideias, não sei se forçadamente ou não.

— Assistência vitalícia. Auscultação — repetiu. — Você tem engenho, hein? É engraçado. Esqueceu da exploração, eu poderia ter me oferecido para apalpar em busca de quistos, não? Embora na idade dessas moças isso nem lhes passe pela cabeça. Mas eu não ofereço, tenho dito. Nunca paguei, e o que você sugere meio de brincadeira seria como pagar. Um preço muito baixo, ainda por cima.

Seu sorriso não havia variado enquanto dizia as últimas frases, mas o tom havia sido levemente mais sério. Me apressei a deixar claro, caso houvesse levado a mal.

— Não é meio de brincadeira, Jorge, é totalmente de brincadeira. Mas e então? Como aconteceu? Como foi? Assim, de cara? Você me deixa pasmo, de verdade. É de tirar o chapéu. — E fiz o gesto de me descobrir.

— Não vai pretender que eu te conte meus métodos, Juan. — Agora já voltava a sorrir sem reservas, a lisonja abranda todos e muitas vezes nos condena e nos arruína. E, claro, nos leva a falar mais.

— Me dê pelo menos uma pista. Para aprender com um mestre. — Mordi a língua no mesmo instante, havia forçado a nota e talvez ele tenha se aborrecido. — Anda, não se faça de rogado. Afinal de contas, fui eu que te apresentei a todas essas garotas.

Hesitou. Não, não era bobo e não podia desejar me convencer que o que quer que houvesse acontecido com a Maru tinha partido dela ou tinha ocorrido sem mais nem menos, sem nenhuma artimanha sua, sem nenhuma súplica, sem nenhum ardil. Embora Maru fosse uma jovem bem doida e que soltava gargalhadas na menor oportunidade, apropriada ou não, podia ter morrido de rir até com as piadas antiquadas do doutor. Mas daí a lhe fazer uma felação, agarrado ao volante, em pleno centro de Madri, havia uma distância abissal. Deu de ombros e decidiu ficar enigmático, porém notei sua vontade de se gabar de seus métodos que ainda não queria revelar. Não tive dúvida de que falaria mais na próxima oportunidade.

— Não se trata só de como conseguir alguma coisa, Juan — falou, e saiu-lhe com certa entoação de mestre, talvez eu não tenha forçado tanto a nota —, mas de consegui-la com o maior grau de satisfação. E nada dá mais satisfação do que quando elas não querem, mas não podem dizer que não. E depois a maioria delas quer, garanto a você, depois que se veem obrigadas a dizer que sim. Querem quando já provaram, mas sempre lhes resta a recordação, o conhecimento, o rancor, de que não tiveram outro remédio da primeira vez. E você decerto não pode saber, mas isso é o melhor que há: o desejo novo misturado com um antigo rancor.

Era nebuloso o que tinha dito, se é que não um pouco cifrado, mas me pareceu digno de menção, quero dizer, de informar a Muriel. Van Vechten tinha se referido a algo que podia ter a ver com as primeiras frases semiexplícitas do meu chefe, com as dúvidas que nele houvesse semeado, "alguém despeitado e malicioso que lhe guardava um rancor inaplacável" de seu amigo, desses que nunca caducam. Assim Muriel supunha que teria se defendido o doutor se ele houvesse lhe perguntado cara a cara sobre a história feia que tinham lhe contado, aquela que lentamente havia posto em marcha minha missão: "falsos rumores, ou um sujo acerto de contas", nada mais do que lixo mal-intencionado. Aquelas primeiras frases tinham ficado gravadas em mim, como quase todas as de todo mundo, na realidade: "O que me impede de pôr um ponto final nesse assunto, negar todo crédito a ele e até ouvi-lo é que, segundo essa informação, o doutor teria se comportado de maneira indecente com uma mulher, ou com mais de uma talvez. E para mim isso é imperdoável, é o pior. Entende? É o mais baixo que se pode cair". Agora Van Vechten havia afirmado que nada dava mais satisfação do que quando elas não querem, mas não podem dizer não, e tinha falado em "verem-se obrigadas", em "não terem outro remédio da primeira vez" e de "um antigo rancor". Eu havia tentado reter com exatidão suas palavras à medida que as dizia, sempre fiz isso muito bem, sempre soube transmitir *verbatim* o que as pessoas soltam na minha presença, sem resumos, paráfrases ou aproximações, mas com longas narrações. Apesar de me parecerem confusas, eu estava em condições de repeti-las a Muriel, certamente para ele teriam mais significação do que para mim, ou quem sabe poderia lançar plena luz sobre elas. O que mais me desconcertava era que se Van Vechten não pagava nem oferecia nada, não imaginava nenhum motivo pelo qual Maru ou qualquer uma das minhas conhecidas tivessem que dizer sim contra a sua vontade inicial. De violência, de ameaça física, eu não via o doutor capaz, é indiscutível. E se fosse essa a velha acusação, Muriel não teria empregado um vocábulo tão matizado e moral, como "indecente". No fundo, tão tênue para uma ação pela força, ou um estupro.

De modo que ousei incomodar meu chefe no meio do seu filme: ele marcou encontro para duas manhãs depois, bem cedo, aproveitando que voltava a Madri para rodar umas cenas em estúdio, passava dias fora quando filmavam externas, muitas delas em Ávila, Salamanca, La Granja e em El Escorial, mais para a frente teriam de se transladar a Baeza e Úbeda, e finalmente Barcelona. Não ia passar em casa naquela breve estadia, estava atarefado demais e se hospedaria num hotel com os intérpretes. Quando cheguei, estava fazendo tomadas de um severo monólogo do ator britânico Herbert Lom, não tão mítico para mim quanto Jack Palance, mas que eu conhecia, admirava e na verdade temia desde a minha infância nos cinemas de programa duplo, eu o tinha visto num montão de filmes, com frequência fazendo um vilão mais ou menos refinado ou exótico (tendia a vestir trajes orientais). Comprovei em pessoa sua boa voz e sua elegante dicção inglesa, e só agora soube, devido à sua recente morte aos noventa e cinco anos, que era tcheco de nascimento — mais exatamente austro-húngaro — e que só havia chegado à Inglaterra com vinte e um anos, fugindo da invasão nazista e com um sobrenome tão impronunciável, arrevesado e comprido, quanto era simples, fácil e curto o que havia adotado para a sua profissão: Kuchačevič ze Schluderpacheru, se chamava originariamente, duvido que houvessem admitido isso numa tela ou num cartaz. Tinha feito papéis secundários em produções importantes, interpretando Napoleão em *Guerra e paz*, provavelmente mais pela baixa estatura do que pela semelhança, embora um pouco lhe ajudasse a testa grande salpicada com uma mecha; havia sido o capitão Nemo e o Fantasma da Ópera e um dos assassinos de *O quinteto da morte*, e havia aparecido em *Spartacus* encarnando um embaixador cilício; mas sobretudo me deu medo em *El Cid* como o almorávida Ben Yusuf, vestido de preto e encapuzado ao longo de toda a fita (só se viam seus olhos), fanático com alveoladas hostes que desembarcavam em meu próprio país. Não importava muito que a ação transcorresse no século XI, o pânico viaja com facilidade na ficção, ou no que você vive como tal.

O caso é que, quando Muriel fez uma pausa na filmagem para me atender ou ouvir meu relatório, o resto da equipe se dispersou por um momento, mas Herbert Lom, depois de termos sido apresentados, não se mexeu, ficou ali, talvez para não perder a concentração. Tirou um cigarro da sua cigarreira, inseriu-o na piteira que tirou de um estojo diminuto e se pôs a fumar com uma distinção de outro tempo. Já em fins dos anos 60 sua ascendente carreira tinha freado e havia caído, por um lado, em mãos do inspetor Clouseau (dera vida a seu aloprado chefe nas sequências de *A pantera cor-de-rosa*) e, por outro, nas de Towers e até nas de Jess Franco (havia participado da fantasia lésbico-carcerária *99 mulheres* e de um *Conde Drácula* que ninguém lembra como a melhor versão). No entanto Muriel o considerava um grande artista e o tratava com a maior consideração ("Trabalhou sob as ordens de Vidor e Huston, de Mackendrick, Kubrick e Anthony Mann, de Dassin e Carol Reed", exclamava enlevado). Conforme tinha me contado, era além disso um homem extremamente culto e tinha pronto um romance sobre o dramaturgo Marlowe, a quem, Rico me havia esclarecido, alguns atribuíram uma morte fingida e a obra inteira de Shakespeare. De modo que, para não fazer feio ao artista e deixá-lo sem entender patavina, meu chefe me pediu que o informasse em inglês. "Afinal de contas não vai saber do que falamos e, se soubesse, daria na mesma", me disse antes em espanhol; "mas de modo algum quero que se sinta excluído ou marginalizado, enquanto decidir permanecer em nossa companhia." "Não pode lhe indicar que se afaste, ou irmos nós para um canto?", perguntei a ele com apreensão. "Vai ser muito artificial o senhor e eu falarmos em inglês, e também não imagine que tenho tanto costume assim." Ele havia filmado nos Estados Unidos, eu só tinha ido à Inglaterra de visita.

Apesar da sua baixa estatura, me intimidava ou atemorizava muito a presença ali de Lom, e não só pelos maus momentos que tinha me feito passar no escuro durante a infância (passaram pela minha cabeça imagens com chapéu de seu personagem novamente fanático e traidor em *Sangue sobre a Índia*, com Lauren Bacall e Kenneth More). Tinha olhos tão vítreos quanto magnéticos, de uma frieza intensa que chegava quase a perturbar. Seu lábio superior tão fino (nenhuma proporção com o inferior, algo avultado) era sem dúvida uma das suas armas para irradiar uma crueldade sardônica que ele mantinha intacta apesar dos sessenta e poucos anos que tinha na época. Não obstante, sua atitude era afável e sua expressão, amistosa, depois de sua veemente peroração ficcional parecia relaxado e contente, numa mão seu cigarro e na outra um lenço de seda verde androide com o qual brincava quase à maneira de um prestidigitador. "Não há como fazer isso, criatura." E Muriel me repreendeu com seu único olho. "Veja se aprende bons modos, Juan. Um respeito para esta eminência. Bom, não temos muito tempo antes de recomeçar. Mas não poupe nada importante. Anda, me conte." E acrescentou, para já me dar a deixa em inglês: "*So tell me*". A ele não custava passar para essa língua, eu já o tinha visto com Palance e Towers.

Assim, fiz um esforço e lhe relatei minha conversa com Van Vechten o melhor que pude. De vez em quando me virava para Lom, como se também lhe dissesse respeito e precisamente para não o excluir. O que falávamos não lhe interessava a mínima nem devia lhe ser muito compreensível, mas observei que prestava suma atenção, como se fosse um indivíduo atento, incapaz de não prestar atenção ao que sucedesse a seu redor, como se qualquer narração ou conversa pudesse ser de seu interesse. Talvez fosse um desses atores que absorve tudo, para o caso de algo lhe ser útil. Quando chegou o momento de transmitir a Muriel as últimas frases do doutor, as que tinham me parecido um possível avanço na investigação, eu as traduzi mal e porcamente para o inglês e ato contínuo lhe pedi licença para repeti-las em espanhol. Desculpei-me de antemão com a eminência Lom, para mim Ben Yusuf e Napoleão:

— Desculpe, sr. Lom, mas o que disse aqui desse amigo de que falamos foi um pouco ambíguo e complicado, e será melhor que o transmita ao sr. Muriel tal qual.

Herbert Lom fez a mão do lenço ondular num gesto de largueza e generosidade, e exagerou tanto o gesto que passou o pano pelo meu nariz. Isso me fez espirrar uma vez, outra e mais outra.

— Claro — disse ele depois de eu me esquivar com agilidade e verificar que já tinha parado. — Muito interessante tudo isso, se me permite dizer. Por favor, sinta-se à vontade, Juan.

Havia captado meu nome de primeira. Eu me senti muito honrado e, dados os seus antecedentes cinematográficos, também me causou um pouco de preocupação. Eu o havia visto numerosas vezes tratar com a mesma deferência pessoas que pensava em matar.

Muriel ficou com uma cara de preocupação, talvez de desânimo, quando ouviu as frases tal como haviam saído dos lábios de seu velho amigo. Como se houvesse preferido que eu tivesse vindo de mãos vazias, sem nenhum progresso, ou poder desconsiderar minha informação. Mas esta pareceu afetá-lo.

— Ele disse isso mesmo? — me perguntou com voz rouca, procurando algum resquício para a incredulidade. — Disse isso, "nada dá mais satisfação do que quando elas não querem, mas não podem dizer que não"? Tem certeza, Juan? — Por respeito a Lom, continuava falando em inglês, e traduziu a frase nesse idioma com mais precisão do que eu havia sido capaz de conseguir na minha versão do relato.

— Creio que não me engano, d. Eduardo, Eduardo. — A presença do grande artista me impulsionou a antepor o "dom", o que eu não fazia mais. Não queria que ele pensasse que estava tomando confiança. Que o tratava de você, por assim dizer. — Tenho boa memória. Uma palavra a mais ou a menos, foi isso o que ele disse. Elucida, esclarece alguma coisa para o senhor?

— Pode ser. E você, o que respondeu? Não aproveitou para puxar pela língua dele? Te pedi que lhe puxasse pela língua, que o fizesse falar. Parecia uma boa ocasião.

— Sim, claro. Respondi que não entendia direito, que o que era essa história de rancor. Pedi que me explicasse.

— E?

— Nada. Riu e não respondeu. Aproximou-se da gente uma sobrinha de García Lorca que vai a essa discoteca e a conversa se diluiu. É meio americana, essa sobrinha, foi bailarina em Nova York. Muito bonita, uns anos mais velha do que eu. Os olhos do doutor foram atrás das pernas dela e ele tentou puxar conversa, mas não creio que tenha a menor chance com ela. Está com um pintor. Depois, a verdade é que eu não quis voltar ao assunto, para não parecer demasiado interessado. Talvez não tenha feito bem. Mas acho que estará mais propenso a contar outro dia, se eu não insistir.

— Bom, está bem — disse Muriel com condescendência, ou distraído. A preocupação o aturdia.

Então comentei o que mais me desconcertou: como Van Vechten podia conseguir alguma coisa da Maru ou de minhas amigas jovens, se não pagava nem nada oferecia. Era um mistério para mim. Muriel permaneceu pensativo, como se também se perguntasse a esse respeito. Ou talvez se perguntasse pelo passado, era neste que na realidade tinha o foco posto.

Ante o silêncio meditativo dos dois, Herbert Lom interveio agitando seu lenço com um gesto que anunciava a eloquência, dessa vez. Uma ponta acertou no meu olho e, por um instante, tive de mantê-lo piscando, como se tivesse entrado um cisco ou, pior, um inseto bravo. Ou como se houvesse colocado nele o tapa-olho rígido de Muriel.

— Na medida em que captei a natureza da questão — disse com sua excelente e profunda voz; seu olhar, um par de pregos, isso não se alterava na vida civil —, se esse amigo de vocês não oferece nada nem paga, esse doutor holandês; se não promete nem as tenta, então é que exige. Em princípio, não cabe outra opção.

Muriel e eu nos olhamos com surpresa, não tínhamos acreditado que ele prestasse atenção no que falávamos, por mais que o falássemos, *contra natura*, em inglês (mediano o meu, naquela época, depois melhorei). Mas ao que parece tinha feito com rapidez uma acertada análise de caso. Um homem vivo, inteligente, talvez tão temível quanto seus personagens, sabe lá se muitos deles criados para que ele os interpretasse.

Muriel ia falar, mas eu me antecipei:

— O que quer dizer, sr. Lom? Exige o quê? — Não sei como me atrevi a interrogá-lo tão diretamente. Embora fosse miúdo, eu me sentia coibido por ele.

— É evidente — respondeu com desenvoltura aquele ilustríssimo do cinema secundário, como se fosse óbvio. Jogou o lenço para o alto e pegou-o com o antebraço, imitando um falcoeiro que recebia um falcão depois do seu voo. Dessa vez o lenço não me roçou, mas eu começava a estar farto daquele pano verde-androide, ou talvez fosse verde-nilo, naquela temporada devia estar na moda essa cor, eu tinha visto o professor Rico com gravatas e lenços menores nesses mesmos tons, os últimos aparecendo do bolso de lapela. — Se alguém quer conseguir alguma coisa que lhe seria negada e não oferece nada em pagamento por isso, é que está em condições de exigi-lo. Se não dá nada, então sua moeda de troca é a omissão.

Eu não cessava de acompanhar o que dizia. Muriel pelo visto não, porque replicou:

— O que o doutor deve ter concedido em troca é se abster de fazer ou contar alguma coisa que poderia prejudicar essas mulheres. É isso que você quer dizer, não, Herbert? — Eles sim se tratavam de você, para exprimi-lo com impropriedade.

Lom agora tinha enfiado seu lenço de seda debaixo da manga, pela parte de baixo. Ficava quase todo pendurado como um guardanapo de garçom, pelo menos não podia dispará-lo. Aproveitou para fazer um empolado ademão que equivalia a dizer "*Voilà*", e o lenço flutuante sublinhou o floreado. Um homem mundano, Kuchačevič ze Schluderpacheru, não dava para duvidar. E em seguida disse aquilo — "*Voilà*" — como se citasse de um diálogo:

— "*Voilà*. Se você me dá o que eu quero, calarei e ficarei quieto, e não te farei mal com o que poderia fazer ou contar." — "*I shall not harm you*", foi a expressão inglesa, que também admitiria como tradução "Não te prejudicarei" ou "Não te causarei dano". Não me havia ocorrido que essas pudessem ser a arma e a atitude de Van Vechten, me custava imaginar qual seria sua possível omissão com minhas amigas e conhecidas. A Muriel sim, porque assentiu com pesar, ou talvez fosse resignação. Claro que ele sabia o que buscava do doutor, eu ainda não.

— Temo que esse possa ser justamente o caso — murmurou. Parecia não ter vontade de dizer mais nada.

Mas Herbert Lom, em compensação, tinha se animado bastante.

— Seja como for — acrescentou —, e se é amigo, esperemos que não esteja envolvido em nenhuma atividade como a que trouxe tantos desgostos com o FBI ao nosso querido produtor. Finalmente acaba de resolver esse caso, mas você sabe — e agora se dirigiu apenas a Muriel — que lhe custou vinte anos durante os quais foi proibido de pisar nos Estados Unidos. Ou, antes, ele é que terá evitado fazê-lo: suponho que teria ido direto para a prisão se houvesse posto o pé lá. Essas coisas costumam terminar mal.

— Harry? Procurado pelo FBI? Não sei de que você está falando, Herbert, nem qual é essa atividade. Ou melhor, agora que você diz, me soa muito vagamente que Jesús Franco me soltou alguma coisa a esse respeito. Mas não sei nada dessa história. Me conte, o que aconteceu? — De repente, toda preocupação de Muriel havia evaporado. A curiosidade o havia instigado, e isso era mais forte, afinal de contas é chamativo saber que um meio amigo, ou falso amigo temporário (alguém para quem se trabalha e por quem é pago), é ou foi fugitivo do FBI.

Era evidente que Herbert Lom gostava de causar surpresas e contar. Sorriu com deleite, seu lábio fino desapareceu. Provavelmente havia feito menção àquele episódio com o único propósito de divulgá-lo.

— Ah, não? Não sabe? — E acrescentou para justificar sua indiscrição — Bom, agora que pagou uma multa e lhe retiraram as acusações, imagino que já não importa que você saiba. Mesmo assim, pelo sim, pelo não, não demonstre a ele que sabe. Não creio que se aborreça, comigo riu abertamente do caso em mais de uma ocasião. Mas nunca se sabe. Também é verdade que às vezes se lamentou por não ter podido se estabelecer em Hollywood por culpa desse equívoco.

Não havia nada de especial em que Towers tenha de fato falado do caso com Jesús Franco e com Lom. Do primeiro havia produzido oito ou nove filmes, alguns tão eróticos quanto podiam ser, e com o segundo havia colaborado em pelo menos cinco oportunidades, a presente seria a sexta, muito embora, como nosso projeto não foi finalizado nem nunca estreou, não aparece em nenhuma filmografia, conforme verifiquei faz pouco na internet: nem na de Muriel nem na de Towers nem na de Lom.

— Dou minha palavra. Diga, o que aconteceu? — Muriel adorava que lhe relatassem fofocas, desde que fossem dignas de interesse. Em poucos segundos tinha se esquecido de Van Vechten e estava ansioso para ouvir aquela peripécia delituosa de seu produtor. Era um homem de aspecto muito comum, com cabelos grisalhos, queixo fofo que uma papada ameaçava, nariz chato e sobrancelhas bastante povoadas e mais escuras que o cabelo. Teria uns sessenta anos, eu o havia encontrado uma ou duas vezes, mal tinha me dirigido a palavra. Eu não significava nada, com os secretários subalternos é o que costuma acontecer.

— A história é incompleta e contraditória, é claro — disse o ex-Napoleão, e acendeu outro cigarro depois de encaixá-lo com esmero na sua piteira, via-se que estava satisfeito com nossa atenção. — O que eu sei (e não sei tudo por ele) é que em 1960 ou 1961 Harry levou para Nova York uma jovem meio tcheca e meio inglesa chamada Mariella Novotny, com a qual havia iniciado uma aventura. Tinha prometido construir para ela uma carreira como estrela de anúncios televisivos, a jovem se contentava com pouco. Na época Harry estava abrindo caminho para si em Hollywood, em Toronto e em Nova York, de modo que tinha numerosos contatos americanos. Hospedaram-se num hotel em que Mariella começou a receber cavalheiros influentes da política e de outros âmbitos, sempre a pedido e com a intermediação de Harry, e também, mais tarde, no apartamento que este compartilhava com a mãe, uma mãe singular, a do nosso produtor. Pelo menos foi o que Novotny declarou ao FBI: que ele tinha lhe arranjado clientes importantes assegurando-lhe que agradá-los ia ajudá-la a triunfar, ele a tinha portanto induzido à prostituição e além do mais ficava com setenta e cinco por cento do que ela ganhava com seus variados atos sexuais, inclusive trios, como é de rigor. Acrescentou que Harry estava presente na maioria das funções, o que parece improvável que os elevados *partenaires* da jovem aceitassem. (Ela tinha certo ar de Anita Ekberg, tanto de cara como de corpo, menos opulenta, e com certeza isso contribuiu muito para o seu sucesso.) Claro que, segundo o FBI, quando os dois foram detidos, encontraram Harry escondido num armário cheio de roupas, de modo que sua presença podia ser sempre furtiva. Ele nega tudo, nem é preciso dizer. — Escapava de Herbert Lom uma breve risada em alguns momentos, e esta contagiou Muriel e provavelmente a mim, para que negar, havia algo de cômico naquilo tudo, ou o tornavam engraçado os comentários do redivivo Ben Yusuf. — A algumas das festas que Mariella logo começou a frequentar, costumava comparecer sigilosamente um homem de Hoover. — Minha cultura cinematográfica me permitia saber quem era: o diretor do FBI. — A conhecida mitomania de Harry sustenta que o que deve ter alarmado Hoover foi saber que numa delas Novotny havia coincidido e estabelecido contato, seguido de várias vezes, com Peter Lawford, cunhado e alcoviteiro do presidente Kennedy. — Seu termo foi mais elegante, chamou-o de *"go-between"*. — E a coisa não parou aí: numa festa posterior, na casa do cantor Vic Damone, mal lhe apresentaram Kennedy formalmente, e Mariella foi levada a um quarto em que foi para a cama com ele. A mitomania é insaciável e sugere um *coitus interruptus*, porque mal os dois desapareceram na alcova produziu-se um tremendo alvoroço no salão: a namorada asiática de Damone tinha se trancado no banheiro e ali cortado as veias, não é preciso dizer sem consequências definitivas. Mas o apartamento se esvaziou na hora, e o primeiro a se escafeder foi Kennedy com seu pequeno séquito e seu guarda-costas.

— Essa história pode ser verdadeira — interveio Muriel. — É um clássico entre certas mulheres: trancar-se no banheiro e fazer cortes nos pulsos. Chama a atenção que quase nunca conseguem achar as veias.

— Sem dúvida — respondeu cortesmente Lom —, mas isso eu não sei. Não há mulher que se prezasse de sua beleza naqueles anos que não tenha estado na cama com Kennedy. Bom, ou numa piscina, num barco ou num elevador, tanto faz. Se fôssemos acreditar em todas, não teria lhe dado tempo de governar.

Nem de viajar a Dallas, e ainda o teríamos aqui. Harry, no entanto, me mostrou uma vez uma cópia de um *memorandum* interno do próprio Hoover relativo ao escândalo Profumo. Nele se mencionava Mariella Novotny, e entre parênteses se indicava: "(Ver dossiê Irmãos Kennedy)". Também se falava brevemente de "seu cafetão Alan Towers", e, todo prosa e entre gargalhadas, me mostrou o que se dizia dele: "Ao que parece ela agora reside permanentemente do outro lado da Cortina de Ferro. Novotny afirma que Towers era um agente soviético e que os soviéticos precisavam de informação com o fim de comprometer indivíduos proeminentes". Bom — acrescentou Lom com um sorriso entre o divertido e o cético —, é possível que esse *memorandum* seja apócrifo, uma falsificação de Harry para deslumbrar os amigos, eu o creio capaz disso e muito mais. No entanto, o caso é que foi exatamente isso que Mariella declarou ao FBI depois da sua detenção por captar clientes no exercício da prostituição — Lom foi mais conciso e utilizou uma só palavra, "*soliciting*" —, e que essa acusação foi misteriosamente retirada em seguida, ao contrário das acusações contra Harry por infringir a lei de Tráfico de Brancas e não sei o que mais. — Em inglês soava pior ainda: "*White Slave Traffic Act*", chamou-a. — Imputaram-lhe ter transportado Mariella de Londres a Nova York com o exclusivo propósito de dedicá-la à prostituição e tirar benefícios disso. Também foi significativo que o incidente na festa de Vic Damone tenha sido silenciado na imprensa, apesar das numerosas testemunhas e de ter estado presente o homem de Hoover, que tão boa vida levava na sua missão e que sem dúvida instruiu um colega do seu departamento para que contratasse por telefone (conversa gravada) os serviços de Maria no dia da detenção. Esta se deu quando ela acabava de se despir para o agente-cliente no apartamento de Harry e sua mãe. Segundo nosso admirado produtor, ele ignorava por completo essas atividades sujas da sua *protégée*, não tinha a menor ideia de que fosse puta. — "A *hooker*", foi o termo que o capitão Nemo escolheu. — Ele aduziu que estava tranquilamente escrevendo um roteiro no quarto ao lado quando a jovem irrompeu nua dizendo que havia um policial no outro quarto. Foi isso que Harry alegou perante o FBI e alegou perante mim. Tachou-se a si mesmo de ingênuo e burro, mas o FBI não acreditou nele, motivo pelo qual optou por fugir para a Inglaterra antes do julgamento, aproveitando sua liberdade sob fiança, depois de ter ficado uma ou duas semanas detrás das grades. Perdeu o dinheiro e não pôde voltar à América em todos aqueles anos. Agora, como eu lhes disse, acertou as contas e poderá por fim voltar.

Muriel estava desfrutando aquele relato, tinha se esquecido do resto da equipe, que o aguardava por ali. Ouvia com um sorriso suspenso nos lábios, e eu via seu olho brilhar como quando lhe ocorria uma ideia atraente para um argumento ou uma cena.

— Escapou sem mais aquela? Harry resolveu se transformar num prófugo pelo resto vida? — perguntou ele com um misto de incredulidade e hilaridade. — Arriscou-se muito, não? Apesar do puritanismo americano, a coisa não parecia tão grave. Duvido que, no pior dos casos, houvesse recebido mais do que uma condenação simbólica, não sei. Nos anos 60 ainda havia certa compreensão para com os vícios, creio.

— Ah não, agiu certo, ainda bem que caiu fora a tempo — respondeu Lom. — Ele também nega isso e ri, porém mais para a frente, quando já não estava ao alcance da justiça americana, foi acusado de dirigir uma rede delituosa — "*a vice-ring*", foi a expressão em inglês — no seio das Nações Unidas, e isso sim era infinitamente mais perigoso e mais grave, com suas derivações políticas e outras. Era um mau momento da Guerra Fria, 1961. Como você há de entender, não é a mesma coisa o edifício da ONU e um apartamento compartilhado com uma mãe, no qual uma ex-namorada tomava liberdades pelas costas dele. Tudo isso na suposição de que essa segunda acusação fosse verdade. Harry diz que não e portanto para mim é não. E tem mais: realmente me pergunto por que o FBI não quis acreditar logo de saída: ele sempre escreveu roteiros, por que não iria estar absorto nisso enquanto Mariella se despia no quarto contíguo com enorme sigilo e se preparava para fazer amor em silêncio e com discrição, como sempre foi o costume entre as prostitutas e seus namorados? Conhecendo, além do mais, sua incorrigível ingenuidade, acredito nele sim, só faltava. — E agora Herbert Lom pôs-se abertamente a rir. Traçou uma rubrica final com seu lenço, amarrotado naquela altura; ao se dar conta, atirou-o no chão. — E então, vamos continuar filmando ou não vamos?

Agora que existe internet e que nela há retalhos de informação sobre quase tudo, senti certa curiosidade retrospectiva acerca do astuto Harry Alan Towers e daquela história (afinal, trabalhei indiretamente para esse produtor, que não morreu até 2009); e verifiquei que o que o sr. Kuchačevič ze Schluderpacheru nos relatou (provavelmente voltou a ser ele) coincidia bastante com a verdade ou o que desta se sabe, pois ainda hoje parece incompleta e contraditória e confusa, como anunciou o insigne ator Lom.

Li em outro lugar que na verdade as intenções de Towers em Nova York eram mais amplas do que seu apartamento e que, durante esse seu período de supostamente maior ambição e capacidade para comprometer gente influente, estivera em constante contato em especial com duas pessoas: sua mãe ("uma mãe singular, a do nosso produtor", havia comentado Lom de maneira enigmática mas sem ênfase) e "um tal de Leslie Charteris", que já por volta de 1980 minha cultura cinematográfico-televisiva tinha me permitido saber quem era: o autor dos romances e contos em que se basearam as várias séries de Simon Templar, o Santo. Li com curiosidade que durante muito tempo negaram a Charteris a residência permanente nos Estados Unidos por se ver afetado pela Lei de Exclusão Chinesa, que proibia a imigração de quem tivesse metade ou mais de sangue oriental, e o sobrenome autêntico do criador do Santo era, inesperadamente, Bowyer-Yin (Bowyer, a mãe, o pai, Yin), e tinha nascido em Cingapura.

O que talvez seja ainda mais estranho que em 1937 tenha se encarregado da tradução e da edição inglesas de *Juan Belmonte, matador de touros*, o célebre livro do espanhol Manuel Chaves Nogales. No entanto não encontrei mais ligações de Charteris com as Nações Unidas nem com nenhuma "*vice-ring*". Também me deu a pensar saber que o próprio Lom viu truncada sua carreira em Hollywood pelo fato de a embaixada americana em Londres não lhe ter concedido o visto para entrar no país. Tinha fugido dos nazistas, sim, mas ao que parece era considerado simpatizante comunista ou "companheiro de viagem". Não há quem não tenha tido problemas com as autoridades estadunidenses, por um motivo ou outro, uma velha tradição.

Se menciono tudo isso é, creio, mais do que qualquer coisa, como uma forma supersticiosa e presunçosa de compensação, pois lamento muito que Muriel não o vá saber. Ele adorava esses segredos literário-cinematográficos (teria passado horas na frente do computador). A gente nunca se acostuma a não falar com os mortos que conheceu, a não lhes contar o que imagina teria sido divertido ou interessante para eles, a não lhes apresentar as novas pessoas importantes ou os netos póstumos, se há, a não lhes dar boas ou más notícias que não nos afetam e que talvez teriam afetado a eles também, se continuassem no mundo e pudessem vir a saber. Em algumas ocasiões a gente comemora de maneira egoísta o que eles não podem vir a saber: não só teriam tido um desgosto ou teriam lhes causado uma preocupação, mas também teriam se irritado muito e nos teriam lançado uma maldição, teriam retirado de nós sua amizade e seu cumprimento e é até possível que nos tivessem causado dificuldades, para nos arrasar e acabar conosco. "Salvei minha pele enquanto estiveram vivos", a pessoa pensa, "e agora já não podem ver como traição o que com toda certeza teria lhes parecido uma traição. Quem morre estará eternamente no engano, porque não sabe o que veio depois, ou o que já veio no seu tempo mas não chegou a descobrir." No fundo, tem algo positivo em que desapareçam os seres queridos: sentimos uma falta inexprimível deles, mas também o alívio da definitiva impunidade. De mais de uma coisa eu me alegro que Muriel nunca tenha estado a par, sobretudo de uma ocorrida em sua vida e de outra acontecida depois. A segunda era inteiramente imprevisível, a primeira eu lhe ocultei.

Em compensação, teria gostado de conhecer a descrição de Mariella Novotny feita anos depois por sua colega de profissão Christine Keeler, principal causadora daquele escândalo Profumo que estourou em 1963. Creio que teria gostado porque da vez seguinte que nos vimos ainda ruminava o relato de Lom, mais que o meu sobre Van Vechten, notava-se que tinha gostado muito de saber das andanças passadas de seu falso ou transitório amigo no mundo da alta política e da alta prostituição.

— Que diabo teria essa Novotny — murmurou — para seduzir ou envolver tantos homens importantes, se é verdade o que Herbert Lom nos contou? Note, Juan: provavelmente os dois Kennedy e o cunhado Lawford, alguns multimilionários e sabe lá quantos altos funcionários das Nações Unidas. Que essa gente corra tais riscos, não é coisa que se consegue sem mais nem menos, nem sequer nos anos 60 em que havia menos cautelas; isso, uma puta cara qualquer não teria conseguido. Algo especial ela devia ter, além de se parecer com Anita Ekberg. — Ficou meditando um momento e acrescentou: — Sabe? Dei de imaginá-la tão atraente quanto Cecilia Alemany, essa grande mulher. Soubemos algo dela ultimamente, não é? Quero dizer, na imprensa ou na televisão, com a filmagem não fico a par de nada. Ela nunca condescenderia em me ligar, isso eu sei. Uma possível resposta a essas especulações está agora ao alcance de qualquer um. Christine Keeler escreveu em 1983: "Ela tinha uma cinturazinha de vespa que realçava sua voluptuosa figura. Era uma sereia, uma atleta sexual de proporções olímpicas; podia fazer tudo. Eu sei. Eu a vi em ação. Ela conhecia quantos prazeres estranhos fossem necessários e era capaz de proporcioná-los". Alguns a identificavam como Maria Capes, Maria Chapman ou Stella Capes. Herbert Lom a tinha chamado de "Maria" em certa ocasião. A posteriori pensei que na certa a conheceu pessoalmente, sendo além do mais os dois de origem tcheca e, ao que parece, nascidos em Praga. Mas eu naquela época ignorava isso dele, quem dera lhe tivéssemos perguntado.

Mariella Novotny foi encontrada morta em sua cama em fevereiro de 1983, aos quarenta e um anos, de uma overdose, segundo a polícia. Em 1978 havia anunciado que ia escrever sua autobiografia, na qual revelaria detalhes de suas missões para o MI5. Em 1980, ampliou a informação: contaria os pormenores de "uma conspiração para desprestigiar Jack Kennedy" e acrescentou: "Mantive um diário com todos os meus encontros no edifício da ONU. É dinamite, podem crer. Agora está nas mãos da CIA". O livro nunca foi publicado. Christine Keeler desconfiou: "O juiz de instrução de Westminster sentenciou morte acidental... Continuo pensando que foi assassinato". Não que as opiniões de Keeler devam ser levadas em consideração, mas a revista *Lobster* assegurou que "pouco depois da morte de Novotny entraram ladrões em sua casa e roubaram todos os seus arquivos e seus extensos e minuciosos diários, que cobriam desde o início dos anos 60 aos anos 70".

Muriel teria ficado felicíssimo ao saber de tudo isso, aficionado que era do novelesco, e também ao ver umas fotos de Mariella ou Maria ou Stella postas na internet, e é verdade que tinha um ar de Anita Ekberg. A de que eu mais gosto e que mais o teria cativado parece saída de um filme, não de 1961, quando foi tirada, mas anterior até. É uma demonstração de que quando o tempo passa todo o real adquire um aspecto de ficção, será essa a sina de nossos retratos quando nos afastarmos, parecer gente inventada, que nunca existiu. Já vou tendo essa sensação quando vejo os de Beatriz e Muriel, no caso dele o tapa-olho preto acentua a impressão de que é apenas um fotograma isolado, ou talvez a ilustração de um livro, e olhem que para mim existiram sim e eu conheço sua história tênue, contada pelo menos uma vez.

Nessa foto se vê Mariella Novotny com um olhar pensativo e um pouco distante, com um chapeuzinho ridículo e bem recatada — coberta até o pescoço —, no momento da sua detenção no apartamento de Towers ou talvez ao entrar na delegacia, pouco depois. O agente do FBI que a conduz é um sujeito corpulento e de cara gorda, com olhos severos e boca desdenhosa. Vai ver que é o que se fingiu de cliente e armou a cilada, esperemos que não: ela teria sido tola demais, porque se nota de longe que é um tira, ou então um gângster. Claro que talvez se pareça mais agora, quando o tempo já lançou sobre ambos suficiente dose de irrealidade.

Contudo, Muriel não se esqueceu inteiramente de mim nem de por que eu havia insistido em vê-lo durante a filmagem, nem mesmo naquele dia em que Herbert Lom se apossou do protagonismo. Antes de me despachar, para retomar sua cena com ele — não queria presenças desnecessárias, e fiquei sem ver mais aquele grande e temível ator atuar —, me fez um aparte em espanhol.

— Ouça, jovem De Vere. Com respeito ao que você me falou no início: siga por esse caminho, siga por aí. Vamos ver se o doutor te fala do passado, de se alguma vez conseguiu que uma mulher que não queria não pudesse dizer que não, foi a expressão dele, certo? O que faz agora não me importa muito, são outros tempos e tudo tem menos gravidade. Procure saber se quiser, para mim essas suas garotas não têm o menor interesse. — E concluiu, como com um fio de esperança: — Se é que foi assim e que conseguiu.

Em contraste com seu olho escurecido e colérico ao mencionar pela primeira vez o possível comportamento indecente de seu amigo com uma mulher, me surpreendeu seu olho benévolo e algo humorístico ante o indubitável comportamento indecente de Towers com várias, principalmente se era verdadeira a história da rede delituosa ou *"vice-ring"* nas Nações Unidas. Não só não pareceu incomodá-lo nada daquilo, nem a suspeita de que as houvesse utilizado, além de para ganhar dinheiro na sua cômoda posição de cafetão, para chantagear indivíduos eminentes e celebridades, mas o relato de Lom criou nele uma espécie de fascinação adicional pelo personagem, que via merecedor de uma obra de ficção. Agora lamentava que Towers mal passasse pela filmagem e andasse quase sempre no exterior daqui para lá, enquanto um de seus projetos era realizado, ele planejava e buscava financiamento para os próximos. Desejava encontrar mais seu empregador, para ver se este se animava a contar diretamente para ele, a ampliar a narração das suas turvas atividades dos anos 60 e de suas turbulências com o FBI, a confirmar se a sua ex e breve amante Novotny havia fornicado com Kennedy e com seu irmão Robert e com o cunhado Lawford, se tudo aquilo eram fatos reais ou fantasias e mitomanias. A gente não deve confiar no que encontra na internet, mas em algum site eu li que Mariella e outra prostituta de nome Suzy Chang se disfarçavam de enfermeiras para atender atleticamente o fingido paciente presidencial: assim sendo, os gostos de Kennedy não difeririam grande coisa dos de qualquer varão vulgar. Me surpreendeu essa reação do meu chefe em relação a Towers, mas em parte eu o compreendia: ele, como quase toda gente do cinema, quer passe ou não por intelectual e artista, era tão mitômano quanto qualquer um.

Também observei que na exacerbada e frenética filmografia de Harry Alan Towers há um vazio chamativo depois do nosso falido projeto, como se o fracasso e a desgraça de Muriel tivessem lhe dado má sorte, ou algo assim: seu título seguinte como produtor não chegou insolitamente antes de 1983. Mas na época ele já havia desaparecido de nossa vida e nós ainda mais da dele (bom, eu nunca fiz parte), transformado no máximo numa nefasta recordação que convinha deixar para trás. É até possível que, desde que nos perdeu de vista, Towers já pudesse visitar o país de que havia fugido e a proibida cidade de Nova York. O que desconfio é que nunca tenham lhe permitido se estabelecer lá: vi que continuou filmando em lugares tão fora de mão quanto a África do Sul e a Bulgária, que adotou a nacionalidade canadense e que foi em Toronto que morreu em 2009, com oitenta e oito anos. A verdade é que durou muito para ter toda a pinta de ter sido desde bem cedo um rematado rufião, no mundo do cinema e em algum outro mais. Um rufião que, no entanto, obteve desde o início o imediato perdão de Muriel.

Este quase teve a oportunidade de indagar durante o que sobrou de filme. Entre as contínuas viagens de Harry e por ter se comprometido com Lom de que não se mostraria a par de nada se o produtor iniciasse uma conversa sobre aqueles assuntos remotos, não teve muito como perguntar. Aproveitando uma visita de Towers a Madri para supervisionar o andamento de tudo e ver o copião do que fora filmado em sua ausência, convidou-o para jantar em sua casa uma noite, com ele e sua mulher, a austríaca Maria Rohm, Lom e Van Vechten e Rico (estes dois se defendiam um pouco em inglês, claro que melhor do que Roy), o hispanista de Oxford Peter Wheeler, homem muito engenhoso que estava de passagem pela cidade, um casal da embaixada britânica e duas atrizes do filme: a veterana Shirley Eaton, que tinha ficado famosa pintada de dourado na aventura de James Bond contra *Goldfinger*, e a joveníssima Lisa Raines. Além de Beatriz, é claro, com a qual seu desagradável marido sempre contava para receber em casa e organizar um jantar como se deve e receber um produtor ou um hipotético financiador. Seu propósito era conduzir a conversa para aquele terreno político-escandaloso-

-sexual do início dos anos 60, para o que o concurso de Wheeler caía como uma luva: como tantos *dons* de Oxford e Cambridge, estava muito a par das maquinações do MI5 e do MI6 em tempos passados, e além do mais havia conhecido muito bem Profumo, ministro da Guerra britânico quando estourou o escândalo que levou seu nome. Muriel esperava assim tentar Towers a disputar o protagonismo com o malicioso e falante hispanista e a se exibir e contar, mesmo que fosse uma versão descafeinada e mais favorável a ele (conforme se encare; perante a polícia e um juiz, sim, numa recepção mundana, não), a da sua completa inocência, ingenuidade e idiotice.

Mas precisamente por culpa da anfitriã, o jantar não aconteceu, embora todos os convidados tenham chegado a estar reunidos na casa de Muriel e eu lhes tivesse aberto a porta e ajudado Flavia e Susana a atendê-los e os visse movimentar-se e passar: pululava como sempre por ali Lisa Raines, e além do mais me cabia entretê-la, por eu ser o mais próximo da sua idade; mas eu nem ia caber na mesa, nem estava convidado como comensal.

VII.

Beatriz se encontrava fazia um tempo em sua modalidade amuada, ou no que eu identificava como tal. Durante a filmagem, Muriel estava pouco presente e muitas noites não vinha dormir, porque andava por aí com suas filmagens externas ou porque preferia se hospedar num hotel, e apesar da má relação essa ausência provavelmente contribuía para o abatimento ou apatia da sua mulher — nada faz mais falta que o adversário, quando se está acostumado a se defender e resistir e, ao luar, a persuadir e implorar. Ela talvez visse nesse vazio o anúncio do que a aguardaria um dia, quando se aprovasse por fim o divórcio. Não descuidava de seus afazeres matutinos ou vespertinos como professora de inglês, passava mais tempo com os filhos tão idênticos a ela, mas o resto do tempo eu não a via sair: nem com Rico nem ir a Nossa Senhora de Darmstadt nem a Plaza del Marqués de Salamanca nem de moto a quem sabe quais lugares. Em compensação, ouvia por longos períodos o tique-taque do metrônomo em seu espaço, quarenta vezes por minuto se não mais, acompanhado de uns tantos acordes de vez em quando, mas na maioria

289

das vezes, de nada, a seco, o pêndulo batendo e oscilando como um relógio heterodoxo e ruidoso que contasse algo diferente do tempo: a música não interpretada ou as palavras pensadas e guardadas a seu compasso, as pulsações do aborrecimento ou uma duvidosa contagem regressiva, abortada e reiniciada sempre, uma e outra e outra vez. Como Muriel não estava presente, já não era um lembrete de sua existência, não era uma ameaça nem uma queixa nem uma representação sonora de seus sofrimentos, não era o tamborilar de seus dedos que preludiavam uma explosão. Apesar do que meu chefe me disse ("Não. Ela toma seu tempo, se abstrai, dorme sentada. Enquanto estiver lá, não tem com que se preocupar"), eu me inquietava quando por uma longa hora não ouvia nada mais que o nefasto e desconcertante tique-taque. Eu interrompia minhas tarefas e me aproximava da porta fechada que dava acesso a seu espaço, colava o ouvido à espera de que me chegasse algum lamento ou suspiro, algum cantarolar ou interjeição ou soluço; ou de que falasse sozinha como os loucos ou os isolados ou os que se compadecem exageradamente de si mesmos, de que lançasse uma maldição. E quando era só o metrônomo que continuava a chegar até a mim, eu me atrevia a bater com um nó do dedo, como fazia Beatriz algumas noites diante do quarto de Muriel e, quando ela atendia, "Sim? Quem é?", ou até desiderativamente (creio) "É você, Eduardo? Está em casa? Voltou?", eu me sentia aliviado e ridículo e respondia:

— Não, desculpe, Beatriz, é Juan. É que eu me perguntava se você precisava de alguma coisa e se estava bem. Faz muitos minutos que não te ouço tocar, você sabe que gosto de te ouvir tocar. — As mulheres a gente trata de você sem reserva e logo, como se fossem menores de idade, ou são elas que nos incitam a fazê-lo, como se lhes custasse infinitamente mais que os homens aceitar um "senhora", que acham que as envelhece. Afinal de contas, ela tinha então por volta de quarenta e um, quarenta e dois anos, a idade de Mariella Novotny quando a mataram ou morreu ou se matou; hoje não haveria dúvida, ainda seria considerada jovem para todos os efeitos. Não o era para mim, no entanto, pela época e pela diferença de idade. Mas tampouco era o contrário, senão teria carecido de sentido minha vaga ou teórica admiração sexual, que me atraísse sua carnalidade de outro tempo e de outro espaço, ou de uma dimensão inanimada e pretérita, como disse anteriormente.

— Não se preocupe, Juan, estou bem. Embora não esteja tocando, deixo o metrônomo soar, me tranquiliza e me ajuda a pensar. — Isso ou algo parecido ela me murmurava através da porta (a voz era preguiçosa e fraca, como se eu a houvesse tirado do sono ou de uma imaginação ou maquinação), que não abria quando eu batia assim. Perguntava-me se ela estaria visível ou quem sabe de roupa de baixo, e voltava ao meu trabalho.

No dia daquele jantar esteve ocupada com os preparativos e não pôs em marcha o tique-taque. Tinha pedido os pratos principais ao Mallorca ou ao Lhardy, ou a algum dos restaurantes do Palace, não sei. Mas deu suas instruções a Flavia e cuidou dos vinhos e da sobremesa, que sei eu, a mim não cabia prestar atenção. Muriel tinha filmagem em estúdio e não se esperava que voltasse antes das oito e quinze, ou por aí, em companhia das atrizes e de Herbert Lom, esperara no hotel que tomassem banho e mudassem de roupa para levá-los ele mesmo em seu carro. Tinha mandado Rico (quando jovem era mais complacente que agora) pegar os Towers e Wheeler, o resto chegaria por conta própria. Embora os convidados, em sua maioria, fossem estrangeiros, Muriel não os havia convidado para antes das oito e meia, com a ideia de se sentarem à mesa às nove, era fim da primavera e o sol já demorava a se ir, deprimia-o jantar com luz muito diurna, costumava dizer. Antes das seis — antes de os filhos voltarem do colégio —, Beatriz pareceu estar com tudo pronto e em ordem, mudou de roupa, se arrumou rapidamente, calçou sapatos de salto alto e saiu. Estava havia tantos dias sem fazê-lo, salvo para dar suas aulas — seu período mais pesado ou mais abúlico —, que não pude resistir à curiosidade e saí atrás dela como outras vezes, queria saber de quem sentira falta de repente ou quem a tinha arrebatado à misantropia, se Van Vechten ou o morador da Plaza del Marqués de Salamanca, ou se por acaso não se dispunha a ver nenhum dos dois. Vestia saia, o que tornava improvável que pegasse a moto, embora não impossível, uma vez eu a tinha visto montada nela com a saia subida de maneira muito chamativa, exibindo suas coxas fortes quase tanto quanto a funcionária Celia, sem dar importância a isso e sem nenhum pudor.

Não deu muitos passos, seu percurso durou pouco. Eu a vi parar diante da entrada do Hotel Wellington, a poucos metros na nossa mesma rua e em nossa mesma calçada, e olhar para cima como se esperasse um sinal de alguém hospedado num quarto externo, alguém que talvez lhe dissesse com a cabeça e as sobrancelhas: "Suba, suba, já estou aqui". Se era assim, seria um terceiro amante, pensei, por que cargas-d'água iria se encontrar com Van Vechten ou com os poloneses Kociejowski ou Gekoski, ou com Deverne ou Mollá ou Arranz, num lugar diferente do costumeiro, e além do mais tão perto da casa dela, na tarde anterior à noite em que teria vários convidados de semicompromisso social para agradar a Muriel. Ou vai ver que era por isso, para estar ao lado e não correr o risco de ser impontual. Olhou para as janelas ou as sacadas por uns trinta segundos e depois entrou. Me acheguei então à elevada porta — um porteiro uniformizado a guardava, suponho que agora também, faz tempo que não passo por lá, ou antes, evito passar — e tentei, do lado de fora, avistá-la lá dentro, para ver se ficava no saguão ou se caminhava para o bar ou se pegava um elevador. Mas não a vi mais, apesar de aguardar na calçada três ou quatro ou cinco minutos, um par de cigarros seguidos. Se eu tivesse entrado, o porteiro nem teria se movido, nesse hotel sempre havia toureiros e eu podia ser um jovem peão ou uma brilhante promessa de matador; porém o mais prudente era não me aventurar a que ela me expulsasse dali, não haveria dúvida de que eu a tinha seguido, precisamente pelo curto do trajeto e pela proximidade. Talvez fosse tomar um drinque com Gloria e Marcela no bar, para não se chatear em casa até a hora do jantar, com semelhante perspectiva social não podia se instalar em seu tique-taque. Enquanto eu espiava, saiu de um automóvel com volante à direita — um Daimler ou um Jaguar, creio — o maestro Odón Alonso, vestido de fraque como se estivesse preparado para ir dar um concerto. Deixou a chave com um manobrista e passou trauteando e sorridente por mim. Contava-se que mantinha no Wellington uma suíte em aluguel permanente, à qual curiosamente quase sempre ia com sua mulher. Passou-me pela cabeça a ideia de que Beatriz fosse vê-lo. Não sei por que a descartei.

Assim, voltei a casa para esperar. Se não atravessasse o umbral não tinha modo de averiguar, e isso me proibi.

Como estava previsto, às oito e quinze apareceu Muriel com o ex-Fantasma da Ópera, a que foi a sustentada e vítima de Goldfinger e a futura Fanny Hill em outro filme de Towers, Lisa Raines. Do meu quarto eu o ouvi perguntar às meninas e a Flavia por Beatriz, achando um pouco estranho ela já não estar lá.

— Não estava quando voltamos do colégio — respondeu Susana.

— Saiu — disse Flavia. — Deve estar chegando.

— A que horas? — ele perguntou.

— Pouco antes das seis.

— Disse aonde ia?

— Não. Só que voltaria a tempo para o jantar. Mas está tudo pronto, não deve se preocupar.

— Deve ter ido ao cabeleireiro ou algo assim — supôs Muriel. — E o jovem De Vere? — Me chamava mais assim que de "Juan", tanto no vocativo como ao se referir a mim, assim como chamava Rico de "o professor" e Van Vechten de "o doutor".

— Está no quarto dele.

— Vou chamá-lo já. Trago uma beldade da idade dele a quem ele tem de dar atenção.

O quarto depois da cozinha, em que eu tinha passado minha primeira noite na casa, tinha se tornado "meu quarto", e já não era excepcional que eu ficasse para dormir ali. Preferi ainda não sair, para que Muriel não me perguntasse diretamente por Beatriz e eu não tivesse de mentir. Não era a mesma coisa não lhe contar que eu a tinha visto por conta própria, por exemplo, no santuário, que responder: "Não tenho a menor ideia de aonde foi. Saiu sem se despedir de mim". Embora esta última coisa fosse verdade. E pensei chateado: "Muriel está no mundo da lua, não distingue: uma beldade da minha idade". Lisa Reines devia ter dezesseis ou dezessete anos, ela sim era um peão; para mim quase tão menina quanto Susana, nos meus vinte e três.

Muriel não veio me chamar logo, tinha de se ocupar dos convidados que havia trazido. Mas ao cabo de quatro ou cinco minutos soou a campainha e em algumas passadas se aproximou do meu espaço e, sem aparecer à porta, me ordenou:

— Jovem De Vere, quer fazer o favor de ir abrir? Flavia está cuidando das coisas dela e Beatriz não chegou. E não sei se a jovem Raines está começando a se aborrecer. Anda, vá dar atenção a ela e deixe de se fazer de ofendido. Não ter assento na mesa não te exime de ser prestativo. E quem sabe no fim te abrimos um espaço, só depende de a menina-prodígio te aprovar.

Saí no ato, vi-o de costas caminhando no corredor e entrando no salão de visitas, continuei até a porta da rua. Sucediam-se os impertinentes toques de campainha, Rico chegava com os Towers e Wheeler (não, o professor tampouco era complacente então, salvo com Muriel e Beatriz, desde que fosse para desfrutar da companhia deles; creio que se havia acatado a ordem de servir de chofer por aí era porque lhe interessava o insigne hispanista de Oxford, com o qual conversava em espanhol, mas cagava e andava para o produtor e sua mulher). Conduzi-os ao salão, e logo em seguida o casal da embaixada britânica se apresentou, todos os estrangeiros com relativa pontualidade. Repeti a operação, e seis ou sete minutos depois quem tocou foi Van Vechten, com seu inalterável sorriso retangular, me perguntei se Lom repararia em sua semelhança com Robert J. Wilke, tinham trabalhado juntos em *Spartacus*. Ao entrar e ver tanta gente, comentou com satisfação, em medíocre e presunçoso inglês, igual ao de locutor espanhol de televisão:

— Puxa, devo ser o último. Lamento ter feito a distinta companhia esperar. — Bateu um calcanhar anacrônico e se apresentou à generalidade. — Dr. George Van Vechten. — Absurdamente, traduziu seu nome de batismo, não disse "Jorge" mas "George".

O fato é que ninguém o esperava, nenhum dos estrangeiros nunca tinha ouvido falar dele, e o único dos convidados que o conhecia, Rico, o vira milhões de vezes, para o professor era mais um vulto que entrava e saía da heteróclita casa de Muriel.

— Você não é o último, doutor — disse a ele meu chefe em nossa língua, à parte. — Falta exatamente Beatriz. Realmente é estranho que não tenha chegado. — E olhou para o relógio. — Por acaso você soube alguma coisa dela hoje?

Van Vechten respondeu na defensiva, mas somente eu podia notar isso:

— Não, não, por que eu haveria de saber?

295

Então Muriel se virou para mim. Com o vaivém de pessoas e idiomas eu tinha me livrado até aquele instante de que ele me interrogasse a esse respeito. Já havia passado das nove, e o bando de ingleses e agregados estava a ponto de desmaiar.

— Você também não sabe nada, jovem De Vere?

Não, para Muriel eu não ia mentir, ou só pela metade, o imprescindível para me resguardar:

— Bom, não sei. No meio da tarde saí para resolver uns assuntos e casualmente a vi do outro lado da rua entrar no Wellington. Mas isso já faz tempo, por volta das seis.

O olho de Muriel pousou com incredulidade nos meus e relampejou alarmado, como se acabasse de representar uma cena que estava apenas a seu alcance, talvez porque já a houvesse visto em sua vida, talvez porque sua imaginação visual chegasse mais longe que a dos outros. Fechou o olho por uma fração de segundo, como se estivesse farto ou com antecipado cansaço, ante a tarefa iminente ou ante sua visão. Talvez como se com isso reunisse energia e paciência e se desse tempo para se dizer, antes de atuar: "Outra vez, teremos que cuidar disso outra vez. Ou talvez não tenha mais que cuidar".

— No Wellington? No Hotel Wellington? Por que não me disse antes?

Seu tom foi tão alterado e tão alto que o murmúrio dos convidados cessou e todos olharam para ele com preocupação e incompreensão. O professor Peter Wheeler era o único que sabia perfeitamente espanhol, mas o casal da embaixada também entendia, embora não estivesse ainda havia muito tempo aqui.

— Não sei, o senhor não me perguntou, Eduardo. Por que, que importância tem? Foi há horas. Não me ocorreu — balbuciei já me sentindo culpado de uma falta grave, ignorava exatamente qual.

Mas Muriel não tinha me perguntado para que eu respondesse, na verdade não creio que sequer tenha ouvido minha resposta. — Vamos rápido, Jorge — disse a Van Vechten. — Venha você também, Juan. — Dirigiu-se a Rico e lhe pediu: — Paco, faça o favor de entreter essa gente e invente uma explicação. Não sei se vamos ter que cancelar o jantar. Assim que eu puder, digo alguma coisa ou mando um recado por Juan.

Dessa vez chamou nós três por nossos nomes, o que significava que não havia lugar nem para um tico de gozação involuntária, como costumava fazer quando estava rodeado por seus espectadores e cúmplices habituais. Eu já era um deles. Em seu ânimo agora só cabiam a angústia e uma seriedade mortal.

Nunca o tinha visto correr, nem mesmo três passos. "Correr é indigno, jovem De Vere", tinha me dito certa vez, repreendendo-me por uma breve corrida para pegar um táxi quando o semáforo abria, ou ao ver passar gente sofrendo ou exultante no exercício que na época se chamava na Espanha *"jogging"* ou *"footing"*, não sei, um país tão pouco dotado para as línguas como propenso a utilizar termos alheios que não entende nem sabe pronunciar. Eu nunca o tinha visto correr e creio que nunca vi ninguém correr daquela forma na rua, como ele fez entre sua casa e o Wellington, tão desesperado e veloz, uma curta distância, durou muito pouco sua indignidade, e além do mais naqueles momentos deviam ser a última coisa em que ele pensaria, nos trajetos extremos a gente não se vê locomover. Correu tanto em seus cinquenta anos ou algo assim — paletó aberto com as abas e a gravata esvoaçando feito estandartes para trás —, que nem eu com menos da metade de anos teria sido capaz de manter o ritmo por mais duzentos metros, já nem falemos do dr. Van Vechten, por mais que malhasse em academias, uma década mais velho que

Muriel. Mas o trecho era tão curto que chegamos mais ou menos os três ao mesmo tempo, ele à frente, isso sim, não só porque acelerava como uma alma que o diabo levava — essa expressão era usada e compreendida por todo mundo, embora ninguém jamais tivesse visto uma —, mas porque ele sabia melhor com que finalidade ia e o que havia que fazer. Nesse fugaz trajeto também inferi isto, e sem dúvida o dr. Van Vechten mais ainda, se é que não o fizera antes: Muriel não temia que Beatriz tivesse perdido a hora, que tivesse se esquecido completamente, absorta em suas necessidades ou em suas paixões ou apetências sexuais — um amante fixo, o gerente; um hóspede, quem sabe o portentoso primo sulista de Roy, Baringo Roy; um mensageiro ou camareiro ocasional, dava na mesma —, não creio que lhe passasse nem de longe pela cabeça uma cena assim; o que ele havia imaginado era o que a mim tinha escapado ao tentar vislumbrar sua figura desde o lado de fora: Beatriz teria reservado um quarto, talvez já de manhã ou até na noite anterior, por isso não teria demorado na recepção solicitando a chave ou preenchendo algum papel, tinham-na entregado mal a viram aparecer ou já estaria com ela, conforme o tipo de hotel; havia subido a esse quarto cuja janela tinha parado para olhar da rua imaginando-se já dentro dele, como quem contempla seu ataúde; havia pedido uma bebida ou saqueado o minibar e dado início a uma ingestão de comprimidos, estirada na cama, descalça, possivelmente de roupa de baixo para maior comodidade e com a tevê ligada para não se sentir tão só, para ver rostos que não a veriam nem poderiam intervir, para ouvir vozes de fundo que tornassem mais suportável a transição entre estar no mundo e deixar de estar nele — a irreversível transformação —, como adormecem mais resignados os filhos com o distante rumor da conversa entre seus pais e algum convidado, quando há algum; como se permanecesse um pouco no território adulto e desperto, que eles resistem a abandonar, ainda não, ainda não. A lua não estaria presente, ou talvez Beatriz tivesse esperado vê-la aparecer ainda muito pálida, intimidada pelo sol tardio, para morrer em sua palidez. Ou talvez tenha enchido a banheira com parcimônia e nela entrado para cortar as veias, uma vez ali — se você as corta antes, o sangue começará a gotejar de imediato ou a fluir, não sei, e manchará chão e toalhas e o impoluto roupão do hotel, quase nenhum suicida é totalmente indiferente aos estropícios que causa e ao quadro que vai oferecer —, e se assim fosse tudo dependeria de vários fatores: da extensão e profundidade dos ferimentos, de quantos cortes se infligiu e com quanta decisão, de se num só pulso ou nos dois, de que a água estivesse bem quente ou não tanto, porque o frio faria as incisões se contraírem e a morte se retardaria, ainda não, ainda não, e o frio chega mais cedo ou mais tarde; e haveria duas possibilidades para a maior rapidez ou lentidão dessa morte: se perdesse a consciência pela falta progressiva de sangue e a cabeça deslizasse para dentro d'água, morreria por afogamento, a não ser que ficasse com o corpo encaixado na banheira, nariz e boca sem submergir; e nesse caso, se não afundasse, continuaria vivendo inconsciente até que o coração parasse por já ser incapaz de bombear o escasso sangue restante no compartimento vascular. Tudo seria questão, portanto, de quando tivesse se incisado com a lâmina e do número de vezes e da determinação, do que houvesse feito às seis e tanto, pouco depois de subir para o quarto, ou de ter esperado e se entretido antecipando ou saboreando o que aconteceria em sua casa quando os convidados já estivessem lá e não a vissem aparecer; ou de que houvesse durado demais da conta e lhe houvesse ocorrido que não teria lugar para se arrepender ou postergar, uma vez rasgada a pele e aberta a carne, agora sim, agora já sim, não é fácil manter a serenidade para interromper a saída de nosso próprio sangue quando já brotou; ou de que tivesse sentido a curiosidade de saber que desconhecido ganhava um concurso da tarde na televisão — às vezes nos detém o que não nos importa — e os minutos fossem passando sem que ela os notasse, ou acreditando a todo instante que seriam uns poucos mais, até que fosse eliminado o concorrente bruto ou proclamado vencedor. E com os comprimidos a mesma coisa, seriam fundamentais o momento em que houvesse começado a engoli-los e o ritmo — a garganta se rebela e é preciso fazer pausas —, e a quantidade de álcool. E conforme isso tivesse acontecido, chegaríamos a tempo os três ou não, a presença do doutor nos assegurava de que não haveria nem um segundo de vacilação ou estupor, que ele seria o primeiríssimo a saber o que em cada circunstância conviria fazer, era provável que estivesse sobretudo em suas mãos a vida de Beatriz, se ainda havia vida em Beatriz. E uma terceira possibilidade ainda não estava descartada: que até então não tivesse se atirado pela sacada não significava que não pudesse sentar na balaustrada e pular bem quando corríamos e chegávamos — na minha corrida não olhei para cima, talvez a tivesse visto encarapitada no peitoril e disposta a se deixar cair —, ou perguntávamos na recepção pelo quarto em que ela teria se trancado, ou convencíamos o pessoal de que era preciso forçar a porta ou recorrer à chave mestra ante a iminência ou a ocorrência de uma desgraça, os funcionários teriam a princípio se oposto ou resistido, e teriam chamado o gerente ou o diretor do hotel para que se responsabilizasse e autorizasse a intrusão, perdendo-se assim minutos talvez vitais. E ainda podia ser que Beatriz tivesse se enforcado valendo-se dos lençóis com que teria feito cordas e depois subindo numa cadeira que teria derrubado com seus próprios pés, e nesse caso não teríamos dilação nem processo nem margem, estaria morta quando entrássemos no quarto já entardecido, ou do interior ele se veria já anoitecido, acesas todas as luzes para não se matar sem enxergar direito ou também para não morrer às escuras, é impossível a pessoa não imaginar que depois só vai haver a longa treva e adiantá-la não tem sentido, a não ser que ela prefira ir se acostumando com os olhos abertos e a expirante consciência e os derradeiros fios de vida.

O tempo dos suicidas deve ser estranho, porque está inteiramente em suas mãos terminá-lo, e são eles que decidem quando, isto é, o instante, que pode ser um pouco antes ou um pouco mais tarde, e não deve ser fácil determiná-lo, nem saber por que agora e não há uns segundos ou daqui uns tantos mais, nem mesmo por que hoje e não ontem nem amanhã nem anteontem nem depois de amanhã, por que hoje quando tenho um livro que ainda falta ler metade e logo entrará no ar a nova temporada de uma série de televisão que acompanhei ao longo dos anos, por que decido que não vou continuar a vê-la e que irei ignorar para sempre seus desfechos; ou por que interrompo a assistência distraída de um filme que passa num canal em que caí por acaso nesse quarto de hotel — o passageiro lugar escolhido para conter minha morte sem testemunhas e a sós —, qualquer coisa nos suscita a curiosidade quando estamos a ponto de nos despedir dela e do resto: de nossas recordações e nossos saberes acumulados pacientemente, das angústias e dos esforços que agora nos parecem vãos ou que não eram na verdade para tanto; das infinitas imagens que passaram diante dos nossos olhos e das palavras que nossos ouvidos ouviram, passivamente ou em suspense; dos risos despreocupados e das exultações, dos momentos de plenitude e de angústia, de desolação e de otimismo, e também do tique-taque incessante que nos acompanhou desde o nosso nascimento, está em nosso poder calá-lo e lhe dizer: "Até aqui você chegou. Houve períodos em que não fiz caso de você e outros em que vivi dependendo de você, te ouvindo, esperando que algum outro som tivesse força suficiente para tapar o seu e me permitir te esquecer, umas palavras ansiadas ou o ruído do instante em que se apaixona, o arquejo, a amorosa fúria, as frases entrecortadas e obscenas que repelem e atraem ao mesmo tempo, e não nos absorvem enquanto são pronunciadas. Agora vou te parar e pôr fim à tua imperturbabilidade, no que me diz respeito. Sei que nada te deterá de verdade e que você seguirá existindo, mas será para outros, não para mim, a partir desta hora terei me subtraído e estarei fora do seu alcance, e assim você terá deixado de computar meu tempo". Sim, não deve ser fácil decidir o instante, o velho instinto de sobrevivência nos levará a pensar: "Ainda não, não ainda, que mal pode me fazer ficar uns minutos a mais no mundo, assistir à saída de uma lua sentinela e fria que terá visto tantos como eu abandoná-lo, nem sequer piscará seu sonolento olho entreaberto, cansado do inacabável espetáculo do pranto nos travesseiros e do adeus dos seres que falam; mas pelo menos poderei olhar para ela". E a saturação e o sofrimento nos levarão a pensar: "Está bem, já é hora, para que demorar, que sentido tem permanecer uns minutos a mais, ou uns dias que nos parecerão árduos e iguais enquanto os prolongarmos um pouco sem nos dar conta, e seguirmos com a consciência ativa que tantas vezes nos causa tormento; nos perguntarmos mais uma vez o que será de nossos filhos, que não veremos mais crescer nem crescidos, deverão se arranjar sem mim como muitos outros que os precederam e Eduardo estará aí para ajudá-los, aos meus olhos ele viverá eternamente, já que continua vivo no final do meu tempo e ninguém pode me assegurar que não vá estar sempre, para mim nunca terá morrido; em compensação é pedir demais que eu assista e guie as crianças indefinidamente, me falta a vontade de viver, a dor me machuca e elas não são o bastante para me reter. Não posso mais, nada importa. Me aturdirei para me deixar ir como se não fosse, e quando eu não estiver aqui e for passado, já poderão vir acusações de egoísmo e condenações e censuras e juízos severos, que não me inteirarei de nenhum. Então, então, então me façam todas".

O trecho foi curto e se fez longo, como sempre que se teme não chegar a tempo do que quer que seja, de pegar um trem, de desfazer um mal-entendido, de sustar uma informação ou acelerar uma carta, de retirar um ultimato ou uma ameaça ou, claro, de evitar uma morte, como era o caso. Os funcionários do hotel se mostraram compreensivos: na dúvida — quem falava com eles era um médico renomado, e não apenas um jovenzinho e um caolho — decidiram não consultar seus superiores ou avisá-los já em andamento, um deles foi buscar o gerente e o outro nos acompanhou até o quarto e bateu na porta com os nós dos dedos enérgicos, Beatriz tinha se registrado com seu verdadeiro nome. Bateu três vezes com as correspondentes esperas, que tudo indica era o precedente ou o mínimo antes de entrar sem permissão, enquanto Muriel o urgia a utilizar logo de uma vez a chave mestra, ou a sobressalente, ou o que fosse. A porta permaneceu trancada e tampouco houve resposta tranquilizadora (se bem que poderia ter sido enganosa, a de alguém a ponto de derrubar uma cadeira e ficar suspensa no ar) — "Já vou, um momento", ou "Quem é?

Agora não posso, volte mais tarde" —, em vista do que se animou a abrir por seus meios, não lhe constava que a senhora tivesse saído, podia estar na cafeteria ou num salão, mas também de fato no seu quarto, o homem já começou a se sugestionar. Muriel foi o primeiro a entrar e em seguida Van Vechten, os dois às pressas, depois o funcionário que nos havia conduzido, contagiado pelo passo rápido, e fui eu o último, tinha medo de ver a cena, principalmente se ela tivesse se enforcado ou houvesse sangue, e ao mesmo tempo não desejava perdê-la, uma vez chegado ali, ainda não tinha visto nenhuma pessoa morta. Antes de atravessar o umbral vi chegar pelo comprido corredor um indivíduo apressado, mas que não era capaz de correr por causa de seu grandíssimo volume, devia ser o gerente avisado. Também avistei um casal bem vestido que saía naquele instante de suas acomodações e que ao notar a agitação ficou parado na expectativa.

O quarto era amplo, uma espécie de suíte júnior, como chamam agora, talvez na época não, para Beatriz o gasto devia dar na mesma, se não fosse sair com seus próprios pés nem fechar a conta. Não havia ninguém, ali ninguém tinha se enforcado nem se jogado nem encolhido na cama sob a ação de comprimidos, faltava o banheiro, cuja porta não se abria por bem, estava trancada, e ninguém lá de dentro respondia nem protestava contra o atropelo.

— O senhor tem como abrir isso? — Muriel perguntou ao funcionário, quase ao mesmo tempo que dava um empurrão na porta. Seu rosto se decompôs pela angústia, embora o tapa-olho impedisse que isso fosse facilmente notado.

— Não aqui, é claro. Na verdade não sei se existe, para os banheiros. — A essa altura o gordo já havia aparecido, o paletó desalinhado pela pressa e uma gravata larga e comprida demais que invadia sua calça além da conta, certamente uma forma simples de cobrir a barriga um pouco e, contraproducente, os

305

olhos iam direto para aquele penduricalho. O funcionário se dirigiu a ele: — Tem jeito de abrir os banheiros, d. Hernán? — E acrescentou, apresentando-o incoerentemente: — D. Hernán Gómez-Antigüedad, o gerente. — Não pude deixar de reparar no nome pretensioso e um tanto estranho, mas depois descobri que esse sobrenome não era raríssimo. O casal bem vestido havia aparecido à porta para bisbilhotar, os dois pareciam franceses, nisso já éramos sete no quarto.

Gómez-Antigüedad fez gesto de ir apertar alguma mão e respondeu "Não tenho a menor ideia, preciso perguntar à Manutenção", mas ninguém a ouviu, porque Muriel e Van Vechten já estavam dando chutes na porta e os demais olhávamos com a alma em suspense, parecia que era uma questão de insistir para que saltasse aos pedaços, logo rachou, por sorte não era muito consistente.

— Talvez tivéssemos de pôr uma chave nelas, em vez de ferrolho — disse com deformação profissional o gerente, ao observar o estrago. — Mas vai ser um trabalhão trocar todas. — Falava como que consigo mesmo e com respiração escassa, ainda se recuperava da sua pressa.

A porta cedeu por fim e todos nos precipitamos para olhar, mas Muriel, antes de mais nada, nos fez retroceder com um gesto autoritário, como se não quisesse que víssemos Beatriz de roupa íntima nem na água tingida de vermelho, foi o que cheguei a vislumbrar antes de obedecer e me retirar, e instar a multidão ali congregada a que fizesse o mesmo, iam se aproximando outros hóspedes atraídos pelo alvoroço e o retumbar dos chutes, ninguém renuncia à possibilidade de contar algo anômalo. Beatriz, consciente de que o pessoal do hotel provavelmente a descobriria, não tinha se desnudado inteiramente para entrar na banheira, num rasgo de pudor havia conservado o sutiã e a calcinha, deduzi, embora não tenha visto esta última, só a parte superior do tórax velado pelo vermelho e pela espuma, devia ter se lavado para cheirar bem, sem se lembrar que o sangue fede, até a mim chegava o estranho eflúvio metálico, como que de ferro. Por sorte, estava com um cotovelo na beirada e não tinha afundado, não tinha se afogado, talvez isso tivesse lhe dado medo ou arrepios, que levara em conta, por isso o braço apoiado. Mas podia já estar morta pelo sangramento, retrocedi sem saber ainda.

— Deixem o doutor trabalhar, ele se encarrega — murmurei enquanto empurrava o grupo para fora. Gómez-Antigüedad não viu inconveniente em me dar uma mão e sair com os intrusos e ficar fora com eles, tinha um ar péssimo, nauseado e amarelento, deixou seu funcionário representando o estabelecimento ou para o caso de necessitarem dele. Ia ser difícil que não se espalhasse pelo hotel a notícia do episódio.

Assim então foram as veias. Eu não vi, mas suponho que Van Vechten tenha tentado comprimir os cortes com panos (disse a Muriel que lhe passasse um lençol, e este o arrancou da cama desfeita — logo, Beatriz estava deitada — com um puxão, com violência) e que, se houvesse continuado a sangrar, tenha improvisado torniquetes. Fiquei colado à porta do quarto, já fechada, via Muriel entrar e sair do banheiro e o ouvia dar ordens a Van Vechten, que por vários minutos não apareceu, não aparecia para mim, eu desconhecia sua expressão e seu grau de angústia, ou talvez não sentisse nenhuma, devia ser o único a saber se a mulher sobreviveria e em todo caso estava atarefado. Também ouvi a água acabar de sair pelo ralo, deve ter tirado a tampa para trabalhar melhor sem líquido, ou só com o mais denso e incontrolável.

— Eduardo, ligue para a clínica, a Ruber, que fica mais perto. Peça uma ambulância urgente e diga que é de minha parte. Chame o dr. Troyano, ou então a dra. Enciso, ou então tanto faz, fale com quem atender, todos me conhecem. Diga que falei para não tomarem nota, que é um solitário, eles entenderão. Que mandem sem mais tardar, eu acompanharei a paciente e uma vez lá darei as instruções. — Ditou o número, e Muriel o reteve de primeira, sem anotá-lo, a memória bem alerta pela incerteza.

Vi meu chefe sair e se precipitar para o telefone da mesa de cabeceira. Já estava salpicado, na camisa eram visíveis as numerosas gotas de sangue aguado e algumas manchas de sangue sem mistura. O doutor devia estar ainda mais sujo e molhado, ambos vestidos para um jantar aprazível, fiquei contente por não terem me deixado entrar, por ter me livrado, com toda certeza teria tido de jogar fora minha roupa.

— Como conseguir uma linha?

— Disque zero, espere o sinal, depois disque o número — respondeu o funcionário, compreensivo.

Passado um instante, supus que as hemorragias haviam cessado ou pelo menos amainado, porque Muriel tornou a sair do banheiro, já mais sereno, e me disse:

— Jovem De Vere, aqui você não está fazendo nada. — Que tornasse a me chamar assim indicava que tinha se refeito do susto e que a vida de Beatriz certamente não corria risco. — Vá para casa e disperse os convidados, os que já não se cansaram de esperar e ainda não foram embora. — Consultou o relógio e em seguida bateu um segundo na esfera com o dedo médio, um gesto de fatalidade e desânimo. — Mande todos embora. Peça desculpas em meu nome e diga que ligo para cada um amanhã, assim que puder.

— E se quiserem saber o que aconteceu?

— Não, que nem precisem perguntar, vá logo contando a verdade. Explique o ocorrido. Verão que é causa de força maior, entenderão, serão compreensivos. No mundo do cinema estão acostumados às tentativas, inclusive as que têm êxito; ninguém vai se escandalizar. Agora, não é preciso entrar em detalhes, descrever cenas tão espetaculosas como esta. — E assinalou com um gesto de cabeça para onde Beatriz ainda devia jazer, além de tudo devia estar sentindo frio, a não ser que Van Vechten a tivesse coberto com o roupão ou com toalhas. — Se perguntam como, diga que não sabe.

Me lembrei que, não muito antes, quando Lom havia contado os supostos acontecimentos de 1961 na casa do cantor Vic Damone que teriam provocado um ato interrompido e a fuga de Kennedy, Muriel tinha se atrevido a zombar das mulheres que Beatriz havia imitado fazia um instante. "Essa história pode ser verdadeira", dissera com natural desdém. "É um clássico entre certas mulheres: trancar-se no banheiro e fazer cortes nos pulsos. Chama a atenção que quase nunca conseguem achar as veias." Provavelmente agora não se lembrava dessas palavras. Ou talvez sim — com amargor, recriminando-se por ter sido ingênuo —, se Beatriz houvesse praticado seus cortes onde não havia veias, basta cortar a pele para que saia sangue.

— Está bem, mas e se os filhos de vocês estiverem presentes? Conto também?

— Tire o menino de lá, se é que já não está deitado. As meninas podem ouvir, o que tem isso, não se surpreenderão muito.

— Não? Como assim?

De imediato pensei que tornara a perguntar demais para o gosto do meu chefe. Mas já tinha perguntado, era tarde para desperguntar, não existe isso, e além do mais me acreditei com direito, afinal de contas Muriel tinha me envolvido num episódio que estava fora das minhas competências, se é que àquela altura algo ficasse fora; a gente vai cedendo, a gente vai se prestando, a gente está disposto a condescender ao máximo, e de repente se vê numa situação em que podem lhe pedir ou ordenar qualquer coisa, até mesmo que cometa um crime. Em todo caso já ia

309

sendo hora de Muriel me responder a algumas perguntas. Não naquele momento, claro, mas logo, logo. Olhou para mim com seu olho marítimo de cima a baixo, por um instante, como se registrasse minha exigência tácita e a admitisse.

— Bom — respondeu sem dar importância ao comentário —, com uma mãe como a que têm, é melhor que estejam acostumadas à ideia de que um dia podem perdê-la. As meninas já estão, não tenha dúvida. Anda, vai, que Towers deve estar perplexo, se não furioso. Para não falar na mulher dele.

— Como ela está? — interessei-me antes de sair. E apontei com a cabeça para o banheiro cujo interior permanecia fora do meu campo visual, arremedando seu gesto. Pouco vi do estado calamitoso a que Beatriz tinha se submetido, apenas o lampejo inicial ao entrar lá. Portanto mal consegui vê-la de roupa de baixo (as alças do sutiã caídas), o que, com vergonha de mim mesmo, me dei conta de que teria apreciado inclusive naquelas circunstâncias dramáticas, ou agora que parecia que o maior risco havia passado. Não é a mesma coisa uma mulher morta e uma mulher inconsciente e ferida, ou talvez não se diferenciem tanto se a morta estiver recém-morta e nada tenha mudado ainda, quero dizer, que seus atrativos não tenham se ido, não deu tempo. Fiz o possível para afastar aqueles pensamentos ou imaginações ou o que fossem, eu era jovem mas não desalmado. Se bem que a maioria dos jovens tem a alma — como dizer — postergada.

Apareceu então Van Vechten, que não havia saído do banheiro todo aquele tempo, bastante manchado de sangue e com os braços ensopados até os ombros, os médicos costumam perder roupa com relativa frequência, devem precisar de um guarda-roupa vasto, aquele terno ficaria imprestável mesmo se tivesse tirado o paletó imediatamente. Ele se encarregou de responder à minha pergunta, tinha maior conhecimento de causa:

— Por sorte, os ferimentos não são muitos nem muito profundos, devem ter doído o bastante para se assustar um pouco. Não para se arrepender, mas sim para se refrear instintivamente, involuntariamente. E a água não estava muito quente. Creio que fazia pouco mais de uma hora que havia posto mãos à obra. Não correrá risco, em especial se a porra da ambulância chegar logo de uma vez e pudermos lhe fazer uma transfusão, caralho.

— É a porra do trânsito — falei, palavrão é contagioso. Foi soltar um e ouvir a sirene, devia vir a toda, logo soou bem pertinho. Van Vechten foi até a sacada e comprovou que era a nossa.

— Está chegando — disse.

— Beatriz achou as veias? Chegou a cortá-las? — ousei perguntar ainda, já a ponto de sair, com um pé no corredor, vi que nele ainda existia grupos de hóspedes e algum rebuliço, controlados pelo gordo vacilante, indisposto, a certa distância. Mas sim, eu já ia saindo: preferia me poupar do espetáculo dos maqueiros e tudo o mais, e além disso Muriel tinha me dito para ir correndo para casa.

— Claro que sim — respondeu o doutor fazendo cara feia. — Que pergunta!

É uma coisa ruim o agradecimento sobrevindo, repentino, recente, ele nos faz subitamente esquecer as afrontas ou abandonar um projeto de vingança, intumesce nosso rancor e aplaca todo afã de justiça; passamos por cima das faltas e estamos dispostos a dissipar as suspeitas, ou a renunciar à curiosidade e suspender as investigações, a encolher os ombros e nos apaziguar, e a nos convencer de desistir com simulacros de raciocínio: "Afinal, que diferença faz; é tanto o que fica impune, que mais uma nem vai ser notada, nem o mundo se alterará por isso. Que diferença faz não nos lembrarmos dela". É uma coisa ruim se sentir em dívida com quem nos prejudicou ou prejudicou aos nossos, próximos ou distantes, tanto faz às vezes, com quem se portou de maneira indecente ou incorreu no pior e no imperdoável e caiu no mais baixo, porque tudo isso pode se cancelar de repente ante o sentimento de dever a essa pessoa algo crucial, algo de peso. A isso recorrem em certas ocasiões aqueles que ofendem, de maneira consciente, deliberada e até calculada, "Vou me livrar desse problema, vou neutralizar esse sujeito que me detesta e me tem rancor fazendo-lhe um favor inesperado, tirando-o de um grande apuro, bajulando-o e provocando assim seu desconcerto, emprestando-lhe dinheiro quando mais lhe urge e lhe falta ou entregando através de terceiros, se de mim não aceitar (esses terceiros darão com a língua nos dentes quando ele já o tiver gastado e for tarde para rejeitá-lo, e estiver em minhas mãos aumentar sua gratidão não pedindo que me pague de volta), conseguindo que conserve seu emprego pendente por um fio, ajudando seus filhos que se meteram em encrencas e que são para ele a coisa mais importante, salvando a vida de sua mulher, que tentou o suicídio".

É claro que esse não era o caso de Van Vechten, que nem sabia do rancor e da apreensão de seu amigo de tantos anos, ainda menos de que houvesse empreendido uma sigilosa e arriscada investigação sobre os possíveis feitos do seu passado — tão sigilosa quanto errática, própria de um aficionado — por meio de um jovem a seu serviço que ignorava o que procurava e portanto se movia às escuras. Sua ajuda naquela noite havia sido natural, desinteressada, a de todo médico, e decerto a teria prestado a qualquer uma, até a uma desconhecida que tivesse se trancado com uma faca num banheiro — a namorada asiática do cantor Damone, se estivesse naquela festa de 1961, por exemplo —, que dirá da mulher de um amigo, que além do mais ele comia de vez em quando, pelo que eu havia entrevisto em Darmstadt, esse era o verbo adequado e verdadeiro, nada de se deitar com, nem fazer amor, nem mesmo dizer que são amantes, não tinha me parecido, ou esta última coisa só tecnicamente. Claro que Muriel não tinha esses dados, entre outros motivos porque a vida que Beatriz levava lhe fosse indiferente, o extraordinário era que lhe importasse tanto que a perdesse ou a conservasse, tinha me parecido angustiado, cadavérico, tão amarelento ou mais que o gerente Antigüedad em certo instante, como se não pudesse viver sem a mulher que o irritava e que ele tornava tão infeliz, correndo como um louco pela Calle Velázquez, ele que nunca corria. E por esse agradecimento a Van Vechten, novo, ou antes renovado, pôs fim ao meu encargo: o efeito da rotineira intervenção do doutor no Wellington foi que dois dias depois, quando Beatriz ainda estava no hospital sob observação e cuidados, num dos momentos em que não lhe fazia companhia e passava em casa para tratar de assuntos e revigorar-se, Muriel, como recompensa ao médico, anulou as ordens prévias e minha missão, se não for pretensioso demais chamá-la assim.

— Escute, jovem De Vere, preciso lhe dizer uma coisa. — Tinha tornado a se deitar no chão da sala, como era comprido, cada vez aumentava minha impressão de que em certas ocasiões era uma artimanha para não me olhar direto nos olhos, para falar comigo sem que eu pudesse desvendar cabalmente sua expressão, é difícil quando as pessoas não estão na mesma altura, daí os reis exigirem sempre sua elevação e os poderosos ainda a buscarem, muitos usam calços nos sapatos ou armam um topete. Ele optava por descer, mas o resultado era similar, um grau de opacidade. — Viu como o doutor se portou bem anteontem. Não é o primeiro grande favor que devo a ele, ao longo da minha vida foram uns tantos; e quando não conseguiu salvar o menino, se desdobrou, fez tudo o que podia. Agora salvou Beatriz, e não é justo que eu o pague com suspeitas e maquinações, pondo em seu encalço uma espécie de espião. Dá na mesma se o que me contaram é verdade. Ainda que fosse de cabo a rabo, contam outros elementos. Conta mais minha relação com ele e o que ele fez por mim e minha família. Eu seria um ingrato, um justiceiro, um fanático se lhe retirasse a minha amizade por causa de algo que não me diz respeito, existindo tanta coisa boa de sua parte que, essas sim, me dizem respeito. — "Talvez entre as coisas boas esteja que ele te distraia e tire Beatriz de cima de você uma tarde ou outra", me assaltou em pensamento, "e você sabe do que se trata ou inclusive o propiciou, Muriel"; a cabeça tende mais a chamar de você do que a língua. — O que aconteceu anteontem me obrigou a recordar e a refletir. De modo que deixe para lá, esqueça tudo, não dê seguimento ao que te encarreguei, já não é preciso que você passe por mais antros, e ainda menos que o puxe pela língua e observe, suspenda tudo. Se em outro tempo ele fez algo de ruim, é um problema de quem sofreu com isso, não cabe a mim verificá-lo nem tomar nenhuma decisão. Nem mesmo me cabe sabê-lo. Deixei-me levar pelo rumor. — Queria interrompê-lo várias frases atrás, mas me dei conta de que ainda não era o momento, de que tinha feito uma pausa só para continuar ou finalizar. Fixou novamente o olho na pintura de Casanova (o possível cavaleiro caolho a quem suas possíveis vítimas pediam de fora do quadro, do lugar do espectador: "Lembre-se de nós"), embora determinar sua trajetória pertencesse ao terreno da adivinhação. E acrescentou: — Na realidade, tudo o que se conta, tudo aquilo a que não se assiste é só rumor, por mais que seja envolto em juras de autenticidade. E não podemos passar a vida dando bola para isso, ainda menos agindo de acordo com seu vaivém. Quando a gente renuncia a isso, quando renuncia a saber o que não se pode saber, talvez então, parafraseando Shakespeare, talvez então comece o mal, mas em compensação o pior fica para trás.

Agora sim me pareceu que se calava e que podia lhe perguntar o que me inquietava. Mas a menção a Shakespeare fez que acorresse à minha memória um dos versos recitados por Rico com braço mumificado e notável teatralidade: "Cavalgam nas minhas línguas as incessantes calúnias, que pronuncio em todos os idiomas, enchendo de falsas notícias os ouvidos dos homens...". Talvez Muriel tivesse reparado bastante no que o professor declamara, e já tinha começado a repensar aquele dia sobre a injustiça de dar crédito ao que tinham denunciado do doutor. Se assim fora, não havia bastado para frear sua apreensão e seu desassossego, tinha se imposto sondar, mais do que averiguar.

— Quando não conseguiu salvar o menino? Que menino? Não sei do que está falando, Eduardo. — Era isso que me queimava desde que eu o ouvira, Muriel fizera referência de passagem, como se acreditasse que eu estava a par do que quer que fosse. Logo intuí: mais ou menos ao mesmo tempo que ele, com cara de sincera surpresa se não de estupefação, apontava com o indicador para a foto, visível a todos os olhos, de Beatriz jovem sustentando nos braços uma criança de uns dois anos, o menino com um blusão de pele e balaclava branco, coroado por uma grande borla, para quem ela olhava, o menino de traços finos que por sua vez desviava os olhos para a sua esquerda. Ali estava o retrato emoldurado e exposto sobre o qual eu nunca havia perguntado. Na realidade, eu tinha perguntado muito pouco (no fundo, um jovem discreto, embora espiasse), desde que Muriel havia sido brusco comigo quando o inquiri sobre a origem e a razão do seu tapa-olho.

— Que menino havia de ser. Javier, nosso primogênito, o que morreu. É isso. Achei que você sabia, como é possível não saber. Há quanto tempo está aqui?

— Não sei se percebeu, Eduardo, mas a mim o senhor não conta quase nada. Me interrompeu no instante em que me interessei por seu olho perdido. Não houve meio de me dizer o que suspeita do doutor, e assim continuo às cegas com ele. Também ignoro o que sua mulher lhe fez para que se mostre tão desabrido com ela, nem sempre se esforça diante dos outros para dissimular seu rancor. Olhe, não estou perguntando, Deus me livre, não é da minha conta. Mas não sei por que se surpreende por eu não saber disso. Ninguém nunca me contou, e procuro não perguntar o que não seja estritamente necessário. Falando em não saber, nem sei ainda por que Beatriz tentou se matar, e olhe que fui eu quem a viu entrar no hotel. Mas, enfim, não me escapa que isso pode não ter resposta.

Muriel se endireitou um pouco e me fitou mais de frente, porém ainda não à minha altura, claro, os cotovelos apoiados no chão.

— Tem razão, Juan. Às vezes dou por certo que todos vocês que veem aqui estão a par dos principais fatos da minha vida, quero dizer, dos que são comprováveis ou públicos. Que vocês tenham sido testemunhas deles ou que falam deles entre si. Claro, vocês também não têm por que falar de mim, embora seja o vínculo comum. Tenho certeza de que os outros sabem da morte do menino, alguns estiveram presentes, me refiro aos que assistiram ao enterro e tentaram nos consolar nos primeiros dias. Esqueço que você é recente e que tem outra idade.

— O que aconteceu?

Muriel colocou o polegar debaixo da axila como às vezes fazia, como um pequeno chicote ou uma muleta irrisória, como se procurasse um apoio simbólico para suportar todo o corpo. Talvez fizesse assim quando lhe pesava o ânimo, que invade o abdome e os membros e o tórax, e a cabeça também.

— Bom, não gosto muito de falar disso. — E de fato falou com certa dificuldade, como se houvesse subitamente ficado com uma leve afonia, ou pelo menos um pigarro que um segundo antes não tinha. — Não se sabe direito. Jorge não soube se pronunciar e não havia por que fazer uma autópsia, pobre corpinho, para quê? Tinha morrido, não importava muito o porquê, diante da magnitude do fato dava na mesma. E na época não era como hoje, quando a gente anda rastreando culpados em tudo, para ver se arranca dinheiro das desgraças alheias. Passou mal uma tarde, com febre alta. Achamos que não era nada grave, uma amigdalite, as crianças têm febre alta com facilidade, mas cha-

317

mamos imediatamente o doutor, e ele veio correndo como sempre, sempre esteve à nossa disposição. Já te disse, fez o que pôde, se desdobrou, nenhum dos três nos afastamos da caminha dele e vimos como naquela mesma noite se extinguia de repente. Não, não foi de repente. Foi gradualmente, mas com insuportável rapidez. A verdade é que em nenhum momento chegamos a temer por sua vida, até que ele morreu sem que nada pudéssemos fazer. Você pode imaginar que não foi compreensível. Além do nosso entendimento, quero dizer. Não creio que o de Beatriz algum dia tenha assimilado o ocorrido. O meu, não sei.

— Mas não se soube de que foi, nem mesmo uma ideia?

— Bom, Jorge nos falou de meningococos com localização suprarrenal, como possibilidade. As cápsulas suprarrenais destruídas por meningococos. Algo raríssimo e que pelo menos na época não tinha cura. Impossível diagnosticar a tempo, impossível de curar também. Nos garantiu que nada poderia tê-lo salvado. Nada nem ninguém. Não sei. Não insistimos em saber, em todos esses anos nunca insistimos. Para que remexer nisso, só nos teria afligido mais. Passou, e já não pode deixar de passar. — Agora o chamava de "Jorge", às vezes, e a mim tinha chamado de "Juan", como na noite do suicídio; a seriedade restitui os nomes, não tolera apelativos carinhosos nem irônicos. Tornou a apontar para a foto. — Beatriz faz questão de que esteja ali, à vista, como se temesse que nos esqueçamos. Ou para que seus irmãos o tenham sempre presente, embora não o tenham conhecido. Ou talvez goste de ver o menino ao passar. É a mais recente que há dele, no batizado de Susana, que é quase dois anos mais moça. Como vê, o menino estava bem. Esteve bem até aquela tarde, não houve aviso. — Ficou alguns segundos com o dedo esticado, pensando ou rememorando, apoiado somente num cotovelo. — Por sorte eu estava em Madri. Se estivesse fora, não teria acreditado. Mas estava e vi. — Tinha assistido àquilo, ninguém tinha lhe contado, logo não tinha sido um rumor, foi o que entendi. E repeti comigo mesmo a paráfrase que acabava de ouvir de sua boca: "Talvez então comece o mal, mas em compensação o pior fica para trás".

— Beatriz também o viu — falei passados alguns instantes, quando ele deixou de apontar para o retrato, baixou o braço e tornou a se deitar; antes, tirou a bússola de um bolso traseiro da calça e começou a passá-la pelo rosto com parcimônia (a caixinha, quero dizer), como se alisasse uma barba inexistente, tendia a isso, um dia a deixaria crescer. — Para as mulheres, para as mães, costuma ser ainda mais trágico uma coisa dessas. Se recuperam menos, não? Se é que se recuperam um dia. A criança se formou dentro delas e a conhecem desde muito antes, tudo isso, não? — Soltei essas trivialidades porque não sabia o que dizer.

— A não ser que sejam mães impávidas, sim — respondeu. — Também existem essas, acredite, nenhuma lenda é universal. Mas sim, isso a tornou mais quebradiça, em certo sentido, a desequilibrou ainda mais. Não mais frágil nem mais apreensiva com relação aos outros filhos, isso não, antes o contrário: tinha acontecido com ela o pior imaginável, mas não ia voltar a acontecer. Atuou quase como uma vacina, se despreocupou com as meninas muito mais do que tinha sido com Javier. Talvez por ser o primeiro, talvez por ser menino, e nos persegue essa fama de nos meter em mais perigos, temeu por ele como por nenhum outro. Às vezes eu me pergunto se não foi tanto mau pressentimento que levou aquilo a se consumar. O pânico atrai as desgraças e as catástrofes. Às vezes propiciamos que aconteça o que mais tememos porque a única maneira de nos livrar do pavor é que já tenha acontecido. Que esteja no passado e não no futuro nem no reino das possibilidades. — "Que fique para trás", tornei a me dizer, aquela paráfrase me dava o que pensar. — Por mais espantoso e atroz que seja, o passado nos parece mais inócuo que o vindouro, ou lidamos melhor com ele. Não sei. Pode ser isso ou que ela tenha se dado conta de quão desarmados estamos; de que não adianta nada tomar precauções nem nos proteger nem proteger ninguém, e portanto é absurdo sofrer de antemão; de que, por mais que se faça e previna, o mais grave pode acontecer. Basta que aconteça e já é tarde. Basta que aconteça e está feito. Pode ver que agora considera seus filhos com bastante naturalidade. A ponto de deixá-los órfãos de surpresa.

— Bom — falei —, o que não acredito é que nenhuma apreensão de Beatriz pudesse causar em seu filho essa doença. Raríssima, o senhor disse.

Não se deu ao trabalho de responder, era óbvio que seu comentário havia sido literário, e não literal, uma forma supersticiosa de explicar o inexplicável, a literatura consiste nisso, o mais das vezes, mais ou menos. Mudou de assunto:

— Bem, já te contei. Diga uma coisa, que outras queixas você tinha, "ninguém me explica nada" — me imitou —, que mais queria saber? Ah, sim, do meu olho. Não tem muito mistério, simplesmente também não gosto de contar, nem lembrar, me deixa triste e me envelhece. Foi quando criança, no começo da guerra. Meu irmão e eu estávamos brincando no terraço superior do prédio de meus pais. Um disparo de um *paco* ricocheteou perto e me acertou. Fiquei caolho, foi um drama. Mas, enfim, estou assim desde 1936. É isso que me envelhece: um ferimento de guerra, apesar de meus poucos anos. Porém dizer que perdi o olho durante a contenda soa como seu eu já estivesse na idade de combater, veja se não soa assim. Mais alguma coisa?

Não pude evitar e me escapou aquela ocasião. A maioria de nós não suporta na hora não entender o que nos dizem.

— Um *paco*? — perguntei, em vez de aproveitar e insistir no doutor ou em Beatriz. Tivesse sido paciente e teria me esclarecido mais tarde no dicionário. De acordo com ele, primeiro foram os mouros tocaieiros da Guerra da África, depois a palavra se estendeu. Não durou muito, como se vê.

— Eram chamados assim os franco-atiradores, nas primeiras semanas ou meses tiveram muitos e causaram estragos em Madri, e não digo só por mim. Era pelo barulho de seus disparos, que soavam em duas fases, a segunda não sei se era o impacto ou o eco: "pa-co", ou melhor, "pa-có". Existia até o verbo *paquear*. Você não tem por que sabê-lo, claro.

— O que não entendo é o que você e seu irmão faziam no teto do edifício, se havia franco-atiradores nas alturas.

Muriel levantou a cabeça e seu olho paqueado olhou para mim zombeteiro.

— Como se as crianças nunca desobedecessem nem fizessem o que lhes proíbem, não é? Que raio de menino você foi? Ora, estávamos brincando justamente disso, de *pacos*, meu irmão e eu, com uns pedaços de pau que fazíamos de espingarda. As crianças sempre brincam do mais perigoso que veem ou de que ouvem falar. Mais de uma vez me perguntei se o cara que me acertou não se deu conta de que éramos crianças, nos tomou por outros como ele e por isso atirou na gente. Ou será que se deu conta, sim, e mesmo assim atirou. Naqueles dias de guerra as pessoas eram muito escrotas, tudo é possível. Nunca vou saber.

Mas nos desviamos muito do assunto: libere o doutor, jovem De Vere. Não o investigue mais e deixe-o viver em paz. — Tinha voltado aos apelidos, tinha lhe passado o momento de gravidade. Não me fazia muito feliz a contraordem. Depois de ter engolido a contragosto a ordem, agora era eu que sentia curiosidade, sempre dá dó não concluir com sucesso algo que se começou e que requer paciência e habilidade. Suponho que por isso haja sicários que advertem seus clientes de que não haverá volta. Mesmo que lhes paguem, não querem jogar fora o tempo empregado estudando os costumes e itinerários da vítima e explorando o terreno, os preparativos, seu bom trabalho. O esforço sem resultado dá raiva.

— Não posso fazer isso de uma hora para a outra, Eduardo, sem mais nem menos — repliquei. — Ele está animado com sair comigo por aí, conhecer a noite de agora e a gente jovem. Nem em sonhos tinha imaginado ter acesso às meninas a que teve graças a mim, já lhe contei. O que o senhor quer, que de repente eu não o leve mais a nenhum lugar, que lhe diga que não é mais meu amigo? Protestaria, insistiria, ficaria com um desgosto descomunal.

— Não tem por que ser abrupto, e há boas desculpas — disse Muriel. — Espaceie as saídas. Diga que está muito ocupado comigo, me dando uma mão, a filmagem está paralisada com a história de Beatriz e logo veremos em que vai dar. Desgraçadamente, é a verdade. Não sei quantos dias mais Towers me permitirá não aparecer por lá, está subindo pelas paredes, cada dia que passa é dinheiro desperdiçado ou jogado fora. O diretor da segunda unidade está adiantando algumas sequências de ação na serra, mas não há muitas, você sabe; os atores não suportam ficar de braços cruzados, se chateiam e isso não vai durar. Ou diga que está com uma namorada formal e que vocês se veem todas as noites, que você já não pode zanzar por aí. Também pode, por ora, anunciar a ele outra verdade: amanhã ou depois Beatriz volta para casa, e eu quase não vou estar presente se recomeçar o filme: tenho de ir logo para Barcelona, para as cenas no Parque Güell e uma ou outra mais. Com as meninas não conto muito, e Flavia é Flavia, dá de si o que pode. Quanto a Marcela e Gloria, é melhor dosá-las; mantê-las à distância seria o ideal nessas circunstâncias, imagine quanta peçonha e quanta histeria. Quero que você se instale de todo em casa, pelo menos durante a primeira semana em que estarei ausente. Que durma com um olho aberto e esteja bem a par do que se passa com ela. Não que eu tema que ela volte a atentar de imediato, entre uma tentativa e outra costumava passar alguns anos. Mas nunca se sabe. Faça companhia a ela, procure conversar, a distraia, saia com ela. Que não se deprima, ou só o mínimo possível. Não sei se o professor fica vários dias em Madri ou não, mas não vai ficar para dormir. E Roy, bom, Roy. A juventude anima mais que a meia-idade. Diga ao doutor que você vai ficar de plantão com Beatriz, isso ele aceitará. Mas virá de visita, e o que agora peço a você é que não lhe pergunte mais pelo passado nem procure averiguar. — Embora tivesse dito "peço", o tom seguia sendo imperativo. — É a última coisa que ele merece, depois de anteontem. Nem finja com ele não ter escrúpulos, como te sugeri; não o tente mais. Se faltaram a ele uma vez ou várias, não foi na minha frente e não quero mais saber. Sinto muito, quando te encarreguei disso me deixei levar, me deixei sugestionar. Na realidade, a gente só deve se ocupar do que viu e do que nos diz respeito. Não pode andar escutando as histórias que qualquer um traz nem se fazer de juiz universal. Não pode se dedicar a castigar, nem mesmo com sua atitude, ou retirando a amizade, quem talvez tenha feito algo de ruim alguma vez. Não acabaríamos, não nos dedicaríamos a nada mais. — Parou um instante e concluiu: — Na verdade, devemos contar com que todos nós fizemos alguma coisa de ruim alguma vez. Você também, e se não fez dispõe de todo o tempo do mundo, muitos anos pela frente; esse é o inconveniente de ser jovem. De modo que um dia você fará.

De novo uma frase me queimava a língua, de novo esperei que Muriel terminasse ou colocasse um ponto final, tal como o aguardamos ao ler um silencioso livro, que não poderia ser perturbado, antes de interrompermos sua leitura e sairmos ou irmos dormir.

— Entre uma tentativa e outra, o senhor disse? Quantas houve então?

Muriel ergueu ao mesmo tempo o mindinho, o anular e o médio.

— Esta foi a terceira.

— Sempre da mesma forma?

— Não. Cada vez uma diferente, os precedentes não nos servem para prevenir, nem para desconfiar. Mas o fato de ter contado alguma coisa a você não te autoriza a ficar sabendo de tudo, de modo que não me pergunte quais foram, e também não gosto de falar nisso. Paremos por aqui. Acho que você já soube bastante por hoje.

Muriel agora se esforçava em me mostrar os dentes, mas o caso é que estava abrandado ou cansado, talvez o susto de duas noites atrás o deixara temporariamente mais manso, reduzido em suas asperezas e seu vigor. Intuí que ainda podia forçar a sorte um pouco mais.

— Diga pelo menos quem lhe veio com a história do doutor. O que acontece se ele me conta uma baixeza um dia, ainda que eu não a tenha arrancado? Como vou saber se é aquela atrás da qual andávamos? — Empreguei de propósito o verbo na primeira pessoa do plural, para lhe recordar seu desassossego e sua irritação agora extintos, ou afugentados, ou mantidos sob controle pela gratidão. — Foi assim que o senhor a chamou, uma baixeza,

325

não foi? Uma indecência com uma mulher. Suponho que a afetada, quer dizer, uma mulher, a contaria.

Muriel se levantou do chão e se sentou à mesa, eu movi minha cadeira para ficar em frente a ele. Apoiou uma face na mão, mais que o contrário. Como se o rosto lhe pesasse demais, ou houvesse sentido uma tontura ao se pôr de pé, tinha se levantado de forma muito brusca, sem transição. Por mais que a gente queira se limitar e medir, não é fácil pôr freio uma vez que começa a contar, sempre acaba soltando algo mais do que previa, algo mais do que desejava. Falou sem olhar para mim, com a cabeça inclinada, o olho na correspondência que tinha na mesa, eu a tinha deixado ali para que ele a visse quando tivesse vontade ou tempo, não era nada urgente, se agora lia alguma delas era involuntariamente, sem se inteirar e sem que lhe importasse nada do que estava ali.

— Sim, uma mulher primeiro, e depois mais algumas me contaram — respondeu, talvez sem excessiva consciência de estar me respondendo, isto é, de ter diante de si um interlocutor e de que este ouvia e tomava nota mentalmente. — Uma mulher que, em princípio, merece toda a minha confiança. Uma velha amiga, uma velha atriz, embora quando a conheci não fosse, isso veio depois. — Fez uma pausa, interrompeu-se, mas às vezes a língua é vítima da sua malvada velocidade. — Um velho amor. — Fez outra pausa, porém sucumbiu ainda mais facilmente a essa celeridade. — O amor da minha vida, como se costuma dizer. Ou isso foi o que por muito tempo acreditei, e durante todo esse tempo me senti em dívida com ela. Daí que agora, quando reapareceu pela segunda vez, eu me sentisse obrigado a levá-la a sério, a não duvidar da sua palavra e a acreditar em sua versão. Com um mínimo de reserva, é claro. Para tentar remediar o escândalo que lhe causava minha amizade com ele. Que interesse ela podia ter em me contar um embuste relativo ao doutor? Me privar de um velho amigo? Pouca coisa como vingança contra mim, se é que foi uma vingança por algo muito distante e a que ela deu seu consentimento, ou que pelo menos assegurou entender. "Faça o que acha que deve fazer", me disse. "Faça o que vá te causar menos tormento, aquilo com que você melhor possa viver. Mas então não nos lembre, a você e a mim. Nunca nos lembre juntos se não quiser se lamentar dia após dia e, pior ainda, noite após noite. Nem mesmo nos lembre separados, porque no fim sempre se junta ao recordar", isso me disse, me aconselhou. A levei a sério enquanto pude. A outra dívida teria me pesado mais, a dívida com Beatriz. Naquela época eu procurava o máximo possível cumprir com o meu dever: outro inconveniente de ser jovem, não são poucos os que a gente deixa para trás ao se tornar adulto. O ruim é que estão dados os passos e não há volta, quando fazem você descobrir que idiota foi. O filme está rodado e montado, os atores se dispersaram e a equipe também, já não há modo de acrescentar planos a ele nem de mudar o desenvolvimento e o final, é como é, e assim será para sempre. São muitas as vidas configuradas com base no engano ou no erro, seguramente a maioria desde que o mundo existe, por que eu iria me livrar, por que não a minha também. Esse pensamento me serve de consolo algumas vezes, me convence de que não sou o único, e sim, pelo contrário, mais um da interminável lista, dos que tentaram ser corretos e se ater ao prometido, dos que se orgulharam de poder dizer o que cada dia mais se percebe como uma antiquada estupidez: "Olhe, tenho palavra"... Como quase mais ninguém tem, nem se considera uma virtude... — Ficou calado, ergueu os olhos dos papéis e me viu, fixou o olho agudo em mim. Tinha se desviado da minha pergunta, tinha se posto a rememorar em voz alta. Não é que não tivesse se dado conta da minha presença, não é que tivesse se esquecido de que eu estava ali ou tivesse imaginado que não estava mais. Era, antes, que tinha se entregado momentaneamente ao solilóquio e não se incomodara com que eu o ouvisse, como o personagem de um drama quando está em cena e fala para si sabendo que isso não tem sentido se não o ouvem os demais. Agora se incomodou de novo e, talvez, tenha se arrependido. Conseguiu refrear com sustentado silêncio a malvada rapidez. Consultou o relógio. Bateu na esfera com o dedo. E por fim acrescentou: — Tenho de ir ao hospital revezar com Susana, que dormiu lá hoje. Mas vamos encerrar de uma vez esse assunto, Juan: acho improvável que o doutor te conte alguma baixeza, a não ser que você não faça caso do que eu te disse e puxe pela língua dele para sua própria satisfação. Isso eu não posso te impedir. Mas, se acontecer, não quero nem sequer que me diga o que aconteceu, não pretenda pôr à prova minha curiosidade. Guarde para você, cale-o. Me custou muito decidir que não quero mais saber, mas a decisão é firme desde anteontem. Também não conte por aí. Aqui se cometeram muitas vilezas durante muitos anos, mas conviveu-se com quem as cometeu, e alguns também fizeram favores. Teremos de conviver com eles até morrermos todos, e então tudo começará a se nivelar e ninguém se dedicará a rastreá-las. Elas nos importarão tão pouco quanto os tempos de Napoleão, nenhum de nós os sentimos em carne viva, não é mesmo? E será como se não tivessem sido, ou nos parecerão uma ficção. Eu me incluo apenas retoricamente nesse "nos", eu também terei que morrer. Sim, ainda é cedo, eu sei, e aqui se cometeram muitas vilezas por muitos anos. Mas em que época não, em que lugar não?

VIII.

Seria um exagero chamar de vileza o que veio pouco depois. Claro que tudo depende do ponto de vista, e nunca coincidem o de quem ouve ou lê a história — afinal de contas, o de quem ouve um rumor, por mais que o relator jure contá-lo de primeira mão e ter cometido o ato ou tomado parte nele — e o de quem a viveu e construiu. Quando ouvimos ou lemos algo, sempre nos parece decepcionante e menor ("Grande coisa"), mais um relato ("Grande novidade"), um acontecimento semelhante a outros, quase previsível depois de nos termos visto submersos por tantos desde que nos dirigiram a palavra pela primeira vez; já são abundantes as histórias contadas, e é raro que alguma nos surpreenda ou nos espante ou inclusive desperte nosso interesse, temos a impressão de que tudo aconteceu na vida, e o que não, na imaginação, disseminada pelas incontáveis páginas impressas e nas múltiplas telas, as dos velhos cines e as das televisões e computadores e até dos ridículos celulares que hoje todo mundo consulta de perto como se fossem bolas de cristal, e até certo ponto o são mesmo: se não adivinham o futuro, informam do que faz um segundo não existia nem havia acontecido, do presente recém--dado à luz em qualquer canto do planeta, e às vezes se apressam tanto que anunciam o que ainda não ocorreu, uma falácia, uma calúnia, um boato que não é fácil desmentir nem desfazer, nossa credulidade volta a ser medieval, intui anos repletos por toda parte, inchados de grande aflição — desde o oriente ao encurvado oeste — e detesta confirmar, e aceita tudo como verossímil porque já aconteceu, ou assim acreditamos.

Cada vez nos assemelhamos mais à anciã vigia de nossas existências, para a qual o que veio depois e que eu contribuí para construir não poderia nunca ser vileza, mas sim um arquiconhecido e vulgaríssimo episódio a mais, incapaz de tirá-la do tédio a que vive condenada noite após noite desde que não havia ninguém no mundo, talvez os primeiros homens e mulheres tenham suposto ser ele novidade e distração, antes de começarem inevitavelmente a se repetir. Mas já disse que talvez se preste menos atenção nos combates e nos tumultos das monótonas massas, nos pavoneios e na vociferação, do que nos seres que parecem andar na ponta dos pés e já estar de passagem ou de modo precário na vida enquanto a percorrem, naquelas pessoas que se acabarão em si mesmas, nas quais se vê logo de cara que não deixarão marcas nem rastros e mal serão recordadas quando desaparecerem (eu também sou como neve que cai e não se solidifica, como lagartixa que trepa numa parede ensolarada no verão e se detém um instante ante o preguiçoso olho que não a registrará, como o que escreveu formosamente há mil anos uma professora no quadro-negro e ela mesma apagou ao terminar a aula, ou o próximo que veio ocupar a sala), aquelas cujas histórias nem mesmo seus afins rememorarão, sabedora de que algumas delas como que se ocultam e guardam histórias mais curiosas ou interessantes, mais civis, mais nítidas que os escandalosos e os exibicionistas que cobrem e atordoam a maior parte do globo e o esgotam com seus trejeitos. Porém, mesmo que nos assemelhemos cada vez mais a ela em nossa indiferença e saturação, o ponto de vista dos que ainda vivemos e fazemos tende a dotar de alguma importância o que vivemos e fazemos, muito embora não a tenha no cômputo dos acontecimentos acumulados e além do mais a perca — também, ai, para nós — quando decidimos contá-lo e é escutado, e passa a engrossar as transbordantes fileiras do relatado. "Ah, sim", pensa quem ouve ou lê ou contempla, "já ouvi essa história, e além do mais era de se prever, agora que estou sabendo; não aconteceu comigo, de modo que não me surpreende e presto a ela apenas meio ouvido; o que acontece com os outros é sempre difuso e nos parece que não é tão importante, e talvez nem mesmo valesse a pena contar." E quem conta sente algo parecido ao se desprender do contado, como se pô-lo em palavras ou imagens e em ordem equivalesse a barateá-lo ou trivializá-lo, como se somente o não revelado ou o enunciado conservasse o prestígio e a unicidade e o mistério. "O que para mim era um fato importante ou grave — talvez uma vileza cometida por mim — passa a ser mais uma história, nebulosa e intercambiável, no máximo uma originalidade que serve de entretenimento", a gente pensa depois de ter narrado, oralmente ou por escrito ou em representação, dá na mesma. "O que era singular para mim enquanto era secreto e desconhecido, se transforma em vulgaridade uma vez exposto e jogado no saco comum das histórias que se ouvem e se misturam e se esquecem e que além do mais poderão ser transmitidas e deturpadas por quem as passe ou a quem chegarem, porque depois de soltá-las já estão no ar e não há maneira de impedir que flutuem ou voem se a bruma as envolver ou o vento as empurrar, e que viajem através do espaço e dos anos desfiguradas pelos muitos ecos e pelo gume das repetições."

Beatriz voltou para casa e Muriel foi para Barcelona com Towers alerta, desconfiado e temeroso por seu projeto, com Lom e os demais atores penalizados com o que havia ocorrido com seu diretor mas sobretudo desconcertados, perguntando-se se ele estaria em condições de continuar a filmagem com sua mulher quase recém-suicidada a seiscentos quilômetros de distância, eles não sabiam do trato que Muriel dispensava a ela, da rejeição constante e dos ocasionais insultos, "Sebo, sempre sebo, para mim você não é mais do que isso", "Acho que não a aguento mais, vou fechar a porta para ela, tem de ser assim", e a porta estava havia muito tempo trancada a sete chaves, depois de ter feito mal por amá-la "todos esses anos, o mais que pude, enquanto não soube de nada", e isso apesar de não ser ela o amor da sua vida "como se costuma dizer"; ou de ter feito bem, segundo ela, "certamente nunca fez nada melhor". Ao que ele havia estranhamente respondido, com suavidade, com deploração: "Isso eu te concedo". Claro que logo em seguida havia acrescentado: "Mais uma razão para que você tenha a convicção de ter tirado a minha

334

vida. Uma dimensão da minha vida. Por isso não posso te perdoar". Mas talvez aquele antigo querer de tantos anos passados, "todos esses anos", explicasse em parte a reação aterrada de Muriel ante a possibilidade de Beatriz ter coroado com êxito sua terceira tentativa, bem perto e com más intenções, era de se supor, no Hotel Wellington, precisamente numa noite em que tinham a casa repleta de convidados para jantar. Também causa pavor que se esfume a testemunha do melhor que você tenha podido fazer, ainda que houvesse muito que ela deixara de fazê-lo e tenha compensado isso com o que para essa mesma testemunha terá sido o mais daninho e pior.

Ou talvez os houvesse unido com força, na época, a morte do primogênito, fatos como esse costumam trazer consigo uma das duas: ou um cônjuge culpa o outro irracionalmente por ter sido incapaz de adivinhar o perigo e proteger e salvar o menino, e os dois vão se isolando e se evitando até quase não poder se falar nem se olhar, ou se apoiam reciprocamente e se servem de espelho e apoio: quando um vê a dor do outro acaba se apiedando dele, e então pega com frequência sua mão e repentinamente o acaricia ou abraça quando cruza com ele no entristecido corredor pelo qual já não correm passos miúdos e rápidos, as crianças não sabem se movimentar, não sabem ir de um lado ao outro sem pressa e precipitação, e a cria que lhes restava, Susana, ainda não sabia andar. Se ela agora tinha tranquilamente quinze anos, era esse o tempo de desaparecimento do irmão com o qual conviveu por curto período no mundo e que não chegou a conhecer.

Sempre simpatizei com Beatriz Noguera, fui com o jeito dela; desde que fiquei sabendo dessa morte infantil foi inevitável que a simpatia fosse maior ainda e que se acrescentasse a essa simpatia algo parecido com o respeito, é impossível não sentir ambas as coisas por quem sofreu a perda de uma criança pequena, que no entanto já caminha e balbucia e vai fazendo algumas perguntas desajeitadas porque entende pouco ao seu redor. Também se olha com maior interesse quem a gente sabe que teve de superar uma dor imensa e, além do mais, não a conta nem menciona nem explora para se fazer compadecer. De modo que quando Beatriz voltou, mais magra porém com excelente aspecto, quase sem marcas visíveis de ter beirado a morte por vontade própria, me encontrou mais predisposto que nunca a atendê-la e vigiá-la, a distraí-la e acompanhá-la, como Muriel tinha me indicado. Na verdade, tinha me oferecido um pretexto para me aproximar e me dirigir a ela, com a qual eu sempre tinha me mantido mais longe, com um misto de distanciamento e timidez, ou temeroso de que pudesse notar algo do meu aturdimento teórico ou da minha vaga admiração sexual, como a ilusória que um quadro provoca, já expliquei, nada mais.

Mais do que de um hospital, parecia que voltava de uma sonoterapia, com a cútis bem lisa e o olhar embelezado por estar apaziguado e até ligeiramente perdido, e seu andar também estava mais leve, pisava com mais delicadeza ou com menos peremptoriedade, quase sempre de salto, como se quisesse se sentir o mais atraente possível pelo maior tempo possível ou estivesse a ponto de ir a um encontro, só que não saía naqueles dias, salvo quando Rico, que proclamava ter ficado em Madri para dar uma mãozinha — mas provavelmente não era isso, e sim porque manobras mundanas de importância vital para ele o chamavam —, aparecia e a convencia a ir às compras ou a uma conferência ou até ao cinema no meio da tarde, sem se privar de lhe fazer graçolas impertinentes sobre o desesperado transe a que acabava de se submeter e do qual talvez preferisse não falar.

— Eia, quero ver quando você vai me mostrar esses cortes, Beatriz. Não os deixe cicatrizar demais sem que eu tenha dado uma olhada neles ainda vermelhos — dizia a ela sem o menor tato, era dos que acreditavam que não havia melhor terapia do que a de choque nem melhor cura do que o gracejo festivo para qualquer dolência do ânimo, a paródia; e apontava para os curativos que ela tinha nos pulsos, único vestígio claro de seu incidente ou aventura hoteleira. — Quero ver como você os fez, se na vertical ou na horizontal, com método ou de qualquer jeito, se em forma de xis ou de cruz, se com uma arte mínima ou como um barbeiro com mal de Parkinson; creio que eu, em seu lugar, teria aliviado a espera jogando um jogo da velha com a faca, talvez. Urfe, tirsto, érbadasz. — Tinha dias mais propensos que outros a emitir seus sons ininteligíveis mais ou menos onomatopaicos e às vezes enfileirava dois ou três. Por sorte não vivia em sua venerada Idade Média nem em seu dileto Renascimento, nessas épocas os teriam tomado por uma linguagem diabólica ou conjuros a Belzebu, e o professor teria acabado na fogueira, não pude deixar de imaginá-lo por um momento amarrado a umas achas de lenha, com os óculos postos e um cigarro nos lábios (um arraso), declamando passagens soberbas antes de ser devorado.

Beatriz não se incomodava, pode ser até que agradecesse a franqueza, a ligeireza e a gozação. Ria o suficiente para eu pensar que o professor não estava de todo errado em seu tratamento desrespeitoso do episódio, e garantia que o deixaria ver os ferimentos um dia desses, antes que a cor da pele ficasse novamente uniforme.

— Falta muito para isso, professor. E além do mais sempre ficarão as marcas. Sua curiosidade será saciada mais cedo ou mais tarde.

— Não minta para mim, Beatriz. A cirurgia estética apaga o que você quiser. Eu conheço vocês, mulheres. Se você não recorrer a ela, tapará com pulseiras grossas como golilhas e não terá mais nada visível. Não calibre mal seu futuro pudor a esse respeito, pois ele virá.

— Não estou mentindo, professor. Na próxima troca de curativos eu te chamarei. Em todo caso não espere artisticidade — Beatriz lhe respondeu muito mais séria, como se o vaticinado pudor a tivesse acometido de antemão, ou estivesse revivendo o instante da invasão de um líquido noutro, o primeiro sangue na água se estendendo, o sinal para que ela começasse a morrer, morrer em sua palidez. De fato, sua voz se quebrou um pouco ao murmurar as palavras que vieram em seguida. Rico estava atarefado enfiando um cigarro na piteira, meticuloso, mas ouviu, ergueu a vista com entendimento e pena, e eu senti pena também. Me veio uma vontade juvenil de me levantar e abraçar Beatriz e lhe dizer baixinho ao pé do ouvido: "Pronto, pronto, já passou". Não segui o impulso, teria sido descabido. — Já é bastante se atrever a se cortar, e eu preferi não espiar. A espuma me ajudou a não ver.

Algo parecido com abraços veio pouco depois.

O dr. Van Vechten passava pela casa rapidamente, na última hora da manhã, para controlar a evolução dos ferimentos e trocar as bandagens. Não demorava, visita mais amistosa do que profissional, em minha presença nada indicava que entre ele e Beatriz tivesse tido o que eu sabia ou talvez não houvesse mais (a gente nunca fica sabendo quando começa ou termina algo entre os outros), sem dúvida estavam bem acostumados a fingir; ou, talvez, se não interviessem sentimentos nem grandes veemências, não tinham nada a fingir. Um dia o acompanhei até a saída ("Não se mexa, Beatriz, eu me despeço do doutor"), e aproveitei para lhe perguntar no hall, a porta encostada para não sermos ouvidos:

— Como é que não vai a um psiquiatra ou a um psicólogo? — e apontei com a cabeça para dentro. — Achava que era obrigatório depois de uma tentativa de suicídio. Ou pelo menos que seria conveniente.

Ergueu as sobrancelhas e aspirou, as asas do nariz se alargaram. Espirou como quem se armasse de paciência e respondeu: — Já foi outras vezes. Na clínica conseguimos que nem sequer conste seu internamento, de modo que não interveio o pessoal da psiquiatria, e é melhor assim. Não creio que ela queira voltar às sessões, para repetir de má vontade e ouvir entre silêncios uma ou outra generalidade. Temo que também não iam ser benéficas nem lhe servir de ajuda. No caso dela, não há muito a se averiguar nem indagar. É uma mulher infeliz, você já deve saber a esta altura, passando aqui tantas horas como passa. Em alguns períodos aguenta, em outros não. Só resta desejar que transcorram muitos anos até a próxima vez que não aguente. — Isso deve ter lhe parecido demasiado simples, porque logo depois acrescentou: — Ou, se você preferir, a maior parte do tempo lhe falta determinação, e em alguns momentos não. Só resta esperar que esses momentos demorem o máximo possível a voltar. — Na realidade, disse a mesma coisa, mas talvez tenha considerado mais complexa a segunda explicação.

Supus que não estivesse a par das incursões noturnas de Beatriz. Se ela se aventurava a fazê-las é porque em alguns períodos abrigava esperanças de dobrar a vontade de Muriel, e foram vãs; não que lhe faltasse determinação para dar fim a si mesma.

— Houve outras ocasiões, me deu a entender Eduardo. — Não quis reconhecer que ele tinha me dito aberta e graficamente, não sei por que a discrição.

— Sim, e a não ser que se conforme ou se canse, ou que o medo a vença, o normal é que volte a haver, mais cedo ou mais tarde, e que não cheguemos a tempo a alguma delas.

— E o que se pode fazer, sabendo disso?

— Pouco. Nada. Quando alguém resolve se matar, não há maneira de impedir. A mesma coisa que quando alguém decide assassinar outra pessoa e não lhe preocupa ficar impune nem salvar a própria pele. Sempre consegue se de fato se propõe, sempre se apresenta uma oportunidade, até com as pessoas mais protegidas e alertas. Senão, me explique os magnicídios. Não há modo de se livrar: se alguém mete na cabeça te matar, faça você o que fizer, acabará morto. A única possibilidade é o assassino ou o suicida falharem, serem trapalhões ou pouco hábeis, ou no fundo não estarem totalmente decididos e titubearem. No caso de Beatriz, houve sorte, nada mais. Até a próxima. Se continuar tentando, uma vez não a terá.

— Acha que ela titubeou outro dia?

— Pode ser que sim, pode ser que não. Os cortes não eram profundos, mas isso não significa muito. Não é fácil cortar a própria carne com uma faca, a mão se retrai instintivamente, se entorpece, se encolhe. Não tem a ver com a vontade. A cabeça pode querer se matar, mas a mão resiste a se mutilar. O certo é que, se você não a visse entrar no hotel, teria levado mais ou menos tempo, mas só com o que ela se fez seria fatal. Portanto, ela teve sorte. Com certeza não contava com isso, com que você a visse e contasse quando ela se atrasou.

— Eu a vi horas antes do jantar. Teria dado tempo de sobra para não poder ser salva, se houvesse sido mais diligente. — Saiu esse adjetivo frio, Van Vechten me contagiava. Acrescentei: — Por assim dizer.

O doutor fez uma expressão de aborrecimento, como se estivesse farto de me explicar o que para ele eram obviedades, tinha muito mais experiência do que eu.

— Essas coisas requerem seu tempo quando são tão premeditadas, quando não obedecem a um arroubo nem a uma ofuscação; e é normal que se posterguem, sabe como é, mais um pouquinho. Ou talvez temesse que, se entrasse logo na banheira, sua digestão se interrompesse, sei lá. Parece ridículo, mas é assim. Alguém disposto a se matar pode não estar, em compensação, disposto a sofrer uma interrupção da digestão. Existem indivíduos que não pularam de uma janela ao notar como fazia frio do lado de fora ou como chovia a cântaros. Incomodava-os mais ficar gelados ou se molhar durante a queda do que se espatifar no chão. Vá saber o que mais os desagrada nesses momentos, vá saber o que conta, o que lhes passa pela imaginação. — Claro, não se incluía nem mesmo hipoteticamente, como a maioria de nós faria; não se concebia em semelhante situação. — Bem, escute, tenho o que fazer.

Sim, tinha se aborrecido com as minhas perguntas. Não parecia muito afetado pela tentativa de Beatriz. Ao contrário, estava afeito à ideia de que aquilo não era problema seu e de que, se ela insistisse, só cabia deixá-la, esperar e ver. Havia corrido muito pela Calle Velázquez e no Wellington não tinha se dado trégua, havia feito tudo o que estava a seu alcance; provavelmente tinha lhe salvado a vida, daí a gratidão de Muriel. Era um médico responsável, quando alguém se encontrava em perigo ou doente devia cumprir com seu dever. Mas não lhe cabia tomar precauções nem impedir ninguém de fazer o que quisesse. Contudo, me impressionou seu conformismo, nem sequer era resignação. Pensei que ninguém dava tudo de si por Beatriz, ou que para ninguém sua existência era vital, sem dúvida uma das muitas pessoas sobre as quais ninguém pensa com paixão: "Ela não merecia morrer. Não merecia morrer nunca".

À tarde aparecia Rico, como contei — aquelas primeiras tardes de suma cautela —, que saía com ela ou puxava conversa, a animava e fazia rir com suas calculadas condescendências e fatuidades, e também Roy, mais timidamente, para fazer companhia ou oferecer sua presença, menos ameno porém desejoso de ajudar. Flavia vigiava em silêncio de seus domínios, e as filhas procuravam estar mais disponíveis que de costume e não se fechavam tanto em seus quartos, notava-se que estavam um pouco penalizadas e inquietas com a mãe — principalmente a mais velha —, mas sem exagerar, como se já soubessem das suas tentações ocasionais ou de seus fatídicos riscos, e os houvessem assimilado na medida em que isso se pode assimilar. O menino não estava sabendo, ainda era pequeno demais. Beatriz não era deixada a sós por muito tempo, e Muriel ligava de Barcelona diariamente, uma ou duas vezes, dependendo de quão ocupado estivesse, como se fosse um marido solícito. (Claro que se tivesse sido verdadeiramente solícito, teria suspendido tudo e não teria viajado; mas dado seu costumeiro comportamento rude, sinceramente, a meu ver, já fazia muito em se interessar à distância. Era como se houvesse considerado excessivo o risco de morte de Beatriz. Embora não fosse novidade, devia assustá-lo toda vez. Sem dúvida a preferia amortecida, semiapagada em sua vida, mas de modo algum queria seu desaparecimento; mais ainda, não o suportaria.) Se eu atendia o telefone, me perguntava: "Como te parece que ela está?", e eu respondia: "Parece normal, como sempre, sem novidade". Depois eu passava para ela e eles falavam um pouco, não muito (também não era fácil inventar o que se dizer), eu me afastava, mas ouvi uma vez a parte de Beatriz: "Sim, não se preocupe, estou bem... Sim... Não, Jorge disse que a cicatrização segue seu curso, conforme o esperado... Sim, claro que ficarão, mas que importância tem agora... Mais para a frente penso nisso... Não, não me sinto fraca, em absoluto. Como se não houvesse perdido nenhuma gota, na verdade.... Todos dizem que me acham muito saudável e não creio que mintam, porque eu também acho que estou com uma cor boa e não sou das que se olham com complacência, muito pelo contrário, não?... Obrigada...". Aqui me perguntei se Muriel teria lhe feito um elogio, descartei isso pelo insólito, tinha ouvido demasiadas desfeitas cruéis a seu físico, mas sabe lá, vai ver que foi um elogio piedoso ou alentador. "Sim, estão muito preocupados, acham que ninguém percebe, mas é transparente... Bom, a mim me diverte, sim, ver como tentam dissimular... Não, não mesmo, cuide das suas coisas, o trabalho primeiro... Towers já se acalmou?... Olhe, sinto ter te causado esse transtorno, a gente não pensa na hora, pensa depois, agora sim penso em tudo... É, o ruim agora é que não confie em você... Não, Jesus! nem pensar; se ele não parar, você é que tem que acabar..." Deduzi que Muriel estava pouco concentrado e atento e talvez acumulasse atrasos, que Towers se impacientava e estava considerando a possibilidade de o turbilhão Jess Frank o substituir. "Bem, dê garantias, convença-o... Ah, eu? Sou eu que o preocupa? Não, olhe, diga a ele de minha parte que fique tranquilo, que não tenho intenção de interromper a filmagem nunca mais... Mas claro que não, não tenho a menor intenção... Eduardo, o que acontece, acontece quando acontece, isso não significa que tenha de continuar acontecendo. Ao contrário, o que acontece já aconteceu..." Ao cabo de mais umas frases, já de despedida, ouvi-a desligar e voltei para a sala. Estranhamente, ela tinha deixado a mão no telefone, depois de desligar, e olhava para ele com uma fixidez sonhadora, como se desse modo visual e tátil quisesse prolongar o contato com Muriel ou reter um instante algumas das palavras que tinha ouvido no aparelho, talvez o elogio, se houve um. Ou como se ela lhe houvesse mentido sobre alguma coisa e estivesse esperando que se dissipasse o embuste e ele não tornasse a chamá-la desconfiado no ato, antes de largar a ferramenta de que se havia servido. Como quem aguarda que o revólver deixe de fumegar e esfrie em sua mão, depois de tê-lo utilizado.

Mas de noite não vinha ninguém e cabia a mim dar o passo à frente, estar à mão caso necessitasse de mim, proporcionar-lhe distração ou conversa ou me sentar a seu lado para ver um filme na televisão ou uma série, para que não sobressaísse a sua solidão noturna a que estava acostumada, no entanto a recomendação era agora ir com cuidado, não duraria muito, pouco mais que a convalescença e as semanas precisas para que todos nos refizéssemos do susto e nos tranquilizássemos, nenhum estado de alarme pode se sustentar. Durante aqueles dez dias em que Muriel filmou em Barcelona, creio que falei mais com Beatriz Noguera do que no resto do tempo em que trabalhei para seu marido. Em geral, nada de muito pessoal, nada de espinhoso nem delicado, mas como se sabe, nessas situações de inevitável proximidade cria-se facilmente uma falsa e provisória camaradagem, uma sensação de cotidianidade que logo se estabelece, não há como condenar duas pessoas não odiosas a se fazerem companhia para que pareça que é assim que transcorre a vida, ou que assim poderia ser, se por algum motivo nada mudasse e se dilatassem as circuns-

345

tâncias excepcionais; em apenas alguns dias se estabelecem rotinas, tende-se à repetição, inclusive a que cada um sempre sente no mesmo lugar, na mesma cadeira se jogam xadrez ou cartas, do mesmo lado do sofá se veem televisão, como também insistem no lado da cama quem dorme junto duas noites seguidas, isso basta para se atribuir um lugar.

Quando ela se retirava para seu quarto eu ficava mais uma hora de pé, na época eu não tinha muito sono, e quando por fim ia para o meu me mantinha, se não com um olho aberto, como me ordenadara Muriel, pelo menos com algum canto da minha consciência à espreita, talvez atento como ficam os pais de crianças pequenas, só que a mim Beatriz não podia importar tanto assim, nem de longe. Contudo, eu a ouvia quando saía do seu quarto, todas as noites em algum instante, ia até a sala ou a cozinha por alguns minutos, tempo suficiente para um cigarro ou dois, e depois voltava à sua zona, fechava a sua porta e eu tornava a adormecer aquietado, como se em seu quarto ela estivesse mais a salvo, imagino que na realidade era o contrário: no caso de tentar se suicidar de novo, teria evitado fazê-lo nos espaços comuns, onde correria mais risco de que seus filhos ou Flavia a descobrissem, ou a frustrassem antes de expirar, outra vez a tempo.

Uma noite eu a ouvi ir e vir na cozinha por mais tempo e entreter-se à espera do esgotamento ou do sono, tão perto de onde eu dormia que me era impossível não prestar atenção e interpretar seus movimentos. Abriu e fechou a geladeira três ou quatro vezes, acendeu cigarros — o som de um isqueiro que falhava reiteradamente —, serviu-se uma bebida gelada — o líquido ao cair no copo, o entrechocar dos cubos de gelo —, chegou a mim o ruído de uma cadeira ou de um banco arrastados, sentava-se e punha-se de pé em poucos segundos, tornava a sentar, o que eu não distinguia eram seus passos, imaginei que andaria descalça ou com suas sapatilhas tão silenciosas que conseguiam andar de um lado para o outro em frente à porta do marido sem que ele percebesse, não até ela decidir se anunciar batendo na porta com o nó do dedo. Agora não tomava cuidado, talvez não se lembrasse que eu dormia ali ao lado ou não se importava de me acordar, o mais certo é que estivesse absorta e não pudesse se deter em outra coisa que não seus pensamentos, a insônia é egoísta. O persistente arrastar do tamborete ou da cadeira — nada mais que dissabor e nervosismo, provavelmente; havia esses dois tipos de assentos — me fez conceber um perigo. "Será que vai subir neles", pensei, "lhes dar um pontapé e se enforcar; não estará fazendo os preparativos?", e tentei lembrar inutilmente se havia no teto algo em que pudesse amarrar uma corda ou uma tira de pano. Bastou essa ideia me passar pela cabeça para eu aguçar os ouvidos e me esforçar para decifrar cada movimento e para eu me preocupar se a quietude e o silêncio se prolongavam. No meio da noite tudo adquire verossimilhança e dimensões.

Enquanto Beatriz permanecesse ali eu não ia vencer meu alarme, reconheci, de modo que me levantei da cama. Fazia calor, eu só estava de cueca boxer que desde jovem utilizei, parecida com shorts, os chamados slips sempre achei exibidos e, além do mais, dissuasivos. Eu não podia ou não devia aparecer assim, considerei — embora houvesse sido justificado, aquela já era minha área, por assim dizer —, e como não usava robe, pus o jeans e a camisa, fiquei com preguiça de abotoá-la e a deixei fora da calça. Abri a porta do meu cubículo com cautela — não queria sobressaltá-la —, mais bem-arrumado graças a Flavia desde a primeira vez que eu havia pernoitado na casa, mais acolhedor e menos despojado; e a vi de costas, na verdade sentada num dos tamboretes da cozinha, costumava tomar ali o café da manhã, cada qual por sua conta ou na sua hora, os únicos que se encontravam eram as crianças e só em dias de colégio, ninguém fun-

347

cionava muito como núcleo aglutinador, a família tendia à desagregação. Estava de luzes acesas, logo minha porta aberta não iluminou nada e Beatriz não se deu conta da minha presença, concentrada que estava em sua própria cabeça. Nessa ocasião também não tinha se coberto com um roupão, apesar de Muriel estar ausente e não haver ninguém a quem tentar com sua camisola bem curta, de pé chegava ao meio da coxa, era idêntico ao que tinha visto à distância naquela já longínqua noite, só que não branco nem cru, mas azul bem claro, talvez tenha comprado dois ou três do mesmo modelo, por achá-lo favorecedor na época. O calor a tinha feito sair leve assim, supus, e a introversão, e o sentir-se só, embora outras cinco pessoas dormissem no apartamento, talvez contássemos pouco, empregados e filhos, na insônia. Sentada como estava, eu não podia confirmar se, como na noite de ronda e súplica, vestia ou não roupa de baixo, mas era claro que a de cima ela não usava, como aliás é natural, quem vai dormir com uma roupa que imobiliza ou aperta, ao longo da minha vida não encontrei mulher nenhuma que conservasse o sutiã entre os lençóis. Surpreendeu-me que minha primeira olhada se fixasse nisso ou procurasse elucidar o que estava ou deixava de estar sob a camisola de seda; ou não me surpreendeu, ao contrário, me recriminei da boca para fora um segundo, afinal o olhar não é coisa que se domine, com frequência atua à margem de nossas instruções e de nossas censuras, ou é que sob esse pretexto permitimos a ela que nos desobedeça. Além disso, percebi — foi imediato — que aquela desinibição de meus olhos não me incomodava, como se a ausência de Muriel na casa me desse dessa vez — por ser irresponsável, por ser inadequada — liberdade para contemplar qualquer coisa a meu bel-prazer, inclusive sua mulher. Não tinha muito sentido aquela incontinência visual sobrevinda, considerando-se quão pouco lhe importava Beatriz fisicamente, ou quanto a repudiava, mas a gente se sente mais dono quando o dono não está, como se por algum tempo ocupássemos seu lugar e o usurpássemos. Daí que todos os serviçais que houve no mundo se deitam nos sofás e rolam nas camas, abrem garrafas e pulam na piscina dos amos quando os veem se afastar, ou pelo menos fantasiam com a possibilidade de fazer isso sem ninguém ver, pois também será tarefa deles apagar os vestígios. Afinal, eu era um deles, uma espécie de serviçal, embora se dissimulasse isso. Influía do mesmo modo no meu descaramento que Beatriz havia tentado se suicidar fazia pouco, me dei conta: nos permitimos confianças estranhas com quem poderia estar morto por sua própria mão: "Afinal de contas", nos dizemos, "do pior ela se livrou, a sorte já lhe sorriu bastante; é um presente esta etapa, da qual não pode se queixar; o que lhe acontecer a partir de agora, procurou fazer com que não acontecesse, decidiu não contar com isso nem conhecê-lo". E na verdade pensei ali na cozinha, ou foi uma lufada que atravessou minha mente, de modo algum tão elaborada quanto ao explicá-la agora: "Não fosse por mim, esse corpo estaria apodrecendo, e já ninguém o contemplaria, numa cova, debaixo da terra, ou talvez irreconhecível na cinza; logo, em certo sentido me pertence a sua sobrevivência ou parte dela, uns minutos ou umas horas, ganhei o direito de distrair minha vista com ele quanto quiser". Sim, há culturas em que, se você salva a vida de alguém, você se torna responsável pelo que vier a suceder a esse alguém, para que a prorrogação devida a ele não seja aziaga, um tormento; e outras em que ele se transforma, se não em seu proprietário, em algo semelhante a um usufrutuário, o salvado se põe à disposição do salvador, ou é encomendado a ele, entregue. De imediato tive a sensação presunçosa de que Beatriz estava em dívida comigo, caso se alegrasse com seguir vivendo; caso contrário se tornava minha credora, se lamentasse isso. Tinha um copo de uísque com gelo numa mão e, na outra, um cigarro por acender, duas guimbas no cinzeiro próximo. Seus pulsos enfaixados de branco contrastavam com seus braços nus, a camisola era de alça e o tom da sua pele não era pálido, por isso sua palidez ocasional metia medo.

— O que houve, não consegue dormir? — perguntei depois de um mínimo pigarrear, para avisá-la em duas fases, apesar de seguidas.

Virou-se e sorriu ligeiramente, sem muita vontade. Não virou a cabeça mas girou o corpo inteiro, bem descobertas as coxas robustas, por estar sentada com as pernas cruzadas. (Ainda não consegui me certificar de nada por causa das dobras.) Não tão expostas quanto as da funcionária Celia no táxi, mas bastante, bastante. Apontou para o uísque como se desculpando, não era mulher de beber.

— É, estou vendo se isto me derruba — disse. — Como não tenho muito costume... — E acrescentou: — Te acordei, desculpe. Às vezes esqueço que você está por aí de noite. Quer dizer, essas noites que te puseram de minha sentinela. Bom, e outras; você não parece estar muito à vontade em sua casa, não?

Não lhe passava despercebido que eu estava mais tempo na dela do que me cabia, mas o comentário foi neutro, não soou a indireta nem a queixa por minha excessiva presença. Também estava sabendo qual era minha função enquanto Muriel filmava a seiscentos quilômetros suas cenas extravagantes.

— Estou à vontade, sim — respondi —, mas às vezes sinto falta de um pouco de companhia e aqui tem de sobra, essa é a verdade. Espero não abusar, não incomodar. Se assim for, me diga.

Negou com um movimento seco de cabeça, como se dissesse "Era só o que faltava, que disparate". Como se meu temor fosse uma bobagem que nem sequer valia a pena dissipar com palavras.

— Anda, sente-se comigo um instante, até que me venha o sono. Já que te acordei. — E aproximou outro tamborete, colocou-o a seu lado. Sentei-me à sua esquerda e desse ângulo ficou parcialmente visível o interior do seu decote, quer dizer, parcialmente seu seio direito e, é claro, o entresseio, já não me envergonhei de que minha vista desse prioridade a esses aspectos, mas olhei de esguelha, logo de cara não se pode ser impertinente com o olhar, há uma exigência de dissimulação inicial em todas as ocasiões, inclusive naquelas em que se sabe como tudo terminará e o que se pretendia, para que duas pessoas se tenham encontrado. Não era esse o caso, de modo algum. Eu não sabia nada (me limitava a acumular elementares desejos, se é que isso na juventude não é redundante) e naquele momento nem havia ocorrido a ela, Beatriz só estava combatendo sua insônia e talvez pensando no vazio, ocupação suficiente para passar por alto o resto e mal reparar em algo externo. Tinha quarenta e um ou quarenta e dois anos, naquela época ainda não eram muitas as mulheres que se submetiam a cirurgias absurdas e contraproducentes, o que eu percebia do interior do seu decote era natural, do que se move, do que sobe e desce um pouco a cada respiração, do que é ao mesmo tempo firme e mole, ainda firme e abundante e bastante erguido, oscilante e de aparência suave, e a Muriel repugnava ou nem tanto, afinal o havia manuseado naquela noite, embora sua intenção fosse vexatória e depreciativa. Eu não o teria tocado desse modo, não em princípio, de forma alguma, nem naquela noite nem nesta nem em nenhuma outra. A polpa dos meus dedos se iam nesta; é uma maneira de falar, não se iam. Ficou calada alguns segundos, se entreteve acendendo o cigarro, aspirou com força e subiu o peito parcialmente visível, quer dizer, subiram ambos, mas eu tinha de adivinhar o esquerdo sob o tecido; e então fez pela primeira vez referência à minha intervenção: — Quer dizer que você salvou minha vida. Quer dizer que foi você quem me livrou da morte.

O verbo escolhido na segunda frase me pareceu meio esquisito (mas nas noites de insônia a consciência se rarefaz, e também o vocabulário que a atravessa) e me fez hesitar entre se estava me transmitindo um reparo ou um agradecimento, ou se nenhum dos dois e estava apenas constatando um fato. Pelo menos não tinha dito "quem me arrebatou da morte", o que teria soado tão rebuscado quanto acusatório.

— Não. Bem, só muito indiretamente. Foi uma casualidade eu te ver entrar. — Não tinha sido, ninguém sabia que eu me dedicava a segui-la algumas tardes, e não fosse esse costume ela teria adentrado seu fim sem testemunhas. — Mas não fui eu quem juntou as pontas, nunca teria passado pela minha cabeça. Suponho que foi uma sorte, pelo menos para nós. Para você não sei. Espero que sim.

— Esperemos que sim, eu te direi daqui a um tempo — ela respondeu com um quê de ironia. — E quem são vocês, se posso saber? Quem você inclui?

Não sei por que eu havia recorrido a esse plural, imagino

que para não me singularizar nem me apontar nem ter de me explicar. Naqueles instantes, naquela noite cerrada, me parecia uma sorte para mim ela estar viva e palpitante, ainda que fosse apenas por minha admiração sexual já nada vaga nem amortecida, mas bem concreta e palpável e crescente, meu olhar havia abandonado toda conveniência de idade, posição ou hierarquia, restava unicamente a da cortesia, ou seria do fingimento. O desejo também é egoísta, quase tudo lhe importa pouco — mentir, lisonjear, arriscar-se, convencer com artimanhas, fazer falsas promessas, conseguir que uma pessoa aguente e se demore no mundo para desfrutá-la agora — até se ver satisfeito. Depois já é outra coisa, depois tudo volta ao normal e resulta ridículo ter posto em jogo ou deixado de lado tanto para conseguir o que logo depois sofre um barateamento e às vezes começa a ser esquecido assim que ocorreu.

— Não sei, todos — respondi. — Não creio que nenhum dos que convivemos com você encararia sua morte com indiferença. Para Susana, Alicia e Tomás teria sido um desastre. Para Flavia. Para suas amigas, para Eduardo. Para mim, para Rico e Roy. Para Van Vechten. Para todos. E para outros que não conheço, suponho. — Lembrei-me do morador, quem quer que fosse, da Plaza del Marqués de Salamanca.

— Não exagere, Juan. Você talvez a lamentasse, não digo que não, mas para você não teria sido um desastre, você me conhece pouco e, além do mais, é muito jovem. Nem para Eduardo.

— Você devia ter visto como ele corria, como estava angustiado quando fomos te procurar.

— É. Jorge me disse. Fez muitos filmes. — Levantou-se e foi até a geladeira. Abriu-a, olhou sem saber o que queria, tirou uma coca-cola e pôs a metade em seu copo de uísque. Vi então que estava, sim, de calcinha, vi através da seda quando estava de costas, sua bunda não era pequena mas desenhava uma agradável curva empinada, e toda gorda de verdade a teria invejado, todo saco de farinha ou de carne, todo sebo, toda baleia ou sino de El Álamo, Muriel devia estar louco para chamá-la dessas coisas, ou não era loucura, e sim um frio castigo de anos, ou talvez a visse de fato assim em seu ressentimento, quando alguém decide olhar com maus olhos nada se salva, até o que víamos com bons olhos ontem nos parece infestado de defeitos e problemas, nada resiste aos maus olhos, alguém menos ainda. Talvez eu mesmo pudesse enxergar Beatriz diferente, notavelmente pior, se satisfizesse meu desejo, quero dizer, uma vez aplacado, o início da lamentação não é de todo infrequente depois das consecuções. Mas não pensava nisso como em algo real, continuava tão só na fase visual, qualquer contato intencional ou consciente me parecia impossível. Nem teria passado pela cabeça dela, nem devia ter percebido ainda o caráter cobiçoso dos meus olhares, nem dos menos furtivos que a cada olhar se tornavam menos. Era provável que me assimilasse mais à esfera dos menores, à de seus próprios filhos, que à dos adultos plenos, os Muriel, Rico e Van Vechten, afinal menos idade me separava dos primeiros que dos segundos: sem ir mais longe, muito menos anos me separavam de Susana do que de Beatriz. Talvez por isso ela não se cobrisse, se bem que também é verdade que naquela época a sociedade inteira tinha mandado às favas desde o primeiro dia o recato imposto pela ditadura e sua Igreja, eram anos de despreocupação e desenvoltura nos costumes, e de desafio. — Alguma razão devo ter para não costumar beber álcool — disse ela para justificar a mistura. — Não gosto muito do sabor. Não vai tomar nada?

— Já, já. — E quase sem transição perguntei: — Qual a razão disso? Por que você o fez? Quero dizer, o que aconteceu no Wellington. A verdade é que te salvei sim, eu suponho; mas podia não ter te visto.

Ela ainda não tinha sentado de novo e eu a notava de pé a

meu lado, o corpo exuberante e grande bem perto, achei que a camisola me roçava na altura do ombro ou do braço, mas podia ser imaginação minha, a ansiedade é propensa a isso. Tornei a observá-la com o canto dos olhos, de cima a baixo, não precisava erguer muito a vista: o peito sem sutiã subia e descia como se a sua respiração estivesse um pouco agitada com a minha pergunta.

— O que você acha, Juan? — ela me respondeu em tom suave, sem a acritude que se poderia deduzir dessa formulação, dessas palavras; sem que estas dessem a entender que me considerava um obtuso; era, antes, como se não lhe restasse mais remédio do que admiti-lo sem mais aquela, de tão evidente. — Você está aqui há tempo suficiente para ter se dado conta de que entre Eduardo e eu, de que não tenho nada a ver com Eduardo. E isso me amarga a vida, não suporto. Cada dia é mais difícil me levantar e me pôr em movimento. Se fosse por mim, não acordaria, faz anos que é assim. Alguns dias não aguento mais. E foi o que aconteceu naquele dia. Ou o que já me acontecia nos dias anteriores. Em alguns não me sinto nada bem — retificou imediatamente no sentido da verdade —, em alguns não estou muito bem da cabeça, ainda por cima. Durante anos fui ao psiquiatra em tratamento intensivo, não sei se você sabia. Quando as duas coisas se juntam... Bom, esses dias podem acabar de qualquer maneira. Nem eu mesma sei. Não sei prever, quando estou neles.

Eu não soube o que dizer, na hora. Tornou a sentar a meu lado e apoiou a testa numa mão, na palma inteira bem aberta, abarcadora, o mesmo gesto que fazemos quando vomitamos de noite, reminiscência do que faziam as mães quando éramos crianças, seguravam nossa testa contra as arcadas, e quando elas já não estão presentes nós mesmos a seguramos pateticamente, como se fôssemos elas ou pelo menos outro, do mesmo modo que o moribundo solitário agarra seus dedos para ter a ilusão de que está acompanhado naquele transe.

— Você toma algum tipo de medicamento?

— Sim, tomei. Agora, com isso — e me mostrou a atadura do pulso esquerdo —, voltaram a me dar, claro. Ajuda. Ajuda a funcionar. Mas não muda o fundo da questão, nem tira o sofrimento.

— Por que vocês não se separam? Por que você não se separa? Daqui a pouco vai haver divórcio. Talvez você estivesse melhor longe, capítulo encerrado. — Ela não tinha por que saber que eu já conhecia a resposta para isso, mais ou menos, no que lhe dizia respeito: eu a tinha ouvido se explicar a suas amigas malévolas.

Tirou a mão da testa e se virou para mim. Ao fazê-lo, seus joelhos toparam com a minha perna direita, notei uma leve pressão, não recuou; na certa não se deu conta, embora se creia que todo mundo se dá conta dos contatos; ou não lhe deu importância. Aproveitei para olhar suas coxas com o rabo dos olhos, agora elas se ofereciam frontalmente a mim. Talvez fossem um pouco amplas, mas me atraíam; bastante descobertas, tão fornidas, tão juntas, entre as duas nem uma fresta.

— Isso você teria de perguntar a ele, por que já não foi embora, por que não vai embora. Quanto a mim, é muito pedir a alguém que se afaste de quem mais ama. Se ele me deixasse, eu teria de me aguentar, e é provável que o faça, que me deixe com tudo o que mandar a lei quando chegar o divórcio. Mas não se pode esperar que além do mais eu facilite as coisas, tome a iniciativa quando não quero tomar. E vai ver que se oporia, se eu o fizesse. As pessoas têm reações estranhas. E percorremos um longo caminho juntos. Talvez por isso ele não se vá, apesar dos pesares, talvez isso o influencie.

"Sim, é verdade", pensei, "ignoramos o que se forjou entre a gente que nos precede, e o mais seguro é que ignoremos sempre, porque sempre chegamos tarde na vida das pessoas."

— Não sei — falei. — É difícil entender que você continue gostando assim de quem te maltrata tanto em palavra. — Não podia acrescentar em obra, teria delatado minha antiga espionagem noturna. — Desculpe, às vezes não tive outro remédio senão ouvir. Não em sua ausência, ele nunca disse nada de negativo quando você não estava presente, que eu tivesse testemunhado. Mas ouvi o que falou para você. Bom, você sabe. Sorriu, voltou à sua posição inicial e bebeu um gole. Nada dela me tocava agora. Eu tinha de conseguir que ela reparasse no meu desejo, que ia aumentando (esse é sempre o primeiro e necessário passo, que o outro perceba, e às vezes também é o último, o desencadeador), até o ponto de eu começar a não me contentar com a fase visual e a imaginar possibilidades, e a ouvi-la com desconsideração, como quem faz um trâmite. Chega um momento, nessas situações, em que não importa nada mais a você do que seus arroubos.

— Claro que ouviu, quem dera ele se abstivesse na presença de outros. Com alguns era mais cuidadoso porque sabe que têm estima própria por mim. Com Jorge, Paco, com minhas amigas. Com Alberto Augusto, nem tanto. E com você, com você ele se sente bem demais, à vontade demais e confiante; ele fez de você, desde o início, uma extensão dele mesmo, o que é bom e também é ruim. Mas o que você não sabe é que nem sempre foi assim, muito pelo contrário. Isso começou há muito tempo, pouco depois de Tomás nascer, imagine. Porém os anos em que foi de outro modo ainda são maioria, e para mim eles ainda têm mais peso. Eu os vivi, e Eduardo... — Deteve-se como se tivesse vergonha de dizer o que ia dizer, mas disse: — Eduardo é o melhor homem e o mais correto que você já conheceu. O que ele vem fazendo comigo esse tempo todo, essa aversão, esse tratamento, vai contra o caráter dele, ele se obriga a isso. Você vai me tomar por uma iludida, mas eu ainda creio que um dia ele não suportará mais ir contra si mesmo e contra a sua natureza. E então irá parar, vai querer me recompensar.

"O melhor e o mais correto", me repeti em pensamento. Podia ser, eu tinha dele uma excelente ideia, além da admiração que lhe professava. Eu gostava dele de forma incondicional, já disse. No entanto era esquisito ouvir tal elogio da boca da única pessoa com quem tinha se mostrado cruel diante de meus olhos e ouvidos. Não malicioso nem insolente nem desdenhoso, tudo isso ele era capaz de ser às vezes, e além do mais com considerável graça e relativa impunidade, portanto. Se não ferino e virulento (claro que também não era assim com ela o tempo todo). Lembrei-me de algumas frases de Beatriz a suas amigas: "Eu não quereria uma vida nova com outro homem", tinha lhes advertido, explicado. "Quero a que tive durante muitos anos com o mesmo homem. Não quero me esquecer nem superá-lo, nem refazer nada, como se diz, mas continuar no mesmo, idêntico, a prolongação do que houve. Nunca estive insatisfeita, nunca necessitei de emoções alheias, nem de vaivéns e mudanças; nunca fui das que se aborrecem e requerem movimento, variedade, brigas e reconciliações, euforias e sobressaltos, sacudidelas e alertas. Eu podia ter permanecido eternamente no que tinha. Tem gente contente e conformada, que só aspira a que cada dia seja igual ao anterior e ao próximo. Eu era dessas. Até que tudo desandou."

Eu é que me levantei agora e fui até a geladeira. Assim como ela um pouco antes, eu não sabia o que queria. Peguei um copo, enchi de gelo, olhei para dentro sem centrar a vista e ao meu redor, vi a garrafa de uísque em cima da mesa e resolvi me servir, depois também de coca-cola, imitei-a em tudo, enquanto estive de pé eu a captei e observei de cima, ampliou-se minha visão do decote, quero dizer, do seu interior, sobretudo durante alguns segundos em que fiquei atrás dela bem de perto, me deu vontade de avançar a mão ou posar as duas em seus ombros e dali movê--las para baixo, não de repente, pouco a pouco e distraidamente, à espera de que me interrompesse ou não me interrompesse, de que gritasse "O que você está fazendo?" e eu me assustasse e me ruborizasse e me desculpasse e me retirasse, ou então que ela calasse e me permitisse, claro que sabendo mas fingindo não saber, ou não, até mais tarde, quando já fosse impossível não acusar verbalmente recebimento do contato por ser talvez de outra índole, embora também seja certo que isso pode se fazer inarticuladamente, ninguém tem por que falar nem dizer nada, ou mediante arquejos, ou inclusive estes podem se sufocar e todo gemido se afogar, foram muitos os que tiveram de se esconder e ser tão silenciosos como se não existissem, na realidade não há regra nenhuma nem nada é impossível entre as pessoas que se vinculam.

Assim, me demorei ali às suas costas — e não foram alguns segundos —, e pensei que podia fazer o primeiro movimento sem que Beatriz percebesse nele nada de suspeito nem de impróprio, posar as mãos em seus ombros amistosamente ou como quem reconforta por meio do tato; além do mais, na insônia são admissíveis muitas coisas, como se a vigília, afinal de contas, estivesse contaminada pelo sono que resiste e não vem e que deveria ocupar seu lugar, e tudo transcorresse, sob seu domínio, numa vida emprestada, nebulosa, hipotética e paralela, até certo ponto. Fiz isso, pus as mãos nos ombros dela com delicadeza e ao mesmo tempo falei para mascarar o atrevimento, para que não fosse a única coisa a que ela tivesse de atentar naquele instante:

— E o que aconteceu? Por que tudo desandou? Por que Eduardo passou a ser tão desabrido e tão áspero?

Deu de ombros, mas foi mínimo o gesto. Podia tê-lo aproveitado para me afastar com ele, para se safar. Por pouca que fosse a energia com que tivessem se erguido, eu teria entendido que repelia o contato e minhas mãos teriam voado. Mas ela foi tão tênue que, ao contrário, eu senti o gesto como uma resposta, como se os ombros agradecidos exercessem uma leve pressão para se juntar e se amoldar melhor às minhas palmas. Ou assim tendi a acreditar, com certeza forçando a sorte.

— Por uma bobagem — disse ela. — Porque descobriu que uma vez eu tinha lhe contado uma mentira, já fazia muito tempo. Uma mentira antiga diante da qual devia ter rido, e não tomado de modo tão violento. Aconteceram tantas coisas nesse meio-tempo, tanta coisa tinha existido entre nós, que sua importância tinha de ter se dissipada, não sei como dizer: ter caducado, ter se visto anulada pela força da nossa vida juntos, até havíamos perdido um filho e nada une mais do que isso, se não destrói. Tanto é assim que nem foi ele que a descobriu, a mentira, mas que num dia de raiva me ocorreu confessá-la. — Ficou calada por uns segundos. — Nunca imaginei que reagiria como fez. Em má hora.

Aquilo me levou a me lembrar novamente do que eu tinha ouvido de Muriel na noite em que apareceu na sua porta com seu comprido robe escuro de Fu Manchu ou de Drácula: "Que burro fui ao te amar todos esses anos, o mais que pude, enquanto não soube de nada". E mais tarde havia recriminado: "Se você não tivesse me dito nada, se tivesse continuado a me enganar. Que sentido existe em tirar do engano um dia, contar de repente a verdade?". E havia concluído sua reprovação dizendo a ela: "Ai, que idiota você foi, Beatriz. Não uma vez, mas duas". Devia se referir à mesma coisa que Beatriz se referia agora.

— E posso saber qual era essa mentira? — Permaneceu pensativa uns momentos, talvez tivesse preguiça de entrar em pormenores. Bebeu do seu copo de uísque misturado, sempre sem se esquivar das minhas mãos tão cautelosas, tão respeitosas que não se moviam um só milímetro, como se com a ousadia inicial houvesse esgotado a cota das ousadias por um bom momento. Ao ver que não respondia logo, completei a pergunta para ajudar a resposta: — Ou não se pode saber?

— Ele que conte e você saberá, jovem De Vere. — Ela não me chamava assim com frequência, só quando estava de bom humor (muito episodicamente) e acompanhava os outros na pequena brincadeira dos apelidos daquela casa. — É tão ridículo que me envergonha contar, que uma criancice de tal calibre tenha sido tão determinante na minha vida, uma criancice. — Fez outra pausa e continuou: — O mais importante dessa mentira (o mais importante para mim, entenda-se) foi que me permitiu comprovar como Eduardo era bom e correto, sem que ele pudesse saber até que ponto eu o sabia. Os homens, a gente engana com facilidade, tanto faz quão inteligentes e precavidos sejam, e quão astutos. — Não tinha dito "vocês, homens", de modo que fiquei em dúvida se ela se referia aos varões ou a todo o gênero humano, ou se ainda não me considerava inteiramente um homem. — Mas o caso de Eduardo se revelou extremo. Era tão bom e tão correto que realmente não podia estar no mundo sem ser enganado. Assim, era melhor que eu me encarregasse disso, no âmbito do casamento pelo menos, eu que gostava tanto dele e não ia lhe causar nenhum dano... Inversamente: outros o enganariam com mais dificuldade em outros âmbitos, pensei, comigo a seu lado.

Naqueles momentos, me dei conta, tudo aquilo me cansava um pouco, ou não me interessava como teria interessado em qualquer outra circunstância, ou como me interessou e intrigou depois, ao rememorá-lo a sós nos dias seguintes. Então, no meio da noite, na cozinha, me parecia um pedágio que eu devia pagar por uma remota e até fantasiosa esperança, ainda não me atrevia a pressupor que fosse acontecer algo imprevisto nem extraordinário, mas a impaciência e o anseio não são controláveis e absorvem. Sim, os atos e os movimentos o são, é claro, as pessoas civilizadas aprendem a freá-los e a guardá-los na imaginação e a postergá-los, a lançá-los na bolsa das quimeras e nos conformar com isso, pelo menos por um tempo; o mesmo não se dá com as sensações, porém essas sempre acabam por se transmitir e nos delatar, acredito, e por isso quem as tem muito fortes conta com uma vantagem. O desejo que a gente emite, ainda mais quando se é jovem e pouco hábil na dissimulação, termina por se condensar no ar e por impregná-lo, como se fosse névoa que se estende; alcança então quem é desejado e este tem que fazer alguma coisa a esse respeito: ou se topa, cai fora, desaparece e com isso o dissipa, ou se expõe e o guarda e se vê envolvido. Em todo caso, ele se depara com a necessidade de se ocupar do que não surgiu dele nem ele criou, o que é com frequência injusto e incômodo. O maior perigo (se é que é essa a palavra) reside em que, ao notar a ânsia alheia, você idealize ou conceba a possibilidade de levá-la em conta, quando jamais lhe teria ocorrido tomar qualquer iniciativa dessa índole espontaneamente. Perceber que alguém quer se vincular sexualmente a nós obriga-nos a considerar isso, nem que apenas com a fugacidade do pensamento mais rudimentar; e se não se descarta ou rechaça de imediato, se não se foge da névoa no mesmo instante, então fica difícil não sentir as emanações do outro, que em geral não se amainam e são persistentes, nem mesmo costumam ceder por cansaço ou por se saber inúteis ou inoperantes: são porque são, independentemente de servirem para alguma coisa. Assim, esse outro nos inocula a ideia ou a finca em nós, nos proporciona essa ideia ou nos contagia com ela, e sua vantagem se amplia a cada segundo que passa com a condensação que cresce, sem que se a faça estourar nem se lhe ponha fim, sem que se a fure. Às vezes basta a veemência para conseguir o propósito que parecia inatingível justo antes de soltá-la e deixá-la flutuar, de libertá-la ou desencadeá-la ou de que nos escape sem permissão. Talvez, inclusive, contra a nossa vontade.

É provável que ocorresse algo assim. É o mais provável. Que atuassem como tentação minhas respirações voluntárias ou involuntárias, ou ambas alternadamente, havia momentos em que tanto fazia que ela as percebesse, em outros ainda me assaltavam o pudor e a autocensura, julgava minha predisposição traidora em relação a Muriel, apesar de ele ter abandonado esse campo fazia tempo. Ou foi o que pensei quando notei que minhas mãos paralisadas, quase adormecidas nos ombros de Beatriz, eram arrastadas pelas suas lentamente para baixo, por cima da camisola, não por dentro. Eu não lhe via a cara, continuava sentada de costas para mim, eu continuava de pé e via seu cabelo de cima, desconhecia sua expressão, se estava de olhos abertos ou fechados, se estava plenamente consciente de que se tratava de mim ou se imaginava as carícias e a pressão de algum outro, de que outro se não do saudoso marido. Minha posição se assemelhava agora à de Van Vechten em Darmstadt, só que eu ainda não empurrava nem estava situado à altura para fazê-lo, o máximo teria sido colar meu abdome contra as suas costas, para que ela o sentisse, mas não tive coragem nem mesmo para estabelecer esse contato tão explícito, me contive, ainda não, apesar de ela ter conduzido minhas mãos a seus seios não de todo abarcáveis por elas. Lá sim tinha visto bem seu rosto, trepado na árvore do santuário, seu rosto colado à janela, de fato era a única coisa que me havia mostrado desde que o doutor a virara, antes tinha contemplado um tanto alarmado, por um instante, sua nuca, quase golpeada contra os vidros. De modo que a imaginei assim enquanto a tocava — parecia incrível, mas eu a tocava —, com os olhos bem apertados como os de um retrato insólito ou pouco frequente, a pele mais lisa e rejuvenescida, os lábios mais carnudos ou grossos, como se invadissem partes que lhes fosse alheias e mais porosos e esfumados, entreabertos e mais vermelhos, as pestanas mais compridas ou mais visíveis; mas tudo isso era próprio de um orgasmo ou de uma concatenação ou de um pré-orgasmo, mas ainda não podia ser nada disso.

Então tudo se acelerou e aconteceu muito rápido. Ela se levantou, afastou o tamborete e se virou para mim, e num só movimento colou seu corpo inteiro ao meu, como havia feito com Muriel naquela noite, depois que ele, de forma inesperada, lhe concedeu por fim seu desejo. Notei ao mesmo tempo o abraço do seu tórax e do seu abdome e de suas extremidades, se é que se pode dizer que tudo isso abrace: seus peitos apertados contra o meu, sua pelve contra a minha, suas coxas contra as minhas, seus braços me rodeando com força excessiva, e até seus pés sobre os meus, como se houvesse subido neles para alcançar minha estatura, só que ela era alta e não necessitava disso, na verdade era mais alta que eu, quando estava de salto alto. Por um momento tive a sensação de me unir a uma criatura sobrenatural, talvez uma giganta, não tanto por suas dimensões, que dentro da sua fartura eram normais, quanto pela fusão a que me submeteu sem fissuras, pelo acoplamento absoluto do seu corpo ao meu, completamente aglutinados um ao outro num só instante e sem preâmbulos. A única coisa que não se juntou foi sua boca à minha e, quando tentei buscar a sua, ela a evitou e me ofereceu o pescoço e a face: "Não, nada de beijos", me deu tempo de pensar, como talvez Beatriz tenha dito a Van Vechten "Não, nada de carícias", ao fim da trepada sagrada e profana, eu não os ouvia do meu galho. "*Non, pas de baisers, pas de caresses*", devo ter lido algo assim em algum romance francês para que essas proibições imaginárias acudissem nessa língua à minha mente. E tampouco ela falou algo nem eu falei enquanto durou aquela estranha e total justaposição, os dois de pé na cozinha perto da geladeira. Como tampouco "*Non, pas de mots*", ou "Não, nada de palavras".

Senti impaciência, tive pressa de que acontecesse o que se prometia. Temia que ela recuasse, que se separasse, ou que eu é que a afastasse, que de repente a mantivesse à distância pondo-lhe a mão no ombro, como Muriel havia feito com um gesto autoritário depois de padecer a superposição abusiva de Beatriz, mal a abraçou, um abraço imprevisto, provavelmente comiserativo. O meu não tinha esse caráter, de modo algum, era juvenilmente luxurioso ou elementarmente lascivo, já disse que nas idades precoces é difícil renunciar a uma oportunidade, a gente crê que deve aproveitar todas ou a grande maioria delas, sem outras exceções senão as que provocam um desagrado nítido e claro, que não são capazes nem mesmo de se anunciar como rememoração, como recordação, como imagem entesourada para o homem maduro ou velho que chegaremos a ser um dia e com o qual então não contamos e que não divisamos, e que no entanto, misteriosamente, já aparece em nosso inconsciente como um fantasma do futuro. É esse homem mais velho que em plena juventude às vezes nos sussurra: "Preste bem atenção nessa experiência e não perca nenhum detalhe, viva-a pensando em mim e como se você soubesse que nunca vai se repetir, a não ser em sua evocação, que é a minha; grave-a na retina como se fossem as sequências e planos mais memoráveis de um filme; você não poderá conservar a excitação, nem revivê-la, mas sim a sensação de triunfo e, sobretudo, o conhecimento: saberá que isso aconteceu e saberá para sempre; capte tudo intensamente, olhe com atenção para esta mulher e guarde-o bem guardado, porque mais tarde eu o reclamarei de você e você terá que me oferecer tudo isso como consolo".

Eu soube com clareza que aquele era um desses casos. Não havia nele o menor desagrado, muito pelo contrário, mas, se existia o risco de eu retroceder (na realidade muito pequeno, reconheci de imediato), era porque me rondava a ideia de estar cometendo uma possível vileza. Não só por minha lealdade a Muriel; também cheguei a me perguntar se não estava me aproveitando, para empregar a expressão correspondente a uma vileza, da provável desorientação, confusão e fragilidade de Beatriz Noguera e, claro, de sua contínua desdita e até da sua circunstancial insônia: ela era muito mais velha do que eu e portanto mais tarimbada sob certo aspecto, e não parecia dar importância aos amantes que tinha, talvez os utilizasse de maneira consciente para se reconfortar, para sentir que não era puro sebo nem um saco de farinha ou de carne, somente para isso e para se vingar em sua imaginação, em sua ficção ("Se ele soubesse", muito mais que "Quando ele souber"), pois não há vingança real se a vítima não a acusa nem sofre com ela; mas também era uma pessoa com insuportável saturação ou desespero recentes, que acabava de cortar as veias — os pulsos ainda enfaixados eram um desses elementos adicionais, um desses detalhes que meu eu vindouro traria à sua memória ao fim de muitos anos, eu soube disso já então porque incrementavam minha ânsia —, uma pessoa que por temporadas estava mal da cabeça, conforme ela mesma dissera, uma pessoa frustrada e rejeitada a quem pouco podia importar o que lhe reservavam os dias emprestados depois da sua tentativa, ou presenteados — a quem importa o que venha a acontecer depois da sua morte?, e Beatriz já havia morrido três vezes, em seu espírito pelo menos: por força, era uma presa fácil, vencida, com escassa vontade ou debilitada pela indiferença, das que não só a mim como a qualquer indivíduo seriam capazes de dizer: "Faça o que você quiser, não me oponho, o tempo de me opor a alguma coisa passou". Perturbou-me que a palavra "presa" pululasse na minha cabeça, ela é que tinha se levantado e se virado e se lançado em meus braços, ou melhor, em meu corpo inteiro, inclusive pisando meus pés, encarapitando-se neles como se fosse uma menina, e estava muito longe de sê-la. E mesmo assim, mesmo assim... Eu não podia evitar de me persuadir de que eram minhas pulsações que haviam realizado a conquista — outra palavra inoportuna — e haviam provocado a reação abundante; eu me via irremediavelmente como o sedutor, como o aproveitador, de certo modo o culpado, isso talvez sempre aconteça com o mais ávido, às vezes se dissimula até não poder mais se dissimular. E talvez tenha sido então que cometi a maior vileza, para afastar a espreita das outras possíveis, e foi em pensamento apenas, mas com vistas a passar ao ato e não parar: "Que importância tem, eu a salvei, eu a tirei do sangue e da água e ninguém mais teria alertado", recuperei aquela ideia mesquinha e dessa vez sim a formulei em minha cabeça mais ou menos como agora a exponho, enquanto apalpava uma região nova — de maneira nada vexatória, mas ardente e apreciativa — e baixava suas calcinhas por cima da seda até metade da coxa, um puxão, dois puxões, e já não cobriam o que cobriam, já podia acariciar com um dedo, dois dedos, sem que houvesse nada atrapalhando, ou até introduzi-los. "Se está aqui, se respira, se esta pele cheira tão bem e esta carne vibra e se move, é graças a mim, ganhei o direito de prová-las; esta mulher que não é recordação nem cinza nem decomposição nem osso que se descarna, esta mulher que sobrevive é minha, será minha um instante esta noite, afinal estes encontros duram pouco e depois todos nós nos lavamos e é como se não houvessem ocorrido, salvo pela bendita memória que nos representa os fatos de que não fica rastro visível, por isso ninguém mais sabe, ninguém se inteira se não os presencia, e se alguém os relata depois são apenas rumores. Sou uma extensão de Muriel, ela tinha dito, talvez por isso me aperte como o apertou, do mesmo modo, quando teve ocasião ou ficou a seu alcance; pode ser que faça isso para substituí-lo e se enganar com os olhos fechados, ou pode ser que para irritá-lo, embora certamente ele nunca vá saber que eu a comi, não contarei para ele e ela também não. Mas que me importa sua razão, se é que existe uma ou que ela a conhece, é hora de defender o meu lado." E aqui já começaram as pressas e me veio esse léxico, que costuma ser o que atravessa a mente quando o sentimento é superficial e o desejo, desconsiderado. São termos grosseiros, mas que só se pronunciam se há confiança mútua e gosto neles, ou como consentido jogo entre desconhecidos descarados, se não, somente se pensam. De nossos pensamentos não há testemunhas, não temos por que ser respeitosos nem corteses neles, de modo que sem mais tardar eu me disse: "Vou comê-la já, vou comê-la logo, sem prolegômenos, vai que ela dê marcha a ré e se arrependa no meio do caminho e o que está a ponto de ser se estropie e não seja mais; eu não me perdoaria, ter estado tão perto e falhado, ter feito a pintura viver, tê-la dotado de estremecimento e volume para depois deixá-la escapar intacta e sem entrar nela. Uma vez que eu estiver dentro não haverá mais volta, notarei a umidade e o calor e terá acontecido e eu terei essa recordação até o fim dos meus dias, e poderei pensar sempre que quiser: 'Comi Beatriz Noguera, quem iria imaginar, quem iria prever;

assim foi e não há quem mude'. Embora ela esteja transtornada e não entenda direito o que decide, seus passos; embora ela se esqueça ou não guarde consciência do acontecido, embora esteja morta e enterrada, embora tenha desaparecido do mundo muito antes de mim e poucos saibam quem era e ainda menos se lembrem dela e ninguém conte sua tênue história da vida íntima nem sequer em sussurros, isso terá acontecido e ninguém tirará de mim, e será para mim um conhecimento inapagável".

São pensamentos de juventude, esses também, quando a gente ainda é novo demais para dar crédito aos acontecimentos que vive e a seus próprios atos, quando tudo ainda parece inverossímil e como que pertencente a outros, como se as experiências não fossem totalmente nossas e parecessem emprestadas a nós. Não é só a alma do jovem que está suspensa, sua consciência também. Faz-se esperar, demora muito para ocupar seu lugar e se assentar, e transcorre longo tempo até nos darmos conta de que o que acontece conosco acontece efetivamente conosco, e não somos espectadores no escuro, diante de um cenário ou uma tela, ou diante do livro iluminado por uma lâmpada.

Era preciso que ocorresse já, para que já tivesse ocorrido e não pudesse falhar nem tivesse riscos, para que deixasse de ser promessa ou futuro e não fosse nem iminência. Tive a precaução — mas foi a impaciência que a ditou — de puxar Beatriz com suavidade, como para não a espantar, de puxá-la para a minha *chambre de bonne*, para dentro do quartinho que para ela devia ser quase desconhecido, ninguém costumava se aproximar da minha zona de desterro; era melhor que o irreversível — mas ainda não o era, não o era — não acontecesse na cozinha, alguém poderia entrar ou aparecer à porta, a insônia poderia assaltar qualquer morador da casa que quisesse beber ou beliscar algo ou se refrescar alguns segundos diante da geladeira aberta, ali estávamos demasiadamente expostos, era um espaço comum, território de

Flavia e lugar de trânsito. Fechei a porta do meu cubículo mas sem ouvir o clique: não perdi tempo insistindo, não se podia ver nada de fora em todo caso, e já havia muita urgência. Quase num mesmo movimento — é curioso como nos multiplicamos e quão rápidos somos quando se trata de evitar que outro reaja ou dê marcha a ré e acorde — tirei-lhe totalmente a calcinha e tirei minhas calças; a cueca boxer não precisava, com sua abertura em pleno uso naquela altura, e a camisa tampouco, eu não a tinha abotoado e meu peito tocaria o que houvesse que tocar sem impedimentos. Com um leve empurrão joguei-a na cama de boca para cima e ela se deixou levar, só estendia os braços — as ataduras bem visíveis, as ataduras — à espera de se aferrar a mim de novo quando eu tivesse terminado meus mínimos preparativos. Baixei as alças da sua camisola para ver melhor seus peitos e para que entrasse em contato com eles a parte de meu corpo que ela e eu escolhêssemos. Ela não ia escolher nada nem me guiar de forma alguma, percebi claramente. Então me afastei um pouco e contemplei por uns instantes suas coxas tão juntas, brilhantes. Separei-as, abri-as com resolução e cuidado, ambas as coisas ao mesmo tempo, se é que isso é possível, e depois pensei, enquanto ela voltava a me abraçar com força: "Agora sim, agora foi, meu pau está dentro dela, nada mais se pode fazer para que isso seja impedido, para que isso não tenha acontecido". Quis ver o rosto dela, ela não ligava para o meu, não me via, mantinha fechadas as pálpebras assim como com Van Vechten em Darmstadt, só que lá ele estava atrás dela quando o rosto dela se apresentou a mim, e eu estava de frente. Procurei afastar aquela imagem, mas por uns instantes ela se superpôs de maneira desagradável e me incomodou e me distraiu. Foram minhas próprias sensações que aumentaram pouco a pouco, e também meu pensamento, que tentava se convencer do evidente com seu léxico grosseiro e baixo: "Sim, estou comendo Beatriz Noguera, tenho meu pau na sua buceta e nada mais pode evitar isso". Ela tinha me negado sua boca e a negava, mas me beijava insistentemente nos olhos, e com isso me obrigava a fechá-los. Parei de ver, e talvez por isso se aguçaram meus outros sentidos, sem dúvida o tato mas também o ouvido. Ouvi passos bem próximos, passos rápidos, como de corrida breve. Parei um momento para ouvir melhor, Beatriz notou a parada mas não deve ter sabido a que obedecia, ela devia estar em suas profundezas ou tinha se ensimesmado, talvez como na banheira do Wellington, vá saber. Depois não ouvi mais nada, certamente eram os passos de alguém que se afastava com pressa — passos descalços na madeira —, não de alguém que se aproximava. Virei a cabeça para olhar para a porta, estava fechada embora sem clique, no máximo tinha ficado uma fresta minúscula pela qual não se poderia ver nada.

— O que foi? Alguma coisa? — disse Beatriz sem alarme.

— Não, nada. — Não quis alarmá-la, nem a pôr em fuga, que desastre seria.

Mas alguma coisa podiam ter escutado. Palavras não, não existiram, talvez sim minha respiração agitada e alguma interjeição ou grunhido leves, apesar da discrição oral de Beatriz e dos esforços que fiz para acalmar os meus, em nenhum momento tinha me esquecido de que os três filhos estavam em casa. Desejei com todas as minhas forças que os passos tivessem sido de Flavia e não de um deles, aquela mulher tinha idade para não se escandalizar, ou para se escandalizar menos, ou talvez já soubesse ou suspeitasse ou supusesse. Mas não me escapava que a corrida veloz e os pés descalços eram mais próprios de uma criança ou de uma adolescente do que de uma senhora. "Maldita seja", pensei, "é provável que um deles tenha acordado e tenha ido procurar a mãe; se assim for, tomara tenha sido Tomás, senão Alicia, no caso deles cabe a possibilidade de que não tenham entendido direito, de que não tenham juntado as pontas; no entanto, se foi Susana, ela terá tido a ideia adequada do que sucedia e deve estar agora acordada em sua cama com as bochechas ardendo, esperando ouvir a mãe voltar para o seu quarto. Seja como for, não há forma de desfazer o feito; amanhã ficarei com vergonha, mas hoje não é amanhã. Está é a minha vez e vou defender o meu lado." O corpo que eu tinha debaixo de mim requeria minha atenção. Na verdade eu a concentrava ou sequestrava, ausentar-me muito não era possível naquelas circunstâncias, nem mesmo por um susto breve. Aproveitei que havia erguido a cabeça e Beatriz não podia me beijar os olhos para olhar o seu rosto e guardar assim o melhor instante, as sobrancelhas encompridadas e bem desenhadas, as pestanas muito densas mas não viradas nem onduladas, o nariz reto com a ponta só um pouco arrebitada que a dotava de suma graça, os lábios carnudos e largos entre os quais apareciam — um meio sorriso sonhador — os dentes algo separados que lhe conferiam um ar ligeira e involuntariamente salaz que contrastava com o conjunto de seu rosto ameninado, uma dessas bocas que levam muitos homens a imaginar no ato cenas inopinadas e impróprias embora tentem suprimi-las, só que eu não tinha que suprimir nem que imaginar nada, estava interpretando uma dessas cenas com ela, e além do mais já a via mais atraente que de costume, como acontece com tantas mulheres que se embelezam e rejuvenescem em meio a essas situações, os lábios mais grossos e vermelhos e porosos, a pele tão lisa e rejuvenescida que tive de amaldiçoar de novo aqueles passos que me haviam obrigado a pensar em Susana, porque durante alguns segundos tive a desconcertante impressão de estar com ela e não com sua mãe, de quem ela era um decalque: as duas com os mesmos traços e a mesma expressão cândida, a filha já anunciando — na filha já brotando — o mesmo corpo intimidante, explosivo, que agora estava vinculado ao meu. E tornou a me assaltar a sensação de incongruência: conforme eu olhava para o seu rosto e olhava para os seus peitos, e para as cadeiras e as coxas e as nádegas até onde minha perspectiva permitia, comprovava que suas feições não paravam de se compadecer de seu corpo rotundo, era como se seu rosto pedisse um tronco, um abdome e pernas menos poderosas, mais comedidas, e suas formas insolentes, um rosto menos inocente ou ingênuo. E em Susana, que era tão mais moça, se acentuaria a divergência quando tivesse mais alguns anos. Não sei o que aconteceu comigo: a mãe me levou a pensar na filha no momento mais inoportuno. Mas não me esqueci da primeira com isso, em absoluto, de maneira nenhuma: prestei muita atenção em tudo para arquivá-lo na recordação. Ainda conservo tudo nítido, apesar de haver passado muitos anos e muitas outras coisas os acompanharem, e ela estar há quase o mesmo tempo morta.

IX.

"Assim começa o mal e o pior fica para trás", é o que diz a citação de Shakespeare que Muriel havia parafraseado para se referir ao benefício ou à conveniência, ao prejuízo comparativamente menor, de renunciar a saber o que não se pode saber, de se furtar ao vaivém do que nos vão contando ao longo da vida inteira, e é muito mais do que o que vivemos e presenciamos, e isso também às vezes nos parece contado, à medida que se afasta de nós com o transcorrer do tempo e se torna opaco, ou se esfuma com o tique-taque dos dias, ou se embaça; à medida que as luas lançam nisso tudo seu bafo e os anos sua poeira, e não é que então comecemos a duvidar da sua existência (embora às vezes cheguemos a fazê-lo), mas que perde seu colorido, e suas magnitudes se apequenam. O que importou já não importa, ou muito pouco, e para esse pouco é preciso fazer um esforço; o que se tornou crucial se revela indiferente, e aquilo que destroçou a nossa vida aparece como uma criancice, um exagero, uma tolice. Como é que aguentei tamanho desgosto ou me senti tão culpado, como é que desejei morrer, ainda que retoricamente? Não era para tanto, agora vejo, quando seus efeitos se encaminham para a dispersão e o esquecimento e hoje mal resta um vestígio do que já fui. Que gravidade tem agora o que aconteceu, o que de fato se passou comigo, o que fiz, o que calei e omiti. Que importa que morra uma criança pequena, são milhões as que caíram sem que ninguém arqueasse a sobrancelha, com exceção de seus progenitores, e às vezes nem mesmo os dois, o mundo está cheio de mães impávidas que tudo silenciam e aguentam, e que talvez só espremam a cara em pranto contra o travesseiro mudo na solidão noturna, para não serem vistas. Que importa que um jovem vá para a cama com uma dessas mães numa noite de insônia, e que importa se disso ficou sabendo uma filha que correu pelo corredor perturbada e descalça tratando de apagar esse conhecimento ou, ao contrário, guardando-o, para que condicionasse seu casamento futuro e portanto sua existência. Que importa que uma mulher minta uma vez, por maior o dano que viesse a causar com isso, ou talvez tenha sido exagerado o dano que se atribuiu a seu embuste, afinal de contas estes últimos fazem parte do fluir natural da vida, inconcebível sem suas doses de falsidade, sem seus equilíbrios de verdade e de engano. Que importa que um homem correto rejeite durante anos essa mulher e a insulte, os lares estão semeados de rejeições e descortesias e de mortificações e insultos, principalmente quando as portas estão fechadas (e às vezes alguém fica do lado de dentro indevidamente). Que gravidade tem que uma dessas mães se mate, quando sua vida já estivesse por um fio e que seus afins esperassem isso, e que até o anunciasse o tique-taque do metrônomo que ela mesma fazia funcionar, quando tocava piano, ou não tocava. Que importa que outro homem incorreto se aproveite de seu poder e da sua sapiência e se comporte de maneira indecente com algumas vulneráveis mulheres, quase todas mães, e filhas todas. Como nada importa a esta altura que um produtor de cinema para o qual trabalhamos se dedicasse ou não ao tráfico de brancas na América nos tempos de Kennedy, com mulheres vulneráveis ou invulneráveis e impávidas. Que pouco sentido tem tentar impedir, evitar, vigiar, castigar e inclusive saber, a história está muito cheia de pequenos abusos e vilezas maiúsculas contra os quais nada se pode porque são avalanche, e que ganhamos averiguando-os. O que ocorre ocorreu e nisso não se mexe, é a horrível força dos fatos, ou seu peso que não se levanta. Talvez o melhor seja dar de ombros e assentir e passar por cima deles, aceitar que esse é o estilo do mundo. *"Thus bad begins and worse remains behind"* é o que diz Shakespeare em sua língua. Só depois de assentir e dar de ombros, na verdade o pior fica para trás porque pelo menos já é passado. E assim começa somente o mal, que é o que ainda não chegou.

Algo assim, algo parecido com isso Muriel deve ter pensado quando por fim tive um golpe de sorte e pude lhe levar informação sobre o que Van Vechten havia feito nos anos em que tinha se comportado tão bem com a gente perseguida ou reprimida pelo regime de Franco e em que tão boa reputação havia adquirido por isso, de homem solidário e compassivo que não quis cobrar dinheiro de quem mal podia ganhá-lo, para curar a tosse ferina ou o sarampo ou a varicela de seus rebentos. Mas a verdade é que sempre se chega tarde na vida das pessoas, e em tudo: Muriel havia decidido não ouvi-la, não dar atenção ao que pudesse descobrir por acaso, se é que algo se descobriria por esse método incontrolável ou por minha particular insistência ("Não pretenda pôr à prova minha curiosidade. Guarde para você. Cale-o", tinha me avisado), já tinha me ordenado cessar minhas investigações e que deixasse de puxar o doutor pela língua, e inclusive minhas saídas com ele, ainda que aos poucos. Mas foi impossível eu não tentar, não ir a ele com a história que havia chegado a mim, não pelo próprio Van Vechten, mas por outro médico, jovem, o dr. Vidal Secanell, amigo da minha família e também meu, embora nos víssemos intermitentemente. Na realidade, se aquela história fosse verdadeira, teria sido inconcebível que o pediatra a confessasse a mim, nem mesmo numa noite de grande bebedeira ou de jactância infinita ou de confidências contritas (difícil imaginar nele as últimas); já poderíamos ter feito dez mil farras juntos e desenvolvido um sentimento máximo de camaradagem, que não teria saído da sua boca uma só palavra acerca daquelas práticas, são coisas que sempre se ocultam e que a gente procura levar para o túmulo, todos sabemos que segredos de nossas vidas é melhor deixar quietos, enterrados, na medida em que depender de nós. No entanto essa medida nunca é completa: quando mais alguém intervém — e alguém há de intervir, seja um cúmplice, um intermediário, uma testemunha ou uma vítima —, o rumor começa a andar, ainda que subterraneamente, e nada jamais está bem guardado. À luz dessa história, já era muito o próprio Van Vechten ter me dito uma noite o que relatei a Muriel e não foi suficiente: "Nada dá mais satisfação do que quando elas não querem, mas não podem dizer que não. E depois a maioria delas quer, garanto a você, depois que se veem obrigadas a dizer que sim". Claro que eu não podia entender o significado daquela lição sem conhecer a história que Vidal, escandalizado com minha amizade com Van Vechten, me contou com desprezo. Muriel, porém, teria entendido, porque o mais provável era que a ele teriam ido precisamente com essa história; ou que tivesse ido a ele, concretamente, "um velho amor; o amor da minha vida, como se costuma dizer".

Não aconteceu logo, mas tampouco demorou. Quero dizer, logo depois que Muriel regressou de Barcelona. Voltou após mais uns dias, com cara de poucos amigos, notável irritabilidade e péssimas notícias, um desaforo. Towers havia prescindido dele, o havia despedido, não lhe havia permitido terminar a filmagem e havia recorrido a Jesús Franco para ver se, com sua *sans-façon* e seus malabarismos, conseguia levar a cabo o filme. Jess tinha respondido que sim, mas que só podia assumir o filme uma semana e meia depois, tinha que concluir outros compromissos. O assombroso era que estivesse disposto a achar uma brecha na agenda, já que vejo agora na internet que nada menos de treze filmes seus são datados de 1980 ou 1981. E Don Sharp, de confiança, também estava ocupado. Towers não podia manter Herbert Lom e os demais atores inativos por mais dez dias, portanto os mandou para casa e suspendeu momentaneamente a produção. Nunca foi retomada, e por isso, como disse, o título não figura em nenhuma filmografia, uma obra inacabada e fantasma. Perguntei a Muriel o que havia acontecido exatamente, mas ele não estava para dar explicações:

— Desavenças. Harry é um negreiro além do mais, no entanto não posso alegar ignorância prévia — limitou-se a responder. — Em grande parte foi culpa minha. E também de Beatriz, claro, foi muito oportuna com sua encenação e eu engoli direitinho; escolheu bem o momento. Não me faça mais perguntas, não quero falar sobre isso. Ah, e vá tratando de arranjar outro emprego, Juan. — A sucessão de verbos indicava delicadeza, ou a vontade de dosar o anúncio e não me apressar. — Não creio que volte a aparecer um projeto por muito tempo, e temo que você não vá me ser muito necessário. Pode continuar até encontrar alguma coisa, você é que vai me dizer quando vai parar, deixo em suas mãos. Me parecia correto avisá-lo logo.

Seu mau humor durou semanas. Acabaram-se as deferências para com Beatriz, sua preocupação, sua repentina afetuosidade (se é que cabe chamá-la de tanto), seus cuidados. De fato, tornou a se mostrar injurioso e detestável com ela, ao menor pretexto, como se lamentasse a trégua que lhe dera depois do susto do Wellington, depois do pânico que o fizera correr pela Velázquez, incorrer na indignidade de uma corrida, embora tenha sido um pequeno o trecho. Por sorte não tinha muita oportunidade para humilhá-la, mal parava em casa; agora convocava diariamente aquela espécie de telefonista, contadora, representante e governanta, de nome Mercedes, com a qual compartilhava o escritório. Ia para o cômodo assim que terminava o café da manhã, não sei que diabo fazia naquele lugar ou se ficava lá. Me dava a impressão de que a afronta de Towers e seu mau humor o haviam aguilhoado. De que não se rendia e andava numa busca raivosa de financiamento para outro filme, vai ver que ele e Mercedes passavam o dia dando telefonemas e marcando encontros com os mais presunteiros e mais boiadeiros, com conserveiros de amêijoas e representantes de bebidas aos quais prometia que apareceriam em todos os planos garrafas com sua marca bem visível, talvez de novo com a imperatriz Cecilia Alemany, para convencê-la com alguma tática engenhosa e menos pedante, com toda classe de produtores profissionais e aficionados — os primeiros, bandoleiros e megalomaníacos; os segundos, megalomaníacos e com cabeça de passarinho. Pode ser que passasse o dia se cansando com eles. Não costumava voltar antes de a noite cair, em geral, ou até a madrugada (carteado e boates, supunha eu), e me levava pouco consigo. Eu não sabia se preferia que eu não o visse se humilhando diante dos endinheirados, ou se queria já ir se acostumando a não contar mais comigo, ou se estendia a mim sua irritação, por ter sido instrumento inconsciente da salvação da sua mulher, quem sabe não pensaria que era o caso de Beatriz ter conseguido de uma vez na terceira. Houve momentos em que me passou pela cabeça que Muriel dessa vez teria achado sua morte uma boa coisa. Sem dúvida era algo passageiro, mas, enquanto durou, sua animosidade recrudesceu.

O que não pode ter havido é nenhuma suspeita de que minhas relações com Beatriz tinham mudado, porque a verdade é que não mudaram, em absoluto. Depois da noite de insônia, e mesmo antes de Muriel regressar, Beatriz me tratou exatamente como se nada tivesse acontecido naquela noite ou como se não houvesse existido. Como se ela tivesse voltado ao quadro, à dimensão plana e pretérita, e jamais se tornara carne — textura e estremecimento — nem colocara pé, coxa ou peito em minha dimensão presente. Nem eu me atrevi a outra aproximação nem a mencionar a já ocorrida: intuía que, se assim fizesse, poderia dar com uma resposta do gênero desalentador desconcertante: "Não sei de que está falando, Juan. Deve ter sonhado, jovem De Vere. Vocês, jovens, se contam fantasias. Não se confunda". Não me custou muito me adequar. Embora guardasse e ainda retenha as imagens e as sensações do quartinho e da cozinha, a gente sabe quais olhares e atitudes não pode se permitir e também quais não convêm por idade, posição ou hierarquia, e não é difícil renunciar a elas, descartá-las mais do que reprimi-las, e adotar olhos velados e neutros. Fiz isso, com pouco esforço, precisamente porque eles já tinham visto, sem neutralidade nem véu. Pouco a pouco Beatriz foi recuperando sua vida costumeira, voltou a dar aulas, a sair com Rico ou com Roy ou com suas amigas, de quem conseguiu ocultar o episódio suicida dizendo a elas que tinha se ausentado umas semanas acompanhando Muriel a Barcelona. Também voltou a sair sozinha, com seus saltos altos e bem-arrumada — o retrato da desdita, assim eu a vi sempre —, mas não me animei tanto a segui-la, minha curiosidade era menor porque eu já tinha o que queria, embora até então não me confessasse querer o que tinha agora, às vezes a gente só descobre isso depois de tê-lo obtido. Eu imaginava, mais ainda, estava certo de que continuaria indo ao santuário de Darmstadt com Van Vechten de vez em quando — entre os dois um vínculo acrescentado, o do salvador com a salva, não necessariamente estimulante —, à Plaza del Marqués de Salamanca encontrar-se com quem quer que fosse, ou na Harley-Davidson a El Escorial ou a La Granja ou a Gredos, eu a vi da sacada se afastar montada nela, algumas tardes. Para mim não tinha escapatória. Nem é preciso dizer que desde a manhã seguinte àquela noite de fantasia, procurei perceber mudanças na disposição ou no olhar ou nas palavras dos três filhos e de Flavia, para ver se um deles se delatava como dono dos passos que haviam corrido descalços enquanto eu estava dentro de Beatriz, bem dentro sem preservativo nem nada, já disse que na época a aids era desconhecida e não passava pela cabeça de ninguém tomar precauções prosaicas. Em nenhum deles notei variação — hostilidade nem censura nem desconfiança, nem uma frase interpretável —, no máximo tive a leve impressão de que as garotas me observavam com maior curiosidade ou atenção do que antes, mas pode ser que tenham sido fantasias minhas ou que nunca tenha parado para olhar seus olhares me olhando, e agora, porém, fazia isso. Não era tão estranho que umas quase menininhas apreciassem um jovem mais velho que passava tanto tempo na casa delas. Nem tampouco tinha nada de extraordinário que se apaixonassem secretamente por ele, isso é normal.

Encontrei com José Manuel Vidal um dia em que o professor Rico me arrastou para lhe fazer companhia até a hora do almoço com dois ou três acadêmicos que considerava particularmente palermas e com os quais, por isso mesmo, lhe convinha se mostrar serviçal e lisonjeiro até onde sua paciência permitisse, isto é, bem pouco, o mais provável era que conseguisse o efeito contrário e já os tivesse tornado inimigos mortais na hora da sobremesa. Acadêmicos da Real Academia Española, entenda-se, na qual planejava ingressar num prazo máximo de seis anos, apesar da sua juventude relativa; por outros membros sentia grande apreço e, como os considerava inteligentes, dava por certo que o admirariam sem reservas e não via como necessário trabalhá-los. Tinha passado pela casa dos Muriel para entreter ali a espera, mas Eduardo estava em seu escritório e Beatriz em suas aulas, de modo que me convenceu a tomar um aperitivo no Balmoral, não lembro mais se essa casa está na Calle de Hermosilla ou na Ayala, não sei se fechou há uns anos ou continua aberta, em todo caso faz muitíssimo tempo que não sento em suas mesas nem em seu balcão.

O professor estava metendo o pau de forma um tanto elaborada em alguns de seus colegas barceloneses (inclusive uns tantos a que havia ajudado e agora se arrependia) quando Vidal se aproximou da gente, simpático, sorridente e meio gozador, como costumava ser, pelo menos comigo. Era uns sete anos mais velho que eu (logo, rondava então os trinta) e tinha notável semelhança com o cantor McCartney, o nariz, as bochechas, até os olhos lembravam suficientemente o ex-Beatle, só que com a tez um pouco sulcada ou picada. Sua família, republicana, havia sido desde sempre amiga da minha, principalmente de meus tios, e ele e eu nos conhecíamos desde crianças, ou, melhor dizendo, desde que eu era uma e ele, um adolescente. A diferença de idade impedia que nos tivéssemos como amigos plenos, mas essa mesma diferença o autorizava a ser fraternal comigo, adotando naturalmente a posição de irmão mais velho. Uma dessas pessoas de toda a vida, para as quais em geral a gente não liga a fim de marcar um encontro e se ver, mas com as quais tem uma relação de imediata e antiga confiança, quando encontra com elas. Seu avô, ao mesmo tempo oftalmologista e advogado (com a primeira profissão, curiosamente, não dava para sobreviver nos anos 20 e 30), havia acabado na prisão no fim da guerra, e à sua saída, como castigo adicional, foi proibido de exercer ambas, para sobreviver teve de montar um escritório de despachante. Sua avó, primeiro tinham lhe raspado a cabeça e mandado limpar as latrinas dos falangistas. Quanto ao filho deles, o pai de Vidal Secanell, havia sido julgado por sedição, por lutar muito jovem ao lado dos republicanos, mas teve sorte e seu caso foi arquivado. Depois, nos anos 50 ou 60, havia fundado no México uma sucursal da gravadora Hispavox e com ela havia feito fortuna, o que permitiu que Vidal fosse para um ótimo colégio e estudasse medicina, fazendo externato em Houston, o que contribuiu muito para avançar em sua especialidade, a cardiologia. Apesar dos antecedentes familiares, havia conseguido progredir sem dificuldades, à base de trabalho, eficiência e certa astúcia, isto é, capacidade para dissimular o necessário e não perturbar a quem desprezava, por razões profissionais ou políticas. Ao contrário de Rico, que tendia à insolência ufana, quando não à impertinência festiva, quando não à arrogância regozijada, era um desses homens que sabem esfriar e adiar suas antipatias, para não dizer seus juízos morais. Guardam estes e aquelas para si quando necessário e dão vazão a ambos nas ocasiões propícias. Sem dúvida eu era uma ocasião propícia, quando mais não fosse pela imemorial confiança entre nós.

— Ora, ora, não sabe quanto me alegra te ver em melhor companhia que ultimamente. Eu começava a ficar preocupado — me soltou quase de saída. E oferecendo a mão ao professor, que já estava saindo bastante nos jornais e até na televisão algumas vezes, acrescentou com cordialidade: — Uma honra cumprimentá-lo, professor Francisco Rico, autor de O *pequeno homem do mundo*. — Vidal era uma pessoa lida, ou pelo menos atenta e com retentiva.

Rico estendeu uma mão preguiçosa sem se levantar (na outra um cigarro) e sem se conter corrigiu-o de imediato:

— O senhor quis dizer O *pequeno mundo do homem*. Como eu poderia ter escrito o que quer que seja sobre um homem pequeno? Isso é para o autor do *Pequeno polegar*. Ou para o de O *hobbit*, se é que sabe o que é isso. — Já estava faltando uma dessas, ou logo ia faltar. Esta obra não era tão conhecida naquela época na Espanha. — E o senhor, cavalheiro, quem é?

Apresentei-os devidamente. Vidal sentou-se conosco, abandonando um grupinho com o qual estava no balcão, dois homens e duas mulheres, colegas possivelmente. Mostrou a um garçom

388

seu copo quase vazio, indicando-lhe que trouxesse à nossa mesa outra cerveja, ia sentar-se um pouco.

— O que quer dizer? — perguntei a ele com inquietação, aquela que as censuras fraternas costumam suscitar. — Não temos nos visto ultimamente. Na verdade, faz um tempão.

— Você não me viu, mas eu, sim, te vi, duas ou três vezes. E se não me aproximei nem me fiz visível foi justamente para evitar o grandissíssimo filho da puta com que você estava. Como é que você convive com esse indivíduo? Já basta eu ter tido de conviver com ele, trabalhamos na mesma clínica e ele é da minha categoria. Mas você nem essa desculpa tem.

Caiu a ficha. Vidal tinha me visto com Van Vechten em cafés, discotecas e bares. Como comentei, em torno de 1980 toda Madri saía de noite à rua, qualquer que fosse a idade, a respeitabilidade e a profissão.

Fiquei meio desconcertado, só um pouco, afinal minha missão, agora anulada, era descobrir mais ou menos se o doutor era isso que Vidal dissera com todas as letras, ou tinha sido no passado distante. Me dispus a crivá-lo de perguntas e ser todo ouvidos, mas Rico, para quem a ficha ainda não havia caído, se adiantou com curiosidade malsã, é claro:

— Espere aí, espere aí, com que filho da puta o jovem De Vere confraternizava? Não estava a par disso. Conte, conte, doutor Vidal, me interessam altamente as grandes filhas da putice, inclusive se são contemporâneas. Empalidecem ao lado das clássicas, porém mais vale uma na mão, aí é só não marcar touca e surfar na onda. — Era um aficionado dos modismos, ditos, refrães, provérbios; alguns ele inventava, ou utilizava para mim de maneira incompreensível, não entendia o que estavam fazendo ali a touca e o surfe. Rematou a petição com uma das suas onomatopeias indecifráveis: — Fúrfaro.

— Filho da puta em quê? — intervim finalmente. — Como

médico? Tem a fama contrária. É uma eminência no que faz. E, depois, todo mundo conta como se portou bem nos anos 40 e 50, você deve ter ouvido. Não é, professor? Não é que o dr. Van Vechten ajudou os que sofreram represálias? Gente como sua própria família, José Manuel, você deve saber. Há testemunhas aos montes.

Então Vidal aproximou sua cadeira da mesa e baixou o tom de voz um pouco, sobretudo, supus, pelo que contou — supus depois de ouvir —, porque estávamos no bairro de Salamanca, pelo qual ainda hoje em dia pululam nostálgicos do ditador, ainda mais quando a morte ainda era recente, apenas cinco anos calendários, que quase todos sentíamos muito mais como vinte, de tão rápido tínhamos nos despedido e nos esquecido dele, com tanta impaciência e saturação.

— Sei, sei, conheço a história. Essa é a versão oficial, a interessada, a lenda que ficou e que caiu como uma luva para ele ser aceito em todas as partes. Ele fez jogo duplo a vida toda, e um dos lados transcendeu o outro. A habilidade não lhe pode ser negada.

— Em frente, dr. Vidal, derrame logo sua verdade: sou todo ouvidos — disse Rico comprazido e como se fosse ele o destinatário do relato. Sua boa relação com Van Vechten parecia não valer bulhufas ou não dar pelota a ela, para continuar com os modismos absurdos, eles são contagiosos como os palavrões, só de recordá-los.

— Olhe, Juan. — Por sorte Vidal ainda se dirigia a mim, com expressão de sincera preocupação, de repreensão inclusive. — Não sei se você sabe que agora trabalho no Hospital Anglo-Americano. O dr. Naval me levou com ele quando lhe propuseram dirigi-lo há menos de um ano, de modo que nós dois deixamos a Clínica Ruber, da qual ele era diretor médico, eu havia montado a equipe de eletrocardiografia de esforço. Bom,

Naval tinha passado muito tempo no Chile. Fugiu quando do golpe de Pinochet por ser um destacado militante do Partido Socialista, e está mais a par que nós do que cada um fez aqui no pós-guerra. Os que estiveram fora da Espanha se empenharam mais em conhecer e recordar esses feitos, aqui se ignora quase tudo, mais fácil ocultar o que incomoda. É curioso que o dr. Bergaz, dono do Ruber, muito franquista, tenha oferecido a direção a Naval, isso te dá uma ideia de quão competente é. No Ruber contavam muitas coisas, como em todas as partes, e mais ainda a um jovem perguntador como eu. Você certamente sabe, dada a sua amizade aparente, Van Vechten foi pediatra desse hospital por cerca de vinte anos; fez seu renome nele, costuma ir lá com frequência e mantém excelentes relações. — Sim, ele havia mandando ligar do Wellington para essa clínica, pela proximidade, dando ordens: "Todos me conhecem, uma vez lá darei as instruções", tinha dito a Muriel ao telefonar. — O dr. Naval é pessoa discreta, mas não podia nem ver Van Vechten quando este aparecia distribuindo tapinhas nas costas; estava a par da sua trajetória e não pôde se conter de contá-la a mim. E não foi o único, viu. Tive corroborações depois, inclusive a de partidários dele que aplaudiam essa trajetória, ou a primeira fase, melhor dizendo. O dr. Teigell, por exemplo. — Outro sobrenome estrangeiro, me soou alemão quando o vi assim escrito mais tarde, Vidal o pronunciou à espanhola, isto é, "Téijel".

— Escute, doutor, me espera um almoço com três malas sem alça da Academia — Rico interrompeu-o olhando para o relógio e sem delicadeza. — Ou me abrevia ou chegarei atrasado ao encontro, e já vão me receber de unhas de fora. Vamos ao que interessa nessa trajetória e não me deixe a cabeça feito um bumbo com nomes que não retenho nem me dizem xongas. Até agora o senhor não me acrescentou nada.

Por sorte Vidal era bem-humorado. Havia captado logo a

391

maneira de ser do professor e a havia achado divertida. Não se ofendeu. Sorriu.

— José Manuel — eu lhe disse —, não te incomoda que o professor ouça isso, não é? Ele não se sobressai por sua discrição, vou te avisando. — Foi uma forma de reclamar a história, destinada a mim em princípio, Rico estava ali de penetra, por assim dizer.

Vidal riu abertamente e lhe deu razão sem problema:

— O professor tem razão, vou ao que interessa. E se ouvir e passar adiante, não vejo o menor inconveniente. Ao contrário, tanto melhor. A hipocrisia de Van Vechten revolta, assim como a de seu comparsa Arranz, outro pediatra de renome e dinheiro. Não há muito que fazer contra famas tão assentadas, mas toda reputação pode ser minada um pouco, e quantos mais souberem da sua falsidade... Bom, terão de pensar duas vezes sempre que se gabarem de seus comportamentos nobres na sociedade.

— Arranz? O dr. Carlos Arranz? — Não pude evitar interrompê-lo, frustrar sua anunciada ida ao que interessava. Eu tinha visto mais de uma vez esse nome, num portão, numa placa e, em seguida: "Consultório médico".

— Não me diga que você também se fez amigo deste — respondeu Vidal. — A coisa é mais grave do que eu pensava. Mas o que você faz com essa gente. Mas onde você se meteu, Juan. Sei, já que ficaram como benfeitores.... Belo par de espertalhões, se viraram bem os patifes, disso não há dúvida.

— Sabe se tem consultório na Plaza del Marqués de Salamanca, esse Arranz de que você fala? No número 2, mais precisamente.

— Não sei, é provável. Ele, eu só conheço de ouvir dizer, do que me contou o dr. Naval. Bom, e alguns outros, esse também sai reluzente quase sempre. Não é tão célebre quanto Van Vechten, nem se dá com gente tão fina, porém mal não deve estar, com certeza. Você também sai para beber com ele, é? Espere eu te contar dos dois. Ainda por cima levam mil anos de vantagem sobre você. — Com isso acrescentou perplexidade à conversa.

Rico se levantou teatralmente com seu cigarro na mão (fumava um atrás do outro) e jogou a cinza no chão irritado, apesar de ter na mesa à sua disposição dois cinzeiros, ou precisamente por isso.

— Termina aqui meu trajeto: me pareceram mil anos, senhores — disse. — No que ouvi, saíram seis ou sete nomes de médicos se incluirmos o senhor, doutor, que para maior confusão é duplo. — Eu o havia apresentado como Vidal Secanell, de fato. — Não sei quem é Naval, nem quem é Bergaz, nem quem é Arranz, nem quem é Secanell, nem quem é Vidal, nem quem é Pinochet, nem quem é Téijel. — Pronunciou este último como o tinha ouvido. Retivera perfeitamente todos os sobrenomes, ao contrário do que acabava de garantir havia poucos instantes, e tinha conferido o título a Pinochet. — Vou indo. Me interessam sobremaneira as filhas da putice do dr. Van Vechten, menos mal que por força esse eu identifico. Mas se vocês não saem nunca disso e se perdem com outros médicos bundas-sujas, não posso me permitir dar o cano na minha patota por culpa de vocês. Eles já têm bastante ojeriza a mim, por serem invejosos e lerdos. Tenho dito. — Apontou seu cigarro para mim como se fosse um lápis e acrescentou: — Jovem Vera, tome nota do que seu amigo soltar e me faça um relatório pormenorizado. Nada como uma lista de crimes de alguém que a gente conhece, sejam verdadeiros ou falsos. Não deixe escapar nenhum detalhe.

— Divertido o professor Rico, engenhoso — disse Vidal depois que este se foi bufando e resmungando. Vi-o parar um táxi com um gesto indolente apesar da pressa, quase como o de Hitler quando respondia à saudação nazista, jogando a mão para trás em vez de dispará-la para a frente como todo o povo alemão subordinado. — É sempre assim ou foi em minha homenagem?

— Não é sempre assim. Tem um repertório amplo e varia. Mas vamos lá: Van Vechten — apressei-o. — Para sua tranquilidade direi que minha relação com ele é por delegação. Amigo, ele é do meu chefe, Eduardo Muriel, o diretor de cinema, nos últimos tempos tenho trabalhado para ele de ajudante, ou melhor, secretário. Na verdade Muriel me encarregou de fazê-lo dar com a língua nos dentes. Ao que parece suspeitava de algo feio no passado de Van Vechten. Digo suspeitava porque não faz muito mandou que eu esquecesse do assunto. Deve favores antigos e novos e decidiu não averiguar, finalmente.

— Sei, o de sempre. Deve tê-lo engambelado, como a tantos. Se você está com a faca e o queijo na mão, e ainda por cima com poder absoluto, pode dispensar favores aos subjugados e estes vão agradecê-lo, beijar a mão de quem não se aplica com toda a crueldade que podia. Bom, chegamos ao ponto em que estamos por não revirarmos nada. Certamente é o mais judicioso e recomendável. Mas as coisas devem ser conhecidas, é o mínimo, não? Não se vai levar ninguém ao banco dos réus, concordo, e além do mais não haveria como, e é melhor assim. Imagine a encrenca. Mas, olhe, não calo o que sei, para que pelo menos não se deem medalhas tão facilmente. — Vidal era um homem cordial e bastante benigno, mas estava se esquentando um pouco. Mesmo assim, mantinha o tom baixo. — Com que então, hein? Algo feio em seu passado? Você não sabe, nem seu chefe deve saber apesar de conhecê-lo há muito. Van Vechten enterrou com eficácia o que lhe convinha, desde o primeiro dia, o cara é precavido; igual a Arranz e tantos outros. Você sabia que esse pintor catalão, como se chama, um dos mais badalados, foi falangista de espancar e dar tiro? Todo mundo ignora isso, e os que não ignoram guardam para si, não vamos desprestigiar esquerdistas de renome, já consagrados. Aqui as pessoas passaram de franquistas a antifranquistas como por passe de mágica, e a população inteira engolindo isso e aplaudindo o número, os jornalistas em primeiro lugar. Não há muito o que fazer para evitar isso. Olhe, eu mesmo, se não fosse pelo dr. Naval, que merece todo o meu crédito (bom, e pelo que depois me confirmaram em minha própria família), suponho que eu mesmo consideraria Van Vechten um exemplo de generosidade, reconciliação e decência em épocas difíceis. Além do mais, sorridente e espontâneo quando visitava o Ruber. Em mim também dava tapinhas, apesar de eu não ser ninguém. Sim, os dois atenderam as famílias dos que estavam em maus lençóis depois da guerra e, não tenha dúvida, até início dos anos 60, quando a ditadura afrouxou a barra e foi se esquecendo dos que já havia destroçado. Só os seus beneficiados sabem o porquê e a qual preço. E, claro, parte do preço era que esse preço não respingasse nunca, que só ficasse o que era da porta para fora, a boa imagem, a boa fama, aqueles médicos vencedores que curavam crianças em domicílio sem cobrar uma peseta, em troca de nada. Os filhos dos inimigos, atenção, homens exemplares Arranz e Van Vechten; e devia haver outros mais como eles, imagino, em toda a Espanha e em muitas profissões (advogados, notários, policiais, juízes, prefeitos e até o mais reles funcionário público), quantos não terão tirado proveito dessa situação ao longo de anos, décadas. A maioria sem exigir dinheiro, pagava-se a eles de outra forma. A esses dois pelo menos. Já lhes bastava passar pelos domicílios. Falo deles.

— De outra forma? Que forma, se essas famílias tinham pouco ou nada?

— Tinham passado. Tinham segredos e tinham mulheres, Juan. Bastava — disse Vidal, e ao dizê-lo pareceu envolver aquilo numa névoa, de desgosto, de mau humor, de ressentimento longamente postergado e que deveria continuar postergando, talvez para sempre; agora o exalava por um instante, e em privado, e quase em sussurros, como as histórias da vida íntima, que são a imensa maioria, e já é um êxito serem murmuradas: é pouco o que se torna público, pouco o que interessa, pouco o que as pessoas querem conhecer, fixadas que estão em seus assuntos, cada um no seu e o dos outros que importa. Às vezes se ouve, sim, com distração ou curiosidade superficial ou por deferência, porque nunca é comparável o alheio com o que acontece com a gente. Mesmo que o do outro seja desesperador, um tormento, e o nosso uma passageira minúcia.

— Não entendo — repliquei, mas havia nisso pouca verdade. Começava a entender bastante, ou a juntar as pontas e imaginar. Não só pelo que Muriel tinha me dito antes de recuar, mas também pelo pouco que tinha me dito o próprio Van Vechten em nossas saídas noturnas, e por sua maneira de se comportar com minhas amigas (me perguntei de imediato com o que poderia chantageá-las) e pelo que tinha me contado a funcionária ministerial das pernas reluzentes, Celia, que havia recorrido a ele uma vez como médico. — Você vai ver. Van Vechten se alistou no exército de Franco, esteve nele durante a guerra. Muito jovem, nasceu em 1918 ou 1919, se não me engano. A deflagração o pegou pelo visto em Ávila, na casa de veraneio dos pais. — Lembrei-me que procediam de Arévalo, aqueles antiquíssimos flamengos Van Vechten. — Antes de a universidade ser fechada, havia completado os dois primeiros anos de medicina. Por ser universitário, foi rapidamente nomeado alferes provisório. Mas acredito que não tenha combatido. Era muito jovem, e graças à influência da família, muito de direita e bem relacionada, foi designado para uma unidade de informação desde o início, para não ter de arriscar a pele no front. Não tenho certeza se conheceu Arranz ali mesmo ou mais tarde, tanto faz, talvez nos "Exames Patrióticos" de 1940. — Fez o detestável gesto importado dos Estados Unidos para indicar as aspas. Eu não sabia que exames eram esses, mas não quis interrompê-lo. — Dedicou-se a copiar e arquivar os dados que chegavam a ele, entre esses os que lhe eram passados pelos quintas-colunas de Madri quando podiam, ou pela gente refugiada nas embaixadas, que recebia notícias do exterior, obviamente, às vezes fidedignas, às vezes fantasiosas ou deturpadas. Muita dessa informação era inútil enquanto Madri fosse republicana, claro, mas seria valiosíssima quando a capital finalmente caísse. Ele era um dos que as armazenavam, selecionavam e organizavam e, sobretudo, fez isso já sem impedimentos nem obstáculos, e aos montes, quando a cidade se rendeu: aqui, como em toda parte, surgiam voluntários de debaixo das pedras para relatar o ocorrido durante quase três anos, o verdadeiro e o falso, a população estava ansiosa para se congraçar e ser bem-vista. Desse modo, veio a saber o que tinham feito e dito numerosos indivíduos, alguns autores de atrocidades, outros meros simpatizantes da República ou leitores desse ou daquele jornal. A indiscriminação, como se sabe. Em suma, ao terminar a guerra, Van Vechten era um homem cheio de dados, além do mais era muito fácil inventá-los naquela época, caso se quisesse prejudicar alguém. Se você tivesse comprovada lealdade ao regime, não precisava demonstrar os delitos de ninguém, bastava a acusação para que fossem dados por certos, com raríssimas exceções. Colaborou o necessário com a polícia, à qual deu boas informações para que ela o respeitasse e lhe desse crédito. Concluída a limpeza mais urgente, suponho que deve ter se dado conta de que podia aproveitar dos seus saberes por mais tempo e em benefício próprio, se os dosasse. Retomou os estudos, decidiu se especializar em pediatria, daí em diante caminhou num mar de rosas. Nesses "Exames Patrióticos ou de Estado" do ano de 1940 — Vidal tornou a traçar aspas no ar, devia ser por suas estadas em Houston —, depois da reabertura da universidade no outono de 1939, foi outorgado a quem lutara do lado vencedor e apoiara portanto o Glorioso Movimento Nacional o "Aprovado Patriótico" em exames públicos aos quais se apresentavam fardados, alguns com cartucheira e pistola no cinto. Sei tudo isso pelo dr. Naval, que tem uma idade parecida, uns dois anos mais moço, e que aguentou aqui certo tempo até que surgiu algo fora e ele pôde sair graças a um parente diplomata que lhe arranjou o passaporte. Parece que as coisas foram assim, embora hoje nos soem a filme forçado e ruim, ou a caricatura. Naval, rindo-se um pouco ao me contar, imaginava perfeitamente Van Vechten de alferes provisório para a ocasião, mas não acreditava que ostentasse a pistola, muito calculista já então para tanta fanfarronada. Em todo caso, lhe foi concedido o título acadêmico oficial, considerando-se concluídos seus estudos.

Vidal parou, bebeu um longo trago da sua nova cerveja ainda intacta, tomei a palavra para lhe dar um respiro maior, não porque tivesse algo a acrescentar que ele não soubesse, eu supunha:

— Sim, sei que fez uma carreira fulgurante. Li que aos vinte e três anos foi nomeado médico adjunto de pediatria do Hospital de San Carlos, e que abriu consultório no Ruber em 1950, com trinta e um ou algo assim. Tanta precocidade não devia ser normal, nem mesmo naquele tempo. Com tantos mortos e tantos exilados, com tantos encarcerados e tanta gente como seu avô, a quem não permitiram nem mesmo ser oftalmologista, não? Tinham de recorrer aos que sobraram, e ainda por cima com uma ficha inatacável. Isso limitaria muito o campo. Mesmo assim...

— É. Excessiva precocidade, apesar de tudo, embora não tenha sido o único. Bem, me alivia saber que você não está totalmente por fora, como temi ao te ver por aí com esse farrista filho da puta.

— Já te disse. Meu chefe pediu que eu me aproximasse, para ver o que conseguia arrancar dele. Mas não fui muito longe, esses dados podem ser encontrados até na *Who's Who*, e depois Muriel me mandou parar de repente, deixe-o em paz, me disse. O que não impede que eu tenha interesse em saber por que é um filho da puta tão grande, como você assegura. Afinal de contas, até que ele foi simpático comigo, às vezes. Não muito, acredite, tem algo de gélido e, não sei, algo de voraz nele, até quando se mostra mais cordial ou dá conselhos paternais. Mas nunca há ninguém em que não se veja algum atrativo, quando se convive com essa pessoa. E além do mais, aconteceu que lhe apresentei umas tantas amigas da minha idade, talvez para desgraça delas, pelo que desconfio agora. É possível? — De repente me senti apreensivo e culpado. Talvez tivesse soltado um lobo entre cordeiros, sem saber.

— Não tenha dúvida — respondeu Vidal com o cenho franzido. — Ou então já está mais velho e vai ver que se conforma com alegrar somente os olhos. Digamos que é provável. Que tipo de relação teve com essas amigas suas? Você sabe? Você viu?

Meu incômodo foi aumentando.

— Para minha surpresa, e se o homem não mente bancando o gostoso, conseguiu que uma ou outra lhe permitisse muito mais que o imaginável a princípio, dada a enorme diferença de idade. Na verdade, não me explicou como conseguiu.

Vidal não lhe concedia a menor possibilidade de jogo limpo. Ao ouvir isso, reagiu como um raio.

— Deve tê-las ameaçado com alguma coisa, pode ter certeza.

— Não sei com que poderia ameaçá-las.

— Alguma coisa deve ter. Tomam drogas, suas amigas? Vocês tomam drogas? Ele presenciou, viu?

— Quase todo mundo toma agora, José Manuel, você deve saber, em certos ambientes. Principalmente quando caem na gandaia. Creio que o próprio Van Vechten, endinheirado como é, as convidou ou as presenteou com quantidades pequenas, para atraí-las. É uma maneira fácil de se fazer querido, ou pelo menos de cortejar, de se tornar imprescindível. Temporariamente imprescindível, a gente jovem se aproxima de quem tem.

— Pronto. Deve ter ameaçado contar para os pais delas: "Olhem, como médico me preocupa o caminho que a sua filha está tomando, tive a oportunidade de conhecê-la através de um amigo meu...", essas coisas. E em quem certos pais acreditariam, no célebre dr. Van Vechten, grande pediatra, ou na filha maluquete e notívaga? Já teria tomado a providência de lhe passar a droga a sós e sem testemunhas. E se os pais fossem muito liberais, ameaçariam denunciá-las à polícia e metê-las numa pequena encrenca; não muito grande hoje em dia, está bem; mas elas se assustariam o suficiente para preferir se pouparem em troca de um favorzinho. Esse cara é capaz de tudo. Idem, se uma delas abortou e teve a fraqueza de lhe contar, você não disse que ele é paternal? Tem a vantagem de ser médico, e aos médicos as pessoas consultam e perguntam, sei muito bem por experiência própria. Claro, como cardiologista devo te recomendar abandoná--las. A coca é fatal para a tensão e para o coração, se é que te ocorreu usar isso. Olhe, não estou te interrogando. O que você faz é problema seu. Mas as pessoas levam esse assunto muito levianamente e sofrem as consequências. É bom você saber.

Temo ter me enrubescido um pouco, embora usasse apenas em certas ocasiões, se me ofereciam, o que era infrequente. Van Vechten nunca tinha me oferecido, é claro, eu desconfiava que a utilizava mas não tinha certeza. Vai ver que a reservava para as visitas acompanhadas aos lavabos e para a última parada com a passageira, quando nos levava em seu carro; e para o sexo feminino tão somente.

— Tudo bem, está anotado — respondi, e mudei de assunto imediatamente. — Mas à polícia? É mesmo? Você o acha capaz disso? Com as garotas de agora, que não têm medo de nada?

Vidal não se fazia de rogado nessa questão. Tinha verdadeira ojeriza a Van Vechten.

— De agora e de sempre, e o medo é recuperado num instante, basta sentir-se exposto e desamparado, ou que alguém o inspire, ele é perito nisso. Olhe, vou te contar em que consistia sua ajuda, embora você já deva estar imaginando; sua famosa solidariedade que tão boa reputação lhe deu entre os antifranquistas. Ia ver gente que sabia coisas. Gente que tinha se livrado do pior em primeira instância mas que não se atrevia nem a assomar a cabeça à janela, nos anos 40 e 50 e comecinho dos 60. Gente que estava na pindaíba, que não podia escrever nada com seu nome, por exemplo, nem mesmo traduzir, que se via obrigada a usar pseudônimo num jornal se alguém deste lhe permitia, ou em roteiros de cinema, ou a trabalhar de ghost-writer para outros e assim ganhar uns trocados. Os professores que não podiam exercer, os advogados e arquitetos e oftalmologistas, os empresários que tinham sido inabilitados e que tiveram o negócio confiscado. Sim, gente como minha própria família. Atendia e curava os filhos, é verdade, mas não sem interesse, como diz a fábula, não em troca de nada. A chantagem era muito mais séria do que qualquer uma que ele possa utilizar com suas amigas agora, nem droga nem pais nem porrada. — Vidal era um homem culto e com vocabulário, mas isso não lhe impedia de usar termos rasteiros, se o corpo lhe pedia. — Então traficava com a prisão, e até com a morte, pelo menos nos anos imediatamente depois da guerra. Quando se fuzilava sem mais delongas e com alegria, em Madri e outros lugares. Ele e Arranz trocavam informações e se revezavam em suas visitas quando o outro já se cansava. E não faziam rodeios, pelo que sei, não gastavam subentendidos nem meias palavras. Eram claros e taxativos, tipo: "Sei que durante a guerra você fez isto e aquilo, que participou de 'passeios' ou avisou os milicianos, que tem as mãos manchadas", isso

403

a alguns; e a outros: "Sei que você se manteve fiel à República, que escreveu editoriais não assinados nos jornais ou emitiu programas de propaganda na rádio, que trabalhou para esse ou aquele ministério, embora fosse soldado raso e te alocassem ali e se limitasse a cumprir ordens. Dá na mesma, o bastante para que te fodam vivo. Eu passo muitos relatórios à polícia e todos os meus têm crédito, nunca falharam. Demorei um pouco a dar com você, mas sei muito bem o que fez na guerra. E mesmo que tivesse feito menos... Em seu caso não tenho muito que inventar, basta exagerar. Dizer que colaborou com os russos ou que mandou para a sarjeta metade da sua vizinhança não me custa nenhum esforço. Você teria mandado a mim também, se tivesse podido; sei lá o que aconteceria se o *Alzamiento** tivesse me encontrado aqui. Passaram-se uns tantos anos, mas você pegaria um fuzilamento ou a perpétua, se eu abrisse o bico para quem sempre me ouve, e não tenho por que me calar. De modo que diga o que prefere: ou passa um pouco mal com minhas condições ou deixa de passar pura e simplesmente, nem bem nem mal nem regular tampouco. E não volta mais a ver sua mulher e seus filhos, isso com certeza. Nunca mais ou durante muitíssimo tempo. Você decide".

Vidal Secanell ficou calado por alguns instantes, olhando para a mesa com olhos estupefatos, para os cinzeiros utilizados pelo professor Rico e por mim, fumávamos enquanto bebíamos. Havia falado de uma tirada, como se ele mesmo houvesse ouvido uma arenga dessa índole alguma vez na vida. Parecia-me inverossímil, apesar da família retaliada. Seu pai, Vidal Zapater, amigo de meus pais, eu sempre tinha visto como um homem abas-

---

* O *Alzamiento Nacional* (Levante Nacional, 17-8 jul. 1936) foi a tentativa de golpe contra o governo republicano. Seu fracasso levou à Guerra Civil Espanhola.

tado e com uma arrogância algo mexicana (ele a tinha pegado logo), sem problemas econômicos e difícil de intimidar, o oposto de um personagem intimidado. Outra coisa seria talvez o avô, mas era improvável que Vidal, nascido em 1950, ou 51, houvesse presenciado uma cena como a que acabava de me falar: na época, se escondia tudo das crianças, principalmente o mais vergonhoso. Eram tempos diferentes dos atuais: ninguém confessava uma humilhação, mesmo que tivesse sofrido reiteradas e graves. Agora, em compensação, não há nada mais rentável do que se proclamar vítima, subjugado e pisoteado, e difundir entre gemidos as próprias misérias. É curioso que tenha desaparecido o orgulho, durante o pós-guerra era muito forte o que alimentava os vencidos, que nem falavam de seus mortos e presos, como se trazê-los à luz do dia — mesmo que em privado — já fosse um opróbrio; não sei, um acatamento, um reconhecimento daquilo que tinham causado e de seu poder de fazer mal. Não se calava só por medo e para não refrescar a memória dos que ainda tinham a capacidade de infringi-lo, aumentá-lo e ampliá-lo; mas também para não lhes proporcionar um trunfo, para não baixar mais a cabeça diante deles, com lamentos.

— E que condições eram essas? — perguntei para acabar com seu olhar perdido. — Mas já estou imaginando.

Vidal era mais pragmático do que meditativo, assim, logo voltou da sua ausência.

— Claro, você as imagina bem. Comê-las. — Utilizou o verbo cru, como se fosse o que teriam empregado os próprios Arranz e Van Vechten. De fato, confirmou imediatamente: — Era assim que colocavam a coisa, pelo visto, sem rodeios nem circunlóquios, sem delicadezas. Sem hipocrisia, não sei se, nesse caso, era uma virtude. Comer a mulher deles ou, mais tarde, uma filha já crescida. Eles as coisificavam, as convertiam em moeda; algo não muito raro na época, menos ainda se uma parte da população estava desprotegida. Quantas vezes quisessem até se cansarem. Desde que lhes agradassem, claro, que fossem apetitosas. Se não, é possível que suas famílias ficassem sem assistência médica para os filhos, porque outra classe de benefícios não podiam tirar deles, como já disse: em geral, gente que estava na pindaíba. Talvez algum quadro valioso de que não tivessem se desfeito, algum móvel antigo herdado, algumas joias ou livros antigos que conservassem, difícil que guardassem muita coisa depois de três anos de assédio, quase todo mundo vendeu o que tinha. E depois que dessem a eles boa fama. Que silenciassem a transação, é claro, a chantagem, e pusessem para circular que havia um par de pediatras do regime altruístas e compassivos, conciliadores e civilizados, que visitavam gratuitamente seus filhos. Não sei se a Arranz, creio que também, mas a Van Vechten isso serviu muito, socialmente. Bem, você sabe. Do mesmo modo que a outros: catedráticos, historiadores, romancistas, pintores que apoiaram o franquismo e o serviram em suas décadas de maior crueldade e que, com o passar do tempo, quando isso já não era tão perigoso, se tornaram nominalmente de esquerda. E hoje alardeiam ser dissidentes a vida toda, ter estado no exílio, ter sido censurados. Fico indignado com aquele pintor catalão, como se chama? E com aquele filósofo tão feio e tão calvo. Naval sabe de tudo, o que aconteceu de verdade, o que disse e fez cada um, e onde esteve. Mas nem sonhe denunciar isso hoje publicamente, porque os próprios esquerdistas sairão como feras em defesa deles e jogarão na sua cara, te acusarão de querer desprestigiar e manchar a gente deles. A gente deles de anteontem, não se engane. Gente que sempre soube se aproveitar, nos anos 40 e agora.

Na época não me interessavam muito aquelas considerações; mais para a frente sim, quando já era tarde para desmascarar alguém, e além do mais quem quer se encarregar, mesmo hoje, mil anos depois da guerra, demasiado tempo de biografias falseadas, lendas embelezadas e esquecimento aplicado ou consentido. Isso já não importa a quase ninguém. A ninguém meio jovem, ou só de maneira artificial e duvidosamente idealista; e a muito poucos vivos. Os mortos deixam de contar quando são isso, mortos.

— E as mulheres engoliam isso? — Me interessava muito

mais essa parte do que Vidal me contava. Beatriz, Van Vechten não devia ter submetido a essa classe de chantagem: ela tinha se casado em 1961 ou 62, algo assim, e Muriel era um menino durante a guerra, e seu antifranquismo tinha sido mais intelectual do que ativista. Mas eu pensava nela. Por que iria ao consultório daquele Carlos Arranz, o velho comparsa? Era provavelmente ali que ela ia, não a Mollá nem a Deverne nem a Gekoski nem a Kociejowski. Talvez fosse coisa simples, costume: talvez os dois médicos continuassem tendo o costume de intercambiar as mulheres, embora elas já lhes saíssem grátis e não fossem pagamento de nada. No caso de Beatriz era possível que desse tudo na mesma, como no de algumas despeitadas de cama largamente afligida, enquanto facilitassem as coisas e não fosse preciso sair por aí procurando vinganças, o que pode ser muito deprimente.

Vidal estreitou os olhos de pálpebras grandes com as de McCartney. Pareceu-me que pensava: "Mas como você é ingênuo!".

— Como não iam engolir, Juan? Imagine bem. A situação não permitia escolha naqueles anos. Por um lado, a alternativa era que o marido ou pai fosse direto para a cadeia, no melhor dos casos. Por outro, que mãe não dá isso por bom, dentro do mal; que mãe não vê como uma bênção poder recorrer a um pediatra cada vez que um filho esteja ardendo em febre ou morrendo, poder chamá-lo e ele vir logo. Temo que muitas teriam se prestado a isso, inclusive sem ameaças. As mães estão dispostas a tudo, são reféns, salvo exceções, como a sua, claro. E ainda por cima alguma acabaria sentindo um agradecimento… digamos, maquinal ou reflexo, não tenha dúvidas. Ir para a cama com aquele que cura seus filhos não é o pior que pode acontecer com uma mulher, não do ponto de vista dela. — "E depois a maioria delas quer, garanto a você", me voltaram as escassas palavras reveladoras que tinham escapado do doutor em nossas saídas noturnas. — Suponho que também contassem com isso, Van

408

Vechten e Arranz, com a inevitável gratidão por ver fora de perigo um filho doente, com a paulatina tranquilidade de estar amparada, com o alívio. E com a familiaridade ao cabo do tempo, e com o costume. Não me estranharia que em alguma dessas famílias houvessem plantado um rebento, se demoraram a se cansar ou não tomassem cuidado. Um problema se saiu louro demais e o teórico progenitor fosse muito moreno. Isso me fez lembrar do brevíssimo encontro com a puta veterana no Chicote. "Eu te conheço, não é? Com estes olhos tão azuis e este cabelo tão louro", dissera a ele. Não se esquecia do doutor, não do seu aspecto. Uma baguete na cabeça.

— O que não me explicou em todo esse caso é a sofreguidão de Van Vechten — falei. — Não que ele me pareça agradável, na verdade há algo nele que pode causar repulsa, acho. Mas com aquele cabelo amarelo-pálido e aqueles olhos tão claros e aquosos, com aquele sorriso retangular e perene e com sua aparência, devia chamar muito a atenção quando jovem, e ter sucesso. Não devia lhe custar conseguir mulheres sem necessidade de ameaças.

Dessa vez Vidal não se reprimiu. Afinal de contas ele me tratava como um irmão mais moço, eu já disse, com o qual houvesse convivido intermitentemente.

— Eu pensava que você era menos ingênuo, Juan. Mas me diga, você não o viu agir com as mulheres? Com suas próprias amigas, entenda-se, que poderiam ser filhas dele. É um predador insaciável e sempre foi, essa fama sim é correta; dos que contam as trepadas. E não creia que nos anos 40 e 50 muitas mulheres chegassem até o fim, sem mais nem menos, e de bom grado. Nem por prazer nem por amor nem por nada. O que você acha, que a revolução sexual já imperava e existia a pílula? Me poupe, o mundo não começou com você. Era muito difícil dar uma trepada na Espanha. Era preciso dispor de muito tempo e fazer muitas promessas, e mesmo assim... Pergunte às enfermeiras do San Carlos e do Ruber, até as do Francisco Franco, onde ele aterrissou já mais maduro mas, claro, com mais poder ainda e numa época mais liberada, em fins dos anos 60 ou por aí. Deu em cima de todas elas, das que valiam a pena; com pior ou melhor gosto, com mais ou menos pressões e com mais ou menos sucesso; e continua a fazê-lo, aos seus sessenta anos feitos. Isso não passa.

Agora me lembrei da funcionária Celia, a amiga do *maestro* Viana. "É meio porco", dissera com segurança, e tinha me explicado: "Me pareceu que me tocava demais da conta, isso a gente logo percebe... Muito rondar o abdome, como se seus dedos fossem para onde não deviam, e muito roçar os peitos com a manga do jaleco e com o pulso, como se fosse acidental... Até saí me sentindo mal, sensação de bolinagem dissimulada". Isso é um reconhecimento sumário. E ela não era das que têm visões, não era uma mulher melindrosa.

— É — respondi pensativo. — De fato, é dos que não perdem a oportunidade, isso salta aos olhos. — E corei um pouco ao defini-lo assim, porque eu talvez também fosse um desses, aos meus vinte e três anos. Tinha a desculpa da juventude, supus. E nunca teria chantageado nem ameaçado ninguém.

— E depois há prazer em dominar e em humilhar o derrotado, não desdenhe isso, Juan — prosseguiu Vidal, e o ressentimento cresceu em seu tom. — De comer a mulher ou a filha de alguém, além do mais com o conhecimento deste e ante a sua absoluta impotência. Um grandissíssimo filho da puta, afaste-se dele enquanto puder. É possível que depois tenha mudado de verdade, não digo que não; que a enganada percepção dos outros o tenha levado a se amoldar a ela, a ser um conciliador sincero e até um antifranquista, dos tardios. Mas então não era, leve isso em conta. Então tudo era pantomima, e aqueles indivíduos não deixavam de ser inimigos. Vencidos, mas inimigos. Deve ter desfrutado o que pôde da situação. Dá raiva pensar, mas o que se há de fazer, nesse pé estamos. É melhor não podíamos estar, certamente. Eu, em todo caso, conto. O que sei, conto.

Os olhos de Vidal tornaram a se perder um instante na superfície da mesa, nos cinzeiros, nas últimas cervejas que tinham nos trazido.

— Conhece um lugar chamado Santuário de Nossa Senhora de Darmstadt? — perguntei-lhe de repente. Via-se que estava a par de muitas coisas. — Não fica longe daqui...

Ergueu a vista e me interrompeu de imediato:

— Sim, passei por ele. Espere, alguma coisa ouvi do dr. Naval, espere. O que foi mesmo? Ah, sim, agora me lembro. Creio que é uma sucursal ou uma réplica de outro santuário do mesmo nome, chileno precisamente. Bom, espere, fundado por alemães, se bem me lembro, que foram parar lá nos anos 40 e 50. Daí se chamar assim, suponho; e provavelmente o chileno deve, por sua vez, ser uma réplica. — "Sala Gustavo Hörbiger", rezava um dos azulejos que eu vira no santuário: o nome espanholizado, o sobrenome alemão inegavelmente. — E é dirigido, depende de um movimento apostólico... — Vidal ia rememorando enquanto falava. — Não, não sei, teria de perguntar a Naval, em certa ocasião ele mencionou isso sem que eu prestasse muita atenção e agora não lembro. Mas me parece que pertencem a esse movimento altos funcionários de Pinochet e até algum ministro. — Sua ditadura ainda vigorava por volta de 1980; melhor dizendo, ainda lhe restava uma longa trajetória. Cinco anos antes, o indivíduo tinha se apresentado em Madri para assistir às pompas fúnebres de Franco, envolto numa sinistra capa à Drácula e com óculos escuríssimos de cego, a imagem viva de um morcego humano de quepe na cabeça. — Por que pergunta?

— Vi Van Vechten ali uma vez.

— Como paroquiano?

— Não, numa das dependências. Como se tivesse consultório ali, ou um escritório. Estava como que em casa. — Vidal não sabia de nada, nem eu ia dizer.

Sorriu com malícia e soltou um pequeno assobio. Não havia nunca alçado a voz, nem nos momentos de maior veemência.

— Ora, ora, dessa eu não sabia, e pode ser que Naval tampouco. Se for assim, vai ver que Van Vechten não mudou de verdade e tudo continua sendo pantomima. Ou conserva velhas lealdades. Creio que esse é um lugar muito ultra. Ultracatólico, claro, mas certamente também ultradireitista, uma coisa costuma estar junto da outra. O dito cujo atende aos filhos dos fiéis de vez em quando, como favor ou contribuição para a causa, ou para a Virgem: famílias abastadas sem dúvida, encantadas com que as obsequiem com a colaboração do grande pediatra. Quem sabe. Se quiser, pergunto ao dr. Naval e te informo. Em todo caso, ele vai gostar de saber. Tudo o que tem a ver com o Chile lhe interessa, por razões óbvias.

Seu olhar tornou a se perder, mas dessa vez ria consigo mesmo, como se antecipasse o muito que o relato disso ia intrigar ou divertir a seu mentor ou mestre, que fugiu do Chile depois do golpe. Pediu logo a conta com um gesto dos dedos. Tinha se feito tarde, seus colegas haviam ido embora fazia algum tempo, despedindo-se à distância com a mão.

— Uma última coisa, José Manuel.

— Diga.

— Sabe o nome de alguma vítima de Van Vechten? Se é que pode me dizer. Talvez não fosse nada mau que um dia eu pudesse soltá-lo, como por acaso, como quem não quer nada. Para ver como reage.

Ele ficou pensativo um instante, não muito.

— A esta altura, dá na mesma você saber, imagino — disse. — Uma prima do meu pai, casada com um antigo anarquista que escapou do *paredón* e dos expurgos, teve de suportá-los. Uma mulher muito carinhosa, tive bastante contato com ela. Os dois, Arranz, primeiro, e depois Van Vechten. Eles se passavam as mulheres, já te disse. Alternavam-se, agora você, agora eu, até se cansarem. Carmen Zapater era seu nome. A tia Carmen. Afinal, está morta. Se bem que andam por aí seus filhos, pelos quais ela se sacrificou com repugnância. Mas também com alívio, sejamos justos.

Daí lhe vinha, pensei, tanto conhecimento. Talvez daí viesse a intensidade de seu ressentimento. A tia Carmen.

As instruções de Muriel não me importaram mais, que ele houvesse desdito taxativamente as primeiras. O que Vidal tinha me contado parecia bastante grave, e bastante coincidente com as suspeitas iniciais do meu chefe e com as acusações que lhe haviam chegado, para que eu me achasse na obrigação de informá-lo. Bastante interessante em si, inclusive, para lhe impor minha descoberta à força, se sua vontade não arredasse pé; se não suscitasse sua curiosidade de novo e o convencesse a me ouvir. Era tudo rumor, eu não me esquecia disso, em termos estritos e também judiciais, mas a gente tende a crer no que lhe relatam, e nem Vidal nem Naval teriam por que ter mentido. Eu ardia de desejo de contar tudo a Muriel, o ruim era que sua atividade frenética — sua reação ante a demissão por Towers — o afastava da casa e de mim, a gente mal o via. Tinha sido generoso, tinha me dado tempo indefinido para arranjar outro emprego; eu não queria abusar, nem fazê-lo porém gastar dinheiro com meu salário quando era evidente que não ia precisar de mim, ou muito pouco. Estávamos no começo de julho, ou algo assim, e em agosto cessariam as atividades, me dei prazo até final de setembro para pedir demissão. Fui visitar editoras, para ver se me contratavam em algum mister, como tradutor era o mais factível. Manuel Arroyo Stephens, da Turner, que ficou fascinado ao saber para quem eu trabalhava (era um admirador entusiasmado, ainda havia muitos), me propôs preparar duas antologias bilíngues de contos britânicos e americanos, para estudantes de inglês em parte. Era alguma coisa; embora não me garantisse um rendimento fixo, servia para eu ir levando e me introduziria nesse mundo.

Me contive, decidi não forçar a conversa com Muriel, aguardar um pouco, em todo caso. Para que Vidal me confirmasse algo, se perguntasse ao chilenizado dr. Naval, conforme havia dito que faria. E para eu sondar Van Vechten, com os dados de que dispunha agora. Este me instava a sair com ele, quase uma noite sim e outra também, tinha se aficionado ao desbunde da época e a seus efervescentes locais. E embora já pudesse ir por conta própria, não era a mesma coisa se eu o acompanhava. Ainda o enrolei por uns dias. Até que Vidal me ligou, cumprindo com a sua palavra.

"Juan", disse, "falei com o dr. Naval. Ele me confirmou o caso de Darmstadt: o movimento apostólico se chama assim, por isso não me vinha, Movimento Apostólico de Darmstadt. De origem alemã remota, efetivamente, mas com forte implantação na América Latina. Há réplicas do famoso santuário não só no Chile, mas também no Uruguai, no Brasil, no Paraguai, na Argentina, sei lá onde mais. E umas tantas na África e na Ásia, além de na Europa. Mais de cem ao todo repartidas pelo mundo, nada mau. Também têm ou controlam colégios, há um aqui perto, em Aravaca ou em Majadahonda ou em Pozuelo, um desses municípios ricos, não se lembrava. E entre seus chamados 'Servos da Virgem', ou membros destacados, há um par de ministros de Pinochet, isso já me era familiar; políticos e empresários de lá, e um cardeal e um arcebispo; e está vinculado de algum modo a um general responsável por uma das 'caravanas da morte', em que foram mortos a sangue-frio setenta e tantos presos em outubro de 1973, pouco depois do golpe; você sabe, execuções sumárias maciças, sem julgamento nem nada, como as daqui em 1939, elas lhes serviram de modelo distante. Naval podia ter acabado numa delas se não tivesse conseguido sair do país logo depois do golpe. O tal general declarou que o que mais influi na tranquilidade de seu bom sono é que reze tanto por ele a fervorosa gente de Darmstadt. Também pertencia ao Movimento Apostólico um parente próximo da mulher de Pinochet, embora morto já faz tempo, um sacerdote, pelo visto. Naval ficou fascinado em saber que Van Vechten tem uma sala aí ou o que seja. Bom, não sei se 'fascinado' é a palavra. Supõe o mesmo que eu, que deve ser uma consulta mais ou menos simbólica, para ficar bem, talvez umas duas horas por semana, ou cada quinze dias. Vá investigar um pouco, se puder, por curiosidade. Mas você está vendo com que congregação trata seu amigo. Não custa muito imaginar alguns fiéis daqui, visto como são alguns do Chile. Velhas lealdades ou afetos, pensando bem, os do seu doutor. Ou velhas convicções, pensando mal. Sabe lá."

Então, sim, foi o momento de voltar a sair com Van Vechten, pelo menos uma última noite, aquilo tudo já me pesava, ninguém nunca sai leve nem ileso das investigações. Ele me pesava em especial, há pessoas que a gente quer afastar de repente, e depois apagá-las se possível, com a maior urgência. Fosse inteiramente verdade ou nem tanto, a mancha contada por Vidal contaminou o resto, e até Beatriz e Muriel começaram a ser para mim um tanto opressivos, apesar da minha simpatia pelos dois, minha veneração por ele e meu crescente afeto por ela — não só sexual, de modo algum: sempre tingido de pena. Eram eles que tinham me envolvido, me colocado em contato com o doutor, Muriel tinha me encarregado de missões desagradáveis para depois me dispensar delas, e era Beatriz que transava com ele e possivelmente com Arranz, o outro médico, e também comigo uma vez, só uma, e assim tinha me assimilado vagamente a dois porcos, para utilizar o termo da funcionária Celia. Era esse casal que tinha me avistado como um vulto no oceano do qual não se pode deixar de fazer caso e me havia levado a aparecer em sua longa e indissolúvel desdita, que havia decidido não se esquivar de mim. Eles é que atravessaram a minha vida, apenas a de um principiante, por assim dizer, embora eu também não tenha sido de todo passivo nem fingido ser uma miragem, não tentei me fazer invisível. Pensei que não era tão ruim assim que Muriel prescindisse de mim, que me afastasse de seu âmbito em que eu tinha me sentido acolhido, além de fascinado e privilegiado. Mas antes devia informá-lo, fazê-lo partícipe do meu golpe de sorte e revelar-lhe ou confirmar quem era o seu amigo, para que ele também se afastasse e lhe dissesse "Não te conheço" ou "Não quero continuar te conhecendo", e talvez Beatriz o imitasse, ela com mais razão, ela ia ao santuário e se prestava à mesma coisa a que as antigas vítimas dele, mães ou filhas, não puderam se negar.

Combinei com Van Vechten de tomarmos uns drinques no costumeiro Chicote, como preâmbulo a um périplo por discotecas e biroscas, em alguns lugares a animação começava tão tarde que era preciso matar o tempo até passar da meia-noite para aparecer por lá. Era forçoso aguardar, por mais impaciente que ele estivesse. Me perguntou sumariamente por Beatriz, fazia dias que não a via, como evoluía. Me perguntou pelo meu futuro e por meus planos, estava a par de que logo deixaria o trabalho e a casa, a casa da Velázquez que permanece sempre em minha memória, ao fim de tantos anos, habitada por quem a habitara. Me perguntou por Maru e pela ocasional garçonete Bettina, pela sobrinha de García Lorca e por outras conhecidas minhas, eu não tinha encontrado nenhuma delas nos locais a que havia ido por conta própria ou havia arrastado Rico e Roy alguma noite: como se todas tivessem desaparecido quando desapareci durante algumas semanas, o período de vigilância e cuidados de Beatriz e o período evasivo tinham sido seguidos. Deixei que me perguntasse antes de lhe perguntar alguma coisa, ou de lhe arrancar nomes de pessoas ou lugares que talvez o incomodassem ou o desconcertassem. Não sabia como fazer, não me atrevia. Não arranjava pretexto para levar a conversa àquele terreno, com aparência de naturalidade pelo menos. Assim, aproveitei um enlanguescimento da conversa para pular qualquer preparativo e ir direto ao assunto:

— Faz pouco um amigo me falou de você e dos seus tempos heroicos, de quando você assistia pessoas que não tinham grana por motivos políticos. Ao que parece você visitava com frequência uma tia dele, bem, os filhos dela. O marido havia sido anarquista e tinha escapado por milagre, mas não podia trabalhar nem nada. Me disse que se não fosse você é provável que alguns dos primos dele teriam morrido há anos, ainda crianças.

Van Vechten ampliou seu sorriso quase postiço mas não percebi complacência em seu rosto. Pareceu-me que apertava a dentadura e que a mandíbula enrijecia mais ainda, a pequena protuberância do queixo se tornou mais patente, como se aumentasse de tamanho e a cor se carregasse ao se tensionarem os músculos. Ficou me olhando fixamente com seus olhos pálidos e gélidos e um pouco desafiadores, como se adivinhasse aonde eu queria chegar e não viesse a cair em nenhuma armadilha. Outros elogiavam seu comportamento de outrora, mas a verdade é que ele nunca o mencionava, ou assim não havia feito comigo. Pensando bem, ele sabia o que havia calado e cobrado por cada uma daquelas visitas, e sabia que as famílias atendidas eram as únicas que também sabiam, sem rumores e com certeza. Era normal que se pusesse em guarda.

— Bah, não vale a pena falar nisso — disse por fim em tom modesto, e com a mão fez um gesto de diminuir a importância de suas ações passadas. Sua mão grande. — E não foi nada de heroico. Outros fizeram a mesma coisa.

— Bem poucos, pelo que me contaram, e arriscando os privilégios — repliquei, e aí vi a oportunidade de enfiar o primeiro nome. — Meu amigo elogiou outro médico amigo seu, com o qual revezava nos cuidados com a tia, quer dizer, seus filhos: o dr. Carlos Arranz. Que fim levou ele? Enquanto você é famoso por sua carreira e tudo o mais, dele eu nunca tinha ouvido falar. Se deu mal? Foi castigado?

— Ah, sim, Arranz — respondeu Van Vechten como se remontasse longe no tempo e sem tirar o olhar de mim, inquisitivo. Eu tinha certeza de que ele já desconfiava de verdade; naquela altura tanto me fazia, não pensava mais vê-lo a sós. Que desconfiasse. — Não sei, eu o perdi de vista há séculos. É verdade que ele também dava uma mãozinha na época. Mas deixe para lá, não gosto de lembrar daqueles tempos obscuros. Você não os conheceu, eram tétricos.

Eu havia decidido não fazer rodeios, uma vez iniciado o caminho, de modo que me atrevi com o segundo nome que guardava na agulha. Talvez assim o deixasse nervoso, ou o aturdisse com tanto passado concreto, ou o alertasse plenamente e o irritasse, e em sua reação o traísse. A pressa é própria da juventude — a velocidade malvada, a malvada pressa —, e também a falta de cálculo:

— A tia do meu amigo se chamava Carmen Zapater, lembra dela? Uma mulher muito carinhosa e bonita, segundo ele me disse. — O "bonita" acrescentei eu por dedução: se Arranz tinha avisado Van Vechten e lhe dado acesso a ela, por algo seria. Esse rumor corre logo entre os homens. Como se houvesse sido uma Mariella Novotny sem opção, forçada, para aqueles dois médicos. Deve ter havido muitas durante muitos anos, quando as mulheres não costumavam ganhar dinheiro nem tê-lo, e contavam só consigo mesmas. Não sei por que falo no passado, ainda há milhares delas a que só resta se alugar para saldar suas dívidas.

— Não vejo quem é — respondeu o doutor. — O nome me diz alguma coisa, mas não a identifico. Não é mesmo comum saber o nome das mães, não é? E embora fique mal eu dizê-lo, foram muitas as famílias nessas circunstâncias que visitei naqueles anos como pediatra. Até o começo dos anos 60 passou-se por um mau pedaço. Muita gente passava.

— Imagino. Essa gente estaria disposta a tudo, não? Contanto que sobrevivesse ou que, pelo menos, seus filhos sobrevivessem.

Van Vechten já não teve dúvidas sobre em que eu estava mirando. Talvez eu estivesse mostrando minhas cartas rápido demais, porém estava farto daquilo tudo. Queria somente que confirmasse, ou que desse um iniludível sinal, ou um forte indício, para ir a Muriel com toda a história. Os olhos do doutor me fitaram quase sem cor, glaciais; com sua intensidade meridional, mas glaciais, a mescla dava calafrios, era repulsiva. Assim devem ter olhado, ou pior, quando fazia suas exigências e coisificava as mulheres. Estivera numa unidade de informação durante a guerra, fora confidente depois. Sabia muito e administrava o que sabia, utilizava para a chantagem privada, essa era a sórdida história. Talvez também tenha olhado assim para minhas amigas, para alguma delas sem dúvida, os dois dentro de um carro no fim de um percurso farrista.

— O que está insinuando, jovem De Vere? Não me diga que lhe vieram com as velhíssimas calúnias.

— Calúnias? Não sei do que está falando, Jorge. — Preferi

chamá-lo por seu nome de batismo para suavizar a situação momentaneamente. Ou para suavizar seus olhos de Robert Wilke, não era fácil aguentá-los.

— Sim, são coisas que os franquistas mais exacerbados soltaram, incomodados com a minha evolução, e meus escrúpulos, e meu afastamento gradual do regime. Disseram que eu cobrava de outras formas os favores que prestava. Quer dizer, em carne vermelha, era esse o chiste. O que me surpreende é que tenham chegado até você em 1980. São patranhas dos anos 50, já correu muita água. Pelo que se vê, neste país nada nunca acaba nem desaparece, principalmente se é negativo e daninho. E falso. O que não entendo é que você leve a sério. Vocês, jovens, são muito impressionáveis.

Tratei de me fazer de inocente e de não dizer nada de comprometedor. Não me havia chegado nada de nenhum franquista, mas de gente cuja vida estes haviam dificultado ou forçado ao exílio; ou de pessoas normais, como Celia e o Muriel suspeitoso ou aquela atriz passageira, o amor da vida dele, indiretamente. Não quis expor Vidal, claro, nem seu mentor, o dr. Naval, fugido da Espanha e fugido do Chile. Van Vechten e eles se conheciam e haviam trabalhado na mesma clínica, embora em épocas diferentes.

— Não estou insinuando nada, doutor, nem trato com franquistas exacerbados, creio que não conheço um só do gênero. — Agora passei a chamá-lo pelo título, amistosamente. Mas pretendi com isso que ele notasse frieza de minha parte. — Limito-me a lembrar do que você me disse uma vez e a relacionar as duas coisas.

— O que eu te disse? Eu não te disse nada.

— Falando das mulheres e de como consegui-las, *maestro* — respondi. A gente esquece muito mais o que sai da nossa boca do que aquilo que entra por nossos ouvidos, ele não tinha a menor ideia de a que me referia. — Você disse: "Nada dá mais satisfação do que quando elas não querem, mas não podem dizer que não". E depois falou do rancor com que ficam, "de que não tiveram outro remédio da primeira vez". Mesmo se, depois sim, querem, "depois que se veem obrigadas a dizer que sim". Foram essas suas palavras, mais ou menos. "Obrigadas? Mas não podem dizer que não?" — Repeti e acentuei. — Diga então como é para entendê-las.

O doutor titubeou alguns segundos. À luz do que me haviam contado e ele havia adivinhado, à luz das vingativas patranhas de seus ex-camaradas, segundo ele, aquelas frases soavam mal, embora houvessem sido pronunciadas em outros tempos e em outro contexto. Quase soavam como confissão, reconhecimento, deve ter se dado conta, deve ter visto a coisa feia e preta de repente. Logo se refez e soltou uma gargalhada, em todo o seu esplendor a dentadura sadia e deslumbrante, um alarde de simpatia, a espontaneidade recuperada, a protuberância do queixo brilhante.

— Mas que bobagem é essa, Juan. Eu falava por falar e falávamos de gozação, você estava brincando comigo. Caramba, que memória você tem, eu nem me lembrava mais. Estava me referindo aos melindres, a quando se fazem de rogadas, a quando objetam para que você insista, para não parecerem fáceis se são jovens nem adúlteras quando são casadas. Não há casada que não te diga: "É a primeira vez que isso me acontece, não entendo". Precisam que você acredite, ou que elas mesmas acreditem naquele instante. E você finge que acredita, claro, para que pensem que saem airosas e para deixá-las mais tranquilas. Talvez agora não haja tanta afetação, mas na minha juventude havia. E, bom, no caso de alguém como eu isso também existe agora. Meninas como as suas amigas têm que se justificar para se oferecer a um homem que tem o dobro da idade delas ou mais, um velho para seus parâmetros: me suplicou, insistiu comigo, me enganou, me deu pena. Tudo consiste em lisonjeá-las. Eu me referia a isso e não a outra coisa. E você vai e dá uma interpretação sinistra. Que mente conspiratória. — E me deu uma pancada no braço com sua manzorra, não mediu bem a força do tapa ou foi de propósito, doeu, notei que não era um gesto amistoso. Ele o fez passar como se fosse, manteve à vista ao dá-lo, invariáveis, os incisivos grandes e retangulares, cordiais, que tanto devem ter facilitado sua carreira com mães e filhos e com superiores. Mas não o era, e sim irritadiço e talvez atemorizado.

Esteve a ponto de sentir pena por de repente se considerar um velho e o admitir abertamente, alguém obrigado à adulação até o fim de seus dias, talvez não só com as jovens, talvez com qualquer uma; e à súplica. Os homens de sucesso suportam mal sua decadência, não é fácil começar a partir da rejeição, para quem não está acostumado. Lembrei-me que além do mais ele era um desses a quem a idade trai, não os brinda com seus ensinamentos normais nem os sossega, conserva a ambição e a energia deles, não os torna mais lentos nem mansos. E assim os vai minando pouco a pouco, mas sem avisá-los. Afastei aquela sombra de pena: que sentido tinha um indivíduo sem consciência do passar do tempo para si se apresentar subitamente como vítima no meio de uma conversa que lhe era incômoda? Pensei: "Está recorrendo as artimanhas, está se defendendo. Há nele algo voraz e inquietante, sempre percebi isso, não devo estar enganado". E já que negava, decidi soltar o terceiro nome sem transição, sem buscar nenhum meandro que me conduzisse ao santuário:

— Você é religioso, Jorge.

Foi metade afirmação, metade pergunta. E o que quer que fosse o desconcertou. Prolongou um pouco a gargalhada, como um aparelho que demora a parar. Mas se já era cadavérica desde o começo, agora era um riso putrefato.

— E isso agora a que vem? Por que diz isso?

— Eu te vi no Santuário de Nossa Senhora de Darmstadt. Digo que você deve ser muito religioso. Deve ser muito piedoso para pertencer a esse Movimento Apostólico.

Sua expressão mudou, ele cancelou o sorriso defunto e o enterrou para sempre, ou para o resto da noite, supus. Era evidente que não gostava de que eu tivesse esse dado.

— Você me viu ali? Como assim você me viu? — O tom foi entre assustado e cético.

— Vou com frequência ao museu Lázaro Galdiano, ali ao lado. — Hesitei. Esperei. Hesitei. O que saiu logo depois de meus lábios eu não havia planejado dizer, a malvada língua me escapou. — Com Beatriz, eu te vi. No seu consultório, eu te vi.

Agora ele não me deu um repelão, isso pertencia à esfera risonha, afinal de contas. Agora aproveitou que estávamos num dos bancos semicirculares do Chicote — bancos corridos, quase como se estivéssemos num trem ou no bonde — para plantar uma das suas manzorras no meu ombro. Quando fazia isso com suposto carinho, eu já disse, era como se caíssem direto de uma altura considerável e em seguida apertassem como garras, na hora você desejava escapar delas, safar-se do peso e da tenaz. Dessa vez foi pior, o que senti foi verdadeira opressão, um afundamento, uma inconfundível ameaça. Van Vechten era corpulento e forte, pode se dizer que espremia o meu ombro e o torcia e me empurrava para baixo, tive a sensação de que não poderia me levantar sozinho daquele banco, de que todo o meu corpo não poderia nada contra essa carga. Me machucou, sem dúvida, mais do que antes ou mais longamente. Pensei que essa mão teria pousado assim nos ombros dos fugitivos, enquanto lhes oferecia duas opções: "De modo que diga o que prefere: ou passa um pouco mal com minhas condições ou deixa de passar pura e simplesmente, nem bem nem mal nem regular tampouco". E me sussurrou bem devagar, com calma forçada (mas era um homem tão expansivo que não estava habituado ao sussurro, sua voz soou como lixa polindo):

— Escute, jovem De Vere, veja lá o que vai contar. Tenha muito cuidado com o que conta. Não vá prejudicar a quem não deve. A vários.

Consegui deslizar lateralmente, fui até a outra ponta do semicírculo que ocupávamos, longe do seu alcance. Um velho garçom de guardanapo no braço nos fitou vigilante, devia perceber as tensões, devia farejar as brigas antes de elas se materializarem. Van Vechten não ia me intimidar, os jovens são tão inconscientes que lhes custa se dar conta de quando se põem em perigo. E quem estava com a faca e o queijo na mão era eu, disso estava convencido. Era até possível que me oferecesse algo em troca do meu silêncio, pensei, de uma hora para a outra, quando lhe passasse a raiva e ele se refizesse do sobressalto.

— Diz isso por Beatriz? Não se preocupe. A quem isso pode interessar?

— Isso, a quem pode interessar?

E respondi confiante:

— A ninguém, que eu saiba. A ninguém, em absoluto. O que, sim, tem mais interesse, ou é mais curioso, é o lugar. Um lugar estranho, tão impoluto, com esse aroma devoto, parece quase integrista; com esse ar alemão de outros tempos.

Ele seguia preocupado com o aspecto carnal, com a mulher de seu grande amigo, ainda não se dava conta de que isso era secundário para mim, fazia parte da vida íntima, sobre a qual a gente sempre tem de se calar, embora quase ninguém o faça. Era como se o medo de que eu os houvesse visto o impedisse de estabelecer a conexão entre as supostas calúnias remotas a que eu apenas havia aludido — na realidade, eu não tinha dito nada — e seus serviços prestados àquele lugar, em 1980. Talvez essa cone-

425

xão indicasse que ele nunca havia mudado inteiramente. Quero dizer, nem virado a casaca, apesar da sua fama e das suas amizades e das aparências. Naqueles anos, a cada poucos meses se temia um golpe de Estado na Espanha, que trouxesse de volta a ditadura. De fato, houve um par de intentonas mais tarde, bem célebre a segunda.

— O que você viu? Como é que nos viu? — a lixa perguntou com perplexidade. Embora não estivéssemos tão perto um do outro, manteve-se no sussurro. Devia pensar que era impossível alguém os descobrir olhando de fora.

— Vi tudo. Pouco romântico, por certo. — Para que visse que eu não estava blefando, soltei este comentário impertinente. — Por acaso. Espiei. E tem um ângulo. — Não ia contar a verdade, nem que tinha trepado numa árvore. Se não houvesse trepado, não o teria distinguido, suponho. E voltei ao revelador, ao importante: — Esse lugar, esse santuário é uma sucursal de pinochetistas, pelo que entendi. E você sabe quem corresponde a esses caras em Madri. Muriel gostaria de conhecer essa sua vinculação, doutor. Creio eu. Não por nada. Para saber a que se ater.

Empalideceu, agora caiu a ficha de qual era o verdadeiro viés da minha possível indiscrição. Primeiro temeu e depois tentou que eu temesse.

— Faço um favor a um velho amigo sacerdote, e ele não se interessa por política, isso é tudo. Não sou religioso, mas não me meto com as crenças de ninguém. Também não tenho por que te dar explicações, seu melequento. — Foi então que recuperou o furor. Veio para o meu lado, a manzorra estendida, sem dúvida ia plantá-la em mim de novo, quem sabe onde dessa vez. Mas eu me levantei e saí do semicírculo, antes que ele pudesse me agarrar. — Cuidado com o que você conta, Juan, já te disse. Tudo pode ser contado mal ou bem, e também se pode ouvir e entender mal ou bem. De modo que é melhor não contar nada, por via das dúvidas, está me entendendo? — E como eu não respondia nada, olhando-o de cima com expressão de surdo, insistiu: — Está me entendendo ou não, moleque?

Não deixei dinheiro na mesa, ele era muito mais rico do que eu. Estava claro que não ia acontecer o périplo noturno previsto, ou ele o faria sozinho.

— Sempre fazendo favores, hein, doutor? — disse-lhe antes de ir embora, a ponto de me dirigir à porta giratória. — Desde 1939 até agora. Deve ser muito cansativo.

X.

Toda vez que se está impaciente para ver alguém ou para contar um achado, o momento é atrasado o máximo possível. Claro que isso acontece somente quando se está certo de que verá a pessoa ou fará seu relato mais cedo ou mais tarde. Por pouca dúvida que tenha de que vá consegui-lo, a precipitação se impõe e as circunstâncias se forçam, em geral com resultados decepcionantes, anticlímax e desilusões. Eu podia me permitir adiar o encontro com Muriel, prepará-lo e saboreá-lo de antemão; esperar que ele se acalmasse em seus afazeres e voltasse a aparecer um pouco mais em casa. Naqueles seus dias febris, de entradas breves e saídas constantes, teria sido má ideia obrigá-lo a parar, a sentar-se ou se deitar no chão para me ouvir por um bom tempo sem vontade. (Quão necessário é o aborrecimento prévio para que a curiosidade e a invenção despertem.) Isso no caso de ele aceitar me ouvir sobre o que descobri a respeito de Van Vechten, eu supunha que aceitaria, sim, se eu insistisse e conseguisse intrigá-lo. Tinha que esperar seu apaziguamento, que apalavrasse o financiamento de seu novo projeto despeitado

431

e urgente ou que o desse por impossível e se resignasse momentaneamente, até depois do verão, talvez. Foi boa para mim aquela demora, não tinha pressa demais, tão só essa prazenteira impaciência em que a gente se sente expectante e vivo, uma vez instalado nela e com a certeza absoluta de que acabará satisfazendo-a.

Assim como tinha sido desagradável não levar adiante com o doutor enquanto o levava para passear pela noite tentando lhe arrancar alguma coisa, estudando-o, também não gostava agora de me comportar como um dedo-duro e denunciá-lo diante do seu amigo, com consequências previsíveis, confirmada a maneira indecente. Haviam passado muitos anos desde suas práticas chantagistas, se é que era para dá-las como certas: alguma impressão me causara sua explicação de que eram calúnias espalhadas por seus ex-camaradas franquistas, os mais vingativos, que se teriam sentido traídos por sua clemência ou sua falta de sanha, cada coisa que se conta a alguém deixa sua pequena marca e semeia um mínimo de dúvida, por isso não é tão estranho que às vezes a gente não queira ouvir mais, quando já compôs seu quadro, ou proíba os acusados de falar, vai que aos poucos nos convençam de sua inocência e seu relato soe verdadeiro. Sim, haviam se passado muitos anos e as pessoas mudam e se arrependem, e olham para si retrospectivamente com tanto horror quanto desconhecimento, ou será desolação e ausência de reconhecimento, como se contemplassem a si mesmas num espelho deformante, de tão primitivo. "Eu fui este? Eu fiz isto? Meu antigo eu era tão feio? Se é assim, não posso alterá-lo. A culpa é mais forte que meu desejo de me emendar, a culpa me impede de tentá-lo, e a única coisa a que posso aspirar é a que essa culpa tenha passado, a que já seja tão velha que só lhe caiba se perder nas névoas em que se desfaz o que desde sempre aconteceu, até que os traços acabem se fundindo e se tornem indistinguíveis: o bom e o ambíguo e o contraditório e o mau, os crimes e os heroísmos, a malevolência e o desprendimento, a retidão e o engano, o rancor que jamais se atenua e o perdão obtido pela fadiga da vítima, a renúncia e a palavra dada e o astuto aproveitamento, tudo condenado ao encolhimento de ombros, a ser ignorado pelos que vêm depois e nos sucedem, ocupados em suas próprias paixões, e com elas já têm bastante, indiferentes ao que existia antes de eles pisarem a terra, na qual se limitarão a superpor suas pegadas às de seus infinitos predecessores e iguais, sem saber que só imitam e que nada está inexplorado; tudo destinado à confusão e à mistura, ao nivelamento e ao esquecimento e ao flutuar num repetitivo magma do qual, no entanto, ninguém se cansa, ou vai ver que nenhum de nós nunca achou o caminho para se desprender." (E por isso a história está cheia de Eduardos Muriel e Beatrizes Noguera, de drs. Van Vechtens e professores Rico, de Celias e Vidales e Juanes de Vere e de idênticos comparsas, empenhados um depois do outro em representar o mesmo espetáculo e em reescrever o mesmo relato melodramático. Minha figura nada tem de original, nem nenhuma das outras, suponho.) "Mas enquanto isso não vem — e mesmo que seja pouco uma vida, embora tarda —, há um intervalo odioso que nos pertence, que é o pior e que é nosso, e nele não nos resta outro remédio senão nos arranjar com o que fizemos ou omitimos e distrair nossa culpa ou aplacá-la, e às vezes a única forma de conseguir isso é aumentá-la, procurar fazer com que as novas culpas cubram as mais velhas e as ensombreçam ou esfumem ou minimizem, até que por fim todas tenham passado e não reste cabeça no mundo capaz de recordá-las, nem malvada e rápida língua para contá-las, nem tampouco trêmulo dedo para nos apontar como causadores de algo."

Imagino que vários fatores venceram minha resistência natural e geral a delatar. Por um lado, era o que Muriel tinha me pedido de início, e como eu tinha uma relação incondicional com ele, eu tinha me prestado sem nenhuma reserva, isso eu tinha garantido. Por outro, o que me havia contado Vidal coincidia demais com o desconfiado por meu chefe: embora ele nunca tenha sido explícito, tinha mencionado a possibilidade ou o rumor de que Van Vechten houvera cometido baixezas com uma mulher, ou talvez com mais de uma, como ao que parece era o caso ("Para mim isso é o pior, é imperdoável"). Por um terceiro, essas ações do doutor eram bastante rasteiras para que não permanecessem no silêncio, uma vez averiguadas. Não é que fosse lhe acontecer alguma coisa, é evidente: nem havia provas nem aquilo constituiria um delito nem ninguém tencionava então denunciar ninguém na Espanha; tinha sido promulgada uma Lei da Anistia, isto é, chegou-se ao acordo de que ninguém iniciaria uma interminável cadeia de acusações e de que não se lavaria a roupa suja, nem mesmo as mais sujas — assassinatos, execuções sumaríssimas, delações por inveja ou vingança e julgamentos farsescos, tribunais militares condenando mal defendidos civis à prisão perpétua ou à morte, isso até nos anos finais da ditadura, mais suaves: nem os da guerra, comuns aos dois lados, nem os do pós-guerra do único lado imperante e com capacidade para continuar sujando. Não era que não pudesse existir consequências judiciais para nenhum abuso ou crime, é que não era bem-visto falar deles publicamente nem ventilá-los na imprensa, como eu disse, os poucos que tentavam fazê-lo topavam com a reprovação imediata não só dos ex e interessados franquistas — na realidade nada têm de ex —, como também dos antifranquistas e democratas convictos: para alguns, como Vidal havia assinalado, convinha que se apagasse tudo, para ocultar seus próprios passados remotos e tornar decentes suas manchadas biografias. Decidiu-se antes do tempo que toda culpa havia passado, que todas eram tão velhas que só lhes cabia perder-se nas névoas esfumadoras, como se de repente tivesse transcorrido um século, em vez de quatro ou cinco anos. Pensei que as manchas do doutor deviam ser conhecidas em privado; que lhe custassem pelo menos uma amizade muito apreciada, duas com sorte. Em quarto lugar, me incomodava ainda mais agora aquela relação rotineira entre ele e Beatriz Noguera, aqueles encontros deles de prosaicas trepadas no santuário; não era propriamente que eu sentisse ciúme, creio, teria sido absurdo tê-lo quando entre ela e eu nada havia mudado, pelo menos de sua parte: a noite no meu cubículo deve ter sido para ela um capricho, ou um remédio contra a insônia, ou talvez um desvario de que no dia seguinte já guardava escassa lembrança e quem sabe escassa consciência, às vezes estava mal da cabeça, segundo seu eloquente e simplificado ditame. Mas os jovens — ou o que eu era — precisam acreditar que são um pouco únicos em cada uma das suas experiências e ações, e basta que lhes ocorra algo impensável — não vamos dizer algo impossível — para que procurem embelezá-lo na recordação e limpá-lo de aderências feias, e Van Vechten era uma aderência vulgar e agora muito feia. Por último, da sua atitude no Chicote sobrou para mim uma antipatia em conjunto, nada convincente e esquiva: tinha se apressado a negar tudo, tinha feito algum pouco-caso, tinha se apresentado como objeto de difamações, tinha se mostrado ameaçador e facínora, tinha me plantado sua manzorra me advertindo das consequências, me chamara de "moleque" e de "melequento". A respeito das suas relações e vínculos com o Movimento de Darmstadt — e esses eram atuais —, não dera a menor explicação, tinha se mostrado evasivo. Entre umas coisas e outras, venceu minha resistência à delação o desejo de prejudicá-lo.

No entanto, ainda não podia me portar como Vidal, disposto a propalar o que sabia, desde o oriente ao encurvado oeste, a contar a quem ouvisse. Devia reservar a Muriel as primícias, por isso tive de pular como pude as perguntas do professor Rico, naquela mesma tarde. Vinha tão enfastiado do seu almoço com as múmias que no começo não lembrava de nada de antes, de que tinha me ordenado tomar nota pormenorizada de por que Van Vechten era um grandissíssimo filho da puta e informá-lo das felonias do doutor.

— Que merda de almoço! — foi a primeira coisa que me disse. Tirou os óculos e bafejou-os com tanta fúria como se quisesse envenenar com ele, a posteriori, seus detestáveis companheiros de mesa. Estava tão visivelmente contrariado e frustrado que tinha baixado na casa da Velázquez para sentar o malho perante quem ali estivesse. — Esses três se conduziram como piranhas, não fizeram mais que opor objeções e lançar-me na cara ofensas passadas. Quero dizer, ofensas minhas a eles, valente grupo de exasperados, pareciam as três bruxas de *Macbeth* em sua versão mais agoureira; ou *tricoteuses* acariciando a guilhotina. É verdade que em algum escrito acadêmico eu os havia tachado de ineptos, superficiais, óbvios, mal documentados e obtusos, e a um inclusive de boboca. Não que eu o chamasse diretamente, mas estava subentendido; o sujeito tinha se aventurado a criticar minhas conclusões sobre o *Lazarillo* num estudo impecável que no caso dele só merecia reverência e boca aberta. Mas é apenas vontade de irem à forra. Enfim, pequenas escaramuças; e meus argumentos eram inatacáveis, calou-se depois como uma puta, para que eu não me encarniçasse com ele se viesse com uma contrarréplica. Que se há de fazer, se quando mostro o pau, mato a cobra, ou como dizem. Esses pré-cadáveres devem saber, é só para isso que prestam, para corrigir exames com um lápis vermelho e chupado. Érforstrafó. — Escapou-lhe uma onomatopeia mais comprida que de costume e duplamente acentuada, talvez a cólera a tenha provocado. Continuou soprando bafo em seus óculos como se fosse um dragão e soltasse fogo, as lentes totalmente embaçadas; tirou uma camurça de um estojo com habilidade mais do que notável, desdobrou-a com um só movimento de munheca, como fazem os prestidigitadores com seus gigantescos lenços. — Deixaram claro que não pensam votar em mim para a Academia, quando meus partidários me apresentarem. Como são semeadores de discórdia, é de se temer que convençam alguns de seus colegas sem personalidade ou lesos, e há uns tantos. Via-se que estavam encantados com a possibilidade de se vingar. O mais irritante é que eu quase nem me lembrava do que escrevera, de que tinha lhes passado uma sarabanda. É o lado ruim de distribuir justiça cega, que não repara nos danificados. — Aplicou-se agora a limpar suas lentes com esmero e brio, com tanta umidade iam ficar imaculadas. Guardou a camurça com um gesto mundano (me lembrou Herbert Lom em suas manipulações), acendeu um cigarro, seu olhar serenou na mesma hora e ele acrescentou com jovialidade e otimismo (não era homem em que os amargores durassem, se aborrecia com eles): — Talvez seja melhor esperar que estiquem as canelas para apresentar minha candidatura. Não deve faltar muito a nenhum deles, dados os pigarros que combatiam. Vi-os várias vezes à bica de sufocar, você não imagina que nojo. Mal pude provar um grãozinho-de-bico. — E foi então que, para se livrar da má lembrança, veio-lhe à memória que eu lhe devia uma história. — O que me conta do doutor, jovem Vera? Te deixei a ponto de ficar sabendo de seus crimes horrendos, segundo aquele amigo seu tão lido e veemente.

— Na verdade, nada, professor. Nada digno de menção. Vidal exagerava, o que me revelou são minúcias de hospital e de congressos. Bem, você sabe como são os médicos, eles se odeiam mutuamente. — Isso não era verdade ou em todo caso eu não dispunha de dados, não tinha a menor ideia de suas querelas e rivalidades. Supunha que existiam, como em todas as profissões na Espanha, aqui não se perdoam entre si nem mesmo os limpadores de chaminés, para falar de um ofício que deixou de existir há séculos.

Rico olhou desconfiado para mim. Eu enxergava bem seus olhos, nem uma poeirinha nas lentes.

— Em meus olhos você não vai botar cinza, jovem Vere. Não vai me dar um bigode nem enfiar-me pelo fundo duma agulha. — Havia recaído em seus obsoletos modismos, não entendi as palavras, mas o sentido sim. — Se não quer me contar, não conte, ah!, mas tinha certeza de que seu amigo não se referia a perseguições de enfermeiras nem a artigos plagiados nem a usurpações de méritos. Nem mesmo à bolinagem das pacientes adultas que se ponham ao seu alcance, ou das mães que acompanham seus pimpolhos. Que o doutor sexualmente é um porco, salta à vista e todos sabemos, mas nada disso o converteria num grandissíssimo filho da puta. — Empregou o mesmo termo de Celia, mas em seus lábios soou mais leve; nem um nem outro sabiam até que ponto acertavam. — O país estaria cheio deles.

Pois bem, está mesmo: veja, por exemplo, esses três fósseis que nem me deixaram comer o cozido. — E voltou a arremeter por um bom momento contra os acadêmicos velhacos. Nos dias seguintes esteve distraído com isso, urdindo conjuras e maquinando difamações. Mas não se esquecia de Van Vechten, e de vez em quando voltava à carga: "Você me deve uma saborosa história de filhas da putice, jovem De Víah, e a deve *verbatim*", soltava quando me via. "Vamos ver quando você se digna a cumprir com o prometido. Se há coisa que me chateia é não saber nem por sombra. Ou seja, *in albis*. Ou seja, em jejum. Disse e ouviste".

Quem dera Muriel tivesse a mesma curiosidade maliciosa, foi uma decepção enorme quando, por fim, uma semana depois se acalmaram um pouco seus afazeres e ele voltou a passar algum tempo em casa. Em parte foi graças a seu amigo Jack Palance, que aceitou imediatamente o papel de coprotagonista em seu novo filme improvisado, ou talvez tirado da gaveta dos velhos projetos falidos ou demorados ou extraviados, Muriel não encontrou facilidades para muitos de seus empenhos, e talvez tenha filmado tantos projetos quanto deixou de fazê-los. Não é que Palance estivesse no melhor momento da sua carreira, mas antes sem dúvida estava no pior de todos. Se você consultar agora sua filmografia, verificará que não fez um só filme entre 1981 e 1986, ambos os anos inclusos, e que durante quatro anos desse período sua única atividade artística foi apresentar um programa de televisão americano cujo título não ultrapassou fronteiras. Assim sendo, talvez não fosse estranho que se prestasse a participar de uma produção fantasma espanhola ou de qualquer outra nacionalidade; afinal de contas, não vira inconveniente, durante os anos 60, em pôr-se às ordens de Jesús Franco, Isasi-Isasmendi e um punhado de italianos de pouca relevância (e olhem que nessa mesma década havia alternado com cineastas como Godard e Brooks, Abel Gance e Fleischer). Mas a admiração de Muriel por ele era tanta que sua incorporação apalavrada sossegou-lhe o espírito e o encheu de esperança. Não que a presença do grande Jack Palance num elenco fosse garantia de financiamento ou de sucesso naqueles tempos, pelo contrário, por mais vergonhoso que isso soe hoje. Mas para Muriel parecia de bom augúrio contar com ele e talvez com Richard Widmark, com quem Palance havia trabalhado em seus dois primeiros longas, lá por 1950, e a quem havia prometido convencer para que aceitasse o outro papel de protagonista. Não tinha nem tenho ideia de que tratava desse filme que nem começou a ser rodado. Só sei que Volodymyr Jack Palahniuk — o verdadeiro nome ucraniano de Palance — já tinha sessenta anos e Widmark rondaria os sessenta e cinco.

Também tive a sensação de que Muriel estava mais contente por seu contato frequente com a empresária Cecilia Alemany. Não sei como conseguiu que ela dedicasse atenção a ele nem que tipo de atenção era exatamente, mas agora se telefonavam quase diariamente e ele se afastava para suas conversas com ela e falava entre os dentes para mal ser ouvido por quem estivesse na casa, incluindo eu. E sobretudo deixou de fazer chacota sobre sua inacessibilidade. Já não falava dela como uma semideusa, já não soltava frases como "Que mulher insigne; que craque nos negócios, perto dela somos todos micróbios". Que se deixe de exagerar e fazer piadas sobre alguém venerado é sinal de que esse alguém desceu à terra e se tornou próximo. Não me atrevia a pensar que agora compartilhavam o chiclete ou o passassem um ao outro sem refinamento, mas uma noite em que Muriel voltou tarde e eu ainda estava por ali de pé, notei que exalava um embriagante cheiro de perfume, quase narcotizante, e não fora ele que o pusera. Do que eu tinha certeza é de que a proprietária do empório já não se dirigiria a ele chamando-o de "bom homem", o que tanto o havia humilhado e divertido em sua distante primeira audiência.

Na manhã seguinte estava de tão bom humor, imagino, que me chamou ao seu gabinete e me disse, polegar sob a axila e na outra mão o cachimbo, com o qual apontou como Sherlock Holmes, ou antes, como Walter Pidgeon, que às vezes ostentava um bigode como o dele:

— Jovem De Vere, como as coisas parecem estar se arranjando, e acho que o novo projeto vai ir em frente, esqueça-se do que te anunciei. Se você já não se comprometeu com outro trabalho e prefere continuar aqui, creio que vou encontrar utilidade para você. Terá que traduzir o roteiro, para começar, quando estiver pronto. — E acrescentou com uma espécie de orgulho ressarcido prematuramente: — Towers e outros mais vão ficar sabendo.

Eu já tinha me acostumado a suas mudanças de parecer, a suas ordens e contraordens. Também a seu humor variável. Por isso me ocorreu que talvez aquele não fosse um mau dia para ver se haviam alterações em sua postura com respeito a Van Vechten.

— Obrigado, Eduardo. Pela confiança. Trabalhar para você é um prazer, você sabe, embora às vezes eu não ache que lhe sou muito útil. Se puder me dar um pouco de tempo para eu pensar, agradeceria. Já tinha me afeito à ideia de passar para outra etapa em setembro.

Aquela atmosfera, como já disse, começava a me intoxicar, se é que já não me intoxicava às vezes. Beatriz voltava a sair com relativa normalidade para cuidar de seus afazeres, mas seu tique-taque sem música havia regressado insistente nas horas que permanecia em casa, e me parecia mais agourento que nunca, como se estivesse sempre marcando uma lentíssima contagem regressiva em direção a um término que não chegava, ou que só ela vislumbraria em sua bruma. Eu a imaginava olhando absorta para as teclas do piano, contando automaticamente as brancas e as pretas e notando o passar do tempo, deixando-o soar sem preenchê-lo com nenhum acorde nem melodia, o tempo não preenchido costuma ser acompanhado por pensamentos estáticos, repetitivos: "Ainda não, ainda não, ainda não é esse o momento", por exemplo. E eu a via soturna: embora Muriel e ela mal trocassem palavras, devia perceber a satisfação dele, tão repentina, e talvez também tenha sentido o perfume distinguido à distância. Pelo que eu sabia, ela nem sequer fazia incursões noturnas nem montava guarda diante da porta dele, como se houvesse abandonado por fim toda esperança. Quanto a mim, apesar de continuarmos nos tratando com as mesmas deferência e simpatia de antes, como se nunca tivesse existido intimidade entre nós, eu me sentia em falta, estava incomodado e me enrubescia, meu impulso era me livrar daquilo tudo para que minha transgressão se dissipasse: não podia evitar de pensar que havia incorrido numa baixeza, em relação a Muriel, digo. E também desconfiava de nós, temia que um dia ela ou eu déssemos de tentar a reincidência. O que aconteceu uma vez pode voltar a acontecer, todo mundo sabe disso. Parecem saber menos que os precedentes são pobres em importância: o que nunca aconteceu pode igualmente se inaugurar.

— Pense, então — me respondeu. — Você não está obrigado a nada. Como eu te disse que você podia tomar seu tempo para ir embora, também pode tomá-lo para decidir se fica. Me informe quando a coisa estiver clara. A oferta está feita e eu a manterei. Portanto, mantenha-me informado.

Olhei para o olho que falava, vi nele uma expressão de afeto. Depois olhei para o que calava, me deu vontade de tamborilar no tapa-olho, como tantas outras vezes, também uma tentação do afeto. Sentiria muita falta dele quando eu fosse, disso tinha certeza.

— De uma coisa eu queria informá-lo agora, Eduardo, se me permite. Outra coisa não, mas não gosto de deixar pela metade os encargos, as encomendas que me fez. Sei que revogou a do doutor — creio que escolhi esse verbo pedante para dar mais solenidade a minhas palavras —, mas tem de saber o que descobri há pouco. Coincide tanto com os seus dados, com os seus temores, que não posso deixar de contá-lo...

Muriel ergueu a mão do cachimbo e me deteve bruscamente com ela, um gesto imperioso, proibitivo. Apontou para mim com o fornilho, vi a brasa: como se me mostrasse uma luz vermelha.

— Eh, alto lá, jovem De Vere. O que foi que eu também te disse? Disse que eu não podia impedir que você continuasse com as suas investigações por conta própria, se assim desejasse. Fiz mal em te expor minhas dúvidas e em te alertar, uma fraqueza minha, depois não há modo de retroceder nisso. Mas te avisei que se você as levasse adiante, não viesse me contar nem contasse a ninguém. Se o doutor te fez confissões ou se você descobriu algo, guarde para você. Melhor ainda seria levar tudo com você para o túmulo, mas aí é pedir demais. Comigo, em todo caso, você se cala. Não estou mais disposto a saber. Não quero me inteirar.

Eu estava de pé, ele não me dissera que sentasse. É bem verdade que eu não necessitava da sua indicação naquela altura, eu estava como que em casa; mas é certo que ele me chamara só para comunicar que eu conservava o emprego, não para falar nem para dissertar sobre nada. Me atrevi a insistir; a gente sempre insiste ante as negativas, pelo menos uma vez. Um costume lamentável que quase todos compartilhamos.

— Mas o senhor quis saber a certa altura, a ponto de me meter no caso. Ardia-lhe a incerteza e o senhor era incapaz de

444

deixar para lá, como eu lhe sugeri. Lembro que me disse: "Haverei de encontrar algum indício, alguma orientação que me permita dizer-me: 'Bah, isso é mentira', ou 'Ai, isso deve ser verdade'". Tão decepcionantes lhe pareciam as acusações que lhe haviam chegado, tão desalentadoras, ruins e estúpidas. "Tão destemperadas", disse o senhor, "mais que graves." Pois o caso é que são tudo isso, Eduardo, só que graves também. E não só com respeito ao passado, talvez haja coisas turvas na atualidade. Não pode ignorá-las agora que lhe consegui essa orientação.

Muriel se levantou e se aproximou de mim. Cruzou os braços com um gesto severo, como havia feito naquela noite depois de abrir por fim a porta para a sua mulher, quando havia surgido no umbral com seu pijama branco e seu robe escuro. Olhou também para mim de maneira parecida com a que a havia olhado, a coitada com sua camisola. De seu olho azul havia desaparecido num instante o afeto que me professava; agora só havia aborrecimento, um tanto de cólera se incubando e até um anúncio de leve desprezo, que sempre recebe quem tenta impor sua vontade. Me dei conta de que não conseguiria falar.

— Claro que posso. Era só o que faltava! E daí que em outro momento tenha solicitado sua intervenção? Mudei de ideia, já te disse. Devo muito ao doutor, e ele acaba de salvar Beatriz mais uma vez. É um amigo de sempre e não quero perdê-lo, nem que sua imagem se manche além da conta, essa informação que me trouxeram já a manchou bastante. Em má hora. Ainda posso fazer vista grossa, deixar para lá, como de fato você me sugeriu. Não preciso de orientações nem de indícios, porque já decidi dizer a mim mesmo, quando suspendi o que te encarreguei: "Bah, isso é mentira ou merece sê-lo". Gente demais se afasta de nós ou morre em nossa vida, não há por que descartar também os que vão ficando. Ele cometeu uma baixeza no passado, tirou proveito? Aqui, durante uma ditadura tão longa, quase todo mundo as cometeu. E daí? Há que aceitar que este é um país sujo, muito sujo. Durante décadas convivemos todos, que remédio, e tivemos que nos conhecer. Muitos dos que fizeram filhas da putice, em outras ocasiões se portaram bem. O tempo dá para muito, é difícil atuar mal sem parar, bem como atuar bem. Não há ninguém que não tenha incorrido em alguma vileza (não política, mas pessoal), nem quem não tenha prestado algum grande favor. Há quarenta anos não, não havia meias-tintas então. Mas estamos em 1980, e passaram esses quarenta anos para misturar tudo mais do que imaginamos, já não é possível situar-se naquelas datas distantes. Ao contrário do que alguns pensam, o tempo não ficou congelado nelas, mas continuou e correu, por mais que os próprios franquistas tenham tentado imobilizá-lo. Quem em 1940 era um canalha provavelmente nunca deixou de sê-lo, mas teve a oportunidade de matizar a canalhice e de ser algo mais. A revanche se acaba, a maldade cansa, o ódio aborrece, salvo aos fanáticos, e mesmo assim... É preciso fazer pausas. As pessoas vão ao bar e ali conversam e brincam, em meio ao riso ninguém se sente nem se crê malvado, ainda que sejam brincadeiras mal-intencionadas, tão habituais aqui. Ninguém é sempre constante nem sem contradições, ou muito poucos: até Franco adorava cinema, tanto quanto você e eu; com certeza assistia aos filmes apaixonando-se com as vicissitudes dos personagens, com absoluta ingenuidade. Enquanto duravam as projeções talvez não decidisse nem maquinasse nada; talvez estivesse embebido durante noventa minutos e vivesse num parêntese de normalidade. Isso para dar o pior exemplo. Sempre vi o doutor em sua normalidade, só conheço isso dele. Vi-o curando meus filhos e salvando Beatriz e atento a mim. Vi-o em seus risos, em seu gosto pela farra e em seu bom humor. Assim, para mim pouco importa o que tenha feito ou deixado de fazer há séculos sem que eu visse. Para mim ele foi e é algo mais, Juan. Não há mais o que falar.

Descruzou os braços e retrocedeu um par de passos, como se houvesse dado por concluída sua lição, ou sua admoestação. Não podia lhe impor meu conhecimento à força. Bom, poder podia, bastava que eu lhe dissesse rapidamente três frases, a malvada celeridade: "O doutor abusou de várias mulheres e chantageou seus maridos ou pais, ameaçou mandá-los para a cadeia ou para o *paredón* se não se dobrassem às suas exigências". Não se pode evitar ouvir, e as manchas auditivas não se limpam, não saem, ao contrário das sexuais, que se lavam, todas. Me dava tanta coragem a situação que até me senti tentado a lhe soltar algo impensável, foi uma fração de segundo: "Sabe que o doutor há tempos come Beatriz?" (Teria me escapado esse verbo desrespeitoso, porque mais uma vez era exato.) Claro que eu tinha feito a mesma coisa agora, ainda que tivesse sido só uma vez, e pode ser que a Muriel isso não importaria, nunca saberei: nem em meu caso nem no de Van Vechten nem no de Arranz nem no de sabe lá quem mais, talvez alguém fora de Madri. E podia ter soltado outra frase veloz para agravar a informação: "Eles se encontram num lugar ultracatólico, relacionado com pinochetistas, pelo que eu saiba". Mas não se diz essas coisas pueris, nem mesmo aos vinte e três anos. Não a quem você admira e respeita e quer bem, não a quem além do mais proíbe que você conte e insiste em desejar não saber, a quem já resolveu renunciar à passageira curiosidade. De modo que me saíram duas perguntas seguidas, e entendi por sua resposta que também foram pueris:

— E a justiça, Eduardo? Como fica o que aconteceu, o que teve lugar? — Provavelmente já não se lembrava dos comentários que tinha me feito sobre esta última expressão.

— A justiça? — repetiu como um raio. — A justiça não existe. Ou só como exceção: umas poucas punições para salvar as aparências, nos crimes individuais, nada mais. Má sorte de quem é atingido por ela. Nos crimes coletivos não, nos nacionais não, aí não existem nunca, nem se pretende que exista. A magnitude sempre atemoriza a justiça, a superabundância a extrapola, a quantidade a inibe. Tudo isso a paralisa e assusta, e é ilusório apelar para ela depois de uma ditadura, ou de uma guerra, inclusive de um mero linchamento num povoado sinistro, sempre são muitos os que tomam parte. Quantos você acha que cometeram delitos ou foram cúmplice na Alemanha e quantos foram castigados? Não me refiro aos levados a juízo e condenados, que são ainda menos, mas a algo muito mais factível e mais fácil: quanta gente foi castigada social ou pessoalmente? Quantos se viram marginalizados ou repudiados, a quantos se deixou no vazio, como você me pede que eu deixe agora o doutor por causa do que você averiguou sobre ele? Uma minúscula proporção. Uma insignificância. A mesma coisa na Itália, na Hungria, na Croácia, na Polônia, na França, em toda parte. Não se leva ante a justiça o conjunto de um país, nem a metade, nem mesmo uma porção. (Bom, nas ditaduras sim, claro, mas quem quer isso outra vez?) E na hipótese de que aqui pudéssemos fazê-lo, que sentido teria, não digo processar porque não é possível, tampouco conveniente, e nisso estamos quase todos de acordo, mas parar de cumprimentar a maioria da população? Os estúpidos justiceiros é que ficariam como pestilentos isolados, não tenha dúvida. Ninguém execra seus iguais, ninguém acusa quem se parece consigo. — Muriel se deteve e sentou-se em seu sofá, mas ainda não me atrevi a imitá-lo. Ergueu a vista para o quadro de Casanova irmão um instante, não se cansava de fazê-lo. Depois pousou seu olho sobre mim outra vez e acrescentou: — Olhe, jovem De Vere, a Espanha inteira está cheia de filhos da puta em maior ou menor grau, indivíduos que oprimiram e tiraram vantagem, que fizeram fortuna e se aproveitaram, que contemporizaram, no melhor dos casos. E você quer me tirar um amigo por talvez ter feito algo assim uma vez? Ora, homem. Sim, eu te envolvi nesse assunto e tive minhas dúvidas, é verdade: vestígios de outros tempos, do que fui; vestígios de correção. Mas honestamente, tal como as coisas estão se desenrolando aqui, não vou me converter no único idiota que se prejudica a si próprio por fazer justiça pessoal. — Tamborilou com as unhas em seu tapa-olho como se houvesse adivinhado minha tentação (o grato som com que me conformava), e rematou com um meio sorriso e inesperada leveza: — Esta também não existe, Juan, a justiça desinteressada e pessoal.

Foram as duas coisas que me tiraram do sério, aquela negação e o tom de leveza, paternal até. Não que eu não admitisse este último, ao contrário, era normal que Muriel se mostrasse paternal comigo, tinha muito mais idade, conhecimento e governo, e além disso havia de permeio meu sentimento de que lhe devia apoiar incondicionalmente. Talvez esta tenha se mitigado um pouco, é sabido que não há fervor que resista ao trato continuado e à proximidade, à contemplação dos atos da vida íntima de alguém, esses que não se costuma contar porque configuram histórias demasiado tênues, tão parecidas todas elas entre si que os relatores mais ambiciosos tendem a desdenhá-las e mal lhe prestam atenção. Eu sim havia prestado atenção no que se respirava naquela casa, talvez mais do que me cabia. E talvez por isso tenha me irritado.

— Ah, não, d. Eduardo? — De vez em quando eu recuperava o "dom" de que logo tinha me apeado, sem querer; mas nessa ocasião foi proposital. — Essa também não existe? E logo o senhor me diz isso?

Ele percebeu a ironia, se é que chegava a ser tanto; o respeito a ele eu nunca perdi.

— E por que não ia te dizer? A que está se referindo, jovem De Vere? — Por ora não sentia ofensa, só incipiente interesse.

— Olhe, d. Eduardo, Eduardo. Estou aqui há tempo suficiente para ver que o senhor impõe a Beatriz algo bem parecido com isso, justiça pessoal. Ou, melhor dizendo, com o castigo: um castigo pessoal. O senhor me vem com essa história de que não está disposto a perder um amigo por seu comportamento de anos atrás, nem mesmo a diminuir sua convivência com ele, ou a modificá-la; e dá-se agora que nem quer me ouvir. E em compensação está há anos, suponho que há anos, cobrando não sei que contas da sua mulher. Em princípio não é um assunto de minha incumbência, como o senhor me lembrou às vezes quando lhe perguntei por outras questões sem má intenção, só com a curiosidade normal. Mas se me acontece ser testemunha de rompantes e cenas, começa a ser da minha incumbência, não? A gente não é indiferente ao que nos apresentam, nem deve sê-lo, no meu entender; e o senhor não se priva nem se esconde. Desculpe a ousadia, mas ouvi bastante coisa, enfim, um pouco impróprias de sua boca. Coisas ditas a Beatriz. Não que o senhor faça disso um segredo, na verdade.

Sua expressão endureceu. A dureza, contudo, não era dirigida a mim, mas quem sabe ao que havia ocorrido, ao que um dia o havia levado a apontar a artilharia contra sua mulher e desterrá-la. Se não inteiramente no afeto (era evidente que havia rescaldo ou mais), na vida conjugal.

— Você se pretende atento e de boa memória, Juan, e no entanto está omitindo uma parte importante do que acabo de dizer. Falei que tampouco existe a justiça *desinteressada* e pessoal. — E enfatizou o primeiro adjetivo de que eu havia de fato passado por cima. — Há uma diferença fundamental entre o que

451

o doutor tenha feito e o que fez Beatriz, por mais censurável que pudesse ser o dele; e sistemático, e reiterado, e ruim, e com outra dimensão e o que você bem entender, tanto faz. Naquela hora, você perguntou se foi algo contra mim, uma traição, e eu te respondi que as notícias relativas a ele não me diziam respeito, que não tinham a ver comigo nem afetavam diretamente nossa amizade. — "Haveria que ver se você não consideraria traição", pensei, e no pensamento tratei-o de você, "o que vi trepado numa árvore em Darmstadt e que tampouco você me deixaria contar, se bem que isso eu não quero contar, isso não." — O doutor, fizesse o que fizesse, em nenhum caso o fez *a mim*. Beatriz, em compensação, sim. Fez *a mim*, alterou o rumo da minha vida, determinou-a e arruinou-a; também a de outra pessoa. As acusações contra Jorge eram desagradáveis. Muito imundas. E duvidei. Mas agora vejo claramente (tanto mais se olho ao meu redor) que não tenho por que me ocupar das cem mil sujeiras a que ao longo das décadas as pessoas se dedicaram por aí. Por aqui — se corrigiu. — Não tenho por que tomar medidas, ainda menos com alguém com quem me sinto em dívida, e essa dívida ainda por cima acaba de aumentar. — "Você não sabe que talvez também se sentisse credor", pensei; "ou quem sabe não, quem sabe para você tanto faz." — Não sou um juiz que atua *ex officio*, na realidade ninguém é, como estamos comprovando diariamente desde que Franco morreu. Nem os de profissão. A todos revolta e dói o que se fez com eles ou seus próximos ou seus antepassados, não o que se fez "em geral". Seria uma tarefa desproporcional e ridícula enfrentar o "geral", jamais se empreendeu isso em nenhuma época e em nenhum país. Trabalho de desocupados ou de fanáticos, de indivíduos possuídos por si mesmos, que morrem por se encontrar numa missão. Cada um cuida do que é seu, não nos enganemos; cada um desejaria sua vingança ou seu ressarcimento, guarda seu rancor particular e não tem cabeça nem tempo para o interesse dos outros, a não ser que beneficie sua causa e sua reclamação se juntar a outros. Mas nessas uniões estratégicas o ânimo continua sendo particular, no fundo cada qual procura sua reparação, o êxito da sua querela, nada mais. Só uns tantos estouvados se erigem em fiscais ou juízes do alheio, do que está mal *per se*. — "Vidal seria um desses", me precipitei em pensar, "segundo Muriel; no entanto não me parece estouvado, e sim normalíssimo." E logo me lembrei e retifiquei: "Ah, não, Vidal também não é desinteressado, tem a tia Carmen, os dois a paparam, Van Vechten e Arranz; logo, talvez Muriel tenha razão". — Têm muitas pretensões e se dão grande importância, além do mais. É um traço de megalomania não tolerar a impunidade em assuntos que não são da nossa conta, não? Os justiceiros se espetam uma medalha no peito e se olham no espelho com ela e se dizem: "Sou insubornável, sou implacável, não deixarei passar nada de injusto, quer me afete, quer não". — Não me parecia em absoluto que Vidal fosse assim, no entanto; afinal de contas, também o indignavam o pintor catalão e o filósofo feio e careca, com os quais não tinha afronta pessoal; ele se limitava a não se calar em privado, sem anseio de fazer justiça nem de levar ao banco dos réus nem de expor ninguém à luz pública: conversas de aperitivo ou de hospital, conselhos e advertências a um amigo inexperiente, disse me disse diante de umas cervejas, e só. Mas deixei para lá. Sua família tinha sido prejudicada. Não irreversivelmente, seu pai tinha se transformado num homem abastado, claro, tinha feito fortuna no estrangeiro. Mas talvez a primeira coisa bastasse para que a ojeriza de Vidal fosse impessoal, abarcadora. — Olhe, eu mesmo caí na tentação de me comportar assim, não é que eu não entenda essa atitude. Você sofre ataques de indignação "objetiva", tanto mais quanto mais jovem é. Por isso, num ímpeto de juvenilidade, digamos invadido por meu antigo eu, pelo que fui, cheguei a te encarregar do que te encar-

453

reguei. Mas já não sou jovem; os vestígios são passageiros e cada dia mais apagados... De modo que depois você reconsidera e pensa: "E o que é que eu tenho com isso? Ele me fez alguma coisa? Não. A mim o doutor não fez nada".

Muriel tinha se esquecido do propósito do seu discurso, de sua resposta ou defesa. Vinha lhe acontecendo cada vez mais. Eu não atribuía isso à sua idade, ele rondava os cinquenta, não mais. Às vezes se espraiava, outras era brusco e lacônico, isso desde o início. As duas tendências tinham se acentuado, quando ele se estendia era mais longo e, quando não, era mais curto. Agora se deteve levemente desorientado, como se perguntasse a si mesmo: "Por que cargas-d'água estamos falando disso?". Assim, aproveitei para tentar conduzi-lo para onde eu queria.

— E Beatriz sim — falei. — Beatriz fez algo imperdoável ao senhor. — Seu olho se avivou no mesmo instante, disparou-me uma flecha com ele, não muito pontuda ainda. — Olhe, Eduardo. Durante sua estada em Barcelona conversamos mais do que nunca, ela e eu; como era para ser, fiquei de acompanhante dela, de guardião, de protetor. — "Cuidado, não vá falar mais que a boca", pensei; "e cuidado com o que deixo transparecer, não posso me delatar: Muriel viu cinema à saciedade." — Desde que entrei nesta casa... Bom, eu vejo que o senhor tem por ela uma espécie de carinho retrospectivo, não sei como defini-lo melhor. Pelos velhos tempos. Ela se lembra deles como muito bons, ou mais do que isso: os tem presentes e se aferra a eles, o senhor sabe. Vi seu alarme no dia do Wellington, seu pânico ante a possibilidade de que ela tivesse se matado. Mas vejo também que não a suporta. A trata mal quase sempre, muito mal. Talvez com razão. Mas eu desconheço essa razão, e a coisa não é agradável de contemplar.

O olho de Muriel se suavizou, agora era somente sarcástico. Arregaçou mais a camisa com dois gestos rápidos, o sol ia subindo e começava a fazer calor.

— E ela não te contou a razão, se vocês conversaram tanto? A senhora que se queixa ao menino ingênuo? A pobre vítima?

— Não. Disse que sentia vergonha de contar, de tão ridículo. Que era melhor o senhor me contar, e eu veria a desproporção. A única coisa que tirei a limpo foi que houve uma mentira dela que o senhor levou demasiado a sério. Uma bobagem, uma criancice, foram esses os termos que ela empregou. Nunca imaginou sua reação tão desmedida quando a confessou, um exagero absoluto.

— Ah. E você acreditou?

— Eu não tenho que acreditar, continuo sem saber nada de nada. Mas ao contrário do senhor com o caso do doutor, gostaria de ficar sabendo do que presenciei. Não se preocupe, já ficou claro para mim que o caso do doutor não lhe diz respeito; se aconteceu, o senhor nem mesmo presenciou, por que iria lhe interessar. Não tema, não vou insistir. Mas, em troca de que eu me cale, por que não me conta logo de uma vez? Creio ter respeitado sua reserva, desde que estou aqui. Poucas perguntas lhe fiz, não é verdade? Mas toda reserva tem seu limite, e também todo respeito. Desculpe eu ser tão direto: o que Beatriz lhe fez?

Muriel não disse nada de imediato. Ponderava minhas palavras, foi o que então me pareceu. Depois olhou para o relógio e deu uma batidinha com o dedo no mostrador, como eu o vira fazer outras vezes e como se calculasse se podia se permitir me dedicar um tempo com o qual não contava aquela manhã. O olho mudou de novo: voltou a me fitar com certo afeto, ou com compreensão e paciência; também quem sabe com um quê de intriga. Deduzi que atendia ao meu pedido, que o aceitava, que entendia minha curiosidade e não a censurava. Talvez se desse conta de que eu tinha me mantido apagado demais. Você bota alguém na sua casa e ao fazê-lo o obriga a ser sua testemunha. Não tem por que lhe dar explicações de nada se lhe paga para estar ali a seu serviço, mas é inevitável que o empregado julgue e se pergunte em silêncio, acontece até com os mais invisíveis e esporádicos e insignificantes. Eu me fiz conhecido e inserido em seu mundo, ele não sabia o quanto, e eu esperava que nunca ficasse sabendo. Mas sabia que tinha lhe servido de espião e de vigia e que havia salvado sua mulher da morte, não tão casualmente quanto ele acreditava, ignorava meu feio costume de segui-la às escondidas algumas tardes; ou várias, isso já havia cessado. Talvez Muriel não tenha parado para pensar em meus juízos calados nem em minhas perguntas não formuladas. Agora verificava que tinha ambas as coisas, e talvez descobrisse que não lhe eram totalmente indiferentes, que algo lhe importavam, que lhe convinha me dar sua versão para influir nelas. Que não era mais hora de me responder desabridamente: "Vamos ver se nos entendemos: não tenho você aqui para que me faça perguntas sobre questões que não lhe dizem respeito". Esse tempo tinha passado; ou melhor, tinha sido substituído, sem que ele se desse conta até ouvir meu descontentamento, até aquele instante.

— Olhe, telefone para a Mercedes e diga a ela que afinal não vou passar esta manhã. Que ela se ocupe do que houver. E depois sente-se. Vai levar um tempinho isso.

Dei o telefonema da mesa do escritório, ali mesmo. Ele, entrementes, se aproximou da porta que separava seu espaço do corredor e fechou-a com cuidado até onde era possível: uma porta alta de batente duplo e um deles não se encaixava inteiramente no outro — nunca soava um clique —, a parte inferior de madeira laqueada de branco e a superior com vidros esmerilhados divididos por caixilhos de madeira, tão próprias das casas antigas.

— Onde quer que eu me sente? — consultei-o absurdamente, para lhe facilitar a tarefa, se tivesse preferência.

— Onde quiser — falou. — Eu vou para o chão, para estar conforme à sua possível opinião, se você considerar que Beatriz está certa e que eu caí muito baixo. Que só foi uma coisa ridícula; uma bobagem e uma criancice. — Disse aquilo com um esboço de sorriso, mas me pareceu forçado. Não devia ser fácil para ele começar a falar do que ia me falar, ou lhe dava uma preguiça infinita rememorar fatos remotos, ou esses fatos ainda o amarguravam e apagavam todo fundo de jovialidade em seu caráter. — Não pense que você é o único a quem ela contou, suas amigas não podem nem me ver, minha cunhada. Na verdade, é o que ela acredita. Assim, de duas uma: ou ela é muito burra ou eu sou um malvado. Um dos dois se transformou. — E depois de ter se estirado no chão, um braço sob a cabeça fazendo as vezes de travesseiro (quando já olhava para o teto ou para a parte alta da biblioteca ou para o quadro de Casanova, e a mim só de soslaio e com o olho semicerrado), acrescentou para minha surpresa: — Lamento que você tenha visto cenas embaraçosas durante todo esse tempo. Tem razão: eu devia ter sido mais cuidadoso…, mais privado. Me acostumei com você rapidamente e te considerei uma extensão minha.

Era o mesmo diagnóstico de Beatriz na noite de insônia. Ela o havia completado assim: "O que é bom e também é ruim".

— Também não foi tão grave, não se preocupe. — Senti-me na obrigação de subtrair importância ao fato. Ele havia se desculpado prontamente, e isso acentuou meu sentimento de traição e vileza, pelo menos nominais. Eu tinha ido para a cama com sua mulher em sua ausência e não podia me desculpar por isso, se é que deveria fazê-lo com quem nunca a queria em seus lençóis. É o ruim dos segredos, que pedir perdão esteja excluído.

— Beatriz se criou mais na América, você sabe. Mas passava temporadas aqui com os tios, muitos verões e algum curso, e foi assim que nos conhecemos, sendo ela quase adolescente e eu jovem. Quando ela já se tornara uma jovem e eu um pouco menos, nos comprometemos. Suponho que estava escrito que ela se apaixonaria por um amigo mais velho de seus primos; por um espanhol, como seu pai, e não por um americano. E que inclusive tivesse a paciência de crescer o bastante para se fazer notar e me conquistar. Sim. Embora eu seja alguns anos mais velho, e então eles pesassem mais do que agora, essa é sem dúvida a palavra. As garotas são muito determinadas e obstinadas, e tendem a querer ver seus sonhos de infância consumados. Até certa idade, ou até que se frustrem definitivamente. Não foi o caso. Quando se transformou em adolescente, e foi precoce, comecei a olhar para ela com outros olhos, e o entusiasmo da outra pessoa ajuda muito; convence e arrasta, e eu fui quase sempre de um tipo um tanto passivo. Não foi difícil gostar dela. Além do mais, Beatriz não era a que você conheceu, esta baleia lamentável. Muito pelo contrário.

Mesmo correndo o risco de me delatar — quando a gente oculta algo, teme pronunciar o mais inocente vocábulo —, interrompi-o, mais por um prurido de fazer justiça a ela e defendê-la — por fim eu estava em condições — do que para me justificar em minha vileza carnal da noite de insônia e na visual de alguma outra.

— Como o senhor exagera, Eduardo, como carrega nas tintas. Custa crer que não procure lhe causar mal, quando diz essas coisas a ela. Beatriz não é nenhuma baleia. Nem um barril de *amontillado*. — Talvez imaginasse que eu não registrava seus impropérios, era hora de ele ficar sabendo que eu anotava quase todos, mentalmente. — Continua sendo uma mulher muito atraente, desejável para muitos homens. E além do mais o senhor sabe disso.

Muriel riu inesperadamente. O mais provável era que tivesse achado graça na lembrança de sua própria e ferina graça, homenagem de permeio a Poe. Preferi não lhe trazer à memória o balão de *A volta ao mundo em oitenta dias*, nem a silhueta de Hitchcock, ainda menos Charles Laughton, clamavam ao céu as comparações.

— Buah. — Ou disse "Bué". — Há de tudo. Imagino que sim, que pode agradar aos voluptuosos. Aos que só querem saber de se afundar em colchões. Aos um pouco porcos. — De novo o termo que fora aplicado a Van Vechten, um dos indivíduos a que Beatriz agradava, embora fosse rotineiramente ou pela idade que ele já tinha, não estava para exigências. Talvez eu também fosse porco naquela época, na juventude não é infrequente sê-lo, já disse, não fazem muitas distinções os principiantes.

— Creio que o senhor se equivoca. Que um dia tomou uma decisão e pôs nos olhos um véu que não quis mais tirar. Um véu deformante. Mas enfim o interrompi. Naquela época não era uma baleia, pelo contrário.

— É. Não quero dizer que ela fosse uma esquálida, em absoluto. Não, sempre foi do tipo exuberante, mas em suas proporções justas. Chamava a atenção. Era bem bonita e sensual, com aqueles dentes um pouco separados. Era risonha. E bem carnuda, no bom sentido. Ou, falando francamente: dá vontade de traçá-la, não sei se vocês continuam utilizando essa expressão. Então agradava, sim, a qualquer um, e a mim em primeiro lugar. Eu me vi com um presente do céu, sob esse aspecto. E como ela marcava a cadência, me deixei levar sem opor resistência. Olhando para trás e apesar disso, é bem possível que eu não tivesse tomado a iniciativa, ou não até o ponto de me comprometer. Comprometer a me casar, entenda. Mas a dela era tão resoluta e tão forte, e ela tentava me comprazer tanto… Você deve ter notado que de cinema ela sabe tanto ou mais do que eu. Tornou-se fã do que eu era e se amoldou a meus gostos e a minhas extravagâncias, às vezes penso que se impôs tudo isso como tarefa, ou como programa, como se desde bem jovem tivesse se dito: "Não vou deixar que esse homem se aborreça em minha companhia. Que não compartilhe comigo parte da sua vida por considerar que não me interessa ou que não entendo o suficiente. Que sinta a falta de profundidade em mim e procure fora o que não proporciono. Que não me exclua em nenhum terreno". Não só se prestou a ver comigo todos os filmes possíveis, as obras-primas e as porcarias a que eu a levava com frequência: é preciso ver tudo para aprender de verdade, você sabe, o velho e o novo, o bom e o ruim e o extravagante. Também leu o que eu recomendava, e logo me tomou a dianteira nisso. Na juventude não era essa Beatriz apática e de equilíbrio frágil que passa horas na frente do piano sem fazer uma só escala. Transbordava de energia e curiosidade, era ativa, era incontrolável. Claro que nunca vou saber em que medida viveu a sua vida um dia, ou se só a viveu em função da minha. Suportou todo o peso, realizou todo o trabalho que uma relação amorosa exige em seu início, e também depois, em seu desenvolvimento. — Fez uma pausa mínima e acrescentou: — Não era difícil amá-la. O amor do outro comove. Também dá pena, como o das crianças. Tanto que parece uma crueldade não aceitá-lo, não acolhê-lo. Uma espécie de pena que abranda. E embora em mim não houvesse paixão... Bom, eu também não sentia falta disso, já que não a conhecia.

Ficou calado mais um pouco e agora fixou a vista, sem dúvida, em sua querida pintura dos cavaleiros de costas e do único que se virava, de vermelho e talvez caolho, para lançar um derradeiro olhar severo aos caídos que deixava para trás e que certamente ele e os seus teriam tombado: "A mim pelo menos. Recorda-me".

— E então? O que aconteceu? — Não queria lhe dar tempo para que se arrependesse, para que lamentasse me contar o que continuava não sendo problema meu.

— Ela se instalou aqui por volta dos dezoito anos, com os tios, eles a consideravam quase uma filha. Por minha causa, temo, sobretudo para estar perto. Ou melhor, inverteu as estadas e ia a Massachusetts uma vez por ano, passava lá dois ou três meses para estar com o pai e se ocupar um pouco, seu solitário e calamitoso pai. Nessas temporadas nos escrevíamos, era impensável se falar por telefone naquela época, estou falando de

1959, 1960. Ninguém tinha dinheiro para isso. Até que, uns seis ou sete meses antes do casamento (ela já tinha feito vinte e um anos, se não me engano), teve de ir quando não era hora, um imprevisto grave, um problemão. Seu pai... Não sei até que ponto devo te contar isso, Juan, não me pertence... — Bufou aborrecido, tamborilou no tapa-olho, clareou as ideias uns segundos, decidiu ser indiscreto. — Seu pai era homossexual. Já está dito. Talvez desde sempre, talvez não fosse uma descoberta tardia como Beatriz acreditou inicialmente. Talvez por isso sua mulher o tenha abandonado pouco depois de ela nascer e não o quis acompanhar no exílio. Pode ser até que ele tenha se exilado em parte por isso, quem sabe. Embora de convicções republicanas, não tinha feito nada de significativo durante a guerra e não era perseguido, em princípio. Mas para um homem com esse problema (era um problema cabeludo, a sua geração não pode fazer nem a mais remota ideia), e ainda por cima com uma menina pequena a seu encargo..., imagine como devia ser a Espanha ultrarreligiosa de Franco, com a Igreja completamente desenfreada. Se tivessem descoberto teriam lhe tomado a filha, isso como primeira medida. Enfim, passou pela França e pelo México e acabou ensinando em Massachusetts, graças a alguns contatos; era um bom conhecedor da literatura espanhola e um tradutor competente, do alemão e do inglês, nos sebos ainda se encontram suas antigas traduções. Não que nos anos 40, nem nos 50, nem mesmo nos 60 e poucos existisse permissividade lá em relação a esse assunto. Mas não era como aqui, claro, os maricas no xadrez, um lugar mais civilizado que isto. Não sei como o homem se arrumou. Boa dose de castidade, suponho; abstinência geral e algumas escapadas de fim de semana a Boston e Nova York, onde se podia passar despercebido (impossível, claro, num *campus*) e visitar um clube clandestino ou semiclandestino, liberar-se um pouco. Devia haver bares como ao que vai

Don Murray em *Tempestade sobre Washington*, com homens dançando agarradinhos e tudo mais, você viu, não? — Neguei com a cabeça. — Não? Está louco. E está esperando o quê? Uma maravilha. O filme é de 1962 e é bem documentado, de modo que algo assim existia. Seja como for, com certeza o pobre Ernesto Noguera teve mais dificuldade para se relacionar modestamente na América do que Towers para montar seu negócio de prostituição na própria sede das Nações Unidas, a época coincide mais ou menos com a última do pai dela. — Levou a mão ao queixo, várias vezes acariciou-o com o polegar e sorriu: apesar da sua humilhante demissão, iludido com seu novo projeto com Palance e quem sabe com Widmark, devia já ter passado sua raiva mais raivosa. — Que figura esse Harry. Estou convencido de que tudo o que Lom nos contou era verdade, as maiores bandalheiras. Que impressão te causou?

— Que sim. E que com toda certeza sabia mais do que assegurava. É normal que ao nos relatar o fizesse com alguma cautela, dentro da indiscrição, claro. Afinal de contas, trabalhou para ele muitas vezes. — Muriel meneou a cabeça de um lado para o outro, divertindo-se com a lembrança, absorto. Sim, provavelmente já tinha perdoado Towers em termos, como havia perdoado totalmente Van Vechten, sem saber exatamente o quê, assim é mais fácil: sem querer saber. Se não era homem rancoroso, nem se metia com o que não lhe dizia respeito, e até minimizava a importância de lhe terem tirado um filme, o caso de Beatriz era inexplicável, tantos anos. Porém ele ia me explicando, e se desviava. Me impacientei, temia que desse para trás a qualquer momento. Me atrevi a trazê-lo de volta ao assunto. — Mas o senhor estava me dizendo que meses antes do casamento surgiu um imprevisto grave, um problemão. Entendi que com o pai.

Ergueu um pouco a nuca para me olhar mais de frente.

Tive a sensação de que se deleitava com suas demoras: já que havia aceitado me contar, teria que ser no seu ritmo e da sua maneira. Esse é o privilégio de quem conta, e o que escuta não tem nenhum, ou só o de ir embora. Eu não ia ainda, é claro.

— Não sei o que deu no homem. Já não era um rapazola, estava com uns quarenta e muitos, a fogosidade demora para desaparecer. Ou se fartou e baixou a guarda. Depois de tanto tempo de comedimento, um colega da universidade o pegou em Boston chupando o pau de um sujeito no mictório público, sei lá, de um cinema. Como bom liberal, não foi correndo denunciá-lo à polícia, mas sim ao *Board of Professors*, ou como quer que se chame, ou ao *Chairman*, agora creio que é ridiculamente chamado de *Chairperson*, para não incorrer em machismos, esses *colleges* da Nova Inglaterra se gabam tanto da sua retidão que acabam sendo inquisitoriais. Você pode imaginar o escândalo. Bom, não é que transpirasse para a imprensa nem nada, isso a retidão impedia, e também a conveniência, não iam afugentar futuros alunos. Mas nesses lugares isolados em suas bolhas de lagos e bosques fica se sabendo de tudo. Não só foi despedido como alertaram outras universidades da região, impossibilitaram que qualquer uma o contratasse. O pai ficou sem emprego e rendimentos, deprimido e enfiado em casa, de repente evitado pela maioria de suas amizades. Assim, Beatriz foi para lá com urgência, para ver o que fazer, sem saber ainda direito o que acontecera. O telegrama que recebeu não lhe deixava opção; lembro perfeitamente dele: "Despedido universidade. Situação gravíssima. Longo contar. Não ligue. Venha depressa". Seus tios lhe deram uma mão com a passagem de avião, eu não a podia ajudar muito então, ainda não havia herdado e vivia mais ou menos ao sabor dos dias. Os pormenores ela não conheceu até chegar lá, a gente do *college* não teve outro remédio senão lhe explicar os fatos, e o pai, lhe confessar suas inclinações; e também (não de chofre, um pouco mais tarde) a não morte da mãe. Da qual, no entanto, nunca averiguamos nada, Beatriz nunca quis procurá-la. Deve certamente andar por aí, a senhora, talvez com outros filhos, deve ser uma mulher de sessenta e tantos anos. Beatriz ia me contando tudo isso por carta, no começo nos escrevíamos quase diariamente, ou ela a mim em todo caso. O pai estava numa sinuca: ou mudava para o outro extremo do país, para alguma universidade de pouca importância, que a gente do *college* não tivesse se dado ao trabalho de advertir ou... Feia a coisa. Falamos até de trazê-lo para viver conosco quando nos casássemos. Não era o ideal para iniciar um casamento, mas tivemos de considerar a opção. E além do mais, os tios, bons franquistas, o cunhado e a irmã, se indignaram quando souberam da índole da falta. Escapou deles algum comentário com a palavra "incorrigível", portanto estariam a par fazia tempo — de suas inclinações, quero dizer. Enfim, provavelmente por causa do desgosto, do abalo, Noguera teve um infarto uma semana ou algo assim depois de Beatriz aterrissar. Saiu vivo, mas estropiado e necessitando de atenções. Ela ficou a seu lado, sempre foi boa filha e continuou sendo, como todas as que tiveram somente pai, costumam ser abnegadas com este e não se importam com o comportamento do pai. Pelo menos não se viram em apuros econômicos de imediato: lançaram mão do muito que Noguera tinha poupado durante anos de bons salários americanos e pouco gasto, à espera de que se recuperasse o bastante para tentar a sorte em Michigan ou Oklahoma ou no Novo México, ou para voltar à Espanha; nada estava decidido, e de qualquer maneira não podia viajar por ora, dado seu estado. Passaram-se os meses. O pai melhorava pouco e lentamente, continuava muito delicado e a volta de Beatriz se adiava. Anda, me passe um cigarro e um cinzeiro.

Fez uma pausa, estendi-lhe meu maço e pus no chão um cinzeiro. Deixou de lado o cachimbo já apagado, pegou um cigarro dos meus, acendeu-o e soprou a fumaça para o teto, duas ou três rodelas. Era dos que sabiam fazer rodelas, como Errol Flynn e aqueles atores cujo bigode ele havia copiado quando jovem e mantinha. Estava penteadíssimo com água, com o repartido bem assinalado distribuindo os cabelos abundantes. Permaneceu pensativo, em silêncio. Decidi espicaçá-lo por via das dúvidas:

— Pobre Beatriz — falei. — Ainda não vejo nada em seu comportamento merecedor de castigo. Ao contrário. Uma jovem carinhosa e leal, até agora.

Ele ergueu o tronco, apoiou os cotovelos no chão, olhou para mim um tanto irado, como se eu houvesse soltado uma impertinência.

— Ainda não vê porque ainda não chegamos lá. Se vai ficar impaciente e prejulgar, é melhor deixarmos para lá. — Levantei as duas mãos abertas num gesto de rendição ou como que para me proteger, que dizia: "Desculpe, desculpe", ou "Trégua, trégua", ou "Não faça caso de mim". Voltou a colocar o polegar como diminuto bastão de comando de militar britânico, aquela sua postura característica, e acrescentou: — Claro que é possível que, quando chegarmos lá, te pareça uma coisa venial, como a ela, uma bobagem. Talvez você espere algo espalhafatoso, terrível. Quem sabe até um crime, como nos filmes. Não há nada disso, você sabe. Apenas uma mentira e sua vingativa..., não, sua atabalhoada revelação posterior, muitos anos mais tarde, quando melhor era que a tivesse guardado para si. Os fatos tênues da vida íntima também podem ser graves. Há desses aos montes, tantos que muitas vezes a gente passa por cima deles, ou não haveria maneira de se relacionar. Eu não. Bom, outros sim passaram, como todo mundo; mas eu não pude.

— Pois me conte, continue. Não vou prejulgar nada, não se preocupe. Não tenho nem sequer por que julgar, não cabe a mim.

Deitou-se outra vez, mais calmo, e foi então que vi a mancha de um rosto, ou de um busto, através dos vidros da parte superior da porta que ele havia trancado. Como eram esmerilhados, eu não podia distinguir quem era. Quando Muriel tinha me convocado ao seu canto, não havia mais ninguém em casa. Os filhos tinham ido a uma piscina, Flavia às suas compras e encargos, Beatriz havia saído logo depois do café da manhã, sem dar explicações, ou não a mim, claro. Muriel, estirado no chão, não tinha perspectiva, ficava fora do seu campo visual aquele rosto, aquela mancha rosada que não estava colada no vidro, mas a um passo ou dois, para não chamar a atenção, na crença de que assim não seria detectada. Porém eu, sentado à mesa, a enxergava. Me perguntei se aquela pessoa nos ouviria, estavam fechadas as folhas da porta que no entanto não faziam clique, como já disse; era possível. Hesitei se avisava Muriel da presença fantasmal, deformada. "Vai se calar na hora, se eu disser", pensei. "E continuarei sem saber, quem pode dizer se voltará um dia à disposição relatora. Não devo me arriscar." À medida que olhava me parecia reconhecer a oval do rosto de Beatriz, já o vira uma vez através de um vidro, só que grudado contra ele, e o vidro era liso, com os olhos fechados enquanto alguém a possuía pelas costas, não tinha sido eu naquela ocasião, as duas lembranças se juntaram e me trouxeram repentina vergonha, a de Van Vechten lá e a minha no meu quarto, pode ser até que eu tivesse corado. "E se for Beatriz", continuei pensando, "para ela não haveria nada de novo na versão de Muriel, nada que ele não lhe tenha recriminado mil vezes nos últimos oito anos, deve ser ferida velha, se ferida for." De fato ela havia admitido sua culpa na noite de ronda e rogos, a da minha espionagem precoce: "Sinto muito, meu amor, sinto ter te magoado", disse ela, talvez com sinceridade, talvez com astúcia. "Quisera que o tempo pudesse retroceder." Isso é o que todos gostaríamos de vez em quando, meu amor, dar marcha a ré, repetir o tempo para mudar o que esse tempo conteve, com muita frequência nós o preenchemos e de nós depende como ele nos olhe quando houver passado e já for passado definitivo, e em troca não sabemos olhar para ele enquanto transcorre, portanto nem pintá-lo. Ficará como um quadro inamovível, coberto de traços involuntários e precipitados e tortos, e assim o teremos sempre diante dos nossos olhos, ou diante do nosso único olho alerta, o azul marítimo ou azul noturno. Optei por não avisá-lo, pois ignorava o borrão, busto ou mancha.

— Não, não te cabe — replicou Muriel —, mas você não poderá escapar disso. Julgará, ainda que não se pronuncie. Dá na mesma, para mim. — Para o que está olhando? — Tinha se dado conta de que eu desviava insistentemente a vista para a minha direita, para a porta.

— Não, nada. Tem uns livros salientes ali que me incomodam, sabe como sou maníaco pela ordem. Vou arrumá-los num segundo, desculpe.

Me levantei e me aproximei de um movelzinho giratório de duas prateleiras que ficava à esquerda da porta, nele Muriel guardava algumas primeiras edições de sua predileção, ou assinadas ou dedicadas pelos autores, era moderadamente bibliófilo. Estava a uma altura muito mais baixa que os vidros para os quais olhava, mas minha desculpa colou. Ao passar diante deles, a figura do exterior retrocedeu de imediato ou saiu do campo visual, desapareceu por um momento. Eu praticamente não tinha dúvida de que era Beatriz, tinha voltado sem que a ouvíssemos entrar no apartamento, e ao perceber nosso murmúrio teria se detido para ver se pescava algo do que falávamos. Fingi arrumar uns volumes e voltei a meu lugar diante da mesa. Um minuto depois vi aparecer de novo a mancha rosada, como um retrato inacabado em pastel.

— Deixe isso pra lá, homem.

— Desculpe, desculpe. Prossiga, por favor. O que foi que aconteceu? Qual foi o erro?

— Hmm. Hmm. — Duas vezes emitiu esse som, mais ou menos, como se fosse um inglês e lhe custasse agora recomeçar. — Bem. Bem, primeiro eu errei, se é que se apaixonar é um erro, quase sempre é involuntário. Às vezes não, é deliberado, mas é na minoria dos casos. Passaram-se meses e depois mais meses, Beatriz não podia deixar o pai sozinho. Adiamos a boda, ou nos abstivemos de marcar data, em todo caso, até que a situação se resolvesse, não se via direito como. O homem estava fraco, aturdido, envergonhado e indeciso. Tinha envelhecido dez anos de repente, segundo ela; seus cabelos tinham ficado todos brancos, haviam brotado rugas como que por um passe de mágica, ele tinha perdido sua agilidade física e mental e quase não evoluía. E, claro, continuei aqui levando minha vida, não é possível permanecer sem descanso dependendo de alguém, sobretudo a uma distância enorme e sem sequer poder ouvir sua voz de vez em quando, como é fácil agora... Também devo reconhecer que os infortúnios esfriam e afastam, e se eles se prolongam você foge deles... Surgiu a oportunidade de eu fazer meu segundo filme e a isso me dediquei, filmava-se rápido na época, três ou quatro semanas, às vezes menos, cinco no máximo e em locações. Bom, depois tinha a montagem e tudo isso... E enfim, me apaixonei por outra mulher como um imbecil, tanto faz quem era. — "Uma mulher que, em princípio, merece toda a minha confiança. Uma velha amiga, uma velha atriz, embora quando a conheci não fosse, isso veio depois", recordei, pensei. "Um velho amor. O amor da minha vida, como se costuma dizer", fora admitindo. Mas preferi não o distrair com uma pergunta desnecessária. — Conheci a paixão que até então não conhecia. Não vou te explicar em que consiste. Se ainda não o experimentou, e é raro que isso aconteça antes dos trinta, tudo vai parecer a você como canções vulcânicas, rancheiras arrebatadas e literatura barata e batida. E se já, então conhece bem. A descrição é sempre monótona, como a do sexo. Vivê-las é fascinante e relatá-las entediante, óbvio, um pouco mais óbvio, um pouco menos óbvio, poucas variantes. Trata-se de uma coisa incômoda, de qualquer forma, quando você olha retrospectivamente para ela, quando você já está fora dela. Até custa a gente se imaginar nesse estado, com o passar do tempo. Mas enquanto dura é a única coisa que interessa. A gente se sente absorvido e sofre com a miragem de que a vida verdadeira é essa e de que nenhuma outra vale a pena, o resto empalidece. A gente até contempla com superioridade quem não a tem, cai numa espécie de *hýbris*. Ficou claro para mim que eu não só queria estar com aquela mulher, mas estar para sempre, imagine. Ela me correspondia, nesse contexto nem é preciso dizer. A paixão crescia e não se amainava. Não me restava outra coisa senão desfazer meu compromisso com Beatriz e pôr fim à nossa relação. Continuar juntos causaria a nós dois uma desdita, depois da minha descoberta. Essa tarefa não era agradável, nunca é. Mas era para mim uma montanha intransponível, dadas as circunstâncias.

Muriel agora observava o teto, nem mesmo o quadro. Falava um pouco absorto. Deteve-se. Lancei uma olhada à minha direita, veloz, para que ele não visse. A mancha continuava ali atrás dos vidros, Beatriz já devia estar com as pernas cansadas, por permanecer de pé tanto tempo. Tinha pernas robustas, isso a ajudaria; e vai ver que havia tirado os sapatos. Algo da nossa conversa devia por força lhe chegar, não ia ficar ali parada sem ver nem ouvir nada. No entanto, eu duvidava que fossem mais que fragmentos, do chão Muriel não levantava muito a voz e eu quase não intervinha. "Mesmo assim lhe compensa", pensei, "pegar algum fio solto dessa história que conhece."

— E não atravessou essa montanha, suponho — falei.

— E por que supõe isso, posso saber? — me perguntou Muriel novamente irado.

— Bem, Eduardo. O senhor se casou com Beatriz. Tiveram filhos. Estão juntos metade da vida. O que quer que eu suponha?

— Não se faça de espertinho, jovem De Vere. Não se faça de espertinho — repetiu audivelmente ofendido e se ergueu outra vez, como que movido por uma mola; pensei que ia se levantar, que repararia então na figura difusa e suspenderia o relato. — O que acha, que o que conservo disso é não ter me atrevido, por delicadeza ter perdido minha vida? Para me poupar um mal-estar, por covardia? Disso eu nunca poderia a tê-la culpado, homem, quem acha que eu sou? — Calei-me, ele se sossegou, tornou a se esticar, nunca deixou de me surpreender aquele seu gosto pelo chão. Recuperou o tom sereno, sempre grave, talvez dolente, mascarava isso a duras penas. — Não, eu fui honrado, ou até onde pude, não se pode pedir a ninguém que o seja indefinidamente. Escrevi-lhe uma longa carta explicando a ela o que havia acontecido, o que acontecia comigo. Tentei ser o mais afetuoso possível, lamentava a mágoa que lhe causava, era tudo a meu contragosto, o habitual quando se causa um grande desprazer. Pouco adiantam o tato e as boas palavras, mesmo assim a gente os procura, que remédio. Não podia lhe ocultar. Disse a ela que ficasse lá, que não voltasse. Ou não por minha causa, em todo caso, eu não ia estar aqui para ela, era impossível. Supus que se ela permanecesse na América não tardaria muito a se esquecer de mim e dar um rumo à sua vida. Afinal de contas, era o país em que tinha se criado, era mais dela do que este. Os mesmos que haviam defenestrado seu pai a considerariam uma vítima inocente e a ajudariam com bolsas ou lhe arranjariam um trabalho, o que fosse. Não fiquei tranquilo, claro, como é que podia. Enviei-lhe a carta urgente e me dispus a esperar. Não descartava um telefonema precipitado que teria sido inútil, não se pode falar de algo assim enquanto o contador de minutos avança implacável, então as pessoas pensavam muito antes de começar uma ligação, e nelas se soltavam as coisas a toda pressa, "Você vai se arruinar", dizia-se, quando alguém se estendia um pouco. Quando do calculei que a carta podia ter chegado, não houve chamada, mas passados uns dias recebi um telegrama. Abri-o convencido de que era uma resposta, dois gritos, dois insultos, uma súplica; uma recriminação, uma ameaça, um pedido de tempo até nos vermos, uma oportunidade para me reconquistar, a distância desfigura e desloca. Mas não. O telegrama dizia: "Pai morreu ontem à noite. Novo infarto. Duas semanas para arranjar aqui. Volto. Prepare tudo. Te amo".

— A carta ainda não tinha chegado — falei.

— Era óbvio que não. Às vezes atrasavam bastante, por mais selo de urgência que lhes pusessem. Uma ou outra se perdiam. Bom, igual a agora. O que eu não tinha feito era registrá-la, não tinha me ocorrido. Minha alma caiu nos pés. Ia recebê-la mais dia, menos dia, acrescentando desespero à dor, sentiria que o mundo vinha abaixo. Quem dera tivesse podido pará-la. Não para anulá-la, mas para aguardar um momento menos ruim, que adiasse um pouco, uma semana que fosse, não um golpe depois do outro. Mas já voava para lá, mais ainda, já devia ter alcançado seu destino. "Prepare tudo." Isso eu entendi perfeitamente, não havia como me iludir: significava "Prepare casamento". Deixaria para trás o passado defunto, eu era seu único futuro, era sua vida. Não soube o que fazer. Senti-me tentado a ligar brevemente para ela, que ouvisse a minha voz, a pretexto do pai. Mas teria sido contraditório com minha carta. No telegrama ela soava bastante inteira. Do jeito que o homem estava, no beco sem saída em que se encontrava, sua morte não deixava de ser uma solução, no fim das contas. Mas ela o adorava e isso não havia mudado, quero dizer devido às revelações chocantes, recentes: para muitas mulheres o pai da menina que foram sobrevive intacto e não muda, perdoam-lhe tudo. Devia estar desolada. E sozinha, mais ou menos. Por fim, o mais prudente me pareceu outro telegrama: "Sinto muito. Carta urgente caminho. Importante. Espere lê-la. Forte abraço".

Era evidente que Muriel se lembrava com exatidão das suas

palavras e também das dela, naquele cruzamento telegráfico. Citava com exatidão, deve tê-las relido um montão de vezes, e além do mais algo assim não se esquece, imagino. "Nem escreveu 'forte beijo'", pensei; "ainda menos retribuiu ao 'Te amo'. 'Forte abraço' se diz ou se envia a qualquer um, sobretudo se acaba de sofrer uma perda. Protegeu a retaguarda, deve ter pensado bem no que escrevia; não quis ser áspero, nada de um golpe depois do outro, tampouco quis lhe insinuar qualquer esperança de retificação possível. Sim, até aí foi honrado."

— E o que aconteceu?

— Nada. Não respondeu nada. Nem tinha por que responder, considerando bem, a esse telegrama. Se limitaria a esperar a carta anunciada. E devia estar atarefada com o enterro, com fechar a casa que sempre havia sido alugada, com os trâmites da herança, não é que devesse sobrar muita, mas talvez alguma coisa. Bem, é o que eu supunha. O principal ela já tinha dito, de resto: duas semanas para terminar tudo e volto. Só me restava esperar a reação à minha carta. Ia se produzir de um momento a outro, mas não chegava. Todo dia eu aguardava essa reação com a qual teria que lidar, inquieto e temeroso; o dia passava e isso não acontecia, nada acontecia. Eu me desesperava e ao mesmo tempo sentia uma espécie de enganoso alívio, não vou negar, ninguém gosta de enfrentar os prantos que causa. Mas nem sequer permitiu que se consumassem as duas semanas de prorrogação. Acelerou tudo ao máximo como se estivesse com o diabo no corpo, como se tivesse que fugir perseguida pelo FBI, como Harry e sua fulana de alto coturno. — Agora riu com secura, ao se lembrar novamente deles. — Deixou um advogado amigo encarregado do papelório e ao fim de nove dias depois do primeiro telegrama recebi outro: "Chego Barajas amanhã quarta. TWA NY 7AM. Me espere. Te amo mais do que nunca".

— Continuava sem ter lido a carta — falei. — De Nova

York, no dia seguinte, e bem cedo. Não teve muito tempo para tomar uma decisão, para se preparar. E a outra mulher, enquanto isso? — Não pude evitar de perguntar por ela, por aquele amor da sua vida que antes ou depois também tinha sido vítima de Van Vechten, ou isso viera a lhe contar, ao descobrir que era íntimo do pediatra.

— Como você é pesado com suas curiosidades — me respondeu. — Vai, me dá outro cigarro e me sirva um trago. Minha boca secou de tanto falar. — Assim fiz e me servi um também. Levei o copo dele à mesinha baixa, ali o alcançava do chão e podia voltar a pousá-lo. Ao me levantar para ir à prateleira das bebidas, a mancha se retirou novamente dos vidros, ou talvez tenha se agachado. Muriel tomou um gole e continuou: — Essa mulher pouco importa, não conta. Foi importantíssima mas passou para a história. Foi apagada, e assim fiz consciente e para valer, pelo menos por muitos anos.

— O senhor renunciou a ela.

— Claro, que mais podia fazer? Não tive de pensar muito ao receber aquele telegrama, como dizer, irremediável. Minha carta tinha se extraviado para sempre ou chegaria quando ela já houvesse partido. Beatriz não estava a par do seu conteúdo e voava para mim como quem se dirige para a sua salvação, para a única coisa que lhe resta, na certeza de que tudo se mantinha de pé, tal como havia deixado ao se ir. Era o que a tinha sustentado durante muitos meses, e sei lá, era madura, mas também uma moça de vinte e um anos. Eu havia escrito para ela quando seu pai ainda vivia, embora não estivesse recuperado daquele primeiro infarto e seu futuro profissional fosse quase inexistente depois do escândalo. Mas Beatriz ainda estava em tempo de não se mover, e tinha uma razão de peso para permanecer lá, uma missão inclusive, e encaminhar sua vida de alguma forma. Agora não, agora tinha queimado as naus. Tinha gastado com a passagem boa parte do dinheiro que lhe restava; tinha fechado a casa de Massachusetts, era impossível voltar, já não dispunha de meios; nada a manteria naquele país, nenhum vínculo forte. Eram fatos consumados. Eu podia ter batido o pé e confiado em que se refizesse em Madri. A gente se recupera de tudo, é verdade, e seus tios a teriam abrigado de início. Depois, quem vai saber. Uma infinidade de pessoas se viu em piores situações, claro. Para não falar das milhares de crianças órfãs de Dickens. — Quase sempre lhe aflorava um resto de humor, sua jovialidade de fundo. — Não tive coragem. Tinha tentado, não tinha funcionado. Eu me sentia comprometido, me sentia em dívida. Ela vinha a mim ignorando o que acontecia comigo, o que tinha acontecido comigo; cheia de ilusões e de esperança dentro da sua dor, depois de vários golpes seguidos. Eu era incapaz de lhe acertar outro de surpresa, quando já era tarde: o definitivo, ou assim me parecia. Inconvenientes da educação antiga, jovem De Vere, e eu ainda era jovem, não tinha me distanciado o suficiente. Tinha sido inculcado em mim o sentido da responsabilidade adquirida. A ideia de que você tem de cumprir com a palavra dada. A noção de cavalheirismo, que hoje já soa ridícula, ainda não soava tanto vinte anos atrás, tudo desaparece muito rápido. — "A malvada rapidez", pensei; "não só a da língua, mas também a do tempo que expulsa sem cessar pessoas, costumes, conceitos." — A convicção de que não se pode causar dano grave, se está em nossas mãos evitá-lo.

Levou as palmas ao rosto e apertou as bochechas até deformar a boca com esse gesto. Eu não soube se estava amaldiçoando aquela educação antiga ou se a assumia em retrospecto, se forçava a si mesmo para encastrá-la mais uma vez em seu peito, afinal de contas pouco se pode fazer contra o que nos cabe pela sorte. Ou contra o caráter, se não conseguimos mudá-lo. Cada vez há mais indivíduos que conseguem fazê-lo: na verdade, reconfiguram-no de tempos em tempos.

— E como a outra reagiu? — Eu sentia interesse pela abandonada, apesar da reticência de Muriel em falar dela.

Tirou as mãos do rosto, bufou, a boca voltou ao seu ser, tocou o tapa-olho com dois dedos para conferir se não tinha se descolocado.

— Passei a noite inteira com ela. Expliquei-lhe, dei a notícia, chorou copiosamente, entendeu em parte, não ficou agressiva nem histérica. Mal se obstinou, só chorou. Mas já te disse: melhor a deixarmos de fora, pois assim ficou, a coitada: de fora. — É provável que Muriel tenha se esquecido de algo que tinha me contado, pouco, e além do mais em outro contexto. "Faça o que acha que deve fazer", lembrei-me o que lhe havia dito aquela mulher. "Faça o que vá te causar menos tormento, aquilo com que você melhor possa viver. Mas então não nos lembre, a você e a mim. Nunca nos lembre juntos se não quiser se lamentar dia após dia e, pior ainda, noite após noite. Nem mesmo nos lembre separados, porque no fim sempre se junta ao recordar."

— O senhor me contou alguma coisa a esse respeito. — E refresquei-lhe a memória, repeti essas palavras.

Endireitou-se outra vez e olhou desconcertado para mim por um instante; depois fez uma recapitulação mental, veloz.

— Sim, bom, está bem. — E sua voz soou alterada, talvez um pouco irritada com a minha reprodução tão precisa. — Você sempre se gabou da sua memória, é preciso ter cuidado com o que se conta a você, porque registra tudo como uma máquina. Sim, eu disse algo assim. Mas isso foi o resumo. Aquela noite, não se engane, foi muito longa. Teve seus vaivéns, e hesitei em alguns instantes. Porém prevaleceu a decisão que eu tinha tomado. Me despedi dela passadas as seis da manhã e fui direto para o aeroporto, direto da casa dela. Fechei a porta às minhas costas para que ela não continuasse a me olhar do umbral, enquanto o elevador subia. Talvez tenha me observado pelo olho mágico, não posso saber. Fechei a porta sabendo que deixava passar a paixão, o amor da minha vida... A raríssima paixão, poucas vezes ela aparece... Quando cheguei ao aeroporto de Barajas ainda conservava seu cheiro, suponho. Tanto fazia. Ninguém ia me pedir contas, só faltava essa; e Beatriz era muito inteligente, nunca teria cometido um erro como esse, não depois de tantos meses de ausência.

— E como foi o encontro? Vindo o senhor de onde vinha. — Falei de novo porque ele tinha voltado a se calar. Dei uma olhada nos vidros, o rosto rosado tinha recuperado seu lugar.

— O voo aterrissou pontualmente, sem nenhum atraso, cheguei bem na hora. Quando apareceu Beatriz, achei-a bonita, mentiria se dissesse o contrário, nada a ver com a de agora. Não é que isso me compensasse, claro, mas já era alguma coisa. É melhor que te agrade a pessoa que vai estar a teu lado por muito tempo; da maneira mais elementar e epidérmica, digo. Ela me abraçou com força, com um sorriso como não vi igual na minha vida, de tão radiante, de tão luminoso. Tentei reproduzir esse sorriso com algumas atrizes, em meus filmes, nunca consegui delas mais que um pálido reflexo, por melhores que elas fossem. Sorria como se não acreditasse na sua sorte, como se lhe parecesse impossível estar de volta comigo. E depois se pôs a chorar, enterrou a cara no meu peito e permaneceu assim um instante, lembro que deixou minha gabardine molhada. Devia ter desejado aquilo muitíssimo. Isso também comove, a ignorância do outro; a felicidade do outro, quando salta à vista que você é a causa. Você sente responsabilidade ou a acentua. Quando pegamos suas malas e a comoção já tinha lhe passado um pouco, não pude evitar de lhe perguntar, que fosse uma das minhas primeiras perguntas: "Não recebeu nunca a minha carta? A que te anunciei no meu telegrama?". "Não!", respondeu em tom de queixa. "Olhe que a esperei com ansiedade. Supunha que me consolaria muito, que me falaria do meu pai, da sua perda, que me serviria de ajuda para suportá-la. Você não sabe a raiva que me dá ela ter se perdido, justamente essa, a que eu mais precisava." Entendeu que minha carta era de pêsames, por assim dizer. Que eu a tinha escrito ao saber da notícia, a toda pressa, para que não ficasse só com três frases lacônicas e comprimidas ao máximo. Tendo sido enviada então, na realidade não tinham passado tantos dias para dá-la por extraviada definitivamente: nove, dez no máximo. Eu não tinha sido claro o suficiente em meu telegrama. "Carta urgente caminho. Importante. Espere lê-la", tinha escrito. Naquele momento ela não devia estar para deslindar sutilezas nem desvendar sentidos. Devia ter acrescentado "antes vir" ou "antes tomar decisões". "Espere lê-la antes tomar decisões"; imagino que isso teria bastado para freá-la, para que se perguntasse, para que indagasse e não se precipitasse; até para que se atrasando a carta ela me telefonasse. — Fez uma pausa, tomou um gole e sorriu, dessa vez zombando de si mesmo ou com leve amargura. — Mas nos telegramas, como você vê, todo mundo economizava palavras.

— Mas o senhor não acha que as coisas teriam mudado muito, não?, se não as tivesse economizado — falei.

Então se cansou de ficar deitado, ou quis se posicionar de frente para mim, porque não só se levantou, se espreguiçou com os braços bem esticados e foi sentar num dos sofás, o que ficava de costas para a porta (ao se levantar a mancha desapareceu mais uma vez, sem dúvida com susto), mas também me instou a deixar meu lugar em frente à mesa, me assinalou o outro sofá com a mão:

— Anda, senta ali, não me faça torcer o pescoço, parece mentira que você nunca se lembre que meu campo visual não é o mesmo que o seu. Como se não estivesse visível este tapa--olho. — E tornou a lhe dedicar uma rápida tamborilada. E uma vez que obedeci me respondeu: — Quem sabe. Provavelmente não. Provavelmente ela teria encontrado outra maneira de se fazer de boba, de não se dar por achada. Sei disso agora, mas então nem desconfiava. Bem, me passou pela cabeça, e passou mais ainda pela da outra mulher, mas pensei que era seu desespero que falava, descartei de imediato. Não me parecia possível

481

que alguém tão jovem fosse capaz de jogar tão sujo, é verdade, e com tanta aleivosia. — "Eu sou um pouco menos jovem", passou-me pela cabeça como uma rajada, "e não joguei muito limpo com ele, mas creio que sem aleivosia." — Em meio à nossa desgraça, ainda por cima, confundimos vulnerabilidade com inocuidade e cremos que as vítimas não ferem, é um erro muito comum. Não a via capaz de constituir toda a sua vida futura numa mentira. De hipotecá-la com isso, de assentá-la em algo tão... precário. Claro que, quanto mais abrangente a mentira, maior a tendência a esquecê-la por parte de quem se serve dela. Ela me conhecia perfeitamente, me estudava havia anos, desde a sua mocidade, enquanto eu estava distraído e não prestava atenção; nem a percebia. Pequei por ingênuo e confiante. Sempre pensei que não se podia ir pela vida cheio de desconfianças e receios. Me custou muito aprender. Nem sequer estou confiante de ter aprendido totalmente. Que se há de fazer. A gente vai aprendendo com os próprios erros e se obriga, se obriga a maiores cautelas; mas permanece o caráter. Atenuado, admitamos: não muito mais do que isso.

— Levou anos para descobrir.

— Doze anos — respondeu —, dizem que é logo. Mais ou menos. E quatro filhos depois. E não descobri por conta própria, ela é que me revelou num arrebato de fúria, para me magoar. Eu poderia ter morrido sem saber, teria sido melhor, acredito. — "Se você não tivesse me dito nada, se tivesse continuado a me enganar", lembrei-me.

— É? O senhor acredita? Está falando sério? — Eu era jovem demais para entender isso, apesar da minha precocidade geral. Os jovens têm excessivo apego à verdade, à que lhes diz respeito. Faltam sem cessar com ela, mas não se pode lhes pedir que renunciem às que lhes incumbem e afetam. Não suportam ser tapeados e feitos de bobo, mas isso é pouco grave e o destino comum de mulheres e homens, sem nenhuma distinção.

— Sim, acredito. Afinal de contas, eu tinha feito um esforço. Um longo esforço. Tinha levado em conta isso que você repetiu, o que a outra mulher me aconselhou. Foi uma recomendação retórica, se é que não foi dramática, uma encenação, uma saída *en beauté*, a dela. Própria das circunstâncias, de uma despedida inesperada e abrupta, para não descompor a figura. Mas levei-a ao pé da letra, vi sentido nela. E fiz isso, não nos recordarmos, dela e de mim, na medida do possível; isto é, superficialmente: no fundo, sempre nos resta a saudade da vida que foi descartada, e nos maus momentos nos refugiamos nela como num sonho ou numa fantasmagoria. Porém, uma vez que tomei a decisão, uma vez que saí do aeroporto com Beatriz ao meu braço aquela manhã, como um verdadeiro casal encaminhando-se para seu futuro, me firmei no propósito de ficar onde eu estava. "Vou amá-la", disse a mim mesmo, "vou estar sempre a seu lado. Vou lhe ser fiel", me repeti mil vezes, "e não vou falhar a ela nem abandoná-la. Foi ela que me coube pela sorte, sem que eu a escolhesse. Dá no mesmo, estarei junto dela, eu a protegerei e apoiarei e cuidarei de seus filhos, e a amarei como se a tivesse escolhido. Hei de me esquecer do que ficou pelo caminho, é tarde para retroceder, e essa vereda já não é a minha. Avançarei por ela sem olhar para trás e procurarei não me lamentar." Eu me disse e me repeti isso uma infinidade de vezes, ao longo de muito tempo.

— E conseguiu cumpri-lo? — perguntei a ele, embora soubesse a resposta, porque também tinha ouvido isso na noite em que Beatriz bateu timidamente na sua porta com o nó de um só dedo: "Que burro fui ao te amar todos esses anos, o mais que pude, enquanto não soube de nada", tinha dito a ela pondo as mãos em seus ombros, antes de apalpar o corpo dela com desdém e vexação, talvez também com uma vaga ou encoberta luxúria que se tinha proibido havia muito. E ao fim de um instante, e depois da bolinagem, ela tinha lhe respondido: "Não, você não foi burro. Não, foi ao contrário: você fez bem em gostar de mim por todos esses anos que passaram, por todos esses anos... Certamente nunca fez nada melhor". Tive a certeza de que os olhos de Beatriz tinham se umedecido, e só assim me expliquei a surpreendente reação de Muriel: "Isso eu te permito", lhe dissera. "Mais uma razão para que você tenha a convicção de ter tirado a minha vida. Uma dimensão da minha vida. Por isso não posso te perdoar." Havia empregado um tom suave, quase de deploração, ao pronunciar essas palavras.

— Sim, acredito, talvez mais do que o esperado. Não era muito difícil gostar dela, já te disse, sem paixão. Não é imprescindível. E custava menos ainda depois das revelações do pai, sua convalescência e sua morte, eu a via como um ser desvalido e sem raízes, sozinho e sem lugar no mundo. Também não era difícil desejá-la, em absoluto, até que o que ela fizera me repeliu e, além do mais, começou a se descuidar. Não vou dizer que não tenha tido nenhuma aventura durante doze anos: passávamos temporadas separados, enquanto eu rodava na América ou nem mesmo tão longe. Mas foram poucas e só isso, aventuras ocasionais que nunca a ameaçaram, não me deixaram marcas nem muito menos saudades. Mal me lembro. Vieram os filhos, e isso acrescenta vínculos. Veio a morte do mais velho, e atravessamos isso juntos. Não vou te contar o que é a morte de um filho pequeno, existe demasiada literatura oportunista e barata e demasiados filmes que exploraram essa desgraça para emocionar com certeza a gente, é fácil provocar choro e pena com isso, na ficção ou na autobiografia, é indiferente, é indecente. Até Thomas Mann incorreu nisso, em seu celebrado *Doutor Fausto*, se não me confundo. Mas, bom, é uma coisa que nunca se esquece. Não só o filho, também a pessoa que esteve ao nosso lado, que padeceu com você essa desgraça, que você viu sofrer e fazer força para não vir abaixo, que amparou e ao mesmo tempo se agarrou a ela para se amparar. Não se pode apagar o que aconteceu, Juan, mesmo que a origem de tudo tenha sido uma farsa. Interrompeu-se, ficou absorto. Agora não olhava para o alto, mas para o chão com o olho penetrante e fixo, como se quisesse enxergar sob a madeira. Não me atrevi a me aproximar da foto de Beatriz com o filho, meu primeiro impulso; na realidade não precisava, eu a conhecia bem, a tinha estudado. Aproveitei para lançar outra olhadela nos vidros, já não havia nem sinal da deformada figura, talvez tenha se escondido detrás da parte opaca da porta, ou talvez tenha se ido, incapaz de ouvir mais (se é que ouvia), ou para não ser descoberta por seu velho amor vigente que a repudiava ("Sinto muito, meu amor", assim o havia chamado).

— Por que contou isso, depois de tantos anos?

— Bah. O porquê é o de menos. Não muito depois do nascimento de Tomás tivemos uma discussão. Havia uma atriz... Nah, na época sem a menor importância; ninguém nunca teve importância, nem mesmo a mulher que abandonei por ela, quando reapareceu brevemente em minha vida, eu tinha levado minha tarefa a cabo com eficácia. E o tempo não está facultado a suplantar o tempo... Enfim, eu fiquei desagradável, você me viu sendo, posso fazer os outros subirem nas tamancas. Eu a fiz subir naquela ocasião e ela soltou aquilo sem querer, sem pensar nas consequências. A gente avalia mal essas coisas, as que saem da língua parecem mais veniais do que as que saem de nossas mãos, e não costumam ser. Havia passado tanto tempo, tinham se superposto tantos fatos, os filhos e os filmes e nosso casamento, que ela já via sua artimanha como coisa de criança, de fato ela sempre diz isso para se defender. Ela a vê também como pré-história, algo que nossa história juntos devia ter enterrado há séculos, a força do presente, você sabe, a força dos acontecimentos, do irreversível. Mas o pior não foi que ela confessasse, mas que me trouxesse a carta para que eu a visse. Foi a uma estante sem titubear, tirou-a de um livro e a pôs em minhas mãos. Ali estava, aberta mas com o envelope e os selos, o nome e o endereço com minha letra, eu tinha escrito *"exprès"* em vermelho e a tinha confiado com temor aos Correios, a tinha levado à central de Cibeles para que saísse mais depressa. Escrevê-la tinha me custado suores, uma noite de insônia, tinha pesado cada palavra, tentando ser sincero e ao mesmo tempo não a magoar, ou o menos possível. Para mim ela tinha se perdido no limbo e nunca chegado, e no entanto ali estava, tinha viajado até a América e voltado com ela, enfiada nas malas que havia trazido ou quem sabe na bolsa, ou já no livro que fora lendo naquele voo distante. Estava havia doze anos em seu poder e além disso a tinha escondido. Para que se esconde uma coisa assim, convém destruí-la, queimá-la, se não era para mostrá-la a mim um dia, para tripudiar, para esfregar na minha cara. Não lhe bastou mudar a minha vida, dirigi-la como um ator às suas ordens, impor-se nela e ocupá-la inteira contra a minha vontade expressa que ela conhecera desde o início. Queria que um dia eu ficasse sabendo, não me deixou permanecer no engano, que às vezes é o melhor que pode acontecer conosco, se nos conformamos com o que houve. E eu já estava mais ou menos conformado. Tinha me esquecido por completo da paixão, em todo caso. Não é muito difícil, por ser tão raro.

Me lembrei então do que tinha me dito outra manhã, ao me falar do primogênito morto e de quanto havia feito Van Vechten para tentar salvá-lo, e por todos eles ao longo dos anos. Eram as palavras de alguém que sabe qual é o cálculo das probabilidades na existência das pessoas e não pretende se contar entre as excepcionais: "São muitas as vidas configuradas com base no engano ou no erro, seguramente a maioria desde que o mundo existe, por que eu iria me livrar, por que não a minha também. Esse pensamento me serve de consolo algumas vezes, me convence de que não sou o único, e sim, pelo contrário, mais um da interminável lista, dos que tentaram ser corretos e se ater ao prometido, dos que se orgulharam de poder dizer o que cada dia mais se percebe como uma antiquada estupidez: 'Olhe, tenho palavra'...".

Bebeu, acendeu outro dos meus cigarros, cruzou as pernas de maneira que o pé da perna atravessada tocava o chão, tão compridas elas eram. Procurou num bolso da calça, extraiu sua bússola e aproximou a agulha do olho ou o olho da agulha, como se esta contivesse o tempo ido, ou o não sucedido; eu me perguntei se tinha terminado de me contar ou se teria se cansado de rememorar e deixava o resto às minhas deduções.

— Por que não se separou? Por que não a abandonou em seguida? — perguntei a ele, no entanto; queria saber por que tinha preferido a longa e indissolúvel desdita. Não existia divórcio na Espanha nem existiria até um ano depois, mas desde 1940 as pessoas se separavam discretamente, sem oficializar nem comunicar, sobretudo se era o marido que decidia sair de casa. Sempre foi assim no país subjugado, sempre se encontraram modos de esquivar as leis, até certo ponto, algumas delas.

— Ah, não. — Reagiu logo, brilhou seu olho com fúria, suspendeu a observação da bússola. — Quando ela me mostrou a carta, compreendi que aquele sorriso radiante da manhã em que fui buscá-la em Barajas, aquele que tentei reproduzir em atrizes, não era de mera felicidade ignorante do risco que havia corrido, mas de felicidade sabedora, de triunfo, de ter se saído bem e ter coroado a representação com sucesso. Ela tinha que pagar, e isso teria sido benigno. Teria se refeito mais cedo ou mais tarde, talvez tivesse procurado outro homem, ainda era bastante jovem. Mas se eu continuasse junto, mesmo que por temporadas, isso teria sido impossível. E de fato foi.

— Ainda *é* bastante jovem, Eduardo, apesar de o senhor não querer enxergar isso.

Não me ouviu ou não fez caso.

— Impus quartos separados e fechei-lhe o meu para sempre. Se não houve outra coisa, tinha havido muita sexualidade entre nós. Desde então não voltei a tocá-la, que idade tem Tomás, já oito anos. Também não voltei a querê-la daquela maneira fácil, festiva, superficial, como sempre a quis, para ela bastava. — Mas em certos momentos eu os tinha visto se divertir juntos talvez sem se dar conta do que faziam; e depois do alarme do Wellington ele tinha se mostrado cuidadoso e quase afetuoso com ela: não há inércia que se suprima totalmente, imagino, por mais esforço que se ponha. — Engordou, se deteriorou, se deprimiu, a cabeça foi se indo cada dia mais, pouco a pouco. Todas as tentativas de suicídio são posteriores a isso. Sem dúvida são consequência disso, pelo menos na origem. Antes nunca teria lhe ocorrido, era uma mulher sem queixas. Isso já não é tão benigno, isso é mais justo. — "O perdão resiste mais que a vingança", pensei, recordei. Ou talvez pense ou recorde agora.

— À custa de permanecer amarrado. Parece uma modalidade deste dito tão nosso, não?, "Um ficar caolho para deixar o outro cego".

Olhou para mim com um misto de severidade e ironia.

— Eu já era caolho, jovem De Vere, ou será que não vê? — E tornou a tocar no tapa-olho. Mas desta vez não falava apenas literalmente, se referia também à sua ingenuidade, à sua boa-fé, à sua credulidade de vinte anos atrás ou quantos fossem. — Desde então faço o que bem me parece, não hei de prestar contas a ninguém nem me dar ao trabalho de inventar, era só o que faltava. E ela também, suponho, estou me lixando para como leva a vida, me desinteressei; mas ela faz forçada o que bem entende, não por gosto; o faz arrastada, eu a arrasto a dispor de uma liberdade que ela não deseja de modo algum, preferiria estar sujeita a mim. Quanto ao mais, não perdi nada: nestes anos tampouco apareceu uma mulher que me emocionasse o bastante para querer ir com ela. Isso já passou, está descartado. Mas quem sabe se de repente... — Se de repente o quê? — Eu o pressionei demais, me escapou, e decerto com isso me impedi de averiguar o que se anunciava, o que o tentava. — Se de repente nada. — Fechou-se em copas no ato. — Se o passado já é pouco, o futuro é que não é mesmo da sua alçada. Não insisti, deixei andar prudentemente. E no mesmo instante pensei "Melhor assim", ao ver de novo a oval reconhecível, a mancha rosada atrás dos vidros, já não devia importar ser descoberta por Muriel, que continuava de costas e eu em compensação a tinha em frente. "Melhor que não ouça, se está ouvindo; que não ouça essa pobre mulher infeliz, amorosa e dolente. Ou pobre alma, pobre-diabo."

— Mas você não deve estar se lixando tanto assim para como ela leva a vida — voltei ao de antes —, se se aterrorizou tanto na noite do Wellington.

— Ha — respondeu. E ao cabo de alguns segundos voltou a emitir o mesmo som, era mais que um R, era um h aspirado, não era riso, era um som de ligeira decepção, ou de superioridade: como se comigo a necessitasse. — Ha. Eis o memorizador, você mesmo disse: estou me lixando para como ela leve a vida, mas não como leve a morte, nem que a alcance. Me importa muito ela morrer, ela se matar. É a última coisa que desejo. Seria terrível para meus filhos, e também para mim, está pensando o quê? Claro que se um dia conseguir, que posso fazer. Mas se isso acontecer, não tenha dúvida de que para mim será uma tragédia e de que eu a chorarei de verdade. Você não apaga o que houve com um risco, te disse. Mesmo que decida que o que existiu já não pode continuar existindo.

Sim, eu já tinha ouvido dele algo parecido com isso, de modo mais elaborado ele tinha dito a Beatriz à porta do seu quarto, a Beatriz de camisola: "Que sentido tem tirar do engano um dia. Isso é pior ainda, porque desmente o ocorrido e você tem que voltar a contar o vivido, ou negá-lo. E no entanto viveu o que viveu. E o que você faz então com isso? Apagar sua vida? Isso não é possível, mas tampouco o é renunciar aos anos que foram e já não podem ser de outro modo, e deles ficará sempre um resto, uma recordação, nem que seja fantasmagórica, algo que aconteceu e que não aconteceu. E onde você põe isso, o que aconteceu e não aconteceu?". Havia empregado um tom de lamento, não mais de desprezo nem de agressividade, talvez sim um pouco de rancor. E Beatriz tinha se posto de imediato nesse mesmo tom, para chamá-lo de "meu amor" e desejar que o tempo retrocedesse e lhe pedir perdão; talvez com astúcia, talvez com sinceridade.

Então ela abriu a porta, revelou sua presença, apareceu. Não estava descalça, usava seus saltos altos com os quais saía quase sempre à rua, realçavam sua exuberante figura. Ao ouvir o ruído, Muriel se levantou e se virou, ao vê-la o olho centelhou. Ela ficou no umbral com a mão estendida e um olhar de súplica, como se pedisse a ele que a pegasse e a levasse para dentro da sala, como se o chamasse de "meu amor" outra vez. Ouvir que sua morte era a última coisa que ele desejava, ouvir que choraria de verdade, deve ter lhe parecido motivo de gratidão, ou quem sabe de uma esperança demente. Mas o gesto dele com a mão foi inequívoco e terminante. Um gesto de afastamento, de afugentamento, repetiu-o várias vezes, como se lhe ordenasse que se retirasse sem mais tardar, como se espantasse um gato. Para mim estava repetindo o que vinha lhe dizendo havia oito anos: *"Non, pas de caresses"*, "Não, nada de carícias. E não, nada de beijos".

490

XI.

Sim, ele a chorou, eu vi com meus próprios olhos. Chorou-a ao saber e copiosamente durante o enterro no cemitério de La Almudena, numa manhã ensolarada de Madri; vi como lhe escorriam as lágrimas incontidas do olho que falava — não era o caso do calado, que devia carecer de lacrimais, ou talvez o tapa-olho agisse como dique, de tão encaixado — enquanto os coveiros baixavam por fim o caixão e atiravam sobre ela as primeiras pás de terra. Ninguém ficou para ver as últimas nem a recolocação da lápide, levantada e aberta para depositá-la, no túmulo familiar ainda restava um lugar vago que seria para o próprio Muriel, como se presumia, ali repousava desde havia muito o malogrado menino Javier, que por não ter crescido ocupava muito pouco espaço e que, além do mais, o imaginário abraço da mãe agora envolveria. Muriel não ficou, apesar de lhe custar despedir-se e de ter sido necessário ampará-lo, de tão cambaleante, nem tampouco Susana nem Tomás nem Alicia, que lhe prestaram seu apoio, mais pendentes do pai vivo e transitoriamente envelhecido — envelhecido só naquele dia — do que de quem já se tornou apenas abundante carne inerte que logo se perderia sem que ninguém assistisse a esse processo, por sorte: temos o bom costume de não impor testemunhas aos defuntos, e os deixamos para que sigam morrendo em sua palidez. Não ficaram Rico nem Roy nem Van Vechten, nem Gloria nem Marcela nem Flavia, nem os colegas de colégio em que Beatriz dava aulas de seu inglês americano nem uns poucos alunos que foram representando todos, nem dois ou três dos alunos particulares. Menos ainda os conhecidos de Muriel que compareceram por compromisso ou por vergonha toureira: o *maestro* Rafael Viana e outros de farra, aquele acompanhado da funcionária pública Celia, que me lançou um olhar neutro e velado; um par de diplomatas e gente de cinema, entre a qual vi um viticultor com quem Muriel andava com negociações persuasivas e por um momento Jess Franco, que logo se foi com passos curtos e muita pressa, sem dúvida para rodar meio filme no que restava do dia. Não me surpreendeu muito divisar, discreta e um pouco apartada, a empresária Cecilia Alemany, eu a reconheci apesar de seus óculos escuros, em parte porque mascava chiclete sem se dar conta do impróprio de seus movimentos mandibulares naquela paragem e contexto. Uma mulher folgada, como quase todas as de muito dinheiro, isso me confirmou a boa amizade que fizera com meu chefe nos tempos recentes. Tampouco fiquei para ver desaparecer totalmente o ataúde sob a terra, não me cabia, ou teria sido estranho. Me prometi visitar o túmulo de vez em quando, jamais o fiz em todo esse tempo, ou só uma vez, anos mais tarde, para acompanhar o que restava e amparar Susana, que era então quem mais cambaleava.

Pouco depois daquela conversa, o casal, os filhos e Flavia saíram para veranear numa casa que tinham em Soria, cidade fresca, com igrejas românicas, vestígios do poeta Machado, rio em que se nadava e um formoso parque, há meia vida iam para lá ou para um hotel em San Sebastián quando o calor apertava — conforme iam as finanças, melhor ou pior —, ficava a menos de três horas de Madri por rodovia, portanto Muriel podia voltar se algo urgente o requisitasse. Não sei o que aconteceu nesse lugar, se é que foi alguma coisa. O mais provável é que não, só os males habituais talvez agravados pela falta, ali, de escapatórias: imagino que Muriel tenha ficado apenas um dia ou outro, chamado a Madri ou a outros lugares com muita urgência, verdadeira ou falsa, talvez por uma mulher, pela primeira vez em longos anos, com domínio. E quando regressaram, em fins de agosto, deixei de trabalhar no apartamento da Velázquez e dei adeus ao meu quartinho, como já estava mais ou menos decidido e previsto. Tinha me imiscuído demais em tudo, ou era esse casal que havia atravessado a minha vida, apenas a de um principiante. Tampouco foi alheia à minha resolução a presença invariável do doutor, que continuou entrando e saindo como sempre, embora comigo já não se mostrasse amigável nem gaiato nem desenvolto, era pura rigidez e semblante severo. Muriel tinha por ele suficientes gratidão e simpatia para que lhe importasse pouco o que ele fez, e depois de suas prementes e malditas dúvidas — elas me meteram na sórdida história —, preferisse ignorar. Ao contrário de Beatriz, não havia feito a ele o que quer que fosse, foi o que tinha dito. Mas depois do relato de Vidal e de nosso encontro no Chicote, depois de suas ameaças nada veladas ("Escute, jovem De Vere, veja lá o que vai contar... Está me entendendo ou não, moleque?"), não me restava nenhuma vontade de estar no mesmo aposento com Van Vechten.

Assim, não pude estar ali para seguir Beatriz nem tomar conta dela nem vigiá-la, para correr à rua atrás dela quando saía sozinha, e era então que mais havia com que se preocupar, conforme seu marido e conforme eu mesmo havia comprovado mais tarde. Por outro lado, eu já tinha abandonado esse costume furtivo e dificilmente explicável, mais ou menos desde que havia ido para a cama com ela, uma só noite e sem que ninguém soubesse, ou só alguém que havia corrido pelo corredor e depois não tinha dado um pio nem mudado de atitude comigo nem me lançado um olhar de reprovação — nada —, fosse quem fosse, eu jamais soube com certeza, embora tenha minhas suposições. E mesmo que estivesse lá, não teria podido segui-la naquela tarde, como nunca pude fazê-lo quando montava na Harley-Davidson e desaparecia sabe-se lá a caminho de onde, nem com quem ou se com alguém, nem ao encontro de alguém ou se ao encontro de alguém. Muriel nunca me falou das duas tentativas de suicídio anteriores à minha aparição, nunca em detalhe, mas se falharam tiveram que ser, como a que eu frustrei, menos drásticas e menos rápidas, menos bestiais e com hesitações, com margem para ser salva. Beatriz Noguera se espatifou contra uma árvore em setembro, ao entardecer, numa estrada secundária já bem perto de Ávila, a uns poucos quilômetros de onde tinha morrido anos antes o irmão de Muriel, Roberto, em companhia de uma jovem francesa, os dois muito desabotoados. Não sei por quê, imaginei que teria sido contra uma daquelas árvores — compridas fileiras delas — com uma lista pintada de branco para torná-las mais visíveis à visão noturna, mas pode ser que em 1980 essas faixas grossas na metade do tronco já não fossem pintadas, não tenho certeza, não me lembro. Apesar de que nos acidentes de moto ou de carro sempre há a possibilidade da indeliberação e do acaso, da distração e da imprudência e do imprevisto, ficamos todos com a ideia de que havia investido de propósito, pelo menos os adultos. (Às crianças, como convinha, contaram a versão do galho na pista, da poça de óleo ou do animal que atravessa, a clemente história do destino adverso e do azar, que Susana, sagaz como era com seus quinze anos, fingiu acreditar somente por piedade dos irmãos.) O choque havia sido tão frontal que Beatriz parecia ter escolhido com cuidado a árvore: esta, esta e não outra entre tantas iguais, talvez pensando: "Minha culpa passou mas permanece o castigo. Se não for agora, o que é morrer na hora certa? Não voltarei à minha cama aflita, não quero que o pesar continue a rondá-la. O intervalo é meu". Conforme fiquei sabendo por Rico, por Roy, por Flavia, pelo próprio Muriel dias depois, podia se imaginar que ela havia parado a Harley-Davidson num ponto da estrada e tirado o capacete que na época pouca gente usava, mas ela sim, algumas vezes: apareceu jogado na relva, fora do asfalto e a muitos metros do local do acidente, como se houvesse caído ou o tivesse tirado da cabeça, aquela que andava tão mal, às vezes quem sabe pensando: "Eu não quero uma nova vida com outro homem. Quero a que tive durante muitos anos com o mesmo homem. Não quero me esquecer nem superar, nem refazer nada, mas sim a prolongação do que houve e continuar o mesmo". É provável que não tenham passado veículos naquele lugar àquelas horas e que ela pudesse tomar seu tempo antes de tomar o impulso imaginário e arrancar de novo e acelerar ao máximo, que olhasse à sua volta um instante para se acostumar ao lugar frondoso que seria o último a escurecer, e quem sabe tenha se perguntado na espera: "Por que teria de nos querer aquele a quem apontamos com o dedo trêmulo? Por que justamente esse, como se tivesse que nos obedecer? Ou por que haveria de nos desejar aquele que nos perturba e abrasa e por cujos ossos e carne morremos? Para que tanta casualidade? E quando acontece, para que tanta duração? Por que há de perseverar algo tão frágil e tão preso com alfinetes...?". Talvez tenha lançado um derradeiro olhar para si mesma e para suas roupas, ou até tirado da bolsa um espelho de mão, já que ia se transformar definitivamente em pretérita, ou em retrato; embora seja fácil que então não lhe preocupasse a mínima o estado em que ia ser encontrada e contemplada, e que se sentisse muito próxima do que escreveu o poeta Bécquer numa carta: "E então para mim tanto fará me colocarem debaixo de uma pirâmide egípcia ou me atirarem num barranco como um cachorro". Pode ser que nem mesmo se incomodasse em olhar para a incipiente lua, sabedora do seu olho aborrecido e impávido, aborrecida ela mesma com a sua insistência, e que se dissesse: "Dentro de nada deixarei de pertencer aos néscios e incompletos vivos e serei como neve que cai e não se solidifica, como lagartixa que trepa numa parede ensolarada no verão e se detém um instante diante do preguiçoso olho que vai registrá-la. Serei o que foi e que, ao não ser mais, já não foi. Serei um sussurro inaudível, uma febre passageira e leve, um arranhão de que não se faz caso e que se fechará logo. Isto é, serei tempo, o que jamais se viu, e que ninguém nunca pode ver". E quando por fim seus olhos se acostumaram à pouca luz daquela paragem, ou talvez quando começou a sentir frio e acendeu de novo o farol para enxergar melhor e não desviar da árvore escolhida por seu trêmulo dedo, e pisou no pedal para pôr em movimento a moto de Muriel que acabou sendo mais sua, talvez seu pensamento último, na corrida, tenha sido mais breve e mais simples e muito parecido com este: "Assim começa o mal e o pior fica para trás".

Demorei uns dias para ir ver Muriel a sós, depois do enterro, uma espécie de tácita apresentação individual de condolências, e para lhe fazer companhia um instante, suponho, embora a maior parte do tempo estivesse com gente, nessas circunstâncias as pessoas se dedicam durante um curto período, não largam quem está sofrendo nem um segundo, visitam-no, saem com ele, distraem-no, sacodem-no e aturdem-no para que não pense na única coisa que ocupa seu pensamento, para que note menos a ausência de quem se ausentou irreversivelmente. Depois essas mesmas pessoas se cansam em uníssono e o deixam sozinho, como se houvesse uma data de caducidade social para o luto, duas ou três semanas, nada mais, e se considerasse que o viúvo ou a viúva já estão em condições de se pôr em marcha e retomar seus costumes e sua vida de sempre, quando é justamente sua vida de sempre que se encerrou e nunca vai voltar. Sem dúvida Muriel estava afetado e provavelmente desconcertado, vi-o um tanto retraído e titubeante, como se a perda de Beatriz houvesse feito aflorar certa vulnerabilidade. Eu imaginava que seria temporário. Mas quando uma situação acaba sente-se falta dela, até a mais detestável, até a que se desejou infinitas vezes que chegasse ao fim. Essa saudade paradoxal tem escassa duração, mas em primeira instância se produz o mesmo vazio que ao alcançar um objetivo que custou esforço e paciência, coroar um negócio ou conseguir um cargo, por exemplo, ou terminar um filme ou pôr ponto final num romance adiado.

Muriel nem devia se lembrar das palavras que eu tinha ouvido dele na noite de súplicas, logo depois de passar as mãos por todo o corpo de Beatriz com negligência e grosseria e futilidade, de espremer seus seios e agarrar seu sexo como quem pega um punhado de terra ou um maço de relva ou uma pena no ar para depois soprá-la e deixá-la flutuar, sem nem mesmo prestar atenção para onde ela vai. "Diabos, quando você vai se convencer de que isso é sério e definitivo, até o dia em que você morrer ou morrer eu" sua boca havia vomitado isso. "Espero que seja eu a te carregar num caixão, ninguém me garante que você não se esfregaria no meu cadáver ainda quente ou já frio, para você não faria diferença." Ou na minha lembrança se superpunha outra versão, mais concisa e mais poética, tendemos a traduzir: "Espero seja eu que te enterre, que te veja sem vida, morrer em sua palidez". Sua esperança tinha se consumado, em todo caso, o mau é que ele nem sequer teria registrado essas frases (a gente retém o que escuta e se inclina a esquecer o que diz), enquanto na minha memória ressoavam e teriam ressoado na de Beatriz, é possível que até aquele entardecer na paragem frondosa e escurecida da estrada; e talvez ela te houvesse dito com o pensamento, já encavalada na Harley-Davidson e com o olhar fixo no alvo: "Você é que terá de se esfregar em mim". Muriel não havia chegado a tanto, claro, mas tinha cambaleado ao ficar sabendo e também no cemitério, e se notava que naquela inicial perplexidade sentia falta da presença irritante e incômoda, agoniante e também às vezes exasperante, o volume e as pisadas sonoras de quem havia sido sua mulher durante muitos anos mas talvez não suficientes, as duas coisas ao mesmo tempo, porque quando algo cessa quase sempre nos parece que não existiu o bastante e que podia ter se prolongado um pouco mais.

— Há momentos em que creio ouvir o tique-taque, Juan — ele me disse. — Principalmente quando estou sozinho aqui, quando uns vão para a cama e os outros embora, ou quando volto de jantar fora com uma multidão, a verdade é que esses primeiros dias me obrigaram a ter uma atividade frenética, algo quase obsceno, como se eu estivesse festejando, ainda que todos o façam com a maior boa vontade, não me permitem ficar a sós com meus pensamentos porque imaginam quais sejam. Bem, não, não têm a menor ideia de quais são, mas estão certos, isso sim, de em torno do que devem girar. É um pouco ridículo que eu me preste a isso, como se fosse um viúvo desconsolado. Entenda-me, sinto tristeza. Por mais que alguém espere e que não possa fazer nada para evitá-lo; que tenha havido avisos e nem sequer esteja convencido de querer evitá-lo; por mais que alguém se endureça e assuma as prováveis consequências da sua... — parou, procurou a palavra — ... da sua impermeabilidade, nada nos prepara para o acontecimento. Estou triste porque foram muitos os anos e de repente ressurgem os mais distantes, vejo Beatriz quando era quase uma menina e nenhum de nós sabia o que seria de nós, nem eu nem ela. Mas não estou desconsolado pela forma que se aplica essa palavra a quem sofreu uma perda, uma morte crucial. Há um elemento de inverossimilhança, e por isso creio ouvir o tique-taque do metrônomo, como se seu eco não tivesse se apagado e ela ainda tivesse metida na sua cabeça a música sem música, esse compasso foi um fundo permanente aqui. E, bem, a mesma coisa com tudo o mais: é como se os passos e o cheiro de Beatriz levassem mais tempo para desaparecer do que ela mesma, às pessoas sobrevive seu rastro, é minha experiência e é normal, pouco a pouco irá se esfumando. Mas enquanto perdurar... É como se necessitassem de uma prorrogação para irem de todo e fazerem sua limpeza e juntarem suas coisas. Nunca têm tempo de preparar a mudança, por assim dizer.

Ficou calado e não soube o que dizer, certamente não havia nada a dizer.

— Entendo. — Falei alguma coisa por falar.

Ainda parecia um tanto envelhecido aquele dia, foi transitório, logo desapareceram aqueles sinais da idade, que voltou a cercá-lo e rondá-lo sem se atrever a se assenhorar dele, a assentar--se em seu espírito nem a invadir sua aparência. Seu semblante olheirento e rugoso e cansado, seu leve encurvamento que se fazia notar inclusive sentado, foram apenas momentâneos, produto do acontecimento para o qual nada nos prepara, por mais avisados que estejamos; produto da impressão e da corroboração. De repente se levantou e me fitou com o olho alerta.

— Sabe que ela estava grávida?

Fiquei tão estupefato que não pude evitar de perguntar uma sandice, mas também é possível que o tenha feito por instinto, para ganhar uns segundos, para me recuperar da revelação.

— Quem, Beatriz?

— Claro, quem poderia ser? De quem falamos, jovem De Vere?

— Pois é. Mas como eu saberia? Ela tinha dito ao senhor?

— Não. Nem uma palavra. Eu soube agora pelo doutor. Por sorte conseguiu que um colega do seu hospital se encarregasse da autópsia, o mínimo, uma coisa sumária, nem precisava de mais. Bastante para detectar isso, no entanto. Mas que a mim ela não tivesse contado não tem nada de particular. Você há de supor que meu não era. Diz o doutor que talvez nem ela mesma já estivesse a par. Me parece improvável, depois de quatro filhos. Mas quem sabe. Talvez não desse bola, nem lhe passasse pela cabeça. Pode ser tudo.

— E de quanto estava, se sabe? — perguntei com uma pitada de apreensão.

— Uns dois meses, algo assim. — Então guardou silêncio por uns minutos e olhou para as unhas como se a situação tivesse se tornado embaraçosa de repente. Mas não era isso, o que lhe resultava embaraçoso era me perguntar o que ia perguntar: — Você não tem ideia de quem pode ser, certo? — Devo ter ficado um pouco vermelho, mas talvez interiormente ele também tenha se ruborizado e não reparou; ou atribuiu minha cor à mesma coisa que causava a sua sob a pele: porque antes que eu respondesse sentiu-se obrigado a me dar explicações: — Como você deve imaginar, para mim era indiferente o que Beatriz fazia. Eu não me metia nem nunca lhe perguntei, ela poderia ter tomado a pergunta por mostra de interesse, ou até de ciúme, vá saber. Mas se ia dar um irmão a meus filhos e essa criatura ia viver aqui, você há de compreender que eu sinta curiosidade. Você não tem a menor ideia, não?

Me dei conta de que me cabia responder bem rápido, sem dilação. De que qualquer hesitação ou pausa não me denunciaria, mas indicaria que de alguma coisa eu poderia saber ou ao menos uma suspeita. Quis crer, não, tive a certeza de que ele só me perguntava porque um par de meses antes, algo assim, eu havia sido o guardião de Beatriz enquanto ele filmava em Barcelona seus últimos planos com Towers e Lom; o mais próximo dela e sua testemunha principal. Ele não era homem desconfiado, nem lhe havia passado pela cabeça que eu pudesse estar ligado a isso. Para ele, eu era quase um imberbe. Convoquei a malvada velocidade da língua, a que nos condena e nos salva, para lhe responder sem titubear:

— Não. Nem a menor ideia, Eduardo, d. Eduardo. Como eu poderia saber de quem?

E de fato não podia saber de modo algum. Assim, nem mesmo faltei com a verdade.

Depois, eu o fui vendo cada vez mais esporadicamente, e quase nada, no fim. Não se pode dizer que tenhamos feito amizade, ou não ele comigo, eu sim com ele, ou esse era meu sentimento, teria continuado mais ou menos disposto a comprazê-lo e ajudá-lo no que me solicitasse e estivesse ao meu alcance, embora já não trabalhasse para ele. Mas a gente se desacostuma a contar com quem já não está presente diariamente, ou mais ainda, todas as horas e para qualquer mister. Ele não me telefonava nunca, casualmente eu lhe telefonava, talvez tenha acabado importunando-o e tampouco queria eu resultar insistente, fui me espaçando até me converter em alguém que cruzou e não ficou.

Apesar da sua aversão às fotos — por isso durante anos tinha havido poucos retratos, tão poucos de seu perfil —, comecei a vê-lo mais na imprensa, e não por seus projetos ou realizações cinematográficas. De fato, rodou apenas mais um filme, e não foi o de Palance e Widmark, este se alojou no amplo e povoado limbo do malogrado, imagino que não tenha conseguido financiamento. Aparecia em revistas de fofocas, sem dúvida resignado, a contragosto, primeiro como "novo casal" e depois como marido da empresária Cecilia Alemany, bastante atraente e endinheirada para suscitar mais interesse do que ele, que, afinal de contas, como me dissera uma vez com humor, ia se assemelhando a Sara Montiel, só que com um público cada vez mais minoritário de arqueólogos e cinéfilos e eruditos como Roy. Também pensei que era bastante atraente para ter feito Beatriz perder toda esperança caso tenha sabido da existência dela, ou teria sido sempre uma ameaça. Alguém que teria lhe impedido de levar a seu pesaroso leito qualquer pequeno butim, e de se dizer em suas retiradas noturnas: "Veremos".

Muriel contraiu segundas núpcias um ano e tanto depois de enviuvar, numa boda discreta e civil para a qual não fui convidado, não havia nenhum motivo para me incluir no elenco, na realidade eu não era mais que um ex-funcionário, um jovem fugaz a quem tinha sido dada uma oportunidade. O divórcio, por fim, havia chegado ao país quando Muriel já não precisava, talvez não tivesse feito uso dele se Beatriz continuasse viva, às vezes penso que os vínculos do engano e da desventura são os mais fortes de todos, assim como os do erro; é possível que unam mais que os do conhecimento de causa e da alegria e da sinceridade. Nas escassas fotos da boda vi Van Vechten e Rico e Roy, e o *maestro* Viana, que ornamentava o enlace, um toureiro brilha muito em qualquer celebração. Mas não vi Gloria nem Marcela nem Flavia, as duas primeiras devem tê-lo considerado um traidor e a terceira talvez tenha preferido não assistir. Também vi os três filhos, mais crescidos, sempre idênticos a Beatriz. Olhei demoradamente para Susana: com um pouco mais de idade seria a viva imagem da mãe naquelas fotos juvenis expostas pela saudade que causava e por sua persistência e que tantas vezes eu vi, a do menininho morto-vivo em seus braços e a do seu casamento com Muriel, uns vinte anos antes. Agora entendia melhor as expressões de ambos naquela ocasião: o largo sorriso dela que olhava para a câmara, sua euforia patente, ou era seu triunfalismo, uma criança disfarçada de noiva. Já ele, nublado se não sombrio, como um homem convencido de estar adquirindo uma enorme responsabilidade. Ela brincava de contrair matrimônio, ele levava a sério e o contraía de verdade, como se estivesse consciente da validade desse verbo para as obrigações, as dívidas e as doenças. A ela o mundo se oferecia leve, como as consequências dos seus atos, que uma vez cometidos são bobagens, são passado; ele era alguém que já conhecia a renúncia, ou que estava sabendo que o amor sempre chega ao seu encontro com as pessoas fora de hora, como me disse com melancolia que havia lido num livro uma vez, não sei qual. Nas imagens da sua segunda boda não havia rastro disso, seu olho estava distraído e paciente, sem nenhuma gravidade. Parecia estar apenas levando a cabo um procedimento social e olhando — sem olhar — para o relógio.

Me perguntei como faria a nova e artificial família, se morariam todos juntos no apartamento da Velázquez ou inaugurariam outra casa; se a empresária aceitaria de bom grado ter uma adolescente e duas crianças — ou dois adolescentes e uma criança — sempre por perto, ainda mais quando o pai deles estivesse de viagem absorvido num filme meses a fio; se Flavia não se separaria deles ou se veria forçada a emigrar. Hesitei em ligar para Muriel a fim de felicitá-lo, mas descobri com surpresa que a mim também aquilo parecia uma espécie de traição. Era absurdo, mas senti que era como afundar Beatriz um pouco mais debaixo da terra, tanto fazia que ela tivesse cavado seu túmulo naquela estrada solitária e sombreada por sua própria vontade. Talvez os laços carnais, mesmo que efêmeros e deixando apenas lembranças e carecendo de importância real, nos obriguem a uma consideração irracional pelas pessoas com as quais os estabelecemos; ou talvez eles é que nos impõem uma íntima lealdade fantasmal.

Chegada a hora, comprei um ingresso e fui ver o último filme de Muriel. Em geral não foi muito bem recebido, mas gostei. Telefonei para ele a fim de dizê-lo, porém não o encontrei e depois deixei o tempo passar, não é que ele precisasse da minha opinião. Não conseguiu realizá-lo antes de transcorrerem cinco anos da morte de Beatriz, e dois anos depois, aos sete do suicídio dela, fiquei sabendo que meu ex-chefe e mestre havia sofrido um infarto fulminante quando almoçava com uns banqueiros dos que tentaria tirar uns cobres para algum novo projeto. Mal ouvi a notícia na televisão, liguei para o professor Rico, o único daquele círculo com quem mantive contato e ainda mantenho hoje. Naquela época já era acadêmico: seus papiros inimigos, ou eram múmias, tinham vestido o fardão de madeira em ritmo veloz e ele havia sido eleito com votos de sobra, quase por aclamação, mas agora já havia conseguido criar uns tantos inimigos mais desenrugados, não sabe viver ou se aborrece mais sem eles. Estava pegando um avião para Madri a fim de assistir ao enterro, de cujos detalhes me informou. Creio que foi a única vez que ouvi sua voz titubear. Ou não, minto: ela sempre titubeia um pouco quando evocamos Muriel ou Beatriz — na realidade, é um homem sentimental —, embora já faça mil anos que os dois se despediram sem se despedirem.

Na manhã seguinte me apresentei ao cemitério de La Almudena diante do túmulo que já tinha visto fazia tempo, se bem que me parecia ter sido anteontem, os intervalos desaparecem quando voltamos a um lugar infrequente ao que, além do mais, só vamos motivados pelo pesar, por um motivo excepcional; e os intervalos são nossos. Havia muita gente e não pouca imprensa, e eu fiquei num segundo plano, sem ousar abrir passagem. Para a maioria dos presentes eu era um desconhecido, um espontâneo, um intruso, ninguém a cumprimentar. A certa distância vi Susana e seus irmãos de costas, imediatamente reconheci suas figuras apesar dos anos transcorridos e da altura bem maior que agora tinham os dois pequenos. Ela virava a cabeça de vez em quando, talvez para ir verificando quanta gente vinha, quanta gente apreciava seu pai, até que numa dessas ocasiões me avistou e veio correndo até mim. Agora eu tinha trinta anos e ela havia feito vinte e dois, mas logo me abraçou com força e em silencioso pranto, com a segurança com que se abraça alguém esperado dos velhos tempos imperfeitos mas menos tristes, nos quais ainda estavam os que tinham de estar; depois me pegou pela mão e me levou até a primeira fila, junto de Alicia e Tomás e Flavia e pessoas que eu não conhecia e também Cecilia Alemany, que sem dúvida encontrou um instante para me fitar a partir de seus óculos escuros (não mascava dessa vez) e se perguntar com indiferença quem demônios era eu: não creio que lhe interessasse o passado de um marido pouco duradouro e defunto, provavelmente só lhe tocava agora livrar-se dele, ocorreu-me, como quem deixa para trás um episódio devido à debilidade ou à sedução. Durante toda a cerimônia, durante a descida do ataúde e a recolocação da lápide pela última vez (ali já não caberia mais ninguém), Susana conservou sua mão na minha, apertando-a com determinação para não perder o equilíbrio, já disse que ela cambaleava, mais que a viúva, mais que ninguém. Ou se aferrou a ela como uma menina dominada pela obstinação.

Agora estou há tanto tempo casado com Susana que ela já é mais velha do que sua mãe nunca foi, e eu tenho mais ou menos a idade a que chegou Muriel, o qual sobreviveu à sua mulher sete anos; também eram os que ele tinha a mais, sete ou oito, como tenho eu a mais que Susana, logo viveu ao todo uns quinze mais que Beatriz. Esta eu via madura por volta de 1980, como uma pintura em comparação comigo, eu vinte e três então e ela quarenta e dois ou talvez quarenta e um, nunca soube com exatidão, mas eu me avantajava em umas duas décadas, e isso é muito para um quase imberbe. Agora, em compensação, vejo retrospectivamente Beatriz como muito jovem, e não só para morrer, para tudo. Não era, pois, tão estranho que mantivesse esperanças e nas noites de derrota saísse de campo por um momento, até reunir coragem e forças de novo e batesse em retirada para o seu quarto pensando: "Esta noite não, nem esta, mas quem sabe mais adiante. Meu travesseiro recolherá meu pranto e saberei aguardar como aguarda esta lua insistente. Chegará uma ocasião em que seu manuseio ultrajante deslizará para outro terreno em letargia, em que se converterá de repente em ansiedade ou irresistível capricho ou em primitivo desejo despertado, nada se vai sem mais nem menos por um rechaço mental, por uma decisão punitiva, não para sempre ou não totalmente, isso é uma coisa que se suspende e portanto está adiada. Pode voltar qualquer dia ou uma noite, e a ninguém desagrada sentir-se solicitado e querido". Que eu saiba, isso não voltou nenhum dia nem uma noite, mas não posso saber de tudo.

Sim, na realidade era jovem quando se matou, e de fato ainda era tão fértil que esperava uma criança, foi isso que Muriel me disse, isso o que Van Vechten disse a ele, isso o que disse a ele um legista do seu hospital às suas ordens; logo, tudo isso é tão só um rumor que além do mais se deteve em mim, nem sequer chegou ao encurvado oeste mais próximo, à sua filha Susana, não através de mim pelo menos, é preferível que fique no oriente. Não são poucas as vezes em que, ao longo desses anos, me lembrei desse sussurro que Muriel me transmitiu em forma de pergunta retórica ("Sabe...?"). E muitas vezes me envergonho de me congratular — num aspecto, só nesse — por Beatriz se matar e esse menino ou essa menina não poder nascer, talvez nem evoluir o bastante para que sua futura e desatenta mãe o detectasse. Não posso saber que indivíduo era o causador do rebento, se o próprio dr. Van Vechten em Darmstadt ou o dr. Arranz na praça ou algum outro amante que ela ia visitar na Harley-Davidson, em El Escorial ou na Sierra de Gredos ou em Ávila, com frequência me digo com voluntarismo que devia haver um terceiro homem, para repartir responsabilidades. Mas não me oculto que o rebento também podia ser minha obra numa noite de calor e insônia na Velázquez, com muito azar nesse caso, sem dúvida, mas ninguém tomava precauções na época. Quando aparece em meu pensamento essa possibilidade de pesadelo, tenho calafrios e não posso evitar de comemorar — com vago desprezo para comigo mesmo, mas me é tolerável — que esse projeto de ser tenha se malogrado, porque talvez houvesse percorrido como um impostor sua existência inteira, sem saber da sua impostura, ou tivesse impedido o que de bom veio mais tarde na minha vida e também na de Susana, creio eu, e nossas filhas não existiriam. Se essa criança tivesse vindo ao mundo, talvez fosse meia-irmã da minha mulher, bem como enteada, logo teria sido minhas filha e cunhada, e as filhas que eu tive com Susana teriam sido ao mesmo tempo irmãs e sobrinhas dela, e aqui costumo parar em minhas divagações, porque não só me dá vertigem o encadeamento de hipóteses, mas me basta para temer que o que teria sido quase impossível é meu casamento com minha mulher. (Quão pouco falta para que não exista o que existe.) Nada se poderia comprovar naquela época, de todo modo, e é possível que Beatriz houvesse calado a origem, se houvesse intuído com segurança ou sabido com certeza. O que não tem volta é que fui para a cama uma vez com a avó destas minhas filhas, quer dizer, com quem teria sido minha sogra se tivesse vivido para suportá-lo. Porém quem sabe quem vai ser o quê, ao longo de uma vida, a gente não deve se abster de conjecturas ou predições que estão além de nosso entendimento, só temos o hoje e jamais o amanhã, por mais que nos entreguemos às vezes às prefigurações.

A lembrança daquela noite foi muito pálida por longuíssimos anos. Era como se a sua história tênue não houvesse ocorrido nunca, assim foi enquanto Susana foi jovem e, apesar de sua grande semelhança, manteve-se naturalmente distante da imagem da mãe, da que eu vi em pessoa, não tanto a das suas fotos antigas, que me haviam levado a pensar (ou não só dessas fotos): "Deve ter sido muito tentadora, entendo que Muriel a quisesse a seu lado de noite ou de dia, certamente eu também a teria querido. Fosse só pela carnalidade, que já é bastante no casamento. Mas não fui Muriel antes, nem sou agora". Porém desde que Susana tornou-se uma mulher madura, a lembrança adquiriu cor e perpassa minha cama e a transtorna. Cada vez se assemelhou mais à Beatriz dos meus vinte e três anos, embora eu não a veja gorda nem ela o esteja, de maneira nenhuma, realmente não percebi nela nada além de mínimas transformações — a vejo com olhos bondosos — desde que no enterro de Muriel ela apareceu como mulher-feita e perfeita, terminada de se moldar e com seu corpo intimidador, explosivo, completamente desabrochado, e não mais como adolescente na qual eu tinha proibido a mim mesmo de prender minha atenção — outra representação inanimada — e além do mais não prendia, enquanto ela talvez, sem eu perceber, não deixava escapar detalhes do jovem que passava tanto tempo em sua casa, como as meninas muito determinadas e obstinadas que tendem a ver consumados seus sonhos de infância, até certa idade ou até eles se frustrarem de vez. Já me dissera Muriel que o entusiasmo da outra pessoa ajuda muito; convence e arrasta. E o amor alheio dá pena e comove, mais que o próprio.

Claro que eu tampouco achava a Beatriz de quarenta e poucos anos gorda, era meu chefe quem se empenhava nisso, ou que havia decidido compará-la com o que havia de mais gordo nas telas para magoá-la. Assim, desde há um tempo, em minhas intimidades com Susana se intromete às vezes a remota imagem, e isso me causa inquietação e me perturba, quase me emudece e paralisa. O passado tem um futuro com o qual nunca contamos, e da mesma maneira que naquela noite longínqua o rosto juvenilizado de Beatriz — o rosto embelezado de muitas mulheres nessa situação de semiesquecimento — deu pé a que eu o substituísse pelo da sua filha um instante, as duas com os mesmos traços e a mesma expressão cândida, agora a filha me leva a pensar em sua mãe nos momentos mais inoportunos, e além do mais se superpõe a cena vista de uma árvore em Darmstadt, que hoje me é repulsiva (essa eu afugento na hora, por sorte é somente um relâmpago).

Talvez o mais lamentável desses entrecruzamentos — ou inquietante, por inadmissível — é que já sou o homem mais velho que em plena juventude aparece em nosso inconsciente e misterioso nos sussurra, como um espectro do futuro: "Preste bem atenção nessa experiência e não perca nenhum detalhe, viva-a pensando em mim e como se você soubesse que nunca vai se repetir, salvo em sua evocação, que é a minha; você não poderá conservar a excitação, nem revivê-la, mas sim a sensação de triunfo, e sobretudo o conhecimento: saberá que isso aconteceu e saberá para sempre; capte tudo intensamente, olhe com atenção para essa mulher e guarde tudo bem guardado, porque mais adiante eu o reclamarei e você terá de oferecê-lo a mim como consolo".

Não quero reclamá-lo, mas as visões se misturam e acabo fazendo-o. E quando isso acontece, tenho a impressão de que Susana nota algo anômalo, a incongruência que atravessa minha mente, ou os olhos da minha mente, estes não há maneira de controlar. Ela se detém uns segundos, me observa com um olho entreaberto, aguarda que meu mal-estar desapareça. Então eu me pergunto se ela não está a vida toda a par, se não foram seus passos descalços os que ouvi no corredor e se o que sentiu foi pueril indignação de filha ou infantis ciúmes de enamorada ou uma combinação de ambos os rubores ardendo em suas faces, se é que tenha sido ela mesmo. Nunca fez referência a isso, e eu muito menos; alguns segredos é melhor deixar para lá. Por isso tampouco nunca contei a ela o que averiguei de sua mãe quando a seguia nem o que Muriel me contou mais adiante, para quê, ela foi testemunha dos resultados e do tratamento magoante e vexatório, não creio que queira aprofundar causas perdidas e anteriores ao seu nascimento. Mas sempre temo que num dia de irritação se desnude e me recrimine por minha atuação naquela noite, jogue-a na minha cara e me diga "Como pôde?"; ou então ser eu o irritado e portanto o que a revele, do modo como Beatriz mostrou a Muriel a carta negada ao fim de tão cuidadosa ocultação e longo engano, desencadeando assim sua desventura. Não seria comparável, a nossa, ou nem sequer seria desventura se conseguíssemos rir dela, tudo é possível, eu não sou Muriel nem Susana é a mãe, muito embora compartilhe com ela ver os atos, próprios e alheios, com ligeireza amiúde considere muitas coisas bobagens ou criancices, e raramente dê importância ao que é preciso. Fiz bem em esperar para querê-la, para que me assinalasse com seu trêmulo dedo e eu estivesse em condições de enxergá-lo; e fiz bem em querê-la todos esses anos passados, todos esses anos atrás, e tenho certeza de que não fiz nada melhor em minha vida.

É por essa a razão que me preocupa tanto quando cruza a minha mente a imagem de Beatriz em meio a nossas efusões, por mais fugaz que seja. Então tento convocar a prefiguração que tive faz mil anos, a que me intranquilizou e me perturbou, a efêmera visão de uma Susana adolescente que ali era uma intrometida. Agora me convém recuperá-la, em compensação, para que a realidade regresse cabalmente através dessa recordação e o esquecido ontem devolva hoje o que nos escapa por uns instantes; não é só Susana quem se detém e me observa com a suspicácia de seu único olho entreaberto, ou é com interrogação e estranheza. Sou eu também quem se freia e se distrai e se ausenta, quem distancia um pouco o rosto como se não quisesse ser beijado na boca por um fantasma que subtraiu e me negou a sua quando ainda era carne, carne que transborda e se move. E então há um momento em que não sei qual dos dois, Susana ou eu, estamos pensando: "Não, nada de beijos". Nos olhamos sem nos dizer nada e quem sabe se o que estamos nos dizendo é algo em que estamos de acordo: "E não, nada de palavras".

Abril de 2014

ESTA OBRA FOI COMPOSTA EM ELECTRA PELO ESTÚDIO O.L.M./ FLAVIO PERALTA
E IMPRESSA EM OFSETE PELA RR DONNELLEY SOBRE PAPEL PÓLEN SOFT
DA SUZANO PAPEL E CELULOSE PARA A EDITORA SCHWARCZ EM SETEMBRO DE 2015.